SANGRE Y ESPINA

SANGRE Y ESPINA

MARGARET OWEN

Traducción de Carla Bataller Estruch

Argentina – Chile – Colombia – España
Estados Unidos – México – Perú – Uruguay

Título original: *Painted Devils*
Editor original: Henry Holt and Company, Henry Holt ® is a registered
trademark of Macmillan Publishing Group, LLC
Traductora: Carla Bataller Estruch

1.ª edición: febrero 2024

© 2023 *by* Margaret Owen
Ilustraciones de interior © 2023 *by* Margaret Owen
Published by Henry Holt and Company, Henry Holt ® is a registered
trademark of Macmillan Publishing Group, LLC Limited Partnership through
Sandra Bruna Agencia Literaria SL.
© de la traducción 2024 *by* Carla Bataller Estruch
All Rights Reserved
© 2024 *by* Urano World Spain, S.A.U.
Plaza de los Reyes Magos, 8, piso 1.º C y D – 28007 Madrid
www.mundopuck.com

ISBN: 978-84-19252-21-0
E-ISBN: 978-84-19497-42-0
Depósito legal: M-33.370-2023

Fotocomposición: Ediciones Urano, S.A.U.

Impreso por: Rodesa, S.A. – Polígono Industrial San Miguel
Parcelas E7-E8 – 31132 Villatuerta (Navarra)

Impreso en España – *Printed in Spain*

Para las chicas malvadas:
La dura verdad sobre apuntar bien alto es que, cuando fallas,
no siempre aterrizas entre las estrellas. A veces, lo único que
frena la caída son las espinas.
La parte buena es:
El sol no os verá llegar.

NOTA DE LA AUTORA

Esta historia habla de muchas cosas, pero sobre todo de amor. Hay conversaciones sobre la intimidad física, los entornos abusivos y el camino para amarse a una misma cuando has pasado mucho tiempo recorriendo un sendero lleno de espinas. No sé si esto te traerá consuelo, aunque puedo decirte que está hecho con mimo. Al final, es una historia de amor, así que, por encima de todo, cuídate.

El ojo de un niño teme al demonio pintado,
pero es el anciano quien esgrime el pincel.

—Proverbio almánico

PRIMERA PARTE

PROFETAS ROJAS

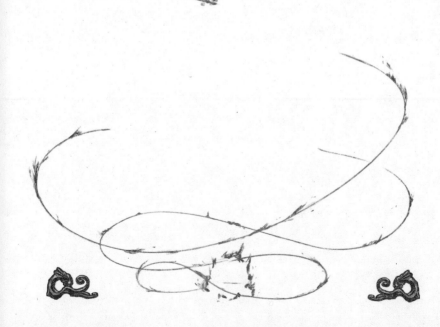

LA SÉPTIMA MENTIRA

FE

É rase una vez, una novia huyó hacia la noche en un corcel hecho de luz de estrellas. Las nubes formaron un camino y su velo, enredado en las constelaciones, se rasgó hasta que la dorada corona nupcial cayó en el abismo bajo sus pies.

La novia la vio caer y se dijo que era libre.

Érase una vez, una princesa hizo un juramento desesperado y terrible. Juró que no se casaría con nadie hasta que conquistasen los horrores de las profundidades y le trajeran una corona dorada perdida.

La princesa pronunció esas palabras como un muro entre ella y el mundo. Y se dijo que nadie sería lo bastante necio para morir intentando escalarlo.

Érase una vez, una criada malvada llegó a un pueblo en las colinas oscurecidas por los espinos.

La noche era gélida; aún no había caído en las fauces del invierno, pero sí en los colmillos de esa bestia fría que no deja de roer los árboles y las piedras. Solo quedaba una mera tajada de luna para pestañear con picardía a la criada malvada, que avanzaba a trompicones por la carretera escabrosa. Un carmesí intenso relucía entre los dedos que apretaba contra su pecho tembloroso.

Porque, verás, la criada malvada estaba como una cuba.

Habían pasado tres semanas desde que dejase la marca de Bóern a comienzos de año, rumbo a Helligbrücke, la ciudad natal de su amado.

Habían pasado dos semanas desde que llegase a las afueras de un pueblo llamado Quedling, en el principado de Lüdheid, a tan solo unos días de Helligbrücke, y allí se detuvo.

Cuando sus compañeros siguieron viajando, su mensaje fue con ellos, un pergamino plegado dirigido, con letra temblorosa, a un tal «Emeric Conrad».

El mensaje de la criada malvada partió hacia Helligbrücke. Pero ella no.

En cambio, vagó por las colinas cubiertas de trigo aterciopelado de las Haarzlands. Y, durante las últimas dos semanas, siguió deambulando por allí.

A esas alturas, la carta habría llegado a su amado y sabría que ella no iría a Helligbrücke. Aún no. No... así.

No cuando no era suficiente.

Se dijo que debía ser algo más que una ladrona y una mentirosa, algo más que una sirvienta desleal, algo más que una hija rebelde. Que podía *convertirse* en algo más.

Hacía dos semanas, la criada malvada dijo justo eso en la carta.

Una semana, seis días, trece horas y cuarenta y tres minutos antes de la presente noche, se dio cuenta de que había cometido un error tremendo. Pero el carruaje ya había partido, la carta se había ido y la fría verdad persistió: ella no era suficiente.

Y, desde entonces, había vagado por las Haarzlands, buscando en balde como un fantasma lúgubre y aprendiendo a las duras que existen pocas profesiones honradas para una ladrona.

Esa noche había bebido bastante, pues tenía muchas cosas que ahogar. No tardó en emborracharse hasta el punto de alcanzar la beligerancia y adentrarse con descaro en la insensibilidad. Ya la habían echado de la taberna más cercana, primero por lanzar comentarios mordaces sobre la actuación del juglar y segundo por montar un espectáculo sobre cuántas comidas podía vomitar en el escenario. Había intentado pagar al tabernero con rubíes, pero al hombre no le interesaron sus «trozos de cristal rojo». Había amenazado con recurrir a la ira de Muerte y Fortuna para vengarse del pueblo (sus madrinas, que aún se estaban acostumbrando a las nuevas estupideces de su hija, rechazaron con educación dirigir su ira al pueblo).

Y así fue como la criada malvada acabó entrando a trompicones en la aldea vecina bien pasada la medianoche. Se aferraba a un morral lleno de rubíes y buscaba un lugar donde recostar la cabeza. Para animar a los aldeanos a que le abrieran las puertas, berreaba a pleno pulmón la trágica balada que tanto le había criticado al juglar de la taberna. La técnica no era demasiado eficaz.

Al igual que muchas, pero muchísimas de las cosas que le habían ocurrido, lo que pasó a continuación se podría haber evitado hasta el punto de ser un castigo autoinfligido.

—«Roja era su carne, roja era su sangreeee, roja era la doncella del río» —cantó la espantosa joven, como un gato en una disputa territorial. Llegó a un puente sencillo de madera sobre un arroyo que fluía lento y frígido, no más de un chorrito de lodo en esa época del año—. «Perdiste tu hogaaaar, perdiste a tu amadooooooooo, perdiste… perdiste…». Ay, *scheit*, ¿qué rima con…?

La criada malvada, ocupada como se hallaba buscando una de las múltiples palabras que riman con «río», fue atacada de súbito por los tablones del puente. No supo cómo consiguieron que tropezara, solo que en un momento dado mantenía una distancia respetuosa y profesional del suelo y, al siguiente, estaba conociendo íntimamente las vetas de la madera.

La caída la dejó sin respiración. Tardó un momento en registrar el susurro de algo derramándose sobre tablones de madera y, para cuando lo hizo, ya era demasiado tarde.

La bolsa destripada de rubíes yacía ante ella y solo quedaba un exiguo salpicón de sangre sobre el puente; el resto de piedras rodaban felices por el borde de los tablones. Mientras observaba la escena, un rubí cayó al agua con un satisfactorio *plinc*.

Durante un rato largo, lo único que hizo la criada malvada fue mirar la masacre de su fortuna. Estaba lo bastante sobria como para comprender el valor de lo que acababa de perder; estaba lo bastante borracha como para sentir ese tipo de desesperación potenciado por el alcohol.

Así que hizo lo que cualquier persona racional haría tras distanciarse de sus seres queridos, fracasar a la hora de encontrar un trabajo lucrativo después de dos semanas de búsqueda y tirar, borracha, la mayor parte de su riqueza personal a un río a altas horas de la madrugada en lo que generosamente se podría llamar el culo del invierno.

Se rindió.

Se quedó tumbada bocabajo en los tablones manchados de estiércol del puente y lloró. Lloró como un general derrotado. Lloró como una novia despechada. Lloró como una niña de dos años a la que le han dicho que no puede comer piedras.

Desde luego, ese no fue su mejor momento. Pero ¿puedes culparla?

(O sea, sí que puedes, y deberías. Santos y mártires, hasta yo la culpo. Pues prepárate: a partir de aquí la cosa va a peor).

Cuando se agotó de tanto llorar, no se levantó, no durante un rato. Al principio, se quedó marinándose en sus miserables fracasos, algo obligatorio en situaciones así. Pero, al final, tomó una decisión.

Toda esa idea de «llevar una vida honrada» era un objetivo noble. Y quizá lo consiguiera más adelante, en otro lugar. Pero esos rubíes eran su red de seguridad. Su salida fácil si las cosas se torcían. *Tenía* que recuperarlos.

Aunque, sobre todo, debía hacerlo sin morir congelada en el río y sin que la arrestasen los aldeanos, que sin duda se quedarían con los rubíes.

Recogió el puñado de piedras que quedaban y luego se coló en el granero más cercano y disponible; sorteó a las ovejas dormidas y se acurrucó en la paja para entrar en calor. Intentó no pensar en cómo estaba dos meses antes, cuando tenía una cama cómoda y suave en el castillo Reigenbach. Más complicado fue no pensar en cómo estaba hacía un mes, cuando disponía de una cama en una taberna, amigos que se reían a su lado por sus tonterías y un chico que quizás habría compartido esa cama con ella si se lo hubiera pedido. Le resultó imposible no pensar en Emeric, en dónde estaría ahora si hubiera cumplido con su palabra.

Si Emeric estuviera allí, podría haber sacado los rubíes del agua helada con una gota de su aceite de ceniza de bruja y una sonrisa sardónica. Si Ragne estuviera allí, habría hecho algo horrible y útil, como convertirse en pez para tragarse los rubíes y luego vomitarlos en tierra para la criada malvada.

Pero la criada tenía que recuperarlos por sí misma. Tenía que ser más de lo que era.

El frío la mantuvo despierta mientras ideaba una mentira que pudiera salvarla. Y entonces, cuando la oscuridad al otro lado de los listones empezó a menguar, salió a hurtadillas de nuevo.

Más tarde descubriría que se había colado en el granero del hombre que, con el despuntar reticente del día, la encontró vadeando en el arroyo gélido. Era un criador de ovejas llamado Udo Ros y había ido a buscar agua para su rebaño.

—Chica rara —dijo al depositar las cubetas de madera en la orilla—, no sé lo que has perdido, pero el resfriado no vale la pena.

La criada malvada sacudió la cabeza y puso cara de asombro ojiplático.

—Anoche tuve una visión en sueños —anunció—. Una hermosa doncella vestida de escarlata hilaba en este mismo puente. Se pinchó el dedo con el huso y la sangre cayó al agua. Dijo que, si recogíamos cada gota y la devolvíamos antes del anochecer, nos bendeciría a todos.

El hombre la miró con ojos entornados. Buena señal: era mejor ganarse a un escéptico que a un reconocido ingenuo. Eso le daría más credibilidad en el futuro.

—¿Me puede prestar una cubeta, buen hombre? No quiero que se me caiga ninguno.

La muchacha alzó las manos ahuecadas, donde había depositado todos los rubíes que le quedaban.

Los ojos de Udo Ros casi se salieron de sus órbitas. A diferencia del tabernero, *él* sí que reconocía una piedra preciosa a simple vista.

Aquello era lo opuesto al juego que la terrible joven había jugado en Minkja, donde se había disfrazado de la princesa Gisele para ocultar que robaba joyas. Esa estratagema había funcionado porque le mostró a la gente lo que esperaba ver: una princesa o su criada.

Este, en cambio, era todo lo contrario: resultaba creíble porque era imposible. Incluso un puñado de rubíes seguían siendo demasiados para que los llevase una viajera mugrienta. Solo podía tratarse de un milagro.

Udo le ofreció un cubo.

—¿Has visto a una doncella de rojo?

La joven asintió y se encargó de que los rubíes relucieran cautivadores en la luz de la mañana cuando los vertió en la cubeta.

—Dijo que perdió algo hace mucho tiempo. —(Te seré sincera: no recordaba gran parte de la balada, solo que al hombre que la interpretó deberían acusarlo de asesinato de laúd)—. ¿Acaso conoce a esa doncella escarlata?

Los rubíes se escurrieron por el fondo del cubo cuando el hombre se lo entregó.

—Hay una canción —respondió el pastor con concisión y frunció el ceño, pensativo—. ¿Cuántas piedras has visto en el arroyo?

La chica montó todo un espectáculo mientras se frotaba las manos para calentarse los dedos enrojecidos y rígidos.

—Decenas. Puede que centenares. Pero la bendición…

—Sí, sí —la interrumpió él con un ademán—. No sé mucho sobre visiones y sueños, chica rara, pero está claro que esto es la llamada de un dios menor y no soy tan necio como para ignorarla.

En cuestión de una hora, la terrible joven tenía una taza humeante de caldo entre los mitones y una nueva panorámica desde la orilla mientras los robustos aldeanos se turnaban para pescar sus rubíes. Aún era pronto para el deshielo, con lo que el agua le llegaba a Udo por las rodillas, pero el amargo frío espantaba a cada aldeano al cabo de poco. Daba igual: otros entraban chapoteando para ocupar sus lugares mientras los primeros buscadores se calentaban junto a un fuego. Udo había reunido a suficiente gente para trabajar con más rapidez que si la joven hubiera intentando encontrar cada piedra por sí sola.

Por su parte, la criada se colocó junto al cubo y respondió preguntas mientras aceptaba los rubíes: solo era la pobre hija de un leñador de Bóern que se había marchado a buscarse la vida tras la muerte de sus padres. Había soñado con una noble doncella que, ataviada con un elegante vestido rojo, le había prometido bendecir la aldea. Y poco más podía decir (las mentiras deben ser sencillas o te descubrirán por culpa de los detalles). No sabía cuántos rubíes había, así que debían proceder con diligencia e intentar encontrar hasta el último.

No sabía por qué la Doncella Escarlata la había elegido.

A primeras horas de la tarde, la aldea (Hagendorn, según le dijeron) había recuperado los suficientes rubíes como para satisfacer a la terrible joven. Cuando transcurrieron veinte minutos sin que nadie más encontrara otro, decidió que el siguiente sería el último y aferró el cubo contra su pecho.

Lo encontró Udo, que regresó chapoteando para entregarle la piedra. Lo que los aldeanos de Hagendorn vieron a continuación era bastante típico para un milagro menor y lo mejor que la criada malvada pudo hacer con el tipo de resaca que padecía.

Dejó caer el rubí en el cubo (no era el rubí). Se produjo un pequeño estallido y apareció una nube de humo carmesí (Joniza Ardîm, la trovadora del castillo Reigenbach, me había dado un poco de pólvora destellante antes de marcharme). Cuando los aldeanos se agolparon para echar un vistazo, todos los rubíes habían desaparecido (pues claro, los había ido guardando en la mochila desde el principio).

—¡La Doncella Escarlata favorece a este pueblo! —gritó la criada malvada.

Eso se lo tuvo que reconocer a Hagendorn: muchos paletos se quedaron boquiabiertos, pero también hubo bastantes miradas de recelo. Poco importaba ya. La joven tenía la intención de bendecirse a sí misma y salir de esa aldea cuanto antes para encontrar una cama de verdad en un lugar con una población de, por lo menos, tres dígitos.

Y entonces alguien profirió un grito de alarma y señaló el tejado cercano de la casa de Udo. Una brasa se había escapado por la chimenea humeante y había caído en la paja. La lengua de una llama lamió las briznas, tímida y letal.

Udo agarró el cubo de entre las manos de la criada y entró con dificultad en el arroyo poco profundo, pero toda la gente en la orilla sabía que no bastaría. Nada serviría. La paja era como yesca, la madera de las paredes se encendería como leña. Su única esperanza era salvar el granero.

Udo estaba a punto de perderlo todo y solo podían observar.

Pero entonces...

Una rama se dobló en el enorme abeto junto a la casa. Un montón de nieve acuosa cayó en el tejado justo en el lugar correcto y apagó el fuego en un periquete; no quedó nada, solo el dedo torcido del vapor.

Eso quizá no hubiera bastado para convencerlos. Sería suficiente para que la criada malvada se marchase de Hagendorn indemne, pero no para... lo que vendría después.

Lo que sí que los convenció fue el niño que se acercó corriendo a una de las mujeres un momento más tarde y gritó:

—¡Mami, ven, rápido! ¡La vaca lechera ha tenido gemelos!

Todas las miradas se tornaron hacia la criada malvada, todas reluciendo con el mismo asombro que Udo cuando le había enseñado ese puñado de rubíes imposibles.

Echó un vistazo furtivo en busca de los destellos que señalaban el trabajo de su madrina Fortuna, pero no vio ninguno. Todo había sido pura casualidad.

—¡La bendición de la Doncella Escarlata!

—¡La Doncella Escarlata!

La joven no supo quién inició los vítores, pero se elevaron más rápidos y feroces que la llama en la paja. La mano de Udo aterrizó en su hombro. La criada alzó la cabeza.

—¿Te quedas a cenar? —le preguntó el hombre.

En ese momento, me pareció una mentira de lo más sencilla. No había nada de malo en darle a Hagendorn esa pizca de consuelo, la ilusión de una diosa benevolente en un país duro. En la luz de sus rostros vi esperanza.

Supe que mentía cuando me dije que daría igual en quién, o en qué, creyeran.

CAPÍTULO 1

EL MILAGRO DEL PUENTE

Déjame aclarar una cosa primero: no *pretendía* crear una secta. Sé que cuesta creerlo. Sobre todo ahora que estoy mirándome en un espejo de hojalata y pintándome diamantes de un fuerte rojo en la cara, vestida de la cabeza a los pies con un rojo igual de intenso, mientras me doy prisa para terminar antes de que las últimas gotas de sol desaparezcan por el desagüe.

Y sobre todo porque, en cuanto salga de mi minúscula cabaña, veré peregrinos y penitentes y devotos, todos ellos ataviados de rojo, cantando alrededor del destartalado puente de madera que han adornado con guirnaldas de cualquier flor que sea carmesí.

Y sobre todo porque, cuando me vean, toda la gente de Hagendorn me aclamará como la profeta de la Doncella Escarlata.

Pero lo importante es que no he hecho nada de esto *a propósito*, así que, técnicamente, no es culpa mía.

Han sido dos meses extraños desde el Milagro del Puente (así lo llaman ahora). Y tienes que entender que yo solo me quedé porque me lo pidieron.

Al principio, Udo Ros solo quería cerciorarse de que tuviera un lugar seguro y seco donde pasar la noche antes de seguir mi camino. Pero, a la mañana siguiente, la niña pequeña de Leni se alejó gateando de donde su madre estaba hirviendo cenizas para hacer lejía. Había dos pares de huellas en la nieve: las de la hija de Leni y las de un *waldskrot*, uno de los musgosos más desagradables del bosque. Cuando los *waldskrotchen* se llevan a un niño, este casi nunca regresa. Bueno... no de una pieza.

Pese a todo, encontraron a la niña de Leni sana y salva en la linde del bosque, riéndose bajo un matorral extraño de acebo. En la nieve y en las ramas con espinas había salpicaduras recientes de la sangre verde de un *waldskrot*; el rastro desaparecía por debajo del seto. Y justo encima, balanceándose como un soborno, colgaban unos ramilletes rechonchos de bayas de un escarlata impactante.

Después de eso, los aldeanos de Hagendorn no quisieron ni oír hablar sobre mi partida. No cuando les había traído la bendición de una pródiga diosa menor y no cuando cabía la posibilidad de que me siguiera si me iba. Daba igual que todos supiéramos que los *waldskrotchen* son tan tontos como para entrar de cabeza en un acebo o que era temporada de bayas rojas.

No les importaba si la Doncella Escarlata era real; lo que no querían era perder su favor.

Y... lo admito, fue bonito que me quisieran de nuevo. Saber que alguien aún podía quererme. Aunque fuera por una mentira.

Así pues, Udo Ros y Jakob, el gruñón de su hermano tejebrujo, montaron un cobertizo detrás de su casa para mí; alzaron paredes de madera sin tratar y esparcieron paja sobre la tierra compacta. Su chimenea recorre la pared que comparto con la casa y, por si las piedras no calientan lo suficiente mi minúscula cabaña, hay una puertecita de hierro que puedo abrir para dejar entrar el calor.

No era el castillo Reigenbach. Ni siquiera era mío, no de verdad. Pero lo hicieron para mí y, durante un tiempo, me bastó.

Poco a poco, se fue llenando. Leni recopiló trozos de tela de la aldea, los suficientes para coserme una colcha abrigada para el jergón y luego una almohada rellena de tréboles secos. Luego cambiaron el jergón por un colchón de paja. Sonja me traía con regularidad leche fresca de la vaca que había tenido gemelos. Los hermanos Ros me llamaban para desayunar cada mañana y, a cambio, ayudaba a Udo con las ovejas o a Jakob con su trabajo de brujo.

Y, día tras día, cada coincidencia bienvenida se achacaba como obra de la Doncella Escarlata.

Me pidieron que bendijera cosechas, ganados, bebés. Que eligiera qué diente de cordero atar a un amuleto de protección. Que leyera cenizas y huesos y hablara por la Doncella Escarlata. Y, como te imaginarás, me lo inventé todo, *literalmente* todo. Y ahí fue cuando mi conciencia, frágil como era en su infancia, empezó a llorar en mi oído.

Intenté escapar a finales de febrero, después de que erigieran en la plaza de la aldea una estatua hecha de un rudimentario hierro forjado y de que los primeros peregrinos empezaran a llenar la pequeña posada. Ideé un milagro sentimental que implicaba una hoguera, más pólvora destellante y una cabra (no preguntes). Sobra decir que no funcionó (culpo a la cabra) y, en vez de desaparecer en una columna de llamas, todos los testigos de Hagendorn me vieron llamar a la Doncella Escarlata y luego atravesar fuego sin sufrir ningún daño.

Después de eso, la aldea recibió un incómodo número de peregrinos.

Y por eso he aceptado todo esto de ser profeta, al menos durante un mes más. Hoy es la vigilia del Santo Lloroso, que requiere un milagro modesto, y luego, para cuando llegue la fiesta del Santo Mayo, Hagendorn y todos sus peregrinos estarán preparados para algo gordo. Supongo que pasaré el mes sugiriendo que la Doncella Escarlata me llamará a su lado mientras monto más milagros grandilocuentes (se puede poner colorante rojo a una cantidad asombrosa de cosas) y luego, tras la gran final de la fiesta del Santo Mayo, desapareceré con el viento una vez más.

Y todo empieza después del anochecer. La vigilia del Santo Lloroso es una vieja costumbre en estas colinas; siempre se celebra una semana después del equinoccio de primavera. La mayoría de las familias se preparan para acostarse una hora después de la puesta del sol, pero esta noche todos permaneceremos despiertos. Es típico que las casas tengan tallas toscas de dioses menores y santos por protección. Para esta vigilia, deben sacarlas todas al umbral y quedarse despiertos con ellas. Si alguna vierte lágrimas, se supone que es una señal de favor divino.

Y por eso he escondido bolitas de cera roja detrás de los ojos de las estatuas de la Doncella Escarlata (sí, ahora es «estatuas» en *plural*). Y por eso he dicho que se me apareció con una corona de rosas ardientes; las rosas de hierro forjado superan la habilidad del herrero de Hagendorn, pero sí que ha conseguido hacer una cabeza burda de hierro con un cuenco en la coronilla. En días festivos, llenan el cuenco con aceite y lo encienden. La cera no tardará en derretirse y fluir de sus ojos y, como es una vigilia que durará toda la noche, cuando el fuego se enfríe toda la cera se habrá quemado.

Pequeños milagros: más fáciles de lo que crees.

Termino de pintarme la cara justo cuando ha oscurecido tanto que no podré seguir sin una vela, y me viene de perlas. Alguien llama a la puerta.

—¿Profeta? —La voz de Leni atraviesa el roble, tan aguda que deja entrever que algo pasa.

Me levanto con el leve susurro metálico de las campanitas que cuelgan de mis muñecas y abro la puerta.

—He tenido una visión de que hay problemas —digo (vale, tal vez me he venido muy arriba con esto de ser profeta)—. ¿Qué ocurre?

—Un hereje —jadea la mujer, ojiplática, mientras se aferra la punta de su trenza rubia—. Siguió a los peregrinos y les hizo preguntas. Ha dicho que la Doncella Escarlata no es una diosa de verdad. ¿Qué pasará si lo oye y reniega de los Sacri Rojos?

Disimulo una mueca. He olvidado a quién se le ocurrió ese nombre, y es lo mejor, porque si no esa persona se sentiría mucho menos bendecida. Pero los recién acuñados devotos de la Doncella Escarlata querían llamarse de *alguna forma* y, a falta de otras opciones (resulta que *rojo* es bastante popular en nombres melodramáticos), lo que cuajó fue el horrible nombre de «Sacros Rojos». Lo peor es que nadie se pone de acuerdo en si es *sacri* o *sacros*, y nadie está dispuesto a ceder.

—Yo me encargo —declaro con firmeza. Alzo la capucha y salgo al exterior. Hagendorn se halla en la parte montañosa de las Haarzlands y, cuando se hace de noche, el frío no es cosa de risa—. ¿Dónde está ahora?

—Lo encerramos en el granero de Udo. No dejaba de decir que tenía que hablar con el líder de Hagendorn, pero…

No hay ningún líder en Hagendorn. Solo la Doncella Escarlata. Ahogo un gemido.

—Haré que entre en razón.

Si te has estado preguntando cómo es posible que toda una aldea se haya dejado influenciar por una chica de diecisiete años, la respuesta es deprimente y simple: la líder murió a mediados de invierno y, desde entonces, Hagendorn ha estado esperando a que la abadía imperial de Welkenrode, el centro administrativo del principado, nombre a otra persona. Ahora mismo no tienen ninguna figura de autoridad, nadie que medie entre disputas o decida por la aldea. La gente está acostumbrada a descargar ciertas decisiones en otra persona, así que, cuando esas decisiones de repente pasan a ser su responsabilidad, se ponen nerviosos.

Y entonces, un día, llega una chica y una diosa que habla a través de ella, y esa es toda la autoridad que necesitan.

Avancemos dos meses y esa chica está atravesando la granja hacia el granero de Udo en pleno anochecer, con el tintineo de las campanas y la túnica ondeando mientras saluda al rebaño de peregrinos que salmodian. La abadía imperial aún no ha designado a ningún líder para la aldea, y este no es el primer «hereje» que he rescatado de los entusiastas Sacros (o Sacri) Rojos para luego sacarlo con amabilidad por la puerta trasera. Ojalá hubieran encerrado a este un poco más lejos de los oídos de los peregrinos, aunque sospecho que las ovejas de Udo vendrán bien en ese sentido.

—Asegúrate de que nadie se acerque demasiado al granero —digo con tono lúgubre, por si acaso. Leni asiente y regresa con la multitud que se ha ataviado con amapolas espinosas, tableros de damas, milamores y rosas silvestres; todas flores rojas que, según dicen, han florecido antes de tiempo. Unos tambores empiezan a puntuar los cánticos de los peregrinos. Doy todo un espectáculo de prepararme antes de atravesar las puertas del granero, aunque en realidad estoy comprobando que la navaja de la bota esté a mano por si la necesito.

Y luego empujo las puertas y entro.

Enseguida oigo un coro de balidos procedente de las ovejas y sus corderos, interrumpido por el grito escalofriante de una cabra. Las puertas se cierran a mi espalda.

—¿Hola? —llamo mientras me abro paso entre las ovejas apiñadas a medida que mis ojos se ajustan a regañadientes a la oscuridad espesa del granero. El hedor a heno, heces y lana sin lavar se me pega a la nariz. No hay respuesta. Lo intento de nuevo—. ¿Hola?

Un suave susurro, seguido de silencio.

Hay alguien aquí.

Suelto un suspiro y bajo la voz.

—Mira, seas quien seas, no me lo pongas más difícil. Lo único que debemos hacer es salir juntos y hablar sobre lo maravillosa que te parece la Doncella Escarlata. Y en cuanto empiece la vigilia, puedes escaquearte por...

Una luz fría e incolora aparece a mi espalda. Y, pisándole los talones, viene lo último que quiero oír:

—¿*Vanja*?

Es como si alguien hubiera dejado caer un montón de libros en mi corazón.

Nop. Me niego. Esto no está pasando.

Verás, no es que en Hagendorn no conozcan mi nombre; a diferencia de Minkja, aquí todos me conocen como Vanja. No planeaba quedarme tanto tiempo como para necesitar otra identidad.

Lo que pasa es que conozco esa voz, conozco esa luz y, si miro detrás de mí, sé exactamente a quién voy a encontrar.

Y, aun así, me doy la vuelta, porque no hay escapatoria. No puedo huir del chico al que le pedí que me atrapara.

El prefecto (¿júnior?) Emeric Conrad está cerca de las puertas del granero, con una moneda de estaño en la mano que reluce como un faro pálido; tiene el mismo aspecto que cuando lo vi por última vez, hace casi tres meses. Bueno, no exactamente el mismo. Lleva el pelo tan corto y tan bien peinado como el día en que se marchó de Minkja, sus gafas redondas siguen siendo igual de ridículamente grandes en su fino rostro y aún parece como si un adivino se hubiera acercado a su cuna para vaticinar el nacimiento de un libro de cuentas hecho carne. Pero, en vez de observarme con melancolía mientras su carruaje se aleja, ahora me observa tan anonadado como yo a él.

Estaba esperando de verdad que, cuando volviera a ver a Emeric, pudiera comenzar la conversación con algo como: «Hola, cariño, gracias por tu paciencia. En mi viaje de autodescubrimiento, resolví la pobreza». O «he descubierto la cura para una plaga». O «he inventado algo tan increíble que la imprenta sintió hasta vergüenza de sí misma».

Pero ¿conoces ese sentimiento? ¿Ese en el que se te derrite todo el cerebro y rezuma por los oídos porque te arde la cabeza y el resto de tu cuerpo lo compensa congelándose en el sitio y lo único que te queda en el cráneo es un fantasma que da vueltas y aporrea dos ollas? En ese punto estoy ahora mismo.

Así que lo mejor que consigo decir es un *scheit* que pende de un hilo.

Detrás de mí, otra cabra profiere un grito, supongo que para solidarizarse.

—Tú... —Emeric titubea mientras me recorre con la mirada y ve la túnica, la pintura, las campanas metálicas. Toda una ópera de emociones se refleja en su semblante, desde la apertura hasta el cierre del telón en tiempo récord. Las siguientes palabras le salen estranguladas—. ¿*Has comenzado una secta?*

—¡No! O sea... ¿un poquito? —Cierro los puños dentro de las anchas mangas—. Es algo... ¿parecido a una secta? Rollo... ¿sectario?

—Sectario —repite Emeric, como si cada sílaba fuera un agravio para su persona. Luego se quita con cuidado las gafas, se las coloca sobre el pelo y se restriega la mano libre por la cara con tanta fuerza que se arriesga a arrugarse la nariz—. Sectario. *Sectario.*

—Hola a ti también —digo con malhumor—. Todo me va genial, gracias por preguntar...

—Eso lo había deducido, ya que parece que has pasado los últimos tres meses iniciando una secta y, además, «sectario» *ya es una palabra* —replica con furia—. Una que específicamente significa «que incurre en una secta», Vanja, ¡justo como la que hay *congregada fuera! ¡De! ¡Este! ¡Granero! ¡Vanja!*

—Te obligaré a depositar un *sjilling* en un tarro cada vez que digas «secta» —musité.

—Åååååååå —secunda la cabra.

—Vale, sí, puede que me haya puesto creativa con una leyenda local y todo se haya desmadrado de una forma rara —prosigo con un giro de los acontecimientos espantosamente torpe—, pero ya hemos hablado suficiente de mí, ¿qué tal te va?

Emeric me mira con ese tipo de rabia sin palabras, como un latigazo, que siente alguien a quien le presentan un bufet de humillaciones y se ve abrumado por todas las opciones disponibles.

—¿Qué te trae a Hagendorn? —tanteo.

Emeric junta las manos delante de su cara, cierra los ojos e inhala por la nariz. Hasta su tráquea suena enfadada conmigo. Y... los dos sabemos que está en su derecho. Lo único que puedo hacer es prepararme.

Y entonces una cabra estira el cuello y le muerde el codo.

—AGH. —Emeric tira de la manga, pero luego tiene que evitar otro intento de masticación en su antebrazo—. No... *suelta*...

A modo de respuesta, la cabra abre la boca y emite otro escalofriante «ÅÅÅÅÅÅÅÅ» antes de alejarse al trote para mordisquear una viga de apoyo.

Emeric sacude el brazo, con el ceño fruncido, pero su velamen enojado ha perdido un poco de viento.

—Estoy aquí —espeta— porque la sede principal de Helligbrücke ha recibido noticias de que una nueva diosa menor puede estar surgiendo en Hagendorn. Verificar y registrar nuevas deidades entra dentro de la jurisdicción de los prefectos.

—Ah —digo con gran astucia. Pues claro. Por algo son los prefectos de los tribunales celestiales, los investigadores de los mismísimos dioses menores.

—Es un caso sencillo, por lo menos. —Hay una nota amarga en su voz. Aparta la mirada—. Pensé que... que ya no hacías estas cosas. No *puede* ser la forma más fácil de ganarse la vida.

—Ah, no, te sorprendería, las sectas son muy lucrativas —suelto, y luego me detengo al ver que se ha encogido—. O sea, no... Esto no es lo que parece.

Algo tira de mi falda. Bajo la mirada y me encuentro con una oveja que tiene la boca llena de tela roja y me mira directamente a los ojos mientras mastica.

—¿Me explicas cómo puede que *no* sea lo que parece? —La irritación aparece de nuevo en el tono de Emeric—. ¿Acaso la secta surgió de repente, completamente formada, y estaba aguardando a que apareciera un profeta cuando justo llegaste tú?

—No —gruñí mientras intento quitarle la falda a la oveja—. Yo...

—¿Acaso la Doncella Escarlata se te apareció en una visión y te dijo que morirías en un accidente de carromato si no se lo decías a cinco amigos antes de la medianoche?

—No digas ridiculeces.

Tiro de la tela. La oveja clava las pezuñas en la tierra.

—Entonces ¿qué *es* todo esto? —Emeric pasa la moneda brillante por el aire y las sombras del granero se estremecen. Su voz se afila como una espina, pero oigo que también le saca sangre a él al salir—. ¿Qué... qué ha pasado, Vanja?

Los dos sabemos que no pregunta solo por la Doncella Escarlata.

He tenido tres meses para pensar cómo querría que fuera nuestro reencuentro. Llegaría a Helligbrücke, rica, exitosa y muy atractiva. Nos veríamos desde extremos opuestos de un puente, en un día de primavera soleado, con pétalos flotando en la suave brisa, y correríamos a abrazarnos con una pasión que asquearía a los niños de nueve años.

Pero, en vez de eso, la tela se rasga y la oveja se aleja con una parte significativa de mi falda. No lo suficiente para ir indecente, pero sí para que sea una decisión de vestuario atrevida.

La mano se me queda colgando en el aire un momento, sintiéndome en la cima del patetismo. Quizá fue una tontería pensar que se alegraría de verme. No esperaba que las cosas fueran iguales después de que yo saliera huyendo de los planes que hicimos, pero... esperaba que sus sentimientos no hubieran cambiado. Quizá me equivoqué.

Si vamos a romper, no pienso hacerlo en un granero.

—¿Podemos hablarlo en otra parte? —pregunto.

—Vale...

Los hombros de Emeric se tensan con resignación.

Intento no pensar en eso cuando paso a su lado y me dirijo a la puerta.

—Ya se me ocurrirá alguna excusa para escaquearme cuando comience la vigilia. Tú sígueme el juego.

—Espera... —espeta Emeric.

Pero no espero. Pego una sonrisa amplia y jubilosa en mi rostro y abro las puertas del granero con fuerza.

—¡Amigos! —grito a la multitud que nos aguarda en la noche adornada de antorchas. Leni ha hecho bien su trabajo al mantener tan alejado a todo el mundo que no creo que hayan captado ni una palabra por encima de los tambores—. ¡Todo ha sido un malentendido! ¡Regocijaos, pues contamos con un alma más entre los Sacros!

Hay vítores, por supuesto, como ya esperaba.

Y luego hay algo más que no esperaba: un siseo sobrenatural que tintinea en mis dientes.

—Sí —susurra—. Regocijaos.

Gritos de asombro y miedo recorren la multitud. La gente se aleja del puente cuando un reluciente brillo carmesí empieza a aparecer por debajo y se extiende por el agua hasta que todo el arroyo es una vena incandescente de fuego en su interior. Una niebla roja cubre la orilla y, al tocar tierra, aparecen unos brotes verdes que culminan en flores escarlatas.

Emeric se coloca a mi lado y frunce el ceño.

—Dime que es obra tuya, por favor —dice entre dientes, pero niego con la cabeza.

La neblina carmesí se arremolina, como si estuviera atada a un gigantesco huso perezoso sobre el puente... y, entonces, con una pulsación húmeda, ya no es una neblina, sino una luz labrada casi tangible.

Una mujer etérea flota sobre el puente, demasiado alta para ser humana. Largas cascadas de pelo carmesí ondean en una brisa invisible; su rostro pálido como el hielo posee una belleza cruel que, cuando la miras a los ojos, pica como una ortiga. Luce un vestido de escarlata y rubíes, con un dibujo de diamantes rojos que bailan sobre sus mejillas justo como los míos. En una mano sostiene un huso de marfil; de la otra caen rubíes desde una herida en la palma.

En su frente descansa una corona de hojas doradas y rosas ardientes de rubí.

La Doncella Escarlata examina a la muchedumbre. Sus ojos de cornalina me encuentran, me clavan en el sitio como un insecto. Una sonrisa afilada atraviesa la carne exangüe de su rostro.

Esa voz que susurraba y tintineaba se oye de nuevo. Y, en esta ocasión, dice:

—Mi profeta.

—Eh —tartamudeo—, ¿hola?

—¿No te mueres de alegría al verme? —La voz de la Doncella Escarlata repta por la noche como el destello veloz de un colmillo.

—¡Claro! ¡Claro que sí! —Intento reunir un grado convincente de alegría. Por dentro, por supuesto, el fantasma en mi cráneo ha soltado las dos ollas y ha optado por gritar como una cabra—. ¿Qué, eh, te trae por Hagendorn?

Emeric farfulla con enojo hasta que le propino un codazo.

La Doncella Escarlata ladea la cabeza y me examina durante un rato largo antes de responder.

—Siempre he estado aquí, profeta mía. Dormí durante mucho tiempo bajo la Cumbre Rota, pero los rezos de tu congregación me han despertado y renovado.

—Ah.

Alguien me explicó hace mucho tiempo que los dioses menores y sus creyentes mantienen una… relación simbiótica mutua, por decirlo de algún modo. Pero nunca había oído hablar de una divinidad *dormida* ni de una que se despertase con un superávit de fe.

Esto es lo que me pasa por apropiarme de una balada trágica.

—¡Viva la Doncella Escarlata! —grita Leni entre el gentío, y sus vítores recorren a los peregrinos en un coro de «¡Viva, viva, viva!».

La Doncella Escarlata arde con más intensidad, complacida.

—Sí, hijos míos, ¡alegraos! ¡Os traigo bendiciones y una época de gran prosperidad!

Los vítores aumentan. Emeric y yo intercambiamos una mirada furtiva.

Sin embargo, antes de que podamos decir algo, la Doncella Escarlata se inflama con una feroz luz sangrienta.

—Pero ¡id con cuidado! Primero debemos celebrarlo bien, como en los días de antaño. ¡Una fiesta para el solsticio de verano!

—¿Para dentro de dos meses? Creo que podemos apañar algo —me atrevo a decir—. ¿Qué te parece un cordero?

—No, mi pequeña profeta, me refiero a los días de *antaño* —dice con una risa de cristales rotos. Luego se eleva incluso más—. ¿Hay alguien entre vosotros que no esté reclamado y que pueda ser mi siervo para la fiesta sagrada?

—¿Tu qué?

Mi pregunta pasa desapercibida porque la Doncella Escarlata ha girado la cabeza para examinar a la multitud.

Su mirada pasa sobre mí... y se detiene.

Se acerca deslizándose y sonriendo.

—Tú. Nadie te ha reclamado, ¿verdad?

Eso me apuñala las entrañas de un modo inesperado.

—No... no tengo familia —admito—, si es eso lo que...

—Tú no, profeta. —La Doncella Escarlata se detiene delante de Emeric—. Él.

—Eh... —dice el interpelado.

—¿No has dicho que pertenece a mis bendecidos? —gorjea la Doncella.

Emeric carraspea.

—Me siento honrado, su divinidad, pero ha habido un malentendido. Soy el aspirante a prefecto Emeric Conrad de la...

—Tú servirás —ronronea la divinidad.

— ... de la sede principal de Helligbrücke... —Titubea cuando la Doncella Escarlata extiende una mano y luego se recupera—. De la orden de prefectos de los tribunales celestiales. Si es tan amable, tengo unas cuantas preguntas...

—Lo reclamo para mí.

La Doncella Escarlata posa una mano sobre su pecho. Se produce otra explosión de luz roja, tan intensa que se me humedecen los ojos...

Y desaparece.

—Vigila al siervo que he elegido, profeta mía. —Su voz espectral atraviesa la multitud a medida que la luminosa niebla carmesí se enrosca a nuestro alrededor—. Y, recordad, mi bendición *siempre* estará con vosotros.

No es que me lloren los ojos sin más. Algo cálido me chorrea por la cara. Oigo gritos entre los devotos y alguien me agarra de repente por el hombro.

—¿Estás bien? —Emeric suena extrañamente alarmado. Yo parpadeo.

—No es a mí a quien han reclamado. ¿Cómo estás *tú*?

—Creo que… bien. Pero tu…

Noto otra sacudida en el estómago cuando me toca la mejilla. Y luego me lo enseña.

En sus dedos reluce sangre fresca, húmeda e inconfundible.

Los gritos de asombro aún resuenan en la aldea. Busco la causa y encuentro una respuesta incluso más inquietante.

Todos los ídolos que se han sacado para esta noche, desde la estatua en la plaza hasta la efigie de roble de los hermanos Ros que representa a Brunne la Cazadora, están llorando sangre.

CAPÍTULO 2

LA BUENA DE LA SUPERVISORA

La gravedad de todo aquello empieza a calar. La Doncella Escarlata comenzó como una mentira, una que podía controlar. No sé qué se ha manifestado hoy exactamente, pero una cosa está clara.

Esto se me escapa de las manos a gran velocidad.

—¡Viva el siervo! —grita Leni—. ¡Viva la profeta!

Esto también empieza a recorrer la muchedumbre. Los Sacros Rojos se acercan antes de que Emeric y yo podamos escaquearnos.

—No… dejadnos espacio, por favor…

Apenas me oigo por encima de la aglomeración de cuerpos. Aunque intento apartarme, sus manos quieren tocarnos, se agarran a las mangas, a los dobladillos, a los mechones de pelo.

Emeric alza la voz y sus palabras contienen un extraño chisporroteo.

—*Retroceded*, por favor.

Hay un movimiento, como si alguien tratara de aplanar un bulto en una alfombra, y, de repente, la multitud está junto al puente; parece que los hubieran agarrado y devuelto con amabilidad a sus posiciones de antes.

—*¡El poder de los dioses!* —grita alguien. Emeric se pellizca la nariz y suspira.

—Ese truco es nuevo —observo—. ¿Así que has pasado la segunda iniciación?

La última vez que hablamos fue cuando él se marchó a Helligbrücke para comenzar el proceso de graduación de prefecto júnior a, bueno, prefecto estándar. El ascenso también significaba que podía recurrir a poderes superiores, en sentido literal y figurado. Los prefectos de los tribunales celestiales pueden acceder a los poderes de los dioses menores, además de blandir magia más potente que una bruja de cerco normal y corriente.

Pero, para mi sorpresa, hace una mueca.

—No del todo. Es…

—¿Acaso eso era completamente necesario, aspirante?

El rostro de Emeric se descompone más cuando una mujer como un riel metálico sale de la multitud. Lleva el cabello color nuez con vetas plateadas recogido en un severo moño y su mirada azul hielo nos taladra desde un rostro que en el pasado fue pálido, pero que ahora, quemado por el viento, ha adquirido un bronceado rojizo. De forma metódica saca una libreta de un bolsillo de su abrigo de lana negro, casi idéntico al de Emeric, excepto por las bandas de rango en las mangas y un anillo dorado alrededor de la insignia del tribunal celestial.

Emeric se endereza más. No sé si se da cuenta de que ha entrelazado las manos en la espalda como un cadete entusiasta.

—S-supervisora Kirkling. Pensé que mis instrucciones consistían en comenzar la investigación preliminar por mi cuenta.

—Y lo eran —dice con frialdad la mujer (la supervisora Kirkling, deduzco)—. Pero *usted* ha supuesto que vendría sin supervisión. —Saca un carboncillo pulcro, abre la libreta con un crujido y lee en voz alta mientras escribe—. Uso… innecesario… de la fuerza.

—Eso es una exageración —objeto.

La supervisora no alza la mirada.

—Suposición… imprudente. Falta de… control.

Emeric abre la boca y luego la cierra, con los ojos fijos en el suelo. Las orejas se le están poniendo rojas.

Una yesca en mis huesos se prende al verlo.

—No sé quién es usted y no me importa —digo—. Por si se lo ha perdido, tenemos problemas más graves que...

La mujer cierra de golpe la libreta y clava su mirada glacial en mí.

—Elske Kirkling, prefecta emérita de los tribunales celestiales y supervisora asignada para la prueba oficial del aspirante a prefecto Emeric Conrad.

Me niego a sentirme impresionada.

—¿Puede repetirlo? Solo he entendido «prefecta Emeric emérita prueba prefecta».

—La supervisora Kirkling determinará si supero la segunda iniciación —se apresura a traducir Emeric—. Supervisora, esta es Vanja...

Duda un momento y me mira. No es que sea un secreto, pero él es la única persona a quien le he dicho que no conozco el apellido real de mi familia biológica.

—Schmidt —termina Kirkling con brusquedad antes de que yo pueda responder—. Del caso de Minkja. He leído el informe.

—¡Dejadnos hablar con él! —grita alguien de la muchedumbre—. ¡Queremos oír hablar al siervo de la Doncella Escarlata!

—¡Dejadlo hablar!

Kirkling me dirige un ceño fruncido.

—Condúzcanos a un lugar donde podamos hablar en privado.

Casi le digo que un «por favor» no le haría ningún daño, pero me abstengo por Emeric, así que la rodeo para dirigirme a la gente.

—¡Amigos, vamos a rendir homenaje en la capilla! Dejadnos pasar en paz. ¡Celebrad el fin de la vigilia del Santo Lloroso como queráis! —Y luego les digo a Kirkling y a Emeric—: Seguidme.

Los conduzco por el puente y por la plaza de Hagendorn hasta una pequeña capilla que aún huele a madera nueva. La estatua de hierro de la Doncella Escarlata en la plaza parece observarnos al pasar, con el huso en la mano. Algo va mal, pero no sé el qué hasta que veo la estatua de la capilla: no solo le sale sangre de los ojos, sino también de la punta del huso y de la herida en su mano vacía.

Una vez que las puertas de la capilla vacía se han cerrado a nuestra espalda, Kirkling habla con energía:

—Mucho mejor. Aquí no habrá interferencias. Vanja Schmidt, por la autoridad que me concede el tribunal celestial, queda detenida por fraude profano.

—¿Cómo? —espetamos Emeric y yo a la vez; nuestras voces resuenan en las paredes de madera sin tratar.

—Ha falsificado la existencia de una diosa menor y se ha aprovechado de esa creencia para su propio beneficio, a expensas de la aldea de Hagendorn y de varios ciudadanos del imperio. Conrad, póngale los grilletes.

El corazón se me sube a la garganta al ver que la mirada de Emeric pasa de una a otra, ojiplático. Ha estudiado para ser prefecto desde los ocho años; con dieciocho, ha dedicado la mayor parte de su vida a trabajar para conseguir ese objetivo. Recuerdo el dolor que bordeaba sus palabras cuando me habló del alguacil que asesinó a su padre, cómo el agente se aprovechó de su posición para ocultar el crimen. Y recuerdo el fuego que sintió al hablar de ser capaz de hacer rendir cuentas a los poderosos, sin importar su riqueza o su rango.

No sé lo que siente por mí, si es que siente algo. No sé si le importo más que ese sueño. Pero nunca le pediría que eligiera entre los dos.

Y por eso me sorprendo tanto cuando dice:

—No puedo.

La supervisora está igual que yo. Tras un silencio insoportable que se alarga lo indecible, saca de nuevo la libreta y el carboncillo y, en voz baja, dice:

—Se olvida del equipamiento rutinario...

—No, sí que tengo los grilletes... —Emeric los alza y Kirkling entorna los ojos—. Pero, de un modo procedimental y ético, está mal. —Kirkling ensancha las aletas de la nariz—. «Procedimental» porque, como prefecta retirada, usted ya no posee la autoridad para arrestar o detener ciudadanos, ni tampoco para ordenar un arresto —prosigue Emeric; los nudillos se le tensan alrededor de los grilletes—. En el estatuto del prefecto, en el artículo nueve, subsección tres, se establece que un prefecto entrega de forma permanente esa autoridad tras retirarse, aunque ayude a la orden más adelante. Y en cuanto a la ética... la Doncella Escarlata es *manifiestamente* real. Muchos clérigos se ganan la vida con las donaciones de sus adoradores. ¿O acaso vamos a acusarlos de aprovecharse también de su devoción?

El carboncillo de Kirkling se alza como una daga sobre la garganta de la página. Luego lo guarda junto con el cuaderno y una fina sonrisa sin humor se despliega por su rostro.

—Eso era una prueba. Su determinación me parece adecuada, aspirante. Puede proceder.

Como estafadora profesional, puedo detectar mierdas, y no porque se nos hayan quedado pegadas las boñigas del granero de Udo. Sin embargo, antes de sucumbir a la necesidad de delatar a la supervisora, la puerta de la capilla se abre y entra Udo.

—Disculpen la interrupción —dice y se quita el sombrero de lana para hacer una reverencia rápida a la estatua de la Doncella Escarlata—. Es sobre el alojamiento.

Ese es un asunto en el que aún no he pensado. Los peregrinos ya han empezado a llegar para la vigilia y la aldea se llenará más con la fiesta del Santo Mayo, dentro de cinco semanas. Y más ahora que la *auténtica diosa* ha aparecido para dispensar milagros. Disponemos de una casa comunal para visitantes, pero hay otra aún en construcción.

El gorro gira en las manos de Udo.

—Hemos vaciado una cama en el albergue para peregrinos, pero eso es todo lo que tenemos. Jakob y yo podemos escoltarla a la posada más cercana, señora prefecta, y...

—Puede llamarme supervisora Kirkling y aceptaré la cama en el albergue —responde con ese tono que convierte un «puede» en una palabra indistinguible de una orden—. Pueden acompañar al aspirante Conrad a nuestra posada en Glockenberg.

Udo inclina la cabeza de nuevo.

—Con todo mi respeto, señ... supervisora Kirkling, pero no creo que los Sacros Rojos le permitan abandonar Hagendorn. Eso podría enfadar a la Doncella Escarlata.

—Entonces descubrirán lo que ocurre cuando intentan detener a un prefecto de los tribunales celestiales —replica Kirkling.

—Ah, conque ahora estamos a favor del uso innecesario de la fuerza —resoplo.

Para sorpresa de nadie, me dirige una mirada asesina.

—No permitiré que alguien como *usted* me sermonee.

—No le hable a Vanja de ese modo.

Udo se yergue por completo y, de repente, me acuerdo de que Udo Ros es un hombre paciente y amable hasta que algo ronda demasiado cerca de su rebaño.

Pero Emeric alza las manos.

—Haya paz, por favor. Se hace tarde y ahora mismo estamos todos demasiado cansados para hablar de esto. Aclaremos el tema del alojamiento y luego ya pensaremos un plan de acción para mañana.

—Yo me quedo en Hagendorn. —El tono gélido de Kirkling indica que nada puede persuadirla de lo contrario—. Y quiero la garantía de que Schmidt no se largará por la noche. Una garantía que *usted* debería comprender, Conrad.

Es como un golpe a traición en la boca. Emeric se torna pálido, excepto por dos puntos carmesíes en sus mejillas.

Una oleada de rabia incandescente me recorre las venas justo cuando una idea completamente desquiciada burbujea hasta la superficie. La voz me sale aflautada, con ese tono alegre propio de la furia.

—Se quedará conmigo. Al fin y al cabo, la mismísima Doncella Escarlata me ha pedido que lo vigilase, así que eso resuelve los dos problemas.

—¿Estás segura? —pregunta con vacilación Udo; su mirada pasa de mí a Emeric.

—Pues sí —respondo antes de que Kirkling pueda objetar—. Udo, ¿serías tan amable de enseñarle a la suplente su alojamiento?

—Supervisora —me corrige Kirkling.

Le dirijo una sonrisa con los labios apretados, como si ahora mi misión en la vida *no* fuera llamarla con el título incorrecto.

—Qué descuido. Podemos reunirnos por la mañana, después de descansar. Emeric, mis aposentos están por aquí.

Y entonces uso el mismo truco que en el granero y me lanzo a toda prisa hacia la puerta, sin dejar margen para discusiones. Descubro que los Sacros Rojos se han congregado en la plaza del pueblo, pero abren paso cuando se lo pido. También les pido privacidad hasta la mañana. En eso tengo menos confianza, ya que se quedan mirando a Emeric mientras lo conduzco a la casa de los hermanos Ros.

Jakob está limpiando sangre del ídolo de roble de Brunne la Cazadora que hay junto a su puerta. Un viejo farol maltrecho ilumina su trabajo. Gruñe a modo de saludo.

—Por la mañana mandaremos buscar a Helga. Quizás ella sepa algo más sobre este asunto de la diosa dormida.

Helga Ros es la hermana de Jakob y Udo, y habitualmente vive en el bosque con la tía Gerke, una anciana comadrona y la bruja de Hagendorn. Helga está estudiando para dedicarse a eso, aunque es una magia más antigua y regional que la metódica brujería textil de Jakob. Eso significa que mañana se producirá uno de esos debates a los que son tan aficionados… y debe de ser grave si Jakob está dispuesto a pedirle ayuda a su hermana.

—Te lo agradezco —digo.

Jakob encoge los hombros con torpeza y mira a Emeric.

—Muchacho, ¿has cenado?

—Sí, gracias —se apresura a responder Emeric. Al encenderse, la luz de la moneda crea un relieve marcado en su rostro—. Perdone por la intromisión.

—¿Intromisión?

Cambio el peso de un pie a otro.

—Se... se queda conmigo. ¿Necesitas ayuda para limpiar?

Jakob deja el trapo en un cubo, mira ceñudo el ídolo y niega con la cabeza.

—No deja de sangrar. No pierdas el tiempo.

Cualquiera pensaría que, después de haber pasado gran parte de tres meses echando de menos a Emeric, me sentiría menos nerviosa sobre la perspectiva de quedarme a solas con él mientras nos dirigimos a la parte trasera de la casa de los hermanos Ros.

—El baño está allí, por si lo necesitas —le informo, señalando un pequeño armario pegado a la casa. Al doblar la esquina, la luz de la moneda ilumina mi cobertizo. Alcanzo la puerta—. No es gran cosa, pero al menos será mejor que dormir en la capilla.

Emeric no dice nada. Debe de estar cabreado conmigo, eso seguro. Ya estamos en terreno pantanoso, incluso antes de permitir que lo reclamara una diosa que me he inventado y enemistarme con su jefa.

Pero, una vez dentro del cobertizo, busco con torpeza el farol para que pueda apagar la moneda y lo oigo musitar unas palabras:

—Solo hay una cama.

—Ah, sí, bueno, no sé qué haría con dos —digo, azorada—. ¿Dormir con la cabeza en una y los pies en la otra?

—Ya. Claro.

Emeric suena un tanto aturdido. Echo un vistazo por encima del hombro y lo veo apoyado contra la puerta, con la mano en la frente.

—¿Qué pasa?

—Nada. Solo estoy cansado.

No lo creo, pero de poco servirá interrogarlo. Abro un poco la puerta de hierro de la chimenea para meter una brizna de paja en las brasas.

—Bueno, Kirkling es horrible.

—Solo es... —Calla un momento—. Dejó la jubilación por esto, dijo que debía hacerlo ella. Antes era la compañera de Hubert.

—Ah. —Pues no me extraña que sepa quién soy. Ya no me sorprende que tenga tantas ganas de verme detenida, pero sí que me asombra que no me estrangulara nada más verme. Hubert Klemens, el mentor de Emeric, fue asesinado en Minkja... y lo encontraron con mi distintivo penique rojo en la boca. Los prefectos determinaron oficialmente (y con acierto) que me habían incriminado, pero todos descubrimos ese día que el dolor al perder a un ser querido no escucha a la razón. No lo sé a ciencia cierta, pero presiento cuál de los dos predomina ahora en Kirkling—. ¿Cuánto tiempo tienes que aguantarla?

—Hasta que apruebe o suspenda el Fallo. —Se frota de nuevo la frente—. Ay, perdona. Un Fallo es un caso de prueba que tengo que resolver, ya sea demostrando que no se cometió ningún crimen o argumentándolo con éxito delante de un tribunal celestial. El supervisor lo asigna cuando decide que el aspirante está listo.

—Pensé que en diciembre Justicia había dicho a Helligbrücke que te ascendieran.

—Y lo hizo. Completé gran parte de la segunda iniciación a finales de enero. Lo último que falta es el Fallo.

Echo otro vistazo por encima del hombro.

—¿Y un supervisor tarda en general dos meses en asignar un Fallo?

Emeric aprieta los labios y aparta la mirada, con lo que sé la respuesta antes de que responda con tensión:

—No.

Oímos un golpe en la puerta y nos llevamos un susto tremendo. Emeric va a responder.

Es Udo, que nos mira por encima de un montón de tela.

—Jakob dice que necesitaréis más mantas. Si pregunta, he dicho que ha sido idea mía.

—Gracias. —Emeric las acepta y, con cierta torpeza, dice—: Sus ovejas están muy... sanas.

Udo sonríe con ganas.

—Avisadme si necesitáis algo más.

Ya se ha ido para cuando consigo encender el farol. Me enderezo y me quito la recargada túnica roja para tirarla a un rincón. La combinación y el sencillo vestido de lana que llevo debajo me mantendrán bastante caliente, sobre todo con dos personas en este espacio reducido.

—Puedes quedarte con la cama. Yo aún tengo que quitarme... todo esto.

Señalo con vaguedad el estropicio de sangre y pintura de mi cara.

—No te voy a echar de tu cama. Dormiré en el suelo.

—¡Eres mi invitado! —protesto. Emeric retuerce la boca con obstinación—. Vale. Los dos dormiremos en la cama. —Arranco una colcha para mí de todas las que sostiene y veo que un pánico sin adulterar le inunda el semblante—. Solo somos dos personas, completamente vestidas con mantas separadas, que van a compartir un colchón. Nada más. No tiene por qué ser raro.

—Claro —dice con dificultad, como si las palabras que acabo de pronunciar no rompieran con audacia nuevas fronteras, en *plural*, de rarezas físicas y emocionales.

—Pues recuéstate. Parece que estás a punto de caerte en la tumba.

—Vanja. —Se le traba la voz—. Tenemos que... que hablar.

Me he situado delante del lavabo para fingir que pongo a remojo unos trapos limpios.

—Lo sé —admito, aunque sin mirarlo—. Pero gritaremos mucho más si lo hacemos ahora. ¿Puede esperar a mañana?

A lo mejor solo retraso lo inevitable. A lo mejor Emeric también quiere eso, porque lo único que dice es:

—¿Me lo prometes?

—Te lo prometo.

Oigo el susurro del colchón de paja y entonces comprendo por qué necesita esa promesa. No es porque quiera oírme decir que *mañana* hablaremos sobre esto.

Es porque quería que dijera que estaré aquí cuando salga el sol.

Para cuando termino de lavarme la cara y enrollarme con la colcha, Emeric ya está en la cama y me da la espalda, tumbado en el extremo más alejado para que no tenga que pasar por encima de él. No se mueve cuando me hundo rígida en el colchón.

Durante un momento, lo único en lo que puedo pensar es en la primera y última vez que compartimos una cama, la noche antes de que se marchara de Minkja. Estábamos un poco achispados por el *glohwein* y más que un poco emotivos, y hubo manos por debajo de camisas y corpiños (y peligrosamente cerca de las cinturas), pero eso fue todo. Ninguno estaba listo para algo más después de haber pasado tan solo unas semanas juntos y caímos hechos un montón en un sueño potenciado por el vino.

Ninguno sabía que pasarían tres meses antes de encontrarnos de nuevo en el mismo pueblo, en la misma habitación.

Daría lo que fuera por volver a aquella noche.

Me trago el nudo de la garganta y luego ruedo de lado para apagar el farol. Por un momento, me parece oír el susurro de mi nombre en la oscuridad. Pero no oigo nada más, así que decido que me lo he imaginado.

Cuando cierro los ojos, también me parece imaginar el palpitar tenue de una luz roja como una arteria.

—Vanja.

En esta ocasión no puedo eludir el murmullo quedo. Abro los ojos un resquicio y descubro que la oscuridad ha dado paso a un suave gris. No, gris no... es solo la sábana blanca en la que he estampado la cara... *No*, una sábana no...

Transcurre un latido ahogado mientras evalúo con rapidez cómo, exactamente, me he movido mientras dormía, para terminar con un puñado de respuestas vergonzosas. Sin saber cómo, un brazo se ha enredado alrededor del cuello de Emeric, parece que he enterrado la cara en su pecho, la estrategia de mantas separadas ha fracasado de un modo espectacular y, para rematar el *summum* de humillaciones: tengo la pierna completamente estirada, en perpendicular, sobre su cadera, y el pie casi apoyado en la pared. El único consuelo es que él también me rodea con los brazos.

Al menos hasta que profiero un chillido torpe y prácticamente salto hasta el borde de la cama.

—Lo siento... No pretendía...

—Lo siento —balbucea él al mismo tiempo, apartándose—. Me he despertado y he intentado liberarme, pero tú has prorrumpido en... *sonidos de enfado* y... y no quería que... que te enfadaras por despertar así.

Me limpio las legañas de los ojos. A juzgar por la escasa luz que se cuela por las rendijas de los tablones, acaba de amanecer. Y entonces mi mente adormilada procesa lo que Emeric acaba de decir y lo miro con los ojos entornados.

—¿Enfadarme? ¿Por qué me iba a enfadar?

Emeric se apoya sobre el codo. Por lo que parece, la confusión que lo asoló anoche ha desaparecido; sus avispados ojos marrones relucen mientras despliega las gafas y se las coloca. Respira hondo para prepararse.

—¿Hablamos ya?

Me encojo un poco, pero...

—Seguramente no tengamos otra oportunidad en un futuro cercano.

—Pues, antes que nada —traga saliva—, te juro que, digas lo que digas, no afectará a lo que ocurra con este caso. No quiero que sientas que no estás a salvo a menos que mientas sobre lo que quieres.

Me lo quedo mirando, desconcertada y un poco más que distraída por lo que la almohada le ha hecho a su pelo.

—¿Por qué iba a mentir?

Emeric me devuelve la mirada.

—Porque tengo la grave impresión de que tú, eh… has reconsiderado nuestra relación. Y has intentado amortiguar el golpe, pero…

—¡No, te lo dije en la carta! —respondo con impotencia—. Tengo que pensar en qué hacer *de verdad* con mi vida.

—Dijiste que querías encontrar una forma real de ganarte la vida —concuerda— y luego me dejaste sin un modo de contactar contigo y no me escribiste de nuevo. Y, tres meses más tarde, descubro que has estado todo este tiempo a menos de una semana de viaje de Helligbrücke y has creado una secta.

Me encojo un poco más.

—Vale. Ya lo entiendo.

Emeric suaviza el tono.

—Vanja, si esto era sobre encontrar un trabajo honesto… no seguirías en Hagendorn. ¿Qué ha pasado?

Se me había olvidado con cuánta naturalidad puede captar mis tonterías, a veces incluso cuando yo misma me niego a verlas. Una parte infantil de mí intenta esquivar su pregunta.

—Me emborraché y los rubíes cayeron por el puente y me inventé una historia para que los aldeanos me ayudaran a pescarlos. Y luego…

—Antes de eso.

Se me tensa la garganta. Pero ya ha pasado el momento de huir. Se lo debo a Emeric.

Me tumbo bocarriba para mirar las vigas y pensar en qué decir.

—Le daba vueltas —empiezo con voz ronca— a lo de estar en Helligbrücke o… a buscar a mi familia, como planeamos. Y sé que suena ridículo, pero no podía dejar de pensar en cómo me presentarías. ¿Qué ibas a decir? «Hola, soy Emeric Conrad, el prefecto más joven de la historia…».

—Aspirante a prefecto —susurra.

—«… el mismo que ha derrotado a un margrave y ha salvado el imperio. Ah, y esta es Vanja, sin apellido, y es básicamente una criada sin domesticar que acostumbraba a robar hasta que le echaron una maldición tan grave que murió. Más o menos». —Soplo un mechón de pelo que me ha caído sobre la cara—. No sería justo para ninguno de los dos. Y tenía miedo de… de conformarme. De no ser nada más. O, al menos, antes de intentar encontrar a mi familia. Y ya sabes el resto.

Emeric apoya una mano en mi brazo y giro la cabeza hacia él. Su semblante es tan intensamente sincero, tan serio, que me siento pequeña por tratar de escaquearme de la verdad.

—Para que todo quede claro cristalino, ¿no querías romper? ¿Aún deseas un… nosotros?

Consigo asentir, muda.

Y entonces la tensión se desvanece cuando se tapa la cara con el brazo y se echa a reír.

Le doy un empujón, con las mejillas ardiendo, y dirijo una mirada ceñuda al techo.

—No es gracioso.

—No, o sea, lo entiendo, de verdad, es que…

Emeric se acerca más y se apoya de nuevo en su codo para mirarme a los ojos. Su mirada transmite una alegría llena de alivio, como si hubiera recibido el perdón en la horca. Posa una mano en mi mejilla y encaja tan bien ahí como una llave girando en su cerradura.

Contengo la respiración, con miedo a permitirme sentir esperanza de que esto (*nosotros*) se pueda rescatar.

—Mira que eres *gansa* —dice, pero suaviza sus palabras con una sonrisa triste—. ¿Sabes cómo te presentaría? Diría: «Esta es Vanja, la persona más valiente que he conocido nunca». O «esta es Vanja, hay una *estatua* de ella en Minkja». O «esta es Vanja, hay una estatua de ella en Minkja porque una *deidad* la puso allí». —Se sube las gafas cuando amenazan con resbalarse de su cara—. O algo mejor que ya se me ocurrirá más tarde, porque la mitad de mi cerebro se ha pasado los últimos tres meses ocupada en lo mucho que quería besarte.

Una euforia vertiginosa se infla en mi pecho. Le dirijo una sonrisa tímida a Emeric.

—No creo que fuera la mitad de tu cerebro, la verdad.

—Más bien un tercio —reconoce—. Da igual, el caso es que su capacidad de rendimiento era menor. *Tres meses*, Vanja.

Con la punta del dedo traza un círculo cuidadoso en la comisura de mi boca y mi corazón se detiene.

Por Winterfast, cuando empezábamos a adentrarnos en el emocionante mundo de meternos mano, también establecimos… una especie de sistema. Dado que me había entrado el pánico y había amenazado a Emeric la primera vez que nos besamos, decidimos tomar ciertas precauciones, ya que ninguno quería provocar otra reacción así. Si él no estaba seguro, o solo quería preguntar, trazaría un círculo cerca de la zona donde le gustaría tocarme y esperaría una respuesta.

Justo como hace ahora, mientras su sonrisa da paso a algo más serio, más intencionado.

—Sí —jadeo y estiro el brazo para acercarlo a mí.

Percibo mi cuerpo y el suyo casi con una intensidad dolorosa: el colchón que se mueve con Emeric cuando se aproxima, un escalofrío sobrecogedor por el vientre cuando pone su rodilla entre las mías, el exquisito tirón de los dedos enredándose en mi pelo. Siento primero la calidez de su aliento en mis labios y luego el roce más suave de…

La puerta traquetea con un golpe.

Los dos nos sobresaltamos y nuestras frentes chocan. Soltamos una ráfaga queda de maldiciones recíprocas.

—A desayunar —dice Jakob desde fuera—. Y ha llegado la supervisora.

Profiero un sonido como un cojín que se desinfla con enojo y Emeric esconde la cara en mi hombro, estremeciéndose con carcajadas mudas. Fíate de Kirkling para que estropee el momento.

—Ahora vamos.

Jakob gruñe a modo de respuesta. Oímos los crujidos de sus pasos alejándose.

Emeric empieza a apartarse, pero agarro un puñado de su camisa con un poco más de desesperación de la que pienso admitir.

—No, seremos rápidos…

Una carcajada persiste en su sonrisa cuando aquieta mis labios con los dedos y niega con la cabeza. Un calor familiar y embriagador satura sus palabras, cargado de promesas.

—Tres. *Meses*. Cuando te bese, Vanja, nos tomaremos nuestro tiempo.

Noto otra descarga en el vientre. Maldita sea su capacidad para meterse bajo mi piel. Maldita sea *yo* por permitir que me guste tanto. Tiro una vez más de su camisa, lista para enfurruñarme por los siglos de los siglos.

—Pero podemos hacerlo *ahora*.

Y entonces… veo algo debajo de su clavícula que me llama la atención. El corazón me da un vuelco de un modo que no se parece en nada a nuestros besos.

Emeric baja la mirada y se sonroja cuando empiezo a tirar de los botones.

—Vanja. Esto es, de hecho, lo contrario a…

Pero pierde el hilo al ver lo mismo que yo.

En el centro de su pecho resplandece la huella de una mano tan roja como la sangre.

CAPÍTULO 3

DISTRACCIONES

—Eso es colorante clarísimamente.

—Jakob sacando conclusiones precipitadas, *para variar*. Si fuera colorante, percibiría el pigmento en la piel.

—A lo mejor tus sentidos no son tan perspicaces como te gusta creer, *Helga*.

—¿Puedo abrocharme la camisa ya? —pregunta Emeric con un tono un tanto lastimoso desde el banco donde está encajado entre una pulcra pila de paños plegados de color verde y una fanega de lana cardada. Tiene la camisa abierta para exponer la huella, aunque nada más sentarse se puso a retorcer el bajo como un trapo de cocina. Jakob, su hermana Helga, Kirkling y yo nos apiñamos en el pequeño taller y, aunque la aglomeración de cuerpos ayuda a paliar el frío, tampoco es que haga calor.

Jakob y Helga están cerca, entretenidos con su pelea.

—Quizá la explicación no tenga nada que ver con alquimia y juegos mentales por una vez —farfulla Helga. Se limpia las manos en los pantalones antes de empezar a trenzarse el cabello rojizo para apartarlo de su delgado rostro pálido. Con veintipocos años, Helga tiene unos cuatro años menos que Jakob, aunque son igual de altos, hecho que él parece resentir por una cuestión de principios—. Sé que preferirías dormir en el granero antes que admitir que tengo razón, pero eso —señala la huella en el pecho de Emeric— es demasiado brillante, demasiado preciso y demasiado *raro* para tratarse de una transferencia de tinta.

Me acerco para situarme junto a Emeric.

—Se pasarán un rato así —le digo en voz baja y empiezo a abrocharle los botones (es lo justo, ya que se los desabroché yo)—. ¿De verdad que no duele?

—No sabía ni que estaba ahí.

Su tensión mengua un poco cuando me dirige una sonrisa cargada de inquietud. Se la devuelvo lo mejor que puedo con un nudo en el estómago.

No sé qué hizo la Doncella Escarlata cuando lo reclamó como siervo. Pensé que sería lo mismo que conmigo y eso de ser su «profeta», pero… está claro que hay algo más. Y si la he despertado como ha dicho, todo es culpa mía.

Se me eriza el vello de la nuca. De refilón, veo que Kirkling me observa pelearme con los botones.

—No es una diosa menor —declara, como si estuviera dictando sentencia.

El debate de Jakob y Helga se interrumpe.

—¿Cómo ha dicho? —pregunta el joven.

Kirkling se aparta de la pared que ha estado acosando.

—Esa *cosa* no es ninguna deidad. Los prefectos no tienen informes sobre una tal Doncella Escarlata, y la sección siete del acuerdo para la alianza entre prefectos y divinidades prohíbe a los dioses menores reclamar a un prefecto para sus rituales. Una auténtica diosa, incluso una nueva, estaría obligada a acatar eso.

Helga contempla a Kirkling durante un rato largo. Luego se gira hacia Jakob y le pregunta llanamente:

—¿Quién es esta?

—La jefa de Emeric —respondo y, cuando Emeric abre la boca, aclaro—: O su supervisora. Es complicado.

Tras una pausa, Helga vuelve a hablar con la misma frialdad.

—¿Y por qué sigue aquí?

Kirkling se endereza, envarada.

—Como prefecta emérita, en la actualidad soy la mayor autoridad en Hagendorn y tengo derecho a conocer el estado del aspirante a prefecto que superviso.

A Helga, por motivos que escapan a mi comprensión (quizá porque es demasiado perspicaz), nunca le he caído bien. Y, pese a todo, cuando arruga el labio, se convierte rápidamente en mi segunda persona favorita de la habitación. Saca un sencillo cordón anudado de su práctica túnica marrón y empieza a atarse la trenza en un moño en la nuca. Le brillan los ojos azul metálico.

—Pues claro que la Doncella Escarlata no aparece en *sus* registros. Las Haarzlands están llenas de divinidades antiguas —dice mientras ata el cordón con brutalidad alrededor del moño— que se ocupan de sus asuntos. En el desfiladero de Boderad abundan zonas ritualistas y altares que sacan siglos a sus acuerdos.

—La Doncella Escarlata dijo que había estado durmiendo bajo la Cumbre Rota —comenta Emeric—. Forma parte del desfiladero, ¿verdad?

Helga asiente.

—El arroyo de aquí también nace de un río del desfiladero. Existen leyendas de una diosa menor en esa zona que desapareció hace mucho tiempo. La llamaban la Damisela Pintada de Rojo o...

—La Damisela Roja del Río —termino por ella. Debería haberme andado con mucho, *muchísimo* más cuidado y no haberme apropiado de una balada trágica—. Así que podría haber estado durmiendo cuando se crearon los acuerdos, pero yo... la he despertado de nuevo.

—Eso sería absurdo —espeta Kirkling—. Las cosas no funcionan así.

Helga pone los ojos en blanco.

—Solo porque *usted* no pueda comprenderlo no significa que sea imposible.

Jakob y yo intercambiamos una mirada mientras se acaricia la barba corta. Por lo que a él respecta, parece contento de que su hermana pequeña haya encontrado una nueva persona a la que hostigar, incluso aunque se avecine una pelea en su taller.

Udo asoma la cabeza por la puerta.

—El desayuno se enfría.

—No vamos a resolver nada dejando que se enfríe —suspira Jakob—. Si...

Kirkling no se mueve, pero su voz atraviesa la sala.

—Aspirante Conrad. —Emeric se pone en pie con dificultad—. Como supervisora de su juicio oficial, por la presente le asigno este caso como Fallo. Debe investigar la auténtica naturaleza del ser que se hace llamar la Doncella Escarlata y determinar si es una diosa menor real con una reclamación válida sobre usted.

Emeric se endereza más y la curiosidad chispea en su rostro. Ese es justo el tipo de enigma que le encanta, aunque haya asuntos personales en juego.

Pero Kirkling no ha terminado.

—Como parte de su investigación, también determinará si Vanja Schmidt ha cometido fraude profano al engañar al pueblo de Hagendorn para que adorasen a una falsa divinidad por su propio provecho. ¿Entiende sus órdenes?

El semblante de Udo se ensombrece.

—No es justo hacerlo investigar a Vanja cuando son... —Retuerce la boca con incertidumbre y se decanta por—: Compañeros de cuarto.

—Así se pondrá a prueba la imparcialidad del aspirante Conrad —replica Kirkling con frialdad—. Los prefectos no pueden permitir que ningún prejuicio se interponga entre ellos y su deber para con la justicia. Aspirante Conrad, *¿ha entendido sus órdenes?*

Emeric traga saliva. Y entonces me sorprende agarrándome la mano y entrelazando sus dedos con los míos. Para los demás seguro que parece un gesto normal y reconfortante, pero yo comprendo lo que me está diciendo: no importa a qué nos enfrentemos, porque estamos juntos en esto.

—Las entiendo —responde con un tono cortante que me obliga a ahogar una carcajada malvada. Me pregunto si Kirkling sabrá exactamente qué clase de bestia pedante y puntillosa que escribe como si le fuera la vida en ello acaba de desatar. Sé, sin un ápice de duda, que pronto lo descubrirá.

No sé *dónde* guardaba Emeric el carboncillo y el cuaderno, pero, al segundo de soltarme la mano, ya los tiene listos. Un naipe sobresale como marcapáginas: la reina de rosas, la carta que le dejé en Minkja.

—Pues entonces me gustaría comenzar esta investigación de inmediato y, si no les importa, tengo unas preguntas para el desayuno —dice con energía—. Empecemos por… ¿a qué distancia está la Cumbre Rota?

—Solo me gustaría recordaros —gruñe Helga unas horas más tarde mientras Kirkling, Emeric y yo avanzamos a rastras por un sendero rocoso— que esto habría sido mucho más fácil a caballo.

—*No* —gritamos Emeric y yo a la vez. Él desconfiaba de los caballos desde mucho antes de conocernos y, aunque en general yo tengo una actitud neutral con los equinos, mentiría si el uso creativo y horrible que hizo Adalbrecht von Reigenbach de los monstruos-caballo en Minkja no me impidió subirme a la mayoría de ungulados durante unos meses después del incidente.

Pero es innegable que habrían venido bien para este trayecto. Emeric ha decidido empezar con la fuente, es decir, con la propia Doncella Escarlata. Si podemos encontrarla, le preguntaremos directamente qué quiere en vez de especular.

Por desgracia, esto me ha dejado el tiempo justo para engullir el desayuno, lavarme, cambiarme e ir a asegurarles a los Sacros Rojos que solo salíamos para conversar con su diosa. Sonja, la lechera, ya iba camino de Glockenberg a vender quesos, así que se ha ofrecido para traer los equipajes de Emeric y Kirkling de su taberna. Luego hemos partido hacia la Cumbre Rota.

Pero *no* ha habido tiempo para que Emeric y yo disfrutásemos de un momento de intimidad para... retomar las actividades previas al desayuno. Y no pasa nada. No pasa *nada*. Solo he dedicado la última hora a pensar en cómo se ha arremangado hace... bueno, una hora. Estoy bastante segura de que tal exposición de antebrazos cuenta como ataque personal.

Al menos hace bastante sombra y fresco; las hayas de este bosque conservan las hojas en primavera en vez de despojarlas. Si tuviéramos que soportar la intensidad del sol de mediodía en vez de lo que se filtra entre las ramas marchitas, estoy segura de que habría más sudor de por medio y, llegados a ese punto, creo que acabaría mirándolo como una vieja verde hasta estamparme contra un árbol.

—Bueno, ¿cuánto tiempo lleva pasando *esto*? —pregunta Helga, agitando una mano hacia Emeric y hacia mí, como si sintiera el impulso de incrementar los ataques personales—. ¿O acaso las primeras impresiones de ayer fueron increíblemente buenas?

Los dos enrojecemos con mucha intensidad.

—Esto, bueno, nos... nos conocimos en invierno —explico, mirando a Emeric. Tampoco hemos tenido la oportunidad de hablar sobre este aprieto. No es que escondiéramos nada al darnos la mano y pelearnos con los botones, pero no creo que ayude a la evaluación de Kirkling.

Y, en efecto, veo de refilón que el semblante de la supervisora se agria de nuevo.

—Vanja me ayudó a sobrevivir a un caso importante en Minkja, que solo ganamos gracias a ella —responde Emeric con firmeza y se agacha para esquivar una rama retorcida—. Si cree que exagero, en Minkja hay una estatua de ella. La puso ahí una deidad menor.

Ah, qué cabrón, creo que me va a estallar el corazón. Me planteo seriamente decirles a Kirkling y a Helga que ya las veremos dentro de una hora para poder arrastrar a Emeric a los arbustos.

—Siempre he pensado que te callabas algo —dice Helga con tono críptico. Antes de que pueda preguntarle qué quiere decir con *eso*, salimos del refugio de los árboles a la luz del sol.

El desfiladero de Boderad se abre ante nosotros. El rápido río Ilsza parece haber cortado a las Haarzlands hasta el hueso y a su paso deja unos muros escarpados de pizarra moteada y corneana a rayas, tan elegantes como un salón, con montones verdes que se acumulan en las cornisas como polvo sobre la chimenea. A unos metros por debajo, los últimos restos de la bruma matutina se aferran al agua. Solo un puente viejo y robusto de cuerda supera la división; arranca desde nuestro lado para acabar en el acantilado más alto de enfrente. A otros veinte metros a nuestra derecha, la cabeza de una cascada casi queda a la altura de nuestros ojos, y desde ella cae una pálida cortina para aterrizar en la charca revuelta que alimenta el río. Un segundo puente se arquea a nuestros pies, poco más que unos restos de piedra antigua situada demasiado cerca de la superficie.

Al otro extremo del puente de cuerda se cierne Cumbre Rota. A diferencia de los otros picos irregulares de feldespato lechoso o de las colinas cubiertas de espinos, Cumbre Rota es un gran bloque de granito en su mayoría descubierto con una cima que parece cortada, como la punta de un diente partido.

Y a diferencia de las tímidas franjas de ranúnculos y de las pálidas anémonas en el sendero que hemos dejado atrás, hay una extensión ininterrumpida de flores de un rojo violento en cada grieta de la base de la montaña que la convierten en una inmensa encía sangrante.

—Muy prometedor —comenta Emeric en voz baja.

Helga se sale del camino y desenrosca una botellita de algo con un olor intenso para esparcir unas gotas sobre un pequeño altar de granito en el que no me había fijado. Veo ramilletes secos de flores silvestres, manchas de sebo y hasta lo que parecen los restos de una muñeca de paja.

—Gracias por permitirnos cruzar con seguridad —dice a la nada. Y luego nos grita—: Dad unos golpes al poste al pasar.

Es entonces cuando me doy cuenta de que vamos a atravesar el puente colgante. No sé por qué no se me ha ocurrido antes. Y no es porque la altura me importe, al menos no del mismo modo que le preocupaba a la dama Von Falbirg, quien no podía mirar hacia abajo en la escalera del castillo Falbirg sin echarse a temblar.

Pero hay una diferencia notable entre un tramo de escaleras y una caída de veinte metros.

Helga golpea con los nudillos el poste adornado con runas y da un paso hacia los tablones de madera. Respiro hondo, doy unos golpecitos al poste y la sigo. Las cuerdas de cáñamo parecen vetustas y maltrechas, pero apenas crujen al recibir nuestro peso, fortalecidas por un poder antiguo.

—Según la historia, hace siglos, un gigante llamado Boderad quiso casarse con la princesa Brunne, que procedía de uno de los antiguos reinos. Su padre les tenía demasiado miedo a los gigantes como para negarse —explica Helga mientras lidera la marcha por el puente colgante. No sé si habla para distraernos de la caída—. A la princesa Brunne… no le hizo gracia. Engañó a Boderad para que le enseñara a montar uno de sus caballos…

—¿Por qué siempre hay caballos? —musita Emeric a mi espalda.

Helga carraspea.

—Y entonces, la noche anterior a su boda, cuando todo el mundo estaba borracho, Brunne robó el caballo y huyó.

—No, en serio, ahora me ha picado la curiosidad. ¿Qué pasa con tanto caballo? —pregunto.

Helga suspira con exasperación.

—¡No lo sé! ¡Era un caballo gigante especial o algo! La cuestión es que Boderad la persiguió, pero, cuando llegaron a esta montaña —agita una mano hacia Cumbre Rota—, la princesa Brunne decidió saltar por encima en vez de rodearla. La fuerza del salto rompió las colinas y creó el desfiladero, y los cascos de su caballo quebraron la cima hasta romperla. Boderad no pudo parar a tiempo, cayó al abismo y, en su furia agonizante, se convirtió en un perro infernal. Brunne se transformó en la Cazadora de las Haarzlands y Boderad aún vigila el estanque donde cayó la corona nupcial de Brunne. —Helga señala las aguas agitadas en la base de la cascada—. Lo llamamos el Kronenkessel.

Se oye un resoplido procedente de Kirkling.

Helga se detiene en seco y, como el puente colgante no es muy ancho y no me apetece jugármela, me paro y lo mismo hacen Emeric y Kirkling.

—Entiendo —dice Helga despacio— que para la gente que prefiere un mundo claramente medido, registrado y sistematizado, todo esto parezca una chorrada campesina supersticiosa. Pero lo que *usted* necesita comprender es esto.

Helga saca un panecillo de centeno de la comida que Udo nos ha preparado y luego lo lanza con un esfuerzo considerable hacia la cascada. Casi ya no puedo distinguirlo cuando aterriza en el agua espumosa del Kronenkessel.

Sin embargo, no me cuesta nada ver las gigantescas fauces abiertas que surgen de la espuma un instante después. Se cierran con un chasquido atronador que oímos a pesar del rugido de la cascada, y capto un destello fugaz de pelaje gris manchado de algas sobre un hocico monstruoso antes de que la criatura se hunda de nuevo bajo la superficie.

—Solo porque no esté en sus registros —prosigue Helga, fulminando a Kirkling con la mirada— no significa que no le vaya a morder el culo. Y, por cierto, esa era su comida.

Ni Emeric ni yo necesitamos hablar; nuestras manos se unen y se quedan así hasta que salimos del puente.

Helga señala otros detalles al pasar: una pequeña cabaña adornada con runas para proteger a cualquiera que esté por aquí demasiado cerca del anochecer, un anillo distante de rocas llamado la Danza de las Brujas, setas que marcan una enorme haya reclamada por los musgosos. Las flores crecen más grandes y rojas cuanto más nos acercamos a la base de la Cumbre Rota, y veo que ni siquiera son de las que florecen carmesíes de forma natural. Algunas, como la arveja o la violeta bulbosa, no se alejan demasiado de su magenta habitual, pero los tallos del berro amargo y de la saxifraga, que deberían ser rosados y verde dorado, atraviesan la tierra luciendo el mismo rojo intenso que la huella de Emeric.

No tardamos en alcanzar un sendero de piedras gastadas y torcidas que ha superado su época de ser escalera para convertirse desde entonces en una pendiente poco comprometida a la causa. Conduce a un arco rudimentario tallado en un muro de granito que se cierne ante nosotros. Unas enredaderas con flores rojas adornan la entrada.

—¿Eso es Felsengruft? —pregunto.

Helga asiente. Ha sido idea suya; al fin y al cabo, la Doncella Escarlata había dicho que dormía *debajo* de la Cumbre Rota. Felsengruft es un antiguo altar y túmulo en el sistema de cuevas de la cumbre, justo el lugar donde una diosa podría echarse una siesta durante unos siglos.

—Recordad que para arriba está el salón ritual del altar y para abajo las criptas. Yo miraría primero en el salón ritual, que es donde se celebraban todas las ceremonias.

—¿No va a entrar con ellos? —pregunta Kirkling cuando llegamos a la entrada.

—Nosotras no deberíamos entrar —replica Helga—. Es una estructura antigua. Si pasa algo ahí dentro, una debería estar lista para ayudar aquí y la otra debería ir a buscar ayuda a Hagendorn. Además, odio las cuevas.

Kirkling pone mala cara, pero no puede discutírselo.

—Espero que Schmidt no sea una distracción, aspirante Conrad. Santos y mártires, debería haberla tirado por el puente colgante.

—No sé —digo con afectación—, no hay nada más *romántico* que revolcarse en un sarcófago. ¿Es raro que nos observen las calaveras?

—Y *nos vamos.*

Emeric entrelaza su brazo con el mío y pasamos por debajo del arco cargado de enredaderas.

—¿Crees que todos los cadáveres disecados le darán, no sé, cierto ambiente al sitio? —pregunto en voz alta por encima del hombro.

—Deja de contrariarla, por favor —replica Emeric en voz baja. La luz del día empieza a menguar.

—A lo mejor, si ella dejara de ser tan...

—Ah, y ¿niños? —nos llama Helga desde detrás (y eso que, como mucho, le saca cuatro años a Emeric)—. No os olvidéis de que, con tanta piedra, el sonido se *propaga.*

— ... una... sierva entregada... del pueblo —termino con los dientes apretados.

Emeric enciende su moneda de prefecto y luego agarra el farol maltrecho que he tomado prestado de Jakob y Udo.

—Toma.

Le da un golpecito al cristal y la vela se enciende.

En general, hay dos formas de que una persona normal y corriente haga magia en el Imperio Sacro. Una es convertirse en hechicero, individuos que se vinculan al inmenso poder de un espíritu por un precio terrible. La otra es la forma más humana de conseguir poder: comiéndoselo. Los dioses menores y los espíritus pierden huesos, piel, escamas y demás. Todo eso se quema para convertirlo en lo que llamamos «ceniza de bruja» y una persona puede comer una pizca para extraer su magia.

Sin embargo, esta es la segunda vez que he visto a Emeric practicar magia sin las cenizas. Los prefectos tienen algo como un vínculo de hechicero a gran escala con los dioses menores, pero... Parpadeo.

—Pensaba que no podrías hacer trucos nuevos hasta que te ordenasen.

—Eso es lo que me dijeron. Resulta que la segunda iniciación es más gradual. —Se señala la parte superior de la espalda, donde está la marca que lo vincula al poder de los dioses menores—. Con cada fase que apruebo, la marca crece, así que la mía está casi completada.

Cuanto más avanzamos, empiezan a aparecer murales sobre la piedra irregular, cada uno pintado en pigmentos blanquecinos. El farol y la moneda arrojan luz sobre Brunne, que cabalga en la noche. Otro mural parece representar a una muchacha delante de una multitud en un castillo, una historia que desconozco.

—¿Eso significa que ya no necesitas cenizas de bruja? —pregunto, en parte para no pensar en el silencio extraño del pasillo.

—No a menos que haya sido un día agotador. —Se percata de mi suspiro ahogado—. ¿Por? ¿Qué pasa?

—Nada, no pasa nada.

—No te creo —dice con delicadeza.

—Es que hace que huelas a enebro —musito, avergonzada—. Era agradable.

—Ah. —Una sonrisa igual de avergonzada aparece en su rostro—. Veré lo que puedo hacer.

Me alejo a toda velocidad como un potro huidizo. Me he desacostumbrado a estar así con Emeric, a bailar con él.

—Cuidado, no querrás que la supervisora se piense que te distraigo.

—No debería importar mientras haga mi trabajo. —Se retrasa en un mural. Se parece al círculo de piedra de la Danza de las Brujas. Luego sacude la cabeza—. Nuestros registros sobre las Haarzlands son… deficientes, por desgracia. No creo que un prefecto haya visitado la zona en cuarenta años.

—Qué siniestro.

—Qué *emocionante* —añade Emeric mientras avanza por el pasillo—. Diosas durmientes, perros infernales antiguos, vacíos legales sin precedentes en las regulaciones prefecto-divinas…

—Creo que nada de eso pertenece a la misma escala de emocionante —señalo.

—No estoy de acuerdo.

—Entonces, cuando encontremos a la Doncella Escarlata, lo que queremos saber es… —Me pongo a contar con los dedos—. Por qué pudo pasar por alto los acuerdos.

—Correcto.

—Qué implica todo eso de la fiesta sagrada.

—Sí.

—Por qué quiere que *tú* seas su siervo.

—Exacto.

—Y quizá que nos cuente su opinión sobre el inherente atractivo seductor de una cripta.

Alcanzamos una sala más amplia y finjo desmayarme contra una de las rechonchas columnas.

—Preferiría no saberla —replica Emeric mientras examina la nueva cosecha de murales. Hay unos apliques oxidados atornillados a la piedra, aunque las antorchas se desintegraron hace tiempo. Unos pasamanos idénticos descienden hasta perderse de vista a cada lado de la sala y, por delante, unos peldaños de baja estatura suben hacia el piso superior.

—Helga ha dicho que probásemos primero el salón ritual. Podríamos hacer el tonto allí. —Con sarcasmo, señalo con el pulgar la escalera central ascendente—. Claro que ya retozamos en un altar de Minkja. Tal vez quieras cambiar un poco de aires e ir a donde los ataúdes.

Silencio.

—Tengo que tomarte prestado esto.

Emeric me quita de repente el farol de la mano. Deduzco que ha visto algo, pero lo deja en el suelo sin más.

Luego desliza una mano en mi nuca, me aprieta contra la columna y procede a besarme como si nuestras vidas dependieran de ello.

Ah.

No puedo evitar soltar un jadeo de sorpresa, pero me recupero bastante rápido y me maravillo ante la dulce adrenalina tan embriagadora. Me pego a él con ese tipo de ansia que he intentado olvidar, sin éxito, en los últimos meses. Al final, lo único que olvidé fue cómo cada roce minúsculo (cada dedo apretado en mi cadera, cada palpitación de su mandíbula bajo mi mano, cada colisión febril de labios, dientes, lengua) enciende nuevos rayos que me recorren hasta el último hueso.

Y entonces Emeric se aparta y pasa un pulgar tembloroso sobre mi labio inferior.

—Quieres hacer el *favor* —dice, con la voz tan ronca que hace resaltar la petulancia de su tono— de dejar de distraerme.

—Ni hablar —replico sin dudar ni un segundo y lo atraigo de nuevo hacia mí. Una sonrisa perversa aparece en su rostro antes de desviarse para depositar un beso debajo de mi oreja y luego proseguir por la garganta. Me estremezco, suelto un sonido terriblemente indigno y echo la cabeza hacia atrás.

Pero entonces, por segunda vez en lo que llevamos del día, me quedo helada de la cabeza a los pies.

—E… Emeric.

Sus ojos relucen de preocupación y me suelta enseguida.

—Lo siento… ¿Estás…? ¿Ha sido demasiado?

—No… tú no…

Lo agarro de la manga y señalo el techo.

Otro mural se despliega sobre nuestras cabezas. El paso del tiempo no lo ha descolorido.

Una mujer con una capa carmesí preside sobre tres círculos; cada círculo contiene el mismo paisaje de la catarata y del inconfundible y espumeante Kronenkessel, rodeado de piedras como colmillos. Hay una corona dorada escondida en las profundidades.

En el primer círculo, una tosca figura humana está de pie sobre un puente de piedra bajo, por encima de la superficie, con la huella de una mano roja en el pecho. En el segundo, la persona marcada salta al agua blanca turbulenta. Y, en la imagen final, la figura ha desaparecido. Lo único que quedan son el puente y la laguna, con una diferencia cruda y terrible:

Las aguas del Kronenkessel se han vuelto de un rojo oscuro y sangriento.

—Creo —digo despacio— que eso no es colorante.

CAPÍTULO 4

EL RECLAMO

—Mmm —musita Helga mientras mueve su propio farol para estudiar un mosaico en el salón ritual de Felsengruft—. Sí, no cabe duda de que parece un sacrificio humano.

Tengo una norma para lidiar con situaciones malas. Quizá te suene; cada vez que la rompo, las cosas tienen la asquerosa tendencia de irse al traste. Esta norma, para los profanos, es: *No te dejes llevar por el pánico.*

Ahora mismo, Helga no contribuye a que la siga.

Para que conste, Kirkling tampoco; ronda la entrada del salón como una gárgola contrariada. Por desgracia, cuando Emeric y yo fuimos a buscar a Helga para que confirmara nuestras sospechas, la supervisora insistió en ver los murales de la antecámara por sí misma, y luego nos siguió al salón ritual.

—Va en contra de los acuerdos —espeta mientras rasguña con diligencia su cuaderno de nuevo.

—Esto ya lo hemos hablado —dice Helga con cansancio. Luego se da la vuelta sin cambiar de sitio y me mira—. ¿Verdad? No he alucinado esta mañana, cuando le he dicho específicamente que las deidades de las Haarzlands son anteriores a esos acuerdos de los que no deja de hablar, ¿no?

—¿Podemos concentrarnos, por favor?

No puedo evitar apretar con más fuerza la mano de Emeric. Él me devuelve el gesto, pero guarda silencio mientras examina las paredes con la mirada. No ha dicho gran cosa desde que vi el mural del sacrifico; ojalá hablara más, aunque fuera para culparme por haberlo metido en un lío que empeora por segundos.

—Dijiste que la Doncella Escarlata lo llamó «fiesta del solsticio de verano». —Helga señala una hornacina y sus palabras resuenan en las paredes. El salón ritual es más austero de lo que había esperado y no mucho más grande que la nueva capilla de madera en Hagendorn, pero cada susurro suena con más fuerza que una estampida y rebota contra el techo abovedado y los sencillos bancos tallados en la roca. Incluso el altar principal es una enorme losa de granito sin adornos y los murales son de pintura desconchada como los de la antecámara o de azulejos incrustados para formar mosaicos. La hornacina que Helga ha destacado está coronada con un sol hecho a partir de fragmentos de porcelana amarillo intenso—. Ese sol debería señalar el solsticio de verano. Y aquí está el ritual de nuevo.

En efecto, las tres imágenes del techo en la antecámara (una figura de pie sobre el puente, la figura salta al agua, el agua se convierte en un baño de sangre o en un ponche muy ambicioso) se repiten en la hornacina. En esta ocasión, las fauces del perro infernal también se distinguen con claridad.

—Bueno, ¿alguien pensaba hablarme sobre el sacrificio anual al perro infernal de la zona o se suponía que debía averiguarlo por mi cuenta? —pregunto, alzando tanto la voz que, muy a mi pesar, se convierte en un chillido.

—Ya he *dicho* que el sacrificio humano está prohibido... —dice Kirkling al mismo tiempo que Helga comienza a explicar:

—Todo este asunto de la «fiesta» es nuevo para... ¿Te *importa*?

Kirkling pasa de ella y mira sus notas con el ceño arrugado.

—Ninguna deidad menor tiene el poder de exigir un sacrificio humano. *Sobre todo* si es el de un prefecto.

—Increíble —jadea Helga—. Es como rebotar un penique contra una roca. Nada la atraviesa. —Es su turno de ignorar la mala cara de Kirkling y se gira hacia Emeric y hacia mí—. En fin, no sé si es un sacrificio al perro del infierno o a la Doncella Escarlata, o si es necesario siquiera, ya que no se ha celebrado desde la época de la Doncella...

—Eso si la Doncella Escarlata es una diosa menor de verdad —interviene Kirkling, con lo que detona otra riña con Helga.

Desconecto para echarle otro vistazo furtivo a Emeric. Tiene la mirada fija en la última imagen de la hornacina: las fauces del perro del infierno en una charca de un rojo terminal.

Si la Doncella Escarlata es en realidad una farsa muy elaborada, tendrá que llevarme él mismo a juicio ante los tribunales celestiales. Pero si es una diosa menor auténtica...

No. Ya he desafiado a dioses menores antes y lo haré de nuevo. Encontraré una salida.

Tiene que *haber* una salida.

La discusión entre Helga y Kirkling es cada vez más y más fuerte; el sonido choca contra las paredes de granito a medida que las dudas se acumulan y el miedo crece a su paso. Lo único en lo que puedo pensar es: *Es culpa mía, es culpa mía, es culpa mía.*

—Oye. —La palabra sale de mí con brusquedad. Helga y Kirkling no la registran (solo oigo: «¿Cuántas veces tengo que decírtelo, vieja?»), pero otro «OYE» más alto las hace callar de repente.

Pero no les hablo a ellas.

—*Doncella Escarlata* —casi lo digo gritando y Emeric me mira—, soy tu, eh..., ¡tu profeta! ¿Puedes salir un momento?

Helga se tapa la cara con una mano.

—¿Es que *nadie* sabe cómo funcionan estas cosas?

—¿Qué estás haciendo? —La voz de Emeric no transmite acusación sino curiosidad.

—Hemos venido a por respuestas —digo por lo bajo y deposito mi farol junto a un banco—, así que pienso conseguirlas. —Luego alzo la voz de nuevo—. ¡DONCELLA ESCARLATA! ¿PUEDES COM-PARTIR TU LOCALIZACIÓN? ¡SOLO QUIERO HABLAR!

Durante un momento, las palabras traquetean por el salón ritual. Luego todas las llamas se apagan y nos sumen en la oscuridad. Ese susurro tintineante ya familiar recorre la habitación al tiempo que Kirkling y Helga se sobresaltan.

—¿Me has llamado, profeta mía?

Una niebla rojiza cruza el suelo hasta formar la visión demasiado nítida y reluciente de la Doncella Escarlata. En esta ocasión, se encuentra suspendida sobre el altar de granito. Los ojos le relucen como cristales rotos.

Arquea una sonrisa tan fina como un hilo.

—Y me has traído a mi siervo. ¿Con qué fin?

—Que me aspen —jadea Helga.

Emeric está inmóvil, casi congelado en el sitio, hasta que le rozo los nudillos con el pulgar. Luego respira hondo y saca su moneda de prefecto para encenderla de nuevo.

—Tenemos unas preguntas sobre... eh... la fiesta sagrada, su divinidad.

—Entre otras cosas. —Kirkling hace rodar el carboncillo entre sus dedos finos—. ¿Cómo es que no está sujeta a las mismas reglas sobre los prefectos que acatan todos los dioses menores?

La Doncella Escarlata ladea la cabeza.

—¿Prefecto? ¿Qué es un prefecto para mí?

—Alega... ignorancia... —musita Kirkling para sus notas— de conocimientos básicos.

—Según el acuerdo para la alianza entre prefectos y divinidades —dice Emeric con diplomacia—, un prefecto jura investigar los crímenes de extraordinaria magnitud y daño, reunir los hechos del caso en la medida de lo posible y, si es necesario, invocar a un tribunal celestial para presentar sus hallazgos. Estamos sujetos a las normas de conducta que establecen los acuerdos y, a cambio, recibimos un uso limitado de los poderes de los dioses menores.

—No rememoro ningún acuerdo.

Emeric arruga los labios.

—¿Cuánto tiempo estima que ha pasado dormida?

—Demasiado. El mundo me resulta extraño. —La bruma de la Doncella Escarlata se retuerce más espesa—. Tus preguntas no conciernen a la sagrada fiesta.

Emeric se ajusta las gafas.

—Mis disculpas. Esta es una situación inusual y solo pretendemos aprender todo lo posible. ¿Sabe por qué se quedó dormida?

—Pídele a un juglar que te cante la canción —replica la diosa con tono tenso. La niebla se convierte en zarcillos, casi como enredaderas.

—Me temo que no conozco...

La Doncella Escarlata ensancha las aletas de la nariz. Veloz como un látigo, una espina roja fina como una aguja sale del altar y atraviesa la garganta de Emeric.

Se oye un grito que no reconoceré como mío hasta mucho, mucho más tarde.

Los ojos de Emeric, el blanco y todo, arden con una luz carmesí. Lo mismo ocurre con la huella en su pecho, que reluce a través de la camisa. No sé cómo, pero sigue de pie.

—No me hagas perder más el tiempo, siervo —gruñe la Doncella Escarlata—. He traído grandes riquezas a esta aldea, pero no confundas mi generosidad con paciencia. Pregunta por el ritual o déjame en paz.

La espina se disuelve en rizos de bruma y la luz sangrienta desaparece de los ojos de Emeric, que se tambalea, pero ya estoy yo ahí para estabilizarlo; los nudillos me crujen de lo fuerte que lo agarro.

Aparte de la huella, no tiene más marcas, ni siquiera piel rota en la garganta. Y... y respira. Está vivo.

Aun así, no puedo soltarlo.

Emeric tensa la mandíbula. Y entonces me sorprende cuando aparta su mano de la mía para sacar el cuaderno y el carboncillo; su rostro refleja una especie de imperturbabilidad férrea.

—¿Podría explicarnos esa fiesta sagrada?

—¿Quieres… quieres tomarte un momento? —consigo resollar.

—Lo que me gustaría —dice con esa rigidez agradable de alguien que está tan cabreado que desborda los límites de lo razonable— es que la Doncella Escarlata me hablase sobre la fiesta sagrada.

La interpelada suspira.

—Quizás en esta época no se recuerde, pero en el pasado hice que el río fluyera plateado con peces y que los campos se hundieran con el peso de la abundante cosecha. Así eran mis bendiciones… pero la bestia del Kronenkessel devoró los peces y bebió mi poder de la tierra.

— … bendiciones… abundancia… Vale. —Emeric asiente y apunta incluso con más rapidez que Kirkling—. ¿Y qué tiene eso que ver conmigo?

—Antaño, mucho antes del solsticio de verano, elegía a una persona sin reclamar entre los aldeanos del desfiladero y le otorgaba el honor de mi marca, la misma que luces tú ahora. Su deber era vencer al perro infernal o saciar su hambre durante un año más.

El carboncillo de Emeric se queda inmóvil cuando echa un vistazo por encima de las gafas.

—¿Vencer al…? *Vencer.* ¿A un perro infernal? ¿He oído bien?

—Lleva demasiado tiempo hambriento —prosigue la Doncella Escarlata—. Me temo que, si alguien no lo derrota ni le proporciona alimento…

—Alimento, sin duda —dice Emeric por lo bajo.

— … pronto dirigirá su ira hacia Hagendorn. No soy lo bastante fuerte para contener a la bestia, pero yo también tomo fuerza de la fiesta sagrada, pues es un sacrificio en mi honor. Así que, vivo o muerto, mi siervo elegido nos servirá a todos. Pero *debemos* celebrar la fiesta antes del solsticio de verano o puede que sea demasiado tarde.

Tengo un nudo en el corazón que a cada segundo pesa más. Me plantearía resolver esta situación golpeando a Emeric en la cabeza y marchándonos a escondidas de Hagendorn antes de que se despertase. Pero esta opción es mucho menos… *ética* si un perro infernal va a asolar la aldea a nuestro paso.

Esto se parece demasiado a esa mañana de diciembre en Minkja que pasé de pie en la horca, con la soga como un torque áspero sobre mis clavículas y la mano del verdugo lista.

Ahí tenía una escapatoria. Encontraré otra de nuevo.

—¿Por qué tiene que ser Emeric? —suelto.

Al oír esto, la Doncella Escarlata ladea la cabeza y, con otra sonrisa serpentina, descubre sus colmillos.

—Porque yo lo he elegido, profeta. Con eso basta. Además, siempre es alguien sin reclamar. ¿No sería cruel enviar a una persona que ya ha sido reclamada por otra?

Ya estamos con eso otra vez. «Sin reclamar» y «reclamado». Quizás haya un vacío legal ahí.

—¿Y eso qué significa? —insisto—. ¿A qué te refieres con «reclamar»?

Tendría que haber dejado el temita en paz.

La Doncella Escarlata ríe cuando se lleva una mano a la cara y le caen unos rubíes fantasmales de la herida en su mano.

—Es lo que hace un amante, por supuesto. El vínculo que establecen marido y mujer en una cama matrimonial. Mi siervo debe ser alguien que no haya conocido jamás eso.

Todo encaja.

El rasguño de los dos carboncillos se detiene de súbito y un silencio miserable y atroz resuena en el salón ritual. Nadie mueve ni un músculo. Siento que toda la sangre desaparece de mi rostro para, acto seguido, volver a él en una riada hirviente.

Emeric cierra el cuaderno de golpe.

—Tengo que irme —dice en voz baja.

Y entonces se gira y sale de la habitación dando zancadas.

Echo a andar tras él.

—Emeric…

Una mano se cierra sobre mi muñeca.

—Ahora mismo no quiere hablar, fíate de mí. Dale espacio —sisea Helga. Tiene razón. De todos modos, me libero con un tirón y la miro ceñuda—. *Adolescentes* —musita.

—¿Tenéis más preguntas? —nos insta la diosa con cierta irritación.

Abro la boca para darle las gracias por haber estropeado tanto mi vida amorosa como mi vida diaria, pero Helga habla antes.

—Lo cierto es que sí. El solsticio de verano es dentro de dos meses y medio y —me mira de refilón— puede que las circunstancias cambien. ¿Qué pasaría si a su siervo lo... eh... reclamasen antes?

La bruma de la Doncella Escarlata se afila de nuevo en espinas.

—Entonces requeriré un sacrificio mayor —dice despacio. Me sorprende cuando estira un brazo y arranca una espina larga y fina de la niebla. El color empieza a escurrirse en el aire como si fuera colorante—. Además de responder por el insulto de negarme un siervo, también deberéis concederme la fuerza necesaria para controlar a la bestia del Kronenkessel.

Con la espina se raja una manga. Un trozo perfectamente cuadrado de tela se separa de su vestido y revolotea hasta aterrizar en el altar de granito; el color rojo también se filtra hasta que solo queda la tela sin teñir. La diosa coloca la espina a su lado, tan pálida que parece un punzón hecho de hueso.

—La sangre de siete hermanos bastará. —Las palabras de la Doncella Escarlata se deslizan y rodean las piedras—. Usad mi punzón para recoger una gota de cada uno en este trozo de batista y entregadme este sacrificio antes del solsticio. No necesitaré entonces a ningún siervo y Hagendorn no será víctima de mi rabia ni de la bestia. —La bruma empieza a contraerse y desaparecer—. Me he fatigado. Debo descansar. No me molestéis antes de la fiesta.

—Un momento —interviene Kirkling, con el carboncillo en alto—. ¿Qué tipo de poder...?

—Adiós, profeta. Vela por mi siervo.

La Doncella Escarlata desaparece tan de sopetón como había llegado.

Otro silencio brutal congela la habitación. Intento ordenar mis pensamientos, pero para eso necesitaría pensamientos que ordenar; ahora mismo volvemos a los gritos de cabra. Me obligo a respirar hondo.

El punzón. El perro infernal. La diosa que me inventé. Una *posible* salida.

Es culpa mía. Es culpa mía. Es culpa mía.

Tengo que arreglarlo. Como sea.

Señalo el altar, donde aguardan la tela y el punzón.

—Que nadie los toque. Voy a encontrar a Emeric. Tiene… tiene que conocer sus opciones.

—La supervisora y yo podemos echar un vistazo de cerca —declara más que sugiere Helga—. Y, eh… —Tose—. *Soy* una comadrona con formación. Si tienes alguna pregunta…

—*Ninguna* —espeto—. Ninguna pregunta, gracias, adiós. —Hago amago de salir, pero me detengo para añadir—: No vengáis a buscarnos. Lo traeré de vuelta.

Las voces de Kirkling y Helga se atenúan a mi espalda mientras salgo de Felsengruft. No hay ni rastro de Emeric, pero no me sorprende. Si fuera él, querría poner tierra de por medio entre, bueno, el resto del mundo y yo.

No me cuesta adivinar a dónde ha ido en cuanto la veo: la cabaña cubierta de runas cerca del puente colgante, la que está destinada a dar cobijo a la gente que acaba después del anochecer en tierras llenas de magia antigua. Un lugar privado, pero lo bastante cerca para oírnos llegar. Y así es: cuando abro una rendija de la pesada puerta, deja entrever a Emeric apoyado contra una robusta mesa tapada con una sábana, con las gafas sobre el pelo y las manos sobre los ojos.

Sin embargo, la puerta se detiene con una sacudida antes de que pueda entrar y se queda enganchada con un surco en el suelo de tierra. Emeric se endereza y se aproxima a toda prisa.

—Ah, espera… Voy…

—No, lo tengo…

Con un chirrido atormentado, la puerta se libera y se abre más, con Emeric aún aferrado al pomo y de pie en el umbral. Hay una pausa.

—¿Puedo… puedo entrar? —pregunto, vacilante.

Él agacha la cabeza y se aparta a un lado.

—Claro. Sí. Por supuesto.

Dentro de la pequeña cabaña se está más fresco; no es el frío mortal de Felsengruft, sino el alivio de la sombra y la quietud. Unas cuantas ventanitas dejan pasar la suficiente luz para orientarse. Hay una burda chimenea con una pila bien abastecida de troncos, un corto montón de platos con grabados, una olla antigua, una silla junto a la mesa y un cúmulo de mantas y pieles que bastarían para una cama.

No sé si ahora mismo quiero pensar sobre camas.

No, qué tontería. Hace tan solo unas horas estábamos *compartiendo* una cama. Pero eso fue antes de que tuviéramos que diseccionar con exactitud lo que podría pasar aquí.

El crepitar en el aire indica que los dos sabemos a dónde va esta conversación. Pruebo un enfoque oblicuo.

—¿Cómo estás?

Emeric vacila y luego se apoya de nuevo en el borde de la mesa.

—Bueno… —Sacude la cabeza—. Es lo que hay. ¿Y tú?

Me siento en la mesa a su lado.

—Bastante bien —respondo con cuidado—, aunque la vara de medir humana por la que siento un cariño inexplicable está eludiendo mi pregunta.

Me mira de reojo, y la amargura se filtra en su intento de sonrisa.

—Estás preocupada de verdad. Sé que puedes pensar en algo mejor que «vara de medir humana». —Me toca dirigirle una mirada mordaz y él suspira antes de apartar de nuevo los ojos—. ¿Que qué tal estoy? Bueno, la diosa que me ha marcado para morir acaba de anunciar ante una relativa desconocida, la supervisora de la prueba que determinará mi carrera y la chica que intento cortejar que soy un… que nunca he… —Alza las manos al aire—. Y *eso*, al parecer, me cualifica para pelear contra un perro infernal hasta la muerte. *Mi* muerte, porque entre lo que vimos en la cascada y yo, apuesto todo mi dinero al perro del infierno.

Le rozo la manga.

—Es posible que haya otra opción. Helga preguntó qué pasaría si… si te… descalificaran. —Me arde la cara y mi único consuelo es el rubor que también sube por el cuello de Emeric—. La Doncella Escarlata ha dicho que podemos compensarla trayéndole una gota de sangre de siete hermanos antes del solsticio. Ese sería el sacrificio. —Frunzo el ceño—. Ha dicho que así ni siquiera necesitaría a un siervo, que nadie tendría que…

—*Reclamarme* —dice con una carcajada seca sin humor, pero retuerce las manos con saña sobre su regazo.

Hay momentos en los que, por muy diferentes que sean nuestras vidas, aún veo algo tan familiar en él que podría ser una parte de mi corazón. Reconozco ese malestar porque echó raíces en mi interior hace años, y quizá nunca consiga quemarlas. Es rebeldía y humillación, todo en uno: aún no me he acostado con nadie porque no lo he deseado y, para gran parte del mundo, eso significa que debe de haber algo malo en mí. Con el paso de los años, se está convirtiendo en una tarea *que cumplir* en vez de algo que desee para mí.

Y el motivo no puede ser que no desee a casi nadie de esa forma, sino que yo soy indeseable.

Me bajo de la mesa y me ubico delante de Emeric; sitúo una mano en su cara y aguardo a que se encuentre con mi mirada. Apoyado conforme está, casi somos de la misma estatura.

—Sé que fui tu primer beso y sabes que tú fuiste el mío —le digo en voz baja—. Y los dos somos lo bastante listos para deducir lo que eso implica. Y sí, eres virgen. Sí, yo también lo soy. Y sí, esto es asqueroso y raro porque tenemos que hablar sobre ello en vez de dejar —agito la mano libre— que las *cosas* ocurran. —Me doy cuenta entonces de que he pasado por alto un punto muy esencial—. Eso si tú quieres, eh, cosas… conmigo.

—Sí. —Emeric responde con tanta velocidad que casi doy un salto. Hasta él parece sorprendido y sus orejas enrojecen—. O sea, en algún momento, sí. Lo… —Se le quiebra la voz—. Ya lo… había pensado.

—Ah —digo con gran habilidad. Aunque era la respuesta que esperaba, al oírselo decir un rayo vertiginoso me recorre las venas.

Emeric retuerce la boca.

—La cuestión es… ¿Recuerdas lo que dijiste en el castillo Reigenbach, que te habría gustado que tu primer beso fuera importante, pero que podrías haber fingido para salvarnos a los dos?

—Porque estaba acostumbrada a que todas mis opciones fueran malas —añado, asintiendo.

Emeric me rodea la mano y busca la otra, con lo que quedan colgadas entre nosotros como un puente.

—Vanja, no quiero que nunca tengas que tomar ese tipo de decisión por mí. Te mereces mucho más que la opción menos terrible. Sobre todo con algo como esto. —Traga saliva—. Eso es si… si tú quieres… eh… *cosas.*

—Sí que las quiero —suelto y, de repente entiendo por qué Emeric ha respondido antes con una certeza tan inmediata. Lo deseo, simple y llanamente, de un modo que no he deseado a nadie más. Es algo a medio camino entre el hambre, la curiosidad y otra cosa muy distinta, y se despierta en mi interior incluso cuando él no está, como un recuerdo escrito en los huesos.

Pero…

—¿Pero? —Emeric no pasa por alto mi indecisión.

Ese malestar nervioso me recorre de nuevo la garganta. Cambio el peso de un pie a otro mientras intento elegir las palabras como un cirujano seleccionando instrumental, pero me he dado cuenta de lo mucho que me está costando responder. Me entra el pánico y acabo recurriendo a la bandeja metafórica.

—No ha pasado ni siquiera un día —digo a toda prisa— desde nuestro reencuentro. Y deseo esto, te deseo a ti, pero es que... no sé si estoy... —Me toca agachar la cabeza. Esta es la parte más importante, pero resulta curioso que siempre sea lo más difícil de decir—. ¿Alguna vez has querido algo y has *sabido* que lo querías y, aun así, tienes... miedo de conseguirlo?

Emeric suspira. Un segundo después, el aire me calienta las mejillas; ha apoyado su frente en la mía.

El alivio en su voz es casi palpable cuando dice:

—Sé *exactamente* a lo que te refieres.

—¿De verdad? —pregunto, un poco estupefacta.

—De verdad. Creo que tampoco estoy... bueno, listo. Tú misma lo has dicho, esto avanza muy rápido...

—¡*Muy* rápido!

Se aparta para examinarme el semblante.

—Y no quiero meterte prisa *ni* que sientas que yo no quiero... *cosas*..., pero ayer, a estas horas, pensaba que no volvería a verte nunca más. Ahora solo intento no perderte.

—No hace falta que lo resolvamos todo ahora.

—Solo... antes del solsticio.

Sacudo la cabeza.

—Si vamos directos a por el sacrificio de sangre... Ay, eso no suena bien, ¿verdad?

—No es ideal —responde con sequedad.

—Entonces no tendremos que preocuparnos por los tiempos. A menos que queramos ser, eh, cautos. O... si pasa por sí solo.

Suelta otra carcajada, aún amarga, pero esta vez al menos contiene una pizca de humor.

—Si apenas podemos besarnos sin que nos interrumpan malos presagios o sacrificios de sangre, ¿cómo vamos a... a hacer *más*?

—No lo sé —admito. Cuesta no abrumarse con todo lo que ha desenterrado la tormenta desde que entré en el granero anoche. Si Emeric no estuviera aquí, a lo mejor me habría dejado llevar por completo.

Pero sigue a mi lado. Incluso después de la Doncella Escarlata, con Kirkling acosándonos en busca de su oportunidad... A pesar de todo, sigue a mi lado. Como en Minkja.

—Esto es lo que sé —digo con suavidad y recurro a las palabras que él mismo me dijo en una noche invernal hace meses—. Mientras estemos metidos en este lío, estamos juntos en ello.

El reconocimiento chispea en sus ojos y la sonrisa posterior me rompe el corazón de un modo que no quiero que termine nunca.

—Entonces me estás diciendo que lo prolonguemos todo lo posible.

—Algo así. —Le devuelvo la sonrisa y luego me pongo seria—. Bueno, a ver qué te parece el plan. Hacemos la cosa esa de la sangre de siete hermanos para salvarte del sacrificio. Y, mientras tanto, no pasaría *nada* si te, eh, descalificamos, pero... solo a nuestro ritmo. ¿Te parece bien?

—Sí... —Se le quiebra la voz y sacude la cabeza—. Sí. Cuando estemos los dos listos. —Libera una mano para apoyármela en la cara. Me recorre el pómulo con el pulgar y su expresión se suaviza—. Tengo mucha suerte de que seas tú.

Después de tantos meses no ha perdido la habilidad de sorprenderme.

—¿Sabes...? Les he dicho a Helga y a Kirkling que esperasen en Felsengruft. Estamos solos aquí, sin interrupciones. Y esta mañana has dicho que querías tomarte tu tiempo. —Me acerco hasta que nuestras rodillas chocan y tan solo unos centímetros separan nuestros rostros. Emeric se queda inmóvil cuando mis dedos se deslizan por su nuca hasta el pelo; algo diferente se enciende en sus ojos—. Tómate el tiempo que quieras.

No necesita que se lo diga dos veces.

No sé cuánto tiempo pasamos ahí, solo que no nos marchamos hasta que estamos listos, aún sonrojados y un poco despeinados, pero al menos con tres meses de besos recuperados. Cuando regresamos al salón ritual, voy derecha al altar, donde el trozo de tela y el punzón me esperan. Parece que Helga y Kirkling han agotado sus ganas de pelea y guardan silencio, aunque todavía se lanzan dagas con los ojos desde extremos opuestos de la habitación.

—Bueno —digo con energía cuando recojo el punzón—, ¿alguien sabe dónde podemos encontrar a siete hermanos?

Helga abre la boca, la cierra, piensa un momento. Y entonces, con una reticencia peculiar, dice:

—De hecho, sí.

CAPÍTULO 5

SEÑORITA SCHMIDT

L a luz dorada del atardecer entra oblicua por las ventanas de la casa de los hermanos Ros y atrapa las motas de polvo. Jakob se cierne sobre un guiso de col y *wurst* que hierve en la chimenea abierta. Poco a poco, la luz va menguando a medida que Udo se mueve por la habitación principal para cerrar las cortinas. Demasiadas caras se giran ahora hacia la casa para echar vistazos furtivos de un modo demasiado casual y, por el ambiente cargado, parece que ninguno quiere más observadores de los que ya tenemos.

Ni Helga, que corta gruesas rebanadas de pan de centeno en la sólida mesa del comedor a mi lado; ni Emeric, que está sentado delante de mí, retorciéndose las manos de nuevo. Y yo tampoco, desde luego; también me remuevo con el mismo nerviosismo.

Resulta que Jakob y Udo tienen cinco hermanos más. Pero antes de hablar sobre eso, me han pedido una cosa: la verdad. Y no precisamente la verdad sobre que he olvidado su farol en Felsengruft.

Me han dado mucho durante estos dos meses y ahora tengo que decirles que todo ha sido por una mentira.

(No me puedo creer que me sienta mal por mentir. Mentir quizá sea la cosa *más* legal que hago bien. Si esto me pasa por estar con Emeric, en Hagendorn habrán erigido iglesias a mi nombre antes de que acabe la semana.

En retrospectiva, tengo que asegurarme de que a los Sacros Rojos no se les ocurra la idea).

Emeric mete la mano en un bolsillo.

—¿Os importa si tomo notas? —pregunta en voz baja—. Así nos ahorramos preguntas posteriores.

Noto un nudo en el estómago. No me he olvidado de que está investigándome a mí también, pero es un recordatorio incómodo de que todas mis malas decisiones van a ser documentadas con minuciosidad, empezando por la invención de la Doncella Escarlata.

La cuestión es que quiero que omita algunos detalles por mí. Que borre mis errores hasta que solo quede la chica que quiero que vea.

Pero le he permitido entrar por muchas razones, y una de ellas es que los dos sabemos que no lo hará.

—A mí no me importa —miento.

—A mí tampoco —añade Helga, con el ceño fruncido porque un trozo de pan se ha convertido en una tosca rebanada—. Vuestros cuchillos son horribles.

Jakob gruñe desde la chimenea, pero parece estar de acuerdo. Ya están todas las cortinas corridas y Udo rebusca en el aparador de la esquina. Cierra un cajón y arrastra una silla hasta mi rincón en la mesa.

Las patas chirrían cuando Udo toma asiento con el ceño arrugado. Su barba oscura es más larga que la de Jakob, pero los dos tienen el hábito de acariciársela con los dedos mientras piensan, como hace ahora mismo.

—Vale, Vanja —dice—. Ahora oiremos la verdad.

—¿Qué queréis saber? —Se me entrecorta un poco la voz.

Jakob, Udo y Helga intercambian una mirada.

—Todo —responde Jakob al fin—. De dónde procedes en realidad, por qué viniste a Hagendorn, por qué te quedaste.

—Diría que nos lo debes —añade Helga, arrastrando las palabras.

—No nos debe nada —gruñe Udo y me dirige un gesto con la cabeza—. Adelante.

No sé qué ve Emeric en mi semblante, pero estira una mano sobre la mesa. Supone un alivio inmenso agarrársela.

Conté esta historia cuando solo estábamos él y yo y una chimenea en invierno, y luego delante de un tribunal de divinidades entre los escombros de una boda. Y ahora puedo contársela a los hermanos Ros.

Les relato que fui la decimotercera hija de una decimotercera hija. Que mi madre creía que traía mala suerte. Le cuento a Helga que escalaba enrejados, me colaba en castillos, llevaba vestidos de las sedas más finas. Les cuento a Udo y a Jakob que robé el sello del mismísimo Lobo Dorado, que mentir me resultaba tan fácil como respirar. Les hablo de maldiciones y rubíes y de una chica tonta borracha en una noche de invierno y de la mentira sencilla que creció tan rápido que no pudo ni parar.

Cuando termino, lo único que se oye es el roce furioso del carboncillo de Emeric sobre el papel. Luego Udo se inclina hacia delante y deja caer algo sobre la mesa con un extrañamente familiar *clic*.

Un rubí pequeño y perfecto emite una orla de rojo reluciente sobre la suave madera de roble.

—Lo encontré la primera noche que te quedaste —explica Udo sin alterarse—, encajado en el fondo del cubo. Lo pasarías por alto.

Es como si me sacaran el taburete de debajo del culo.

—¿Lo… lo sabías? ¿Todo este tiempo?

La pregunta sin formular pesa más en el aire: *¿Y no se lo dijiste a nadie?*

Udo se reclina hacia atrás.

—Jakob dijo que tendrías tus motivos.

—Y tenía razón.

—¿Ah, sí? —le gruñe Helga al pan.

—¿No estáis enfadados conmigo? —pregunto.

—Me habría gustado que pidieras ayuda de un modo honesto. —Udo se cruza de brazos—. Te habríamos pescado los rubíes por un precio justo. Pero debías depositar mucha fe en una aldea desconocida. Con una historia como la tuya, no te culpo por haber actuado como una cínica.

Emeric tose con educación.

—¿Puedo hacer unas preguntas?

—Adelante.

El tono de Udo es bastante amistoso, pero entorna sus ojos de granito.

—Gracias. —Emeric mete el naipe de la reina de rosas dentro del cuaderno y luego busca una página en blanco—. ¿En algún momento la señorita Schmidt les pidió a ustedes o a algún conocido dinero, bienes o servicios de parte de la Doncella Escarlata?

Se me seca la garganta de repente. No sé qué es peor: que esa pregunta parezca una sentencia o que me haya llamado «señorita Schmidt».

—No —replica Udo con firmeza.

Helga ladea la cabeza.

—¿Ayudarla con el tema de los rubíes cuenta?

Udo agita una mano.

—Vale, aparte de eso.

—¿Y las estatuas? —pregunta Emeric—. ¿Y la capilla?

—La capilla fue idea de Leni —dice Jakob mientras recoge cuencos de una balda—. Las estatuas... ¿A quién se le ocurrió lo de las estatuas?

Udo se encoge de hombros.

—A los Sacros Rojos.

—Acudieron a mí con esos planes —añado—. Quiero decir, sí que les confirmé que la Doncella Escarlata lo aprobaría.

Emeric asiente sin alzar la mirada mientras sigue escribiendo con el carboncillo.

—¿Alguna vez han visto a la señorita Schmidt inventar señales que sugirieran la existencia de la Doncella Escarlata?

«Señorita Schmidt» de nuevo. Tengo ganas de vomitar.

Unos nudillos anchos me dan un ligero golpe en el hombro.

—Ayúdame a servir la sopa —dice Jakob y me entrega un montón de cuencos.

Me levanto con tanta celeridad que casi vuelco el taburete. Udo suelta otro rotundo:

—No.

—Los rubíes, claro —musita Helga.

—Creo que el joven prefecto puede hacer él solo su trabajo —la corta Udo.

El taburete de Emeric cruje.

—Si intentan ocultar…

—Lo que le dimos a Vanja fue porque quisimos. —La voz de Udo se endurece—. No tomó nada que no fuera ofrecido y, si mintió, fue porque la gente se lo pidió.

Jakob sirve sopa en un cuenco.

—Todas las personas que les siguieron el juego a los Sacros Rojos eran adultos en su sano juicio que deberían tener más dedos de frente.

Se oye un golpe en la puerta. Udo se levanta para abrirla, sin dejar de irradiar agresividad. Tampoco ayuda que se encuentre a Kirkling en el porche.

—Discúlpenme, pero necesito hablar con el aspirante Conrad. —Ve entonces la tetera—. Pero puedo esperar a que terminen de cenar.

—Puede cenar con nosotros —dice Jakob por encima del hombro.

Kirkling retrocede un paso.

—No es necesario.

—Tenemos que hablar sobre el asunto del sacrificio.

Jakob señala la mesa con la cabeza. Udo se aparta para dejar que la reticente supervisora entre y cierra la puerta a su espalda.

—Les pagaré por la comida —dice, envarada—. Y lo mismo hará el aspirante Conrad. Su imparcialidad no puede ponerse en duda.

—No creo que nadie la cuestione —replico con cierta frialdad mientras deposito un cuenco delante de Emeric con, quizá, demasiada fuerza. Por el rabillo del ojo veo que alza la mirada hacia mí, sorprendido, pero no le presto atención.

—Así que necesitáis una gota de sangre de cada uno. —Jakob se cuelga unas cuantas tazas en los dedos y se sienta en la mesa mientras Udo coloca una jarra de leche fría y hace circular unas cucharas—. De los hermanos, quiero decir.

Udo se sienta en mi asiento anterior. Es de educación cederle a Kirkling el suyo, que está junto al rincón que ocupa Emeric, pero eso también le permite taladrar a Emeric con la mirada sin obstáculos de por medio.

Hay un momento incómodo en el que los dos últimos huecos libres son un taburete junto a Emeric y otro lo más alejado posible de él, de cara a Kirkling. Me siento en el lejano. Jakob se acomoda al lado de Emeric con las cejas un tanto arqueadas.

Helga parece estar conteniendo la risa.

—Sí, le ha dado a Vanja un punzón y un pañuelo para recoger la sangre. En teoría, eso le dará poder suficiente para contener al perro del infierno.

—Ya sabes que no pierdo el tiempo en el desfiladero por una razón —suspira Jakob—. Un *perro del infierno*. De verdad. ¿Y la sangre es la única alternativa que da?

Udo musita algo sobre la otra opción hacia la sopa.

Emeric parece cada vez más nervioso.

—Lo es.

—Entonces tendréis que viajar bastante.

Jakob coloca una cajita de madera del tamaño de un dado sobre la mesa y le da un golpecito. Los laterales se caen… y se despliegan con un suministro casi interminable de azulejos de madera que se extienden sobre la mesa. Unos cuantos cuadrados giran y ruedan sin cesar, pero los demás forman una suave superficie donde relucen las líneas de un mapa. Está centrado en el rincón del principado de Lüdheid que pertenece a las Haarzlands, repleto de bosques y colinas que surgen del desfiladero de Boderad. Incluso los ríos de la zona parecen compartir el Ilsza como punto de origen.

Helga silba.

—¿De dónde has sacado *eso*?

—Es uno de los juguetes de Ozkar. —Jakob empuja un cuadrado que no deja de girar—. Ya sabes cómo es. No era perfecto, así que no le servía. De todos modos, la buena noticia es que solo tendréis que ir a tres sitios a por los demás. Encontraréis a Dieter al este, en Dänwik, trabajando en la Hiedra Dorada.

—Pensaba que tenía curro en Glockenberg —comenta Helga.

Jakob la mira de forma significativa.

—Se ha... mudado.

—Ah —responde su hermana con delicadeza—. Entiendo.

Jakob mueve el dedo por el mapa hacia el noroeste, desde el nombre escrito con modestia de Dänwik hasta una zona que no solo se merece el dibujo de una ciudad sobre un río, sino también dos nombres separados: Rammelbeck y Welkenrode. Señala la orilla occidental del río.

—Erwin trabaja en los muelles de Rammelbeck. Puede que sea un poco difícil de localizar. Ozkar...

—Ozkar *será* difícil, punto —concluye Helga—. ¿Sigue en Rammelbeck?

—Está en Welkenrode. —Jakob señala la orilla oriental—. Trasladó el taller a mediados de invierno. Y Henrik también está en Welkenrode, en la abadía imperial de Konstanzia. —Me mira un momento y luego sigue moviendo el dedo hacia una ciudad en las llanuras al norte de Hagendorn—. Por último tenemos a Sånnik, que está en Kerzenthal, ayudando con la granja familiar. De hecho, se casa a finales de abril y podría decir que quizá nos encontraréis a todos en la boda, pero...

—Pff —resopla Helga—. Seguramente solo aparezca Henrik. Y vosotros dos, si habéis terminado de esquilar las ovejas.

Jakob traza un bucle desigual con el dedo por encima del mapa.

—Tendréis que buscar un carromato en Glockenberg y, a partir de ahí, hay tres días y pico hasta Dänwik, luego cinco desde Dänwik hasta Rammelbeck-Welkenrode. Con los caminos despejados y buen tiempo, son cuatro más hasta Kerzenthal y luego otros cuatro para volver directamente aquí. Si os dais prisa, no tardaréis más de un mes, pero disponéis de tiempo de sobra hasta el solsticio.

Kirkling interviene por primera vez.

—La biblioteca divina de Dänwik podría ser útil para su investigación, aspirante Conrad, ya que sus registros se remontan hasta la época de la Doncella Escarlata. Y en la abadía imperial de Welkenrode las visiones de los augures podrían servirle también. —Entonces parece recordar que su único propósito en la vida es ser una plaga en la mía, porque añade—: También sería… poco recomendable perder de vista a Schmidt durante la investigación.

—¿Sobre qué quería hablar con el muchacho? —pregunta Udo en el tono de voz equivalente a un cartel de «Se dispara a los intrusos».

Kirkling moja una rebanada de pan en la sopa.

—Supongo que *esto* no es demasiado confidencial. Aspirante Conrad, ahora que ha comenzado su Fallo, al final de cada jornada me proporcionará un informe verbal en privado. El de hoy será breve porque lo he avisado con poca antelación, pero, a partir de mañana, deberá presentar los hechos de su caso como si fuera prefecto. ¿Lo ha entendido?

—Sí, supervisora Kirkling —dice Emeric con una especie de tranquilidad forzada, como si la perspectiva de hacer un examen diario no fuera lo mejor que le ha pasado desde la invención de la regla T.

—Ha llegado nuestro equipaje, así que mañana buscaré transporte para ir a Dänwik. Deben estar listos para partir por la tarde.

—Mientras le parezca bien a Vanja.

Emeric mira en mi dirección, pero me sorprendo al apartar los ojos a toda prisa.

Udo profiere un sonido de desaprobación.

—No debería ir sola. Uno de nosotros tendría que ayudarla a localizar y convencer a los otros hermanos.

—Creo recordar que Schmidt tiene diecisiete años —replica Kirkling—, lo que la convierte en adulta y ciudadana por ley imperial. Además, estará a salvo bajo la custodia de los prefectos.

—¿«Custodia»? —Ahora también hay un cartel de «Prohibido el paso» en la voz de Jakob—. No han acusado a Vanja de nada. Udo tiene razón... Debería acompañarla uno de nosotros.

En un unísono casi perfecto, Udo y él se giran hacia Helga.

—No —responde esta de inmediato—. Nada de melodramas adolescentes.

Jakob señala a su hermano con su rebanada de pan.

—Hay que esquilar a las ovejas este mes, tenemos que quedarnos. Y Helga, tú no has visto al resto de la familia en ¿qué, dos años?

—La tía Gerke es demasiado mayor para ir a la aldea a hacer visitas a domicilio.

—Se puede quedar con nosotros. O enviaremos a la mayor de Sonja. Quieren que aprenda a ser bruja de cerco.

Los hermanos se ponen a discutir, pero, al final, salta a la vista que Helga quiere venir y solo los contradice para fastidiar a Jakob. Después de cenar, se marcha dando fuertes pisotones sin mucha convicción; Udo, por su parte, mantiene una actitud gélida hacia Emeric incluso después de que el aspirante a prefecto limpie los restos de la cena él solo. Y luego, curiosamente, Udo le ofrece la casa a Kirkling.

—Jakob tiene que cerrar el taller y Vanja y yo vamos a guardar las ovejas para la noche —dice—. Necesitan un espacio privado para el informe. Esto servirá.

—Muchas gracias —responde Kirkling. Udo y yo nos encaminamos hacia la puerta, aunque nos detenemos al oír su pregunta—. Ah, el... ¿*arreglo para dormir* sigue siendo aceptable?

Todas las miradas se centran en mí, pero noto la de Emeric más que las otras.

No… no sé por qué estoy enfadada con él, pero lo estoy. Aunque también fui yo quien lo metió en este embrollo.

—Todo bien —miento de nuevo antes de seguir a Udo fuera.

Hemos recorrido la mitad del camino hasta el granero cuando dice:

—Yo me encargo de las ovejas. Tú ve a prepararte para dormir. —Hace una pausa—. Va a ser una noche fría. Quizá quieras calentar tu habitación.

Cuando ato cabos, me maravillo por la astucia sin precedentes de Udo.

—Fría, claro. Pues buenas noches. —Me giro para marcharme, pero yo también tengo una pregunta de despedida—. ¿Udo? ¿Por qué me estáis ayudando?

—Tú tenías tus motivos —dice sin más, al cabo de un momento—. Y nosotros los nuestros.

Luego prosigue hacia el granero mientras silba en el temprano atardecer. Desconcertada, me dirijo hacia mi cobertizo.

Dentro reina la penumbra; la luz menguante de fuera arroja un brillo bígaro. Voy con cuidado de no hacer mucho ruido. La puertecita de hierro en la parte trasera de la chimenea está ardiendo, así que uso un trapo para abrirla. Se oye el ligero siseo de las brasas…

Y, lo más importante, unas voces.

— … el caso hasta el momento.

Qué *pícaro* es Udo.

—Pocas cosas puedo dar por seguras. —La voz de Emeric me llega cristalina—. Hay una entidad que se hace llamar la Doncella Escarlata y posee cierto poder. Afirma que me ha elegido para un sacrificio. La nueva secta de Hagendorn venera a una deidad que *también* se llama la Doncella Escarlata. No hemos demostrado que sean la misma entidad.

—No... demostrado —repite Kirkling. Debe de estar tomando notas de nuevo—. ¿Y el fraude profano relacionado con esa secta?

—No hay nada seguro.

Contengo el aliento.

Se produce una pausa incómoda antes de que Kirkling diga llanamente:

—¿De verdad?

—De verdad —confirma Emeric—. Si es cierto que la entidad es una diosa menor, entonces no se ha producido ningún fraude. Dem...

—No cree eso, no de verdad —lo interrumpe Kirkling.

Emeric se calla. Luego prosigue hablando con esa misma tranquilidad férrea que usó después de que la Doncella Escarlata le atravesara la garganta.

—Interrogaré a más aldeanos por la mañana. Ahora mismo, el único incidente que puede considerarse un fraude profano es demasiado trivial para conformar un juicio ante los tribunales celestiales. —A lo mejor... a lo mejor cabe la posibilidad de que acabemos bien—. Los hermanos Ros han declarado que, aparte de ese incidente, nunca han visto a la señorita Schmidt usar a la Doncella Escarlata para su propio beneficio. A mí me parece más probable que...

—Ahórreme sus suposiciones, aspirante Conrad —suspira Kirkling—. Se ha comportado de un modo bastante razonable en este día tan arduo y este informe bastará, ya que no estaba preparado. Espero un trabajo más concienzudo a partir de ahora. Puede irse.

Me apresuro a encender el farol y cerrar la puerta de hierro antes de que llegue Emeric, pero resulta que no hacía falta tanta prisa. Cuando llama a la puerta del cobertizo, he tenido tiempo para terminar de lavarme y hasta frotarme el cabello con el jabón bueno que robé del castillo Reigenbach.

Lo dejo pasar y veo la causa de su retraso: lleva un fardo colgado del hombro.

—Has ido a por tus cosas.

—Así es, he… —Pierde el hilo de lo que estaba diciendo y pone una cara rara—. ¿Llevas perfume?

—Mi viejo jabón.

—Ah.

Deja el fardo en el suelo y yo saco una combinación limpia del sencillo baúl de madera que Udo me construyó.

—Tengo que cambiarme.

—V-vale. Yo, eh…

Cierra la puerta y me da la espalda para mirar la esquina mientras se pasa la mano por la nuca.

Una parte de mí quiere dejarse seducir por su decoro. Otra parte de mí no puede dejar de oír el «señorita Schmidt». No digo nada, solo empiezo a desatarme los lazos del vestido.

—¿Cuánto has oído? —pregunta Emeric—. Deduzco que por eso *meister* Ros nos cedió la habitación.

—¿Querías que os escuchara?

—No esperaba menos.

Me quito el vestido y la camisa y me pongo la combinación por la cabeza.

—Así que solo has dicho lo que yo quería oír.

—No, eh… —Oigo un susurro cuando empieza a darse la vuelta, pero entonces se detiene—. Quería que supieras cómo están las cosas.

—Te toca cambiarte.

Subo a la cama y me deslizo hasta el extremo más alejado del colchón. Me quedo mirando los tablones de la pared.

—Vanja, ¿qué he hecho para que te enfadases?

—No es nada —miento por tercera vez. A eso le sigue un terrible silencio interrumpido tan solo por los botones atravesando la lana y el susurro de la tela al que presto mucha, muchísima atención. No sé si me arde la cabeza de frustración o de… bueno, de un tipo distinto de frustración. Las palabras se me escapan antes de que pueda contenerlas—. Solo estás cumpliendo con tu deber.

El silencio repentino me indica que Emeric se ha quedado inmóvil. Al cabo de un momento, dice:

—No le he mentido a Kirkling. Mi deber como prefecto no es engañar a alguien para incriminarte por algo que no hiciste, sino encontrar la verdad y presentar pruebas que la verifiquen.

—¿Y si lo hice? —Me enderezo, con los ojos fijos en la pared—. Porque *sí* que amañé milagros, *sí* que fingí tener visiones, *sí* que...

—Mientras no fuera a cambio de bienes, dinero o servicios...

—Entonces, ¿por qué has preguntado si lo hice? —Alzo la voz con un temblor vergonzoso. Sé que nada de esto tiene sentido, *sé que no va sobre mí*—. *¿P-por qué me has llamado «señorita Schmidt»?*

El colchón se mueve. Levanto la mirada para ver que Emeric se arrodilla a mi lado y se me descompone el semblante.

—Vanja... —empieza a decir, horrorizado, y me abraza cuando rompo en un llanto de lo más humillante—. Ay, no, Vanja, lo siento mucho.

—No, yo lo siento. —Me sorbo los mocos en su hombro—. Estoy siendo ridícula.

La inquietud pesa en cada una de sus palabras.

—No, para nada. Pensé que te resultaría más fácil si supieras lo que estaba preguntando, si... si lo hacía menos personal, pero... no te he llamado «señorita Schmidt» desde... Hubert. Y eso fue horrible para ti. —Se le quiebra la voz—. *Yo* me comporté de un modo horrible. Y ahora me estás viendo sacar a la luz cualquier cosa que hayas podido hacer mal para llevarte a juicio... Pues claro que es angustiante. Lo siento, no lo pensé bien.

—No es culpa tuya —farfullo—. Fui yo quien empezó una secta.

—Pero no es mi... mi deber intimidarte —insiste—. Si no puedo hacer mi trabajo de otro modo, entonces no pinto nada como prefecto. —Reflexiona un momento—. ¿Aún tienes el símbolo de amnistía de Minkja?

Me aparto lo justo para agarrar un pequeño fardo de la caja que sirve de mesita de noche. Contiene bagatelas que he guardado de

Bóern: una pluma negra de Ragne, una libretita de cuero que me regaló Emeric por mi cumpleaños (sigue en blanco, lo admito), un amuleto de la suerte del Winterfast y, al fondo, una moneda de estaño estampada con el sello de los prefectos.

—Toma —digo, sosteniéndola.

Emeric me cubre la mano con la suya y cierra los ojos. Veo una suave pulsación de luz plateada entre nuestros dedos.

Cuando me doy cuenta de lo que hace, ya es demasiado tarde.

—Hecho —declara, apartándose—. Está activo de nuevo. En la oficina de Dänwik haré que documenten formalmente tu amnistía como asesora para el caso de la Doncella Escarlata. Ningún prefecto podrá arrestarte mientras el caso siga abierto.

Estoy abrumada y extrañamente enfadada a la vez porque se ha arriesgado mucho por mí.

—Pero tendrás que cerrar el caso para completar tu Fallo.

—Pues no lo cerraré sin recopilar pruebas de que no deberían acusarte de nada.

—Pero ¿y si tengo que…?

—No creo que esto sea una casualidad —se apresura a decir—. Todo parece demasiado… orquestado. Llevas aquí desde finales de enero, pero ¿la Doncella Escarlata va y se manifiesta justo cuando llegan los prefectos, a tiempo para reclamarme como sacrificio? ¿Y *resulta* que hay dos de siete hermanos justo aquí?

—No crees que sea una diosa menor de verdad —añado con tensión, y dejo que el resto de la frase cuelgue entre nosotros: *Y eso me convierte en culpable.*

Pero Emeric niega con la cabeza.

—Tal vez lo sea. Pero, por muy diosa que pueda ser, eso no significa que sea *buena*. La pregunta importante es qué quiere. Y, mientras lo averiguamos, tú no deberías vivir con miedo.

Vuelvo a notar el nudo en la garganta, pero por un motivo totalmente distinto, así que apoyo la mejilla sobre su corazón e intento respirar.

—Santos y mártires, esto va a ser duro, ¿verdad?

—Ajá. Por la mañana ya pensaremos en qué podemos hacer diferente. —Deposita un beso en mi sien—. Pero mientras estemos metidos en esto... —Pierde el hilo de nuevo. No me importa, sé cómo acaba la frase.

No puedo contener una carcajada de asombro cuando entierra su nariz en mi pelo aún húmedo.

—¿Qué haces?

—Lo siento —dice, sin pizca de remordimiento—. *Dioses*, cómo he echado de menos ese olor.

CAPÍTULO 6

ASESORA

A la mañana siguiente espero despertarme igual que la anterior: agradablemente enredada con Emeric, pero haciéndolo durar esta vez. Sin embargo, me despierto con una panorámica clara de la pared; la estratagema de las mantas separadas ha triunfado sin querer, y siento un poco de frío.

Cuando me doy la vuelta, Emeric me mira con una expresión que se puede describir como atormentada. Lo raro es que parece haber dormido debajo de su abrigo, una toalla y varias camisas sin desabrochar.

—Tú —dice con voz adormilada— eres un demonio infernal sin precedentes cuando duermes.

—¿*Qué*?

Emeric se frota los ojos.

—Me has robado todas las mantas. Y luego te has enrollado en ellas, como si fueras un crep, con lo que se han quedado en tu lado. Y luego, cuando he intentado quitarte una de encima, te has girado, me has mirado a los ojos y has dicho (y cito textualmente): «Te mataré».

—Yo *jamás* haría eso.

—Luego has añadido: «Haré que parezca un accidente».

Eso me encaja, por desgracia. Avergonzada, abro sin añadir nada más un lado de las mantas y se lo ofrezco. Emeric se deshace de la ropa y se desliza debajo con un gruñido que remite cuando le rodeo el pecho con los brazos. Sí que está terriblemente helado.

—Bueno —musito contra su camisón—, al menos sabes que mientras duermo no se me ocurre una amenaza de asesinato decente.

—Todo lo contrario —dice, casi impresionado—. Te hice varias preguntas. Tu plan era sorprendentemente sólido.

—Noooo —me quejo.

—Una de tus contingencias implicaba una granja de cerdos.

—No vas a permitir que me olvide de esto, ¿verdad?

—No si puedo evitarlo.

La voz de Emeric resuena por mi cuerpo de tan acurrucados que estamos. Hay algo encantador sobre esto; estoy adormilada, calentita, y, cada vez que respira, noto su camisón fino de lino contra la piel.

Anoche estábamos los dos agotados y no pasó casi nada antes de quedarnos dormidos. Esta mañana las cosas han cambiado. Esa ansia profunda y adormilada no ha desaparecido.

Apoyo la cabeza en el brazo hasta que nuestras caras están a la misma altura y distingo esa misma ansia nebulosa en Emeric.

—Entonces tendré que distraerte.

El beso empieza dulce y suave como el terciopelo, y persiste como el crepúsculo mientras los dedos se cuelan en el cabello y recorren territorios explorados. Pero a lo mejor estamos los dos pensando en más, o puede que las experiencias salvajes de ayer nos hayan vuelto más atrevidos, más codiciosos. No tardo en arrastrar las manos de Emeric debajo de mi camisón para que paseen deliciosas sobre la piel desnuda por el norte de mis caderas. Emeric traza círculos cada vez más y más alto, primero para pedir permiso, luego para extraerme escalofríos, como si cada uno fuera un secreto entre los dos, como si no pensara descansar hasta descubrirlos todos. Yo tampoco me contento con dejarlo solo con su escrutinio. Le quito del todo la camisa para reorientarme en los mapas de costillas y cicatrices, músculos y piel, con las líneas de la marca contractual de prefecto sobre su corazón. En el apacible resplandor matutino, es casi posible fingir que la mano roja no está ahí.

Emeric no tarda en percatarse de que el lino oculta poco. Creo que los dos nos damos cuenta a la vez, cuando muevo una rodilla y rozo algo que lo hace sacudirse con un jadeo.

Se sienta de repente.

—Dioses... perdona... tengo que ir al baño.

Lo agarro por el codo antes de que baje las piernas por el borde de la cama.

En general, este tipo de cosas me dejaría el cerebro hecho puré, o incluso me haría caer en una espiral de pánico. No pasa nada por pensar en esto, pero ¿hacerlo en persona? Si estuviera con alguien diferente, ya habría salido por patas.

Pero con él siempre es como una danza, en terreno uniforme, aunque Emeric tenga que ceder algo para nivelarlo. Y gracias a eso, desearlo resulta menos horroroso. Resulta menos aterrador querer que te deseen.

—Espera —digo con voz ronca—. No... no hace falta que te vayas.

Emeric me mira, con el rubor manchándole las mejillas, el cabello oscuro sumido en un caos glorioso y los ojos detrás de las gafas torcidas fijos en los míos.

—Vanja, por favor, dime qué quieres decir con eso *exactamente*.

Quizá sea el subidón de explorar nuevos territorios con él; o quizá sea porque noto que esto es como un fuego que se ha propagado a partir de una única brasa hasta alejarse de su punto de origen. Es fácil sentir, aunque más difícil decir:

—Quiero... tocarte. ¿Tú qué quieres?

Estira el brazo para trazar un circulito entre la cadera y el ombligo. Su voz sale a trompicones como potros inseguros.

—Eso, pero... contigo primero. ¿Te parece bien?

No puedo contener un escalofrío que se convierte en una risa nerviosa para los dos. Noto una ingravidez desenfrenada en el estómago y el jadeante «sí» que se escapa de entre mis labios no es mentira.

—No sé qué tengo que hacer —admite mientras cambia de postura para colocarse en un ángulo mejor—. ¿Sabes…? Bueno, ¿sabes lo que te gusta?

Lo sé gracias a un motivo muy concreto. Farfullo algo entre dientes.

—¿Qué?

Noto que el rubor empieza a extenderse por todo mi cuerpo.

—*Tres meses.* —Es lo único que digo.

Una sonrisa *asquerosamente* engreída aparece en su rostro. Pero se suaviza cuando me agarra una mano.

—¿Me lo enseñas?

Trago saliva. Si es todo así, entonces… a lo mejor puedo con ello. Es espantoso y maravilloso a la vez; nunca me he sentido tan expuesta y segura al mismo tiempo. Podemos hacerlo.

Entrelazo los dedos con los de Emeric y lo guío.

—¿Helga ha venido ya?

Soy consciente de que mi voz suena aguda y un poco ahogada; me da igual. Jakob está sirviendo el desayuno, pero se detiene para señalar hacia su taller.

—Está robándome suministros.

—Me lo debes por este viajecito absurdo —replica Helga desde el otro lado de la puerta.

—¡Gracias! —suelto con un rictus a modo de sonrisa y me encamino con rigidez hacia el taller.

Helga examina con ojos entornados un bote abierto de hojas secas y me lo ofrece.

—Huélelo. ¿Crees que están buenas?

Aparto el bote de mi cara y cierro la puerta.

—Tengo una pregunta —grazno.

—Tú y todo el mundo. Vaya, justo ayer me estaba preguntado qué podría llevarme a buscar a mis terribles hermanos de nuevo y...

—*Helga* —siseo frenética—, creo que estoy embarazada.

—Ah. —Helga retira el bote y arquea las cejas—. Entonces Jakob me debe diez *sjilling*.

—¿Habéis...? —profiero cabreada—. ¿Habéis *apostado* sobre...?

Helga me interrumpe.

—Un segundo. ¿El joven prefecto aún tiene la huella de mano? —Asiento y ella retuerce la boca—. Entonces estoy bastante segura de que no estás embarazada. A menos que uno de vosotros estuviera muy decidido. Y fuera contorsionista. Joder, el dinero me habría venido bien en Dänwik. Hacen unas cenizas de bruja a partir de...

Esta vez la interrumpo yo, chillando un poquito.

—¿Cómo puedes estar segura?

Helga deja el bote y me mira. Puede que sea la primera vez que me mire sin recelo. Aparta unos fardos de lana de la mesa de trabajo de Jakob y da unos golpecitos en la madera antes de rodearla para sentarse en el extremo más alejado.

—Lo siento. Siéntate. Vamos a hacerlo como es debido. ¿Por qué crees que estás embarazada?

Me siento delante de ella y el calor acude a mi rostro.

—Porque hemos... eh... hubo más que... que besos y...

Helga alza una mano.

—Para ayudarte, necesito que concretes.

Pensaba que sería duro decirle a Emeric lo que quería, pero esto es *infinitamente* peor. Miro a todos lados menos a Helga.

—Estaba tocándole... Lo estaba tocando a él. —Helga aguarda sin decir nada—. ¡Ya sabes a lo que me refiero!

—Dilo —dice con terquedad.

Intento no removerme.

—¡Solo lo haces para avergonzarme!

—Lo hago —replica la mujer— porque, si no estás lista para decirlo, entonces *definitivamente* no estás nada preparada para tocarlo, y esa conversación es muy diferente.

Entierro la cara en las manos. Un segundo más tarde, el fantasma difuso de una palabra se escapa de entre los dedos y adquiere brevemente la forma de «pene» antes de desaparecer en el éter.

—Perdona —dice Helga con inocencia—, pero ¿qué has dicho?

Mi temperamento se desborda. Estampo las dos manos contra la mesa y grito:

—PENE, ¿VALE? PENE.

El ruido que estaba haciendo Jakob en la cocina se detiene un momento y luego se reanuda desde detrás de la puerta cerrada del taller con ese tipo de estrépito premeditado que indica: *No hablaremos de esto nunca.*

—Es posible que quisiera avergonzarte un poco —concede Helga—. En fin. ¿Solo has usado las manos? —Asiento miserablemente—. Eso no te dejará embarazada.

—Pero cuando ha… —Me detengo, más azorada que nunca. Se me ocurren una decena de formas groseras de decirlo, pero no *quiero* hablar de ello como si fuera una canción obscena de bar. No quiero hablar de ello en absoluto.

Helga carraspea.

—¿Expulsó algo? —pregunta con tacto.

Agacho la cabeza.

—Y un poco… cayó en mí, así que…

—¿Te has limpiado?

—Pues claro —gruño antes de alzar la cabeza—. ¿Eso evitará que me quede embarazada?

—No. —Helga arruga la nariz—. Te repito que no estás encinta, pero es una cuestión de higiene. Aquí estamos *rodeadas* de tela y nadie quiere eso en su ropa nueva. La cuestión es que mucha gente solo se queda embarazada cuando eso se expulsa en su interior —se señala las caderas—, para que pueda alcanzar el útero, y solo en ciertas épocas de su ciclo menstrual. Hay otras formas de quedarse preñada, pero solo de ese modo ocurre de forma *accidental*.

—Entiendo —digo, sintiéndome muy tonta—. Bien.

Helga interpreta correctamente mi humor y agita la mano.

—No te sientas mal por no saberlo. Muchos padres deciden que sus adolescentes no necesitan saber nada sobre el sexo...

—¿Quieres no *decirlo* tan alto? —protesto y alzo los hombros por instinto. Ella pone los ojos en blanco.

— ... hasta el matrimonio, y así es como acabas con Johann el Joven, padre de cinco niños antes de cumplir los diecisiete. —Al ver mi mirada aterrorizada, aclara—. De cinco madres distintas. Era bastante... diligente. En fin, lo que sí que puedes conseguir son verrugas, forúnculos e infecciones mediante otras... *actividades*, aunque tu compañero no se haya acostado con nadie. Así que hablemos sobre protección.

—Preferiría ir a desayunar —gruño, apartándome de la mesa.

—Vale. —El tono de voz de Helga se ha vuelto estricto, casi como un reproche. Se reclina y se cruza de brazos—. Entonces podemos retomar esta conversación dentro de dos días, cuando te escueza cada vez que uses el baño.

La miro con el ceño fruncido.

—No te he pedido ayuda.

Helga imita mi entrecejo arrugado.

—*Sí* que lo has hecho, y está claro que la necesitas. Mira, no te voy a decir cómo debes sentirse sobre el sexo ni tampoco que deberías sentirte cómoda hablando de eso conmigo. Lo que *sí* que te diré es que exige comunicación, sobre todo en temas de salud y seguridad. Y, *encima*, no vamos a tener otra oportunidad para hablar en privado sobre esto hasta que lleguemos a Dänwik, como pronto, así que bueno. Tú decides.

Uf. Lo único que sería peor que esto es admitir que Helga tiene razón, así que me hundo un poco más en el taburete.

—Vale. Tú eres la comadrona. ¿Qué me recomiendas?

—Tenemos muchas opciones, desde tinturas diarias hasta amuletos de un uso, pero esos son, eh… quisquillosos. —Helga ladea la cabeza y mete un mechón rebelde de pelo castaño rojizo en la corona de trenzas—. El método más sencillo es lo que llamamos un lazo de raíz. Es un hechizo que se ancla a un hueso interno de tu elección, aunque en general usamos la pelvis o la vértebra inferior, y dura un año, a menos que pidas que te lo quiten antes. Mientras está activo, el lazo de raíz impide que las cosas, bueno, echen raíz. No te quedarás encinta ni enfermarás. Aún tendrás tu ciclo mensual, pero puede que sea más leve o la duración cambie. El mayor inconveniente es que, una vez que tengas el lazo de raíz, si quieres deshacerlo antes de que acabe el año, necesitarás a una bruja de cerco capacitada.

—¿Esa es la única pega? —pregunto, nerviosa—. ¿No hay más efectos secundarios?

—También suele ser la opción más cara. Un lazo de raíz requiere ceniza de bruja de alto nivel. Pero a ti te saldrá gratis porque voy a robársela a Jakob, ya que me debe una por hacerme lidiar con adolescentes. Si quieres, podemos hacerlo aquí y terminar antes del desayuno.

Trago saliva. Es una sensación extraña, esto de tener que pensar en si *quiero* o no quedarme embarazada. Era la más joven de trece hijos, un número incomprensible. Una parte de mí se horroriza y otra…

Bueno. Es fácil querer a esa familia cuando solo son fruto de tu imaginación, una fantasía incondicional; ahí pueden ser lo que tú quieras.

De todos modos, creo que no quiero trece hijos y, para el futuro inmediato, no quiero ni uno. Pasé diez años como criada, viviendo solo para servir a los demás; pasé el siguiente año en una mentira egoísta y desesperada. Me da la sensación de que mi propia vida, la que controlo, solo acaba de empezar.

—Vale —digo—. Y… puedo pagarte. Sí que *tengo* una bolsa llena de rubíes.

Helga agita la mano y se levanta para saquear las jarras de ceniza de bruja de Jakob.

—Considéralo una inversión. Al fin y al cabo, quiero ganar esa apuesta.

—Va a ser muy fácil —digo por la tarde. Mi voz resuena en la capilla de madera, vacía a excepción de Leni y yo misma. No puedo dejar a los Sacros Rojos desamparados mientras estoy fuera, así que, por ahora, voy a delegar—. Lo único que debes hacer es dirigir el servicio semanal. Comienzas el miércoles. Conoces los rituales mejor que nadie.

—Es un honor tremendo —responde Leni con solemnidad y los ojos bien abiertos—. Aunque la Doncella Escarlata no crea conveniente concederme el don de la profecía, me siento muy honrada de dirigir a los Sacri Rojos para Su adoración.

Lo peor es que puedo *oír* a Leni poniendo la mayúscula en ese posesivo.

—Lo harás genial. Si tienes alguna pregunta… Bueno, reza para pedir consejo. Y los Sacros Rojos…

—Sacri —musita Leni.

Me esfuerzo por sonreír con paciencia.

—Eso. Bueno, son muy… eh… abiertos, por si necesitas adaptar algo.

—La verdad es que estaba pensando en añadir un servicio matutino diario —se apresura a decir Leni—. Como los Sacri Rojos crecen cada día, dentro de poco no cabremos todos en la capilla. Y con la aparición de Su Divinidad, lo más adecuado sería dar las gracias y honrarla siete veces más.

—Esa es… una forma de entenderlo —digo, eludiendo la cuestión. La Doncella Escarlata ya está apuñalando gargantas y exigiendo sacrificios humanos. No creo que lo mejor sea recompensar ese comportamiento con cultos diarios—. Aunque ¿tal vez podrías empezar un poco más despacio? ¿En días alternos?

—A Ella le debemos nuestra devoción plena —responde Leni con ese tipo de sinceridad supermasiva que arrastra convicciones menores hasta que orbitan a su alrededor.

—Eh...

Me salva un golpe en la puerta. Es Emeric, que claramente evita mirar hacia la estatua de la Doncella Dorada.

—Es la hora, Vanja.

Apoyo una mano en el hombro de Leni y, entre dientes, le digo de nuevo:

—Lo harás genial.

Luego sigo a Emeric fuera y nos dirigimos a la carretera principal, donde nos espera el transporte. El carromato del posadero no es que sea muy glamuroso, pero nos llevará a Glockenberg, donde podremos alquilar una diligencia apropiada. Helga y Kirkling ya están dentro y han ocupado un tonel vacío y una caja, los dos únicos asientos.

Jakob nos espera al lado del carromato junto con Udo, que reprime su visible desdén mientras los Sacros Rojos colocan flores entre los tablones de madera. Hemos dicho a la congregación que Emeric y yo debemos ir a recoger un tributo para la Doncella Escarlata y (dado el número sin precedentes de guirnaldas de flores que han preparado para la ocasión) se lo están tomando bien. En todo caso, casi resulta inquietante la rapidez con la que todo el mundo se ha apuntado al equipo de «los Sacrificios Humanos son Maravillosos».

Jakob alza el punzón de hueso y el trozo de tela. Como su sangre está en juego, nos ha parecido justo dejar que los examinase como nos pidió.

—Que yo vea, no hay nada raro —declara—. Solo tela y hueso. Hagámoslo de una vez.

El silencio reina sobre la multitud creciente cuando aprieta la punta del dedo contra el extremo afilado del punzón y hace una mueca. Una perla roja aparece en la piel. Jakob la presiona con rapidez en la tela.

Y... ya está. Ni luces intermitentes ni apariciones horribles. Ahora hay una única gota roja en la batista blanca. Y nada más.

Jakob sacude la mano. Un puntito rojo le marca el dedo, pero ya no sangra. Suelta un suspiro que se convierte en una carcajada a medio gas.

—Eso ha sido anticlimático. Uno pinchado, faltan seis.

Le pasa el punzón a Udo, que añade su gota de sangre con la misma ausencia de fanfarria.

—Pues ya está —dice mientras guardo la tela y el punzón en una bolsita de cuero que meteré en mi equipaje—. Regresa sana y salva, Vanja. —Jakob le propina un codazo y rectifica—: Los dos.

Emeric arquea las cejas.

—Ah. Gracias.

—Me refería al posadero.

—Qué va —dice Jakob al tiempo que Emeric tartamudea una disculpa—. Tened buen viaje todos.

Por desgracia, nuestra partida es mucho más dramática e implica muchos cantos, lluvias de pétalos y unas horribles coronas de flores que los Sacros Rojos nos ponen a Emeric y a mí. Aunque vale la pena solo por verle la cara a Kirkling. Y debo reconocérselo: aguarda a que Hagendorn se pierda de vista para quejarse.

—Espero que eso no fuera obra suya, Schmidt.

Echo un vistazo a la espalda del posadero. Por suerte, no parece haber oído a Kirkling por encima del ruido que hace el carromato. Me inclino hacia delante y bajo la voz.

—Si fuera cosa mía, habría incluido una ofrenda de fuego.

Emeric pasa por alto el comentario y deja a un lado la corona de flores para quitarse los pétalos carmesíes del pelo.

—Bueno, alquilaremos una diligencia en Glockenberg para ir a Dänwik. Vanja, ¿quieres buscar directamente a Dieter Ros cuando lleguemos o prefieres pasar antes por la oficina?

Helga suelta una queja, pero Kirkling interviene:

—Ella no pinta nada en la oficina de los prefectos.

El carromato se estremece cuando la rueda golpea un surco con tanta fuerza que nos hace volar a nosotros y al equipaje durante un instante.

—Lo siento —se disculpa el posadero por encima del hombro.

—No pasa nada.

Helga se ha tensado de repente. Tiene la mirada fija en el camino que dejamos atrás.

Emeric y Kirkling no se han dado cuenta. Los ojos de Emeric pasan de Kirkling a mí.

—Tenemos que registrar a Vanja formalmente como asesora para el caso.

—No lo dirá en serio. —La voz de Kirkling restalla por la carretera como un látigo.

—Tranquilizaos —dice Helga por lo bajo.

Si me había parecido que la expresión de Kirkling durante la despedida floral de Hagendorn valía oro, ahora es digna del platino. Abre la boca, pero Helga sacude la cabeza, con los labios apretados, y señala con la barbilla hacia la carretera.

—No miréis todos a la vez —dice por la comisura de la boca. Luego se levanta para comentarle algo al posadero. El carromato se sacude de nuevo y los caballos arrancan al trote.

Echo un vistazo. Entre el traqueteo y el susurro del bosque, no veo nada...

Hasta que lo distingo. Un vívido ojo verde se abre en el nudo de un roble cuando pasamos a su lado. Otro brota en la punta de la rama de un espino.

En cuestión de segundos, mire donde mire, el bosque a mi alrededor me devuelve la mirada.

CAPÍTULO 7

LA SOLUCIÓN

—¿Musgosos? —pregunta Emeric en voz baja. Un rostro fino cubierto de corteza surge en un seto del arcén. El seto se desarraiga y echa a gatear tras el carromato.

Helga parece perpleja.

—No deberían estar al descubierto de este modo.

Se oye un crujido procedente de la caja donde se ha encaramado Kirkling.

—¿Podría ser que la cacería salvaje los hubiera desalojado?

—Antes del anochecer no. Y tampoco aquí. Brunne la Cazadora lidera la *Wildejogt* en las Haarzlands y tiene un acuerdo con la Zarzabruja local. Todos los musgosos bajo el cuidado de la Zarzabruja están a salvo de la cacería. Creo que nos observan a nosotros.

Otro seto pequeño empieza a seguir el rastro del carromato, pero no tardamos en perderlo de vista.

—¿Qué hacemos? —jadeo.

—Seguid hablando —dice Helga con una serenidad forzada—. Actuad como si todo fuera normal. Nada de gritar ni de movimientos bruscos. Si nos hablan, prestad atención. Si os piden algo, dádselo. Y esperemos que la Zarzabruja no aparezca en persona.

—Muy bien. —Apenas puedo oír a Kirkling por encima del traqueteo del carromato—. Aspirante Conrad, no puede nombrar a
Schmidt como asesora para un caso en el que está implicada.

Le enseño el símbolo de amnistía.

—Demasiado tarde. Solo vamos a hacer el papeleo oficial.

El semblante de Kirkling se ensombrece peligrosamente.

—Entonces esta es una falta de juicio inmensa, Conrad.

Emeric tira un puñado de pétalos rojos del carromato con el
ceño arrugado.

—Vanja ha sido asesora an…

—No había terminado —replica Kirkling, tensa, con lo que se
gana una mirada furiosa de Helga. Suaviza el tono, pero sus palabras son afiladas—. Incluso en el improbable caso de que Schmidt
sea inocente, ahora ha expuesto la investigación a su influencia.
¿Acaso se ha parado a pensar aunque sea por un momento cómo va
a demostrar que ella no lo alejó de las pruebas incriminatorias? Y, a
modo de recordatorio, ¿cómo va a demostrar justo eso cuando
exponga su caso *delante de los mismísimos dioses menores*?

En la mandíbula de Emeric, un músculo sufre un espasmo. Conozco ese tic de todas las veces en las que yo he tenido razón y a él
le molesta que la tenga.

—Cualquiera pensaría —dice, con esa voz que transmite una
tranquilidad de acero y que usó con la Doncella Escarlata— que la
presencia divina de Verdad podría ayudar con eso.

Helga resopla con auténtica malicia.

Kirkling entorna los ojos… y centra su atención en mí.

—Schmidt, ¿sabe lo que ocurre si un aspirante a prefecto fracasa en su Fallo?

El estómago me da un vuelco brusco. Emeric no mencionó un
precio que pagar si fracasaba… pero, cuando era prefecto júnior,
perder un caso significaba perder la vida. Seguro que no…

Emeric no me mira a la cara.

—No lo sé —respondo con frialdad—. ¿Es fatal?

Kirkling ladea la cabeza.

—No, un aspirante como Conrad ha recibido la cantidad sufi-ciente de su marca contractual como para sobrevivir a la invocación. Pero, si fracasa en su Fallo, le arrancan las marcas, las dos. El proce-so es atroz y puede durar horas, ya que deben arrancarle hasta la última gota de pigmento. Y luego se expulsa a esa persona de la orden de los prefectos para siempre.

Creo que se me detiene el corazón.

—Eso no va a pasar —dice Emeric en voz baja.

Una figura desgarbada hecha de liquen sale a la carretera a nues-tro paso y nos mira con ojos verdes como las hojas. También sigue al carromato, igual que los otros musgosos.

Y, a diferencia de los otros, consigue mantener de algún modo el ritmo de los caballos al trote, aunque solo avance caminando.

—Esposa del bosque —musita Helga—. A veces se acercan a casa de la tía Gerke. No la molestéis.

—¿Qué pasa si...? —empieza a preguntar Emeric. Helga lo inte-rrumpe.

—No lo hagáis y punto.

Las ramas se agitan, las raíces crujen. El tronco de un roble se retuerce con un gimiente *crac*. Más y más ojos florecen por todo el bosque y nos miran, evalúan, juzgan. Todos y cada uno de ellos pa-recen fijos en nosotros.

En nosotros, no... En mí.

Es como si ya estuviera en un juicio.

—No hace falta que sea asesora —me apresuro a decirle a Eme-ric—. Podemos... podemos revocar la amnistía y...

Él sacude la cabeza y apoya una mano sobre la mía.

—Aunque pudiera, no lo haría. Ya lo he decidido. —Emeric mira a Kirkling a los ojos—. Vanja sentía una angustia intensa...

—Que era culpa suya —interviene Kirkling.

— ... y, sea cual fuere el resultado, tendré que responder ante el tribunal por causarle esa angustia y prolongarla durante la duración

de la investigación. Mi trabajo no consiste en castigar extrajudi-
cialmente, sino en encontrar la verdad. —Arruga los labios y oigo
cómo asoma un poco las garras—. Así fue como me formó Hubert,
al menos.

El ceño fruncido de Kirkling se acentúa; ese golpe ha dado en el
clavo. Tras un silencio furioso, dice:

—Entonces, por respeto a la memoria de Hubert Klemens,
permítame que le aconseje, aspirante Conrad. Si se descubre que
Schmidt ha corrompido el caso, *suspenderá* el Fallo. Su mayor esperanza es ejercer una discriminación extrema sobre la asesoría de
Schmidt a partir de ahora. De hecho, yo que usted lo mantendría
todo (pistas, teorías, notas y pruebas recogidas) entre nosotros, hasta la hora del juicio.

Así que iré a ciegas. Estaré completamente sola.

Bueno, completamente no. Solo tengo que… confiar en Emeric.

Me acuerdo de Minkja, de cuando invocamos al tribunal judi-
cial, de cómo depositó toda su fe en mí para que obrara un milagro.

—De acuerdo —me apresuro a decir antes de que Emeric pueda
protestar y antes de que yo pueda cambiar de opinión—. Si eso es lo
que hay que hacer, adelante. No me metas en el caso.

Tanto Kirkling como Emeric parecen sorprendidos.

—¿Estás segura? —pregunta él, y asiento.

—Bien, pues esta noche, cuando presente el informe… —Kirkling
empieza a hablar sobre lo que espera de Emeric y él busca cuaderno
y carboncillo. Parte de la tensión se desvanece.

Incluso los ojos y las caras de los musgosos han disminuido, están más alejados. La esposa del bosque ha perdido interés, al parecer,
y no nos sigue más vegetación. Helga le da un golpecito al tabernero
en el hombro. Los caballos reducen el paso a ritmo de paseo.

Y entonces, al doblar una larga curva, la veo avanzar con pesadez por la carretera detrás de nosotros: un viejo montículo de mujer,
hecha de tierra y raíz, envuelta en un grueso chal de musgo, con la
cara llena de venas como hierro oxidado. Sus ojos son del mismo

vívido esmeralda que los de los demás musgosos y un nido enredado de cabello blanco como la nieve corona su rostro adusto. Con
una mano agarra un bastón de madera retorcida y enredaderas vivas. Con la otra aprieta un puñado de los pétalos rojos que ha ido soltando el carromato.

Es la Zarzabruja, la reina de los musgosos.

Apunta su bastón retorcido directamente hacia mí. En mi cabeza, oigo un gruñido como ramas rompiéndose.

ARRÉGLALO.

El carromato tropieza con otro surco y da un bandazo sobrecogedor. Cuando vuelvo a mirar, la mujer ha desaparecido.

—¿Alguien más ha...? —pregunto, pero me doy cuenta de que
la conversación ha seguido sin mí. Ni siquiera Helga, que rebusca
en su bolsa, parece haber visto a la Zarzabruja.

Su mensaje iba dirigido solo a mí.

No sé si me ha pedido algo o más bien me lo ha ordenado. Sea
como fuere, diría que Emeric no es el único que tendrá que pagar si
fracasa.

Cuatro días más tarde nuestro carruaje entra en Dänwik, una ciudad preciosa, pero de un modo reservado explícitamente para cosas
construidas por despecho.

Verás, hace unas cuantas generaciones, el principado de Lüdheid estuvo gobernado por la casa Eisz-Wälft unida. Por desgracia,
se rumoreó que la *prinzessin-wahl* descubrió a su marido, el príncipe
Nibelungus von Wälft, en el delito más flagrante con su prima, y así
comenzó el divorcio más desastroso en la historia del Sacro Imperio. La princesa Von Eisz se quedó con el palacio, reconvertido en la
abadía imperial de Welkenrode, junto con el control administrativo
de Lüdheid como la primera abadesa imperial. El *prinz...* Bueno, él
se quedó con el pabellón de caza en Dänwik.

Al parecer, se dedicó a convertir Dänwik en una joya para sobornar a su ex con tal de que volviera al matrimonio. Y me lo creo: la pequeña ciudad es de lo más pintoresca, llena de yeso inmaculado y madera intricada. Al otro lado de las pulcras calles se hallan las relucientes aguas zafiro del Wälftsee, el lago adyacente (ya ves de dónde viene el nombre). Y no sé cómo, pero el aroma a pan recién hecho persiste *por todas partes*.

Sin embargo, al final el *prinz-wahl* se dio cuenta de que ninguna cantidad de paisajismo artístico convencería a su exesposa de volver con él. Y ahí fue cuando se tornó *mezquino*.

La disonancia arquitectónica lo dice todo: una capilla de mármol rosado cubierta con una modesta cúpula, solo para agriarse bajo una corona de agujas erizadas y gárgolas gruñonas. Delicados setos en flor empalados en crestas de pinchos de hierro. Los huesos de un antiguo pabellón de caza aún persisten bajo el suntuoso oropel poco práctico, pero ahora están protegidos detrás de filas de estatuas de mármol ligeras de ropa en varias poses seductoras. Según la leyenda, las estatuas están talladas a imagen y semejanza de la posterior amante del *prinz*. No sé decir si es cierto o no; todos los rostros blancos de piedra parecen iguales a través de la ventanilla del carruaje.

La atmósfera dentro del vehículo es una mezcla igual de incómoda de expectativa y resentimiento, un silencio calcificado que nos lleva estrangulando la mayor parte del día. Estamos tan acostumbrados a él que todo el mundo menos Emeric se sobresalta cuando carraspea.

—Cuando lleguemos a la posada —dice con la sutil precisión de un cirujano óptico—, me parece práctico dejar a la señorita Ros y a la supervisora Kirkling para que se acomoden mientras Vanja y yo seguimos hasta la oficina para registrar su asesoría.

—Vale —ladra Helga a la vez que Kirkling emite un hosco «Pff». Helga pone los ojos en blanco.

—¿De verdad quiere estar cerca —señala a Emeric, que entrelaza las manos con las mías— de *esta* situación durante más tiempo?

(Todo sea dicho, en los últimos cuatro días me he mantenido entretenida en parte viendo cuán azucarada me puedo poner con Emeric antes de que Kirkling tuerza tanto el morro que parezca que sus labios quieren escapar por la nariz. Es un listón muy bajo).

Lo único que dice es:

—Schmidt se buscará su propia habitación en la posada.

Verás, *así* es como Kirkling se ha mantenido entretenida: ha insistido en que yo pague por mis cosas en cada etapa de este divertido paseo por el campo y, mientras tanto, se ha dedicado a pensar en cualquier otra cosa que pueda añadirla a mi cuenta. Y lo ha contado todo, desde una cuarta parte del billete para el trayecto hasta los catres apestosos y carísimos donde dormía cada noche en un rincón de los dormitorios comunales. Para sorpresa de nadie, los páramos olvidados de Almandy no ofrecen opciones decentes de alojamiento.

Puedo con el gasto (cambié bastantes rubíes por monedas en Glockenberg, y el resto aún forman una sólida capa de cincuenta centímetros en el fondo de mi enorme mochila), pero es más una cuestión de principios. Y la humillación: no estoy segura de que el lazo de raíz me hiciera falta, porque Emeric y yo no hemos disfrutado de ningún momento de intimidad desde que salimos de Hagendorn.

Al parecer, él también está pensando en eso mismo, porque dice:

—Vanja puede compartir mi habitación. —Y añade a toda prisa—: Si es eso lo que quieres.

Kirkling pone cara de haberle dado un bocado a un limón que estuviera hecho de abejas (entonces supongo que sería un higo). Mi ánimo echa el vuelo con alegría.

Le sonrío a Emeric con ganas y luego enfoco esa sonrisa resplandeciente en el resto del carruaje cuando retuerzo más el cuchillo y apoyo la cabeza en su hombro.

—Qué asco —musita Helga.

Kirkling, en cambio, dictamina:

—Pues entonces Schmidt pagará por la mitad de la habitación.

—Vale —acepto antes de que Emeric pueda protestar. Si con eso conseguimos pasar tiempo a solas, vale la pena.

El carruaje se detiene por fin delante de nuestra posada, Libro y Campana. Es difícil esconder el movimiento nervioso de la rodilla de Emeric sin el traqueteo accidentado del vehículo, y empeora mientras esperamos a que Helga y Kirkling se apeen y descarguen con una lentitud dolorosa los fardos. Para cuando el carruaje se pone en marcha de nuevo, estoy bastante segura de que Emeric va a abrir un agujero en el suelo.

—¿Cuán lejos está la oficina? —pregunto mientras miro con ojos entornados por la ventanilla, pero entonces un brazo pasa por delante de mí y cierra las cortinas antes de enroscarse en mi cintura.

—Me da igual —musita Emeric junto a mi cuello y, un momento más tarde, a mí también me da igual.

Un desasosiego fastidioso persiste al fondo de mi mente (me las he tenido que apañar durante cuatro días con lavabos rústicos y *sé* que huelo y que tengo el pelo sucio y que me podrías quitar suficiente aceite de la cara para freír un *schnitzel*), pero eso no frena a Emeric ni un segundo. Acabo montándome con torpeza a horcajadas sobre sus caderas mientras él mantiene una mano firme en la base de mi espalda y, *joder*, es maravilloso cada vez que el carruaje se bambolea y él se agarra más a mí. Cada vez que nos separamos, las carcajadas ocupan el hueco entre nosotros hasta que lo invadimos de nuevo.

Al final, el cochero tiene que llamar a la puerta para hacernos saber que hemos llegado. Intenta ocultar, sin éxito, una sonrisita mientras bajamos en un remolino de estirarnos los dobladillos y abrocharnos los botones.

—¿Necesitará volver en carruaje al Libro y Campana, señor?

Emeric me mira, entre tímido y esperanzado.

—Creo que nos vendrá bien el paseo, ¿no?

—Sí —confirmo al tiempo que me ajusto la correa de la bolsa para que quede mejor sobre el abrigo. No me hago ilusiones; en cuanto volvamos, Kirkling retomará su cruzada unipersonal contra el besuqueo juvenil, y estoy resuelta a conseguir al menos una indiscreción respetable antes de eso.

La oficina de Dänwik para la orden de prefectos de los tribunales celestiales no es muy distinta a la que hay en Minkja: es un pequeño edificio pulcro de piedra apilada en medio de un puñado de capillas que compensan con grandiosidad su escaso número. Se oye un leve tintineo cuando Emeric abre la puerta para revelar una sencilla recepción bien amueblada que guarda un parecido inquietante con la de Minkja, pasillo sinuoso de enfrente incluido. No hay nadie en el mostrador de nogal pulido, pero oímos una voz que grita desde el pasillo:

—¡Un momento, por favor!

Emeric se detiene a mi lado, ladea la cabeza y musita:

—¿Vikram?

Esboza una sonrisa cuando un hombre entra en la habitación. Parece tener la edad de Helga, con la piel de un cálido marrón, ojos avellana y suaves rizos oscuros atados en un moño desordenado sobre la cabeza, al estilo surajo. Se limpia algo que parece hollín de las manos con un trapo, sin fijarse en las dos manchas que luce el chaleco de su uniforme ni en los agujeros que horadan las mangas arrugadas. Sobre los hombros lleva una chaqueta oscura. Una lupa de joyero ennegrecida cuelga sobre su pecho mediante una cadena, y se ve un nítido círculo limpio alrededor de un ojo, donde ha recibido la mayor cantidad de hollín.

Apenas nos mira mientras se limpia con el trapo debajo de las uñas.

—Discúlpenme, hemos tenido un ligero problema con un fuego pequeño del tamaño de, bueno, un fuego grande, y...

—Vikram —repite Emeric.

Al oírlo, el hombre (Vikram, claramente) nos mira parpadeando por primera vez y sus gruesas cejas coronan la frente como una ola. Luego le lanza con rapidez el trapo a Emeric.

—Conrad, sabandija oportuna —dice con una indignación feliz. Sin embargo, captamos con desconcierto su alivio cuando añade—: Gracias a los dioses que estás aquí.

—Gracias a ti por esto. —Emeric agarra el trapo que ha aterrizado en su pecho y arruga la nariz cuando se limpia una leve mancha de hollín. Para la mayoría de las personas, darle a Emeric con un trapo sucio sería el comienzo de una época malísima, así que el hecho de que este tal Vikram siga incólume ya es decir—. Pensé que estabas terminando el máster en Aederfeld.

—Mathilde y yo tenemos un encargo temporal aquí. El Gremio de Artificieros del norte está negociando los contratos a diez años con la Liga Mercantil, y el príncipe Ludwig ha solicitado expresamente árbitros imparciales. —Vikram señala el mostrador vacío, como si hubiera entendido algo de lo que ha dicho—. Mathilde es de Rammelbeck, así que nos han enviado a nosotros. Ahora mismo está en una convención con Linn, nuestre secretarie, pero con la biblioteca divina cerrada, han tenido que llamar a…

—¿La biblioteca divina está cerrada? —lo interrumpe Emeric.

—Sí, esta última semana. Entrar es un peligro.

Emeric y yo intercambiamos una mirada.

—En una escala de uno a destripamiento inminente —digo—, ¿cuán peligroso es? Porque esa biblioteca es parte de la razón de que estemos aquí.

Vikram tuerce el gesto.

—Se aproxima al destripamiento inminente —admite—, pero espero que puedas solucionarlo.

CAPÍTULO 8

CRISTAL Y VIDRIO

Emeric abre la boca y puedo ver los engranajes de su cabeza chirriando para ponerse en marcha. Sé lo que ocurre cuando le das un enigma: lo dejará todo hasta resolverlo.

Toso.

—En realidad estamos aquí para registrarme como asesora, así que ¿hacemos eso primero?

Vikram se sobresalta, como si se hubiera olvidado de mi presencia.

—¡Ah! Claro. Eh… creo que sé dónde guarda Linn los formularios… —Saca un pergamino de un armario y lo desliza por el mostrador hacia mí, junto con una pluma—. Rellénalo todo, excepto esta parte del final, y firma en esta línea… En esa no, esa es para el prefecto que lo autoriza. Conrad, enseguida te pongo al día con la situación en la biblioteca. Aunque ¿qué diantres haces aquí? Te creía en Helligbrücke, suspirando por una fulana.

Alzo la mirada del formulario, tan sorprendida que no puedo ni reírme.

—¿Ah, sí?

Vikram no se molesta en ocultar su sonrisa.

—Al parecer, la conoció en un gran caso durante el invierno y pasó todo enero…

—Vikram —dice Emeric, tenso.

— … y gran parte de febrero mirando por la ventana más cercana y suspirando.

—*Vikram.*

—Me dijeron que estaba tan mal que escribió *poemas.*

Me detengo en medio de un dibujo de unas nalgas relucientes bajo «Por favor, enumere cualquier habilidad relevante o especializada» y miro a Emeric de refilón.

—¿Poemas, en *plural*?

Se ha puesto rojo como un tomate.

—*Haz el favor de rellenar el formulario.*

—¿Era el caso de Minkja? —pregunto con inocencia mientras añado unas líneas de hedor al culo—. He oído hablar de ello.

A Vikram se le ilumina la cara.

—Ese mismo. El expediente más loco que he leído en años. Hubo un escándalo en toda la orden porque un insignificante prefecto júnior acabó con el margrave de Bóern a solas.

—Tuve mucha ayuda —protesta Emeric.

—Lo hizo él solito —prosigue Vikram con despreocupación, sin prestar atención al «Te equivocas de nuevo» de Emeric—. Sin ningún tipo de ayuda, y no precisamente de una misteriosa fulana ausente.

Le paso el formulario a Emeric junto con la pluma y apoyo la mano de un modo estratégico en el pergamino para ocultar las nalgas.

—Firma, por favor.

Él obedece al tiempo que fulmina a Vikram con la mirada y le entrego el formulario cumplimentado al prefecto.

—Gracias, señorita…

Sus ojos aterrizan en mi nombre y se abren de par en par.

—Soy yo —digo con serenidad—. Yo soy la fulana.

Vikram arruga la boca durante un segundo. Y entonces dice, con el semblante sumamente serio:

—Conrad, no me dijiste que era una artista.

Nuestras miradas se encuentran y, en ese momento, se forja una férrea alianza tácita. Sé que somos un frente unido con el único objetivo de fastidiar a Emeric.

—¿A qué te...? —Emeric ladea la cabeza para mirar el formulario y ve mi contribución creativa—. *Vanja*.

Un pesado sello oficial se estampa en la parte inferior de la página antes de que pueda arrebatársela a Vikram.

—Este documento se incorpora a los registros el 3 de abril del año 761 de la Sacra Era —se apresura a anunciar el prefecto y aleja el pergamino—. Y ahora me permitirás agarrar un abrigo decente para que puedas ver el problema de la biblioteca con tus propios ojos antes de que oscurezca. —Desaparece por el pasillo, pero entonces asoma de nuevo la cabeza—. Ah. Señorita Schmidt, soy Vikram Mistry, investigador oficial de la orden de prefectos de los tribunales celestiales. Seguramente ya conocerás la parte de «Vikram» de tanto que la ha dicho Conrad. Es un placer conocerla.

Desaparece de nuevo.

—Me sorprende —le digo a Emeric—. Pensaba que la primera norma de vuestro estatuto de prefectos era: «Juro solemnemente llevar un palo por el culo de forma permanente y no hay vuelta atrás».

—El primer artículo es: «Un prefecto está obligado a investigar y resolver cualquier caso que le asignen sus superiores, hasta el alcance de sus capacidades», y lo sabes —se queja—. Vikram y yo fuimos a la academia juntos. Por mi parte, acabé siguiendo la rama de investigadores de campo, mientras que él fue a la división de investigación e ingeniería. Fue una de las pocas personas que pasaba tiempo con un sabelotodo de diez años.

—Los dos éramos unos pequeños marginados. —Vikram regresa poniéndose un abrigo de uniforme más pesado, muy parecido al de Emeric, pero con un ribete de rayas blancas y negras en vez de plateado—. Él por ser un niño, literalmente, y yo... Bueno, algunos de los cadetes almánicos tenían fuertes opiniones sobre que un surajo se uniera a sus filas. Cualquier camino hacia la autoridad atraerá a abusones, y los prefectos no son una excepción. Muchos repuestos de heredero consideraron que un niño listillo y el hijo de unos comerciantes de seda eran objetivos seguros. —Sostiene la puerta abierta para que pasemos y guiña el ojo—. De ahí que fuera la primera persona que le enseñó a este gamberro a dar un puñetazo como es debido.

—Lo cual fue genial —dice Emeric con tono sombrío—, hasta que me apuñalaron.

Vikram pone los ojos en blanco.

—En serio, ¿qué niño de once años no ha sido *apuñalado* nunca?

Emeric se gira hacia mí en busca de refuerzos, pero yo alzo las manos.

—No me mires así, júnior. Yo intenté con todas mis fuerzas ahogarte.

—Ay, *el amor* —tararea Vikram—. Pero, un momento… ¿«Júnior»? Pensé que ya estarías ordenado por completo.

Pongo mala cara.

—Es un mote. Si lo llamo «aspirante», sonaré igual que Kirkling y creo que eso nos traumatizaría a los dos.

—¿Tu supervisora es *Kirkling*? —Vikram silba—. Que los dioses supremos y menores te faciliten la vida, amigo. ¿Cuál es tu Fallo?

Mientras recorremos las calles de Dänwik, Emeric le resume la situación lo mejor posible e incluye la prohibición de Kirkling de darme detalles sobre el caso. El camino se va inclinando poco a poco hacia arriba; pasamos junto a setos cuidados y pequeños mercados callejeros. Son sobre todo para turistas, dada la cantidad de tenderetes que pregonan sus recuerdos, desde tazas de gres nuevas hasta patos de juguete hechos con madera y unos refinados cálices de vidrio un tanto incongruentes. Mientras avanzamos, unos campanarios elegantes aparecen por encima de los tejados, lo que indica que se trata de un edificio al menos tan grande como el pabellón de caza del *prinz-wahl*. Cuanto más nos acercamos, más populares se vuelven los cálices; los vendedores gritan algo sobre réplicas.

—¿A santo de qué viene tanta cristalería? —pregunto, pero entonces me doy cuenta de que he quedado unos pasos por detrás de Emeric y Vikram.

— … no había muchos signa disponibles cuando me lo hice yo, pero elegí el Alambique —dice Vikram cuando los alcanzo—. Me pareció apropiado. ¿Tú has elegido el Roble de Klemens?

Emeric niega con la cabeza.

—Hubert siempre insistió en que siguiera mi propio camino, así que elegí un signum personal.

—¿Un qué? —intervengo a su espalda.

Los dos chicos me miran con desasosiego.

—No desatiendas a tu dama —lo regaña Vikram.

Farfullo con indiferencia, pero en el fondo me encanta que Emeric se apresure a pasarme un brazo por encima de los hombros.

—¿Qué es un signum?

—Forma parte de la segunda marca contractual. —Agacha la cabeza—. Te lo enseñaré cuando volvamos a Libro y Campana.

Dado que tiene que estar sin camisa para eso, la idea me motiva.

—Vale. Bueno. El problema este de la biblioteca no será muy largo, ¿verdad?

Vikram inhala aire entre los dientes.

—Ah, pronto lo veremos. Un *grimling* de lo más feo se metió la semana pasada en la biblioteca divina y desde entonces ataca a cualquiera que pise su interior. La Liga Mercantil y el Gremio de Artificieros se culpan entre sí, ya que no pueden acceder al registro de hechizos para las negociaciones, y ni Mathilde ni yo tenemos la formación de campo necesaria para pelear con *grimlingen*.

La biblioteca divina empieza a aparecer por debajo de los campanarios a medida que nos aproximamos; se cierne sobre nosotros más grande de lo que me había imaginado… y demasiado grande para estar desprotegida.

—¿No debería haber un *kobold* para mantenerlos alejados?

—La biblioteca cuenta con su propia entidad protectora llamada Armarius. Un tipo de espíritu o algo así, no lo sé. —Vikram se encoge de hombros—. Lo mío son los aparatos, no los guls. Pero nadie ha visto al Armarius desde que todo esto empezó. Unas cuantas brujas y hechiceros de la zona han intentado derrotar al *grimling*, pero sin éxito. No es una emergencia que requiera refuerzos, pero ya que tenemos a un prefecto de campo en el vecindario...

—Aspirante a prefecto —lo corregimos Emeric y yo a la vez. Él pone mala cara.

—Ay, no, es horrible. Sí que te hace sonar como Kirkling.

—Pero te molestará si uso «júnior», porque está obsoleto.

Vikram sonríe.

—Vaya, cuánto te conoce.

Doblamos una esquina y el grueso de la biblioteca divina rompe el paisaje por primera vez. Agazapada y antigua, corona la cima de una colina. A diferencia de la mayoría de fachadas remilgadas y pijas de Dänwik, este es un edificio como una gárgola monolítica de granito que precede a los demás dos siglos por lo menos. Enseña los dientes mediante torres, agujas y nudillos con rebordes cuadriculados, y las ventanas oscuras lanzan miradas maliciosas como una decena de ojos vacíos. Las puertas dobles reciben la sombra de un enorme arco estriado. La calle termina en los peldaños delanteros, que dan la impresión de ser una lengua de piedra colgante.

—Como podéis ver, es una gran atracción turística —comenta Vikram con sorna.

Al acercarnos, distingo un candado en la puerta, uno que no he visto nunca. Para empezar, tiene dos ojos en vez de uno.

—No sé si puedo forzar esa cerradura. O no rápido, por lo menos.

—No hace falta. —Vikram me enseña sus llaves—. Lo he hecho yo. Pero —interpreta correctamente la emoción que enciende mi rostro— me encantaría que lo intentaras luego. Siempre se puede mejorar.

Vikram me obliga a darme la vuelta mientras quita el candado, «solo para que perdure el misterio», pero Emeric lo detiene antes de que abra las puertas.

Ojea las ventanas con recelo.

—No hace falta que os pongáis en peligro. Yo...

—Tú te encargarás del *grimling* mientras yo busco los documentos —termino por él.

Emeric ve el gesto obstinado que hago con la barbilla y suspira; luego se gira hacia Vikram, que luce un ceño arrugado igual de terco.

—Supongo que tampoco puedo convencerte a ti. Pero... —Hace una mueca de disculpa—. Vikram y yo deberíamos buscar los registros, para evitar problemas. Vanja, tú puedes vigilar. Te darás cuenta de si nuestra suerte cambia.

Lo miro con ojos entornados. Parece una excusa pobre, pero mejor eso que esperar fuera.

—Vale.

Emeric se planta bajo el arco, apoya una mano en la madera, se lo piensa mejor, retrocede un paso y empuja la puerta con la punta inexplicablemente limpia de su bota. La hoja gira hacia dentro con un crujido artrítico y los tres nos quedamos inmóviles, preparados para el ataque monstruoso.

No ocurre nada.

Emeric se pasa una mano por el pelo.

—Vikram, dime que esto no es una broma retorcida...

La puerta se cierra con tanta fuerza que vibra en los goznes.

—No lo es —responde él, socarrón.

Una arruga aparece en el ceño de Emeric (la verdad es que es hasta mona, pero no me parece que sea una observación útil en este momento). Rebusca en su cinturón y saca una daga sencilla, excepto por el recubrimiento de cobre de la hoja. Forma parte del conjunto de cinco dagas de los prefectos; las otras son de oro, plata, acero y hierro. Cada una es efectiva contra distintas cosas siniestras, pero siempre se me olvida para cuál es cada una. Excepto el cobre. La de cobre la vi tanto en Minkja que me acuerdo: es la mejor contra los *grimlingen*.

Emeric mueve los labios en una especie de encantamiento y un soplo de luz plateada abre las puertas con esfuerzo contra una fuerza invisible.

—Deprisa.

Las puertas se cierran de nuevo con un golpe unos segundos después de entrar los tres y cortan el cordón de luz umbilical hasta que Emeric saca su moneda de prefecto y la enciende.

Vikram también rebusca en su bolsa.

—Un momento, he estado trabajando en una cosa… Aquí.

Extrae lo que parece un puñado de canicas, aunque las lanza al aire. Se encienden con la misma luz incolora que la moneda de estaño de Emeric y nos rodean como una nube de luciérnagas sedadas pero muy potentes. Emiten un resplandor más cómodo y amplio que la moneda.

Emeric silba con apreciación.

—¿Cómo es que *eso* aún no es reglamentario?

—Son de un solo uso y por el momento solo duran cinco minutos. Ahórrate los chistes guarros, Mathilde ya los ha hecho todos. Vayamos a buscar tus registros.

Emeric alza la mano y mira más allá de la luz.

—¿Ves algo, Vanja?

Echo un vistazo a mi alrededor, con cierto desconcierto. Estamos en una especie de vestíbulo; la pálida luz recorre unas columnas de piedra y un techo abovedado adornado con una lámpara de araña de hierro que lleva bastante tiempo fría. Por todas partes hay señales de una partida rápida, desde papeles esparcidos y abrigos abandonados hasta una triste muñeca de porcelana tumbada a los pies de una estatua. La propia estatua solo luce la inscripción EL FVNDADOR en la base, pero, a juzgar por el hábito antiguo, es un fraile con pinta de llamarse Sextus y merecerlo.

No sé lo que Emeric espera que encuentre, pero no hay nada que destaque.

—No.

Nos detenemos para que consulte rápidamente el plano y el directorio en una pared cercana y luego nos dirigimos a la biblioteca. Dado el tamaño del edificio, esperaba que estuviera dividido en distintas salas, pero la única división es un anillo de muretes que me llega por la cintura y que separa una especie de rotonda abierta en el centro de la planta principal. Esa zona está repleta de sillas y mesas robustas; en algunas aún hay libros abiertos, tinteros secos y notas a medio escribir.

Desde el borde de la rotonda surge un bosque imponente de columnas cilíndricas... No, columnas no, *estanterías*, como enormes troncos de árboles con pergaminos y manuscritos en vez de corteza, que se elevan hasta el techo poblado de lámparas de araña, a tres pisos por encima de nosotros. Cada estantería está rodeada por una espiral de escaleras raquíticas, y unas gorgueras de estrechos pasillos con barandillas ofrecen descanso antes de que los siguientes peldaños sigan escalando. Gran parte de las estanterías están vacías a partir de la segunda planta; unos cuantos trozos de libros y pergaminos se aferran como percebes solitarios, pero es obvio que hay sitio para diversas colecciones.

—Por aquí. —Emeric atraviesa en una línea recta inflexible la rotonda y solo se desvía un par de veces para sortear los muebles—. Vanja, tendrás ventaja en el medio. Nosotros estaremos en esa sección.

Señala una de las columnas más cercanas. Está lo bastante lejos, por lo que no podré ver lo que busca.

No puede ser fácil para Emeric mantener un equilibrio entre la insistencia de Kirkling de mantenerme excluida y evitar que yo me sienta una inútil total, y solo por eso no le pongo los ojos en blanco.

—Muy bien, a vigilar se ha dicho.

Emeric me entrega su moneda.

—Toma. El *grimling* aparecerá antes de que la luz de Vikram se apague. Grita si ves que nuestra suerte cambia.

Supongo que esa es una forma de decir: «Grita si te hallas en peligro mortal». Los chicos siguen sin mí mientras examino la zona y concluyo que habrá unos mil kilos de telarañas en las lámparas sin encender.

La voz de Emeric llega flotando.

— … buscamos… del 398 de la S. E., en Hagendorn y el desfiladero de Boderad. —Oigo una pregunta amorfa de Vikram y parte de la respuesta—: … acuerdos.

No debería escuchar a escondidas si no quiero poner en peligro este caso.

Pero la cuestión es que me *muero* de ganas de hacerlo.

Echo un vistazo a mi alrededor para distraerme. Hay una especie de estrado en el centro de la sala, con un pedestal de piedra justo en la diana; anclada al pedestal, hay una vitrina con pinta de robusta que me llega por el esternón. Algo reluce en su interior.

Algo que quizá sea *muy* valioso.

Estoy oficialmente distraída.

Me acerco con cuidado, con un ojo puesto en Emeric y Vikram para asegurarme de que no los ataque ningún demonio, por lo menos sin previo aviso. Cuando llego a la vitrina, me sorprende reconocer su contenido: un cáliz claro, cortado de un modo intricado e idéntico a los que pregonan los vendedores de recuerdos de fuera. Hay una placa de bronce pulido pegada al pedestal que reza:

EL CALIX DE CRYSTAL SACRISIMO

CONTINERE A SANCTO VVILLEHALM EL SCRIBA

Me doy cuenta con un sobresalto de que no es una vitrina, sino un relicario.

Oigo un crujido a mi espalda. Me doy la vuelta. Unas hojas abandonadas de pergamino revolotean en el aire por la suave brisa que recorre la rotonda. Casi… casi parece un susurro.

Y entonces se acalla.

—Nos han visto —les grito a los chicos. Solo me responden con un gruñido para indicar que me han oído. Me centro de nuevo en el relicario un poco irritada.

Algo llama mi atención cuando muevo la moneda de luz. Contengo la respiración y la agito de un lado a otro para ver cómo los arcoíris atraviesan el cáliz.

Echo un vistazo a la zona en la que están Emeric y Vikram. Ni rastro del *grimling*, aunque, mientras los observo, una de las canicas relucientes de Vikram se apaga y se desintegra. Lo único que cae al suelo es un dedal de polvo.

Con esto me basta. Rodeo el pedestal para examinar la base del relicario hasta que veo una cerradura estrecha en el latón deslucido. Me agacho para inspeccionarla de cerca. Como esperaba, la moneda ilumina unos cuantos arañazos brillantes alrededor del ojo de la cerradura; son demasiado nuevos para haber desaparecido y tan pocos que solo los puede haber producido una llave poco usada.

Alguien ha abierto esto. Hace *poco*.

Echo un último vistazo por encima del hombro, esta vez para asegurarme de que Emeric y Vikram estén ocupados, porque a Emeric no le va a gustar esto y a Vikram no le hará tanta gracia como un culo en un papelajo formal. Por suerte, los dos están absortos en las estanterías. Menos afortunado es que las bolas relucientes que quedan estén parpadeando. Otras dos se apagan. Tendré que ir rápido.

Dejo la moneda brillante en el pedestal para poder ver y rebusco en mi bolsa para sacar las ganzúas.

No es un cerrojo muy complejo, sobre todo porque no me preocupa dejar rastro. Si tengo razón, no importará. Con tan solo unos cuantos empujones y la ganzúa de tensión, la base del relicario se suelta del marco con una suave sacudida.

—Solo queda un minuto de luz —nos avisa Vikram.

Tiempo suficiente para que Emeric me detenga. Intento no hacer ruido mientras zarandeo la vitrina para sacarla de la base. La nube lumínica en mi visión periférica se encoge y encoge... La vitrina se libera con un zarandeo y contengo la respiración mientras la coloco de lado en la mesa más cercana, casi doblándome por la mitad para hacerlo en tanto silencio que...

Cuando me enderezo, veo mi rostro reflejado en el cristal oscuro...

Y una cara retorcida, gris y medio podrida que mira por encima de mi hombro.

Suelto un grito.

—MENTIROSA —chilla una horrible voz en mi oído justo cuando me meto debajo de la mesa, con el corazón a mil por hora y cada nervio encendido por la adrenalina—. ¡MENTIROSA!

La mesa sale volando y aterriza en algún lugar de la rotonda con el feo sonido de haberse astillado. La vitrina del relicario cae cerca, en el suelo de piedra, y el cristal se cubre de grietas como telarañas.

El *grimling* planea sobre mí y no se parece a nada que haya visto antes (un *kobold* comiéndose a un monstruo medio humano y medio caballo ni siquiera puede ser clasificado en el top diez de las cosas más raras que he visto, y eso ya es decir). Su rostro fantasmal se cierne sobre un montón turbulento de trapos gruesos e incorpóreos, con los rasgos estropeados contorsionados por la furia. Hilachos de oscuridad se retuercen en dos brazos demacrados, con largos dedos que acaban en puntas afiladas y letales.

—Ladrona —solloza cuando intento arrastrarme lejos—, mentirosa, vete de aquí, tráelo a casa, ¡VETE!

Se abalanza a por mí... Pero lo atraviesa una luz plateada que lo arrastra hacia atrás entre gritos. Me enderezo y veo a Emeric en medio de la rotonda, con los pies separados mientras con un puño aferra el otro extremo de la luz espectral. Si pensaba que el *grimling* parecía furioso, eso no es nada comparado con la mirada en su rostro cuando hace un gesto rápido y salvaje. La luz se deshilacha en ambos extremos y se divide en una decena de nudos que se anclan a distintas vigas, columnas e incluso a la base del pedestal.

Las lentes de sus gafas relucen cuando echa un vistazo frenético por la sala.

—¡Vanja!

Me pongo de rodillas, con la mesa entre el *grimling* y yo.

El alivio le inunda el semblante.

—¿Estás herida?

—No, yo...

—Apártate —gruñe, y entonces añade un conciliador—: Por favor.

La criatura se retuerce en el anzuelo brillante.

—Mentiras, mentiras, MENTIROSO, mío, mío, es mío...

Quiero irme, pero...

El cáliz aún reluce paciente sobre el pedestal. Y, si tengo razón, nos proporcionará la misma cantidad de respuestas que los registros que estaba desenterrando Emeric.

La voz de Vikram resuena a mi espalda.

—¡Por aquí, señorita Schmidt!

—Necesito el cáliz —digo mientras me preparo para levantarme.

Emeric se gira para mirarme, casi ofendido.

—¿Acaso crees que *ahora* es momento para eso?

Siento un pinchacito de consternación. Cree que solo quiero robarlo. No es que sea una suposición muy alocada, visto lo visto.

Pero odio que sea lo primero que se le haya ocurrido.

Sin embargo, no tenemos tiempo para cuestionarlo. Con un lamento sobrenatural, el *grimling* se libera.

—¡DEVOLVÉDMELO!

Ataca como una víbora, con esos dedos afilados como agujas abalanzándose hacia mí...

Pero se rompen contra un arco repentino de luz plateada. El *grimling* aparta la mano, gritando. Emeric me ha salvado de nuevo.

Y no puede ser en vano.

Emeric se agacha tras otra mesa volcada y mira con ojos entornados al gul aullante, con esa misma expresión que se le pone cuando encuentra el extremo perdido de un nudo complicado. Saca una daga. Para mi sorpresa, no es de cobre, sino de plata... la destinada a los no muertos.

—*Poltergeist* —le grita al ser—, dime lo que necesitas para descansar en paz.

¿Un *poltergeist*? ¿Por qué hay un espíritu hostil en una biblioteca?

—MENTIROSO —lo acusa el fantasma y le lanza una silla.

—Puedo eliminarte —dice Emeric con firmeza— o podemos dejarte descansar, tú eliges. ¿Por qué estás aquí? ¿Qué quieres?

El fantasma elige la violencia como respuesta. Una lámpara de araña se suelta de sus amarres y sale volando hacia Emeric mientras el *poltergeist* grita:

—¡Quiero lo que me PERTENECE!

Un destello de luz aparta a un lado la lámpara. Emeric frunce el ceño y hace un gesto complicado al tiempo que pronuncia un encantamiento. Unas ruedas de luz plateada se enredan alrededor del *poltergeist* y lo atrapan. El ser profiere un grito que es mitad alarido y mitad lamento.

Ahora es mi oportunidad. Salgo rodando de debajo de las mesas y me lanzo a por el pedestal.

Acabo de cerrar la mano alrededor del tallo del cáliz cuando oigo que el encantamiento de Emeric se detiene. Alzo la mirada. Los anillos de luz constriñen tanto al *poltergeist* que se retuerce y grita hasta el punto de casi atravesarlo. Emeric aparta el brazo y lanza el puñal de plata hacia el corazón de la mortaja oscura.

Se produce una explosión de sombra y gritos...

... y el *poltergeist* se libera.

Emeric se tambalea, un poco aturdido por el rebote, y el puñal de plata traquetea en la piedra a sus pies. La rotonda se estremece de un modo terrible. Mesas, sillas y todos los objetos que no estén atornillados salen volando por el aire. Veo que Vikram corre hacia nosotros, veo la cara horrible del fantasma fija en mí, sé lo que se avecina...

Le lanzo el cáliz a Vikram justo antes de que una mesa me arrolle como un carromato desbocado.

He aquí el problema de una mala caída: la peor parte no es el impacto, no de verdad. Es el momento en que estás en el aire demasiado tiempo, cuando sabes que, al caer al suelo, no te vas a volver a levantar.

Aterrizo sobre algo que cruje de una forma horrible y mi brazo resuena con otro chasquido horrible. Un dolor distinto, más agudo, brota en el costado izquierdo. Todo acaba envuelto en una bruma roja. Un sonido metálico llena los huecos: he aterrizado sobre los cristales rotos del relicario.

Oigo que Emeric me llama. Me duele todo tanto que solo puedo responder con un gemido. Soy vagamente consciente de que me recogen, de que me mueven a trompicones en una carrera inestable, de los gritos urgentes. Estruendos y gritos de «¡FUERA, MENTIROSOS, LADRONES, MARCHAOS!» suenan débiles en mis oídos.

Capto un vistazo del feo espectro detrás de Emeric, con el rostro retorcido en una mueca más horrible aún mientras se lanza a por nosotros...

Y entonces, durante un instante, me parece ver que una silueta amortajada lo arrastra hacia atrás.

La bruma se aclara. Siento una ráfaga de aire fresco y el crujido de las puertas al cerrarse reverbera a nuestra espalda. Volvemos a estar al aire libre. Me bajan con cuidado al suelo. Un momento después, noto que se me entumece el costado y se afloja el dolor que me aprisionaba la cabeza.

— … culpa mía —oigo la voz de Emeric—. Debería haber entrado solo. Vanja, he detenido la hemorragia y no deberías sentir dolor. Aguanta hasta que lleguemos a la posada.

La cabeza me cuelga cuando intento examinar los daños. Distingo una astilla rosada que me sale de la muñeca antes de que Emeric me gire la barbilla. La culpa le arde como ácido en los ojos oscuros.

—No quieres verlo, fíate de mí. Te… te prometo que lo arreglaré, que te pondrás bien, ¿vale?

—No es culpa tuya —grazno—. Fui a por el cáliz.

—Debería haber sabido que no podía dejarte sin vigilar cerca de un artefacto de valor incalculable.

Fuerza la broma, pero hay demasiada frustración para que cuele.

Aún piensa que lo he hecho solo por el simple hecho de robarlo. Intento tragar el nudo repentino de la garganta; el corazón aún me late a mil por hora.

—Tienes que darle un poco más de crédito a la dama. —Vikram está examinando el cáliz con su lupa y lo gira entre las manos—. Que me aspen. Lo ha visto incluso dentro del relicario de San Willehalm. Bien hecho.

La mirada de Emeric pasa de Vikram a mí.

—¿Qué es lo que ha visto exactamente?

—Lo que busca esa pesadilla fantasmal, creo.

Vikram se lame la punta del índice y la pasa por el borde de forma experimental. Se oye, aunque apenas, una queja apagada.

El cristal canta. Los prismas cortados en él deberían proyectar arcoíris como el sol tras una tormenta. Manejé tanto cristal en el castillo Falbirg que lo reconozco a simple vista.

Y lo que vi en el relicario era vidrio.

—Ese cáliz es falso —digo con los dientes apretados—. Han robado el auténtico.

CAPÍTULO 9

DIOSAS TRABAJANDO

El trayecto de vuelta a Libro y Campana es un borrón. Que no sienta las heridas no significa que no entre en estado de choque ni que me hunda en una neblina gris en brazos de Emeric, interrumpida tan solo cuando su voz la atraviesa mediante vibraciones, murmullos y, en una ocasión, con un estallido curioso de rabia.

Cuando la lucidez regresa, estoy bocabajo en un colchón. La luz vespertina se filtra por los zarcillos de campanillas que rodean la ventana en el extremo más alejado de la habitación, y veo mi equipaje y el de Emeric en un montón desordenado cerca de la puerta. Emeric está sentado en el lado izquierdo de la cama, con el abrigo tirado a los pies de esta. Hay una moneda de prefecto en el cabecero que proyecta una luz más clara y firme que la lámpara de aceite cercana. Emeric se ha detenido para arremangarse cuando ve que me remuevo.

—Bienvenida de nuevo —dice en voz baja y me remete un mechón de pelo suelto detrás de la oreja—. Las peores heridas han desaparecido y preferiría que durmieras durante esta última parte, pero no sería... tengo que... —Hace una mueca y habla a toda prisa—. Tengo que quitarte el cristal de las heridas pero como ha atravesado la ropa está atrapado también en la tela, así que tengo que cortar la manga de la combinación y el costado del corpiño y creo que parte de la falda. Y... Bueno, eso. No sé si estarías cómoda con eso.

—Bueno —digo, mareada—, suena sexi cuando lo dices así.

Suelta una carcajada tensa, que no consigue disipar sus nervios.

—Para que quede claro, tienes cristales en el brazo, la parte superior del hombro, la cadera y el costado izquierdo. Puede que... que vea más de lo que te gustaría.

Es entonces cuando lo entiendo. Una cosa es permitir que sus manos vaguen por debajo de la seguridad de una combinación remangada, en la compasiva oscuridad o cuando deja las gafas en la mesita de noche. Pero esta luz es imperdonable, y Emeric me verá tal y como soy. Las imperfecciones, el cabello, las... las cicatrices. Aunque sabe que los Von Falbirg me azotaron por culpa de la mentira de otra persona, nunca ha visto el destrozo que es mi espalda.

Y, al igual que pasa con tantas partes feas de mí, tengo miedo de que, una vez que la vea, piense que se merece algo mejor.

Intento recuperar el aliento.

—¿Cuánto vas a... o sea... dónde...? Ah, ya lo has dicho...

—Puedo taparte con una sábana —se apresura a ofrecer—, para que la única zona descubierta sea la que rodee la herida, por si algo... ¿algo se resbala?

—Eso es incluso más sexi —musito—. Venga.

Coloca una tela por encima de mí y sí que ayuda por lo menos un poco.

—¿Quieres estar dormida para esto?

—No.

Quiero saber lo que ha visto con tal de prepararme para lo peor.

—Vale. Pues... —Lo oigo abrir un frasco—. Te he aplicado el hechizo más potente para suprimir el dolor que he podido equilibrar con otras cuestiones fisiológicas que... eh... En principio no te dolerá y recuperarás la sensación en cuanto... ¿Por qué sonríes?

Señalo el frasco con el mentón.

—Tienes enebro.

—Ah. Sí, el *poltergeist* ha sido más agotador de lo que debería, así que Vikram me ha traído aceite de ceniza de bruja de la oficina. Voy a empezar ahora, si estás lista.

Cuando asiento, apoya la punta de los dedos en mi muñeca izquierda. Al cabo de un momento, comprendo lo que ha querido decir con «en principio no te dolerá»: noto un tirón extraño cuando roza un trozo de cristal hundido en el antebrazo, como un diente de leche que se mueve listo para liberarse de la encía. Contengo el aliento. Emeric se detiene y suelto:

—No pasa nada, solo es… raro.

—Avísame si necesitas un descanso.

—Lo haré.

No sé si lo digo en serio. Sobre todo cuando sube por el brazo y, con una disculpa cargada de preocupación, empieza a cortar la manga de la combinación con lo que parecen unas tijeras de costura. No puedo evitar tensarme y luego cerrar los ojos con fuerza cuando noto que, como consecuencia, los trozos de cristal se clavan en los músculos.

Emeric se detiene de nuevo y me preparo para la reprimenda, pero lo que dice es:

—Siento lo de antes.

—¿El qué?

Sé que me está distrayendo, pero se lo permitiré.

—Lo que he dicho sobre dejarte sin vigilar. Y lo de creer que querías el cáliz por… motivos mundanos. Actué como si no pudiera fiarme de ti y no te mereces ese trato. Sobre todo cuando fui *yo* quien te metió en una situación peligrosa sin prepararte para ella y fuiste *tú* quien consiguió nuestra única pista.

Oigo un suave *plinc*.

Abro los ojos y veo un trozo de cristal manchado de rojo en un plato de barro cercano. Aún tiene fragmentos de tela enganchados.

—Puaj.

—Por desgracia, hay más de donde ha salido ese. —Emeric limpia con cuidado las puntas de un fórceps con el ceño arrugado—. Nunca me había encontrado con un *poltergeist* como ese... Un simple hechizo de expulsión debería haber bastado.

—Tradicionalmente —comento mientras intento centrarme en los relucientes pétalos blancos de las campanillas del exterior y no en el fórceps—, esos hechizos no han sido tu fuerte.

Emeric se indigna.

—A mis hechizos de destierro no les pasa *nada*. El *nachtmahr* en Minkja era una anomalía porque estaba vinculado a un ancla... No te aburriré con la teoría. Pero... te dejé en la rotonda para que Fortuna pudiera avisarnos. ¿No te dijo que había peligro cerca?

Ahí está de nuevo: como una especie de premonición que debería haber tenido.

—¿A qué te refieres?

—Bueno, no me has contado cómo funciona exactamente. —Deja caer otro trozo de cristal en el plato—. Pero ¿no viste a Muerte o a Fortuna antes de que el *poltergeist* atacara?

Se me queda la mente en blanco mientras Emeric dobla la sábana encima de mi espalda, con el pliegue paralelo a la columna. Las tijeras suben por el brazo hasta el hombro, y se me cierra la garganta cuando se aproximan más y más al comienzo de mis cicatrices... hasta que, por suerte, se detienen. Emeric quita la tela ensangrentada de las heridas, pero las viejas cicatrices se mantienen ocultas. Estoy tan aliviada que apenas me importa la incomodidad del fórceps escarbando en mi piel.

Y entonces mi mente recupera lo que ha dicho sobre ver a Muerte.

—Perdona, ¿qué?

—Muerte o Fortuna. —Emeric alza otro trozo de cristal liberado. Al verme tan perpleja, baja el fórceps—. Porque... puedes verlas trabajar.

—No sé a qué te refieres.

Emeric me estudia durante un momento largo.

—Vanja, ¿cuándo fue la última vez que viste a tus madrinas?

—¿Qué?

Es una pregunta perfectamente normal, sé que lo es, pero… pero no hay *nada* sobre lo que asentar la respuesta y la pregunta gira a la deriva como una rueca sin hilo.

—Tus madrinas. —Emeric se inclina para acercarse—. Muerte y Fortuna. ¿Cuándo fue la última vez que las viste?

Sacudo un poco la cabeza.

—Yo no… no tengo madrinas.

Él no dice nada, solo me examina el semblante y, de algún modo, siento que no estoy a la altura. Al fin, repite:

—¿No tienes madrinas? —Cuando asiento, junta las puntas de los dedos y parpadea mirando el colchón—. Perdóname, pero… tengo que aclarar una cosa. ¿Cómo acabaste al servicio de los Von Falbirg?

El recuerdo se me atasca en la garganta más de lo habitual. Es un borrón de hielo y noche y murmullos, con un farol de hierro como única estrella en la mano de mi madre mientras se marcha.

—Te lo conté en Minkja. Mi madre me abandonó en su puerta cuando tenía cuatro años. ¿Qué tiene esto que ver con… con Fortuna? ¿O con *Muerte*?

—No estoy seguro —dice despacio. Percibo una chispa apagada de furia en su semblante y juraría que casi parece esperanza—. Pero… Todo va a ir bien, Vanja. Te lo prometo.

Resulta muy inquietante ser el enigma que Emeric intenta resolver cuando no puedo ver cómo mueve las piezas.

—Si tú lo dices.

Emeric no responde, solo levanta el fórceps una vez más, pero es evidente que rumia algo.

—Sé que… que te molesta no saber nada sobre el caso. A lo mejor no te lo puedo contar todo, pero no veo ningún problema en que plantees preguntas. Iré con cuidado a la hora de responder.

Así que hay algo que quiere que averigüe. O solo quiere que estemos de nuevo al mismo nivel. No importa, me vale. Solo tengo que pensar preguntas más o menos seguras.

Bueno, hay una muy sencilla que debería servir. No sé exactamente de qué se me acusa.

—¿Qué es fraude profano?

Emeric tararea un poco y lo interpreto como una señal de que he elegido una buena pregunta.

—Deduzco que tus m… Eh… Que *alguien* te explicó cómo los dioses menores se mantienen gracias a sus creyentes, ¿verdad?

—Sí.

Alguien me dijo en una ocasión que son como ríos y valles, que se dan forma con el paso del tiempo. Por ejemplo, en todo Almandy se cree en la cacería salvaje, pero en las Haarzlands su líder es Brunne la Cazadora, que prefiere una persecución feliz en vez de una matanza sangrienta. En otras partes del imperio, se cree que es la Rueca quien lidera la cacería y secuestra a los niños desobedientes. O la llaman «la hueste furiosa» y sus jinetes son fantasmas inquietos de guerreros que murieron sin honor, comandados por el Caballero Invisible en una búsqueda incesante de su redención. En cada región, la cacería salvaje se convierte en lo que la gente cree que es.

Otro trozo de cristal cae en el plato de barro.

—Hipotéticamente, es posible fabricar a una divinidad menor engañando a una gran cantidad de gente para que crean que existe. Así que, si has… —Se detiene—. No debería darte detalles concretos sobre tu situación. Pero, en esencia, el fraude profano es el crimen de engañar a propósito a la gente para que crean en un dios menor falso con el objetivo de hacer que este se manifieste y usar los poderes para provecho personal.

No me extraña que el caso sea complicado. Sí que engañé a los aldeanos de Hagendorn para que venerasen a la Doncella Escarlata, pero no tenía intención de fabricar a una diosa, y mucho menos de despertarla. Supongo que esa es mi siguiente pregunta.

—¿Cómo se demuestra que alguien ha cometido fraude profano?

Cuando Emeric responde, lo hace con mucha resignación.

— ... no puedo responder a eso.

—Ya.

Necesito una nueva distracción mientras las tijeras cortan por mi costado hasta la cadera, como me ha prometido. No puedo evitar estremecerme por el metal frío.

—Lo siento —musita.

No sé si se disculpa por la ausencia de respuesta o por el frío.

—Me vas a comprar un vestido nuevo.

—Cuando terminemos —dice con aire distraído— te compraré quince vestidos, si eso significa que no te metas en problemas.

—Pff. Dejaré de prender fuego a cosas por veinte.

—Incendios y hurtos por veinticinco.

—Robo de caballos por treinta vestidos. Creo que con eso salimos ganando los dos. —Tengo que agachar la cabeza cuando él se ríe, porque me zarandea el costado desnudo de una forma para la que no estoy absolutamente preparada. Luego me surge otra duda... pero no sé si podrá resolvérmela—. Emeric... ¿crees que la Doncella Escarlata es una diosa de verdad?

—No... no puedo... Un momento. —Noto un ligero pinchazo de dolor, ahora en la cadera, cuando extrae otro fragmento. Suspira—. Está dentro de las cosas que no puedo decir directamente, así que ten paciencia conmigo. Hay un dicho aquí en el norte: «El ojo de un niño teme al demonio pintado, pero es el anciano quien esgrime el pincel». Tememos lo que nos han enseñado a temer, pero no necesariamente porque valga la pena temerlo. Veo a un demonio en la pared. Real o no, la pregunta es quién lo ha puesto ahí.

—Bueno —digo despacio—, no tengo ni idea de lo que significa eso, así que estamos a salvo.

Se oye un último *plinc* y entonces noto una vaharada de enebro y una ráfaga suave. El entumecimiento desaparece de mi costado, aunque persiste un ligero dolor. Saco el brazo de debajo de la sábana para ver cómo las finísimas costras se caen hasta que solo quedan líneas de un rosa crudo que, al final, también acaban por desaparecer.

Emeric me agarra la mano estirada. Es un poco morboso, pero aún hay restos de mi sangre debajo de sus uñas.

—Sé que hoy ha sido un día... raro. Difícil. ¿Estamos bien?

Tiro de él para acercarlo más y me obedece; dobla el brazo libre sobre el cabecero para colocarlo junto a mi cara y apoya la barbilla en la muñeca. Parece *cansado*. Casi nunca lo veo así.

—Estamos bien —confirmo—. Y esta noche los dos vamos a darnos un baño decente y a dormir bien, y por la mañana me despertaré y te veré a ti en vez de un mohoso dormitorio compartido, y entonces estaremos *genial*.

—Bueno —dice con una sonrisa torcida—, suena sexi cuando lo dices así.

Una vez más, acabo lamentando el día en que le di a este poste sabelotodo el poder para dejarme encandilar. Antes de que pueda formular una respuesta, mi estómago decide hacerlo por mí con un rugido que podría despertar a los muertos.

Emeric se levanta con una sonrisa más amplia y deja el fórceps en una palangana.

—Vikram y Mathilde querían trabajar en el problema del *poltergeist* durante la cena. Si te parece bien, iré a... Bueno, a mirar esa esquina tan interesante hasta que te vistas, y nos reuniremos con ellos abajo.

No tardo en sacar una muda y el monedero, y luego bajamos. Libro y Campana es una posada bonita para los estándares de Minkja, mediocre para Dänwik y pura decadencia tras cuatro días enteros de malvivir en una carretera: suelos de madera limpios, paredes recién encaladas y lámparas prácticas de latón. En el comedor reina el alboroto para los estándares de todo el mundo, impregnado por el sordo rugido de múltiples conversaciones que compiten por controlar el volumen. Incluso en medio del caos de camareros que sortean las ruidosas mesas, es fácil localizar a Vikram y a una mujer que, deduzco, es Mathilde. Sus elegantes uniformes negros destacan tanto como las sillas que nos han reservado.

Sin embargo, antes de cruzar siquiera la mitad del comedor, nos intercepta un hombre con una librea prístina que luce la placa de mensajero personal del *prinz-wahl*.

—¿Prefecto Conrad?

—Casi —musita Emeric—. ¿Sí?

El mensajero le entrega un sobre que se hunde con un sello de cera tan elaborado que se podría llevar como broche.

—De Su Majestad el príncipe Ludwig von Wälft.

Emeric saca la misiva dorada con el ceño fruncido. Distingo unas cuantas frases: «el gran prefecto Emeric Conrad», «honor recibir su presencia» y la más importante: «mañana por la noche».

—Comprendo —dice—. Gracias.

Se guarda la invitación en el abrigo del uniforme y sigue avanzando.

Casi hemos alcanzado a Vikram y a Mathilde cuando la voz del mensajero suena como una trompeta por el comedor.

—¡Señor! ¡Prefecto Conrad! *¡Señor!*

Emeric se da la vuelta y un silencio curioso recorre a los comensales. Como he dedicado mucho tiempo a pisotearle la paciencia con alegría, sé que está a punto de perderla.

—*¿Sí?*

—¿Su respuesta, señor?

—Acepto —dice conciso.

—Muy bien, señor. —La mirada del mensajero se posa en mí—. Creo que la invitación es solo para usted.

—Gracias a los dioses —digo por lo bajo. Emeric asiente y se dirige de nuevo hacia la mesa. La gente retoma sus conversaciones y, en esta ocasión, oigo migas como «Conrad», «Minkja» y «Von Reigenbach». Supongo que no debería sorprenderme. Bóern es el territorio más grande del imperio sureño, y cuando su margrave se vincula literalmente a unas pesadillas para intentar derrocar a la sacra emperatriz, es normal que haya rumores. Supongo que nunca pensé que Emeric Conrad se convertiría en un nombre conocido.

No sé cómo me hace sentir que nadie diga el mío.

Llegamos a la mesa, donde Mathilde se tapa la boca con una mano y Vikram intenta no reírse mientras nos sirve un *sjoppen* de sidra. Emeric acaba de sacar la silla para mí cuando el grito del mensajero atraviesa de nuevo la sala.

—¡Señor! —Emeric mira por encima del hombro y apenas refrena su contrariedad—. Habrá un carruaje esperándolo a las seis de la tarde.

—Maravilloso —responde con tanto entusiasmo como si lo hubieran invitado a arrancarle un diente—. Discúlpeme, por favor.

—Deberías darle propina —comenta Vikram mientras Emeric se hunde en la silla—. Es lo más entretenido que he visto en toda la semana. Conque el príncipe Ludwig quiere que vayas a cenar mañana, ¿eh?

Emeric asiente, taciturno.

—Eso será raro —interviene una mujer que, sigo suponiendo, es Mathilde—, sobre todo porque estamos casi seguros de que fue él quien robó el auténtico cáliz.

Me atraganto con la sidra que acabo de beber.

—¿Cómo lo sabéis?

—Es Mathilde —responde Vikram con cierta compasión—. Lo sabe sin más. Ya te acostumbrarás.

Mathilde sorbe aire por la nariz. Parece tener veintipico años, igual que Vikram, con el pelo marrón ahumado rizado y casi tan corto como el de Emeric, ojos grises enormes y la piel pálida con una cantidad de pecas más moderada que la mía. Su uniforme luce el mismo ribete de rayas blancas y negras que el de Vikram.

—Es muy sencillo —dice a una velocidad trepidante—. Los problemas con... ¿Estás seguro de que era un *poltergeist*? En general, los *poltergeists* mueren enfadados. ¿Quién muere enfadado en una biblioteca?

Emeric se sirve un panecillo de centeno de la cesta en la mesa.

—Tenía todos los indicadores clásicos: apariencia fantasmal, rabia violenta y la habilidad de mover objetos físicos con mucha fuerza. Sí, creo que era un *poltergeist*.

—Pero ¿en una *biblioteca*? —replica Mathilde, con la boca torcida.

Vikram se encoge de hombros.

—Más probable de lo que nos imaginamos.

—Lo siento —digo despacio—, ¿podemos volver al hecho de que el *prinz-wahl* tiene el cáliz auténtico?

—Ah, sí, bueno, *eso*. —Mathilde alza cinco dedos y empieza a contar—. Primero: según una leyenda, mientras el cáliz de San Willehalm esté en *su hogar*, Dänwik estará protegido. Segundo: la casa Wälft afirma que es una herencia familiar, pero lleva en la biblioteca divina desde... desde siempre, básicamente. Tercero: el príncipe Ludwig ha hostigado al bibliotecario jefe para cambiar la residencia del cáliz. Cuarto: se rumorea que el Armarius, el espíritu guardián de la biblioteca y el archivero principal, está vinculado de algún modo al cáliz. Y quinto... —Empieza a bajar el último dedo, pero se detiene a medio camino—. No os lo diré hasta que Vikram pida la cena.

El interpelado se queja con ganas.

—¿Has visto, Conrad? Ni siquiera quiere decirme cómo lo hace.

—Tomaré la sopa de espárragos blancos, gracias. Y, señorita Schmidt... Porque deduzco que *eres* Vanja Schmidt... ¿Qué quieres para...?

Estoy tan sorprendida que casi no respondo.

—Sopa también.

—Traidora —refunfuña Vikram—. Conrad, voy a pedir trucha para los dos.

En cuanto se marcha hacia la barra, Mathilde se inclina hacia nosotros.

—Es el baño de mujeres —dice sin rodeos—. Ese es el secreto. Se oye *de todo* ahí dentro. —Extiende una mano hacia mí—. Mathilde Richter. Vikram es mi compañero.

Se la estrecho.

—Vanja. La musa poética de Emeric, al parecer.

—Ojalá te hubieras olvidado de eso —masculla mirando la sidra.

—No me olvidaría ni aunque salvase un orfanato en llamas —digo con ligereza—. Y he estado en uno de esos, así que sabes que va en serio.

—Bueno, ¿por qué te odia la supervisora Kirkling? —me pregunta Mathilde, en ese tono alegre y directo que se suele reservar para preguntas como: «¿Has leído algún libro interesante últimamente?».

La miro perpleja.

—No me digas que has oído *eso* en el cuarto de baño.

Ella niega con la cabeza.

—No, estaba aquí cuando Conrad te trajo. Oí toda la discusión sobre la cama.

—¿Qué discusión?

Mathilde señala a Emeric. Él parece molesto y avergonzado a la vez.

—La habitación que la supervisora Kirkling nos había conseguido era para una persona. Incluso la cama. Y me enfadé... un poco.

—Fue una jugada atrevida lo de gritarle a la supervisora de tu Fallo —comenta Vikram con alborozo cuando se deja caer en su silla vacía—. Mathilde me lo ha contado.

—No grité —protesta Emeric.

—Alzaste la voz. Hablaste con fuerza. Llámalo como quieras. Kirkling te odia, Vanja.

—Soy consciente —respondo—. ¿Le *gritaste*?

Emeric entierra la cara entre las manos.

—Pedí una habitación distinta. Con firmeza.

—Gritó. —Vikram se gira hacia su pareja—. La cena está encargada y te he pedido flan de postre.

Me sorprendo cuando Mathilde se inclina hacia él y lo besa en la mejilla.

—Y muy bien que has hecho. La quinta cuestión: una vez al año, la casa Wälft selecciona a un profesional para limpiar e inspeccionar el cáliz. Eso ocurrió hace poco más de una semana y, en vez de elegir al joyero local que suele encargarse del trabajo, el *prinzwahl* contrató a otra persona.

—Una coincidencia sospechosa —señala Emeric— y nuestra única pista por el momento. Intentaré confirmarlo mañana por la noche.

Mathilde arruga la nariz.

—Espero equivocarme. Si el príncipe Ludwig no devuelve el cáliz por voluntad propia, nos quedaremos aquí durante dos meses *por lo menos* mientras el papeleo va y vuelve de Alt-Aschel.

Emeric y yo empalidecemos. Alt-Aschel es la alta ciudad imperial, la capital del imperio, hogar de la sacra emperatriz. También está en el otro extremo del imperio.

—No disponemos de dos meses —digo despacio—. ¿No puede ir todo más rápido?

Emeric se pellizca la nariz.

—Se me había olvidado el lío que es cuando se trata de una reliquia y no de una propiedad. No, hay que pedir al archicardenal que ejerza su autoridad para recuperar la reliquia, con lo que el papeleo tiene que hacerse mediante la Kathedra.

La Kathedra es el órgano administrativo responsable de los templos y el clero de la miríada de dioses menores del Sacro Imperio, y se halla en Alt-Aschel.

—Supongo que nadie sabrá qué aspecto tiene la firma del archicardenal, ¿verdad? —pregunto—. Ya me están investigando por fraude profano, así que puedo sumarle un poco de fraude auténtico de gratis.

—Aspirante Conrad.

Lo más increíble sobre este momento *no* es que esté allí para presenciar el perfecto e instantáneo éxodo del alma de Emeric de su cuerpo, sino que aún consigue girarse en la silla y soltarle un incorpóreo «¿Sí?» a Kirkling, que aguarda detrás de nosotros. A juzgar por su mirada candente, no cabe la menor duda de que me ha oído.

—Deberá presentarme su informe antes de las ocho en punto. Ya sabe dónde está mi habitación. Eso es todo.

Y se marcha sin decir ni una palabra más.

Emeric esconde la cara una vez más. No creo que pueda sacarlo de ahí con algo que no sea una suscripción al club del Ábaco del Mes.

—Bueno, ¿entonces no falsificamos la firma del archicardenal? —pregunto—. Solo para confirmar.

—No —musita Emeric entre las manos.

—¿Como cuánto os urge entrar en la biblioteca? —pregunta Mathilde—. ¿No habéis conseguido algunos registros antes?

—Encontramos la sección, pero no... —Emeric duda, mirándome de refilón—. Lo que busco quizá no esté ahí. Tengo que revisar un número significativo de documentos. —Suspira—. Seguro que convenzo al... príncipe Ludwig para que entre en razón.

Vikram y Mathilde intercambian una mirada de desánimo. Vikram se encoge de hombros.

—Si alguien puede, ese es Conrad —dice, más para Mathilde que para nosotros.

Mathilde no parece convencida. Y, ya que estamos, yo tampoco. No conozco al príncipe Ludwig, pero sí que sé cómo son los ladrones. Los pequeños ladrones se dicen que robarán lo que necesiten para sobrevivir, y unas veces es cierto y otras es mentira. Los grandes ladrones no se engañan sobre sus motivos; roban porque quieren y punto. Solo mienten para decirse que no hay mucha diferencia entre querer algo y merecerlo.

Visto lo visto, la cena transcurre con bastante tranquilidad. Vikram saca una copia de su cerrojo para que lo pruebe con mis ganzúas (en el primer intento, aguanta cinco minutos y, después, menos de uno) y Mathilde pide más detalles sobre la Doncella Escarlata (nos saltamos la parte sobre el requisito de «persona no reclamada» y pasamos directamente al sacrificio de sangre). Nos sorprende cuando los dos han oído hablar sobre los hermanos Ros... al menos sobre uno de ellos.

—Será mejor que no mencionéis a Ozkar Ros delante de los artificieros —nos confía Vikram—. Se produjo una debacle cuando intentaron reclutarlo en el gremio norteño y solo accedió con la condición de no pagar tasas ni de seguir los estatutos.

—Entonces, ¿por qué quisieron reclutarlo? —pregunto.

—Porque se podría haber retirado hace tres inventos. Ningún mercader haría enfadar al gremio si así perdieran el acceso a Ozkar Ros... pero él tampoco quiso limitar a su clientela. La mitad del gremio quiso reclutarlo de todos modos. La otra mitad pensaba que los estaba engañando, y con razón.

Empiezo a entender por qué los hermanos de Ozkar lo consideran difícil.

Emeric tiene que ir a presentar su informe después de cenar. Vikram insiste en pagar la cena y me deja a solas con Mathilde durante un momento.

Y es un momento que necesito, porque hay algo cociéndose en mi cabeza desde que la vi besar a Vikram en la mejilla.

—¿Puedo hacerte una pregunta personal?

Mathilde se reclina y mira por la ventana con ojos entornados; la luz del día empieza a menguar.

—Si te das prisa, sí. Tengo que acudir a las oraciones del Sabbat antes de que el sol se ponga por completo.

—Santos y mártires, se me olvida que es viernes. —Me froto los ojos. Los seguidores de la Casa de los Supremos veneran a los dioses menores como facetas de un único Dios Supremo, y muchos celebran un Sabbat de un día completo al final de la semana. Veo que otros comensales también se marchan y unos cuantos se ponen cordones de oración alrededor de los hombros mientras salen. Tengo que apresurarme—. Vikram y tú sois algo más que… ¿compañeros de profesión? —Cuando asiente, intento dilucidar mi pregunta y descubro que es tan sencilla que no la puedo formular con delicadeza—. ¿Cómo lo hacéis?

—¿A qué te refieres?

—Sois prefectos. No podéis… equivocaros —farfullo—. Así pues, ¿cómo coincidís en todo? ¿Y si uno de vosotros comete un error? ¿Y si os peleáis? ¿Cómo mantenéis el trabajo fuera de vuestra… vida?

—Parece que tu pregunta es «¿cómo tener una relación con un prefecto?» —comenta Mathilde con astucia—. La verdad es que no tengo ni idea de cómo puede funcionar si solo uno de vosotros forma parte de la orden. A nosotros nos encanta nuestro trabajo y sabemos cuándo debemos tomarnos un descanso. Si no nos ponemos de acuerdo sobre algo, lo hablamos y, si no hay tiempo para hablar, confiamos el uno en la otra hasta que podamos hacerlo. Lo más difícil fue esperar a que pasara el primer año oficial después de ordenarnos. Ya sabíamos cómo nos sentíamos por aquel entonces, pero…

La miro sin comprender.

Mathilde arquea las cejas y las vuelve a bajar con rapidez.

—Ah. Eh… Los prefectos ordenados deben permanecer solteros y sin hijos el primer año tras su ordenación por lo menos. Así podemos hacernos una idea completa del trabajo y juzgar por nosotros mismos si queremos tener relaciones y familia fuera de las exigencias de la orden.

¿Un año?

Me siento como… como si estuviera debajo de la sábana de nuevo y esas frías tijeras cortaran demasiado cerca de las cicatrices.

He compartido partes de mí misma con Emeric que no sabía si podría compartir con otra persona. Me hice un lazo de raíz para

compartir incluso *más* de mí. Y cuando cierre el caso y se ordene...
nada de eso importará. Seguirá con su vida solo.

—¿Conrad no lo ha mencionado? —pregunta Mathilde con vacilación.

—No —respondo distante—. No ha dicho nada.

Mathilde sacude la cabeza y se aparta de la mesa. La luz dorada del atardecer se filtra por la ventana; se nos ha acabado el tiempo.

—Pues entonces ahora tienes la oportunidad de practicar lo de hablar. Así creáis confianza para cuando no podáis hacerlo. Y, si queréis sobrevivir a ese año, vas a necesitarla.

CAPÍTULO 10

HORA DE LEVANTARSE

Visito rápidamente el baño utilitario de Libro y Campana para limpiarme la roña acumulada como si fuera a limpiarme las dudas y los poros al mismo tiempo. Helga me para al salir para decirme que esté lista a primera hora de la mañana. Ha localizado la Hiedra Dorada e iremos allí para importunar a Dieter Ros y que contribuya con su gota de sangre.

Emeric no está en el dormitorio cuando vuelvo. Enciendo una vela, me pongo el camisón y subo a la cama, decidida a esperarlo. Mathilde tiene razón. Si queremos sobrevivir a esto, tenemos que hablar.

Por desgracia, nada más apoyarme en las almohadas, me quedo frita.

Estoy tan cansada que los sueños ni siquiera están delineados, tan solo son unas suaves sombras oscuras que me engullen entera. No me entero de que Emeric vuelve, aunque noto que la quietud se agita y luego aparece un peso a mi lado, que me reconforta e inquieta a partes iguales. Me vuelvo a quedar dormida.

Y entonces…

Estoy en la biblioteca divina.

Las lámparas están encendidas, las mesas y las sillas de la rotonda han recuperado su pulcro orden. No hay papeles esparcidos por ahí ni muñecas abandonadas.

Sin embargo, sí que hay fantasmas.

O sombras, mejor dicho: borrones vagos de gente que lee libros, examina los estantes, deposita un montón de tomos en una mesa. La visión se torna gris durante un instante y entonces una ancha espalda se materializa delante de mí y se va encogiendo a medida que la sombra se aleja. Me ha atravesado.

—*Tú.*

Me doy rápidamente la vuelta. Detrás de mí está el vestíbulo de la biblioteca. Lo raro es que la estatua del fraile me está observando. No, no es una estatua… Parece ser de carne y hueso y no hay ningún pedestal a la vista.

He oído esa voz antes. Y cuando miro el tejido grueso de su hábito, sé dónde fue.

—Tú —balbuceo—, tú eres el *poltergeist*.

Una mirada terrible le atraviesa el rostro. No es rabia, sino… pena.

—Por favor —dice—. Sé lo que eres. Y solo tú puedes ayudarme.

—Paso —replico con tono sombrío—. Me tiraste una mesa encima.

El fraile agacha la cabeza, avergonzado.

—No soy yo mismo sin el cáliz.

Miro a mi alrededor en busca de una puerta. Por desgracia, en el vestíbulo onírico, donde debería estar la entrada solo hay roca sólida. Eso me cabrea más.

—Rectifico, Sextus: me lanzaste una mesa con *tanta fuerza* que me rompiste todo el cuerpo, como si fuera una ramita.

—Eso me parece poco probable —responde con docilidad— y no me llamo Sextus. No disponemos de mucho tiempo. Me resulta muy complicado hablarte de esta forma mientras estoy dividido. Debes entenderlo. Derritieron mis cenizas en el cristal del cáliz y las mezclaron con la argamasa del pedestal. Elegí permanecer vinculado a mi biblioteca para guiarla y protegerla, pero el cáliz y el pedestal *son* esa unión y, sin el cáliz, estoy… desatado.

Me contengo antes de pellizcarme la nariz como hace Emeric e ignoro el pinchazo de dolor en mi pecho.

—Espera. Un momento. —Recuerdo la placa en el pedestal de la estatua que decía EL FVNDADOR, la del relicario y otra pregunta sin respuesta: ¿por qué el espíritu guardián de la biblioteca había dejado entrar al *poltergeist*?

No lo había hecho. *Pues claro*. Había estado allí desde el principio.

—Tú eres el Armarius —digo despacio—. Por eso Emeric no pudo acabar contigo. Ya estás donde perteneces.

—Correcto.

—Pero ese es el cáliz de San Willehalm. Así que... —Trago saliva—. Tú eres San Willehalm el Escriba. Y esta es tu biblioteca.

El fraile se aparta la capucha y revela un rostro pálido arrugado y una rala barba blanca. Me ofrece una sonrisa cansada.

—Debo confesar que hacía mucho, muchísimo tiempo que no oía ese nombre.

Yo estoy menos impresionada.

—Por desgracia, Sextus...

—Ni se le parece —dice él con amabilidad.

— ... todo esto tienen pinta de ser un problema personal. Y hay por lo menos tres prefectos en esta ciudad que están mucho más cualificados para encargarse de él que yo.

La sonrisa desaparece del rostro de Willehalm.

—No pueden ayudarme, ahijada divina. He acudido a ti por un motivo.

Todo esto es tan raro que ni siquiera me paro a pensar por qué un santo me está llamando su ahijada, pero un sentimiento peculiar me detiene.

Durante gran parte de mi vida, he seguido una teoría que llamo la trinidad del deseo. Establece que deseamos a alguien por tres motivos: poder, placer o provecho. Si proporcionas las tres, otras personas te sirven a ti. Si proporcionas dos, te ven. Si solo das una, te usan.

Extraje esta teoría de mi vida como criada, en la que la gente no me deseaba a mí, solo querían unas manos firmes, una espalda robusta y una boca cerrada. Los Von Falbirg estaban en pleno uso de sus facultades; podrían haber esparcido sus propios juncos o vaciado sus orinales. Pero me obligaban a hacer las cosas que ellos no querían.

Sin embargo, me resulta raro que alguien… me busque.

Motivado por mi silencio, San Willehalm sigue hablando:

—Los prefectos son un hacha. Su justicia cae absoluta e irrevocable, con lo que deben tomarse su tiempo para que todos los golpes sean certeros. Pero existe justicia más allá del hacha; a veces se necesita no dejar rastro, tan solo un remiendo. En ocasiones, la justicia debe ser una aguja.

Suelto un largo suspiro entre dientes.

—Gran metáfora, perfecta, comprensible, diez de diez. Solo para divertirnos, finjamos que no he entendido nada. ¿Qué quieres de mí? —El viejo santo se ríe, perplejo. Me doy cuenta de que su contorno se está atenuando, se emborrona junto con el resto de la biblioteca onírica. Se nos acaba el tiempo—. Me alegro de que te haga gracia —mascullo.

Él sacude la cabeza.

—Me parece que he sido bastante claro. Supongo que será cosa de los años. Ahijada divina, sé lo que eres. ¿Y qué es lo que quiero? —El mundo se funde en sombras, San Willehalm es el último en desaparecer. Sus palabras de despedida resuenan en mi cabeza como un campanario—: Quiero recuperar mi maldito cáliz.

Me enderezo con un jadeo.

Al principio no sé dónde estoy. Luego oigo un murmullo confuso a mi lado. Emeric está dormido a mi izquierda, tengo la pared a la derecha y en la habitación aún reina una oscuridad pesada. Parece que me rodea una cantidad innecesaria de mantas… hasta que me percato de que las he acaparado otra vez mientras dormía. Emeric está temblando debajo de una fina sábana.

Salgo con cuidado y redistribuyo las mantas de una forma más equitativa. Luego me tumbo de nuevo y me quedo mirando el techo. A menos que me equivoque tremendamente, un santo acaba de pedirme que recupere su reliquia.

No, recuperarla sin más no. Ha dicho que sabía lo que soy; ha dicho que para esta misión no hacía falta un hacha, sino una aguja. Lo bastante ligera como para no dejar rastro, lo bastante afilada como para perforar profundamente.

Quiere que yo la robe.

Quiere que *yo* la robe.

Quiero que yo la *robe*.

Y puedo decir, con el mismo grado de confianza, que el aspirante a prefecto que tengo en mi cama no quiere que la robe.

Cuando abro los ojos de nuevo, veo el pálido resplandor matutino en la pared de yeso. Y, durante un instante, todo es perfecto: la calidez de mi espalda apretada contra el pecho de Emeric, la comodidad de su brazo alrededor de mi cadera e incluso su voz ronca cuando musita adormilado sobre mi hombro:

—Buenos días.

No recuerdo por qué estaba enfadada con él. Y entonces, con un pinchazo, lo recuerdo.

Emeric se queda inmóvil cuando nota que me tenso.

—¿Qué pasa?

Sería tan, pero que tan fácil mentirle, decir que no pasa nada y alargar esta cómoda paz todo lo que pueda. Pero no sería real. Yo lo sabría.

Así que me obligo a darme la vuelta, intento sofocar el miedo que alimenta a mi rabia y me enfrento a él.

—¿Por qué...? —Se me quiebra la voz. Emeric se gira para agarrar un vaso de la mesilla de noche. Justo cierra la mano a su alrededor cuando consigo decir—: ¿Por qué no me contaste lo del primer año?

BAM, BAM, BAM, BAM, BAM. Unos golpes furiosos zarandean la puerta de nuestra habitación en sus goznes. Emeric tira el vaso y maldice.

—¡Levantaos! —ladra Helga desde el otro lado—. ¡Volveré dentro de cinco minutos!

—*Por qué* —resuella Emeric soñoliento.

—*Scheit*, se me había olvidado. —Paso por encima de sus piernas y bajo de la cama mientras las pisadas de Helga desaparecen por el pasillo—. Nos vamos a reunir con Dieter Ros. Da igual, ya hablaremos después de esto.

Emeric deja de limpiar el agua con lo que parece ser su propia camisa de dormir.

—No, no quiero que pienses… que intentaba ocultarte nada o…

—Ya.

Abro mi bolsa de viaje con quizá demasiada fuerza.

—Es que no importa.

Dejo de sacar un vestido e intento forzar a mi inquieta ansiedad a expresarse en palabras, pero sale a la superficie con un:

—A mí sí.

—No es… —Emeric se quita las gafas y se frota los ojos—. No me he expresado bien.

—No, lo entiendo —digo, apartándome mientras me pongo el vestido por la cabeza. La amargura se cuela en mi voz—. Pero habría estado bien saber que planeabas dejarme después de que te ordenaran.

Hay un silencio perplejo. Cuando habla, me dan ganas de encogerme por el dolor que detecto en su voz.

—¿Eso es lo que piensas de mí?

Es entonces cuando lo siento: el vértigo al dejar de tener razón. En esta ocasión no puedo mirarlo a la cara, así que intento concentrarme en los lazos del vestido.

—¿Y qué se supone que debo de pensar?

Pasa un minuto. Y entonces el somier cruje y Emeric dice con cansancio:

—No sé qué más hace falta para que confíes en mí, Vanja.

Tiro de una media e intento seguir a través de las lágrimas que me escuecen en los ojos. Cada respuesta que busco se hunde en un agujero que no puedo cubrir: yo tampoco lo sé.

La fría verdad es que una parte de mí siempre espera a que pase algo malo.

Y no es por otra razón que la verdad que se oculta debajo, más fría aún: después de todo por lo que hemos pasado, me sigo conociendo. Y, en el fondo, no me creo que alguien me desee, sin motivo aparente, por ser como soy.

Antes de poder sacar una respuesta, las llamadas estruendosas de Helga estallan de nuevo.

—¡Se acabó el tiempo, vamos!

—Voy *enseguida* —espeto mientras meto los pies en las botas, segura de que no han pasado cinco minutos ni por asomo. La irritación provoca que la rabia que siento hacia Emeric pase de borbotear a hervir—. ¿Sabes lo que me habría ido bien para confiar en ti? Si, en algún momento de la semana pasada, me hubieras contado...

—¿Cuándo? —Alza la voz. Aparto la mirada de los lazos de mis botas y me encuentro con su rostro ruborizado y sus manos, que se aferran a las sábanas—. ¿Cuándo fue un buen momento, Vanja? ¿Cuando pasamos cuatro días atrapados en un carruaje? ¿Cuando estábamos en una cueva para averiguar cómo piensa entregarme tu secta a un perro del infierno? ¿Ese fue un buen momento?

No lo pregunta de verdad, así que agarro la bolsa y el abrigo. Aprieto tanto la mandíbula que duele.

Emeric prosigue:

—¿O qué me dices de antes? ¿En enero, cuando me dijiste que te reunirías conmigo en Helligbrücke? ¿*Ahí* te habría venido bien?

Porque para ser alguien con miedo a que la abandonen, no tuviste *ningún* reparo en abandonarme a mí.

No… no tengo respuesta para eso, porque tiene razón, maldita sea, pero aun así duele oírlo en voz alta…

—Gracias —siseo—, pero no necesito *otro* recordatorio de que no soy lo bastante buena para ti.

Emeric me mira tan desconcertado como si le hubiera dado una bofetada.

Debería sentirme aliviada de decir esas palabras, triunfal por haberlo hecho callar de la conmoción. Pero me siento peor.

Los golpes de Helga arrancan de nuevo justo cuando abro la puerta de un tirón. Es humillante, pero sé que puede verme las lágrimas en los ojos, así que no me molesto en intentar ocultarlas.

—Estamos en medio de algo.

Helga, por su parte, no está preparada para lo que se ha encontrado. Me mira a mí, luego a Emeric, y de nuevo a mí, y se pasa una mano por la cara; acto seguido, me agarra por el codo y me saca fuera.

—Ya no. Hay un jardincito muy mono junto a la Hiedra Dorada. Podéis resolverlo durante la comida.

—Esperad…

Oigo que Emeric se pone en pie.

—Ve allí a mediodía.

Helga se gira y me arrastra por el pasillo.

No dice nada más hasta que salimos de Libro y Campana; la fría brisa matutina me escuece en las mejillas calientes y echo a andar por la calle. Luego me ofrece un pañuelo, incómoda.

—Siento las prisas. Pero fuera lo que fuere eso… No estabais hablando, solo haciéndoos daño.

—Es él quien…

—No, no, no. —Helga alza una mano—. No pienso meterme. No me va el drama de las relaciones, ni el de los adolescentes y, *sobre todo,* no soporto el drama de las relaciones entre adolescentes. Solucionadlo entre vosotros. Te he sacado de ahí porque la mejor posibilidad de encontrar a Dieter sobrio es antes del desayuno. Venga, date prisa.

El enérgico paseo me ayuda a despejarme o, al menos, a ensordecer el dolor. Y es un paseo decente: la Hiedra Dorada está más allá de la oficina de prefectos, justo en la orilla del Wälftsee, junto a los terrenos del pabellón de caza. Incluso hay una estatua de madera pintada bastante llamativa delante de la cervecería: un noble imponente vestido con ropajes anticuados. Sospecho que es el príncipe Nibelungus von Wälft. La Hiedra Dorada tiene los mismos adornos floridos que la arquitectura encargada por el príncipe para recuperar a su exesposa, aunque, por suerte, parece que la terminaron antes de su arrebato gótico vengativo. Unas celosías ornamentadas de madera oscura entrecruzan el yeso, con vívidos murales pintados en el encalado. Hay un hombre sobre una escalera junto a las puertas dobles que aplica una capa fresca de pintura dorada al reborde.

—Buenos días —lo saluda Helga cuando nos acercamos—. ¿Está Dieter Ros dentro?

—Con un humor de perros, pero sí.

El hombre escupe a un lado y señala las puertas con el pulgar.

Helga maldice entre dientes y entra. El interior es un asalto visual más intenso que la fachada; en cada pared hay pintados retratos dorados de la casa Wälft y escenas de nobles cazando y pescando, de doncellas voluptuosas con vestidos poco prácticos recogiendo manzanas y cosas así. Por el contrario, las largas mesas de pino están casi vacías. Un puñado de personas intentan disfrutar de lo que parece un desayuno decente, aunque para eso deben ignorar con firmeza los desvaríos borrachos de un joven que se acurruca en un extremo de una mesa junto a un laúd, con la cabeza apoyada en un brazo estirado y rodeado de *sjoppen* vacíos. Algunos están volcados y gotean los últimos restos de cerveza.

El largo suspiro de Helga sale como una queja muda. Se acerca al hombre y lo agarra por la oreja hasta que este emite un chillido de protesta.

—¿Qué es esto, Dieter? ¿Estás intentando *perder* otro trabajo?

Dieter Ros la aparta de un manotazo.

—Ya nada importa —dice entre hipidos—. Tenía una oportunidad, una única oportunidad de llegar al estrellato y... y se escabulló... —Con el puño golpea la mesa con tanta fuerza que todos los *sjoppen* saltan—. Y ahora *nunca* tocaré para el príncipe y *nunca* saldré de esta ciudad de mala muerte y *nunca* recuperaré a Betze y...

Se disuelve en quejidos furiosos, con la cabeza entre las manos. Un mercader sahalí de mayor edad que está sentado cerca recoge el desayuno y se cambia a un asiento más alejado.

Tengo la extraña sensación de haber visto a Dieter Ros antes. No sé dónde, aunque sí que capto el parecido entre Helga y él. Su cabello es más rojo que el de la chica y, ahora mismo, su cara también, pero tienen los mismos ojos de lince y la única diferencia entre sus mentones estrechos es la perilla que asoma inhóspita en el de Dieter.

Helga me entrega un *sjoppen* vacío.

—¿Puedes ir a buscar agua?

—*Nooo* —protesta Dieter.

Ella aprieta los labios y me entrega otro vaso.

—Dos de agua.

El camarero me la da con una mueca iracunda, aunque va dirigida sobre todo a Dieter. Cuando vuelvo, Helga vacía una bolsita de hierbas en un *sjoppen* y musita un encantamiento entre dientes; veo restos de ceniza de bruja en sus dedos.

Luego vacía el otro *sjoppen* sobre la cabeza de Dieter. El chico farfulla, sobresaltado. Su hermana le deposita la bebida con hierbas en las manos.

—Toma, tu favorito.

—Déjame *en paz* —gruñe él.

—Me prometiste que lo harías por mí. *Bebe.*

Dieter engulle a regañadientes la mezcla. Su cara se torna más roja aún y luego el rubor remite. Cuando habla, arrastra menos las palabras.

—Santos y mártires, Helga, ¿tenías que echarme agua encima?

—No lo preguntarías si pudieras olerte. —Helga se sienta a su lado—. ¿Qué ha pasado, hermanito?

Dieter se frota la cara.

—Se suponía que iba a tocar esta noche para el príncipe. Para una cena elegante. Si la cosa iba bien, sería un trabajo estable que consistiría en actuar en fiestas durante al menos dos meses más. Habría sido una gran oportunidad, pero una barda muy importante ha venido a la ciudad desde el sur y —agita una mano— me ha apartado a un lado. Igual que Betze, y ahora nunca...

Agarra un *sjoppen*, pero maldice al percatarse de que está vacío.

Luego alza la mirada hacia mí; me hallo a unos metros de distancia, incómoda.

—¡TÚ! —brama.

—Hoy me han dicho mucho eso. ¿De qué te conozco?

—Hiciste que me despidieran de un trabajo en Glockenberg —me acusa Dieter y me apunta con un dedo tembloroso—. Nunca olvido a una pelirroja. No dejabas de abuchearme mientras cantaba.

—Pues no me acuerdo —miento, recordándolo, de hecho, con una claridad cristalina.

—Intentaste arrebatarme el laúd. Dijiste que lo confiscabas por el bien de Glockenberg.

—¿Seguro que era yo? Hay muchas...

—Dijiste que mi voz era un peligro para la salud pública.

Hago una mueca.

—Estaba muy borracha.

—Dijiste que la Damisela Roja del Río me ahogaría en persona si repetía la actuación.

—¿Te serviría de algo si te dijera que eso ha acabado saliendo estrepitosamente mal? —ofrezco y empiezo a rebuscar en la bolsa la tela y el punzón—. Hablando de...

—No —declara Dieter con frialdad.

Lo miro.

—¿No te sirve?

—No, que no voy a hacer… eso de la sangre. —Frunce el ceño—. No por *ti*.

—¡Dieter! —Helga se pone en pie—. ¡Lo prometiste!

—¡Vomitó sobre mi escenario! ¡La tabernera me obligó a limpiarlo!

—Le… le diré a la tía Katrin que te has emborrachado antes del mediodía…

—¡Me despidieron al día siguiente!

Helga apoya una mano en la mesa delante de Dieter y se inclina sobre él. Para alguien que mide un palmo menos, consigue reunir una cantidad imponente de intimidación.

—*Hazlo*, hermanito —dice despacio—, porque te lo pido yo, *por la familia*.

Dieter se encoge un poco. Me echa un vistazo y entorna los ojos.

—Lo haré si paga mi cuenta —replica de mala gana.

—De acuerdo. Encárgate tú de esta parte.

Intento entregarle la tela y el punzón a Helga, pero niega con la cabeza.

—Tengo el presentimiento de que debes hacerlo tú. Vuelve una vez que hayas terminado.

Pago la cuenta y luego regreso para recoger la sangre. Dieter se queja con amargura todo el rato, porque dice que no podrá tocar durante una semana a pesar de que la herida se cura casi nada más apretar el dedo contra la tela. Helga lo obliga a beber otra jarra de agua antes de marcharnos, y le dice con dureza que asista a la boda de su hermano a finales de mes o deberá enfrentarse a su ira.

Solo presto atención a medias. Hay algo en este asunto que me reconcome el cerebro, pero aún no me he hecho una imagen clara.

Helga encontró a Dieter ella sola ayer y, al parecer, le hizo prometer que me entregaría una gota de sangre incluso antes de conocerme. Estoy segura de que, si no lo hubiera intimidado, Dieter me habría mandado a freír espárragos.

Pero Helga no quería acompañarnos en este viaje. Y, según mi experiencia, nadie proporciona nunca (o, bueno, *casi* nunca) ayuda de forma desinteresada.

Así pues, ¿por qué me está ayudando?

Oímos unas notas conocidas y cargadas de rencor a nuestra espalda mientras salimos de la Hiedra Dorada. También me cuesta un momento situarlas hasta que capto la letra:

—«Damisela roja, damisela roja, damisela roja del río...».

Helga pone los ojos en blanco con tanta fuerza que se le van a salir por la coronilla.

—Imbécil —dice por lo bajo—. Venga, te enseñaré dónde está el parque.

LA SEXTA MENTIRA

VALÍA

Érase una vez, una chica salió al ancho mundo y dejó atrás todo lo que conocía para emprender una nueva vida...

Por cuarta vez.

La primera no había sido por elección propia. Su madre la condujo por el bosque invernal para entregársela a Muerte y Fortuna y que hicieran con ella lo que quisieran.

La segunda vez tampoco fue decisión suya. Sus madrinas la llevaron a un castillo y la dejaron a merced de los caprichos de las personas que lo gobernaban.

La tercera vez no abandonó su vida, sino que robó otra. En parte fue su elección y, en parte, no lo fue. Había otras formas de sobrevivir, pero eligió el camino que se presentó ante ella.

La cuarta sería distinta, quizá, y a lo mejor la última. Lo había decidido ella por completo: dejaría Minkja y a sus amigas por el momento y seguiría a su amado hasta Helligbrücke. Al llegar, buscarían juntos a la familia que había perdido.

El problema fue que la chica no sabía qué decir a esa familia. Ni cómo enfrentarse a la madre que la había abandonado en el frío. Ni cómo preguntarle si se arrepintió de ello, aunque fuera una vez. Ni cómo contarles quién había sido antes y quién era ahora; ni siquiera sabía quién quería ser en el futuro. Años de dolor la habían convertido en un puñal, y solo ahora estaba aprendiendo de nuevo a tocar a otras personas sin cortar.

Se alegraba, o eso creía, de que el trayecto hasta Helligbrücke fuera largo.

Partió con tres desconocidos en su carruaje. Dos se apearon en Okzberg. Una madre y una hija, la última con el rostro húmedo, ocuparon su lugar.

—Deja de llorar —le ordenó la madre al subir al carruaje—. Tienes suerte de que en el convento hayan aceptado a una ladronzuela como tú.

Su hija, con labios temblorosos y ojos enrojecidos, no parecía tener más de trece años.

—Pero no conozco a nadie en Quedling.

—Pues entonces allí no causarás problemas. —La madre hablaba con dureza—. Tampoco podrás salir del claustro. —La hija no respondió—. Te lo advertí, pero ¿acaso me escuchaste? Tu hermana ayuda en la tienda, tu hermano nos envía harina del molino, pero ¿tú qué haces? Robar y mentir y traer dolor a nuestra puerta. Ya he tenido suficiente.

En el carruaje, nadie dijo nada.

Esa noche, en la posada, la chica de Minkja acabó bebiendo con el otro pasajero, un viejo soldado.

—Es triste —dijo, mirando su cerveza aguada—, pero así es el mundo. ¿Quieres vivir con otras personas? Pues entonces debes dar más de lo que recibes, debes aportar algo a la mesa. Enviarla a un convento es mejor que echarla a la calle.

La chica se acordó de un farol en una encrucijada en una noche de invierno y de todas las cosas que había robado. Recordó quién era a los trece años, con cicatrices frescas en la espalda y un agujero despiadado creciéndole en el corazón.

Pensó en lo que le diría a su familia cuando la conociera.

En lo que le diría a la familia de su amado, a sus amigos, si los conocía.

En si también se preguntarían si ella hacía algo más que robar.

Cuando el carruaje llegó a Lüdz, el soldado se apeó y la madre y la hija se quedaron. Al ir a pagar el siguiente tramo del viaje, la chica de Minkja fue descuidada cuando abrió el monedero; vio que la hija de Okzberg ojeaba los rubíes que brillaban en su interior.

No le sorprendió cuando, en plena noche, la descubrió intentando sacar ese monedero de debajo de su almohada.

—No se te da bien robar —la amonestó la chica de Minkja con sequedad. Pero había miedo en los ojos de la hija... Un miedo y un dolor que la chica conocía demasiado bien.

Al fin y al cabo, esos sentimientos la habían desgastado hasta convertirla en un puñal.

Sacó cinco rubíes y se los entregó a la hija.

—No es seguro llevar más. Ve al templo de Fortuna y diles que te envía Vanja. Te aceptarán y allí podrás empezar de nuevo. ¿Me has entendido?

No supe lo que la niña había hecho para que la exiliaran a un convento, no sabía si eso sería lo mejor. Solo sabía que, si alguien me hubiera ofrecido una salida a los trece años, la habría aceptado en vez de intentar liberarme a la fuerza.

Por la mañana, cuando la madre descubrió que la hija se había marchado, maldijo y se enfadó, pero solo lloró por el dinero que había malgastado en el viaje. Ni siquiera intentó buscarla. Solo se dedicó a organizar el viaje de vuelta a Okzberg, musitando: «Muchacha inútil... ingrata... La muy desgraciada nunca ha valido la pena».

Cuando el carruaje partió de nuevo, a tan solo unos días de Quedling, un tenue recuerdo incansable resonaba con más y más fuerza a cada segundo que pasaba... Mi propia madre diciéndoles a Muerte y Fortuna: «Todo lo que toca se estropea».

Y, no por primera vez, me pregunté: ¿quién tendría que ser para merecer un futuro?

CAPÍTULO 11

LA AGUJA

H elga me enseña el parque. Y luego me enseña los mercados cercanos y las mejores panaderías y me mantiene ocupada con éxito hasta casi el mediodía. Supongo que esto es lo que he averiguado sobre Helga: negará con rotundidad hacer algo con cualquier finalidad que no sea por interés propio, pero eso no significa que deba creerme esa fachada.

Me deja en un banco junto a la entrada del parque con tiempo de sobra para reflexionar sobre lo que quiero decirle a Emeric. Estoy enfadada porque no me contó que nuestra relación tiene fecha de caducidad. Sobre todo porque, bueno, no sé cómo sentirme acerca de perder mi virginidad con alguien que romperá la relación poco después. Es como si... me usara.

Y no me gusta que empezáramos hablando sobre por qué estaba enfadada para luego acabar defendiéndome. Aunque tiene razón: yo lo dejé primero. Y he pensado lo peor de él, y dolió cuando Emeric me hizo lo mismo justo ayer. Pero ¿qué otra cosa iba a pensar?

Es como tener demasiadas ollas en la cocina; algunas humean, otras se desbordan, otras están tan calientes que ni las puedes tocar. Por lo menos ahora puedo verlo todo desde arriba en vez de intentar hablar con una mano en el fuego.

Las campanadas del mediodía resuenan y me ruge el estómago. Helga y yo paramos a tomar unos bollitos dulces, pero no he desayunado como es debido y el olor de unas *wurst* friéndose me llega desde un puesto de comida cercano.

Cuando las campanas dan y cuarto, tengo muchísima hambre y no dejo de mover las piernas con impaciencia en el banco para evitar que el frío de principios de abril me las adormezca. No hay ni rastro de Emeric. No es propio de él llegar tan tarde.

Eso de no pensar lo peor de él me resulta cada vez más y más difícil.

Me pongo a pensar en el cáliz. O, mejor dicho, en cómo le voy a vender la idea a Emeric de que tengo que robarlo porque un santo me lo pidió. Emeric dijo que intentaría convencer al príncipe para que lo devolviera, pero… San Willehalm se me apareció *a mí*.

Resulta raro que el príncipe Ludwig haya *invitado* a Emeric pese a tener el objeto robado en su propiedad. Al parecer, Ludwig hasta ha contratado a músicos para la cena…

Un momento. No. No solo para esta noche, sino para por lo menos los próximos dos meses, según ha dicho Dieter.

Los dos meses que se tardaría en llamar a las autoridades de la Kathedra para el asunto del cáliz. El príncipe sabe que lo tendrá durante ese tiempo pase lo que pase.

Es una prueba. Está probando a ver si un prefecto puede detectar el objeto original, pero no lo entregará por nada del mundo. Si lo descubren, puede alegar que fue un error durante la limpieza y usar el papeleo para tenerlo bajo su custodia durante meses. Y si no lo descubren… San Willehalm pasará mucho, muchísimo tiempo esperando.

Y, de todos modos, me apuesto hasta el último rubí a que Ludwig celebraría fiestas sin fin para fardar de su *adquisición* hasta que Alt-Aschel lo obligase a devolverla.

Si queremos entrar en la biblioteca antes del solsticio, hará falta algo más que Emeric pidiéndole con amabilidad que lo devuelva.

Mi mente empieza a ordenar las ganzúas para esta cerradura con demasiada facilidad mientras me mordisqueo la punta del pulgar. Cuando el *Pfennigeist* asolaba Bóern, robé mansiones de poca monta que ofrecían un reto mayor. Es Sabbat, así que cualquier criado de la Casa de los Supremos no estará trabajando, y eso significa que el pabellón de caza necesitará con urgencia cubrir cualquier escasez de personal en la gran cena de esta noche (por no mencionar que deberán contratar a más gente para los próximos dos meses). Si puedo entrar, Emeric mantendrá distraído al príncipe y el cáliz desaparecerá antes de que Ludwig se dé cuenta. Solo tengo que conseguir que Emeric me siga la corriente.

Las campanas dan y media.

¿Dónde *está*? Esto no es propio de Emeric. Daría de comer sus cuadernos a los puercos antes de llegar aunque fuera un minuto tarde.

La carretera de pensar lo peor empieza a virar en una dirección completamente distinta.

Adalbrecht fue el último aristócrata en invitar a prefectos a su territorio en plena felonía, pero fue para matar a Hubert Klemens con tal de robarle la marca tatuada en su piel. Quizás el príncipe planee hacerle algo siniestro a Emeric.

De repente, no puedo quitarme de la cabeza el tatuaje del hombre muerto cosido en la espalda de Adalbrecht ni a la Doncella Escarlata atravesando la garganta de Emeric...

Me he puesto de pie antes de contenerme. No sé dónde estoy, pero sí que recuerdo haber pasado por la oficina de prefectos de camino, y allí puedo volver con facilidad. Es vergonzoso; casi parece que me esté humillando para que acuda a él en vez de reunirnos en un terreno neutral, pero es mejor que permitir que mi cabeza me atormente hasta que Emeric llegue.

Casi he alcanzado la oficina cuando oigo una voz muy familiar al otro lado de una esquina.

— ... no sé qué hacer.

Me doy la vuelta, me levanto la capucha del abrigo y adopto la postura de una anciana encorvada que camina despacio por la calle. El reflejo en un escaparate cercano me muestra lo que ocurre por encima de mi hombro.

Veo a Emeric y a Vikram salir de un callejón y dirigirse hacia la oficina de prefectos. Los dos llevan panecillos de *wurst* a medio comer. Me cuesta escucharlos cuando se alejan, pero capto el último retazo de la conversación: «el problema de Vanja».

Sus palabras de esta mañana escuecen como bilis: «No tuviste ningún reparo en abandonarme».

Primero se me cae el alma a los pies. Después toda la sangre me sube a la cabeza.

Es inevitable. Ni siquiera puedo fingir que se ha olvidado o no sabe qué hora es. Simplemente ha elegido dejarme sola.

Casi me siento desamparada. Aunque no dejaba de pensar en que ocurriría lo peor con Emeric, no estaba preparada para que eligiera la crueldad. Pero hacerme esperarlo como una tonta… permitir que sienta *esperanza*…

Una incipiente furia explosiva se apodera de mí. Quiero hacerle *daño* para que aprenda a no causármelo nunca más.

Ni siquiera pienso, solo me doy la vuelta a toda prisa, agarro un puñado de boñiga de caballo de una alcantarilla y la tiro con todas mis fuerzas. Le acierto en el hombro con una minúscula explosión apestosa de marrón.

Es en ese momento cuando mi cerebro actúa de nuevo y me doy cuenta de que lanzarle heces a un (aspirante a) prefecto no ha sido el movimiento más inteligente.

Un grito de confusión me sigue cuando doblo corriendo la esquina por la que Vikram y él han llegado, que conduce a su vez a un callejón limpio pero estrecho, aunque hay más bien una distancia educada entre dos edificios. No sé si me han visto; no voy a arriesgarme a que me persigan a pie. Hay unos agarres decentes en la pared de piedra y madera; en mi época de *Pfennigeist* escalé cosas mucho peores. Subo por la pared hasta alcanzar un balcón, lo escalo y luego paso por encima del frontón de una ventana hasta llegar al tejado. Por desgracia, es empinado, construido para que no se acumule nieve, así que voy por el borde hasta alcanzar otro con una inclinación más sencilla de recorrer. Y entonces, satisfecha al ver que no me persiguen, me derrumbo en las tejas e intento tranquilizarme.

Énfasis en el «intento».

Las lágrimas me empañan la visión una vez más. Aún tengo el pañuelo de Helga, que resulta más valioso porque no puedes lanzarle boñigas a alguien sin mancharte las manos de mierda. Me limpio la cara con la palma limpia y luego restriego la otra mano contra las tejas de madera lo mejor que puedo, pero maldigo cuando me clavo una astilla. Luego echo la cabeza hacia atrás y miro el cielo parcheado de nubes, con ganas de caer en él aunque sea para sentir algo sencillo.

No sé cómo arreglarlo. Y odio no saber. Odio querer hacerle daño a Emeric. Odio que él no deje de hacerme daño *a mí*. Quiero volver a esa última noche en Minkja, cuando me preocupaba por él y él se preocupaba por mí y todo era así de sencillo.

Lo único que tenía que hacer era seguirlo a Helligbrücke. Lo único que tenía que hacer era confiar en que aún me quisiera a su lado.

Pero lo estropeé y aquí estamos.

Me froto la cara de nuevo con el pañuelo, cabreada con los dos, cuando las campanas sueltan un único campanazo para dar la una. Me guste o no, aún tengo que recuperar el cáliz de San Willehalm, y esta noche es el mejor momento. Tendré que hacerlo sin que Emeric me vea y ya está.

Lo que significa que no lo haré como una aguja manejada por la mano de un santo.

Tendré que actuar como si fuera un fantasma.

—Marthe —le digo al guardia en la puerta trasera del pabellón de caza y alzo una cesta llena de productos—. ¿De la tienda de comestibles? Traigo un pedido para la cocinera Grett.

El guardia me mira con recelo bajo la luz de la tarde. Emeric debería llegar dentro de una hora, así que había anticipado cierta desconfianza.

—Un poco tarde para eso. ¿Traes el pedido?

Le doy una lista manuscrita en un trozo de pergamino.

—Me dijo que Su Alteza ha decidido el menú esta mañana.

Examina la lista sin relajar el gesto. Sé que pasará el examen, porque se la he robado a una sirvienta que seguí por el mercado hace unas horas. La sirvienta tenía muchas historias interesantes que contar a sus amigas en los puestos: un prefecto famoso venía a cenar esa noche, la pobre cocinera Grett estaba con el agua hasta el cuello, el mayordomo se había puesto a contratar a diestro y siniestro para suplir los meses de fiestas que el *prinz-wahl* había planeado y muchos más cotilleos. Para entrar en un sitio, cada dato resulta tan útil como una ganzúa.

El guardia me devuelve la lista y agita la mano.

—Pues date prisa con lo tuyo.

—Sí, señor —miento y paso trotando sobre el somero puente de piedra en dirección a las cocinas. Una cosa que he aprendido de robar a los ricos es que la innovación arquitectónica suele reservarse para las plantas superiores. Las cocinas, despensas y lavanderías siempre están cerca de la tierra y en la parte trasera, para que la gente importante no tenga que ver cómo se prepara todo.

Y, en efecto, oigo un estruendo caótico de ollas y voces frenéticas cuando me acerco a la puerta abierta cerca de la bodega, de donde salen luz y vapor. Me aseguro de que el gorro y el pañuelo me cubran por completo el pelo, vacío con rapidez la cesta en el cubo para desperdicios y la dejo en un rincón discreto.

Luego me quedo junto a la puerta mientras observo el pandemónium de la cocina.

Es un huracán de criados con una mujer agobiada en el centro: Grett, la cocinera principal de la Hiedra Dorada. La chef personal del príncipe, Dorlein, pertenece a la Casa de los Supremos, así que Grett la cubre cada Sabbat. Ya es difícil alimentar a un príncipe en cocina ajena una vez a la semana, pero a Grett también le han encasquetado la preparación de una cena mucho más elegante de lo habitual para el nivel de la Hiedra Dorada y, según la criada cotilla que seguí en el mercado, se ha enterado esta misma mañana.

Me ve revoloteando en el umbral y frunce el ceño.

—¿Qué te trae por aquí, muchacha? ¿Quién eres?

—S-soy Marthe Schmidt —tartamudeo, recuperando mi recurrente alias de Minkja—. ¿Mi madre es amiga de Dorlein? ¿Mi hermano ha empezado a trabajar hoy de caballerizo? ¿Y Dorlein ha dicho que necesita más criadas esta noche? ¿Puedo volver más tarde?

Retrocedo un tímido medio paso.

—¡No! No. —Grett me hace un gesto para que entre—. Necesito todas las manos posibles. Hazlo bien esta noche y quizá te contrate para más tiempo. La paga son cuatro *sjilling* la… *¡Cuidado!*

—A… ay —digo débilmente cuando me entrometo justo en el camino de un criado que carga con un barco de salsa. El hombre retrocede con la rapidez suficiente para salvar la mayor parte de la salsa, pero nos salpica a ambos.

—Maldito seas, Karl, no puedes servir al príncipe hecho un desastre. —Grett se lanza a por una olla que ha empezado a humear—. Ve a cambiarte y, ya que estás, enséñale el armario de los uniformes.

Al salir, pasamos junto a un montón de leña para los fogones y echo un poco de la pólvora destellante de Joniza sobre los leños. No tanta como para hacer daño a alguien, pero sí la suficiente para que, en cinco minutos, todo el mundo se olvide de Marthe Schmidt.

Karl me dirige con gesto hosco por un pasillo hasta un almacén con estantes llenos de uniformes feos de rojo, azul y amarillo intensos; hay de todo tipo, desde libreas para las criadas hasta chalecos para los cocheros. Saco el vestido más largo de un montón mientras Karl se mete en un cambiador cercano con un par de pantalones limpios. Yo me cambio en otro armario pequeño y guardo mi vestido y la gorra en la bolsa, y luego la bolsa debajo de la falda grande. Con el delantal atado, el bulto se disimula. Conservo el pañuelo sobre el pelo pelirrojo; no sé cuándo nos marcharemos de Dänwik y no quiero arriesgarme a que me reconozcan.

Y entonces espero. Oigo primero que Karl se marcha y luego los chasquidos de la pólvora y unos gritos de sorpresa procedentes de la cocina. Disimulo una carcajada muda y me voy a esperar en otro lugar, ya que mi treta hará que la gente vaya a buscar uniformes limpios.

Me refugio en un almacén polvoriento, entre barriles de arenque encurtido, para darle tiempo de sobra a Emeric de que llegue. La mayoría de mis robos en el pasado conllevaban representar el papel de la princesa y su criada a la vez, así que, en comparación, este parece hasta tranquilo.

Espero a que las campanas den las seis y cuarto, para asegurarme de que Emeric esté aquí y todo el mundo se halle ocupado entreteniéndolos a él y al príncipe. Luego salgo del almacén y recorro el pasillo a toda velocidad. La mayoría del personal estará yendo entre el salón y las cocinas, pero la lavandería debería tener su propia ruta hasta los dormitorios de arriba. De un tendedero agarro unas toallas, secas en su mayor parte, y las doblo con rapidez en un montón pulcro. Acto seguido, subo por las primeras escaleras que veo.

Tras solo dos tramos, me encuentro con un pasillo cuyos techos abovedados y suelos de mármol pulido parecen contradecir mi visión de un ala residencial. Me detengo para mirar a mi alrededor.

Supuse que esta sería la parte más dura: localizar el cáliz en una mansión que no conozco.

—Tú, muchacha —espeta una voz como un látigo detrás de mí—. ¿Qué haces?

Luzco mi mejor cara de paleta asustada y me giro para ver que en un pasillo cercano hay un guardia malhumorado con un bigote horrible.

—Ay, perdone, señor, soy nueva. Solo iba a llevar unas toallas a...

—¿Dónde tienes la insignia? —pregunta.

Dudo. Ninguno de los criados que he visto llevaba una insignia.

—¿Creo que aún no me la han dado?

—No puedes estar en esta ala sin una insignia —gruñe el guardia mientras se frota las puntas enceradas de su bigote—. El ama de llaves debería habértelo dicho.

Por segunda vez en lo que llevamos de día, oigo una voz familiar... pero una distinta.

—Ah, bien, has traído las toallas.

Necesito cada gramo de mi control para no quedarme boquiabierta cuando Joniza Ardîm, la barda del castillo Reigenbach y la primera amiga que tuve nunca, entra en el pasillo.

Los últimos meses le han sentado *genial*, por lo que parece. Ha cambiado sus pulcras trenzas oscuras por una cascada de rizos estrechos y bien prietos que se ha decorado con lilas lacadas. Su larga túnica bordada y la falda de seda también son una mejora significativa de Minkja, pero lleva colgado el *koli* sahalí sobre el hombro como siempre. Se ha pintado los labios y las puntas de los dedos de dorado, su toque glamuroso habitual para una actuación.

Y entonces todo encaja. *Ella* es la barda de la que se quejaba Dieter.

—Lo siento, esta criada me está ayudando esta noche, aunque creo que el personal no ha tenido tiempo para mucho más que para indicarle a la pobre chica dónde estaba la lavandería —dice con suavidad—. Necesito estas toallas enseguida en mi habitación y no quiero que nadie la moleste. ¿Dónde puede conseguir la...? —Agita una mano elegante y los anillos dorados relucen en su piel de ocre oscuro—. ¿Llave? ¿Contraseña?

—La insignia —transige el guardia—. Un momento.

Desaparece por el pasillo. Esperamos hasta que sus pasos se desvanecen, y entonces Joniza se gira hacia mí, entre divertida y lívida.

—¿Qué te *dije* sobre desaparecer durante meses? Y por todos vuestros dioses absurdos, ¿qué estás haciendo *aquí*? —Alza una mano antes de que pueda responder—. No, déjame adivinar. ¿Conrad lo sabe?

—Es complicado —digo entre dientes. Su ceño fruncido me indica que con eso no basta—. Nos alojamos en Libro y Campana juntos. Me está distrayendo al príncipe esta noche. Aunque no lo sabe.

—Muy sano todo —replica Joniza con ironía.

—Ahora mismo no le hablo —musito—. He venido a por un cáliz de cristal que el príncipe ha robado. ¿Te ha...?

Me propina un codazo cuando oímos de nuevo los pasos del guardia. Reaparece para entregarme un pequeño broche de latón.

—Póntelo en el cuello, donde lo podamos ver.

—Gracias, señor, no me olvidaré otra vez.

Hago una reverencia.

—Por aquí, muchacha. —Joniza me saca de allí. En cuanto el guardia no puede oírnos, susurra—: He oído algo sobre una galería en el piso de arriba. Eso es lo único que sé. Si te atrapan, di que te envié a por mis polvos y te perdiste. Y si no te reúnes conmigo en Libro y Campana para desayunar a primera hora y explicármelo todo, *volveré* y le diré al príncipe quién tiene su jarrón.

—Cáliz. —Me dirige una mirada asesina—. Vale, ya me voy, gracias y nos vemos pronto —balbuceo y salgo corriendo.

En cuanto llego a la que, claramente, es el ala para invitados, no me cuesta localizar la habitación de Joniza, porque es la única con un leve brillo rojo por debajo de la puerta. Entro, dejo las toallas, me cambio el brillante uniforme de payaso por mi sencillo vestido gris y luego salgo agachada al balcón para estudiar la fachada del pabellón de caza. La mayoría del edificio consta de paredes gruesas y ventanas pequeñas para mantener el calor en invierno. Pero una galería exige toda la luz natural posible para lucir la colección de su interior.

Ahí está. Un tramo largo de ventanas altas en la esquina sudoccidental en el piso superior. Cuando bajo la mirada, veo otro piso entre el suelo y yo. Tres plantas me bastan para sentirme segura sin estar demasiado lejos del entretenimiento de la principal. Es mi mejor opción.

Centro mi atención en el puñado de guardias que patrullan a la luz del atardecer y cuento los halos de las antorchas y los segundos que pasan antes de que se muevan. Buscan sobre todo intrusos por fuera, pero no puedo arriesgarme a que me descubran por el rabillo del ojo.

Para cuando he seguido sus recorridos el tiempo suficiente para estar segura, ya se ha hecho de noche. Hay un pequeño hueco cada minuto o así, de no más de diez segundos, cuando el guardia con más posibilidades de verme pasa por debajo de un largo túnel de plantas que le oculta el edificio. Me cercioro de llevar la bolsa bien atada, me desato el delantal para convertirlo en una cuerda y aguardo.

Cuando la antorcha pasa por debajo de las hojas, me pongo en marcha. *Uno.* Salto a la barandilla, con una mano agarrada a la pared. *Dos, tres.* Enrollo el delantal en un barrote sólido del balcón superior. *Cuatro, cinco, seis, siete, ocho...* Me arrastro hacia arriba, paso por encima del pasamanos... *Nueve...* Me dejo caer al otro lado y... *Diez.*

El guarda sale del túnel.

Está a tres pisos por debajo y mira en otra dirección, pero no me atrevo a moverme ni un centímetro hasta que entra de nuevo en el túnel.

Tardo otros cuatro recorridos más del guardia en cruzar todo el trecho hasta la esquina de la galería. Me sorprende que las ventanas estén cerradas, aunque es solo un cierre fácil con un enganche, para evitar que el viento las abra. La mayoría de la gente no se molesta en cerrar las ventanas de un tercer piso, sobre todo en un lugar como el pabellón de caza real, con guardias apostados en cada entrada.

Pero he ahí lo gracioso sobre la gente que siempre se ha sentido a salvo: esperan que el peligro entre por la puerta principal (y, en general, que lleve un cartel que diga: «Soy peligroso»; de verdad que no puedo enfatizar cuán *fácil* era robarle a la gente cuando creían que era rica).

Al llegar a las ventanas con balcones pequeños de la galería, me quedo detrás de una pesada cortina de terciopelo al otro lado del cristal y me muevo despacio para echar un vistazo dentro. Está a oscuras. Eso no me garantiza que sea seguro y, de hecho, cuando avanzo por la fila de ventanas, veo un leve resplandor que se cuela por el marco de la puerta. Podría ser de las velas, pero también de unos guardias. Tengo que proceder con cuidado.

Deslizo una lima fina en el marco de la ventana y saco el gancho del soporte. Cuando le doy un empujón experimental al cristal, se queda atascado en las bisagras duras, así que lo dejo estar por si suelta un chirrido de protesta. El cristal de la derecha no es que se mueva con la finura del aceite, pero al menos se abre en silencio.

Salto el alféizar y cierro la ventana detrás de mí antes de echar un vistazo a la sala. La galería en penumbra está llena de cuadros, estatuas grandes y pequeñas ornamentadas, bustos de mármol… lo típico para presumir. No hay sábanas a la vista ni motas de polvo; eso me hace sospechar que estoy en el lugar adecuado. Esta habitación está lista para las fiestas del príncipe Ludwig en cuanto se asegure de que el cáliz se quedará aquí una temporada.

Hablando de la atracción principal... Examino la sala, pero tardo un momento en localizar el cáliz de San Willehalm en el extremo oeste, porque el cristal se funde a la perfección con la cortina de detrás. Está sobre un suntuoso pedestal y bajo una prístina campana de cristal. Tengo un presentimiento extraño mientras examino el pedestal en busca de una protección mágica, como si... como si se me olvidara algo, pero no sé el qué.

De todos modos, las protecciones mágicas no son muy habituales, porque acaban siendo muy quisquillosas y famosas por saltar por algo tan ligero como una araña tocando la caja de cristal. No creo que el príncipe Ludwig sea de los que se vayan a arriesgar a aguar una fiesta con alarmas estridentes. Y, de hecho, cuando uso el delantal para agarrar la campana, no ocurre nada.

Levanto con cuidado el cáliz del feo cojín de terciopelo, bordado con el llamativo escudo de armas de la casa Wälft. Luego saco una réplica de recuerdo de la bolsa. Compré la mejor que encontré, así que se parece lo suficiente para soportar una inspección superficial, pero un experto vería que es falso a la luz del día. Solo tiene que pasar la prueba hasta que lleve el cáliz real a la biblioteca esta noche.

Sin embargo, falta el último toque. Quiero que Ludwig sepa (al cabo de un tiempo) que no fue un timo del «limpiador» que contrató para hacer el cambio ni de un milagro de un santo enfadado. Quiero que sepa que tenía el cáliz y lo perdió.

Y por eso deposito un penique rojo en medio del cojín de terciopelo y pongo el cáliz falso encima. El vidrio cortado refleja el cobre en dibujos llamativos sobre el escudo de armas; no será fácil de detectar a menos que alguien agarre la falsificación.

Uso el delantal para colocar de nuevo la campana. Luego empiezo a enrollar el cáliz real, intentando no pensar demasiado en que fundieron las cenizas de Willehalm en el cristal y en que eso lo convierte en un cáliz con un cadáver...

... y oigo un saludo a viva voz procedente de los guardias en la puerta.

Casi se me sale el corazón del pecho.

No será *capaz*. Por muy desvergonzado que sea el príncipe, nadie con dos dedos de frente zarandearía una reliquia sagrada y robada delante de las narices de un prefecto.

Se oye un saludo alegre a modo de respuesta. *Alguien* va a entrar y, a juzgar por el volumen de las voces, dispongo de unos segundos para esconderme.

Me lanzo hacia la ventana tras el pedestal. Al reclinarme sobre el alféizar, veo que el lado occidental de la galería no tiene balcones, solo una caída de tres plantas. Si dispusiera de tiempo, podría usar las cortinas para bajar, pero oigo voces en la puerta, el pomo gira…

Me subo al ancho alféizar, agarro el cáliz y el delantal en una mano y cierro la cortina delante de mí con la otra.

— … y la visita no estaría completa si no enseñase mi tesoro. —La voz del *prinz-wahl* resuena en las paredes. No resulta desagradable, no exactamente; me recuerda al *schnapps*, tan dulce que casi oculta el sabor amargo—. He dedicado mi vida a seleccionar esta galería en particular.

—Ya veo —responde Emeric con educación.

Lo está haciendo, el muy chiflado. El príncipe Ludwig le va a enseñar a Emeric el cáliz.

CAPÍTULO 12

MECENAS

—Todo lo que hay en mis galerías ha sido seleccionado a mano por la casa Wälft, pero en las dos últimas décadas he duplicado la colección para que sea insuperable.

La voz del príncipe Ludwig posee cierta cadencia que reconozco enseguida.

Cada vez que necesito ganar rápido un *sjilling* o cincuenta, busco la esquina de una calle ajetreada y empiezo una mano de «encuentra a la dama». Y nunca falla: hombres como Ludwig aparecen con esa cadencia satisfactoria en sus voces y dejan sus monedas. Están convencidos de que conocen el truco del juego, convencidísimos de que ganarán. Me hablan como si todo fuera una broma íntima, como si yo no supiera que soy el chiste final.

¿Cómo ha podido Emeric pensar ni por un segundo que podrá avergonzar a este hombre para que devuelva lo que ha robado?

Ludwig retrasa lo inevitable detallando las historias de los retratos, que si *esta* escultura, que si *aquella* urna, pero no puede resistirse más. La luz de las velas ilumina las paredes mientras dirige a Emeric al pedestal y coloca un candelabro en un aplique. A través de un huequecito entre las cortinas, espío al príncipe a unos metros de distancia. Es difícil no verlo, ya que luce una capa de seda amarillo canario que contrasta mal con sus rizos rubios estilizados. Estos proporcionan un aspecto juvenil un tanto desconcertante a su rosada cara ajada, lo que sugiere que tendrá casi cuarenta años.

—Y mi mayor tesoro… El cáliz de San Willehalm.

—Cielos.

Emeric imita con credibilidad una mueca de sorpresa.

—O mejor dicho… la mejor réplica que pude pedir. Igualita que la reliquia real. —La burla asoma en la sonrisa del príncipe Ludwig—. Aunque la casa Wälft manda limpiar cada primavera tanto la réplica como el cáliz real. Quizá la joyera cometa un error algún año.

—Espero que no, por su bien —dice Emeric con una breve carcajada—. Me pidieron que examinara la situación en la biblioteca y, tras ver el acuerdo de custodia para el cáliz esta mañana… Sería muy costoso, cuanto menos.

Ludwig elude el comentario con una carcajada.

—¡Mi querido muchacho! Los prefectos *deben* subirte la paga si piensas que eso es dinero de verdad. La multa es de tan solo cincuenta *gilden*. Sería como alquilar el cáliz.

Cincuenta *gilden* es la mitad del sueldo de un trabajador normal. Es dinero de verdad para la gente que no vive rodeada de esplendor majestuoso.

—¿Puedo? —Oigo el roce del cristal y veo que le entrega la campana a Ludwig antes de que pueda rechistar. Emeric mantiene el tono ligero, pero ahora contiene cierta dureza—. Extraordinario. Qué parecido tan increíble. Deduzco que Su Alteza no recibió en febrero el aviso de un ajuste en la legislación, ¿verdad?

—Pff. Qué aburrido. Le pago al mayordomo para que lea esas cosas.

—La nueva margravina de Bóern hizo una votación para aprobar una enmienda en los artículos sobre las sanciones financieras para las casas nobles. Las multas ya no son una tasa fija, sino que ahora se estructuran según un porcentaje de los ingresos del año anterior. —Emeric entra en mi campo de visión y mira con énfasis el cáliz—. La posesión indebida de una propiedad pública ahora se castiga por ley con una multa del cinco por ciento de los ingresos anuales de su casa, pero sube al diez por ciento cuando la propiedad tiene importancia religiosa, como el cáliz de San Willehalm. Para usted, eso sería unos, no sé, tres mil *gilden*, ¿quizá?

Ha tirado por lo bajo; yo calculo más bien unos cinco mil. Sospecho que lo hace para vacilar más a Ludwig, para que lo calcule él mismo.

Y parece que está funcionando.

—M-más o menos. —El príncipe Ludwig deposita la campana en el suelo y se acerca a otro cuadro—. ¡Ven a mirar esto! Es del mejor retratista del norte.

—Solo un segundo, estoy admirando esta obra de arte. ¿Quién ha dicho que la limpia?

—Una… una especialista itinerante. Se marchó a Quedling la semana pasada. Muchacho, debes venir a admirar esta estatua de…

Emeric se inclina más sobre el cáliz y la luz de las velas se refleja en sus gafas.

—¿Sabía que, según los registros en la oficina, las cenizas del mismísimo San Willehalm están integradas en el cristal? Mis lentes tienen un encantamiento muy particular que me permiten captar diversos efectos mágicos asociados a cualquier objeto con tan solo tocarlo. Me pregunto si…

Estira la mano hacia el cáliz.

—Justo lo acaban de limpiar —casi chilla el príncipe Ludwig.

Por entre el hueco en las cortinas, veo que una sonrisa se asoma en el rostro de Emeric.

Mentiría si dijera que esto no me provoca… cosas *perturbadoras*, sobre todo después del día que hemos tenido.

Y sobre todo cuando Emeric alza la mirada y fija los ojos en mí.

Casi se le salen de las órbitas.

Tarda un segundo o dos en pasar de la conmoción a la rabia. Y entonces mueve los labios en silencio para decir:

—QUÉ. ESTÁS. HACIENDO.

Podría hacerme la tímida, elegir un enfoque conciliador. Al fin y al cabo, en algún momento de esta noche, tendré que volver a la misma habitación y compartir cama con él, y creo que ninguno está preparado para introducir los grilletes en esa ecuación.

Pero creo que me he hartado de controlar los daños.

(Bueno, la verdad es que ya me harté cuando le lancé la boñiga de caballo).

Así que brindo hacia Emeric con el cáliz real y le lanzo un beso.

Frunce el ceño mientras levanta la falsificación del cojín y sus ojos se posan en el penique rojo escondido bajo la base, que ahora ha quedado al descubierto con descaro. Emeric me mira y arquea una ceja.

—Fascinante —dice en voz alta, mientras alza la copia hacia la luz de las velas.

—Muchacho, por favor, déjalo en su sitio —suplica el príncipe Ludwig desde el otro extremo de la galería. Oigo sus pasos por el suelo de mármol.

Emeric no se mueve, solo me dirige una fina sonrisa socarrona. Y ahí es cuando me doy cuenta de que está atrayendo a Ludwig para que descubra el penique. Averiguará que le han robado unas doce horas antes de lo que a mí me gustaría.

Será... será *cabrón*...

Dejo el cáliz auténtico sobre el alféizar, me adelanto un poco y saco una mano de la cortina para agarrar el penique del cojín.

Justo cuando consigo alcanzar la moneda, la mano de Emeric se cierra sobre la mía y no me suelta. Cambia de posición para quedarse detrás del pedestal, dobla el brazo por detrás y tapa el hueco entre las cortinas por el que lo observaba todo. Desde la perspectiva del príncipe, Emeric está allí de pie con aire afable y un brazo en la espalda.

Desde la mía, este crecidito hijo ilegítimo de una estaca y un diccionario me tiene agarrada la mano con puño de hierro y, si me muevo aunque sea *un poquito* en esta postura tan incómoda, me voy a caer y me llevaré las cortinas conmigo.

No me decido entre si quiero tirarlo por la ventana de nuevo por los viejos tiempos o arrastrarlo a un armario por otros viejos tiempos totalmente distintos. Posiblemente las dos cosas. Como mínimo voy a reconsiderar mi opinión sobre los grilletes.

—El nivel de detalles es muy impresionante —Emeric ladea el cáliz hacia el *prinz-wahl*—, para tratarse de una réplica.

Los pasos del príncipe Ludwig se ralentizan al acercarse. Puedo oír la confusión velada en su voz.

—¿Ah, sí?

—Sobre todo para estar hecha de vidrio.

Emeric me suelta la mano. Luego me mira durante un instante, se chupa el dedo y recorre el borde del cáliz falso con él mientras lo deja en su sitio. Apenas hace ruido.

El inútil de mi cerebro, por otra parte, grita a todo pulmón y corre con insistencia en múltiples direcciones. Y todas hacen que me sonroje. Lo peor es que sigo cabreada con él, pero eso no detiene al horrible, inútil y *traicionero* de mi cerebro ni lo más mínimo. Puede que hasta engrase los engranajes.

Por suerte, el príncipe Ludwig tiene asuntos urgentes que atender: averiguar si alguna vez ha estado en posesión de la auténtica reliquia.

—Vidrio —repite despacio—. Sí. Sí, muy ingenioso. Le… le transmitiré tus elogios al vidriero. Bueno, ha sido una velada muy agradable, muchacho, y estás invitado a tomar una copa antes de que llegue el carruaje…

La fiesta se ha terminado. Emeric solo me echa un vistazo por encima del hombro mientras el príncipe lo saca casi a rastras de la galería. Asomo la cabeza por entre las cortinas, le guiño un ojo y me llevo un dedo a los labios con dramatismo. Él arruga la nariz.

Capto las órdenes entre susurros que el príncipe les deja a los guardias mientras se marchan:

—Cerrad las puertas de la galería y reunid a todos los criados en el salón. Enviad un mensaje para que, aparte de los carruajes, nadie salga de los terrenos hasta que los hayan registrado.

La galería se queda a oscuras cuando las puertas se cierran con el chasquido final de un cerrojo.

La seguridad se va a volver más estricta. Tengo que salir de aquí y *rápido*.

Envuelvo con rapidez el cáliz real en mi delantal y lo guardo en la bolsa. La mente me va a mil por hora. No puedo bajar y salir de aquí antes de que la orden alcance a los guardias… pero tal vez no sea necesario. Solo tengo que llegar a la planta baja.

Echo un vistazo a mi alrededor y veo lo que sospechaba: un montacargas de servicio en un rincón discreto de la galería (hacer que los criados suban una planta hasta el salón es un riesgo menor, pero si los haces subir más quizá se produzca una catástrofe con los aperitivos). Lo abro y tiro de las cuerdas hasta elevar una balda de madera bastante generosa. Al final, el entusiasmo de Ludwig por la hospitalidad resultará hasta útil.

Antes de meterme dentro, vuelvo al pedestal e introduzco el penique rojo, con la corona hacia arriba, debajo del cojín. No quiero que Ludwig se entere de inmediato, pero quiero que lo *sepa*. En parte para que no le eche la culpa a la joyera que contrató.

Luego subo al montacargas, me agarro a las cuerdas y cierro la puerta detrás de mí. Con cuidado, voy bajando con la ayuda de mi peso a lo largo de los tres pisos, hasta que oigo el rugido de las cocinas. Paradójicamente, el alboroto va disminuyendo cuanto más me acerco, pero ya me lo esperaba. Están reuniendo a toda la servidumbre en el salón. Cuando detengo el montacargas, no hay más ruido, solo el crujir de las cuerdas y poleas, y la única luz es el tenue resplandor que entra por el borde de la puerta.

Aguardo un momento para asegurarme y luego la abro para salir. Piso el suelo de piedra de la cocina vacía. La puerta trasera sigue abierta de par en par y distingo la cochera. Pero aún no voy hacia allí.

Echo a correr al armario de los uniformes. Una vez dentro, agarro a toda prisa la librea de un lacayo, me remeto el vestido dentro de los pantalones y me abrocho un chaleco grande por encima para ocultar los bultos extraños. En cuanto me tapo con un abrigo y oculto las trenzas bajo el sombrero de ala ancha estándar, puedo pasar por un mozalbete torpe. De camino hacia la salida, tiro el vestido de sirvienta que tomé prestado antes en el cesto de la ropa sucia.

Luego me apresuro a salir a la cochera que hay detrás de la cocina, rezando para que no sea demasiado tarde. Hay guardias por doquier discutiendo con caballerizos y gritando órdenes. Cerca de las puertas abiertas, veo a un paje que, él solo, está poniendo los arneses a un grupo de capones con pinta de agobiados. Luce la expresión concentrada y desconcertada de un muchacho al que han lanzado a un lago para que aprenda a nadar. Lo habrán acabado de contratar. Perfecto.

Me mantengo oculta hasta que se aparta de la yunta y suelta un suspiro de alivio. Y entonces, con la voz más grave que puedo poner, bramo:

—¿Qué estás haciendo? ¿No has oído las órdenes?

El paje salta como un gato confrontado con un pepino.

—¿Qué? Me… me han dicho que preparase el carruaje para…

—Todo el mundo debe salir a examinar los terrenos —grito—. ¡Tienes que ir a buscar por el sendero del lago! ¡Vete antes de que te vean holgazaneando!

Atravieso la puerta y echo a correr. El muchacho sale a trompicones casi de inmediato en dirección a los establos. En cuanto me adelanta, retrocedo, ocupo su lugar y me pongo a tirar de las correas de cuero y a asentir como si tuviera alguna idea de para qué sirven.

El cochero llega un minuto más tarde. Está demasiado ocupado inspeccionando la yunta y los arneses como para dedicarme más de un vistazo.

—¿Todo listo?

—Sí, señor —gruño.

Sacamos juntos a los caballos de la cochera hacia el patio. Acto seguido, el hombre sube a la parte delantera y sacude las riendas. Cuando el carruaje se pone en marcha, me agarro a un asa y giro para encaramarme al estribo de la parte trasera. Recorremos el sendero hasta la entrada principal del pabellón de caza, donde Joniza y Emeric aguardan con rígidas sonrisas de educación mientras el príncipe no deja de parlotear.

Bajo para abrir la puerta del carruaje mientras el príncipe Ludwig ofrece una despedida emocional con la sustancia de una pompa de jabón. Mientras Emeric y Joniza suben al vehículo, yo mantengo la cabeza gacha para ocultar todo lo posible la cara detrás del ala del sombrero. Cuando el cochero pregunta por sus destinos, Joniza le indica que la Hiedra Dorada.

Emeric, el cabrón incansable, pide que lo lleven a la biblioteca divina. Sabe que iré allí con el cáliz. Me apuesto hasta el último penique a que planea esperar hasta que llegue.

Cierro la puerta. El cochero chasquea las riendas y, cuando los caballos salen trotando, me subo de nuevo al estribo de un salto.

Y así es como salgo del pabellón de caza: con el preciado cáliz de un príncipe en la bolsa, montada en el carruaje de ese mismo príncipe y justo por la puerta principal. El peligro no suele llegar por la entrada, pero, en esta ocasión, sí que sale por ella.

He ahí el problema con los hombres como Ludwig, que están tan convencidos de que pueden ganar porque ya saben que es una estafa. A ellos les saco más dinero que a nadie, porque están distraídos buscando el único truco que conocen.

Cuando nos detenemos en la biblioteca divina, Emeric apenas se fija en mí cuando le abro la puerta del carruaje; está demasiado ocupado examinando las sombras, los rincones y los arbustos. Joniza, por su parte, me mira directamente a la cara. Le sobreviene un ataque de tos repentino mientras Emeric se apea y me despido de ella con alegría.

Oigo el chasquido de las riendas. Esta vez dejo que el carruaje avance por la noche sin mí y me centro en la biblioteca.

Emeric está en la puerta principal, con la moneda de luz en una mano y la llave para el cerrojo de Vikram en la otra. Me acerco a hurtadillas a su espalda mientras se pelea con la cerradura. En cuanto consigue abrirla, le doy un toquecito en el hombro izquierdo.

Se gira de inmediato hacia la izquierda. Yo doy un paso a la derecha para quedarme escondida detrás de él y abro la puerta sin cerrojo. Luego entro de espaldas en el vestíbulo.

Las bisagras me traicionan con un enorme quejido. Está demasiado oscuro para buscar un cerrojo o una barra para impedirle la entrada a Emeric como quería. Me sigue un segundo después. No sé si es la dura luz de la moneda o si de verdad está más enfadado de lo que esperaba.

—¿Qué demonios ha sido eso, Vanja? —pregunta.

—Los dos fuimos a la fiesta con el mismo plan de agarrar el cáliz —digo con acidez mientras rebusco en la bolsa—. Según el protocolo, uno debía cambiarse, y yo llegué primero.

—*Mi* plan no consistía en *cometer múltiples crímenes* como solución —replica, y sé que está enfadado por cómo la luz se balancea en su mano mientras habla—. ¡Ludwig habría devuelto el cáliz por voluntad propia si me hubieras dejado encargarme de esto!

—¿Qué te apuestas?

—Me has *usado* como distracción para… para *robar a un príncipe elector*… Ni siquiera me lo comentaste antes…

Saco el delantal y me pongo a desenrollar el fardo, sorbiendo aire por la nariz.

—Que sepas que me pidieron que lo robara.

—Ah, ¿quién? ¿Las gárgolas? —dice con acritud.

—De hecho, fue San Willehalm —replico—. Se me apareció en un sueño anoche. Es el *poltergeist* y el Armarius, y esto —alzo el cáliz— forma parte del hechizo vinculante que lo mantiene aquí. Y te lo habría dicho todo si *tú* no me hubieras plantado para la comida.

Veo cómo los engranajes giran en la cabeza de Emeric, pero no me quedo para presenciar cómo encajan. Me doy la vuelta y esquivo por los pelos la muñeca abandonada que hay junto a la estatua del fraile. Me dirijo hacia la rotonda destrozada.

—¡Sextus! —grito—. ¡Tengo tu taza elegante!

Las lámparas de araña encienden un camino hacia el pedestal y las llamas se inclinan en una brisa repentina.

—Por favoooooor —aúlla la voz rota que me llamó «mentirosa» en la última visita—. ¡Devuélvelo, por favor!

—Ya va, ya va —musito mientras paso por encima de una silla rota—. No te quites el hábito.

—Un momento… —Un *tonc* resuena por la rotonda; a juzgar por las maldiciones de sorpresa, estoy bastante segura de que Emeric acaba de tropezar con una mesa volcada—. Sí que acudí a la comida, esperé…

Me detengo para encararme a él de nuevo, furiosa porque haya intentado venderme (¡a mí!, ¡a una reconocida experta en el ámbito de los engaños!) una mentira tan descarada.

—Te esperé en el parque como una tonta durante más de media hora, así que *no* me digas que fuiste allí.

Emeric alza la mirada de los escombros que ha ido esquivando.

—¿En el parque? La supervisora Kirkling me dijo que las vio a Helga y a ti volver a Libro y Campana, así que… —Pierde el hilo en cuanto ata cabos.

—¿Esto no puede esperaaaar? —protesta la voz fantasmagórica de San Willehalm.

—Ya voy —espeto, y prosigo abriéndome camino hacia la base del relicario—. Vale. Ya veo el problema: las palabras «Kirkling» y «dijo».

La voz de Emeric suena un tanto débil.

—Vanja… No creo que ese sea nuestro único problema.

Tiene razón. Kirkling no deja de echar aceite al fuego, pero nosotros alimentamos las brasas.

Pero… no quiero hablar de esto más. Estoy cansada de pelear, de sentirme así. Quiero perder el conocimiento cinco minutos, despertar y que todo esté solucionado.

Quizás el problema más importante sea que no sé cómo funciona eso de «solucionarlo».

—Cada cosa a su tiempo —digo con cansancio. Llego al centro de la sala, donde los restos de la base del relicario siguen anclados al pedestal y, sin mucha ceremonia, dejo el cáliz en su sitio.

Un escalofrío recorre el suelo. Cientos de llamas pequeñas surgen del pedestal a medida que todas las velas, lámparas y antorchas de la biblioteca se encienden. Una sinfonía de crujidos de madera recorre la rotonda; las mesas y sillas rotas se enderezan, las astillas se unen de nuevo para formar madera suave. Cuesta no mirar el proceso con asombro; el imperio está repleto de bestias malvadas y divinas, pero, por algún motivo, no esperaba que un fantasma controlase este nivel de poder.

Se oye un sonido como una cascada de pergamino y el espectro de San Willehalm aparece sobre mí, un poco demasiado alto para ser humano.

—Muchas gracias por tu ayuda, ahijada divina. Dime si hay algo que pueda hacer para ayudarte en el futuro.

—Pues la verdad es que vinimos a buscar unos registros —dice Emeric por encima de mi hombro.

San Willehalm parpadea.

—Me acuerdo de ti —dice con dureza—. Creo que me lanzaste un puñal a la cara.

Oigo detrás de mí un estertor torácico. Estoy bastante segura de que es el sonido que produce el mundo de Emeric desmoronándose ante el hecho de que ha cabreado al santo de las bibliotecas.

San Willehalm ladea la capucha hacia mí.

—Hazme saber si necesitas mi ayuda en el futuro, ahijada divina. Ad…

—No, no, espera. —Suspiro—. Te recuerdo que me rompiste todos los huesos del cuerpo —«una hipérbole flagrante»—, pero el pasado, pasado está, ¿vale? Te agradecería mucho si ayudaras a Emeric a encontrar lo que está buscando. Además, ¿no es ese tu trabajo?

—De acuerdo —refunfuña el fantasma—. ¿Qué quieres saber?

Tengo que empujar a Emeric hacia delante, porque no deja de juguetear con su *krebatte* hasta que le aparto la mano a un lado.

—Pues… —Suelta un graznido y se apresura a carraspear—. Cualquier registro que tenga relacionado con una diosa menor conocida como la Doncella Escarlata.

El santo cierra los ojos. Cuando los abre de nuevo, es el Armarius, el dueño y señor de la biblioteca divina. Las cuencas parecen pergaminos iluminados por el sol; brillan con un resplandor dorado turbio mientras símbolos y letras se arrastran por ellos.

Parpadea de nuevo y sacude la cabeza.

—Mis disculpas, pero no tengo nada que mencione a una Doncella Escarlata.

Me entra un frío repentino.

Entonces es cosa mía. Yo la conjuré.

Y eso significa que soy culpable de todo lo que ha dicho Kirkling.

Emeric frunce el ceño.

—¿No hay ni siquiera archivos que precedan al acuerdo para la alianza entre prefectos y divinidades?

—No.

Ese es el remate final. La diosa miente sobre que precede a los acuerdos. Y lo hace para intentar reclamar a… No, para matar a Emeric.

Pero entonces… me acuerdo de la canción de Dieter cuando salíamos de la Hiedra Dorada.

—¿Y qué me dices de la Damisela Roja del Río?

—¿La Damisela Roja del Río?

Los ojos del Armarius parpadean de nuevo con ese pergamino reluciente. En esta ocasión, las letras pasan a toda velocidad y algunas se encienden y chispean con un dorado más intenso.

Golpes y susurros resuenan a nuestro alrededor desde las columnas repletas de documentos. Un auténtico enjambre de pergaminos, libros y rollos salen de los estantes, rodean una escalera y una barandilla y se reúnen en la rotonda como un ciclón de verdad, hasta que se calman para formar un enorme montón que ocupa al menos tres mesas. No sé si todo eso cabrá en el carruaje.

—¿Por dónde empiezo? —pregunta el Armarius.

CAPÍTULO 13

CINTAS

—En... entonces es real.

Emeric parece un poco pálido. Echa mano del *krebatte* de nuevo, pero se detiene en seco y apoya los dedos en la huella roja bajo la camisa.

—Bastante.

No me siento mejor. Aunque esto signifique que me voy a librar... Las siete gotas de sangre son la única forma de salvar a Emeric de la Doncella Escarlata.

—¿Alguno de *esos* archivos precede a los acuerdos? —pregunto a toda prisa. Aún podría estar mintiendo sobre eludirlos.

Una parte de mí se hunde cuando el Armarius responde.

—Casi todos. —Agita una mano hacia el montón de una mesa y vuelve a ser San Willehalm cuando el pergamino desaparece de sus ojos—. Eso significa que hay múltiples versiones de su historia, y pocas personas saben cuál es la auténtica... ni siquiera yo. Pero el suyo es un relato triste y antiguo. Fue una princesa antes de la época imperial, cuando había un castillo a la sombra de la Cumbre Rota, y la prometieron al amor de su vida. Pero luego este murió a manos del perro infernal y se dice que su sangre la manchó de rojo de la cabeza a los pies. Sus lágrimas arrasaron el castillo y crearon el río que fluye ahora por el desfiladero.

—Eso… explicaría algunas cosas. —Emeric reflexiona un momento—. También voy a necesitar todos los registros que tenga sobre dioses menores durmientes, en especial si despertaron posteriormente. Y sobre sacrificios rituales habituales en esa época. Y sobre vínculos rituales, extraer magia, parási…

—¿Y cómo —pregunta San Willehalm con suavidad— piensas cargar con todo eso? ¿Y devolverlo?

—Es mucho, ¿verdad? —suspiro.

—Unos doscientos registros y subiendo. —San Willehalm se detiene y mira a un lado durante un momento, como si escuchara hablar a una persona invisible—. Supongo que… Sí, ese sería un enfoque novedoso. Tengo una alternativa. Esperad aquí, por favor. Regresaré de inmediato.

Desaparece y unos cuantos papeles revolotean tras su marcha. Nos ha dejado a Emeric y a mí a solas en la enormidad de la rotonda.

Pasa un segundo y digo:

—¿Qué crees que significa «de inmediato» para un fantasma de siglos de antigüedad?

Y, al mismo tiempo, Emeric suelta:

—Debería haberte contado antes lo del primer año.

Me giro para mirarlo bien a la cara, un poco sorprendida.

—Ah. ¿Quieres hablar de esto ahora?

—A este ritmo, es muy probable que nos interrumpa… no sé, ¿algo como una muñeca encantada con una misión? Así que sí. Tengo que decírtelo mientras tengamos tiempo. —Se acerca y vuelve a juguetear con las manos; no deja de retorcerlas—. *Siento* no habértelo dicho antes. No tuvimos tiempo, pero debería haberlo sacado. No creí que ocurriría tan pronto y… y no quería asustarte.

—Porque *esto* —señalo el hueco entre los dos— tiene una fecha de caducidad.

Pero Emeric niega con la cabeza.

—Porque no la tiene. O sea, no para mí.

Parpadeo sin comprender.

Él retuerce la boca.

—Entiendo el razonamiento detrás de la tradición del primer año, pero es una expectativa, no una norma. Vikram y Mathilde dijeron que fue horrible para los dos y no les enseñó nada que no supieran ya. Y creo que hace más daño que bien, porque impide que ciertas personas se unan a los prefectos si ya tienen pareja o niños. Así que no tengo intención en seguirla.

Quiero que sea cierto, y aun así...

—¿Eso es algo que puedas hacer de *verdad*? —insisto, intentando controlar el temblor de mi voz.

—No aparece en ningún código, estatuto ni nada formal. —Emeric tensa el mentón, tan testarudo como siempre—. En enero los examiné todos para asegurarme. Esto, *nosotros*, es demasiado importante para mí como para tirarlo por la borda por culpa de una mala tradición. Prefiero obligarlos a que la cambien antes que... perderte. Otra vez. —Traga saliva—. Pero tenía miedo de presionarte demasiado rápido. —Como no respondo de inmediato, empieza a retorcerse de nuevo las manos—. Di algo, por favor.

Con un esfuerzo tremendo, grazno.

—¿*En enero*?

Ha estado listo para pelear todo este tiempo. Para estar conmigo. Y yo lo único que hice fue huir.

Se le sonrojan las orejas.

—P-pensé que llegarías pronto y el Fallo no tardaría tanto y... ah.

Se detiene de repente cuando me choco contra su pecho y lo agarro por las solapas.

—Siento haber dicho esa tontería sobre dejarme plantada —digo contra su *krebatte* a toda prisa—. Siento... siento haberte dejado en Helligbrücke...

—No, me dijiste lo que había pasado y te lo lancé a la cara. —Los brazos de Emeric me rodean y él suelta una carcajada breve y tensa—. Igual que la boñiga que me has lanzado *tú* esta tarde.

—Ay. Eso también lo siento.

—No me lo creo.

—No lo siento, no —confieso—. Ha sido la monda.

—No estoy de acuerdo —dice con tono adusto. Luego se aparta para mirarme a la cara y el semblante se le llena de preocupación—. Hay otra cosa. Dijiste que no eras lo bastante buena para mí y, Vanja, yo *nunca* he pensado eso.

—La primera semana que nos conocimos, me recitaste el capítulo específico y el verso del estatuto de los prefectos que dicen que eres mejor que yo —replico—. «Algo, algo, la ayuda de un delincuente, algo, algo, para evitar corromper el carácter del prefecto». ¿Te suena?

—Estatuto del prefecto, artículo siete —musita Emeric por lo bajo—. Vale, pero *inmediatamente* después descubrí cuánto me equivocaba. Y, desde que estamos juntos, nunca he pensado que no eras lo bastante buena para mí. Y creo que lo sabes. —Vacila un momento y habla con cuidado—. El problema real quizá sea que… tú no te lo crees.

Es el tipo de verdad que duele tanto que es imposible de negar, o incluso de reconocer, y resulta más terrible cuando se la oyes decir a otra persona en voz alta. Cierro los ojos con fuerza y apoyo la frente en su esternón para evitar que se me descomponga el semblante. Pero es confirmación suficiente, incluso sin palabras. El peso de su mentón se acomoda entre mis trenzas un momento después.

—No sé cómo ayudarte con eso —susurra—, pero, por los dioses supremos y menores, lo intentaré. Empezando por aquí.

Oigo un crujido extraño y luego noto un papel entre mis manos. Abro los ojos.

Es una página doblada con una mancha leve en un borde que huele a café. Veo unas palabras escritas ante mí; me resultan familiares, aunque las leí tan solo una vez, hace meses. «Sé que la valentía es real porque te veo elegirla cada día».

Emeric me escribió esto en Minkja, cuando todo parecía perdido y lo único que teníamos eran esperanzas escritas en espejos.

«Si quieres que te persiga, lo haré. Si quieres que te encuentre, lo haré».

—Quiero que te lo quedes para que, siempre que te sientas de esa forma, sepas que no estoy nada de acuerdo —dice con fiereza—. Quiero que recuerdes que, mientras quieras que esté a tu lado, te elegiré todas las veces.

No... no sé qué decir, porque he pasado mucho tiempo con miedo de sentirme así, como si me crecieran raíces y no espinas de la piel; me pregunto si las rosas también temen el momento en el que los pétalos rompan el brote. Pero deben florecer, y yo debo responder, así que alzo la cara hacia el sol y noto que a Emeric se le acelera el corazón cuando mis labios rozan los suyos.

No sé si podrá pasar por alto la tradición, esté escrita o no; no sé si tendré fuerzas para creer que valgo la pena aunque traiga problemas a su puerta. Pero, cuando me devuelve el beso, lo siento como una promesa y, por ahora, es suficiente.

Me permito quedarme quieta un momento, dejar que me abrace como quiera, como si soltarme significase perder algo. Al final, murmuro:

—No me vas a dejar decir que no me merezco esto, ¿verdad?

—No —responde con aire de superioridad y estrecha el abrazo—. De hecho, puede que no te suelte hasta que digas que te lo mereces.

—Mmm. Así solo me motivas. —Alzo un puñado de cintas que he encontrado mientras rebuscaba en sus bolsillos (cuesta deshacerse de los viejos hábitos)—. Bueno, ¿y *esto* para qué es?

Emeric abre los ojos de par en par y libera un brazo para intentar agarrar a toda prisa las cintas.

—No es... No tenías que...

Con una sonrisa, aparto la mano para que no las alcance y las examino mejor. No es una sola cinta, sino dos, hechas con tela, de color verde arbusto y entretejidas con un diseño de hojas en crema que se intercala de vez en cuando con rosas rojas. Ato los cabos.

—¿Es para *mí*?

—Esto… Pues… —Emeric parece sumirse en *rigor mortis*, excepto por que las orejas se le vuelven de un intenso carmesí de nuevo—. Siempre eliges la reina de rosas como tu carta, y las vi esta mañana en la tienda y… y pensé que… quedarían bien con tu pelo… y luego desconecté un momento y al salir tenía dos cintas y un *sjilling* menos. Así que sí. Son para ti.

—Pero esta mañana estabas enfadado conmigo —digo, desconcertada.

Él se remueve y el rubor se le extiende hasta las mejillas.

—Puedo enfadarme contigo y seguir pensando que mereces cosas bonitas. —Mi mirada pasa de él a las cintas y de nuevo a Emeric. No acabo de entender que me compre algo solo porque me podría gustar—. No me mires así, por favor —dice, atormentado—. Me muero. Ha sido una idea terrible. Olvídate de que…

Le doy las cintas.

—¿Me las atas?

Le toca quedarse mudo; solo se ruboriza un poco más y asiente. Me pasa la trenza derecha por encima del hombro, desliza el sencillo cordón del extremo y con pericia ata una cinta en un pulcro lazo. Tarda más con la izquierda, porque acaricia la trenza con los dedos antes de quitar el cordón. Mientras observo sus manos trabajar, de repente me dan ganas de estar en la posada para que no se detenga en el cordón.

Emeric ata el segundo lazo justo cuando el crujido fantasmal de la voz de San Willehalm suena a un lado.

—¿Queréis que regrese más tarde?

Los dos saltamos del susto.

—*Santos* y mártires —jadeo.

—Presente —dice Willehalm con el aire de quien se ha guardado esa broma para una ocasión especial—. He conseguido un modo de que accedáis a cualquier archivo de mi biblioteca desde cualquier punto del Sacro Imperio. Tengo el placer de presentaros a lady Ambroszia.

Se acerca y me aterroriza ver que deposita con suavidad la muñeca de porcelana del vestíbulo en las manos de Emeric.

—Ah —responde, vibrando de la incomodidad—. Gracias...

De cerca, la muñeca es incluso más inquietante. Las modistas usan muñecas como esta para probar y anunciar ropa sin hacer todo el atuendo completo, y es habitual regalárselas a los niños de la zona si se dañan o pasan de moda. Lady Ambroszia es una combinación fascinante de ambas cosas. Luce un vestido negro que fue el último grito hace quince años, y sus rizos amarillos de pelo equino se han desvaído hasta adquirir un tono avena sucio que aún choca con las mejillas sonrosadas que le pintaron en las mejillas blancas como el hueso. Tiene un ojo azul pintado y con peso, que se le cerrará cuando esté tumbada, pero lo mueve y gira como un ojo de verdad. Diría que el otro ojo es menos perturbador, porque es solo un agujero negro en la porcelana, si no fuera por el puntito de luz blanca que emana de él.

Sus labios rosados deslucidos no se mueven, pero oímos con claridad la voz aflautada de una mujer:

—Disculpadme por este recipiente poco digno. En vida, mi pulcritud fue objeto de *gran* renombre.

Emeric casi la deja caer.

—Lady Ambroszia es una gran amiga mía que conoce estos archivos casi tan bien como yo —ríe San Willehalm—. Siempre ha querido ver más mundo y, mientras esté en ese recipiente, le he concedido el poder de mostraros cualquier documento que se halle dentro de la biblioteca. Será vuestro enlace mientras viajáis.

Emeric frunce el ceño.

—No sabía que eso fuera posible.

—Circunstancias especiales —interviene lady Ambroszia—. La mayoría de la gente queda vinculada al lugar donde... dejó de estar viva. Con la ayuda del simpático de Willi, puedo usar ese vínculo para proyectar cualquier cosa de la biblioteca, así.

Un rayo cegador de luz surge de la cuenca vacía de su ojo y le da a Emeric directamente en la cara. Esta vez sí que suelta la muñeca con una maldición.

Corro a agarrar a lady Ambroszia antes de que su porcelana se rompa contra el suelo. La muñeca apaga la luz.

—Disculpadme de nuevo. Acabaré por dominar por completo los movimientos de este recipiente, pero, en este momento, ciertos… mecanismos me superan.

—No pasa nada. Una pregunta. —Es muy raro hablarle a una muñeca que tengo entre las manos, así que la dejo sentada sobre un montón de libros—. ¿Usted *murió* aquí?

Se produce un silencio incómodo. San Willehalm tose con timidez.

—No… no siempre hubo barandillas para las estanterías.

—No estáis planeando subir a gran altura pronto, ¿verdad? —pregunta Ambroszia—. Es un *problema* para mí.

Emeric aún se está frotando los ojos.

—Ya pensaremos en algo. Muchas gracias por todo, Su Santidad. Esto nos resultará de gran utilidad.

—Dale la gracias a la ahijada divina. Ella me ayudó cuando nadie más podía. Ahora, si me disculpáis, la recolocación de libros ha sufrido un retraso atroz desde que me marché. Ya sabéis dónde encontrarme… a menos que alguien robe de nuevo el cáliz. Entonces será como la caza del tesoro.

Agita una mano. Ambroszia flota hacia nosotros y el montón de libros echa a volar para seguir a San Willehalm más allá de la rotonda.

—Podéis llevarme en la bolsa —anuncia la muñeca con aire imperioso—. Aunque mantened alejado el puñal de plata. Y aseguraos de que mi cabeza sobresalga para que pueda ver.

—Como desee la señora —dice Emeric, un poco asfixiado, aunque me la entrega cuando descubren que su abrigo le oculta la vista. En cuanto termino de colocarla en mi bolsa, Emeric extiende la mano—. Al final nunca dimos ese paseo.

—Mejor tarde que nunca.

Acepto su mano y nos vamos.

Al salir a la noche bajo el atento ojo de la luna llena, capto una corriente extraña entre los dos. No es como si no nos hubiéramos dado la mano antes, pero soy muy consciente de cómo me acaricia los nudillos con el pulgar, del revoloteo en mi estómago, de que, cuando alzo la mirada, lo descubro mirándome.

No sé qué querré cuando regresemos a la habitación de la posada. Creo... creo que quiero más que antes. Creo que quiero a Emeric entero. Aunque sé que querer y conseguir son cosas distintas.

Pero si hay un momento en el que crea que podemos ser vulnerables de un modo total y peligroso el uno con la otra, será esta noche.

Nos desviamos hacia un mercado nocturno con tal de comprarme algo para comer, pero no hablamos aparte de musitar respuestas vagas cada vez que Ambroszia exclama sobre los cambios producidos en Dänwik desde su época. Las mariposas en mi estómago solo crecen en número; en cuanto vemos la fachada adornada con campanillas de Libro y Campana, tengo miedo de abrir la boca por si salen volando.

La noche aún es lo bastante joven para que haya un respetable número de personas en el salón, aunque no se parece a la multitud de la noche anterior. Antes de alcanzar las escaleras que conducen a nuestra habitación, oigo voces elevadas que proceden de una mesa. Cuando miro, veo a Helga discutir con una mujer que no conozco. Lo único que capto es su protesta: «¡ ... quieres esperar!» antes de que su mirada se pose en mí.

La otra mujer se gira en la silla. Parece ser un par de años mayor que Helga, con el rostro pálido, la complexión fuerte, cabello marrón oscuro y ojos avispados tan negros como el carbón. Esos ojos se abren de par en par cuando me encuentran y su semblante se llena de aprensión cuando se pone de pie. Helga la agarra por el brazo y dice algo inaudible. No la suelta hasta que la mujer desconocida asiente.

Solo una tonta creería que Helga Ros me ayuda porque tiene buen corazón.

La desconocida se acerca, con Helga pisándole los talones.

—¿Vanja? —pregunta.

Aunque desconozca sus motivos, desconfío automáticamente de cualquier persona de la que Helga recele, visto que supo que no debía confiar en mí en cuanto nos conocimos.

—¿Quién lo pregunta?

La mujer se detiene en seco y se lleva los puños a la garganta. Hay algo… extraño, decido, en su rostro. No me resulta conocido de un modo agradable, ni siquiera como me pasó con Dieter Ros. Es como si hubiera visto partes dispares de él antes, pero nunca dispuestas de esta forma.

—Me llamo Eida —dice, con la lenta prudencia de quien aguarda una reacción—. Verás, yo…

Mira a Helga por encima del hombro, casi con culpabilidad.

—No… —empieza a decir esta, agarrándola por el hombro.

Eida la aparta y da un paso adelante. Luego me toma la mano libre.

—Vanja, soy *yo*. Soy tu hermana.

SEGUNDA PARTE

ESPINAS
ESCARLATAS

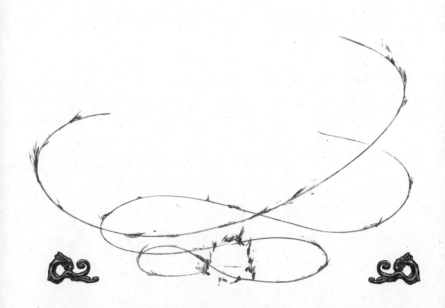

LA QUINTA MENTIRA

DESEO

Érase una vez, había una princesa, una condesa y una criada a la que le salieron espinas de la espalda.

Al menos, eso es lo que a la criada le parecen: zarzas de verdugones y costras que se extienden por sus hombros y la parte baja de la espalda, que trepan por su columna como un emparrado. Las plantaron en su piel una semana antes con un látigo y una mano torpe, porque la cruel condesita contó una mentira sobre ella, la princesa ocultó la verdad y lo que dijo la criada no cambió nada.

La bruja de cerco que trató a la criada después dijo que le quedarían cicatrices de los latigazos, pero que sus ungüentos ayudarían. La criada tuvo que creerla, ya que en el castillo escaseaban los espejos y el tiempo para mirarse en ellos escaseaba incluso más. Su única amiga en el castillo, una maga, le describió lo que veía cuando la ayudaba a vendarse las heridas cada noche, y la mayoría de los días le bastaba con eso. La criada se dijo que no ganaría nada viendo las marcas feas con sus propios ojos.

Una mañana, mientras fregaba el suelo, la criada sintió el tirón caliente e irritado de una costra demasiado tensa que se rasgaba y notó la humedad pegajosa extenderse entre los hombros. Por la tarde, tuvo tiempo al fin de examinar los daños. Acababa de poner alfombras limpias en el dormitorio de la princesa (sacaban las alfombras cuando tenían compañía; nadie importante debía saber que en Sovabin usaban paja como esterillas la mayor parte del tiempo) cuando vio el espejo de mano de la princesa en el tocador.

El tocador también tenía espejo, y la princesa se había marchado a entretener a la condesa. Reinaba el silencio en los aposentos, así que la criada decidió arriesgarse.

Se desató los lazos del vestido, se aflojó el cuello de la combinación y con cautela se apartó la tela que se le había pegado a la piel hasta quedarse con la espalda al descubierto. Luego agarró el espejo de mano y se alejó del tocador para ver lo que le habían hecho.

Las heridas de los latigazos eran de un rojo apagado, aún febriles y tiernas alrededor de las costras rotas. La más larga se había abierto antes, y la criada intentaba ver si la sangre se había secado cuando oyó una voz.

—Espantoso.

La criada se quedó de piedra.

La cruel condesita estaba en la puerta con una sonrisa triste curvándole los labios.

—No te muevas ni hables —susurró—, o diré que te he descubierto robando de nuevo.

La criada no se movió.

La condesita se acercó trotando hacia ella y se situó a su espalda con la cabeza ladeada y los labios en un mohín mientras inspeccionaba lo que había hecho.

—Asqueroso —musitó—, como enormes gusanos de sangre. ¿Cómo te estás curando tan rápido? Dímelo.

La criada no quería que le quitara el ungüento, así que, con voz temblorosa, respondió:

—Las limpio todos los días, mi señora.

La condesita la miró a los ojos a través del espejo de mano. Y entonces, para sorpresa de la criada, la condesa se abofeteó a sí misma con fuerza. Una marca de un rojo intenso apareció en su pálida mejilla.

Sus ojos transmitían algo parecido a la fiebre cuando añadió:

—Diré que me golpeaste y te colgarán como una perra por haber tocado a una noble. Dímelo *ahora mismo*.

La criada sabía que le ocurriría eso o algo peor. Tragó saliva.

—U-una bruja de cerco me dio un ungüento, mi señora.

—Entiendo. —La condesa hizo girar un rizo del color de la nuez moscada en su dedo, uno que la criada había rizado con hierro caliente esa mañana—. Mi padre siempre dice que los sirvientes son como perros. Los mejores son fieles, obedientes, no se consideran listos. —La condesa soltó el rizo y tocó el borde de una costra—. Los peores... No hagas ni un sonido o gritaré. —El duro borde de una uña se clavó en la espalda dolorida de la criada—. Los *peores* no aprenden una lección sin *dolor*.

La condesa le arrancó toda la costra de la espalda.

La criada se apartó e intentó ahogar el grito lo mejor que pudo a medida que la agonía candente le recorría los hombros. Un goteo cálido le empapó la columna.

—Tienes que sufrir para aprender cuál es tu lugar —murmuró la condesa con gozo—. Te crees lista, ¿verdad? Y a lo mejor eres lo suficiente para esa vaca de Gisele, pero yo sé lo que eres de verdad. Ahora tienes la espalda tan fea como la parte delantera. No me extraña nada que te abandonasen aquí, porque es horrible mirarte desde cualquier ángulo. Es lo que te mereces. Nadie querrá amar a una persona cubierta de gusanos.

Rápida como el rayo, la condesa peló otra costra larga. La doncella se mordió la lengua para guardar silencio y apretó los ojos con fuerza.

—Mírame —le ordenó la condesa.

La criada se obligó a obedecer y una vez más se encontró con sus ojos azul hielo en el espejo. La marca roja de la mano no había desaparecido. Le bastaría con un grito y una mentira más para terminar con la vida de la criada.

—Quiero que lo digas —arrulló la condesa—. Demuéstrame que has aprendido. Di que eres fea.

—Soy fea —dijo la criada, pues sabía que lo era.

—Di que nadie te querrá jamás.

—Nadie me querrá jamás —repitió y la voz se le rompió como las costras, pues, en sus trece años de vida, nadie la había querido.

Su madre la había dejado con sus madrinas, y sus madrinas la habían dejado con los Von Falbirg, y los Von Falbirg la habían dejado en el poste de los azotes.

—Di que *no mereces* ser amada.

La criada se dijo que eso era mentira. Aun así, las palabras no sabían a tal; solo tenía sangre en la lengua cuando dijo:

—No merezco ser amada.

Con un tirón despiadado, la condesa arrancó la última cinta de costra.

—Recuerda tu lección —le siseó al oído. Cuando el dolor menguó y la criada pudo echar un vistazo, la condesa había desaparecido.

Esa noche, me sorprendí al ver el preciado bote de ungüento aún escondido bajo mi catre junto a la chimenea. Había dado por sentado que Irmgard me lo quitaría. La bruja y su ungüento le habían costado a Joniza la parte del sueldo mensual que aún no había enviado a su familia en Sahalí. Aun así, cuando intenté hacer cálculos para saber cuánto le debía pagar cada mes, ella agitó la mano sin más.

—Mi padre diría que tu nombre no está en mi libro de cuentas. Págame cuando tengas el dinero.

Con nuestro exiguo sueldo, las dos sabíamos que tardaría mucho, muchísimo tiempo en devolvérselo.

Pero después de que Joniza chasqueara la lengua con rabia y compasión al verme la espalda ensangrentada de nuevo, se puso a untarme las marcas con el ungüento y... ahí descubrí cuál era el juego de Irmgard. Joniza casi había terminado de aplicar la pasta oscura sobre las heridas cuando empezó a arder por todas partes. Hasta Joniza se puso a maldecir y sacudió la mano, en vano. Corrió a limpiarnos el ungüento a las dos con un trapo húmedo, pero quemaba y quemaba y quemaba.

La bruja nos contó más tarde que alguien había mezclado hollín y el jugo de las bayas del aro. El jugo era para el dolor, ya que producía ampollas en la piel rota. El hollín era para dejar una mancha permanente en las heridas. Un recordatorio de lo que era.

En esa época, supe que Joniza no se podía permitir reemplazar el ungüento. Tampoco le habría pedido más. Al fin y al cabo, Irmgard tenía razón: ya me habían abandonado, ya era tan fea que nadie me deseaba. Ninguna bruja de cerco podría salvarme.

Pensarás que Irmgard no me volvería a dejar acercarme a ella con hierro caliente a la mañana siguiente, pero insistió de nuevo en que le rizara el cabello. Y lo hice, enroscando con meticulosidad los mechones alrededor del metal candente a tan solo unos centímetros de su cuello desnudo. Me sonrió todo el rato.

Nunca creyó que corría peligro. No tenía miedo de que se me «escurriera» el hierro y la quemara, de que se lo clavara en la mandíbula ni de que le infligiera ni por un instante el tormento que ella me había hecho sufrir.

Las dos sabíamos que no haría nada de eso.

Las dos sabíamos que recordaría mi lección.

Las dos sabíamos lo que era yo.

CAPÍTULO 14

LLAMA HACIA LA MECHA

«Hermana».

La palabra imposible es un puño en mi garganta. No, no, está mal. No puede ser.

Arranco la mano del agarre de la desconocida.

—No te conozco —jadeo.

—Eras muy pequeña cuando te perdimos —dice la mujer desconocida (¿Eida?) a una velocidad apremiante, eufórica—. Solía trenzarte el cabello todas las noches, y Katrin la Pequeña te hizo una muñeca de trapo a la que llamaste Strietzelina, como el pan...

A lo mejor, si lo hubiera sabido, si hubiera tenido tiempo para pensar, me habría armado de valor, pero no puedo... Ella está tan feliz y yo no sé qué decir, cómo decirle lo que soy...

—No te *conozco* —repito en vano e intento retroceder, pero tropiezo con Emeric.

—La llevabas a todas partes —balbucea Eida—, lloraste un día entero cuando uno de los caballos la mordió y...

No sé qué hacer, no sé si esta desconocida es mi hermana de verdad, tengo miedo de que lo sea y de que no lo sea, debería llorar de alegría, ya lo he estropeado todo...

—Basta —ladra Helga.

—Luisa tuvo que fingir que una bruja de cerco la curó...

—¡*Basta*, Eida!

Creo que oigo a Emeric pronunciar mi nombre; me encojo en mi interior, un fantasma en mi propio cráneo. El mundo es un borrón, uno por el que me muevo como un espíritu atormentado, intacta e intocable.

Era una rutina, un dolor cómodo, ese agujero donde existía la idea de una familia. Sabía que quería respuestas. Pero no estaba preparada para plantear las preguntas, aún no.

Cuando se me despeja la cabeza, lo primero que percibo es el ancla de las manos de Emeric a mi alrededor, apoyadas en una mesa. Estamos en una esquina tranquila del comedor.

Eida se ha ido. Helga sortea mesas y sillas para dirigirse a donde estamos.

—¿Qué ha sido eso? —pregunta Emeric con voz tensa cuando se ha acercado lo suficiente.

Helga se restriega una mano por la cara y luego me mira con los ojos entornados.

—¿Vanja? ¿Estás con nosotros?

—Lo siento —musito—. Sí.

—No, no es culpa tuya. No debía... —Helga se deja caer en una silla delante de mí y se muerde el labio inferior—. Eida es una vieja amiga mía. Su hermana más pequeña, que también se llamaba Vanja, desapareció cuando eran muy jóvenes. Sabía que había pocas posibilidades, pero vive al norte de Welkenrode, así que le escribí para sugerirle un encuentro entre las dos cuando llegásemos. Pero vino una hora antes y no quiso marcharse. Le *dije* que era demasiado repentino, pero...

No sé qué decir. Sigue sin parecerme real. No puede ser así de fácil.

—Aun así —prosigue Helga, alzando la voz—, no va a volver a menos que me digas que quieres hablar con ella, ¿vale? No volverá a tenderte una emboscada.

—¿Sabes cuántos hermanos tiene? —pregunta Emeric—. ¿De dónde es su familia?

Helga tuerce el gesto.

—Tiene tres hermanas, aparte de la que perdió —dice al cabo de una pausa—. La familia es de Kerzenthal.

Se me encoge el estómago. Suelto una carcajada amarga, cabreada conmigo misma tanto por mi consternación como por mi esperanza infantil.

—Entonces no es mi hermana. Tengo doce hermanos y hermanas. Y me abandonaron en Sovabin. No creo que mi madre atravesase todo el imperio para ello. —Me levanto con brusquedad, sintiéndome como una tonta, como si esta esquina fuera una celda—. Me voy a la cama.

—Vanja… —empieza a decir Helga.

—Agradezco la intención —espeto—, pero yo decidiré cuándo estoy lista para conocer a mi familia.

Oigo que Emeric le dice algo mientras me encamino hacia las escaleras de nuestra habitación. Él me sigue y no habla hasta que estamos dentro, con la puerta cerrada. Se oye el susurro de un movimiento y la vela en la mesita de noche se enciende; proporciona la luz suficiente para que podamos ver.

—¿Quieres hablar?

He ido hasta el centro de la habitación, con el abrigo en las manos, y no sé por qué, no puedo pensar en nada excepto que estoy casi segura de haber visto la cara de Eida antes. Igual de segura estoy de que me estoy engañando para poder creer que una persona lo dejaría todo y viajaría durante días para verme.

Quiero, más que nada en el mundo, oír que mi madre cometió un error esa noche de invierno y, durante un instante, pensé que Eida podría decírmelo.

—No —digo con voz ronca.

Todo lo que he sentido hoy se está inflamando de nuevo, la vergüenza como un barítono, la metálica rabia, los *riffs* aflautados de la euforia y la cuerda triste, todo contra el ritmo del miedo, una cacofonía que no puedo acallar.

Noto calor en la espalda cuando Emeric se acerca y me acaricia el brazo con los nudillos. Es un gesto con el que pretende reconfortarme, pero es como acercar una llama a la mecha.

—Lo que necesites —dice con suavidad, y se me eriza el vello de la nuca.

Necesito *no* hablar, no pensar. Necesito su ancla, sentir que pertenezco a alguna parte, a alguien.

Me giro y tiro de él hacia mí, hacia un beso que le sonsaca un gemido de sorpresa. Lo sigue otro cuando paso los dientes por su labio inferior. Al cabo de un momento, iguala mi ritmo, sus dedos contra mi espalda notan cada temblor cuando aprieto las uñas en los lados de su garganta, pero se aparta lo suficiente para jadear:

—Vanja, ¿estás *segura* de que esto es...?

—*Sí.*

Me quito la bolsa y la dejo caer en el suelo con un golpe sordo, luego paso la suya por la cabeza y también la suelto antes de agarrarle el *krebatte* para igualar nuestros cuerpos. Esto, esto es sencillo, esto es fácil, esto es bueno y lo necesito ahora mismo.

Lo medio empujo y medio me dejo arrastrar hasta la cama y nos quitamos con torpeza las botas. Él mantiene la boca sobre la mía mientras se dedica a quitarme el chaleco robado. Es como magia... al menos hasta que me lo saco y Emeric pone mala cara.

—¿Cómo es que tienes un vestido entero ahí debajo? —farfulla—. Eso no es justo.

—Pensé que te molestarían más los pantalones —admito.

Emeric sacude la cabeza con un brillo tenue en los ojos mientras un rubor le mancha las mejillas.

—Los pantalones son... me parecen... Me gustan. —Las últimas palabras le salen con una prisa forzada. Me recorre el costado con las manos, que se quedan en las caderas—. Pero ¿puedes... eh... quitártelos?

—Te los cambio. Mis pantalones por tu camisa.

Su sonrisa es de lo más profana a la luz tenue de la vela. Luego noto sus dedos en la cintura y pierdo la capacidad de formar un pensamiento coherente.

—¿Vestido? —murmura, y asiento, demasiado enganchada a la sensación de dejarme llevar. Me quedo con la combinación de lino cuando Emeric se endereza y, mientras le quito la camisa por la cabeza, traga aire con fuerza. Una mano me roza la rodilla desnuda. A medida que va subiendo, soy yo quien suelta un jadeo de sorpresa y también soy yo quien lo repite cuando agacha la cabeza para depositar besos por mi clavícula, cada uno más largo, más apremiante, que el anterior.

Cambiamos de postura otra vez. En esta ocasión, el peso de Emeric me clava contra el colchón, nuestras piernas se enredan de un modo suntuoso. Sus labios regresan a los míos y nos deslizamos en una especie de ritmo…

Creo que los dos nos percatamos de lo que está ocurriendo casi al mismo tiempo. Se apoya sobre un codo para contemplarme con una suave desesperación en la mirada, algo intermedio entre la esperanza y la aprensión. Lo sé porque es lo que me recorre los huesos. Ninguno parece poder expresarse y el largo silencio volátil se expande entre los dos.

Luego Emeric me alza la mano sin apartar sus ojos de los míos. Despacio, y con deliberación, traza un círculo en la palma con el pulgar.

Sé lo que está preguntando exactamente.

Esto está pasando más rápido, más pronto de lo que me había imaginado, pero puede que esté lista. Sé que quiero más… Quiero saber lo que ocurre cuando no hay nada entre nosotros…

Pero no tendré ningún sitio en el que esconderme.

El pensamiento atraviesa la neblina directo hacia la parte de mí que quizá nunca deje Sovabin. La luz de la vela es exigua, pero no tanto como para ocultar mi espalda, mis cicatrices. Sé que Emeric me aprecia, sé que ha dicho una y otra y otra vez que me quiere como soy. Pero este miedo no escucha a la razón. Es un miedo que nació de decir «nadie me querrá jamás» y de obtener silencio como respuesta.

Y entonces el traqueteo susurrante de una voz se eleva desde el suelo:

—Si vais a entablar relaciones conyugales, a lo mejor querréis darme la vuelta para que mire hacia la pared.

La burbuja embriagadora de intimidad entre los dos estalla sin contemplaciones.

Resulta que existen pocas cosas que corten tanto el rollo como darte cuenta de que una muñeca encantada te está mirando como una voyerista.

—Lamento ser tan directa —añade lady Ambroszia mientras Emeric y yo nos miramos, aferrados al precipicio de la histeria desbocada—. Es que parecíais estar tratando muchos asuntos personales y luego os habéis enredado con tanta rapidez que no tuve tiempo de recordaros mi presencia.

Aparto los ojos de la cama y los deslizo hacia el suelo. En efecto, lady Ambroszia está casi fuera de la bolsa, con el ojo pintado y la luz blanca del que le falta fijos en nosotros.

—Gracias —grazno— por informarnos sobre esta situación.

Emeric deposita un suave beso en la punta de mis dedos y luego me suelta para bajar de la cama.

—Voy al baño —dice en voz baja—. Vuelvo enseguida.

—No deberías preocuparte por ofender mis sensibilidades, jovencito —dice la muñeca mientras él se marcha—. Yo solo quería advertiros de que me hallo en un ángulo desafortunado desde el cual puedo observar vuestras actividades. Los dioses menores saben que en mi juventud participé mucho en maquinaciones obscenas.

Dedico un momento a recuperarme, sintiéndome tanto insatisfecha como... aliviada. ¿Aliviada? Eso no puede ser.

Lo lanzo a la lista creciente de cosas que ya analizaré más tarde, en cuanto deje de tener la cabeza tan embotada. Salgo rodando de la cama, apartando a un lado la combinación, y recojo a lady Ambroszia.

—Creo que eso se ha acabado por esta noche, pero supongo que preferirá mirar hacia otro lado igualmente.

La luz en la cuenca de su ojo parpadea.

—Así es. Hablaremos sobre el tema de la privacidad por la mañana, pero, por ahora, puedes dejarme junto a la ventana para que pueda contemplar el paisaje.

La coloco junto a la ventana que da a la calle.

—Ya me contará si ve algo interesante.

—Por supuesto. —Al cabo de un momento, añade—: Antes parecía que tuvieras dudas, pero ese chico está bastante prendado de ti, ¿sabes?

Noto la sonrisa ñoña, asquerosa e indigna que forman mis labios. Me sienta bien ser sincera por una vez cuando le respondo.

—Lo sé.

La mañana siguiente empieza infinitamente mejor que la anterior: me despierto enroscada junto a Emeric de nuevo, pero esta vez me quedo así, feliz de notar el vaivén de su pecho bajo mi mejilla.

Una parte de mí no puede evitar preguntarse si esto sería distinto si no nos hubiéramos detenido cuando lo hicimos, si Ambroszia no hubiera estado allí. ¿Aún me sentiría así de segura, así de deseada? ¿O estaría reproduciendo cada instante para intentar determinar cuándo lo perdí?

A lo mejor… a lo mejor de ahí venía el alivio.

Pensé que estaba preparada. No, pensé que *quizá* lo estaba. Pero ayer pasaron *muchas* cosas. Sé que quise desconectar de todo, sé que quise desaparecer en algo, en lo que fuera.

Emeric se merece mucho más que ser mi escapatoria. Y no quiero *pensar* que estoy lista; quiero saberlo.

Pero los dedos rojos de la mano en su pecho tiemblan con cada latido bajo mi mejilla como un frío recordatorio: tenemos poco más de dos meses para encontrar a los cuatro hermanos Ros que quedan o tendré que reclamar a Emeric, esté preparada o no.

Emeric se queda inmóvil un momento y luego suelta aire por la nariz. Abre un ojo para mirarme.

—Bien. Estás aquí. Tengo una idea.

—Buenos días a ti también —resopló, sonrojada. Al parecer, aún le preocupa que lo abandone—. ¿A qué te refieres con que aún estoy aquí?

La preocupación desaparece cuando rueda, se derrumba encima de mí e invade con besos un lado de mi cara.

—Qué descortés —farfulla entre besuqueos deliberadamente odiosos—. Ahora no te cuento mi idea.

Hago un esfuerzo totalmente falso para dejar de reír y lo aparto, más por mi dignidad que por otra cosa.

—Te gusta cuando soy descortés.

—Así es. Y resulta muy inconveniente. —Ceja en su empeño y pasa por encima de mí para agarrar las gafas de la mesita de noche, donde también están mis cintas—. Y lo que quería decir con ese «estás aquí» es que anoche la señorita Ardîm me contó que se reuniría contigo para desayunar a las siete en punto. A menos que me equivoque, eso es dentro de… —Calla y alza un dedo.

Un momento más tarde, las campanas empiezan a dar las siete en punto.

Lo miro boquiabierta.

—No. No puedes *decidir* que te despertarás a las siete.

Emeric se encoge de hombros con petulancia y poco pesar mientras se pone las gafas.

—Es un don.

—Eres un monstruo.

—Solo cuando hace falta. —Me arranca las sábanas y suelto un gritito—. Y llegas *tarde*.

Le tapo la cara con una almohada y me arrastro fuera de la cama, gruñendo. Es entonces cuando veo que lady Ambroszia ya no está en el alféizar, sino sentada en el suelo, cerca de nuestra ropa desechada. Pasa con torpeza las páginas del cuaderno de Emeric con sus manos rígidas de porcelana. Parece que su movilidad ha aumentado desde ayer.

—Ah, buenos días, mi señora.

—Con Ambroszia me vale —responde distraída—. Una suele prescindir de toda formalidad tras observar a sus acompañantes al borde de la pasión, aunque fuera interrumpida. Jovencito, ¿esta es toda la documentación que posees sobre la situación con la Damisela Roja del Río?

Emeric enarca las cejas.

—No exactamente. Kirkling, mi supervisora... *sugirió* que dejase alguna de mis notas bajo su custodia esta noche. Voy a ir a presentarle mi informe pronto, por si quiere acompañarme.

—Gracias, sí que me gustaría. —Pasa una página—. Mi intención es ayudaros en lo que pueda. Mi Nibelungus no me llevó de viaje tanto como me habría gustado, pero pese a todo encontré formas de ser útil en vida y seguiré encontrándolas incluso ahora.

Frunzo el ceño, porque no sé dónde he oído ese nombre antes. Emeric ofrece la respuesta un momento después mientras se tambalea para ponerse de pie.

—¿Se refiere a... Nibelungus von Wälft?

—*Prinz* von Wälft, si nos ponemos desagradables. —Ríe de un modo inquietante—. Yo lo llamaba sobre todo Nibsi. Creo que habréis visto mis estatuas alrededor del pabellón de caza.

Me detengo en pleno proceso de atarme el primer vestido que he encontrado.

—¿Usted fue su amante?

—No la primera —responde con altivez—, pero sí la última.

Emeric me tira de una trenza.

—Siento interrumpir, pero la señorita Ardîm te *espera*.

—Pues será mejor que me ates las cintas —replico y busco las botas.

—Ah. Vale.

Saca a relucir su mejor semblante de calma y tranquilidad mientras va a recogerlas a la mesita de noche, pero no puedo evitar fijarme en que anda más erguido, con una mueca complacida en los labios, cuando me ata las cintas.

Me pongo de puntillas para darle un beso en la mejilla.

—Reúnete con nosotras cuando acabes el informe. Y dale una patada a Kirkling en la espinilla de mi parte.

—Hecho. —Ladea la cabeza—. Excepto la parte de la patada. Sospecho que eso causaría contratiempos en general.

—Bah. —Salgo por la puerta y grito por encima del hombro—: ¡Valdrá la pena!

Joniza sí que me está esperando en el piso de abajo. Por suerte, no luce esa arruga en el cejo que le sale cuando lleva mucho rato aguardando. También va vestida con más sencillez de la habitual, con una larga túnica sahalí, prácticas mallas de lana y botas resistentes. Se ha recogido los rizos en un moño sencillo sobre la cabeza y los ha asegurado con una cinta de tela. El maquillaje para el escenario ha desaparecido, solo le quedan restos de dorado bajo las uñas.

Antes de que pueda hablar, alza una mano.

—Esto es lo que va a pasar. Vamos a pedir el desayuno. Nos vamos a sentar. Y luego me vas a contar exactamente de qué fui cómplice anoche y por qué, y más te vale que esas respuestas sean *buenísimas*, ¿me entiendes? Y entonces, *solo* entonces, hablaremos sobre por qué estamos las dos aquí. ¿Alguna pregunta?

—Mmm. —Me retuerzo una trenza en un dedo—. ¿Quieres que empiece por el cáliz cadáver o por la secta?

Joniza cierra los ojos.

—No aprendo —murmura—. No *aprendo* y sigo metiéndome en estos entuertos.

Cambio mi enfoque.

—Oooo... podría empezar invitándote a desayunar.

No tardo tanto como me imaginaba en ponerla al día mientras comemos tortitas de huevo con compota de manzana (esto se debe a que conoce mi particular forma de soltar idioteces). Lo único que parece hacerle más gracia que las desventuras con el cáliz es la desolación de Dieter Ros.

—Si quiere trabajar como bardo para el príncipe Ludwig, adelante —resopla mientras mastica una tortita—. Lo único que quiere más ese hombre aparte de sí mismo es el sonido de su voz. Además, me voy pasado mañana, así que hay una vacante.

—Vale, no quiero ser maleducada ni nada, pero... —La apunto con el tenedor—. ¿Qué haces *aquí*?

Joniza deja escapar un suspiro.

—¿Te acuerdas de mi padre?

—¡*Meister* Bajeri! —Enseguida vuelvo a tener ocho años y estoy corriendo alrededor de carromatos pintados con colores brillantes y con un pájaro de papel en la mano que mueve las alas mediante un cable. Cada tres años, la caravana comercial de los Ardîm pasaba por Sovabin, con el padre y la hermana de Joniza al frente—. ¿Fatatuma va con él?

—No, y por *eso* estoy yo aquí. —Joniza suspira de nuevo—. Se suponía que iba a ser su primer circuito como líder de la caravana, pero está embarazada y, aunque su esposa no se preocupase tanto, papá no quiere arriesgarse a que su primer nieto nazca en el norte. Es demasiado viejo para hacer el circuito él solo (pero no le digas que te lo he contado), así que le dije que había roto de mala manera con mi pareja y que quería salir de Bóern durante una temporada.

—Oh, Bastiano y tú hacíais una pareja muy mona. Ya sabes, para ser archinémesis y eso.

—Ah, y lo somos, me está esperando en Minkja. —Joniza intenta apartarse el pelo por encima del hombro, pero recuerda que se lo ha atado en un moño y convierte con facilidad el gesto en un encogimiento de hombros—. Tampoco se lo digas a papá. El martes nos vamos a Rammelbeck y, con un poco de suerte, venderemos lo suficiente allí para que podamos emprender el camino de vuelta y regresar antes de que Fatatuma tenga al bebé.

—Nosotros también vamos a Rammelbeck a continuación, pero seguramente no tan pronto. —Alzo la mirada cuando la silla a mi lado se aparta con un chirrido—. ¿Has terminado con el informe?

Emeric se deja caer en el asiento con su propio plato de tortitas. Lo rodea un aire sospechoso de satisfacción.

—Buenos días, señorita Ardîm. Y sí, he terminado. Te asombrará lo bien que se lleva la supervisora Kirkling con lady Ambroszia. —Corta el montón de tortitas—. Y es algo bueno, porque pasará la noche con ella a partir de ahora.

—¿Cómo lo has conseguido? —pregunto—. De hecho, pensaba que Kirkling buscaría *más* muñecas encantadas para meterlas en nuestra habitación y fastidiarnos.

—Exactamente. —Emeric clava el tenedor en un trozo con una sonrisa—. Así que le he dicho que Ambroszia y tú erais casi inseparables. Ha insistido en *confiscarla* al final de cada jornada laboral para que tú no puedas —hace un gesto vago— «algo, algo, corromper el caso», ya te lo sabes. Era solo una excusa. Y, todo sea dicho, la actuación de Ambroszia ha sido un éxito. La verdad es que empiezo a tenerle cariño. Pero esto nos dará al menos unos cuantos días de privacidad antes de marcharnos a Rammelbeck.

La mirada de Joniza pasa de Emeric a mí.

—¿Ya habéis reservado un carruaje?

—No —responde Emeric—. Pensé que, si nos marchamos el jueves, llegaremos a la ciudad... Ay, no. La Semana de la Cebada comienza el sábado, ¿verdad?

Joniza asiente con gravedad.

—*Scheit*. —Me mordisqueo la punta del pulgar. La Semana de la Cebada es una festividad de la Casa de los Supremos que dura siete días y que se suele celebrar con la familia—. Podemos preguntarle a Mathilde, pero me cuadra. Y va a ser más complicado salir con las negociaciones entre los gremios.

—Al menos una quinta parte de la gente se marchará de la ciudad antes del miércoles para llegar a casa a tiempo —confirma Joniza—, lo que significa que las negociaciones tendrán que terminar en los próximos días para que *todo el mundo* se marche, no solo la Casa de los Supremos. De camino hacia aquí, he oído a un cochero decirle a un hombre que estaba todo reservado hasta el sábado.

—Qué lástima. Me pregunto si…

Emeric sigue hablando, pero me lo pierdo. Mi atención se ha ido a otro lado.

Hay una mujer sentada cerca de la entrada del comedor fingiendo que lee un menú. Conozco su cara, recuerdo el ansia en sus ojos negros cuando me llamó «hermana».

Eida mira de refilón hacia mí, pero empalidece cuando nuestras miradas se encuentran. Me pongo en pie de un salto para intentar ir a por ella. No sé por qué, no es familia, no sé qué le diré, solo que seré una decepción…

Y entonces, sin previo aviso, mi visión se nubla de rojo.

Es como si flotara en un mar de bruma roja, consciente pero sin forma. Algo como una especie de corriente lejana me ruge en los oídos y forma palabras.

—Profeta mía —canturrea la Doncella Escarlata. Unas rosas ardientes florecen a mi alrededor—. Tengo malas noticias. El hambre del perro infernal crece por momentos. Si aguardamos hasta el solsticio para celebrar la fiesta sagrada, será demasiado tarde.

—La huella escarlata palpita delante de mí y suelta una ráfaga de brasas—. Tráeme a mi siervo, o mi sacrificio, antes de que la luna mengüe, crezca y mengüe de nuevo. Fracasa y será la perdición de Hagendorn.

La luna llena fue anoche; así que para dentro de seis semanas. Y tardaremos al menos tres en localizar al resto de los hermanos Ros y regresar a Hagendorn.

No... cuatro, ahora que cada carruaje de Dänwik está ocupado.

Sin embargo, no tengo boca para contárselo a la Doncella Escarlata y ella no parece querer escuchar; la niebla da paso a la oscuridad con la misma brusquedad con que me poseyó. Oigo nuevas voces.

— ... nja —dice Emeric con premura—. Vanja, por favor...

—Sus ojos. —También oigo a Helga. ¿Cuánto tiempo he pasado inconsciente?

No mucho, al parecer... El techo de Libro y Campana aparece despacio ante mí y las sombras borrosas se concretan en Emeric, Helga y Joniza. Noto un dolor que irradia de un costado. No veo a Eida por ninguna parte.

—Ya has vuelto. —Emeric aprieta los dedos en el pulso de mi mentón y noto el alivio que emana de él—. ¿Estás herida? ¿Qué ha pasado?

Dejo que me ayude a enderezarme.

—Tenemos un problema.

CAPÍTULO 15

EL FAROL

La primera vez que conocí a Bajeri Ardîm fue en la fría Sovabin. Me faltaban cuatro meses para cumplir nueve años, y él pasaba por allí como parte de su ruta comercial. O al menos eso fue lo que dijo en esa época; ahora que lo pienso, no tiene sentido para un negocio atravesar un principado minúsculo y al borde de la mendicidad en el rincón suroriental del Sacro Imperio cada tres años, a la ida o a la vuelta. Pero por entonces Joniza tenía más o menos la misma edad que yo ahora, y no tardé en entender que Bajeri habría cruzado dos veces todos los océanos del mundo si ella lo necesitaba.

Sin embargo, eso no lo convierte en un hombre de negocios menos sagaz. De ahí que nos llevásemos tan bien cada vez que venía a Sovabin. Y ahora, sentado mientras se frota el mentón en el salón de la oficina de prefectos en Dänwik, sé que está barajando sus opciones.

Bajeri sabe igual de bien que yo que a la orden de prefectos de los tribunales celestiales no le falta presupuesto. Ha visto la impaciencia en el semblante de Kirkling, el nerviosismo en los dedos de Mathilde que tamborilean sobre el reposabrazos, que Emeric no deja de cambiar de postura. Joniza y yo sabemos precisamente qué pasará aquí, y las dos nos contentamos con observar a Bajeri mientras hace lo que mejor se le da.

Se toma su tiempo para ajustarse el drapeado de su agbada azul brillante sobre el ancho pecho y para tirarse del sombrero de damasco sin ala, a juego con la vestimenta, que le cubre la cabeza calva.

—Bueno —dice—, queréis que lleve a cuatro prefectos y a dos pasajeros adicionales a Rammelbeck con mi caravana.

Los rizos marrones de Mathilde rebotan cuando niega con la cabeza.

—Tres prefectos y tres pasajeros adicionales. El mismo número en total.

Bajeri mira directamente a Kirkling.

—La inspectora Kirkling está jubilada —explico con amabilidad.

—Supervisora —espeta.

Bajeri me mira con un brillo de diversión casi imperceptible en los ojos. Alza un poco la voz.

—¿Y, según decís, tengo que hacerlo gratis?

—No, no, por supuesto que no, señor —farfulla Emeric.

—Porque no es poco lo que pedís. —Bajeri *suena* un poco ofendido—. Debo hacer hueco en mis carromatos, así que tendré que vender mercancías aquí a un precio menor del que me ofrecerán en Rammelbeck.

Emeric asiente.

—Podemos cubrir esas pérdidas y pagar por adelantado el billete. Estamos más que dispuestos a contribuir con comida y provisiones para el viaje.

Antes de que Bajeri pueda hablar, Kirkling interviene:

—Y Schmidt pagará por lo suyo.

Bajeri se frota de nuevo el mentón, pensativo, y me lanza otra mirada. Luego agita una mano.

—No me hace falta vuestro dinero. El camino hasta Rammelbeck está plagado de bandidos. Si tres prefectos nos protegen, eso cubrirá el coste de los seis en la caravana. ¿Trato hecho?

—Muy justo —se apresura a decir Mathilde—. Gracias. No creo que pueda llegar a casa de otro modo.

Emeric asiente.

—Sí, señor, será un placer ayudarle en lo que podamos. Estoy seguro de que todo el mundo contribuirá.

—Pff. —Kirkling, para sorpresa de nadie, frunce el ceño—. Schmidt seguirá beneficiándose del trabajo de los prefectos. Eso puede parecer inapropiado.

Bajeri cierra los ojos.

—Tenemos un dicho en Sahali: «Una hormiga no se preocupa por el peso de una montaña».

A eso le sigue un silencio extraño; ni Mathilde, ni Emeric ni Kirkling parecen saber qué pensar. Contengo una carcajada. Esa es una de las técnicas de negociación favoritas de Joniza.

—Entiendo. —Kirkling miente como una bellaca. Se pone de pie—. Empezaré a organizar nuestra partida. Discúlpenme.

—Partiremos el martes a las ocho de la mañana —le dice Bajeri—, con o sin usted.

Mathilde se va para avisar a Vikram mientras Joniza ayuda a su padre a levantarse. Entiendo por qué no quiere que viaje solo; siempre ha resoplado y se ha quejado al sentarse y levantarse, pero ahora se mueve con una rigidez que no existía hace tres años.

Emeric aparta un juego de té desatendido; es obvio que lo reconcome una pregunta. Su curiosidad al fin consigue agarrar a su moderación por el cuello el tiempo suficiente para que pregunte:

—¿Perdone, señor?

—¿Eh?

Bajeri lo mira con ojos entornados.

—¿Podría… podría explicarme un poco más ese dicho?

Bajeri mira a Joniza. Ella asiente para decirle que siga hablando.

—Yo ya lo sé —intervengo—. Joniza me lo contó después de habernos bebido una botella de vino.

Bajeri suelta una carcajada profunda y Joniza me da una palmada en el brazo. El hombre apoya una mano en el hombro de Emeric y su semblante adquiere una seriedad letal.

—Jovencito —dice—, significa lo siguiente: «Cuando quieres que las personas blancas dejen de discutir contigo, te inventas un proverbio». —Sacude un poco a Emeric y lo suelta. El agbada se balancea cuando se encamina hacia la puerta—. Saldremos a las nueve en punto.

—¿No a las ocho? —pregunto.

—Esa supervisora sabe que, si llegas tarde, saldremos sin ti —replica con sequedad—. Pues claro que le he dicho que era a las ocho.

El instinto de Bajeri acierta de pleno. Kirkling se retrasa convenientemente el martes por la mañana, pero, al salir de Campana y Libro a las ocho y cuarto, la conducen enseguida a la caravana. Me haría más gracia si no estuviera cabeceando en un carromato lleno de alfombras enrolladas y enroscada alrededor de una tinaja de barro repleta de brasas y envuelta en toallas. Helga me avisó de que el lazo de raíz podía cambiar mi sangrado mensual, pero no esperaba que llegase tan pronto hasta que me desperté con dolores.

Aun así, a medida que la caravana se aleja de la posada, es imposible no fijarme en algo que me retuerce más el estómago. Las campanillas de la fachada han desplegado sus pétalos redondeados al sol, y la mayoría de las flores son de un sencillo blanco nieve. Pero una mancha se extiende entre ellas y las tiñe de un vívido escarlata poco natural. De lejos es fácil ver que en el piso superior hay una ventana en medio de ese corazón rojo.

No me hace falta un plano del edificio para saber que pertenece a nuestra habitación. Debe de haber ocurrido tan despacio que no nos dimos cuenta.

Consigo dormir durante la mayor parte del primer día de viaje. Lo necesito; incluso sin la somnolencia habitual de mi primer día de sangrado, me hacía falta recuperar sueño por las dos noches en privado que hemos disfrutado Emeric y yo. No nos hemos dejado llevar por otro oleaje de pasión estos días, solo nos tomamos nuestro tiempo para sentirnos cómodos tocándonos como en Hagendorn. Hay algo maravilloso en ello; aún es tan nuevo que me deja sin aliento, pero ya resulta tan familiar que no tengo que preocuparme por si resulto decepcionante.

La marca de la Doncella Escarlata aún no ha desaparecido del pecho de Emeric, pero no me sorprendo. Si tocarnos contara como reclamo, la huella se habría desvanecido la semana pasada.

Aun así, en el fondo de mi mente persiste una pizca de preocupación, como una uña encarnada. *Seguramente* habría estado lista para más en el solsticio de verano. Pero en seis semanas... No debería sentirlo como mucho antes, pero lo hago.

El resto del trayecto no podría ser más distinto que el viaje a Dänwik. Emeric, Mathilde y Vikram se reparten los días en un sistema, complejo sin necesidad, de turnos para vigilar, pero eso implica que Emeric al menos tiene unas cuantas horas al día para trabajar en el caso con la ayuda de Ambroszia y yo me quedo con sus noches. En cuanto los dolores y el sangrado disminuyen, acompaño a Helga para ayudar a Joniza cada día. Contamos inventario, inspeccionamos los arreos para el grupo de mulas que tiran de los carromatos pintados con colores chillones, vemos qué tal van los conductores, reparamos cosas pequeñas y nos encargamos de asuntos menores que mantienen la caravana en funcionamiento.

Joniza también me enseña la historia de la caravana: muescas en el carromato de Bajeri para marcar la altura de sus hijos cuando se marchaba y luego cuando regresaba. La litera de Fatatuma, pintada con mapas de las rutas comerciales, murales de las estrellas, una ciudad junto a un lago bordeado de verde que, según Joniza, es el hogar de la familia. La jarra de especias que su madre les empaca para que la mezclen en la masa del pan duro y dulce que dura desde el desayuno hasta la cena. Es una mezcla secreta que ni siquiera Joniza conoce.

Es raro; la última vez que me sentí así de cómoda con más gente fue en Minkja, antes de marcharme. Sé que esto no es lo mismo que una familia (no tengo muescas envejecidas en mi vida y la única persona que me llamó «hermana» buscaba un error), pero me pregunto si sentiré algo como esto si algún día encuentro a la mía.

Salimos del bosque espeso la noche del viernes y acampamos en la planicie bajo el cielo abierto, con las luces de Rammelbeck y Welkenrode en el horizonte. Después de la cena, Emeric y yo nos sentamos en la parte trasera del carromato en el que dormimos; compartimos una manta y observamos en silencio un fragmento de bruma etérea, interrumpida de vez en cuando por pezuñas, que atraviesa el cielo despejado. Brunne debe de estar dirigiendo a la cacería salvaje por las estrellas.

Emeric suelta un resoplido en cuanto la cacería ha pasado.

—Se me había olvidado por completo. Te dije que te contaría qué eran las signa de los prefectos justo antes de entrar en la biblioteca… y nunca lo hice.

Arrugo el ceño.

—Ah, ya. Vikram dijo que había elegido… ¿un apotecario? ¿Era eso?

—El Alambique. —Emeric se quita la manta de encima y, para mi desconcierto, empieza a desabotonarse la camisa—. Los prefectos tienen dos marcas de vinculación, ¿vale? Una que nos une a las normas de los dioses menores y otra que nos une a su poder, como el vínculo de un hechicero.

—Vale —digo, aunque estoy un pelín distraída.

—Pero un hechicero lleva una marca por cada entidad a la que esté vinculado y, además de que hay demasiados dioses menores para que eso sea factible, el número varía según la región, la época… Te haces una idea. Así que, para la segunda marca… —Frunce el ceño—.

242 • SANGRE Y ESPINA

Dicho sin muchos rodeos, en vez de conectarnos directamente al poder de los dioses menores, usamos una especie de representante. Algo igual de innumerable que cambia con el tiempo y la región. Las…

Ato cabos.

—Las estrellas.

Emeric sonríe con timidez.

—Y yo que intentaba impresionarte.

—Bueno, «invoco los poderes de los dioses a través de las estrellas» es bastante impresionante de por sí.

—Me vale. —Emeric deja que la camisa le caiga hasta los codos y luego se gira para que pueda verle la parte superior de la espalda. Unas líneas negras se entrelazan entre sus omoplatos en una obra intrincada de runas, anillos y símbolos extraños. Lo he visto antes en la piel de un hombre muerto y cosida a la espalda de Adalbrecht von Reigenbach. Sin embargo, la marca de Emeric tiene unos cuantos huecos visibles—. ¿Ves la parte de arriba? ¿Un círculo con cinco estrellas?

Hay cinco estrellitas negras dispuestas como una casa invertida: cuatro esquinas torcidas y una cima. Apoyo los dedos en ellas y noto que Emeric se tensa.

—¿Aquí?

—S-sí. —Esta vez parece distraído—. Es una constelación. Cada prefecto elige una para que forme parte de la segunda marca, de su signum. Eso se convierte en su enlace con los poderes de los dioses menores. Solo tenemos unas cien constelaciones entre las que elegir y solo un prefecto puede usar un signum a la vez para controlar la cantidad de prefectos que somos. Hubert era el Roble y Vikram eligió el Alambique.

—Oye, yo ahora también quiero un nombre místico en clave.

Paso el dedo de una estrella a otra y disfruto de cómo se le traba la respiración.

—Creo que el tuyo es obvio. —Estira el brazo y le da un golpecito al cuaderno, del que sobresale la punta de un naipe—. Reina de Rosas.

Suelto una carcajada de contento.

—Me parece bien. ¿Cuál has elegido para ti?

—El Farol.

Mi mano se queda inmóvil. Durante un instante, lo único que puedo ver es el farol de mi madre cuando me abandonó en esa fría noche de invierno hace trece años, los últimos parpadeos de luz mientras se adentra en la oscuridad.

—¿Por qué? —suelto.

—Representa los ojos de Justicia. —Su voz adquiere ese tono tan sincero que recuerdo de Minkja, cuando nos sentamos junto al fuego y me contó su sueño de hacer rendir cuentas a los poderosos—. Justicia ve toda la historia. No hay sombras de las que aprovecharse. Y eso es lo que quiero, traer luz a toda la verdad en todos los casos, no solo lo que resulta conveniente.

No puedo decir lo que estoy pensando, no se lo puedo estropear. Lo que yo veo en el farol no es lo mismo que ve él, y no pasa nada.

Me obligo a hablar con sorna.

—Tengo malas noticias sobre la persona a la que estás cortejando.

Emeric se ríe y se da la vuelta por completo para arrastrarme al camastro que compartimos en el carromato.

—Yo me lo he buscado, Reina de Rosas —dice con malicia y agita una mano. La puerta del carromato se cierra y las cortinas se corren con un brillo plateado. Emeric sopla la vela que hay detrás de la almohada—. Y soy feliz de aceptar las consecuencias.

—Muy bien —dice Helga Ros cuando sale de nuestra posada en Rammelbeck a la tarde siguiente—, vamos a buscar a alguno de mis horribles hermanos.

Me levanto del banco en el que me había sentado junto a la puerta, donde estaba disfrutando del sol primaveral y examinando a escondidas las flores. Nos marchamos de Dänwik antes de que las campanillas rojas pudieran suscitar preguntas, pero prefiero no tentar más a la suerte.

—¿Hay habitaciones para todo el mundo?

Helga resopla.

—Este sitio es enorme. Pues *claro* que hay habitaciones.

No se equivoca. Rammelbeck se extiende por la ladera de una montaña como un deslizamiento de tierra, y la ciudad minera que solía ser aún se ve en sus ásperos bordes. Cuanto más subimos por las calles, más evidentes son esos bordes. Pero hubo una época en la que Rammelbeck se unió a Welkenrode, su hermano pijo del otro lado del río, para servir como capital del imperio durante un par de dinastías. Nuestra gigantesca posada, El Magistrado Feliz, parece ser una reliquia de ese pasado. Aunque se halla en el lado de Rammelbeck, ocupa la larga extensión de una calle, con varios patios y un establo tan grande que cupieron las mulas de la caravana.

Cuando llegamos, Mathilde y Vikram se marcharon para que Mathilde pudiera estar con su familia antes de que comenzaran las celebraciones de la Semana de la Cebada. Kirkling insistió en acudir a la oficina de prefectos local para ver si tenían alojamientos disponibles, y arrastró con ella a Ambroszia y a un ligeramente molesto Emeric. Nos dejaron a Helga y a mí con la caravana y con la esperanza de que en la posada que Bajeri eligiera hubiera habitaciones. Debería haberme fiado de él.

—Empecemos con Erwin —dice Helga mientras se ajusta la correa de la bolsa y mira con recelo a los transeúntes—. Erwin y Dieter son gemelos, así que ya sabes qué esperar. Henrik está al otro lado del río y es el más simpático, así que lo dejaremos para el final. Y Ozkar… Bueno, vayamos primero a por Erwin.

Es un paseo corto hasta el río, pero se tarda más en llegar a los muelles, donde Erwin debería estar trabajando. El río Trench baja profundo y rápido; se separa del Ilsza en Hagendorn y llega hasta el mar Nocturno al norte. En el pasado fue muy estrecho, hasta que la época de la capital imperial exigió orillas más amplias, con lo que ahora el hueco entre los muros del canal artificial permite el paso de todo menos los barcos y barcazas comerciales más grandes. Rammelbeck y Welkenrode ya albergan el poder imperial, pero controlar el mayor puerto fluvial de Almandy es un precio de consolación decente.

Sin embargo, nos encontramos con que las aguas del Trench están extrañamente desiertas, sobre todo para tratarse de un día con el cielo despejado y la corriente calma. Y lo que es más inquietante: cuanto más nos acercamos a los muelles marítimos, más tenemos que sortear a una muchedumbre que crece por momentos.

En cuanto alcanzamos el muelle, el problema resulta evidente. Una gran barcaza de carga se ha desviado hasta quedar encajada en diagonal por todo lo ancho del Trench. Las palabras *Gracia Eterna* están pintadas con letras blancas cuadradas en la popa. Es tan grande que convierte en hormigas a las distintas tripulaciones que trabajan para desencajarla y, por la cantidad de barcos que se acumulan en el río, diría que lleva ahí por lo menos un día.

—Te juro por Brunne que si Erwin ha tenido algo que ver con esto... —musita Helga por lo bajo.

A mí me parece poco probable.

—¿No habías dicho que era estibador?

—No te dije que fuera bueno. —Me lleva hacia el embarcadero, donde los estibadores se han sentado enfurruñados, y dice—: ¿Erwin Ros? ¿Alguien ha visto a Erwin Ros?

Más de un puñado de estibadores escupe en el suelo y todos guardan silencio. A lo mejor la teoría de Helga no es tan descabellada. Seguimos un sendero de pulgares y de murmullos por cuatro muelles distintos hasta que recibimos una respuesta firme.

—Erwin no ha venido hoy a trabajar —gruñe una fornida mujer que se apoya en un montón de cajas—. Pero eso suele significar que ha ido a derrochar la paga en el Sünderweg.

—No solo la paga, jefa —añade otro estibador con una sonrisa maliciosa—. Ayer estaba en racha. —Se pone serio de repente—. Ninguna de vosotras es su esposa, ¿verdad?

—No —responde Helga con rotundidad—. Su hermana, he venido por un asunto familiar. Pero tampoco quiero oír nada sobre sus aventuras en la cama.

Por el contexto (sobre todo porque «Sünderweg» significa «el camino de los pecadores»), me estoy enterando bastante bien de la situación.

—¿Cuál es su burdel favorito?

—Creo que está encariñado de una *mietlingen* en el Manga Verde —farfulla la jefa, frotándose el mentón.

El estibador que ha hablado antes interviene de nuevo.

—Sí, pero la última vez que lo vi iba hacia el Tesoro de Madame. —Sacude la cabeza—. No será la primera vez que un gamberro se mete en líos allí.

—Gracias. Una última pregunta. —Helga señala hacia la *Gracia Eterna*, aún encallada a lo ancho del Trench—. ¿Erwin ha hecho eso?

La jefa suelta una carcajada.

—Tu hermano no será el más listo del imperio, pero no. Por lo que he oído, fueron los fuertes vientos y una mano nueva al timón.

No paso por alto las miradas recelosas a su espalda. Guardo el dato para más tarde.

—Lo enviaremos aquí cuando lo encontremos —miento.

—Ni te molestes —suspira la jefa—. Hasta que no enderecen esa maldita barcaza, todo el puerto está cerrado.

Aguardo hasta que Helga y yo salimos a la calle de nuevo para preguntar por lo bajo:

—Sí que ha tenido algo que ver con esto, ¿verdad?

—Te lo dije —replica Helga con amargura. Se gira hacia el transeúnte más cercano que está observando ojiplático a la *Gracia Eterna*—. Perdone, ¿cómo se llega al Sünderweg desde aquí?

—Seguid el río. —El hombre se sobresalta al girarse, pero calla cuando nos ve. Una expresión de hosquedad aparece en su rostro, como el brillo del acero entre la vaina y la empuñadura. Traga saliva y se toca el cuello de la camisa, por donde sobresale algo—. Lo siento, eh... Bueno. Seguid el río hacia el norte hasta alcanzar las pasarelas de cuerda y lo veréis.

—Gracias —responde Helga con rigidez. Nos dirigimos hacia el norte. Tras un minuto, dice por la comisura de la boca—: ¿Nos está siguiendo?

A modo de respuesta, me giro para escarbar en la bolsa que cuelga a mi lado y frunzo el ceño como si buscara un objeto esquivo. Por el rabillo del ojo, veo a lo lejos los rizos rubios oscuros del hombre con el que acabamos de hablar.

—Sí.

—*Scheit.* Estoy bastante segura de haberlo visto en Hagendorn. ¿Es el único?

—Espera un momento. —Me detengo y sigo rebuscando mientras Helga espera. Cuatro personas se detienen de repente a nuestra espalda, el hombre rubio incluido. Finjo sacar un pequeño tarro de bálsamo y echo a andar—. Cuatro.

—*Scheit, scheiter, scheiten.* Vale, supongo que vamos a ver primero a Ozkar. Su taller está de camino a las pasarelas de cuerda.

Helga aprieta el ritmo.

La agarro por el codo y entrelazo el brazo con el suyo, frenándola a propósito.

—Fíate de alguien que se ha escabullido muchas veces —digo, tensa—. Hay una norma para salir intacta de esto, y es: «No te dejes llevar por el pánico». ¿El taller de Ozkar está en esta calle?

—No... no lo sé, hace tiempo que no vengo. No, el río solo se ve desde la segunda planta. Hay un apotecario en la esquina.

Agarro a Helga con la fuerza de un grillete.

—Creen que vamos hasta Sünderweg y no saben que sabemos que nos siguen. Si echamos a correr, descubriremos el pastel. Así que vamos a seguir andando y, cuando lleguemos a la esquina del apotecario, correremos el resto del camino hasta el taller. Si tenemos suerte, no nos alcanzarán ni nos verán entrar.

Helga resopla por la nariz, aún tensa.

—Se te da *bien* esto.

—Por algo hizo falta un... bueno, un Emeric para atraparme. —Y, con cierto remordimiento, añado—: E incluso entonces estaba distraída convirtiéndome en piedras preciosas.

—Me cuadra. —Echa un vistazo furtivo—. Se están acercando.

—Bien por ellos —replico apretando los dientes. Estoy siendo estoica por Helga, pero se me contraen las cicatrices cuando me estremezco—. Céntrate en buscar al apotecario.

A pesar de mi calma, la voz de Helga es cada vez más aguda.

—¿Tienes una forma de... de llamar a tu chico el prefecto?

—Primero, no es mi chico, sino un joven transportador de ángulos fuerte e independiente —respondo con aspereza—. Segundo, podemos apañárnoslas solas. Y tercero: no.

Helga se tensa como si fuera a salir corriendo.

La agarro con más fuerza.

—¿Estás *segura* de que puedes adelantarlos hasta el taller de Ozkar desde aquí? Porque en cuanto eches a correr, ellos también lo harán.

—Nos alcanzarán...

—No sé qué quieren, pero, si pudieran hacerlo a plena luz del día con testigos, ya lo habrían hecho. ¿Ves al apotecario?

—Pues... —Helga ladea el cuello de un modo demasiado obvio para mi gusto—. Creo que está por la izquierda. El del toldo verde.

Veo la tela verde no demasiado lejos y luego examino el tráfico que se acerca. Un jaco con pinta de amargado tira de un carro cargado con barriles de encurtidos en la calle de delante.

—Vamos a adelantar ese carro en el último segundo, ¿vale? —Helga asiente. Aguardo, mordiéndome el labio, hasta que estamos en posición y entonces...—: *Corre.*

Unos gritos de sorpresa nos siguen por la calle cuando pasamos a toda prisa por delante del carromato. El caballo suelta un relincho lastimero y se aparta a un lado, con lo que el carro se ladea y su propietario se agarra al asiento entre maldiciones. Durante un momento, en la calle que dejamos atrás reinan el caos y los gritos.

Y necesitamos ese momento, porque Helga ha ralentizado el paso y mira un escaparate cercano en el que se anuncian los servicios de un brujo. Empalidece.

—Ay, *mierda*, es verdad. Jakob dijo que se había mudado a Welkenrode...

Veo los pies de nuestros perseguidores mientras intentan buscar una ruta en medio del altercado y tomo una decisión ejecutiva.

—Da igual.

Empujo a Helga dentro de la tienda, la sigo y cierro la puerta a nuestra espalda.

Un hombre con bastante mala cara nos mira ojiplático desde el mostrador.

—Fumigaciones Liebeskind, ¿en qué puedo ayudarles?

—Eh... —dice Helga.

La agarro por la parte trasera de la camisa y tiro de ella hasta que queda oculta desde los escaparates. Se oyen unos pasos, seguidos por acusaciones de desconcierto y enojo.

—Buscamos a Ozkar Ros —le digo al hombre, en parte para distraerlo de las voces ahogadas de fuera.

Se le descompone el rostro.

—Ah. Pues claro. Os escribiré su nueva dirección.

Las voces bajan de volumen, pero quiero ganar más tiempo. Además, lo menos que podemos hacer es apoyar a nuestro refugio involuntario.

—*Yyyyy* Helga está buscando una cura para las chinches.

—Eh... —responde ella, pero le propino un codazo. Me mira con mala cara y añade—: Me vendría bien, sí.

—¡Justo hoy he hecho una nueva remesa! —El semblante de Liebeskind (deduzco) se ilumina considerablemente cuando se gira hacia una pared llena de tarros; los ingredientes varían desde lo más normal hasta lo más desconcertante—. Mi remedio es el mejor de la ciudad, usa extracto de chinches muertas...

Sigue charlando con Helga, que se hace la interesada a regañadientes. Y justo a tiempo, porque una sombra aparece en el escaparate. Un vistazo muy cauteloso me dice que es el hombre rubio mirando por el cristal.

Parpadeo. Durante un instante, juraría que he visto algo raro... ¿y familiar? Como un destello de oro. Pero desaparece enseguida, y el rubio parece decidido a marcharse cuando se da la vuelta.

No nos ve de puro milagro, pese a estar apretadas contra la puerta, ocupado en toquetear un amuleto de hueso pulido, lo que llevaba debajo de la camisa antes. Durante un segundo, distingo el amuleto... y me quedo fría.

He visto esa marca antes. La veo casi cada noche.

La pintura roja como la sangre ocupa todo el hueso con la burda forma de la mano de la Doncella Escarlata.

CAPÍTULO 16

EL TIEMPO DE UN PREFECTO

Helga y yo no volvemos a la posada El Magistrado Feliz hasta después del anochecer. Aunque Helga se las apañó bastante bien en Dänwik, me estoy dando cuenta de que las grandes ciudades no son su fuerte. Llegamos tarde en parte porque ha insistido en ir a la comisaría más cercana. Cuando vi que era un modesto cuartel de ladrillo junto al Sünderweg con una única vigilante fumando una pipa apestosa en el mostrador, supe que lo mejor que sacaríamos de allí sería humo en la cara. Helga, sin embargo, intentó presentar una denuncia (que se la rechazaron) y luego eligió esperar hasta que volvieran más guardias de sus rondas para que nos escoltaran hasta la posada.

Como cabría esperar, los guardias en la comisaría se toman sus deberes *muy* en serio, tales como evitar cualquier brote de plagas vergonzosas o enfermedades delicadas. Esto, *naturalmente*, los obliga a pasar bastante tiempo inspeccionando los burdeles del Sünderweg. De hecho, más o menos todo el tiempo que pasan de servicio, a pesar de que Rammelbeck tiene inspectores dedicados a ese mismo propósito.

Al final, Helga aceptó que nadie nos iba a escoltar, pero ya había anochecido. Y llegamos tarde porque también quiso ir por otra ruta que no fuera la del río, lo cual tampoco es que fuera una idea tan terrible, pero eso significaba encontrar el camino por el laberinto de calles secundarias de Rammelbeck.

Al entrar al patio principal de El Magistrado Feliz, oigo a mano derecha el chirrido de las patas de una silla sobre las losas. Emeric sale de una sala de espera con el rostro tenso.

—¿Estáis bien? Pensé que habríais vuelto hace horas.

—Hubo ciertas... eh... complicaciones —empiezo a explicar, antes de que una carcajada seca me interrumpa.

Kirkling (y esto no lo digo a la ligera) sale con aire provocador de la misma sala.

—Querrás decir que estabas tramando otra estafa.

—Nos persiguieron unos sectarios —espeta Helga— y la guardia local no nos ayudó, así que tuvimos que volver por una ruta distinta.

—¿Sectarios?

Emeric me apoya una mano en el brazo.

—No me lo trago —dice Kirkling en un tono un poco demasiado alto y se acerca. Capto un tufo leve a *brandtwein* en su aliento—. ¿De verdad pensabas que no me daría cuenta de que el cáliz de San Willehalm volvió *por arte de magia* a la biblioteca? ¿O de que los guardias de Dänwik iban buscando a un ladrón que dejó un penique rojo? Y ahora te inventas historias sobre sectarios... ¿Crees que me chupo el dedo?

Ha sido un día largo y estoy desesperada por un plato de *spätzle* y un baño, lo que significa que ya me he hartado de Kirkling.

—Te chupas tanto el dedo que no has visto que predicas con el ejemplo —replico—, así que sí, me *sorprende* que te hayas dado cuenta. Te has ganado una estrellita. Y ahora, si nos disculpas, los adultos están hablando.

Kirkling retrocede. Estoy bastante segura de que me va a pegar (y, sinceramente, eso lo respetaría).

Emeric también parece presentirlo, porque se mueve con sutileza para situarse entre las dos.

—Podríamos ir a cenar…

—Deténgala —ladra Kirkling.

Emeric calla.

—Volver tarde no es un crimen —dice con cuidado—, ni tampoco lo es ser maleducada…

—Robó un artefacto de la realeza, joder, y es obvio que está planeando otra estafa. —Kirkling parece cada vez más enfadada—. Solo está en libertad por *su* parcialidad. Si no estuviera loco por ella, ya habría cumplido con su deber.

Sé que está intentando acertar en el clavo sensible de Emeric, pero acaba de soltar un montón de ladrillos en el clavo equivocado. Emeric se endereza. Solo le he visto esa furia gélida en una ocasión: cuando le conté que los Von Falbirg esperaban que soportara lo peor de Adalbrecht por ellos.

—Mi deber —dice con frialdad— es servir a Justicia. Si cree que serviré a Justicia abriendo un nuevo caso sobre cómo un príncipe elector robó una reliquia sagrada, se aprovechó de nuestro sistema legal para reducirla a un trofeo y convirtió un archivo público importantísimo en una zona peligrosa tan letal que el santo patrón tuvo que pedirle a una civil que interviniera, entonces lo haré, pero *después* de que hayamos resuelto el caso de la Doncella Escarlata. Mientras tanto, si mi parcialidad implica que una persona inocente no vaya a la cárcel, entonces creo que a Justicia le viene mejor que la alternativa. Si me equivoco, asumiré las consecuencias.

Y, sin añadir nada más, entrelaza un brazo con el mío y me dirige a la posada, dejando a Kirkling con el rostro enrojecido.

Helga nos sigue un momento más tarde.

—¿Entonces deduzco que te alojas aquí?

—Si tienen una habitación, sí —responde Emeric—. Los dormitorios de la oficina local están todos ocupados. Algo sobre un fraude mercantil.

—Me imaginaba que preferirías quedarte con Vanja. —Percibo cierto humor bajo el cansancio de Helga—. Voy a darme un baño y a dormir un día entero. Decid a la gente maja de recepción que os alojáis en la habitación doble bajo el nombre de Helga Ros.

Desaparece con una velocidad asombrosa para tener el mismo cansancio que yo. No es hasta que estamos en pleno proceso de registrarnos cuando empiezo a captar pistas del motivo. La recepcionista sonríe con ganas cuando encuentra la reserva.

—¡Por supuesto! Ya hemos subido su equipaje. ¿Cenarán en la taberna o en la habitación?

Emeric me mira.

—Creo que esta noche prefiero la habitación —digo.

La recepcionista nos guiña un ojo.

—Comprensible. Le diré a la cocinera que envíe el especial de la casa. Si hacen el favor de seguirme... —Nos conduce no por un tramo de escaleras, sino por dos; el ruido disminuye cuanto más subimos—. Estamos muy orgullosos de esta *suite* —explica con alegría—. Encontrarán la mejor bañera de la posada, con los últimos encantamientos para calentar el agua y una variedad muy amplia de afeites y lociones aromáticas.

—Qué bien —digo, y tomo nota de robar todo el jabón posible.

—Y, cómo no —continúa cuando llegamos a la parte superior de la escalera. Luego se gira y nos guiña otra vez—, también tenemos los mejores hechizos de insonorización, así que no se preocupen por la privacidad.

Todo empieza a encajar, pero para entonces es demasiado tarde. El pasillo ya se está iluminando con velas que arden de color magenta y la recepcionista abre la puerta blanca pintada con unas llamativas rosas de color rosado.

—Felicidades a los dos —dice, abriendo la puerta—. Disfruten de su luna de miel.

Emeric y yo entramos un poco perplejos. En cuanto la mujer cierra la puerta a nuestra espalda, una lluvia de pétalos de rosa cae del techo y flota con arte para crear un sendero hasta la cama, que es menos una cama y más una fortaleza construida para soportar una guerra sexi. Los postes de hierro están anclados al techo y al suelo, suavizados por los doseles de satén rojo. Un dosel parecido se alza sobre la bañera que había mencionado la recepcionista. De hecho, hay mucho satén rojo en general, por todas partes.

Toso un puñado de pétalos mientras Emeric se acerca al centro de la habitación, con el aire de un hombre que acaba de aterrizar en territorio desconocido. Luego se gira hacia mí y alza un dedo.

—Quiero hablar sobre… sobre esto. —Abarca toda la habitación con un gesto vago—. Pero antes… ¿has *dicho* sectarios?

—No ha sido gracioso —le digo a Helga a la mañana siguiente—. ¡Yo solo quería *spätzle*! ¡Ni siquiera me gustan las ostras!

Emeric chasquea la lengua. Después de oír la historia completa de la tarde que pasé con Helga, no he podido convencerlo de que no nos acompañe a los muelles hoy (tampoco es que hiciera algo más que soltar una queja procedimental; es una mañana bonita y pienso usar a los sectarios para pasar tiempo con mi transportador de ángulos favorito).

—Algún día iremos a Rabenheim y podrás tomar ostras en hielo de verdad.

—A mi Nibsi tampoco le chiflaban las ostras —musita lady Ambroszia desde su puesto en mi bolsa. Ya que su motivo personal para acompañarnos en este viaje era ver más partes del imperio, me imaginé que lo mejor que podíamos hacer era sacarla a recorrer la ciudad—. Tampoco era que las necesitase. Ese hombre era como un verraco rabioso en la cama.

—Eso suena… —Busco una palabra que no sea sinónimo de «no me extraña que su primera esposa se uniera a un convento», pero acabo decantándome por—: Vigorizante.

Helga farfulla algo cuando nos acercamos a los muelles.

Me inclino hacia ella.

—Perdona, ¿qué has dicho?

—Os pedí la *suite* de novios para que pudierais pasar tiempo a solas —se queja—. Y me parece que no os lo tomáis en serio.

—Pues yo creo que me tomo bastante en serio todo el asunto del sacrificio a un perro infernal —protesto.

—Eso no. —Helga juguetea con su trenza rojiza mientras bajamos por las destartaladas rampas de madera hacia el embarcadero—. Mi apuesta con Jakob. Si gana, se pondrá insoportable.

—Una mujer de prioridades firmes —comenta Emeric detrás de mí—. Esta mañana tuvimos que pedir sábanas. ¿Sabe cuánto resbala el satén? Apenas podía estar en la cama.

—Excusas.

Cuando llegamos al muelle, veo que hay menos tripulantes esperando, pero la *Gracia Eterna* sigue encajada en el río Trench. Sin embargo, la jefa de Erwin está aquí, junto con un puñado de estibadores.

También hay caras nuevas: un grupo de guardias de la ciudad, uno con la faja de alguacil. Con pinta de cabreado, el alguacil agita un trozo de pergamino a la jefa.

El hombre parece incluso más cabreado cuando lo oímos:

— … alguien tiene que pagar la deuda. Si no puedes decirme dónde encontrar a Erwin Ros, entonces supongo que *tú* tendrás que pagar los cien *gilden*, ¿verdad?

Emeric se detiene, me agarra de la manga y le da unos golpecitos educados a Helga en el hombro. Baja la voz y susurra:

—Lady Ambroszia, manténgase oculta. No sé cuál es el reglamento local para espíritus que no estén vinculados a un hechicero. Y que nadie hable con los guardias. Usted sobre todo, señorita Ros. Están intentando recaudar una deuda y usarán cualquier relación con él para encasquetársela a usted y acabar con el tema.

Pero hemos llamado la atención del alguacil. Ambroszia se hunde más en la bolsa y oímos la voz del hombre por el embarcadero.

—¿Qué trae a un prefecto a visitar a las ratas del muelle?

—Solo acompaño a estas señoritas en unos recados —responde Emeric.

El alguacil entorna los ojos cuando nos mira a Helga y a mí.

—¿Y qué recados son esos?

Helga se envara. Para esta tarea se necesita una persona a quien se le dé mejor enhebrar el hilo de la verdad por el ojo de la aguja del mentiroso. Apoyo una mano en la cadera de forma ostentosa y pongo los ojos en blanco, la mismísima imagen de la exasperación familiar.

—Por lo que parece, los mismos que los suyos. Buscamos recabar una deuda de Erwin Ros. ¿Lo han visto?

—Lo único que he visto es que le debe al Manga Verde cien *gilden* por sus servicios —espeta el alguacil, con tanto veneno que, sospecho, el Manga Verde no piensa permitirle la entrada hasta que el asunto esté resuelto.

Pero eso no me acaba de encajar.

—Por lo que sabemos, fue al Tesoro de Madame.

Y entonces ocurren tres cosas insignificantes e insólitas.

La primera: los guardias y el alguacil intercambian una mirada, y todo el fuego y el azufre que habían reunido para intimidar a la jefa de Erwin desaparecen enseguida.

La segunda: una chica joven, de unos catorce años, da un paso adelante.

—Perdonen… Trabajo en… Bueno, quiero decir que *trabajaba* para Madame. Creo que puedo ayudar.

Y la tercera: un estibador que se paseaba por la parte trasera de la multitud se aleja a toda prisa para subir por las rampas que conducen al nivel de la calle.

—Muy bien —dice el alguacil con una falta de sinceridad acartonada—, iremos a mirar en el Tesoro de Madame.

Hace un gesto hacia los guardias que lo rodean y todos se encaminan en la misma dirección que el estibador que ha salido corriendo.

No sé por qué, pero no creo que vayan a hacer más que un interrogatorio superficial, a menos que «interrogatorio» sea ahora un eufemismo.

Interesante. Es obvio que los guardias están compinchados con el Tesoro de Madame... Pero, entonces, ¿por qué ha pagado a un estibador para que espiase?

—Esperen, por favor. —La chica persigue a trompicones a los guardias—. Tengo que denunciar...

—Ve a la comisaría —ríe uno, y se tapa la boca con la mano.

Emeric suelta una exclamación indignada.

—No les he mentido —le recuerdo.

—No, has estado brillante, como siempre —dice, y luego se apresura tras la chica—. Disculpe, *fräulein*. —Le dedico un gesto de disculpa a la jefa de Erwin, que se despide con la mano. Helga y yo alcanzamos a Emeric a tiempo de oír lo que le pregunta—: ¿Qué quería denunciar?

Los ojos oscuros de la chica se abren de par en par cuando ve la insignia de prefecto en el abrigo de Emeric. Se retuerce las manos; están moteadas de manchas por la lejía, viejas y nuevas, pero, aunque su vestido y su delantal demasiado pequeños están gastados, no lucen las mismas marcas, lo que indica que suele llevar un uniforme cuando maneja la lejía. Unas expertas trenzas marrón oscuro se asoman por debajo del pañuelo casi tan raído como su ropa.

—Ay, no, señor, no quiero hacer perder el tiempo a un p-prefecto.

—Pues entonces estamos de suerte los dos, porque aún no soy prefecto. —Emeric intenta apoyarse con naturalidad contra un barril, pero no calcula bien dónde está el borde y se resbala un poco. O, al menos, eso es lo que parece. En el pasado, usó ese truco conmigo para que bajara la guardia—. ¿Está relacionado con el Tesoro de Madame?

La chica se encoge un poco y oculta las manos detrás de la espalda.

—No puedo contárselo a nadie.

—Mmm. No es necesario que diga nada que no quiera. Pero voy a adivinar unas cuantas cosas y puede decirme si acierto, ¿vale? —Emeric aguarda hasta que la chica asiente—. Antes ha dicho que trabajaba allí. Deduzco que ya no, ¿verdad? —Asiente de nuevo—. Voy a deducir que tiene un hermano mayor que la ayuda con el pelo.

La chica abre más los ojos. Asiente.

—¿Cómo lo ha sabido?

—Yo solía ayudar a mis hermanas a peinarse —responde con una sonrisa triste—. Las trenzas de su hermano o hermana son mejores que las mías.

Decido echarle una mano y me paso una trenza por encima del hombro para enseñarle la cinta.

—A mí me hace los lazos por la mañana.

La chica parece menos nerviosa y empieza a esbozar una sonrisa tímida.

—Es mi hermana, Marien —dice con suavidad—. Trabaja en el Manga Verde.

—Pero usted trabajó en el Tesoro de Madame.

Emeric frunce el ceño. Con tan solo decir el nombre, la chica retrocede un paso.

—No… no debería… Madame no…

La voz de Emeric adquiere más firmeza, pero sigue siendo amable.

—¿Cuántos meses de sueldo le debe?

La chica se queda con la boca abierta.

—Es su don —digo con ironía—. ¿Cómo quieres que te llamemos?

La joven traga y susurra:

—Agnethe.

—Mis manos solían tener el mismo aspecto que las tuyas. Unas cuantas semanas con ungüentos y estarán como nuevas.

Agnethe agacha la cabeza.

—Madame dijo… —En cuanto empiezan a brotarle las palabras, se desbordan—. Me llamó «mentirosa» porque no le dije que Marien trabaja en el Manga Verde. ¡Pero yo pensaba que se lo había dicho! Madame dijo que no y que ella no contrata a mentirosas y espías y que llevaba limpiando allí tres meses, pero que no iba a pagarme y que debía alegrarme de que no me denunciara ante la guardia por espiar, ¡pero yo nunca he espiado a nadie!

La voz de Emeric mantiene el tono amable, aunque entrelaza las manos detrás de la espalda. Sé que lo hace cuando no quiere que la gente vea que los nudillos se le tornan blancos.

—¿No le ha pagado tres meses enteros?

—Se suponía que el primer mes era de prueba y me *pareció* entender que me pagaría al final. Luego dijo que sería a finales del segundo mes, pero me contó que había sido un mal mes y que si me pagaba a mí no sería justo para las demás. Y luego… —Empieza a temblarle el mentón—. Marien lo está pasando mal para darnos de comer a las dos, pero no hemos pagado el alquiler de marzo y si nos saltamos otro mes…

Emeric asiente.

—Comprendo. Muchas gracias por contármelo. Iremos a por su sueldo, *fräulein* Agnethe.

—Y, mientras tanto, si quieres, puedes esperarnos en la taberna El Magistrado Feliz —le sugiero—. Prueba la tarta de manzana. Diles que va a cuenta de la habitación de Elske Kirk…

Emeric carraspea.

— … Helga Ros —me corrijo.

—Luego me devolverás el dinero —dice Helga con el ceño fruncido.

—Esto… —Agnethe se retuerce las manos con el delantal—. El hombre que buscan… Estoy bastante segura de que vi a un portero llevarlo a una habitación privada hace dos noches. ¿Tiene el pelo como usted?

—Sí —confirma Helga—. Siempre arma barullo, tiene los ojos azules y saltones y una debilidad por el *brandtwein*. Es un poco incompetente.

Agnethe intenta no sonreír.

—Estoy bastante segura de que era él.

—Muchas gracias de nuevo, son datos excelentes. —Emeric la saluda llevándose dos dedos a la frente—. Nos vemos en El Magistrado Feliz.

En cuanto subimos por las rampas y llegamos de nuevo al nivel de la calle, Helga se gira hacia Emeric y hacia mí.

—Puede que Ozkar sepa en qué anda metido Erwin. Me llevaré a Ambroszia a su nuevo taller mientras vosotros miráis en el Sünderweg.

—¿Es seguro? —pregunto—. Podría haber más sectarios.

Antes de que Helga pueda responder, lady Ambroszia se asoma desde la bolsa, radiante.

—Creo —dice con altanería— que me las puedo apañar con un puñado de canallas. Seguro que *recordáis* lo que el dulce de Willi hizo en la biblioteca cuando se enfadó.

—Sí que me acuerdo —dice Emeric— y recomiendo no recurrir a técnicas letales. Pero sí, con eso debería bastar. Nos encontraremos de nuevo en la posada.

Me ofrece una mano y la acepto.

—Vamos a ver si la madama sabe algo sobre un perro.

LA CUARTA MENTIRA

FAMILIA

É rase una vez, había una muchacha que aprendió a mentir con las manos.

Solo tenía siete años; había vivido en un castillo durante más de uno y tenía unas ganas tremendas de marcharse. Quería regresar a la cómoda cabaña donde sus madrinas la habían mantenido cálida y a salvo en un mundo seguro y tranquilo. No le gustaba la fría Sovabin, ni el cocinero tacaño ni el nombre que usaban para llamarla: *russmagdt*, «moza de hollín», porque la cocina solía dejarla cubierta de cenizas.

Solo le caía bien la maga del castillo, que sentía lástima por ella y la estaba enseñando a mentir. La maga creía que quizá, solo quizá, si la *russmagdt* pudiera impresionar a la realeza del castillo, a lo mejor podría escapar de la cocina y conseguir un trabajo más dócil en los salones de arriba.

Y así fue como el cocinero encontró a la maga y a la moza de hollín junto a la chimenea del gran salón.

—Nunca dejes de mover las manos —decía la maga mientras le enseñaba a la niña cómo había metido un *sjilling* de bronce entre su pulgar y el interior de la palma.

—No has fregado los platos —gruñó el cocinero desde la puerta de la cocina.

La *russmagdt* se encogió. Se suponía que debía hacer lo que le pedían, pero...

La maga frunció el ceño y lo miró por encima del hombro.

—Los ha fregado. He visto el fregadero vacío. —El cocinero no respondió y ella agravó el gesto—. A menos que le hayas dejado un nuevo desastre.

El cocinero se balanceó y se apoyó en el marco de la puerta. La chica olía la cerveza amarga desde la chimenea. Yannec se portaba peor en ese estado.

—No servirá de nada, tonta... Intentas convertirla en más de lo que es. Ni su propia familia le encontró utilidad.

—Eso no lo sabes —replicó con frialdad la maga.

La madrina Fortuna sacudió la cabeza, vehemente, y su guirnalda de monedas y huesos tintineó.

—Eso no es cierto, Vanja, querida. Nos eres muy útil.

—Te retuvimos allí demasiado tiempo —comentó la madrina Muerte.

Yo era la única que podía oírlas, verlas, así que lo único que dije fue:

—Aun así me abandonaron.

—¡Ves! —canturreó Yannec—. La sangre solo traiciona a la sangre por un buen motivo. Estás perdiendo el tiempo.

Joniza lo miró con puro odio.

—Ve a limpiar tu propio desastre.

Yannec consiguió lo que quería; sabía que, en cuanto me fuera a dormir, no podría espantar sus palabras de mi mente, igual que tampoco podría ahuyentar las ratas de la despensa como me habían encomendado. Yannec se marchó a la cocina refunfuñando.

—La sangre y la familia no son lo mismo —dijo Joniza al cabo de un rato—. ¿Lo entiendes?

Lo entendía y, al mismo tiempo, no. Apenas recordaba las caras de la familia que me abandonó una fría noche de invierno, ni la cara de mi madre, iluminada por un farol parpadeante cuando me dio la espalda. Mis madrinas afirmaban que era su hija, pero a veces me daba la sensación de que no entendían lo que era una hija. ¿Por qué si no me habían enviado a Sovabin?

Sin embargo, estaba aprendiendo a mentir con algo más que solo las manos. Y por eso dije:

—Sí.

CAPÍTULO 17

ACTIVIDADES EN PAREJA

—¡Mira! —Le enseño a Emeric el dorso de mi mano cuando atravesamos la puerta del Sünderweg. Me han estampado una corona de hojas verdes debajo de los nudillos—. ¡No tengo chinches!

—Menudo alivio —dice con escasa sinceridad y arruga la nariz mientras se observa el sello de su mano—. Supongo que debería alegrarme de que se tomasen la higiene en serio.

De hecho, Rammelbeck sí que se toma la higiene muy en serio, al menos en el Sünderweg. Como en cualquier otro distrito decente de burdeles, hay muchos callejones secundarios y calles estrechas para el cliente al que le guste un ambiente duro, pero, si observas con atención, todos son sin salida. Cada entrada a nivel de la calle está cerrada por un portón. Solo dejan pasar a los visitantes después de someterse a un examen breve y brusco, realizado por una bruja, para detectar chinches, varicela, verrugas genitales o cualquier enfermedad asquerosa que se pueda transmitir en la cama. Hasta los burdeles que dejamos atrás alardean de haber superado una inspección semanal casi con la misma confianza con la que enseñan su despliegue carnal.

Y los despliegues abundan, aunque no es ni mediodía. No todos son morbosos (un grupo de mujeres borrachas y escandalosas disfrutan de un desayuno tardío fuera de un establecimiento, una damisela se posa con gracia en la ventana de otro), pero nadie lo confundiría con un distrito religioso. Cada centímetro está dedicado al disfrute carnal. Las *mietlingen* y sus clientes usan con entusiasmo unos callejones estéticamente «sucios», unos carteles anuncian distintos servicios y tarifas con nombres temáticos y una intensa variedad de... *sonidos* surge desde las ventanas abiertas.

Ojalá supiera qué se siente al disfrutar de todo esto en vez de sentirme incómoda. Una cosa es cuando estamos Emeric y yo a solas, tanteando con torpeza y riéndonos un montón. Aquí no puedo quitarme de encima una sensación de inquietud, como si hubiera entrado por accidente en la fiesta privada de alguien y todo el mundo supiera que no debería estar ahí. El único consuelo es que mi sufrimiento tiene compañía, porque Emeric también tiene pinta de que preferiría estar declarando sus impuestos (tal vez no sea la mejor comparación; seguro que hace los impuestos para relajarse un día cualquiera).

—Propongo que finjamos ser recién casados —le digo, en parte para distraernos los dos.

Emeric parpadea.

—¿Qué?

—Bueno, si yo fuera la propietaria turbia de un burdel que está potencialmente implicada en la conspiración de un secuestro, no permitiría que un prefecto (*aspirante*, ya) buscara a la víctima en mi propiedad.

—No vas desencaminada —dice Emeric despacio—. Sin embargo, es una situación peliaguda. Se supone que debo llevar mi uniforme si estoy de servicio activo, a menos que requiera ir de tapadillo...

—¿Acaso en un burdel no se trabajaba poco tapadillo?

Emeric suelta un suspiro de puro sufrimiento y prosigue:

— ... y para eso hace falta un motivo más robusto que este. Erwin Ros está relacionado con el caso de la Doncella Escarlata, pero no tenemos motivos para creer que su *desaparición* lo está, así que... solo para asegurarnos, sigamos las normas.

El Tesoro de Madame no es difícil de localizar tras recorrer unas manzanas de la calle principal. Su fachada imponente está pintada de negro con un borde dorado para evocar la institución de su nombre, y unas barandillas de hierro forjado enmarcan unos peldaños de pizarra que llevan a las impresionantes puertas dobles de teca pulida. Un hombre muy robusto bloquea la entrada del burdel como si fuera el guardia de la *Gracia Eterna* saca la barbilla como si tuviera varias rencillas en mente y se muriera de ganas por quitárselas de encima.

—*Spintz* —gruñe cuando nos acercamos.

Emeric y yo intercambiamos una mirada de perplejidad. Le enseño el sello de la mano.

—¿Creo que ya nos han examinado para eso? —Luego me inclino para leer la placa acerca de las inspecciones. Al parecer, mañana a estas horas irán a examinar el Tesoro de Madame—. Ah, ¿hay una infección?

—Es una moneda, no una enfermedad, hija de... —El portero se contiene antes de soltar un insulto a una posible clienta. Señala con el mentón una taquilla que hay junto a la escalera—. En el Tesoro, se paga en *spintz*. Sin *spintz* no se entra.

—No hemos venido como clientes —dice Emeric—. Tenemos que hacerle unas preguntas a la propietaria.

Pasa un segundo mientras el portero examina a Emeric con la mirada, en concreto la insignia de prefecto de su abrigo. Luego pregunta:

—¿Tiene una orden de registro?

—No.

Emeric cierra la boca en una línea fina.

El portero entorna los ojos hasta que forman una ranura. Señala la taquilla.

—*Spintz*.

Ahora soy yo quien suelta un largo suspiro dramático. Nos acercamos a regañadientes a la taquilla. El concepto de apatía se manifiesta
en una mujer un poco mayor que Helga, que nos entrega una tarjeta
de madera por encima del mostrador y sigue masticando una tira de
wurst seca. En la tarjeta se enumeran distintos, bueno, *actos* que se pueden comprar y el precio de cada uno… en *spintz*. También hay un listado con las tasas de cambio; parece que es un *sjilling* por un *spintz*.

En cuanto saco cuentas, empiezo a ver por qué este sitio apesta
a problemas. No porque sea caro, sino todo lo contrario: todos los
servicios que ofrecen son muchísimo más baratos que los de la competencia. Lo que significa que las ganancias reales proceden de otra
parte. La opción más barata es también la más siniestra: SORPRÉN-
DEME (5 *spintz*).

—¿Cuál es la sorpresa? —pregunto con cautela.

—Hay una ruleta dentro que podéis girar —dice la encargada,
como si ella también prefiriera estar haciendo sus impuestos. Le
huele el aliento a *wurst*—. Os tocará lo que salga.

Oigo que las puertas se abren y alzo la mirada. El portero se
asoma desde fuera y susurra con furia a alguien mientras señala en
nuestra dirección.

—Una —gruñe Emeric con los dientes apretados— *sorpresa*, por
favor. —Desliza cinco *sjilling* hacia la encargada, que los cambia
por cinco fichas de latón opaco—. Volveremos a intercambiarlos
dentro de poco.

La encargada le da un mordisco a la carne seca.

—Ajá. Recibiréis cuatro *sjilling* después del impuesto de inter-
cambio.

—¿Después de…?

Señala con el dedo una pequeña frase al final de la tarjeta. En
efecto: puedes intercambiar todo el dinero imperial que quieras por
spintz, pero, si quieres recuperarlo después, te va a salir caro. La
única excepción, vaya, es para los miembros de la guardia de la ciudad (y lo rematan con un alegre «¡Gracias por su servicio!»).

—Comprendo —responde Emeric con amargura.

Yo también lo entiendo. Hay tarifas planas para distintas categorías; hagas lo que hagas, pierdes al menos un 10 % de lo que pagaste por los *spintz*. Es un negocio brillante, tengo que reconocerlo, porque recaudas dinero de cada transacción y obligas a la clientela a invertir en las fichas desde el principio, y les cobras si quieren cambiarlas después. Y, a la escala tan masiva en la que opera el Tesoro de Madame, toda esa recaudación aumenta muy rápido.

El portero no ha dejado de mirarnos ceñudo ni siquiera para dejarnos pasar. Ahora entiendo por qué este sitio cobra vida de noche; es como el vestíbulo seductor de un banco, con mármol blanquinegro y adornos de latón. Dos escaleras de caracol gemelas encuadran un escenario redondo, donde hay una rueda en primer plano. Galerías de puertas recorren los niveles superiores y unas barras a conjunto se despliegan en la planta baja. Una estela de humo penetrante, como una mezcla de incienso y de ese *kanab* que embota los sentidos, flota hacia la cúpula de cristal, donde la fría luz matutina se queda atrapada en la nube. No hay tanto ruido como fuera, pero por los murmullos, risitas y el tempo alejado de un *staccato*, deduzco que el Tesoro está muy abierto.

—Vosotros dos. —Oímos un chasquido de dedos nada más entrar. Emeric y yo alzamos la mirada. Hay una mujer en la cúspide de las dos escaleras. Supongo que se acerca a los cuarenta. Su impresionante bata blanca solo es un tono más claro que su piel de porcelana, pero contrasta con las trenzas de un rojo caramelo que se ha recogido con arte. Detecto un ligero acento del Norte Profundo—. Subid. Ahora mismo.

—Me han dicho que podía hacer girar la ruleta —replico indignada.

—¿Acaso *quieres* ganar algo? —pregunta Emeric en voz baja mientras nos dirigimos a las escaleras.

—Es una cuestión de principios.

Pongo mala cara hasta que llegamos a la parte superior de los peldaños y veo mejor a la que, deduzco, es la famosa madama. Sus rizos poseen un tenue brillo violeta que me molesta; sé que algunas rubias eligen teñirse el pelo de ese tono rojo con zumo de arándanos y remolacha, mientras que *mi* versión de pelirrojo implica ganar cincuenta pecas más cada vez que pienso en la palabra «sol».

—Madame —saluda Emeric con frialdad.

—Prefecto —contesta ella y parpadea sus ojos turquesa poco naturales en su dirección. Es en ese momento cuando decido que pienso quemar este sitio hasta reducirlo a cenizas.

—Aspirante —la corrijo mientras la fulmino con la mirada.

—Hablaremos en mi despacho —declara, y se desliza hacia otra enorme puerta de teca. Un hombre en el que apenas me había percatado la abre para ella.

—¿Quiere que la llamemos «madame» —pregunto mientras la sigo—. ¿O es más una situación rollo: «Por favor, mi madre era Madame Tesoro, podéis llamarme Gertie»?

Pasa por alto mi comentario y flota hasta un escritorio monumental donde se encienden unas luces hechizadas. Luego se hunde en una silla de terciopelo blanco con tanta suavidad que parece coreografiada. La puerta se cierra en cuanto cruzamos el umbral. A pesar de que abundan los sillones mullidos por toda la sala, no nos invita a sentarnos.

—No deseo perder *más* tiempo en esta tontería —determina Madame antes de que podamos decir algo—. Ni molestar a los clientes del Tesoro…

—Un momento —la interrumpo—, ¿se llama *el* Tesoro? Pensé que Tesoro sería su apellido. ¿O es *su* tesoro?

—Creo que son todas las anteriores —reflexiona Emeric.

Tengo que reconocérselo a Madame: su calma es inquebrantable.

—La guardia ya ha estado aquí y os diré lo mismo: no tengo ni idea de dónde está Erwin Ros. Lo último que sé es que lo echaron del Manga Verde al otro lado de la calle. Aquí nadie lo vio la noche en que desapareció. ¿Hemos terminado?

Emeric mantiene con cuidado el semblante en blanco cuando nos acercamos al escritorio.

—Aun así, me gustaría examinar las instalaciones.

—Cómo no. —Madame se reclina en su silla—. No sabía que los prefectos disponían de tanto tiempo libre. Avíseme en cuanto tenga una orden de registro y lo complaceré.

Es obvio lo que está diciendo: la desaparición de un hombre no es suficiente para que investiguen los prefectos, y la guardia le pondrá trabas con cualquier cosa relacionada con el Tesoro («¡Gracias por su servicio!»).

—De poco te serviría —añade Madame con una carcajada a medio gas—. Limpiamos a conciencia el Tesoro todos los días. Aunque estuviera aquí, creo que no hallarían ningún rastro.

Me cruzo de brazos.

—Qué curioso. Pensé que había despedido a la chica de la limpieza.

Madame me mira con una pequeña llamarada de odio. No responde.

—Sí, ese es otro asunto del que me gustaría hablar —dice Emeric tras un silencio incómodo—. Tengo entendido que ha retenido tres meses de salario a Agnethe y que luego la ha despedido sin pagarle.

—Mmm. Firmó un contrato. —Madame se inclina para abrir un cajón y aprovecha al máximo el ángulo de su escote. Saca un trozo de pergamino y lo deposita sobre la mesa. Luego lo desliza hacia la derecha—. Puedes leerlo si quieres.

Sus dedos mantienen el pergamino pegado al sitio. Emeric tiene que rodear el escritorio, que es justo lo que ella pretendía.

Durante un momento, lo único en lo que puedo pensar es en la mañana en la que Irmgard me llamó para rizarle el pelo después de estropear mi ungüento, en cómo me permitió sostener hierro candente a pocos centímetros de su cuello porque las dos sabíamos que, por mucho que quisiera, no podía hacerle daño.

No. Dejé atrás Sovabin. Y, mientras la atención de Madame está centrada en Emeric, aprovecho la oportunidad.

Examino el escritorio por si hay algo útil. «Pedido: una fanega de fresas (de invernadero), diez colines asquerosos…». La lista de la compra. Muy aburrida. A ver lo siguiente. «Para su consideración: bocetos de la nueva disposición del salón. Firmado: Köhler». Me gusta un buen diseño de interiores como a la que más, pero paso.

Mis ojos aterrizan en un papel que sobresale de un montón extrañamente desordenado; una tapadera, si lo sabré yo. «Oferta para las propiedades listadas a continuación: Posada y Burdel M. T. y las propiedades asociadas…».

Quiere vender. Eso *sí* que es interesante.

—¿Le dijo a Agnethe que le pagaba en *spintz*? —interviene la voz de Emeric—. ¿La comisión por el cambio no la dejaría sin sueldo?

—Está en el contrato —responde con monotonía Madame.

Emeric señala una línea donde han dibujado una equis temblorosa.

—Esto no es una firma.

—A la pobre nunca la enseñaron a leer ni escribir. Pero la firma de abajo es la de mi testigo, que confirmará que leí a Agnethe todas y cada una de las palabras de este contrato antes de que lo firmara.

—¿Una testigo que es su empleada?

Madame sonríe.

—Creo que la has conocido, es la encargada de la taquilla de *spintz*. No es ilegal que uno de tus empleados sea testigo de la firma de un documento, ¿verdad?

Emeric entrelaza las manos detrás de la espalda, pero eso no oculta los espasmos de un músculo en su mandíbula.

—No lo es —admite, y regresa a mi lado del escritorio.

—¿Acaso no es un contrato válido? —insiste Madame.

—Lo es —responde Emeric con los dientes apretados.

MARGARET OWEN • 275

Entonces… no podemos devolverle a Agnethe su sueldo.

No sé qué le vamos a decir.

—A lo mejor tu amiga podría encargarse de la limpieza ahora que hay una vacante —sugiere Madame con tono melódico. Luego hace una mueca—. Te ofrecería otro puesto, querida, pero me temo que solo nos harías ganar dinero bocabajo.

Lo peor no es que ya esté acostumbrada. La gente siempre actúa como si fueran los primeros en llamarte «fea», cuando en realidad has estado viviendo en un mundo que no te permitirá olvidarlo.

Lo peor es que, aun así, cada vez me arrancan una costra. Una parte de mí todavía se queda sin habla. Siempre se quedará sin habla. Siempre atravesará todos y cada uno de esos recordatorios ardientes en un segundo. Siempre oirá a Irmgard decir: «Ahora tienes la espalda tan fea como la parte delantera».

Emeric apoya a toda velocidad las manos sobre la mesa para que Madame no me vea. No distingo su semblante, pero puedo oír cómo saca la navaja en su voz y capto la incerteza en el rostro de Madame.

—Le prometo que —dice, con una calma letal—, durante el resto de su vida, recordará este momento y sabrá que *ese* fue el peor error que cometió.

—¿Eso es una amenaza, prefecto? —pregunta Madame. Aunque… parpadeo y es Irmgard quien está sentada ahí, jugueteando con una pluma con la cabeza ladeada hacia mí.

Emeric no se mueve.

—Yo no amenazo con lo inevitable.

—No quisiera denunciar que un prefecto me amenazó por haberlo enfadado —reflexiona ella—. Te prohibirían la entrada al Sünderweg. —Suena *justo* como Irmgard—. Y, dada tu compañía, está claro que necesitas con desesperación nuestra ayuda…

Lo más gracioso es que recuerdo cómo lidiar con Irmgard.

—Ups —digo y le propino un manotazo al tintero de Madame para que aterrice en su prístina bata blanca. Ella se pone de pie de un salto, gritando.

Emeric se endereza y me ofrece el brazo.

—*Yo* tengo un código de conducta —añade con suavidad—. Así que el peor error de su vida no fue enfadarme a mí, sino buscar pelea con *ella*.

—FUERA DE AQUÍ —brama Madame.

Hago una reverencia burlona y acepto el brazo de Emeric.

—Volveré para rodar la ruleta.

No nos arrastran fuera del burdel, sino que nos *acompañan* con energía hasta las puertas y luego hasta la calle. Emeric aguarda a que el portero ocupe de nuevo su lugar, donde no nos puede oír, y dice en voz baja:

—Está claro que tiene a Erwin Ros ahí dentro.

—Bueno, si lo quisiera muerto, ha tenido tiempo de sobra para hacerlo y tirar el cuerpo, así que al menos sigue con vida. —Me froto la punta de la nariz, pensativa—. ¿Has visto la oferta sobre la mesa?

Emeric enrojece.

—He intentado no mirar.

—No, pervertido, una oferta *en papel*. Está intentando vender el Tesoro.

Por una vez, no sé si estoy cabreada o encantada de que su mente haya ido por esos derroteros.

—Ah. —Solo se sonroja más—. Bueno. Eh. *En cualquier caso*, ha intentado dirigir nuestras sospechas hacia el Manga Verde, así que me gustaría saber qué…

—¡SEDUCTORA!

El grito atronador recorre la calle. Una cabeza familiar de rizos rubios se dirige hacia nosotros; el hombre no va solo, sino que lo acompañan los otros tres sectarios de ayer. En esta ocasión, los colgantes con la mano de la Doncella Escarlata penden de un modo ostensible en sus cuellos. El hombre rubio, que parece ser el que lleva la iniciativa, me apunta con un dedo.

—*¡Profanadora!*

Me han llamado muchas cosas a lo largo de mi vida, pero «seductora» es totalmente nuevo.

—¿Eh?

—¡Has traicionado a la Doncella Escarlata! —me acusa cuando Emeric se sitúa delante de mí—. Secuestraste a su siervo elegido y ahora lo has traído aquí, *aquí*, ¡para corromper su sacrificio! ¡Profanadora! ¡Hereje!

Algo me dice que un «perdona, pero cualquier corrupción ha sido consensuada» no afectará a esta multitud. Alzo las manos y pongo la voz serena y autoritaria de la profeta de la Doncella Escarlata.

—Ha sido un malentendido. Estamos buscando a…

—¡Lo estás *echando a perder*! —grita un sectario.

—*¡Profanadora!*

Y entonces el mundo estalla en un rojo oxidado. Ahogo un grito y el polvo se me pega a la boca, una mezcla de metal amargo y arena arcillosa. Me escuecen los ojos e intento quitarme la sustancia de los ojos.

—¡Apartaos o llamaré a los guardias! —Alguien me agarra del brazo—. Por aquí, vamos dentro…

—Emeric —toso y extiendo a ciegas una mano. No lo dejaré aquí con ellos.

—Voy. —Sus dedos agarran los míos—. Cuidado, hay unos escalones. Uno… dos… tres… Ya está.

Noto madera bajo los pies en vez de piedra. Una puerta se cierra a nuestra espalda.

—Iré a por trapos y agua —dice la desconocida—. Se puede sentar en el banco.

Emeric me ayuda a sentarme.

—Creo que solo es tiza. —Suena sorprendentemente agitado—. Lo siento, no lo he visto hasta que ha sido demasiado tarde…

Oigo un chapoteo y cerámica chocar contra el banco a mi lado. Me ponen un trapo húmedo en la mano. La mujer ha regresado.

—Límpiate primero la cara. Bien. —Unas manos desconocidas mueven las mías hasta el borde de un cuenco grande—. Intenta lavarte los ojos.

—¿Qué pasa? —pregunta una voz nueva mientras me mojo la cara.

—Lo siento, Jenneke, luego limpiaré el desastre. Los fanáticos de antes le han echado tiza a la pobre chica.

—No hay nada que sentir.

La otra voz, Jenneke, aguarda hasta que me he secado los ojos. Aún los noto un poco costrosos, con flemas interponiéndose en mi visión, pero al menos puedo ver de nuevo. Una mujer alta de la edad de Helga aparece ante mí al pie de una escalera de madera que sube en espiral hasta perderse de vista. No es la única persona en el vestíbulo de color jade ni, me imagino, la única *mietling*, pero sí que es la única que va vestida de verde, con una larga túnica esmeralda de seda gharesa sobre un vestido sencillo. Una trenza gruesa de rizos marrón oscuro se arquea sobre su hombro. Nos estudia a Emeric y a mí con ojos castaños en un rostro de un tenue ámbar.

—Si queréis, en el Manga Verde proporcionamos muchos servicios, entre ellos la posibilidad de salir con discreción. —Jenneke nos guiña un ojo—. Y, dadas las circunstancias, invita la casa.

Estamos en el Manga Verde. Madame había comentado que estaba al otro lado de la calle. No pienso desaprovechar este golpe de suerte. Toso un escupitajo de polvo en un trapo con mucha elegancia y grazno:

—De hecho, estamos en, bueno, nuestra luna de miel. Y esperábamos...

Jenneke arquea una ceja.

—Ah, enhorabuena —dice con educación—. ¿Así que buscáis un servicio para parejas?

Emeric parece estar muriéndose despacio a mi lado. Cambio de postura para clavarle un discreto codo en las costillas.

—Habíamos pensado en echar un vistazo y ver lo que podemos... —Se me seca la garganta, pero me obligo a soltar—: Explorar.

—Por desgracia, no permitimos espectadores sin el consentimiento previo de nuestros clientes, pero estaré encantada de hablar sobre otras opciones con vosotros —dice Jenneke con energía—. Proporcionamos masajes para parejas, masajes *enriquecidos*... ¿o estabais pensando en incluir más participantes? Algunos de nuestros empleados aceptan unirse a parejas, ya sea con todos a la vez o con uno mirando.

Creo que mi cerebro ha hecho las maletas y se ha adentrado en el mar más o menos por la parte de «enriquecidos».

—Eh...

—O, si lo que buscáis es mejorar ciertas habilidades en la cama o probar cosas nuevas, también ofrecemos tutoriales interactivos.

—Deberíamos irnos. —Más que decirlas, las palabras parecen emanar de Emeric.

La sonrisa de Jenneke se torna tensa. Abre una puerta cercana y revela un salón.

—¿Por qué no discutimos vuestras necesidades en un lugar más privado? —Señala con la cabeza a la joven que, deduzco, me ha traído el agua y los trapos—. Marien, no tardaré.

Miro de reojo a Marien. Si nos basamos tan solo en el parecido, es evidente que se trata de la hermana de Agnethe. No puedo preguntarle directamente por qué su hermana pequeña firmó ese contrato fraudulento, pero, si me ciño a mi coartada, a lo mejor puedo conseguir respuestas más tarde.

—Gracias por ayudarnos —digo, y luego sigo a Jenneke al salón. Emeric entra un momento más tarde y mira con nerviosismo los sofás. No sé si también tiene tiza roja en la cara o si es un rubor natural.

—Relajaos. —Jenneke cierra la puerta—. Este salón es solo para hablar de negocios. Bueno, ¿a qué habéis venido de verdad? Porque, en mi experiencia, los recién casados que buscan aventuras son menos —gira la muñeca— escurridizos.

Emeric no piensa ceder terreno aún.

—¿Por qué cree que estamos aquí?

Jenneke señala un sofá y se sienta en el de enfrente.

—No soy tonta, prefecto. Erwin Ros desapareció con una cuenta abierta del tamaño de Dänwik. Pinta mal para nuestro burdel. Pero nunca le habría permitido acumular tanta deuda si no le hubiera visto el dinero en la mano. —Frunce el ceño con cierta tristeza mientras Emeric y yo nos sentamos—. Y, sinceramente, Marien no habría enviado a su hermana para que le preguntase a su jefa si Erwin no fuera decente. ¿Los prefectos también están investigando el asunto?

Emeric niega con la cabeza.

—Oficialmente no. Está relacionado con otro caso. ¿Cree que deberíamos investigarlo?

Jenneke tarda un momento en responder y tamborilea los dedos en el respaldo del sofá.

—Es un hombre decente —repite con cuidado—. Pero... vino aquí justo después de que la *Gracia Eterna* taponara el Trench, ¿y encima con más dinero del que la mayoría de los estibadores ven en toda su vida? ¿Para luego *desaparecer* sin más?

—Según Madame Tesoro, lo echasteis —comento.

—No me extraña que os haya dicho eso —contesta Jenneke con una mueca de asco—. No, fue una noche bulliciosa. Estaba en el bar y, de repente, desapareció. Nos debe cien *gilden.* Habría sido una locura echarlo a la calle antes de que pagara.

Me inclino hacia delante. A lo mejor tienen encerrado a Erwin Ros por un asunto distinto.

—Noto que hay cierto resquemor entre el Tesoro y el Manga Verde.

Jenneke resopla.

—Madame lleva años intentando intimidarme para que le venda el burdel. Quiere controlar ambos lados de la calle, cerrarla para que la gente piense que debe pagar entrada con *spintz.* ¿Sabéis que así es como paga a sus trabajadores, en *spintz*? Pueden usar las fichas para pagar el alojamiento y la manutención en el Tesoro y comprar maquillaje y vestidos en las tiendas de Madame. Pero si quieren cambiarlos por dinero almánico...

—Les cuesta la mayor parte de su sueldo —digo con gravedad—. Conocimos a Agnethe en el puerto.

Jenneke suspira.

—Y Madame *solo* contrata a chicas que no pueden leer el contrato. Marien no me lo dijo, de lo contrario las habría avisado. Si pierden el piso, dejaré que se alojen aquí, pero eso es lo único que me puedo permitir ahora mismo. —Hace una mueca—. Perder cien *gilden* nos ha puesto en un aprieto.

Al oírlo, Emeric se endereza. Rebusca en su abrigo y saca una pequeña tarjeta que ofrece a Jenneke.

—Tengo una petición. Con esto podrá enviar un mensaje ya pagado a la oficina local de los prefectos. Si Madame le habla de nuevo sobre vender el Manga Verde, ¿podría avisarme?

Jenneke acepta la tarjeta.

—¿Cree que aprovechará esta situación con Erwin?

—Creo que nos vendrá bien conocer su próximo paso —responde Emeric con vaguedad. Sospecho que hemos tenido la misma corazonada: la desaparición de Erwin Ros no tiene nada que ver con la *Gracia Eterna* y sí con obligar a la competencia a que vendan.

—Podéis echar un vistazo en cualquier parte que no esté, bueno, usándose —sonríe Jenneke—. O, como lo de antes ha sido una actuación muy poco convincente, si tenéis alguna pregunta sobre *otras* cosas...

—Estamos servidos. Aunque no nos vendría mal echar un vistazo.

Me levanto para salir, pero veo que estoy sola.

Emeric sigue sentado en el sofá; las orejas le arden y fija la mirada en la mesita de café. Parece extraer las palabras de un punto debajo del esternón con una dificultad asombrosa:

—Yo... tengo una pregunta.

Se produce un silencio terrible. Hasta que me doy cuenta de que está esperando a que me marche.

—Ah. Pues... Iré a mirar. Y buscaré. Pistas.

Salgo a toda prisa y cierro la puerta con demasiada fuerza detrás de mí.

¿Soy yo? ¿Hago algo mal cuando estamos juntos? Debe de ser eso. ¿Por qué me ha hecho salir si no?

Ay, dioses. De repente no puedo dejar de oír a Jenneke decir «tutoriales interactivos».

—Me encantan los hombres de uniforme —dice Marien. Está apoyada en el pasamanos de la escalera—. Eres una chica con suerte, ¿lo sabías?

—Lo soy.

Me obligo a apartarme de la puerta, aunque lo único que quiero es arrancarla y descubrir qué estoy estropeando.

Estropeando. Cierto.

—Antes has dicho que los sectarios ya habían pasado por aquí, ¿no?

—Son unos desgraciados horribles que vienen desde Hagendorn. Fueron llamando a todas las puertas del Sünderweg, en busca de una chica y... —Se detiene al caer en la cuenta—. Ah. ¿Qué quieren?

Echo un vistazo por una cortina. El hombre rubio sigue fuera con los demás, taladrando la puerta con la mirada. No tiene sentido; en Hagendorn dije que la Doncella Escarlata me había ordenado emprender este viaje. No sé por qué Leni les ha dicho lo contrario... o por qué la creen a ella antes que a su diosa.

—No lo sé —respondo—, pero creo que necesitaremos esa puerta trasera.

CAPÍTULO 18

BELLEZA

uando regresamos a El Magistrado Feliz por la tarde, Joniza está relajándose en el pequeño jardín acotado para los clientes que quieran comer al sol. Echa un vistazo a la tiza roja que nos cubre a los dos y estalla en carcajadas.

—¿En qué tipo de lío os habéis metido *ahora*?

Me imagino que Emeric y yo podemos desviarnos un poco antes de ir a limpiarnos y pensar en cómo rescatar a Erwin Ros.

—Sectarios —le digo a modo de explicación mientras me acerco a ella. Joniza asiente juiciosa—. Parece que tu día va mejor que el nuestro.

Joniza alza una elegante copa decorada con flores.

—Baba conoce a un decorador de aquí que compra a lo grande. En esta ocasión, parece que tiene un encargo tan desmesurado que quiere limpiar casi toda la caravana.

—¿Y con eso *meister* Bajeri podrá emprender el viaje de vuelta antes?

—Y si nos marchamos dentro de unas semanas, podemos usar el paso veraniego de las Alderbirg por el sur en vez de rodearlas. —Joniza sonríe—. Llegará a Sahali con tiempo de sobra antes de que Fatatuma dé a luz. Puede que incluso nos detengamos en Minkja para que conozca a Bastiano.

Recuerdo todos los largos viajes que Bajeri hizo por Sovabin, todas las veces que vio cómo vivíamos pero sin criticarnos.

—Creo que le gustaría verte feliz.

—Mmm. —Joniza separa un dedo de la copa para apuntarme con él—. Te has puesto muy profunda. A lo mejor la secta esa no está tan mal.

—No —replica Emeric con amargura e intenta, una vez más, limpiarse la tiza del abrigo—. Sigue siendo horrible.

Una cabeza asoma por la puerta que lleva a la taberna: Agnethe. Se me cae el alma a los pies. Aún no hemos averiguado un modo de hacer que le paguen.

—Felicita a tu padre de mi parte —le digo a Joniza—. Tenemos que ir a encargarnos de un asunto.

Nos acercamos a Agnethe.

—¿Has probado la tarta de manzana? —pregunta Emeric mientras aparta una silla de una mesa vacía. Agnethe asiente y se sienta delante de él, removiéndose nerviosa, pero no habla—. Bueno, hemos ido a ver a Madame Tesoro.

Me dejo caer en una silla a su lado.

—Es *horrible.*

Un destello de alivio atraviesa el semblante de la chica. Entiendo el motivo: cuando dices que una persona poderosa te ha tratado con injusticia, nunca sabes si los demás decidirán que es más fácil fingir que no te han oído.

—Cuando firmaste el contrato para trabajar, ¿te dijo lo que determinaba? —pregunta Emeric.

Agnethe retuerce la cara mientras intenta recordar.

—Decía que ganaría un penique blanco cada día que trabajase para ella. Luego me pidió que firmase y dijo que no pasaba nada si no podía escribir mi nombre.

—¿Había alguien más presente?

—No.

—¿Te comentó algo de pagarte en *spintz*? ¿O sobre una tarifa de conversión?

—No hasta que pedí la paga. Luego me dijo que estaba… —El ceño de Agnethe se agrava—. ¿En administración incauta?

—¿Incautación administrativa? —El ceño de Emeric imita al de Agnethe y la chica asiente—. Eso no… Me temo que te mintió. La incautación administrativa es lo que se hace con los bienes de una persona mientras cumple una pena de cárcel. Sus posesiones pasan a pertenecer al gobierno local hasta el fin de su condena. Mientras tanto, se pueden vender a cualquiera por la misma cantidad que su última renta anual. Pero no tiene nada que ver con tu salario ni tu contrato. —Se reclina en la silla—. En ese sentido, tengo buenas y malas noticias. Una parte de tu contrato establece que, si te descubren espiando, renuncias a tu derecho de recibir cualquier paga pendiente.

—Pero no estaba espiando —protesta Agnethe—. No sabía que…

—Nadie con dos dedos de frente habría firmado ese contrato si conociera su contenido —coincide Emeric—. Por desgracia, Madame afirma que alguien estuvo presente mientras te lo leía. Yo no la creo, pero es tu palabra contra la suya. Y les cae muy bien a los guardias de la ciudad. Esa es la mala noticia. La buena es que parece haber un patrón en su forma de actuar y es muy ilegal. Si encontramos a otras personas a las que haya engañado de esta forma, podréis uniros para presentar una queja civil y sospecho que ganaréis. Eso la obligará a pagaros no solo lo que os debe, sino también una multa por haberos hecho pasar por esto.

—¿Y cuánto tardaríamos en conseguirlo? —pregunta Agnethe.

Emeric calla y empieza a percibir el frío reloj de arena de la realidad. El tribunal celestial tiene el lujo de permitirse tiempo (y, literalmente, al dios menor Tiempo); se puede convocar un juicio en un periquete y aplicar la sentencia enseguida. El único retraso es preparar el caso. Tiempo, sin embargo, no hace excepciones para los tribunales de los mortales.

—Pueden pasar semanas o incluso meses —admite Emeric—. La señorita Jenneke ha dicho que os podría alojar a Marien y a ti…

—Pero no será necesario.

Apoyo una mano en el brazo de Emeric y luego rebusco en mi bolsa.

Esta siempre era la mejor respuesta. *Sé* cómo se las traen los jefes; son como un cerrojo. Nadie pone un cerrojo en una puerta para mantenerla cerrada, sino para que sea demasiado difícil y cueste demasiado tiempo que el tipo incorrecto de gente la atraviese. Madame exime a los guardias de sus cuotas, falsea los contratos y paga con su dinero inventado, todo para poder agotar a chicas como Agnethe hasta que no puedan permitirse seguir luchando.

Encuentro un pañuelo solo con los dedos y uno de los rubíes más grandes; luego lo envuelvo con la tela y bajo la voz.

—Extiende las manos sobre la mesa, juntas y hacia arriba. —Agnethe obedece. Le coloco el pañuelo en las palmas—. Escucha con atención. ¿Notas la piedra? Guárdatela en el bolsillo como si fuera un pañuelo normal y no dejes que esa piedra se caiga.

—¿Qué es? —susurra mientras lo hace.

—El alquiler que debes —digo con naturalidad—. ¿Sabes dónde encontrar a un joyero en Welkenrode? —Asiente—. Bien. Acude a uno, pero que no sea de Rammelbeck, para que nadie te vea. Dile que tu tío lo ganó en una partida de cartas anoche y que quiere que lo tasen. Te harán una oferta casi seguro. No aceptes menos de diez *gilden*. —Abre los ojos de par en par hasta que frunzo el ceño—. Lo digo en serio, diez y ni un *gelt* menos. Si la oferta es demasiado baja, di que tienes que ir a preguntarle a tu tío, haz amago de marcharte y la subirán. Guarda el dinero en el pañuelo para que nadie lo vea y ve directa a tu casero para pagar el alquiler. Luego guarda lo que quede en un lugar seguro.

—P-pero ¿cómo te devolveremos el dinero? —pregunta Agnethe con inseguridad. Le dedico una sonrisa torcida.

—Aprende a leer para que nadie te engañe con otro contrato. Vete y así acabarás con esto antes de que anochezca.

Emeric aguarda hasta que Agnethe ha salido del patio para decir:

—No tendrías que hacer algo así.

—Dime algo que no sepa —suspiro—. Pero ¿qué iba a hacer, dejar que la echaran de su casa?

Me rodea los hombros con un brazo.

—No. Has sido… muy generosa. Y no tendrías por qué serlo.

Apoyo la cabeza en él.

—Estoy cansada —digo en voz baja— de ver cómo el imperio crea cada día a mil chicas como yo. —Luego me levanto—. Voy a limpiarme esta porquería.

Emeric se pone en pie también.

—Lo mismo digo. Usaré el baño compartido. Creo que te mereces más que yo la bañera de la habitación.

No me molesto ni en musitar una queja procedimental mientras subimos las escaleras. No me he dado un baño en privado desde que me marché del castillo Reigenbach, y ahora que la perspectiva está sobre la mesa, a lo mejor me peleo a cuchillo limpio para conservarla. Emeric parece captarlo, porque recoge una muda de ropa y una toalla y se marcha de la habitación a una velocidad *extraordinaria* mientras se quita pétalos del pelo. Por suerte, se disuelven al cabo de una hora, o ya nos llegarían por los tobillos. Aprendimos a las malas que caen del techo *cada* vez que la puerta se abre y se cierra.

Me quito la ropa y me envuelvo en una toalla mientras espero a que se llene la bañera. La recepcionista tenía razón al alardear sobre las cañerías. Estéticamente es una pesadilla, pero en cuestiones de ingeniería es un éxito que salga agua caliente de una espita en la pared con forma de diablillo de mejillas regordetas.

Mientras espero, pienso en el Tesoro y en si de verdad podría reducir a cenizas el sitio sin que Emeric se enterase. O sin matar a Erwin Ros por el camino. A lo mejor me lo estoy tomando demasiado a pecho, visto que he oído ecos de Irmgard en todo el asunto.

Hay un espejo de cuerpo entero en la habitación y la necesidad se clava en mí como una astilla. Me acerco, me doy la vuelta y miro por encima del hombro mientras la toalla se desliza por la espalda.

Sigue siendo igual de horrible como recordaba. En una ocasión intenté romantizar las cicatrices como si fueran espinas, como si pudiera blandirlas para mantener el mundo a un puñal de distancia. Después de que Irmgard echase a perder el ungüento, se curaron formando nudos sucios de gris y púrpura, no como espinas, sino como las ramas desnudas de un árbol muerto.

Mi propia voz me escuece en los oídos: *Nadie me querrá jamás.*

Tiro la toalla sobre una silla y entro en la bañera antes de poder mirarme ni un segundo más.

Con Irmgard no puedo hacer nada. La dejé pudriéndose en un calabozo de Minkja. Madame Tesoro, por el contrario, se ha ganado un ajuste de cuentas, y voy a disfrutarlo.

Tengo a mano un estante con los afeites, jabones y perfumes que nos prometió la recepcionista ayer. Tras vaciar una botella en la bañera, una espuma con aroma a rosas empieza a burbujear en el agua. Me quito toda la tiza que puedo, pero aun así necesito frotarme con vigor. Hoy han pasado demasiadas cosas que me han hecho sentirme sucia. Al terminar, me hundo hasta que el agua queda justo por debajo de mi nariz y observo las cortinas de seda roja sobre la bañera, que flotan en la brisa.

Me ayuda a seguir con la metáfora y a pensar en estos enigmas como cerraduras. El Tesoro no es diferente, solo tengo que elegir con cuidado las ganzúas. Al final, no busco venganza, no necesito dinero… sino a Erwin Ros con vida. Y Madame sabe que lo estamos buscando. Si la arrincono, lo usará en mi contra.

Estoy jugueteando abstraída con el borde de la cortina cuando la puerta se abre y entra Emeric.

—Estaba pensando en que… *Ah.*

—*LO SIENTO* —grito y tiro de la cortina, pero estoy segura de que ha tenido una panorámica completa e íntegra de la parte frontal de… bueno, todo.

Su voz nerviosa atraviesa la tela.

—Pensaba que ya habías terminado, lo siento mucho, iré abajo...

—No, no pasa nada —balbuceo—. He tardado demasiado, ya he terminado, puedes quedarte.

—Si... —Se le quiebra la voz. Oigo la puerta cerrarse y luego una corta maldición cuando los pétalos de rosa caen del techo—. Vanja, si no estás cómoda con que te vea desvestida, no pasa nada.

Enrosco los dedos de los pies en el agua. Una parte de mí *sí* que quiere eso, quiere sentir su mirada en todos los sitios donde han ido sus manos. O en casi todos.

—No es... eso exactamente.

Hay un momento de silencio; la energía nerviosa se retuerce en algo más reflexivo. Y entonces dice:

—¿Me dejas adivinar?

Estábamos destinados a tener esta conversación. Pese a todo, aún quiero hundirme en el agua. Me obligo a responder.

—Sí.

Unos pasos cuidadosos se acercan a la cortina y luego oigo a Emeric sentarse en el suelo junto a la bañera con un susurro de tela. No sé cómo consigue que su voz suene grave y suave a la vez.

—Creo que tienes miedo de que... te vea la espalda.

Se me cierra la garganta. Pues claro que lo sabe. Pues claro que ha ido directo al grano. Yo solo nos hago perder el tiempo a los dos. Aparto la cortina con tristeza.

Me da la espalda, con los brazos estirados y apoyados en las rodillas que se ha acercado al pecho. Aunque mirase, desde ese ángulo el borde de la bañera es tan alto que me tapa por debajo de los hombros.

—Hay muchas chicas ahí fuera —le digo, y la voz raspa cada sílaba—. Chicas guapas que no están tan... dañadas. Y te tratarán mejor que yo. Sé lo que soy. Tú eres tan listo que también lo sabrás.

Mudo, Emeric se pone de pie y recoge la toalla de la silla. La despliega, la estira y aparta los ojos al regresar a mi lado.

—Ven aquí —dice despacio.

Estoy demasiado sorprendida, demasiado abrumada para pensar. Me levanto y doy un paso hacia la toalla para que me envuelva con ella... y luego ahogo un grito cuando me alza en el aire y me lleva hasta la cama. Las mariposas casi estallan debajo de mi ombligo.

—¿Qué estás...?

Pero Emeric me deja en el borde de la cama y se sienta a mi lado, agarrándome las manos.

—Tengo que... que decirte una cosa. Intentaré no enredarme demasiado.

Ya está, esta es la parte en la que los dos fingimos que soy pasable, que soy guapa si se quita las gafas. A lo mejor solo quería oír esa mentira.

—No somos personas guapas. —*Eso* no me lo esperaba. Intenta disimular su mueca mientras habla—: Eso ha sonado fatal. Quiero decir... Hay gente a la que miras y enseguida sabes, a un nivel puramente objetivo, que es bella. Y creo que ninguno de los dos somos así. De hecho, estoy bastante seguro de que cualquiera que me conozca se pasa los primeros cinco minutos convencido de que lo persigue un libro censal. Pero... —Sus hombros sufren un pequeño espasmo de incomodidad—. Parece que te gusto a pesar de eso. No sé por qué. Aunque tengo que creer que ves algo que yo no puedo ver. —Protestaría, pero estoy demasiado ocupada intentando hacerme a la idea de que Emeric se siente así—. Y si me preguntas si pienso que eres hermosa... —Me suelta una mano para enroscar un mechón de mi cabello entre sus dedos—. Diría que a veces el sol te da en el pelo cuando te estoy atando las cintas y es como si ardiera y yo fuera a prenderme fuego también. Y a veces, cuando sonríes, noto que me va a estallar el corazón... —No puedo contener una sonrisa acuosa y él se agarra dramático el pecho—. Basta, por favor, no puedo soportar tanta tensión...

Lo empujo, pero los dos nos estamos riendo.

—*Para*.

Su sonrisa nerviosa se agrava un poco cuando me acaricia el hombro con los dedos.

—En Minkja, cuando las perlas surtieron efecto en mí, cuando funcionaron *de verdad*, ¿sabes lo que quería hacer? Quería arrancarte el collar para que nunca te arrebataran la cara de nuevo y... —Se traba, su voz se torna ronca y me roza la clavícula con la punta de los dedos—. No podía dejar de pensar en si todas tus pecas sabrían igual.

—Ah. —Es lo mejor que consigo decir, porque creo que quiero que lo averigüe.

Apoya una mano en mi mejilla.

—Quiero que te veas de la misma forma que te veo yo, porque hay belleza en cada centímetro de ti, Vanja. Así, tal y como eres. Sea como fuere tu espalda, cuando estés lista, también encontraré belleza en ella.

Quiero creerlo, más que nada en el mundo. Pero no hay nada más aterrador que la idea de enseñarle la parte más fea de mí.

Por una vez, oigo sus palabras en vez de las de Irmgard: «Sé que la valentía es real porque te veo elegirla cada día».

A lo mejor... a lo mejor puedo elegirla, aquí y ahora, por él.

Respiro hondo, temblorosa. Luego muevo las caderas para alejarme. Por segunda vez en el día de hoy, dejo caer la toalla.

Se le traba la respiración. Sus dedos me recorren la columna, me hacen cosquillas en la piel. No habla durante un rato largo. Cuando lo hace, su voz suena tensa bajo un control de hierro.

—¿Por qué sanaron así?

Las cicatrices son tan horribles como dije, tan feas como ya sabía.

—Irmgard puso ceniza y jugo de bayas de aro en el ungüento. No pudimos pagar por otro.

—Vanja...

Pronuncia mi nombre como un canto afilado. No sé cómo interpretarlo, cómo analizar esto, cómo hacer cualquier cosa que no sea aguardar al chasquido del látigo.

Este es el momento para el que me he estado preparando, cuando se confirman las peores verdades: que el daño es demasiado profundo; que, en todo caso, esta parte de mí siempre será algo que un amante deba soportar.

Y, sin embargo, sus labios acarician la piel entre los omoplatos, sobre la cicatriz más gruesa y retorcida.

Me quedo completamente quieta.

Otro beso aterriza en la línea de una cicatriz y luego en otra. En la parte de mí que me hace recordar que «soy fea, no merezco que me amen», hasta convertir todo ello en mentiras y romper el recuerdo como si fuera una maldición.

No me doy cuenta de que estoy llorando hasta que las lágrimas se vierten por las mejillas. Las manos de Emeric me agarran por la cintura mientras tiemblo, se deslizan por mi estómago y me derrito en su roce (no hay una forma elegante de decirlo: me derrito por completo). Una parte de mí siempre se ha contenido, siempre se ha aferrado al miedo de que nadie me puede conocer y desear, de que siempre tendré que renunciar a algo.

Pero él... él, de algún modo, ha encontrado belleza en lo peor de mí. No estoy renunciando a nada, sino liberándome.

Me giro hacia él, entre risas y lágrimas de alivio, y las últimas piedras del dique ceden ante el torrente cuando me observa con un deseo para nada complicado. No sabía que ansiaba esto, estar expuesta por completo y encontrarme con esa hambre divina. No sabía que podía sentirme así. Quiero más de esto, más de él, más de todo.

Nos dejamos caer en las sábanas en pleno delirio, manos tirando de cuellos de camisas y de bajos hasta que solo es piel contra piel, como si fuéramos a encender un fuego entre los dos. No... no sé a dónde vamos con esto, solo quiero *sentir*...

Y entonces me acuerdo de lo de esta mañana en el Manga Verde.

—Un momento —jadeo, apartándome.

Emeric me suelta de inmediato y se aleja para darme espacio.

—Lo siento, ha sido... ha sido intenso. ¿Estás bien?

Suelto una carcajada febril y me seco la cara.

—Estoy... estoy genial. Pero quiero saber si estoy haciendo algo mal.

Emeric me mira como si de repente me hubiera crecido otra cabeza.

—¿Qué?

—En el Manga Verde. No querías que oyera tu pregunta. Pensé que quizá...

—Ah. No, tú eres... —Emeric se endereza las gafas, contrito—. Tú misma lo has dicho, eres genial. Es todo lo contrario. Pensaba que *yo* no... —Agacha la cabeza y busca respuestas en las sábanas (qué feliz soy de habernos deshecho del satén)—. Santos y mártires, menuda vergüenza. Solo quería asegurarme de que, bueno, de que disfrutas. Porque es bastante evidente cuando yo... ¿lo paso bien? Pero no siempre sé si... ¿si tú lo has pasado bien? Así que eso fue lo que... lo que pregunté.

Parpadeo. Es cierto: en él hay una conclusión bastante definitiva, pero yo no he considerado cómo... cómo pasa eso para mí. Pensaba que era agradable y ya.

—¿Qué ha dicho Jenneke?

—Que todo el mundo es distinto, así que es normal tardar un poco en averiguar qué funciona mejor. —Emeric tuerce el gesto—. Pero ha dicho que puedo probar una cosa que la gente, en general, eh... disfruta. —Ante mi mirada perpleja, añade—: Es besarte. Ahí.

Me roza la rodilla con la mano y luego un dedo traza un círculo en el interior del muslo.

Es mi turno de soltar un afectado:

—*Ah.*

—Pero solo si quieres —se apresura a aclarar—, si no estás lista...

—Creo que... que quiero. Quiero hacerlo —digo igual de rápido, sorprendiéndome a mí misma. Luego considero la logística de pedirle que ponga la boca... ahí—. Pero ¿estás seguro de que *tú* quieres?

Emeric me toca el mentón y me gira la cara para que pueda mirarlo de lleno.

—Esa es, tal vez, la pregunta más tonta que he oído en mi vida —dice con voz ronca.

Las mariposas estallan con ganas cuando me da un beso más profundo y vertiginoso y luego empieza a bajar hacia el borde de la cama.

—¿Eso es un «sí»? —suelto, aún nerviosa. O sea, sé que acabo de salir de la bañera, pero y si *huele* o tiene un aspecto raro o...

—Te lo he dicho, Vanja. —Sus labios se mueven contra el mismo punto del muslo donde estaba su dedo y mis manos se agarran con fuerza a las sábanas—. Cada centímetro de ti.

Y va subiendo, subiendo... y entonces... y entonces...

Por primera vez en mi vida, me siento...

Hermosa.

Pasamos la tarde entrelazados y en la gloria, explorando nuevos horizontes, hasta que nos damos cuenta de que está anocheciendo. Acabo robándole los pantalones y la camisa para pedir la cena abajo (así es como descubrimos que es algo que le gusta a Emeric, porque con un solo vistazo me retrasa diez minutos más).

Acabo de pedir la comida en la taberna cuando noto que alguien me mira mal hasta el punto de taladrarme el cráneo. Y en efecto, Kirkling está escandalosamente cerca de desplomarse de la cogorza en un extremo de la barra y me mira como si hubiera meado en su vaso medio vacío de *brandtwein*.

A lo mejor es por la confianza generada por el placer, o a lo mejor me he hartado de esperar a que invente un nuevo fastidio para mí. En cualquier caso, me acerco a ella.

—¿Qué pasa?

Kirkling me mira de la cabeza a los pies, ve los pantalones que no se ajustan a mi figura y la trenza revuelta y se bebe la mitad del licor que le quedaba.

—Ya veo que el informe de hoy del aspirante Conrad será breve.

—Mira. —Apoyo las manos en la cadera—. Entiendo que hayas decidido odiarme. Puedo con eso. Pero ¿a lo mejor podrías dejar de sabotear el caso de Emeric, ya que resolverlo es una parte integral de que él no acabe *sacrificado a un perro del infierno*? Si no lo haces por él, al menos hazlo por Klemens.

—*No.* —La mueca de desagrado desaparece del rostro de Kirkling, reemplazada por una rabia pura que se enrosca como una víbora—. Nunca *jamás* pronuncies su nombre. Hubert Klemens era el mejor. Merecía un final más digno que terminar pescado de un río como un inútil común.

Me mantengo firme.

—Sabes que me incriminaron por eso.

—Bah. —Kirkling aparta la mirada y bebe de nuevo de la copa—. No debería haber ido nunca a Minkja. Hubert debería haberse jubilado al mismo tiempo que yo, pero decidió quedarse otros cinco años solo para cuidar de Conrad. Ese chico es el mejor recluta que la academia ha visto en generaciones, pero soy yo quien debe demostrar que ese precio ha valido la pena. —Resopla—. La única falta de respeto hacia Hubert es que Conrad va a suspender su Fallo porque una charlatana de poca monta lo ha distraído con sus ojitos tristes y su historia trágica.

Me quedo un momento sin habla; sé que me odia, pero no estaba preparada para que me soltara tanto ácido.

Sin embargo, eso no significa que me vaya a contener.

—Has esperado dos meses para asignarle a Emeric un Fallo imposible —replico con frialdad—. Esperemos que no acabes pronto en la tumba de tanto beber. Necesitarás mucho tiempo para explicarle *eso* a Klemens cuando lo veas.

Helga tenía razón: intentar hacer entrar en razón a Kirkling es como rebotar monedas en una roca. Se ríe con amargura antes de beber. Hago amago de marcharme, pero me detengo. Emeric dice que quiere que me vea conforme él me ve. Eso significa que tengo que aclarar un asunto.

—Y para que conste en actas —alzo la voz—. Hoy he ayudado más a la víctima de un crimen que un prefecto. Hay una estatua mía en Minkja por un motivo. Si me consideras una charlatana de poca monta, es porque quieres verme así. —Me giro para marcharme de verdad y me permito guiñarle un ojo con guasa cuando añado por encima del hombro—. Esta charlatana vale cien *gilden* por lo *menos*.

CAPÍTULO 19

EL VALS

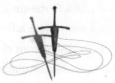

—Bueno —dice Helga con astucia a la mañana siguiente—, brillas como un rayo de sol.

Balanceo las piernas, sentada en un banco del patio de El Magistrado Feliz mientras espero a Emeric. Hoy tiene que ir a trabajar a la oficina de prefectos (algo sobre registrar el avance del caso e investigar con Ambroszia), pero, antes de marcharse, ha insistido en comprar el desayuno en una pastelería cercana. *Sé* que sigo sonriendo como una boba. Creo que haría falta la labor de una deidad menor para estropearme el ánimo.

—A lo mejor he pasado una buena noche —respondo con aire enigmático—. ¿Ayer tuviste suerte con Ozkar?

Helga se apoya en el arco de ladrillo junto al banco.

—Uf, no. Le conté que Erwin se había metido en un lío y lo único que dijo fue «paso». Luego me echó.

—A lo mejor debería intentar hablar con él —sugiero.

—No —dice Helga a toda prisa—. A solas no, o no te ayudará. En fin, háblame sobre tu noche. ¿He ganado la apuesta?

Mi sonrisa flaquea. Resulta que al final no ha hecho falta la labor de una divinidad menor, solo un recordatorio.

—Pensaba que sí, pero… la huella sigue ahí.

Helga arruga el ceño.

—¿Habéis hecho lo que hablamos en Hagendorn? Ya sabes…

Forma un anillo con el pulgar y el índice de la mano derecha y luego extiende el índice de la izquierda para hacer un gesto burdo e inconfundible.

Le aparto las manos de un manotazo.

—¿Quieres hacer el favor de *parar*? —Echo un vistazo para asegurarme de que nadie más nos pueda escuchar—. Hicimos… cosas… con la boca. Y fue muy, eh, agradable. —De hecho, fue considerablemente más agradable que lo que habíamos hecho antes, y ahora entiendo lo que Emeric quiso decir con… disfrutar de un modo *concluyente*. Pero Helga no tiene por qué saberlo—. Pensé que contaría.

—Mmm. —Helga suaviza el tono—. O sea, en general diría que, si para ti cuenta, pues eso es lo único que importa, pero los dos tenéis que trabajar sobre la idea que tiene la Doncella Escarlata sobre «reclamar». En su época, el objetivo principal de casarse era tener hijos. En un sentido puramente clínico, quizá lo considere virgen hasta que haya tenido el tipo de relación del que hablamos, el que acaba en un embarazo.

—Pero no puedo quedarme embarazada con un lazo de raíz —replico, intentando no dejarme llevar por el pánico—. ¿Seguiría contando? ¿O eso quiere decir que debe… debe… embarazar a otra persona? ¿Y si no ocurre a la primera? ¿Y si…?

—Para. —Helga alza una mano—. Justo por *esto* mi norma es «que solo importa lo que para ti cuenta». Esta es vuestra relación, incluso con… circunstancias atenuantes. Concéntrate en localizar a los ridículos de mis hermanos y no permitas que la Doncella Escarlata entre en el dormitorio. Mira quién viene por ahí. —Ladea la cabeza hacia la puerta de la calle. Emeric ha entrado con una bolsa de papel con la parte inferior manchada de grasa y una sonrisa que se amplía al verme. Helga suelta una carcajada de asco—. Dioses, me vais a podrir los dientes. ¡Conrad! ¿De dónde has sacado los dulces?

Se acerca para pedirle indicaciones y se despide con la mano al salir. Emeric se sienta en el banco a mi lado. De la bolsa emana un aroma celestial, pero antes de que pueda meterle mano, Emeric la aparta hacia el otro lado.

—Trabajo primero. Confío en que sabes usar esto, ¿verdad?

Deposita un estuche redondo y plateado en mi palma.

—¡Has conseguido espejos mensajeros!

Abro el estuche y respiro sobre el cristal de dentro. La tapa luce el grabado de una cara que abre los ojos mientras el cristal se empaña. Cualquier cosa que escriba en mi espejo se trasladará al suyo. Me sorprendo cuando noto un pálpito de calor, señal de que me ha llegado un mensaje.

El cristal se torna gris. Y entonces me sorprendo incluso más, porque veo unas líneas con la forma indiscutible de un par de nalgas.

—Pensé que podríamos quitarnos esto de en medio ya —dice Emeric con una inocencia cargada de sorna.

Lo miro con pura adoración.

—Me completas.

—Y eso que aún no has probado esto.

Saca dos pastelitos de la bolsa y me entrega uno. Es una doble espiral dorada de masa, aún caliente, que huele a canela y mantequilla.

—Ah, a esto lo llamábamos «caracoles» en Sovabin —digo como una tonta, antes de darle un mordisco y darme cuenta de lo mucho que me equivocaba. Los caracoles están sabrosos, pero esto... *esto* es una obra de arte de capas de hojaldre y relleno dulce.

—¿Ah, sí? —pregunta Emeric mientras me mira de nuevo con falsa inocencia.

Trago el bocado y lo miro boquiabierta.

—No te lo tomes a mal, pero... esto es casi mejor que lo de anoche.

—Coincido. —Engulle un buen trozo de su pastelito y luego me observa de refilón—. Aunque lo de anoche fue... increíble. *Tú* eres increíble.

Entrechoco nuestros hombros con una enorme sonrisa bobalicona.

—Dices eso como si no hubieras sido tú quien casi me hace romper la insonorización.

Emeric se atraganta con el pastel.

—Supongo que lo acepto —contesta cuando termina de toser—. ¿Te acuerdas de…? No, da igual.

—¿Que si me acuerdo de qué?

Se remueve con cierta desazón.

—Cuando estábamos en Minkja y te encontré en Lähl e hiciste un comentario muy cruel y doloroso sobre que tenía pinta de…

—¿De colegial intentando comprar su primer *wurstkuss*? —termino con sorna—. Tranquilo, que he captado la ironía.

Intenta no sonreír, pero sin éxito.

—En esa época no creo que ninguno de los dos hubiéramos adivinado que esto acabaría así, la verdad. —Se pone serio—. Pero lo digo de verdad, has estado increíble y no solo… de *esa* forma. Sé que debe de ser aterrador abrirse tanto con otra persona, y más conmigo. Cada vez que creo que te he visto más valiente que nunca, me demuestras que me equivoco.

No sé si me sonrojo de la cabeza a los pies o si esta calidez, estas burbujas, son un efecto permanente de estar a su lado. Doy otro bocado con tal de tener tiempo para pensar una respuesta elocuente, pero solo se me ocurre la verdad sin refinar:

—A lo mejor es que me gusta dejarte entrar.

—Mmm. —Saca dos pasteles más de la bolsa, los observa y me entrega el que tiene más relleno de canela—. Pues gracias por dejar que me quede.

No sé cómo me doy cuenta exactamente.

Quizá sea por cómo se apoya para que nuestros hombros encajen como si estuvieran designados para estar juntos. Quizá sea porque sabe cómo dejar que el silencio se aposente entre los dos porque necesito espacio cuando hablamos de estas cosas. O tal vez porque sabe que me gustaría un dulce del que nunca he oído hablar, sabía cuál me gustaría más sin preguntar y, de algún modo, sabe mil detallitos sobre mí que ni siquiera yo conozco.

No es un puente adornado pero es un banco en el patio de una posada. No soy muy exitosa ni atractiva, pero luzco sus cintas. No hay lluvia de pétalos, pero sí un cielo azul y una brisa un tanto cálida. Aquí es cuando ocurre.

Aquí es cuando me doy cuenta, acepto, la verdad más clara y obvia de mi mundo: que estoy loca, desastrosa e irremediablemente enamorada de Emeric Conrad.

Ni siquiera es un sentimiento nuevo. Es como cuando vimos las estrellas encenderse a las afueras de Rammelbeck: las primeras las distinguimos con facilidad y, entonces, mirase donde mirase, encontraba otras nuevas reluciendo en la oscuridad. Si cada estrella fuera una razón por la que Emeric me importa… Así es como me siento, como si cargara con tantas estrellas que resulta imposible contarlas, como si mi piel fuera a estallar con la magnitud de todo, como si las recogiera todas, pero el único nombre que puedo darles es «amor».

Amo su timidez y su inteligencia y su risa. Amo cómo hace rodar los carboncillos mientras reflexiona sobre sus notas, cómo se preocupa de verdad por proteger a la gente, cómo me hace creer en algo tan voluble como la justicia. Amo que me llame su Reina de Rosas, el mote más *cursi* que ha existido jamás y que me derrite cada vez. Amo su ropa impecable y ridícula y sus ridículas gafas tan monas y su ridícula cara tan luminosa.

Creo que ya entiendo por qué se dice que te quedas prendado de alguien, porque no sé si podría arrancarme este sentimiento ni aunque quisiera. Menuda trampa tan maravillosa he construido para mí misma.

Y descubrir que me ha atrapado en ella es un horror y una delicia.

—Bueno —dice Emeric con tono causal, como si mi apocalipsis personal no se estuviera desarrollando a su lado—, ¿qué planes tienes para hoy?

Reúno mi sentido común lo mejor que puedo. Al fin y al cabo, este sentimiento no es nuevo, se trata tan solo del desastre de admitirlo. A lo mejor, con el tiempo, puedo averiguar una forma de decirlo en voz alta.

Pero, por ahora, solo necesito pensar un modo de cómo formular mi respuesta para que Emeric tenga una coartada plausible.

—Pensaba ir al Sünderweg a hablar con un par de personas. —Esa es mi respuesta misteriosa. El campanario da las ocho—. Debería irme.

Él, por supuesto, lo entiende enseguida.

—Ve con cuidado, por favor. Madame Tesoro... Dios, qué nombre más ridículo. No va a perder con elegancia. Y, bueno... ¿intenta no saltarte demasiadas leyes?

Me doy unos golpecitos en la barbilla, pensativa, y, con cierta incredulidad, digo:

—Es posible que, técnicamente, todo sea legal. Qué vergüenza.

—Eres una pesadilla inconcebible. —Se levanta y me ayuda a ponerme de pie—. Será mejor que me marche también. Usa el espejo si me necesitas. Y... —Deposita un beso en mi mejilla y me murmura al oído—: Feliz cacería.

Uno de mis bailes favoritos es el vals. Lo conoces seguro. La base es un sencillo cuadrado: *un*-dos-tres, *un*-dos-tres, pero la auténtica magia reside en dónde lo lleves.

Paso uno: pie izquierdo adelante, directo.

Es un día hermoso y uno de los múltiples mensajeros de la ciudad ha llegado a los muelles.

O, al menos, parece un mensajero, con una especie de uniforme oficial para una especie de persona oficial. Alguien de Dänwik puede que reconociese los elementos de una librea de cochero real robada, pero cualquier insignia ha sido retirada o tapada. Y, además, en el puerto no hay nadie lo bastante rico como para ser de Dänwik.

(Una persona más observadora se podría fijar en que el mensajero es menudo y de baja estatura, que hay algo extraño en su sombrero, porque no le queda bien. Quizás hasta se diera cuenta de que esconde unas trenzas bajo el ala, trenzas que no encajan con sus cejas negras cubiertas de ceniza. Pero aquí tampoco hay nadie tan observador).

El mensajero se acerca a una mujer robusta que se abraza a una botella en el embarcadero. La barcaza aún tapona el río, así que, en vez de dirigir a una tripulación de estibadores, la jefa dirige una fuerte bebida a solas.

(No a solas del todo... El espía estibador de Madame Tesoro sigue cerca).

—Erwin Ros —dice bien alto el mensajero—, traigo un mensaje urgente para Erwin Ros.

—Tú y la mitad de la ciudad, parece —gruñe la jefa de Erwin.

—Vino a nuestra clínica el viernes. —El agua no apaga la voz del mensajero, más bien la hace rebotar y la encara hacia el espía—. Es muy importante que hablemos con Ros. Lleva con él una nueva cepa de chinches y los exámenes habituales no la detectan.

El espía no se mueve.

El mensajero decide explicárselo al dedillo.

—Cualquier *casa de entretenimiento* que haya visitado Ros, incluso en el Sünderweg, corre riesgo de infestación.

Con eso basta. El espía desaparece en dirección hacia Madame Tesoro.

—Dígaselo si lo ve, por favor —añade sin gracia el mensajero, porque ya le da igual. El auténtico mensaje ha sido entregado.

Nota un pálpito de calor procedente de su bolsillo. Cuando mira el cristal, ve una sencilla confirmación: hace una hora, Madame Tesoro hizo otra oferta para comprar el Manga Verde.

Paso dos: pie derecho adelante y por encima. Cambio de peso, movimiento en diagonal.

El mensajero llega a Fumigaciones Liebeskind, revisa la calle por si hay sectarios, se quita el sombrero y la ceniza de las cejas. Aquí *quiere* que la reconozcan. Se guarda la chaqueta oficial bajo un brazo y de repente solo es una chica de paseo.

—Bienvenida de nuevo —dice Liebeskind, el brujo, cuando la ve entrar—. ¿Cómo está tu amiga? ¿Era Olga?

—Helga, y mucho mejor. Estaba *muy* avergonzada. Es bruja también, pero en el campo no tienen chinches como esas. De hecho, he venido a recoger unos cuantos ingredientes para ella.

Liebeskind se acerca a su enorme pared repleta de tarros.

—¡Claro! ¿Qué necesitas?

El mensajero enumera unos cuantos ingredientes baratos y luego pasa a los dos jugadores clave:

— … una cucharada de chinches muertas y otra de escaramujo seco recién triturado.

—Te tamizaré el escaramujo —se ofrece Liebeskind. El mensajero se alegra de que sea tan experto. El escaramujo se usa para muchas cosas, pero está lleno de pelitos que pueden causar mucho sufrimiento y escozor al tocarlo.

(Con suerte, ya estarás empezando a ver la forma del vals).

Sin embargo, Liebeskind no es tan experto como para descubrirla unos minutos después, cuando ha empaquetado las chinches y el escaramujo. Mientras está distraído calculando el cambio de la compra, ella echa el montón de sobras de finos pelos de escaramujo en una bolsita de cuero y se lo guarda en el morral.

—Gracias por tu compra —dice Liebeskind y le ofrece el cambio.

El mensajero deja que lo deposite en su mano enguantada.

—No, gracias a ti.

Paso tres: el pie izquierdo se mueve para encontrarse con el derecho. Se cierra el cuadrado.

El mensajero se remete las trenzas de nuevo bajo el sombrero pero se quita los guantes para pasar el examen del Sünderweg. Las brujas buscan solo infestaciones vivas. El paquete de chinches muertas escondido en su bolsa no se registra ni siquiera como aviso.

La infestación de sectarios, por su parte, ya es bastante conocida. Se han establecido en la calle entre el Manga Verde y el Tesoro de Madame. Una pequeña multitud se ha congregado a su alrededor mientras el hombre rubio brama al cielo.

—¡ALZAOS! ¡Alzaos, hijos de las Haarzlands! ¡Atended a la llamada de la todopoderosa Doncella Escarlata, la portadora de un nuevo día!

Qué cansinos, piensa el mensajero mientras se pone los guantes. Luego atraviesa la multitud como un fantasma, como una aguja, y va dejando pizquitas de chinches muertas en ciertos bolsillos o unos pocos pelos de escaramujo en ciertos cuellos de camisa. Al terminar, se acerca con tranquilidad al Tesoro.

Hoy, el portero vigila desde la base de las escaleras. No le da tiempo ni a gruñir un *spintz* antes de que la chica le enseñe una de las fichas de latón del día anterior y pase a toda prisa a su lado, como una clienta habitual, tan rápido que el portero no le ve la cara.

(Deberían haberme dejado rodar la ruleta).

Me detengo en la parte superior de los escalones, sin entrar. Me doy la vuelta para mirar al fanático rubio y aguardo hasta que llamo su atención.

Y entonces me quito el sombrero de la cabeza y dejo que mis trenzas de un rojo intenso caigan libres. Veo que me reconoce, saco otra pizca generosa de escaramujo de la bolsita de cuero y le lanzo un beso.

Cientos, puede que miles de pelillos minúsculos flotan en una nube invisible hacia el ignorante portero. Cuando los sectarios intenten venir a por mí, la atravesarán.

Retrocedo y cruzo la puerta del Tesoro justo cuando las campanas dan las diez. Ha llegado el momento del último paso y de mi giro victorioso.

Cuando me doy la vuelta, encuentro a Madame sentada en una de las barras, ataviada con otra bata blanca poco práctica. Aún no me ha visto; tiene la mirada fija en la escalera de enfrente y retuerce la boca con impaciencia mientras juguetea con una manga. No me extrañan sus nervios. Ahora debería tener dos visitantes muy importantes.

El primero: el oficial de la ciudad que ha llegado hace una hora para la inspección sanitaria semanal del Tesoro. Si estoy en lo cierto, estará «examinando» a su *mietling* favorita por cuenta de la casa.

Y el segundo: el espía que llegó en plena «examinación» para decirle a Madame Tesoro que, debido al secuestro de Erwin Ros, su burdel está a punto de convertirse en el epicentro de la última infestación de chinches.

Si estuviera en su lugar, yo tampoco me fijaría en mí; estaría concentrada en sacar al inspector de sanidad del establecimiento a toda velocidad.

En la galería superior se abre una puerta y el crujido de los tablones precede a un estallido de carcajadas. Una insignia de lo más oficial reluce en el bolsillo delantero del inspector cuando baja las escaleras mientras maldice con alegría los botones de sus pantalones.

Creo que es cosa de la luz, pero juraría que, por un momento, veo un destello de oro.

—¿Satisfecho con la inspección? —trina con tensión Madame.

—*Bastante* —gruñe el inspector.

Madame se desliza del taburete cuando el hombre termina de bajar las escaleras.

—Pues nos vemos a la misma hora la semana que viene. Lo acompañaré a…

Se gira, me descubre detrás de ella y se sobresalta.

—Madame Tesoro —entono con seriedad y alzo la voz para que resuene por toda la planta. Saco un pañuelo blanco doblado—. Tengo que tratar con usted un asunto que requiere la máxima discreción.

—¿Qué haces aquí otra vez, trol? —ruge.

Ni yo podría haberle escrito una frase mejor. Ahora todos los testigos saben que he estado en el Tesoro antes. Incluido el inspector de sanidad.

Hay un momento maravilloso en el que ve el pañuelo en mi mano y la recorre un perfecto pálpito de fría comprensión.

Luego las puertas del Tesoro se abren de golpe. Los sectarios sortean al portero, gritando sobre mancillar, arruinar y otros temas igual de alegres; los clientes empiezan a gritar por la desagradable interrupción; Madame grita llamando a los guardias… Todo el mundo va por ahí gritando. Y lo que es mejor: algunos de los espectadores del predicador rubio han entrado a presenciar el espectáculo.

Pólvora, te presento a chispa: el portero entra apartando a gente, reúne un rencor sin aprovechar de su reserva y lo lanza en un mayúsculo puñetazo hacia el predicador. Y entonces estalla una batalla campal. Por la puerta abierta, veo a los guardias llegar corriendo desde la calle, pero es demasiado tarde para detener la pelea.

Recorro el caos como una aguja de nuevo. Se descubriría el pastel si todo el mundo sufriera el mismo caso de chinches a la vez. Por eso voy a por los primeros guardias que llegan, a por unos cuantos clientes que ya estaban aquí y, lo más importante, a por el inspector de sanidad. Nunca antes había agradecido tanto la existencia de botones mal abrochados, pues aún lleva los pantalones abiertos y lo único que tengo que hacer es echar un puñado de chinches y escaramujo contra su barriga cuando finjo pasar a su lado entre trompicones.

El caos empieza a perder vigor cuando los sectarios se percatan de que los superan en número. Aguardo a que Madame aparte al inspector de la refriega mientras se disculpa profusamente y le sacude la ropa. Qué alegría me llevo cuando desliza una mano por dentro de la cintura de sus pantalones y le susurra al oído.

Una mirada extraña les atraviesa el semblante a los dos cuando los pelos invisibles pero muy irritantes del escaramujo empiezan a surtir efecto. Madame retira la mano y la mira con espanto.

Y es entonces cuando tropiezo deliberadamente y me caigo al suelo delante de los dos para que el pañuelo blanco se abra ante sus pies. Cómo no, está lleno de chinches. Igualitas a las que tiene Madame en la mano.

La mano del inspector de sanidad tiembla hacia sus pantalones, pero la cierra como un campeón para evitar rascarse delante de la multitud. Otros no comparten su heroísmo y se retuercen. La cara del hombre se torna de un púrpura moteado cuando ata los cabos que tanto me ha costado plantarle ante las narices.

—Me dijiste que las mantenías limpias —gruñe y no le da espacio a Madame para responder antes de que su grito resuene en todos los pisos—: ¡GUARDIAS! ¡CERRAD ESTE BURDEL DE INMEDIATO!

CAPÍTULO 20

LA DECIMOTERCERA

Tal y como había adivinado, el Sünderweg no tiene piedad con las enfermedades venéreas.

Durante la siguiente hora, descubro que van a cerrar el Tesoro de Madame por completo durante dos semanas, que es el ciclo vital de las chinches. Por ley, Madame será la responsable de pagar el alojamiento, la manutención y el tratamiento de todos sus trabajadores (intentó, sin éxito, alegar que las *mietlingen* solo eran proveedoras) y el burdel se someterá a exhaustivas inspecciones cada día durante la primera semana tras su reapertura, y luego cada tres días durante el siguiente mes.

(Resulta que los guardias se toman las infestaciones en serio. Por lo menos, si las partes bajas de los afectados están entre sus filas).

Todo esto haría mella en cualquier burdel, pero el auténtico daño es cortar todo el negocio de *spintz* de Madame durante quince días. Solo vendía sus servicios a un precio más bajo que la competencia porque la tarifa de conversión canalizaba el dinero de vuelta a sus arcas. Ahora le han cerrado ese grifo.

Sé que el cierre de dos semanas es para matar de hambre a las chinches, pero no sé si el Tesoro sobrevivirá. Al menos, no sin Madame al frente.

Y como los oficiales de la ciudad *revisarán* cada centímetro del burdel para estar seguros, pero *muy* seguros, de que no haya ningún ocupante, solo es cuestión de tiempo que el Tesoro se deshaga de Erwin Ros.

La puerta principal está abierta de par en par para que salgan y entren los guardias y las brujas, así que rodeo el burdel hasta llegar a un callejón sórdido, preparado para la clientela que prefiera un ambiente en concreto sin contraer ninguna enfermedad transmisible. Me coloco junto a un montón de cajas y me reclino en el yeso cubierto de suciedad artificial con la esperanza de que no venga nadie con un cliente. No tengo que esperar demasiado.

La puerta trasera del Tesoro se abre y alguien encara una versión muy deprimida de Dieter Ros hacia el callejón antes de cerrar la puerta de nuevo. Este da unos pasos tambaleantes y luego vomita líquido sobre un montón de basura elegante.

Como nos ha jodido pero bien, decido ir al grano. Saco el punzón de hueso de la bolsa.

—¿Erwin Ros?

Me mira con ojos llorosos, se limpia la boca y asiente. Le agarro la mano libre y él observa, ojiplático.

—¿Quién eres…? AY.

—No seas tan bebé.

Aprieto el dedo sangrante en el cuadrado de tela, sacudo el punzón y suelto a Erwin.

—Tú debes de ser Vanja —musita—. Helga me dijo… Voy a… a…

Vuelve a vomitar sobre la basura. Supongo que así le añade encanto al escenario.

—¿Te han drogado? —pregunto, escueta—. Puedo llevarte a una bruja si te han hecho daño.

Se tambalea para luego enderezarse, pensárselo mejor y apoyar una mano en la pared.

—Yo —declara Erwin— estoy muuuuuuy borracho. Escúchame. *Escúchame*. Tienen *mucho brandtwein*.

Llamo a la puerta trasera del Tesoro. Y sigo llamando. Y llamando.

—Noooo —protesta Erwin, tapándose los oídos.

Por fin, una camarera con pinta de agobiada abre la puerta.

—¿Qué?

—¿Puedes traernos agua?

Apunto el pulgar hacia Erwin que, servicial, echa otro chorro de vómito.

Un momento más tarde, deposita un *sjoppen* barato en mis manos. Se lo doy a Erwin justo cuando la puerta se cierra de nuevo; ojalá tuviera la cura de Helga para la resaca.

—Bebe.

—También suenas como Helga —replica con hosquedad.

Entretenido con el agua, me pongo a doblar la tela y... me detengo.

Llevaba un tiempo sin mirarla, desde que nos marchamos de Dänwik. Las gotas de sangre de Udo, Jakob y Dieter no se han desvanecido ni oxidado; siguen tan frescas y rojas como la de Erwin. Y lo más perturbador es que... se ramifican. No, *ramificar* no es la palabra adecuada. Es como si la sangre se deslizara por líneas invisibles que conectan las gotas. Mientras lo observo, a la sangre de Erwin le crecen unos zarcillos minúsculos y, poco a poco, se estira hacia las demás.

—Qué asco —digo, espantada.

—¿El qué?

—He dicho que qué te ha pasado. —Guardo el punzón y la tela. Cuatro gotas conseguidas, faltan tres; ya llevamos más de la mitad. Si esto sigue así, lograremos cumplir con la fecha de la Doncella Escarlata, a mediados de mayo, y tendremos tiempo de sobra—. Por lo que he deducido, te sobornaron para hacer algo en la *Gracia Eterna*, gastaste la mayor parte del soborno en el Manga Verde y, antes de que pudieras pagar, te secuestraron unos matones del Tesoro. ¿Tengo razón?

Erwin parece un poco más coherente. Por lo menos es lo bastante capaz de apartarse de su vómito y sentarse en una caja, con la cabeza apoyada en las manos.

—¿Estaba en el *Tesoro*? Ese lugar es demasiado elegante para mí.

—Está claro que no.

Se frota los ojos.

—Bueno, ya sabes la mayor parte. Teníamos que darles instrucciones a los timoneles para navegar el río Trench, cosas sobre la profundidad, las corrientes, el viento, un montón de números. No sé. Alguien me pagó para cambiar las direcciones de la *Gracia*. La tripulación es imbécil, así que vale. De esa noche solo recuerdo invitar a rondas en el Manga Verde y luego despertarme en la cárcel. Pensaba que era la cárcel. Había grilletes. —Se para a pensar—. Y látigos. Quizá fuera… una cárcel sexi.

—Esas dos palabras no van juntas —replico con sequedad.

—No sé qué querían. No dejaban de darme comida y bebida y me decían que tenía que esperar. Luego me echaron sin más. —Se palpa la ropa—. Ay, *scheit*. El dinero ha desaparecido. Voy a tardar *la vida* en pagar al Manga Verde. Agggggg. —Erwin deja caer la cabeza—. Al menos puedo dormir la mona antes de mi turno del domingo.

Creo que es la primera vez que me compadezco de este tonto.

—Es lunes —digo con cierta amabilidad.

Erwin se desploma con un quejido agonizante.

—Noooooooooooooo.

Tomo nota mental de recuperar si puedo el dinero del soborno de Madame, tal vez con un pequeño robo personalizado, para, por lo menos, sacar al Manga Verde del aprieto (no soy parcial, el consejo que le dio Jenneke a Emeric no tiene precio).

—Los prefectos lo están investigando —digo—. Si les cuentas lo que sabes, quizá te indulten.

Erwin sacude la cabeza.

—O me meterán de nuevo en la cárcel... en la cárcel *de verdad*, no en la sexi. No puedo dejar al Manga Verde en la estacada.

No puedo discutírselo. Confío en que Emeric sea justo, pero ¿y si los prefectos encargados de este caso son más como Kirkling?

—Soy... amiga de un prefecto. —Un eufemismo colosal—. A lo mejor podría ayudar. Y, si cambias de idea, estoy en El Magistrado Feliz, con Helga.

—Bueno —dice evasivo—. Siento ser tan decepcionante. Y que nos hayamos conocido de esta forma. ¿Vas a ir a la boda de Sånnik la semana que viene? Allí podrás conocer al resto.

—Ya he conocido a Dieter, Udo, Jakob y Helga —digo, frunciendo el ceño. Junto con Erwin, deberían ser la mayoría de los hermanos Ros.

—O sea, no todo el mundo irá, pero es lo más cerca que podrás tenernos a les doce en el mismo lugar. —Parpadea—. O, bueno, trece.

Le devuelvo la mirada.

Y...

Es como un puzle, uno de esos tan fastidiosos que ofrecen los vendedores ambulantes, en los que han retorcido clavos viejos de herraduras y juran que, en el ángulo correcto, se separarán. Y no te lo crees hasta que estás distraída doblando y girando el hierro y, sin intentarlo...

El enlace se rompe.

Tardo un momento en hablar. Cuando lo hago, las palabras salen a la fuerza:

—Pensaba que erais siete hermanos y Helga.

Pero ¿por qué pensaba eso? Lo entiendo nada más decirlo en voz alta. ¿Por qué no pregunté?

¿Cómo es que no lo vi?

—Somos siete chicos, y luego Katrin la Pequeña, Luisa, Eida y Helga de chicas, y Jörgi no es ni lo uno ni lo otro, y con eso somos doce y luego… —Erwin enfoca la mirada hacia mí—. ¿Helga aún no te lo ha contado?

—¿Contarme el qué? —digo con voz rasposa, pero es inútil. Ya lo sé.

—Aaaay, lo he hecho otra vez —responde Erwin con suavidad—. La he cagado. *Scheit, scheiter, scheiten.* —Se pone de pie y pasa a mi lado—. Tengo que desaparecer hasta que pase todo el lío de la *Gracia*. Gracias por el agua.

—Espera…

Pero ya se ha ido.

Me pitan los oídos. El entumecimiento comienza en la barriga y se extiende por mis piernas. Me siento en una caja. El espejo mensajero me tiembla en la mano cuando lo saco del bolsillo y lo abro. Tengo que decirle a Emeric…

¿El qué, exactamente?

¿Que un borracho quizá sea mi hermano?

Un borracho, y un juglar, y un tejebrujo y un pastor y el resto…

Helga ha mentido… Santos y mártires, *Eida*. La conocía porque la veía en Udo y en Jakob y en…

El espejo. La veo en el espejo, en mi rostro pálido, en mis ojos negros febriles.

Lo cierro, con el corazón a mil por hora.

No sé qué decir. No sé qué hacer. Podría equivocarme, todo esto podría estar mal, qué probabilidades hay de que entre en un pueblo en medio de la nada y aterrice en la casa de mi hermano…

Necesito la verdad.

No me fío de Helga. Erwin se ha ido.

Pero queda un hermano Ros a mi alcance.

Cinco minutos más tarde, estoy de pie en Fumigaciones Liebeskind una vez más.

—Siento molestarle —suelto—, pero necesito indicaciones para llegar al taller de Ozkar Ros.

Welkenrode es… bueno, me gustaría mucho más si no caminara envuelta en una bruma de resolución. Percibo que los edificios son más nuevos en este lado del Trench, con calles de suaves adoquines en vez de tierra compacta. Hasta los puestos de comida parecen más limpios. La abadía imperial de Konstanzia lo supervisa todo desde la cima de una colina baja, y supongo que podría ir a buscar a Henrik Ros allí, pero… Helga me ha alejado de Ozkar, una y otra vez, por un motivo. Ahora creo saber cuál.

Pasa una hora o así del mediodía. Debería estar muriéndome de hambre, pero tengo el estómago tan tenso que solo entra aire. Un montón de preguntas gritan en el interior de mi cabeza:

¿Me recuerdas?

¿Desde cuándo lo sabes?

Y, sobre todo: *¿Mi… nuestra madre se arrepiente de haberme abandonado en el bosque?*

El taller de Ozkar no destaca de inmediato; es una fachada gris más en la larga calle. Luego veo barrotes de hierro sobre las ventanas. No son solo para evitar a los intrusos humanos: hay runas y huesos forjados en el metal, que emite un suave resplandor amarillo.

Suena una campanita cuando empujo la puerta de hierro. El interior está iluminado por las inalterables luces sin color que les he visto a los prefectos; arden en las lámparas de cristal de las paredes. Hay una especie de mostrador, si un mostrador trabajase también como mesa de cocina, tuviera otro trabajo secundario como banco en el taller de un carpintero y, además, buscara por cuenta propia empleo como cubo de basura. Las paredes están prácticamente cubiertas por estantes que rebosan de tarros de cristal, cajas de madera que han resistido cinco regímenes distintos de etiquetas, diversas herramientas y más parafernalia ingeniosa. Cualquier trozo vacío

316 • SANGRE Y ESPINA

de pared está repleto de notas y hay una miscelánea extraña de objetos fijados con chinchetas: una muñequita de lana, un amuleto gastado de un templo, dados, cartas dobladas, el cráneo de una rata con una aguja que le atraviesa la cuenca del ojo. Hay incluso lo que parecen piedrecitas blancas, hasta que me doy cuenta de que son huesos de dedos.

—Maldita seas, Betze. —No me había fijado en el hombre que hay junto a un banco de madera en el extremo más alejado, dándome la espalda. No hasta que su voz cruje por la habitación como cristal—. Necesitaba ese filamento hace veinte minutos... —Calla cuando se gira y me ve.

Ozkar Ros parece tener veintipico años y comparte la misma complexión delgada que Dieter y Erwin. Tiene el rostro fino de Eida, pecas y el cabello de un rojo vivo cortado de forma eficiente. El delantal de cuero que le tapa la camisa y los pantalones ostenta una rica topografía de manchas y quemaduras, igual que sus guantes de gamuza. Un manto espectral se aferra a él y dos ojos redondos amarillos arden sobre su cabeza. Distingo las sutiles líneas fantasmagóricas de plumas de vuelo estriadas y el gran disco del rostro de una lechuza enorme.

Ozkar chasquea los dedos y el fantasma desaparece. Un brillo amarillo se enciende en las pupilas de Ozkar cuando parpadea y rodea un aparato derrotado con pinta esotérica para plantarse en el mostrador principal.

—Ah. Tú debes de ser Vanja. Vaya, eres *igualita* a ella.

—¿A quién? —pregunto, no porque no lo sepa, sino porque necesito que alguien lo diga.

—Pues a la vieja Marthe, claro. —Ozkar se quita los guantes de las manos y los deja caer en el mostrador. Luego suelta una carcajada sombría—. Nuestra madre.

LA TERCERA MENTIRA

HOGAR

É rase una vez, había una niña que ayudaba mucho.

Su primera madre le dijo que era la mala suerte personificada, la decimotercera hija de una decimotercera hija, y que estropeaba todo lo que tocaba. Y luego su primera madre la abandonó.

Así que la niña insistió en ayudar a sus segundas madres, sus madrinas, porque no quería que la abandonasen de nuevo.

Esto desconcertó mucho a sus madrinas, Muerte y Fortuna.

Porque, al fin y al cabo, eran diosas y a la niña no le faltaba de nada. Las tres vivían en una casita situada en el corazón de un bosquecillo de tejos y, de algún modo, siempre estaba limpia y tenía el tamaño perfecto. El mundo al otro lado del bosque cambiaba cada mañana. Algunos días, detrás de los árboles se extendía una gran playa vacía que rugía, y la niña podía jugar en las olas. Otros, acababan en la cima de una montaña nevada o en el interior de un bosque de robles y fresnos, o en medio de un patio de una extraña ciudad, una vacía de gente pero llena de voces, donde los tejos crecían en las piedras.

Al principio, su único invitado era Tiempo. Su túnica cambiaba con cada visita: a veces relucía, otras era una cascada de encaje, y en una ocasión trajo oro resplandeciente como los rayos del sol. Se sentaba con la niña y le preguntaba si le gustaba su hogar, si sus madrinas eran amables, cuál era su comida favorita… Pequeñas preguntas para estimar cuánto había crecido. Y luego hablaba con Muerte y Fortuna fuera, se despedía de la niña y desaparecía como el color cambiante en el interior de un prisma.

La niña tenía para comer todo lo que desease, y para beber también; ropa suave y resistente; juguetes, libros y cuentos para antes de dormir. Pero quería ser útil con tal de poder quedarse.

Al principio solo fue un juego: Fortuna le daba monedas, dados y huesos para que los lanzara, y se reía cuando caían. A Fortuna le acabó gustando esto, se quejaba o aplaudía y nunca le dijo a la niña que estaba echando la suerte sobre coronas y calamidades, riquezas y ruinas. Según Fortuna, era mucho más interesante de este modo.

Luego Muerte también encontró una forma de que la niña fuera útil: traía niños a la casita para jugar. Tenían sueño, lloraban o lo miraban todo ojipláticos y con miedo; a veces gritaban, y esos eran los peores. La niña les contaba cuentos o les mostraba sus juguetes o les enseñaba un juego de hacer palmas que había aprendido de su hermana hacía mucho tiempo. Cuando los niños se tranquilizaban, se animaban o simplemente se hartaban de jugar, Muerte se los llevaba.

La niña no volvía a verlos nunca. Al cabo de unos meses, entendió por qué. En una ocasión le preguntó a Muerte si los fantasmas de los niños podían quedarse un poco más, pero Muerte solo negó con la cabeza.

—Los seres humanos no están hechos para quedarse después de que los liberen de su mundo. —Le alborotó las trenzas a la niña—. Siéntete orgullosa. Gracias a ti, su paso es mucho más fácil.

La niña, cómo no, estaba feliz de ser útil.

Un día, Tiempo visitó su casita. No se sentó con ella. La niña escuchó detrás de la puerta mientras hablaba con Muerte y Fortuna.

— … demasiado tiempo —decía—. Ya está cambiando. Si no la devolvéis pronto, será demasiado tarde.

—Es feliz aquí —insistió Fortuna—. Es útil.

—Es una niña mortal con toda una vida *mortal* por delante. Si la amáis, no se la arrebataréis.

La niña no lo entendió.

O no hasta el siguiente día, cuando Muerte y Fortuna acudieron a ella. No traían fantasmas, monedas ni huesos, solo una profunda tristeza cuando le dijeron que tenía que marcharse.

La niña entendió de repente por qué algunos fantasmas llegaban gritando.

Preguntó qué había hecho mal. Preguntó si acaso no había ayudado lo suficiente. Dijo que haría lo que fuera, lo que fuera de verdad, para no tener que marcharse y que la abandonasen de nuevo. Prometió que sería buena (no solo buena, sino *mejor*) si no tenía que irse, dijo que trabajaría el doble de duro.

Pero Muerte y Fortuna le prometieron un hogar en un castillo, con un fuego cálido y un sitio donde podría ser útil. Dijeron que seguirían con ella, aunque nadie más pudiera verlas, como en un juego especial.

La niña seguía sin entenderlo. Si no había hecho nada malo, ¿por qué no la querían más?

La noche anterior a esa terrible mañana, Muerte me había arrebujado en la cama, más triste de lo habitual. A veces me gusta imaginar que mi madre verdadera tenía ese aspecto cuando se acordaba de mí. Otras veces, me preguntaba si estaría feliz por haberse librado de mí. De mí y de la ruina que me seguía.

—Muerte —pregunté—, ¿qué le pasó a mi primera madre?

Muerte alisó las sábanas y tardó un rato muy, muy largo en responder. Verás, Muerte no puede mentir, así que tuvo que elegir con cuidado sus palabras para no alterarme.

—Ya te lo dije. —Me besó en la coronilla y apagó la vela junto a la cama—. Cuando dejó atrás la encrucijada, una de vosotras se fue a casa.

CAPÍTULO 21

LASTRE

—Serías la viva imagen de Marthe si siguiera con vida —dice Ozkar con despreocupación—. Esperemos que el parecido termine ahí.

Muerta.

Mi madre está muerta.

Lo único que quería era oírle decir que fue un error, que nunca debería haberme abandonado, que yo la atormentaba igual que ella me atormentaba a mí.

Y ahora nunca se lo oiré decir.

Siento un zumbido sordo en los oídos, interrumpido tan solo por el penoso estrépito de las herramientas de metal de Ozkar sobre el mostrador. Esta vez no tengo ni siquiera una caja donde sentarme; el único asiento en el taller es un taburete en la parte trasera, junto al banco. Se me bloquean las rodillas mientras intento respirar.

Marthe. Pensé… pensé que había elegido ese nombre al azar…

Qué tonta he sido todo este tiempo.

Ozkar ladea la cabeza con incredulidad.

—No me digas que no lo sabías.

Se oye una campana en el banco de trabajo. Ozkar se sobresalta y chasquea los dedos. La enorme lechuza fantasmal reaparece sobre él y la luz ambarina de sus ojos se extingue.

—Abuelo, el diapasón de equilibrio está terminado. Tráemelo.

La lechuza cambia de peso y fija los ojos en mí. Abre el pico.

—¿Van… ja?

—*Ahora* —ordena Ozkar. La lechuza sale volando por la habitación y él suspira—. No le hagas caso a abuelo. Bueno, técnicamente es tataratatarabuelo. Eras muy joven y no te acordarás, pero te pusieron el nombre de su esposa.

Es como… como si me clavaran una aguja en ciertas partes del cuerpo para fijarme a una pared que no he visto nunca. El nombre que me pusieron no es mío. El nombre que convertí en una máscara lo robé de un recuerdo lejano y muerto.

Abuelo se posa en un estante y suelta una pequeña barra de hierro sobre la mano extendida de Ozkar. Luego sigue mirándome.

Ozkar chasquea de nuevo los dedos. Cuando abuelo desaparece y la luz amarilla se enciende de nuevo en los ojos de Ozkar, se empieza a acumular más magia alrededor del mostrador para mover trozos y fragmentos de debajo de papeles arrugados y frascos de cristal.

Me doy cuenta de que es un hechicero. Por algún motivo, había pensado que era un brujo, como Jakob o Helga, con el poder limitado por la ceniza de bruja que ingieren. Pero los hechiceros extraen su poder directamente del vínculo contractual con una entidad supernatural. Sus únicos límites son la fuerza del espíritu y el precio del contrato.

—¿Qué le pasó a…? —grazno, pero no puedo terminar la frase.

—¿Al abuelo? No te sientas mal por él. Por culpa de este viejo cabrón nuestra tataratatarabuela tuvo que venir al sur, al imperio, en su época. Él no dejaba de mover las piedras limítrofes del vecino y lo mataron por ello y se convirtió en un *deildegast* del Norte Profundo. Nuestro lazo de sangre fortalece el vínculo de hechicero, así que valió la pena todo el lío de buscarlo. Además… —Ozkar entorna los ojos mientras observa la configuración de los fragmentos minúsculos de metal que bailan entre sus manos—. La innovación exige cierto desprecio a los límites. —Me mira—. ¿O te referías a Marthe? ¿No sabes *nada* sobre nuestra familia?

Es el mismo tono que la dama Von Falbirg solía emplear conmigo cuando me preguntaba por qué no había terminado una tarea que nunca me había ordenado hacer. Lo único que puedo tartamudear es:

—Te… tenía cuatro años.

Ozkar no se ablanda, más bien parece estar recalculando.

—Ya —musita—. Betze llega tarde y no voy a hacer nada importante hasta que esa chica inútil me traiga los filamentos, así que puedo, *una vez más*, enmendar los fallos del resto. No me interrumpas. Y solo lo contaré una vez.

Asiento, aún entumecida, aún a la deriva, aún hambrienta de respuestas. Ni siquiera me doy cuenta de que estoy agarrando con fuerza una de las cintas hasta que noto los bultos del tejido bajo el pulgar.

Ozkar mueve dos dedos hacia una colección de objetos fijados a una pared, que se liberan y ruedan a su alrededor. Por la emoción en su voz, cualquiera diría que está escarbando en la basura de otra persona.

—Nuestros dos padres están muertos. Padre se mató de tanto beber un año después de que Marthe muriera. Marthe te llevó la noche anterior a mi duodécimo cumpleaños y no volvió. De hecho, ese fue mi regalo de cumpleaños: ayudar a padre a localizar su cuerpo congelado en el bosque. Su farol no estaba muy lejos. Creemos que lo soltó, sin luz no pudo seguir el camino e intentó esperar hasta el amanecer. No supimos lo que te ocurrió a ti. —Se encoge de hombros y selecciona un trozo de papel doblado—. Yo pensé que… Bueno. La oscuridad está muy hambrienta.

La nota de papel se reduce a cenizas en su mano. Durante un instante, abuelo aparece detrás de Ozkar, iluminado por un fuego amarillo y con el pico abierto en un chillido. Luego desaparece de nuevo. Las manos de Ozkar se encienden de poder.

—No te sientas mal por Marthe —dice con dureza—. Lo único que quería era atención. No hizo nada por nosotros, solo se puso a soltar bebés para que padre y el pueblo la mimaran. Nada era lo bastante bueno para ella y nunca tenía la culpa de nada.

Las palabras se escapan antes de que pueda detenerlas.

—Me dijo que traía mala suerte.

Ozkar ensancha las aletas de la nariz.

—Último aviso, y solo porque le oí esa burrada yo mismo: interrúmpeme de nuevo y hemos terminado. Marthe le echaba la culpa de todo a Luisa hasta que llegó Erwin, y entonces lo culpó a él de todo hasta que tú viniste y la partera dijo que no sobreviviría a otro nacimiento, así que *tú* te quedaste con la pajita más corta.

Guarda silencio y mira con fijeza el montón de piezas de metal que giran en un remolino hipnótico, hasta que se acoplan, se tambalean y caen en su palma. Con una mueca, Ozkar corta el aire a su derecha con una mano. Aparece entonces una intensa línea amarilla que estalla como una costura y revela un vacío infinito de oscuridad tachonada de estrellas. Lanza las piezas dentro y, con otro gesto, cose de nuevo la realidad.

He guardado silencio todo el rato, sin dejar de retorcer la cinta alrededor del dedo con tanta fuerza que se me clava en la piel.

—No pongas esa cara de perro apaleado —espeta Ozkar—. No vale la pena entristecerse por nada de eso, y menos por nuestra familia. De hecho, si eres lista, te alejarás todo lo que puedas para no arrastrar su lastre. Bueno, y ahora hablemos del otro asunto. Helga me comentó lo de esa ridícula... gota de sangre. Yo paso, *gracias*.

La alarma al fin atraviesa la fría neblina.

—P-pero —digo con gran astucia— la necesitamos.

—Lo que *necesitas* es a una persona con una pizca de sentido común en la cabeza hueca que se pregunte: «¿Qué se puede hacer con una gota de sangre de una persona?». O quizá: «¿Por qué tiene que ser de siete hermanos?». O, y esta es muy descabellada: «¿Cuál es el precio?».

—Es... es para salvar a todo un pueblo —me obligo a decir—. Morirá gente. Udo y Jakob...

—Muere gente todos los días —replica Ozkar, sin dejarse impresionar. Agarra un tarro de cristal de la estantería y lo agita con el ceño fruncido—. Si Udo y Jakob se han puesto en peligro por voluntad propia, es cosa suya. Yo ya me he cansado de cargar con su lastre, y no te voy a dar limosna solo porque has llegado tarde a la fiesta. ¿Dónde *está* Betze?

Trago saliva. Queda una última carta sobre la mesa.

—Es por el chico al… al que quiero —confieso—. También es para salvarlo. Por favor. Te daré lo que sea.

Un recuerdo medio enterrado se remueve, demasiado lejano y hondo para distinguirlo bien. Yo, suplicando, hace toda una vida, rogando: «Haré lo que sea para quedarme».

Ozkar me mira como si me evaluara por primera vez. Su mirada recae en mis manos, que siguen aferradas a la cinta, y recuerdo que hay huesos de dedos en estas paredes.

—«Lo que sea» es una promesa peligrosa, Vanja.

—Tengo dinero —suelto—. Puedo… puedo pagarte en rubíes…

Me señala con un dedo.

—La cinta.

Retrocedo sin darme cuenta.

—¿Qué?

—Te la regaló él, ¿verdad? —dice, aunque parece estar valorando su precio—. Para ti es importante. Las cosas importantes contienen mucho poder. Casi tanto como una gota de sangre.

De repente, me doy cuenta con espanto lo que son todas las cosas enganchadas a la pared de su taller. Esperanzas, sueños, pequeños tesoros y recuerdos. Cosas que importaron a alguien.

Y las quema por poder.

Ese es el precio de Ozkar.

—Te dije que no pusieras esa cara de perro apaleado —me regaña—. Solo quiero una cinta. Te puedes quedar con la otra.

Es solo un trozo de cinta.

Es el primer regalo que Emeric me dio porque le apetecía.

Me regalará otras cintas, lo entenderá.

Cuando me las ata cada mañana, es como si me dijera:
«Estaré a tu lado mientras quieras».

Una cinta no importa más que su vida.

Pero es importante para mí.

Y por eso Ozkar la quiere.

Es por Emeric, me digo. Sopesada contra la enorme magnitud de lo que él significa para mí, puedo entregar esta cosa insignificante y valiosa por él.

Con las manos temblorosas, desato el lazo.

Tras entregárselo, Ozkar me hace esperar mientras lo dobla, elige una chincheta y un lugar en la pared. No puedo dejar de mirarlo, incluso cuando se pincha el dedo con el punzón con imparcialidad y pringa la gota de sangre en la tela.

La campana sobre la puerta suena justo cuando está apartando la mano y oigo una voz femenina agitada a mi espalda.

—Lo siento mucho. Weber no tenía las fibras adecuadas y he tenido que buscar en tres…

—Excusas, Betze —gruñe Ozkar mientras yo tomo con torpeza la bolsa de cuero en la que guardo el punzón y la tela—. Vanja… creo que hemos terminado con este asunto.

Quiero decir algo mordaz y compasivo, pero no tengo nada, nada excepto la sensación abrumadora de que soy una decepción para él, una tonta, una fracasada por haberle entregado la cinta. Asiento sin decir nada. Noto una piedra afilada en la garganta que me hará sangrar si hablo.

Paso junto a una joven con el rostro redondo y pinta de agobiada y salgo tropezando por la puerta. Me guardo la bolsa de cuero y casi choco con un hombre.

—Mira por dónde vas —me espeta.

—Lo siento —jadeo y salto a un lado. Doy unos pasos hasta que me doy cuenta de que estoy yendo por donde no es. Retrocedo y mantengo la calma cuando paso de nuevo por delante del taller de Ozkar.

Empiezo a desmoronarme al cabo de unos edificios.

Al final de la manzana, me derrumbo.

Me apoyo en una pared de pizarra y me dejo caer hasta el suelo. El sol brilla sin piedad, pero solo noto frío.

Qué tonta soy. Pensarán que soy la mujer más tonta en todo el imperio porque no he visto lo que tenía delante de las narices. Udo «tenía sus motivos», Dieter lo «hacía por la familia». Helga...

Helga es mi... mi hermana... y lo sabía y me lo ocultó...

Respiro y es como si me clavara puñales en el pecho.

No querían que me enterara. Porque no quieren a una chica tonta e inútil en su familia.

Exhalar solo supone un ligero alivio. Inhalar duele más.

No tenía que ser así. Se suponía que me presentaría ante mi familia siendo algo más que una ladrona y una mentirosa. Se suponía que tenía que valer algo. Y lo he estropeado todo.

Ni siquiera le he hecho a Ozkar la pregunta más importante, lo que *más* ansío saber. Así de tonta soy.

No le he preguntado por qué lo hizo, por qué mi madre me llevó al bosque.

No le he preguntado qué hice mal.

Alguien maldice cuando casi me pisa el pie y me encojo más contra la pared. Se oye un tintineo metálico en la piedra. Bajo la mirada. El espejo mensajero se me ha caído del bolsillo.

Lo agarro. No sé qué decir. Me duele respirar, me duele pensar. Quiero que deje de doler, no estar a solas...

Al final, lo que escribo es:

Puedes venir
a buscarme

Y:

Lo siento

No, no, eso es una tontería, es inútil...
El espejo palpita, cálido.

Voy de camino.
¿Dónde estás?

No sé cuánto tiempo pasa hasta que una sombra cae sobre mí y no se mueve. Emeric se agacha a mi lado y me gira la cara para que lo mire. Un barniz de calma cubre su voz para ocultar su desconcierto.

—Rosas —dice con suavidad—, ¿qué ha pasado?

Me tiembla el mentón. No sé por dónde empezar.

—He perdido el lazo —digo con impotencia y me rompo.

Me acerca a él, me acaricia el pelo cuando hundo la cara en su hombro y se balancea con suavidad. Palabras fragmentadas surgen en medio del torrente de mis feos sollozos, las mismas una y otra vez, porque ansío la respuesta que necesitaba hoy, la única que siempre ha estado fuera de mi alcance:

—¿Qué hice mal?

Emeric construye la historia a partir de mis retazos y, de algún modo, consigue que lleguemos a El Magistrado Feliz. Estoy de nuevo en medio de la neblina y elijo poner un torniquete en vez de quitarme las vendas. Sé que no dejo de repetirle que lo siento. Y cada vez él me aprieta un poco más la mano y me dice que no pasa nada.

—Vanja… —Oigo que Helga me llama por el pasillo mientras Emeric me conduce a la escalera—. Espera, Erwin ha venido y me lo ha contado, se suponía que no…

Emeric se detiene y le bloquea el paso.

—¿Puedes subir hasta la habitación? —Asiento—. Iré dentro de un momento. La señorita Ros y yo tenemos que hablar.

Estoy sentada en la cama cuando Emeric entra y maldice para sí al ver que se activa de nuevo la cascada de pétalos de rosa. Estaba desatándome las botas cuando… paré sin más, supongo. Sin pensárselo dos veces, Emeric retoma la tarea y se arrodilla delante de mí para deshacer los lazos.

—La señorita Ros te dejará espacio hasta que quieras hablar con ella.

—Gracias —susurro con debilidad cuando libera una bota—. Lo siento.

—No tienes nada por lo que disculparte. —Se pone con la otra—. He… he oído otras historias como la tuya, de gente cuyos padres biológicos los abandonaron. Y nunca, *nunca*, es por algo que tú hayas hecho mal. A veces los padres saben que no pueden cuidar de su hijo. O quieren que tenga una vida mejor. O están enfermos y necesitan una ayuda que ellos no pueden conseguir. Pero ni fue culpa tuya ni hiciste nada malo.

Quiero creerlo. Ojalá pudiera.

Suelta la otra bota en el suelo, se quita las suyas y sube a la cama conmigo. Me enrosco a su lado y apoyo la cabeza sobre su pecho.

—Háblame sobre tu familia —murmuro cuando me rodea con los brazos—. Por favor.

—Claro. —Dibuja lentos círculos en mi espalda. Me pregunto si notará los bordes de las cicatrices del mismo modo que yo notaba los hilos de las cintas—. Creo… creo que te caerán bien. Mi madre, Clara, aún se encarga del taller de encuadernación en Helligbrücke. Lo llamó Anselm, por mi padre…

Me habla de su hermana Hester, que cumplió diecisiete años a mediados de marzo y que ayuda a su madre en el taller. De su hermano pequeño, Lukas, que es tranquilo pero muy observador, igual que su padre. De su hermana pequeña, Elieze, que puede hacer reír a cualquiera y, para espanto de Emeric, acaba de descubrir el romance.

Me habla de la vez en la que Lukas acabó con todo el pelo pringado de pegamento y decidió que la única solución era cortarlo. Me cuenta que Hester está trabajando en un nuevo tipo de impresión que las personas ciegas como ella podrán leer mediante el tacto. Y que su madre tiene un pretendiente nuevo que soportó un interrogatorio de tres horas de las hermanas Conrad antes de que pudiera visitar por segunda vez a Clara. Y que, una vez al año, todos viajan a Rabenheim a visitar la tumba de su padre en su cumpleaños.

Me quedo dormida mientras oigo la calidez y el amor que emanan de la voz de Emeric y me pregunto si alguno de mis hermanos hablará alguna vez sobre mí de ese modo.

Me despierta unas horas más tarde para que coma algo de sopa y me ayuda a ponerme un camisón antes de dormirme de nuevo dando gracias por caer en la inconsciencia. Mientras duermo, el dolor esconde los colmillos, pero sigue mordisqueándome.

Cuando me despierto de nuevo, oigo unas voces detrás de la puerta. La cama está vacía. Es Emeric a quien oigo en el pasillo.

—... nada nuevo sobre lo que informar.

—Hoy debía trabajar en el caso. Sus distracciones no son excusas. Esa es Kirkling.

—Y lo he *hecho*... —Emeric calla. Cuando habla de nuevo, su voz ha recuperado la firmeza—. He pasado la mañana y parte de la tarde revisando documentos con lady Ambroszia. Podría proseguir con ese trabajo aquí si me lo... permitiera.

—No soy su niñera, aspirante. Tiene permitido hacer lo que le plazca. Pero esta es una prueba de imparcialidad y solo le he aconsejado sobre las consecuencias de permitir que Schmidt contamine su caso.

—Cuando le conté que la Doncella Escarlata la había aislado de... —Oigo que se le enredan las palabras de un modo extraño—, me dijo que eso no demostraba su inocencia. Cuando le dije que la Damisela Roja era una diosa real y bien documentada, no una invención de Vanja, dijo que aún podía ser cómplice. Ahora sabemos que la Doncella Escarlata ha obligado a Vanja a obtener un sacrificio de sangre de su *propia familia, ¿*y no le basta?

—Me parece muy oportuno que ninguna de esas cosas haya hecho daño a Schmidt, solo a la gente a su alrededor.

—Su nombre no es Schmidt. —Emeric está perdiendo la compostura—. Falta un mes hasta que la Doncella Escarlata reclame su sacrificio. Perdemos un tiempo que *no tenemos* apartando a Vanja del caso. Su perspectiva podría ser clave.

—Entonces sugiero que aprenda a resolver sus casos, aspirante —replica Kirkling con frialdad—. Ella no podrá argumentar *este* también delante del tribunal celestial por usted.

Se produce un silencio letal.

—No tengo nada más que decir —concluye Emeric con la misma frialdad.

Entra en el dormitorio y cierra la puerta. Luego se sube las gafas al pelo y se pasa una mano por los ojos mientras un estallido disonante de pétalos desciende sobre él.

Me deslizo de la cama y me acerco a él; los pasos de Kirkling se desvanecen por el pasillo. Ahora soy yo quien lo abraza.

—No suspendas tu Fallo por mí —digo contra su camisa—. Llevas más de media vida queriendo ser prefecto.

—Esa es la cuestión —suspira y sopla un pétalo de su hombro—. Esto *no es* lo que quiero. Quiero ayudar a gente que se sintió como... como yo cuando murió mi padre. Como si nadie escuchara y nada fuera a cambiar. Pensé que ser prefecto me permitiría conseguir eso, pero no pude hacer nada por Agnethe y apenas puedo ayudarte a ti.

Respiro hondo y sopeso mis palabras.

—Tú escuchas —digo con dificultad—. Te preocupas y escuchas cuando no tendrías por qué hacerlo. Podrías haberme condenado sin más en Minkja, pero querías saber mi historia, dijiste que importaba y me creíste. Nunca digas que no ayudas. —Alzo la mirada hacia él—. Si más prefectos fueran como tú... creo que el imperio crearía a menos chicas como yo.

Emeric pone una cara muy rara y parpadea con rapidez.

—Bueno —dice con voz ronca—, creo que esa sería una pérdida terrible. —Hace una mueca—. Lo de perder a gente como tú, digo. No la reducción de la flagrante injusticia social.

Eso me saca una risa temblorosa, la primera desde que hundí el Tesoro.

—Me alegro de que pienses así. ¿Necesitas un pañuelo?

—No —miente de un modo espantoso—. Y debería estar cuidándote *a ti*.

—Espera. —Mi bolsa está cerca, en el suelo. La recojo y saco uno de los pocos pañuelos que no están llenos de chinches muertas, pelos de escaramujo o la sangre de mis hermanos (menuda vida la mía)—. Toma.

Me giro para dárselo.

Y me quedo de piedra.

Emeric está más tieso que un palo. Tiene la cara volteada hacia mí, pero con el rostro tan distendido que resulta inquietante.

Una violenta luz carmesí arde en sus ojos, cubriendo el blanco y todo. La camisa se está carbonizando sobre la huella.

—*Hola, profeta mía* —canturrea la Doncella Escarlata a través de Emeric.

—Doncella Escarlata. —El humo me escuece en la lengua—. ¿Qué es esto?

—*¿Acaso no puedo hablar con mi profeta? ¿No puedo usar a mi siervo como desee?*

Esto parece imprevisible, como una partida de «encuentra a la dama» con cartas afiladas.

—No creo que le guste que lo usen.

—*Lo siento por él.*

Un trozo de rojo incandescente aparece en la camisa cuando la huella empieza a quemarla.

—¿Por qué hay gente de Hagendorn atacándonos en tu nombre? —pregunto.

El hombro de Emeric se encoge en un movimiento extraño.

—*Pronuncian mi nombre en vano. Estás tardando demasiado en conseguir el sacrificio, profeta mía.*

Uno de los ojos relucientes de Emeric gotea y una lágrima le recorre la mejilla. Tengo que acabar con esto rápido.

—Ya he conseguido cinco gotas —protesto—. Solo faltan...

La Doncella Escarlata impulsa de repente el cuerpo de Emeric por la habitación hacia mí y me agarra las muñecas con una fuerza inquebrantable. Un calor horrible le irradia del pecho. Me empuja hasta que retrocedo entre tumbos.

—*Tendré mi sacrificio* —sisea— *en la fiesta del Santo Mayo.*

—Suéltame... —digo, intentando recuperar el equilibrio, pero choco con el borde de la cama. Y entonces caigo en la cuenta: la fiesta del Santo Mayo se celebra el uno de mayo.

Eso es dentro de dos semanas. Nunca llegaré a tiempo.

La Doncella Escarlata me empuja hacia la cama; sigue agarrándome de las muñecas con tanta fuerza que los huesos entrechocan mientras forcejeo. Un horrible pánico animal cobra vida. De repente, me hallo en el castillo Falbirg, apretada contra la roca implacable, con Adalbrecht von Reigenbach agarrándome de las manos justo así... No, *no*, este es Emeric... No, no es él... Tengo que respirar, tengo que seguir respirando...

—Suéltame... suéltame, por favor...

Algo caliente aterriza en mi mejilla. Otra lágrima ha caído del rostro inexpresivo de Emeric. Está retorcido en una horrible sonrisa.

—*Dos semanas, profeta. Y luego, de un modo o de otro, obtendré mi sacrificio.*

La luz carmesí parpadea cuando un sonido espantoso surge de la garganta de Emeric.

—Agg... NO...

Me suelta y retrocede entre jadeos. Me aparto de él más aún, con ese miedo animal desatado mientras me enredo con las sábanas.

Luego el rojo desaparece y nos sume en la oscuridad.

Emeric se mira las manos como si estuvieran cubiertas de sangre.

—Vanja... Vanja, no, lo siento mucho, no he podido detenerla, lo he intentado...

Hace amago de agarrarme pero se queda quieto, horrorizado, cuando me ve retroceder.

—Lo sé —respondo, distante—. Dame... dame un momento.

Se deja caer en el suelo y se abraza como si quisiera esconder la huella de la mano, que ya se ha apagado aunque el olor a ropa quemada persiste.

—Yo nunca te haría daño —dice, casi más para sí mismo que para mí—. Lo... lo siento mucho.

Una parte de mí quiere darle la razón, abrazarlo, aferrarme a la única ancla que tengo en este maldito mundo derruido.

La otra mitad tiene miedo de darle la espalda.

Y él lo nota. Incluso cuando bajo de la cama a rastras y me siento a su lado, lo sabe. Incluso cuando me obligo a apoyar una mano temblorosa en su hombro... lo sabe.

—No eras tú —digo, más para mí que para él.

—Pero me ha usado para hacerte daño. Me puede usar de nuevo.

Agacha la cabeza.

Me estremezco ante el movimiento repentino y me preparo por si hay más luz roja, por si acabo con los dedos mordidos.

Creo que es entonces cuando ambos nos damos cuenta de la magnitud de este nuevo miedo entre los dos.

—¿Cómo vas a dormir a mi lado? —pregunta, desconsolado—. ¿Cómo vas a estar segura?

No plantea la peor pregunta: si la intimidad de anoche no bastó para romper el reclamo de la Doncella Escarlata... ¿cómo vamos a seguir intentándolo ahora?

Y es entonces cuando decido que ya he tenido suficiente.

He perdido mi cinta, he perdido la esperanza de reunirme con mi familia cuando estuviera lista y ahora solo dispongo de dos semanas para arreglar todo este embrollo. No pienso permitir que la Doncella Escarlata me arrebate a Emeric también.

Miro la cama. Y luego lo miro a él.

—No me imaginaba que tendríamos esta conversación así —digo—, pero... ¿qué opinas sobre los grilletes?

CAPÍTULO 22

VILLANELLE

Al entrar en la taberna de la posada para desayunar, cometo un error, y es olvidarme de las mangas.

Unos moratones de un feo púrpura con forma de dedos me rodean las muñecas y, a juzgar por la noche tan horrible que hemos pasado, si Emeric los ve, enseguida irá a buscar un cilicio y un páramo en el que perderse. Me he asegurado de bajarme las mangas de la combinación como es debido.

Sin embargo, no había tenido en cuenta que podría encontrarme con Helga, que está terminando un plato de arenque y huevos en la taberna cuando llegamos. Me ve y desvía la mirada, para acto seguido meterse los últimos restos de arenque en la boca con un trozo de pan. Pero entonces, cuando aparta la silla para largarse... se fija en las muñecas.

Me doy cuenta demasiado tarde de que estoy toqueteándome nerviosa la manga. Y cuando me miro las muñecas, también veo el moratón que se asoma.

—*Hijo de la gran...* —Helga prácticamente sobrevuela su mesa y se interpone entre Emeric y yo—. Si la vuelves a tocar, pienso *arrancarte* la piel a tiras.

—Un momento, Helga, *para*.

La agarro por el brazo. Mi manga, por desgracia, se sube y deja al descubierto el moratón.

Emeric se queda más blanco que una pared.

—No has dicho nada —dice, desconsolado, y me ofrece una mano—. Puedo…

Helga lo aparta de un golpe mientras los otros comensales nos miran y cuchichean.

—¿Qué parte de «te arrancaré la piel» no has entendido?

Le tiro del brazo hasta que me mira.

—La Doncella Escarlata lo poseyó —siseo— y no fue divertido para nadie y ha tenido que dormir esposado a la cama, así que te felicito por tu buen instinto, pero bajemos la intensidad de diez a cuatro.

Helga la disminuye a un reticente siete.

—¿Había ocurrido antes?

—No —enfatiza Emeric. Hace un gesto avergonzado hacia mi muñeca—. ¿Me dejas encargarme de los moratones, por favor?

Cedo y extiendo los brazos. Helga se aparta sin relajar el ceño.

—Bueno… pues no te dejes poseer de nuevo.

—No entra dentro de mi plan para los próximos diez años —farfulla Emeric.

Se produce un silencio tenso, hasta que Helga vuelve a hablar.

—Si quieres, Vanja… ¿Podemos hablar más tarde?

Trago saliva mientras los dedos de Emeric me sueltan las muñecas. Los moratones se encogen. Mentiría si dijera que no es un alivio.

También mentiría si dijera que no tengo preguntas para Helga, sobre nosotras, sobre la familia, sobre… todo. Pero no sé si esos moratones perduran aún.

—A lo mejor —respondo. Un término medio. Ella se encoge de hombros y, cuando se encamina hacia la puerta, la llamo—. Una… una cosa. —Helga se da la vuelta—. ¿Alguna vez os preguntasteis qué había sido de mí?

Se le descompone el rostro. Al cabo de una pausa cargada de dolor, dice:

—El trece de diciembre.

—¿Qué?

—Tu cumpleaños es el trece de diciembre. Te buscamos casi todos los días, durante todo el verano y el deshielo y hasta el solsticio de verano. Para entonces, los restos ya habrían... desaparecido. Encendimos una vela por tu cumpleaños cada año. Katrin la Pequeña aún lo hace, en la granja de Kerzenthal.

Durante un momento no puedo hablar. No sabía cuánto necesitaba oír eso hasta que quedó colgando en el aire entre nosotras.

Emeric me acaricia los nudillos. Anclo mi mano en la suya.

—¿Cenamos juntas? —digo.

—¿Aquí, a las seis?

Helga aguarda a que asienta y luego se marcha.

Emeric y yo tomamos un desayuno tristón, al menos comparado con el de ayer. Kirkling, una increíble úlcera en forma humana, se detiene junto a nuestra mesa cuando estamos terminando para depositar en ella a lady Ambroszia.

—Aspirante Conrad —dice con aspereza—, espero que hoy sea más productivo. ¿Cuáles son sus planes?

Emeric se queda inexpresivo un momento. Luego habla con tono educado pero distante.

—Una vez que terminemos, acompañaré a Vanja a la oficina de Welkenrode...

Kirkling saca su libreta en un santiamén.

—Menosprecio por el peligro evidente hacia la integridad del Fallo...

—Para que —prosigue Emeric con los dientes apretados— podamos encontrar una forma de protegerla de mí. Anoche, la Doncella Escarlata me poseyó el tiempo suficiente para atacar físicamente a Vanja. No puede volver a ocurrir.

La propia Kirkling dijo hace escasas horas que era muy conveniente que la Doncella Escarlata no me hubiera hecho daño directamente. Quizás esto la convenza al fin de que la fe que Emeric deposita en mí no va desencaminada.

—Mmm. —Kirkling deja de tomar notas—. Quiero ver que aprovecha al máximo su limitado tiempo, aspirante Conrad.

… o no.

—La Doncella Escarlata también ha adelantado la fecha —añado—. Ahora es en la víspera del Santo Mayo.

Kirkling me mira un momento en silencio, luego cierra el cuaderno e inclina la cabeza hacia Emeric.

—Que tenga un buen día.

Es justo como Madame Tesoro con su falta de respeto tácita. No me responde porque no tiene que hacerlo y quiere que yo lo sepa.

(Durante un momento, me planteo solventar el problema de Kirkling con chinches).

—Bueno —dice lady Ambroszia antes de que pueda elaborar esa idea tan divertida y se sacude el polvo de la ropa—. ¿Posesión divina? Eso suena espantoso. Anímate, joven, mi noche fue más provechosa. He repasado todos los archivos hasta el año 300 de la Sacra Era. —La luz intensa de su cuenca vacía parpadea un momento y luego se enciende de nuevo. Me doy cuenta de que ha intentado guiñar un ojo—. Pero cerca de la señorita seré discreta con esos descubrimientos, ¿eh?

Emeric se queda mirando su plato y mueve la boca como un arco sobre la cuerda.

Y entonces… se rompe.

—No —dice con brusquedad—. Vanja nos asesora en el caso de la Doncella Escarlata. Y es hora de que asesore de verdad. La pondremos al día con todo. En cuanto lleguemos a la oficina, le explicaremos lo que sabemos.

Un peso enorme desaparece de mi garganta, aunque aferro con fuerza el tenedor.

—¿Estás seguro?

Emeric respira hondo. Y cuando habla, casi parece… triste.

—Hubo una época en la que admiraba mucho a Elske Kirkling. Hubert y ella se aseguraron de que el asesino de mi padre compareciera ante la justicia, y hasta me ayudó en la academia casi tanto como Hubert. Pero *cada* vez que cumples sus criterios para establecer tu inocencia, encuentra uno nuevo. He intentado compensar mi sesgo a tu costa. Si ella no puede hacer lo mismo, entonces ya no confío en que me aconseje objetivamente sobre la mejor forma de proceder. —Suelta lo que le queda de aire—. Y, sinceramente, no tenemos *tiempo*. ¿Cuánto se tarda en llegar a Kerzenthal, cuatro días?

Recuerdo el mapa de Jakob.

—Por lo menos. Y luego otros cuatro hasta Hagendorn.

—Así pues, si nos marchamos mañana, pasamos un día en Kerzenthal y nos dirigimos directamente a Hagendorn, tendremos... —Da unos golpecitos en la mesa con el ceño fruncido—. Diez días para resolver este asunto, eso *si* todo sale bien. Y aún queda otra gota de sangre que recoger en Welkenrode.

—Cierto. Henrik, en la abadía imperial. —Enjuago el último trozo de pan de centeno con un trago de café—. Si nos apresuramos, podemos ir después de terminar en la oficina.

Emeric apoya una mano cauta sobre la mía.

—No tienes por qué estar... lista para eso.

Comprendo a dónde quiere ir. Ozkar solo era una sospecha, Henrik es el primero de mis hermanes a quien conoceré como...

Como su hermana.

La idea me resulta ajena y me desorienta, como cuando le robé las gafas a Emeric para mirar por ellas. Curva el mundo en una forma nueva.

—No —respondo, un tanto perpleja por el zumbido que noto en el pecho. Se parece a cuando San Willehalm me pidió ayuda—. Creo que quiero ir.

Como tenemos poco tiempo, decidimos tomar un carruaje hasta la oficina de prefectos en Welkenrode en vez de ir a pie. Aguardo junto a la entrada del patio mientras Emeric lo pide. Estoy estudiando una jardinera, porque he visto con desaliento el tono naranja rojizo que han adquirido unos narcisos que antes eran amarillos, cuando oigo el barítono de Bajeri resonar sobre las piedras. No entiendo sus fluidas palabras sahalíes, pero ni él suena feliz ni tampoco Joniza cuando le responde.

Me doy la vuelta. Se dirigen hacia mí, enzarzados en lo que parece un debate, a juzgar por los gestos rápidos de Joniza. Me ve y apunta con el pulgar a su padre.

—¡Vanja! Dile a este viejo obstinado que se vaya a casa.

Soy lo bastante sensata como para saber que no debería hacerlo, así que pregunto con diplomacia:

—¿No era ese el plan?

Bajeri se masajea una arruga entre las cejas.

—Lo era. Köhler, el decorador con el que estaba en contacto y que iba a comprar la mayoría de las mercancías, envió un mensaje anoche para cancelar el trato.

Diría que he visto ese nombre antes y no en un sitio bonito.

—¿En el último minuto? Qué desgraciado.

—*Ella* sí que lo entiende —musita Joniza.

—No, no, Köhler es un hombre justo. —Bajeri suspira—. Tenía un gran proyecto y se lo han cancelado de repente, por eso él también está en un brete. Yo al menos puedo *seguir* con el resto de la ruta. Mis colegas mercaderes me han comentado que Köhler tiene que deshacerse de tantos muebles verdes que ocuparían la mitad del camino hasta el Sünderweg.

Verde.

La nota en el escritorio de Madame Tesoro, la que hablaba sobre un salón, estaba firmada por *Köhler*. E iba a comprar el Manga Verde…

… hasta que yo la dejé sin negocio.

—Te estoy diciendo que lo mejor que puedes hacer es ir a *casa* y dejarme terminar la ruta —insiste Joniza—. ¡Deberías estar con Fatatuma!

Bajeri niega con la cabeza.

—Y yo te estoy diciendo que los mercaderes del imperio no te conocen. Te discutirán tu precio justo cada vez, y eso si te dejan pasar por la puerta. No, todo irá bien. Está decidido. —Ladea la cabeza—. Hablaré con otros contactos de la ciudad, a ver si aceptan algo. Buena suerte para todos.

—Buena suerte —consigo decir e intento sofocar la culpa cuando echa a andar por la calle. Sin embargo, no me salgo con la mía. Cuando me giro hacia Joniza, descubro que me está mirando con los ojos entornados.

—¿Qué sabes sobre esto? —pregunta con recelo.

—Es… bueno. —Trago saliva con fuerza—. Complicado.

—*Vanja* —dice con ferocidad.

Abro la boca y la cierro de nuevo, con la mente a mil por hora. ¿A lo mejor puedo encontrarles otro comprador? ¿O aprovechar las carencias que ha traído el bloqueo de la *Gracia Eterna*?

—Puedo arreglarlo —digo—. No sé cómo…

—*Basta.* —Alza un dedo, aprieta los ojos y retuerce la boca. Al cabo de un minuto que se hace muy, muy largo, suelta—: Sé que tu intención no era hacernos daño, pero… se trata de mi familia.

—Lo siento. Te juro que lo arreglaré.

Joniza se cruza de brazos y alza el mentón cuando un carruaje traquetea hasta detenerse a mi lado.

—Ya han venido a buscarte.

Me giro y veo que Emeric abre la puerta del carruaje desde dentro. Cuando me doy la vuelta otra vez, Joniza ya se marcha.

— … pero no lo hice a propósito —le cuento a Emeric mientras entramos en la oficina de la orden de prefectos de los tribunales celestiales en Welkenrode—. Así que, técnicamente, no es culpa mía. ¿Verdad?

—Prefiero no responder —dice con tacto y luego le habla al secretario que hay sentado en un pulcro mostrador—. Buenos días. ¿Vikram Mistry está aquí?

344 • SANGRE Y ESPINA

—*¡Conrad!* —La voz de Vikram procede de una habitación en la parte trasera—. ¿Has traído más delicias de canela?

—Da igual.

—Yeshe Ghendt y Jander Dursyn están trabajando en el estudio este, por si quiere su opinión o necesita algo del caso sobre la *Gracia Eterna* —dice el secretario—. ¿Tiene una insignia de invitada?

—Vanja está registrada como asesora, gracias.

—*¡Vanja!* —oigo que dice Vikram—. ¡Mi villana favorita!

—Oye, ¿te importa? —protesta otra voz, me imagino que la de Ghendt o Dursyn, procedente del estudio este, imagino también.

Emeric me conduce por el pasillo estrecho detrás del mostrador y señala un baño y el susodicho estudio para terminar en una especie de taller enorme. No es muy distinto al de Ozkar, con estantes y aparatos, pero parece destinado a un tipo de trabajo más amplio, desde estudios apotecarios hasta una forja en miniatura. Vikram está sentado en un taburete cerca de la puerta, encorvado sobre un pequeño orbe brillante que parece estar lijando con meticulosidad.

—Decidme que traéis algo para distraerme, por favor —suplica con voz nasal y arruga la cara por la concentración—. Estoy aquí haciendo aleaciones mientras Mathilde está por ahí, y es lo más aburrido que he hecho desde mi reunión familiar.

—Estás de suerte —respondo con tono lúgubre.

Le resumimos los acontecimientos de la noche anterior con la mayor impersonalidad posible. Aun así, Emeric está avergonzado al terminar. Vikram, por su parte, parece intrigado.

—Eso *sí* que es un acertijo —dice mientras se suelta el pelo y se lo peina con los dedos—. ¿Un amuleto para evitar la posesión, quizá? Pero ¿será lo bastante potente?

—¿Acaso es posible? —pregunta Emeric, desolado—. Estamos hablando de una diosa.

Vikram se queda quieto y mueve los ojos con rapidez como si persiguiera fórmulas invisibles. Se da unos golpecitos en los labios y dice:

—No, no se puede. No podemos bloquearla. Pero no por el motivo que te piensas. —Se baja del taburete y se acerca a un gran armario de la esquina mientras se recoge el pelo, emocionado—. Si la bloqueamos, también te bloqueamos del resto de dioses menores. Solo podrás usar ceniza de bruja para hacer magia, lo que me parece una mala idea si te vas a enfrentar a una diosa hostil.

Emeric y yo intercambiamos una mirada mientras Vikram agarra tarros de los estantes.

—Eso no sería lo ideal —comento.

Vikram se pone a pesar unos polvos en una báscula.

—Bueno, si no podemos incapacitar a la diosa... incapacitaremos al recipiente.

—Un sedante activado mediante señal. —Emeric se endereza con tanta rapidez que juraría que da saltitos—. Pues claro.

—Y con una combinación de elementos paralizantes y soporíferos, quedarás inmovilizado, *además* de inconsciente —dice Vikram con un corcho en la boca, que acaba de sacar con los dientes. Vacía el frasco en un pequeño mortero y sostiene la maja en la otra mano.

—Pongamos que vuestra villana no ha entendido nada de eso... —comento.

Vikram escupe el corcho hacia una papelera. Acierta en el borde y falla, para decepción de todos los presentes.

—Podemos vincular distintos hechizos a una sustancia que permanezca en el torrente sanguíneo hasta una semana y programarlos para que se activen con una palabra en concreto pronunciada por una persona en concreto. Por ejemplo, puedes asignarle magia sanadora general y activarla si te tienden una emboscada. —Saca un molde de hierro de otro estante—. Y para Conrad puedo combinar hechizos tanto para paralizarlo como para dejarlo inconsciente durante cinco minutos, suficientes para frenarlo si la Doncella Escarlata vuelve.

—Y los dos tendremos la palabra de activación —dice Emeric con firmeza.

—Buena idea. —Vikram vierte los contenidos del mortero en el molde y luego dibuja como quien no quiere la cosa un círculo complejo de runas y símbolos en fuego plateado mientras musita entre dientes. Cuando el molde se cierra, una nube de vapor engulle las runas. Vikram usa un trapo para abrir de nuevo el molde y revelar una docena de pastillas de un azul pálido del tamaño de la uña de mi meñique. Con una cuchara, saca once para meterlas en un tarro pequeño de cristal que tapa antes de dárselo a Emeric. Luego le entrega la última pastilla—. Tienes una jarra y vasos detrás de ti. Tu palabra de activación es «villanelle». Ya sabes, como el poema.

Emeric lo mira con mala cara mientras le doy un vaso.

—Cómo no.

—¡De nada! —Vikram empieza a guardar los aparatos—. La mitad de tus versos no estaban mal...

—*Yyyyy* nos vamos.

Emeric me saca de la sala.

—¡Tómate una cada semana! —nos grita Vikram—. ¡Que no se le olvide, Vanja!

Una mujer con cara de agraviada asoma la cabeza por el estudio de enfrente.

—Por todos los dioses, Mistry, VIVIMOS EN SOCIEDAD.

Emeric se detiene cuando los dos se ponen a discutir de buena gana a nuestra espalda.

—Dame un momento.

Retrocede para hablar con la prefecta. Lleva el cabello negro brillante recogido en una trenza según la moda gharesa para las mujeres casadas, y Yeshe es un nombre de pila gharés, así que deduzco que esta es la prefecta Ghendt. Cuando me echa un vistazo y baja la voz, hago como que estoy mirando hacia otra parte, pero sigo escuchando sin ningún tipo de vergüenza.

— ... see Propiedades —dice Ghendt—. Tienen muchos negocios que deberían estar aprovechándose del puerto cerrado. Pero el dinero no está en ninguna parte. —Emeric le pregunta algo que no entiendo—. Lo buscamos, pero, por ahora, todos sus libros de cuentas están limpios. Si te enteras de algo más sobre ese soborno, avísanos.

—Lo haré. Buena suerte.

Espero hasta que nos hemos alejado para preguntarle por lo bajo:

—¿Soborno?

—Les he dicho que uno de mis contactos más fiables se ha enterado de que sobornaron a un estibador para que diera mal las instrucciones a la *Gracia Eterna* —responde Emeric con calma—, pero que no tenía ningún dato que lo identificase. Si tú oyes otra cosa, agradecerán tu aportación.

Abre una puerta a una especie de taller. Hay una pared de pizarra y las demás están repletas de tachuelas y cientos de agujeros pequeños. La mesa y las sillas en el medio de la sala parecen haber sobrevivido a siglos de mutilación concienzuda a manos de prefectos que intentaban resolver enigmas. Dejo la bolsa sobre la mesa y ayudo a lady Ambroszia a salir. La muñeca se deja caer en la mesa y se arregla la falda mientras Emeric cierra la puerta.

—Muy bien —dice despacio y toma un trozo de tiza de un bote atornillado a la pared de pizarra—. Esto es lo que tenemos sobre la Doncella Escarlata. Primero, yo siempre empiezo con los cinco motivos de Hubert, para ver si puedo identificar un patrón en el comportamiento.

Escribe cinco palabras en la esquina izquierda de la pared:

CODICIA
AMOR
ODIO
MIEDO
VENGANZA

—Nunca he entendido por qué amor es una opción —reflexiono en voz alta—. Parece lo opuesto a un crimen.

Antes de que Emeric pueda responder, lady Ambroszia chasquea la lengua.

—No es el crimen, querida, sino el motivo. Fíate de mí, que fui la querida de un hombre.

Supongo que eso la convierte en la experta sobre el tema.

—Vale.

De todos modos, Emeric tacha «AMOR».

—Sabemos que la Damisela Roja del Río perdió a su amante a manos del perro infernal. Eso está documentado en la canción y en las leyendas escritas. He mirado a ver si es posible que el ritual pueda resucitar al amante, pero no he encontrado nada.

—¿Quizás el perro tenga atrapado a su fantasma? —pregunto—. ¿O no podrá descansar hasta que sea derrotado...?

—También hemos investigado esa posibilidad, pero...

Emeric señala a lady Ambroszia con la cabeza.

—Los fantasmas no funcionan así —explica ella—. La conexión de una persona con el mundo mortal se corta en cuanto fallece. Para quedarse en él, necesitamos algo que los teóricos llaman «ancla material»... una conexión complementaria que nos una aquí, del mismo modo que los encantamientos deben estar anclados al mundo material. Suele ser el lugar donde murió la persona, pero también sirve el vínculo fuerte a otra persona o a un objeto. Si decidimos no marcharnos con Muerte, solo el ancla material nos mantiene estables, y estas se degradan con el tiempo. —Se ajusta el bajo del vestido—. De no haber sido por el simpático de Willi, yo habría abandonado este mundo hace décadas. Y si el prometido de la Damisela Roja persiste... será algo temible. Sabríamos de su presencia.

—¿Cabe la posibilidad de que *él* sea el perro del infierno y no el gigante muerto? —pregunto.

—Boderad y Brunne preceden a la Damisela Roja, así que no. —Emeric tacha la palabra «MIEDO» a continuación—. Al principio pensé que podría ser eso, pero ya que hablamos del perro infernal... No hay *nada* que respalde lo que dijo la Doncella Escarlata

de que va a masacrar al pueblo o de que los sacrificios lo tranqui-
licen de algún modo. Sobre todo dada la inactividad de esta criatura mientras ella dormía. Los archivos solo mencionan la corona
nupcial de Brunne.

Escribe la palabra «corona» junto a «CODICIA».

—Helga comentó algo sobre una corona cuando nos llevó a Felsengruft —digo despacio—. Y en todos los murales hay una corona
en el fondo del Kronenkessel.

Emeric chasquea la lengua.

—Bien pensado. Se me había olvidado ese detalle. Y el perro
vigila la corona, así que, si es eso lo que busca... —Arruga los labios
y escribe «¿Anteriores sacrificios?» junto a «VENGANZA»—. Mi
otra teoría es que los antiguos sacrificios de la Damisela Roja fueron... patológicos. Revivía su tragedia, pero con ella al mando.

—Siempre es el mismo tipo de víctima —interviene lady Ambroszia—. En los pocos archivos que hemos encontrado al respecto,
es así. Todos eran hombres jóvenes sin casar.

—Así que, cuando la despertamos, ¿lo retomó donde lo dejó?

Me siento en el borde de la mesa. Emeric ladea la cabeza.

—¿Recuerdas cuando te di una metáfora vaga sobre demonios
pintados y paredes?

—¿Esa que no entendí ni en lo más mínimo?

Se frota la nunca.

—Sí. Esa misma. Lo que intentaba decir es que hay muchas cosas que la Doncella Escarlata nos *dice* que temamos, como el perro
del infierno, su ira y demás. Ha pintado el demonio en la pared y
espera que no lo distingamos de lo real.

—Entonces... nos está distrayendo. —Frunzo el ceño—. ¿De
qué?

—He ahí la cuestión. —Emeric se sitúa en medio de la pared de
pizarra y se pone a escribir—. Sabemos que solo se manifestó cuando unos prefectos llegaron a Hagendorn y enseguida reclamó a uno
como sacrificio. —Escribe «prefecto»—. Sabemos que ha pedido la

sangre de siete hermanos... algo *muy* específico. —Escribe «sangre + hermanos»—. Sabemos que los candidatos más obvios eran tus hermanos. —«¿Familia?»—. Y, aunque odie darle la razón a Ozkar Ros..., no sabemos qué hará si lo consigue. —«¿Precio?».

Me mordisqueo la punta del pulgar al tiempo que doy vueltas a las piezas del rompecabezas en mi cabeza.

—Te eligió a ti primero —comento—. Y luego nos ofreció una alternativa cuando insistimos.

—Y es una alternativa cuyo objetivo son *tus* hermanos —añade Emeric—. Una que quizá les haga daño. No creo que *nada* de eso sea coincidencia.

Empiezo a distinguir la forma de la estafa.

—Así que... el objetivo nunca ha sido conseguirlo. Se pensó que descubriría que eran mis hermanos para... quedarse contigo. Pero ¿a qué viene tanta pompa? ¿Por qué ofreció esa opción?

Emeric añade una palabra a la lista: «secta».

—Tú misma lo has dicho. Se saca mucho provecho de una secta porque es infecciosa y *complaciente*. Los sectarios no preguntan a dónde va el dinero, no preguntan para qué están trabajando, solo siguen órdenes porque una figura de autoridad les ha dicho que eso es lo correcto y su comunidad lo refuerza.

—Recuerdo una en *mi* juventud —comenta lady Ambroszia—. Empobreció a toda una región cuando se desmoronó. Y el joven Conrad y yo hemos buscado otras sectas que hicieron lo mismo.

—Pero la Doncella Escarlata no quiere dinero.

En esta ocasión, Emeric da saltitos.

—Y tú tampoco —dice con aire triunfal—. Al ritmo en el que crecieron los Sacros Rojos, podrías haber estado estafándolos durante mucho dinero. Pero sabías que los habías engañado desde el principio e intentabas alejarte. Lo que sí que tenías era...

—Autoridad —concluyo cuando ato cabos. Me siento como una tonta—. Y por eso me obligó a marcharme.

Emeric asiente.

—Has pasado fuera dos semanas y unos devotos violentos nos han perseguido hasta Rammelbeck. Diría que la doctrina ha cambiado.

—Udo y Jakob —digo, agarrando con fuerza la mesa—. ¿Han...?

—Todos los usos que hemos encontrado para las siete gotas de sangre requieren que tus hermanos estén vivos —explica lady Ambroszia—. Puede que no estén contentos con las circunstancias, pero sobrevivirán.

—Pensaba que la Doncella Escarlata no quería a mis hermanos.

—No sabemos si son una distracción —contesta Emeric despacio— o una alternativa de verdad. Ahí es donde me he quedado, la verdad. Sacrificarme, usar las gotas de sangre... todo eso podría concederle poder, ¿quizás el suficiente para acabar con el perro del infierno? Pero es una diosa menor con una secta en crecimiento de la que alimentarse... debería *tener* ese poder. Y ya es lo bastante fuerte para superar a tus marrinfas, lo que... —Se percata de mi cara de desconcierto—. A tus morblos —intenta, pero hay un desajuste extraño entre lo que oigo y los movimientos de su boca—. Escrimblo y Glup.

—¿Qué estás diciendo?

Emeric mira impotente a lady Ambroszia, que solo le ofrece un encogimiento de hombros incómodo.

—Yo no tengo problemas de comprensión, joven.

Emeric se pellizca el puente de la nariz.

—Vale. Es hora de hablar de esto también. Vanja, sujeta esto. —Abre su espejo mensajero y me lo entrega—. Alguien ha manipulado tus recuerdos en lo referente a... tus progenitores.

Me lo quedo mirando.

—¿Y no debería haberme *dado cuenta*?

Señala el espejo.

—Míralo y háblame sobre el primer recuerdo que tengas en el castillo Falbirg.

En el cristal veo que arrugo el ceño.

—Cuando mi madre me abandonó.

—¿Cuántos años tenías?

—Cuatro.

Algo... se mueve. Parpadeo.

—Eras muy joven para que te aceptaran como criada —dice Emeric con cuidado—. ¿Recuerdas algo de cuando tenías cinco años? ¿O seis?

—Recuerdo... —Cierro los ojos y entonces me acuerdo de que debería estar mirando mi reflejo y los abro de nuevo. Si me pongo a pensarlo, pero a pensarlo *de verdad*...—. Había... otros niños. Recuerdo haber jugado con ellos en... ¿el jardín? Pero el castillo Falbirg no tiene un jardín como ese...

Sin embargo puedo verlo veo en mi mente: un anillo de hierba y musgo esponjoso rodeado de unos tejos de intenso aroma.

Y puedo *sentir* una extraña presión, como un pétalo, que aleja mi mente de ese recuerdo, como si muchas flores taparan la luz del sol.

—Tu familia vivía en Kerzenthal. —La voz de Emeric es firme, moderada—. ¿Cómo te iba a llevar tu madre hasta Sovabin?

Veo su farol en esa noche fría de invierno, en un bosque cubierto de nieve... No, puedo *sentir* las piedras del castillo Falbirg...

—Mira el espejo.

En el cristal, percibo una luz roja que parpadea en las profundidades de mis pupilas.

Emeric dice algo y es como si rompiera en añicos las palabras, metiera los fragmentos en una bolsa y me los vaciara en los oídos. El rojo arde con más intensidad. En el silencio posterior, empieza a desaparecer.

Está en mi cabeza. La Doncella Escarlata está en mi cabeza.

—Arréglalo. —Me tiembla la voz. Hay algo sobre esto... sobre que torne mis propios recuerdos en mi contra... que me asusta de un modo inimaginable—. Por favor... sácala de ahí...

—Lo he intentado —admite Emeric y se pasa una mano por el pelo—. Hemos estado investigando, pero todos los hechizos y encantamientos de restitución han fallado. No sé si hay alguien que *pueda* romperlo.

Reina un silencio enfermizo. Tengo que... ¿tengo que vivir con esto? ¿Sin saber en qué recuerdos puedo confiar?

Alguien llama a la puerta.

—Adelante —dice Emeric.

El secretario la abre con un empujón.

—Disculpen, aspirante Conrad, señorita Vanja. Ha llegado un carruaje de la abadía imperial. La augur superiora, la abadesa Sibylle von Eisz, dice que quieren hablar con ella.

CAPÍTULO 23

LÁGRIMAS DE AUGUR

—N o conocerá por casualidad a Henrik Ros, ¿verdad? —le pregunto al fraile que conduce el carruaje abierto mientras atravesamos las puertas de la abadía imperial de Konstanzia. Si de lejos ya imponía, de cerca es incluso más grande de lo que pensaba. La gran cúpula del templo de los augures lo observa todo desde la cima de una colina, pero está rodeado de talleres, establos, enfermerías, refectorios, largos dormitorios, enormes *scriptoriums* y otros edificios que no puedo identificar pero que serán igual de pomposos. Mire a donde mire, hay frailes, monjas, personas laicas. Todos llevan pesados colgantes de plata con forma de ojos.

El fraile me mira por encima del hombro.

—Están aquí en parte por Henrik Ros. Desapareció anoche.

—¿En serio? —pregunto—. ¡Y yo que pensaba que era el simpático! Primero secuestran a Erwin tres días ¿y ahora Henrik ha huido? ¿Qué le pasa a esta familia?

—No creemos que haya huido —responde el conductor, tenso—. Su habitación estaba cerrada por dentro. La madre superiora le dará más detalles. Yo no soy augur.

Por suerte, no tenemos que esperar mucho a que nos lleven ante la abadesa Sibylle, la madre superiora. Nos está aguardando al final de un largo pasillo en un templo; su rostro dorado oscuro contrasta mucho con el blanco inmaculado de la toca que le cubre la cabeza y le cae por los hombros hasta casi alcanzar el suelo. Delante del cielo cubierto de nubes aplanadas, su atuendo de un gris nacarado reluce como madreperla, casi tan brillante como el ceremonial halo con ojos de plata que lleva en la parte posterior de la cabeza. Otro pesado ojo plateado le cuelga del cuello en una cadena, y pulseras con cuentas de cristal le rodean las muñecas cruzadas.

—Yo, eh... me quedaré aquí.

Lady Ambroszia sube a mi bolsa cuando el carruaje se detiene y se tapa con un pañuelo.

—Eso no será necesario —dice la abadesa Sibylle cuando Emeric me ayuda a bajar—. No tengo nada contra los muertos. —Inclina la cabeza—. Te saludo ante la santidad de los dioses menores y la mirada de Verdad, hermano Conrad. Saludos a ti también, ahijada divina. Y lo mismo para usted, lady Ambroszia.

Emeric se inclina y yo hago una reverencia. Lady Ambroszia asoma la cabeza.

—Dada mi... *relación* con Nibs, con Nibelungus von Wälft, no esperaba una bienvenida tan cortés de la casa Eisz.

La abadesa contrae la boca.

—Todas las abadesas son admitidas en la casa Eisz al ser elegidas. Y, aunque descendiera de la primera abadesa imperial, los asuntos de su exmarido no me interesarían demasiado. —Antes de que pueda determinar si ha sido un desaire con doble intención, fija su mirada gris pizarra en mí—. Creo que no tenemos tiempo que perder. Tu hermano ha desaparecido y tu diosa salvaje se fortalece por momentos. Acompañadme al martyrium, por favor.

Se da la vuelta y echa a andar por el pasillo en dirección al templo a un ritmo sorprendente para una mujer ataviada con un pesado hábito. Yo casi corro para alcanzarla.

—Su... su Reverencia, ¿podría explicar lo del «martyrium», por favor? Ya no produce activamente mártires, ¿verdad?

La abadesa Sibylle me mira con ojos entornados antes de contestar, con un tono totalmente monótono:

—Esa es la primera vez que alguien hace ese chiste.

—Un martyrium es un altar construido sobre la tumba de un mártir —aclara Emeric—. Creo que esta abadía está en la de Santa Konstanzia, la primera augur.

—Correcto, hermano Conrad. Ella guía nuestras visiones. —La abadesa Sibylle tensa la mandíbula—. Y por eso las mías últimamente han sido muy inquietantes. Tú, ahijada divina, has tomado Lágrimas de Augur antes, ¿verdad?

Las Lágrimas de Augur se recogen directamente de los ojos de le diose menor Verdad y se toman en pequeñas dosis para ver el mundo igual que elle. La primera y última vez que las tomé, Adalbrecht von Reigenbach intentaba envenenarme. Llamar a esa experiencia «inquietante» sería como encerrar a alguien en un armario con un glotón enfadado y llamarlo «ejercicio de compañerismo».

—Así es —confirmo—. Pasé una hora saboreando las estaciones y mirando tapices hasta que caí por una cascada.

La abadesa Sibylle solo parece juzgarme un poco cuando responde:

—Experimentaste la inmensidad de Verdad. Una mente… *sin entrenar* solo ve fragmentos al mismo tiempo, como las facetas únicas de un copo de nieve en una tormenta. El augurio actúa como una lente por la que podemos concentrarnos en esos fragmentos con tal de obtener una visión clara. —Su tono crítico pasa a ser reflexivo—. Verdad también me envía avisos de amenazas en la región. Sin embargo, si dicha amenaza es significativa y compleja, Verdad la compartirá en fragmentos. Por ejemplo, poco antes de Winterfast, tuve una visión del margrave de Bóern montando sobre caballos muertos a través de Alt-Aschel mientras el cielo nocturno ardía con ojos azules en vez de estrellas. En otra, estrangulaba a la emperatriz con una corona de hierro.

—Bueno, estaba planeando un golpe de Estado a base de *nacht-mären*, así que esas dos visiones lo resumen bastante bien —comento.

Llegamos a las grandes puertas del templo, rodeadas por monjas de gesto adusto que las abren en una cacofonía de bisagras.

—En efecto —replica la abadesa con cierta irritación—. Y no era una amenaza menor. Así que comprenderéis por qué me he alarmado tanto esta última semana cuando las visiones que me llegaron eran simples fragmentos desperdigados, incluso con la ayuda de Santa Konstanzia. Vi una montaña teñida de rojo, una tumba sangrante, una marea de espinas que devoraba Rammelbeck... Docenas de fragmentos. Y, en cada uno de ellos, os vi a vosotros. Unas veces al hermano Conrad; otras a ti, ahijada divina. Y otras a los dos juntos.

Nos conduce dentro. El exterior del martyrium era austero, sus altísimas paredes solo permitían a regañadientes un triforio modesto de ventanas estrechas para romper la monotonía de la piedra. Dentro han hecho unas cuantas concesiones reacias al esplendor arquitectónico, como unos adornos sencillos en las columnas de caliza que rodean la nave, sugerencias de florituras en los reposabrazos de los escasos bancos de madera y una depresión en el suelo justo en el centro de la sala, con un disco de cristal negro.

Pero la auténtica gloria se halla arriba, en el techo abovedado. Unos espejos colgando de cables multiplican un panal de vidrieras arcoíris por todas partes y convierten la piedra discreta del martyrium en un lienzo para los colores infinitos.

—Os habría mandado buscar cuando descubrimos que el hermano Henrik había desaparecido —prosigue la abadesa—, pero Verdad me había aconsejado esperar a su señal. Dijo que no sería de utilidad hasta que no pudieras comprender lo que vas a ver.

—Cuando le expliqué el caso a Vanja —comenta Emeric, animado.

—Ah —digo, conteniendo a duras penas la reivindicación que bulle en todos los poros de mi piel—. Debería comunicarle a la supervisora Kirkling lo mucho que se equivocaba.

—No lo hagas, por favor —suspira Emeric.

—Debería comunicárselo por quintuplicado —añado, con tono beatífico—, cada minuto de cada hora de cada día hasta el día que muera.

La abadesa Sibylle hace un gesto al puñado de gente sentada en los bancos, que se marchan.

—Estoy segura de que eso hará que te odie menos —dice con el mismo tono monocorde de antes, con lo que me resulta difícil distinguir si me está echando la bronca.

—¿Cómo es que *sabes* tanto sobre mí? —pregunto con incredulidad. Ella solo se señala el colgante del ojo. Derrotada, añado—: Vale.

—Centrémonos en el problema en cuestión. La magnitud de esta amenaza es demasiado enorme como para que Verdad me la muestre al completo. Sería como verter un barril de vino directamente en una jarra. Pero, entre los tres, si cada uno se centra en distintos elementos, podemos acercarnos a la imagen completa. —Ve que Emeric abre la boca y alza la mano—. Llamar a más augures no cambiará nada, porque esta es mi visión, no la suya. Vosotros dos, sin embargo, formáis parte de ella.

—Vale —responde Emeric con admiración.

La abadesa Sibylle señala de nuevo su colgante sin ofrecer ninguna explicación. Luego añade:

—Y sí, antes de que lo preguntes: esto también debería ayudar a Vanja, la ahijada divina, con su… *situación* particular.

—¿Por qué la gente no deja de llamarme así? —pregunto—. Primero San Willehalm y ahora tú. Creo que sabría si eres mi madrina.

—Yo no apostaría por ello —farfulla Ambroszia desde la bolsa.

La abadesa saca tres cuentas claras del cordón de su muñeca y nos entrega una a Emeric y otra a mí. Pensaba que eran de cristal, pero ahora veo destellos de pan de oro que giran en una lenta espiral en su interior: Lágrimas de Augur.

—Al oír mi señal, coméosla. Yo meditaré sobre la desaparición del hermano Henrik y su relación con esta calamidad. Ahijada divina, te sugiero que te centres en lo que has perdido por culpa de esta Doncella Escarlata.

Emeric hace rodar la cuenta en la palma.

—Y yo intentaré ver qué es lo que pretende.

—¿Tengo que tragármela o morderla? —pregunto—. ¿O estalla en la boca? La última vez que lo hice, fue en forma de zumo letal.

—Se disolverá —dice la abadesa Sibylle, con una paciencia reservada en general para niños pequeños y gatos anaranjados—. Lady Ambroszia, usted estará más cómoda en los bancos.

—Voy.

Dejo la bolsa en un banco para que se mueva con facilidad.

Cuando me doy la vuelta, la abadesa señala dónde debería situarme en el disco de cristal oscuro; Emeric ya está en su posición, dándonos la espalda.

—Es preferible que mires hacia la pared —me aconseja la mujer—. Al menos cuando tomes las Lágrimas. No es buena idea ver a una persona bajo la luz total de Verdad.

—No, si lo sé —digo en voz baja y me sitúo. Adalbrecht von Reigenbach se me apareció como una monstruosidad con cabeza de caballo justo antes de que su pasado, de una tristeza cuestionable, me engullera. Preferiría no volver a jugármela.

Pero no hay nada de lo que preocuparse hasta que las Lágrimas empiecen a hacer efecto. Pellizco la cuenta entre el índice y el pulgar, aún nerviosa.

—¿Listos? —dice la abadesa desde su lugar en el vértice del triángulo perfecto que formamos. Cuando Emeric y yo asentimos, alza los brazos y mira el techo.

Se oye un tintineo y el susurro de cristal atravesando el aire. Los colores que cubrían el templo empiezan a cambiar, los espejos y los paneles sobre nuestras cabezas ruedan en una danza intencional. Haces de luz se precipitan al suelo, se desvanecen, entrecruzan y fusionan. El cristal bajo mis pies palpita.

De repente, la luz atraviesa prismas invisibles, como si estuviéramos en el corazón de un diamante incorpóreo; se junta y se divide en pautas descontroladas. Miro a la abadesa Sibylle. Su halo ornamental ha cambiado; los ojos plateados ahora arden con un blanco derretido y giran despacio detrás de su cabeza. Sus ojos también se han encendido con ese mismo blanco prismático y con cada color del universo.

—Ahora —ordena y se mete la cuenta entre los labios.

Me armo de valor y obedezco. Luego recuerdo que debo estar cara la pared. Echo un último vistazo a Emeric en cuanto las Lágrimas de Augur me tocan la lengua. La boca me arde con sal y cobre, me lloran los ojos...

Y entonces, de repente, parece grabado contra las sombras, como un santo. Me recorre una oleada de terrible adoración, el corazón, la verdad de lo que siento por él, y no puedo apartar la mirada. La huella roja arde delante de Emeric, pero no forma parte *de él*, no del mismo modo que las líneas de sus marcas de prefecto, que han crecido hasta convertirse en un enorme anillo incandescente y lo unen a las estrellas en una infinidad de hilos. Una constelación destaca entre las demás y sus luces adquieren nitidez: el Farol.

El farol. El farol de mi madre. Eso es lo que busco, los recuerdos que, de algún modo, he perdido. Me obligo a apartar la mirada...

Pero el farol persiste. Cuelga ante mí, como una llama parpadeante en la oscuridad.

Concéntrate.

En silencio, le pregunto a Verdad: «¿Qué es lo que he perdido?».

El farol se encoge... o lo hace el mundo, no lo sé. Veo el castillo Falbirg detrás de la llama débil. Luego el castillo se disuelve en humo y solo deja oscuridad. No... no es una oscuridad simple...

Árboles de hojas perennes cubiertos de nieve. El farol en la mano izquierda de mi madre. Mi mitón en la derecha.

Y, delante de nosotras, resplandecientes en la noche, están mis madrinas, Muerte y Fortuna.

Lo recuerdo todo de golpe: nuestra casita, nuestra vida juntas, nuestra familia.

Nuestra separación cuando tenía trece años y me reclamaron como sirvienta.

Nuestra reconciliación con diecisiete años, cuando me reclamaron como su hija.

En la biblioteca divina, fue Muerte quien retuvo al *poltergeist*. En Rammelbeck, vi la mano de Fortuna en todos los destellos dorados de suerte. Han estado conmigo todo este tiempo.

La Doncella Escarlata me arrebató a mis madres, las *alejó* de mí...

Cae la oscuridad sobre la encrucijada, pero Muerte y Fortuna siguen ante mí. Sus bocas se mueven. No puedo entender ni una palabra.

Me escuecen los ojos por las lágrimas.

—No puedo oíros —digo con inseguridad—. ¿Y vosotras a mí?

Mis madrinas intercambian una mirada. Luego me abrazan. Durante un precioso momento, capto el olor de los tejos, de la casita, noto sus brazos a mi alrededor, y eso me basta.

Y entonces nos elevamos.

Alzo la cabeza. El mundo se encoge a nuestros pies, la cúpula del martyrium es un fogonazo de joyas arcoíris, Welkenrode y Rammelbeck se extienden como en el mapa de Jakob. Unos hilos carmesíes como los que vi unidos a Emeric salen de mi cuerpo; toco uno que va hacia el sur y veo el rostro cambiante de Ragne. Otro se dirige hacia el martyrium y, cuando lo rozo, conjura a Udo en medio de cinco estrellas. Un hilo de sombras me une a Muerte; un hilo compuesto por oro, hueso, cobre y carbón conduce a Fortuna.

Mis madrinas me llevan a unas colinas al sudeste, siguiendo otro extraño hilo, este con nudos de espinas. No es difícil adivinar a quién pertenece. Bosques, pueblos... todo pasa volando en un parpadeo, las carreteras se llenan más y más de gente a medida que nos aproximamos al desfiladero de Boderad...

Y entonces nos hallamos ante la iglesia de madera en la plaza de Hagendorn.

Leni está sobre una tarima de madera junto a la estatua de la Doncella Escarlata. Unas gotas de rojo caen del huso y del agujero de la mano; el humo se eleva de la corona de rosas de hierro. Leni también sostiene un burdo huso de latón como si fuera un cetro y se ha pintado un diamante rojo en la palma de la otra mano. Más diamantes le cubren las mejillas, como los que yo solía pintarme, pero ella ha añadido una corona al conjunto: un disco pulido de metal con recortes en forma de rosas descansa sobre su cabeza como un amanecer, como una farsa del halo de la abadesa.

Está hablando a la multitud de abajo. He vivido dos meses en Hagendorn, he pasado fuera dos semanas, y ya no reconozco a casi nadie entre la muchedumbre. La secta se está descontrolando.

— … otorgar a la hermana Walpurg un sitio honorífico en la fiesta de esta noche. ¡La Doncella Escarlata ha visto su dedicación, trabajo duro y el brillante ejemplo que es para todos nosotros!

Leni coloca una corona hecha con extrañas flores carmesíes (acianos obligados a florecer de rojo) sobre una joven sonrojada y sonriente que no he visto en mi vida. Los vítores recorren la plaza.

Luego Leni alza el huso. La gente calla.

—Y ahora —dice con pesar— ha llegado el momento de reconocer nuestros fallos. ¿Quién le ha fallado hoy a la Doncella Escarlata?

Una bruma roja aparece detrás de Leni. Nadie más parece fijarse en ella. Sisea una vez, y Leni apunta su huso de metal hacia… Sonja, la granjera.

—Sonjaaaa —canturrea Leni en ese tono asquerosamente juguetón que la Doncella Escarlata empleaba para saludarme—. Confiesa tus errores. Debías ofrecer el mejor becerro por la gloria de la Doncella Escarlata, pero elegiste al más débil, ¿verdad?

—Tenía que conservar al que dará leche —protesta Sonja—. Mi familia…

—¡Tu familia goza de las bendiciones de la Doncella Escarlata! —grita Leni—. ¿Y así es como se lo agradeces a Ella, con esta traición? Ayunarás durante tres días, solo tendrás permitido beber agua. Cualquiera que te dé comida dejará de recibir la gracia y el amor de nuestra Señora y será expulsado de Hagendorn.

Susurros y reproches siguen a Sonja cuando sale de la plaza.

Leni sentencia al tabernero a pasar la noche en el cepo por dudar de la Doncella Escarlata. Obligan al herrero a entregar sus herramientas durante una semana por proporcionarle herraduras a un viajero. Luego el huso apunta hacia la tía Gerke.

—Gerke, tú eres la que más ha fallado a la Doncella Escarlata. Múltiples testigos te han oído difundir herejías peligrosas.

La tía Gerke se yergue, apoyada en la hija mayor de Sonja, la que quería ser aprendiza de la vieja comadrona. El alma se me cae a los pies cuando Gerke escupe en el suelo.

—No es herejía si es cierto —dice, tan alto que todas las almas de la plaza la oyen—. No queréis a una diosa, bobos, sino a alguien que os diga que sois especiales. Habéis vendido nuestra casa a un demonio.

Unos gritos de indignación recorren la multitud.

—Habéis oído el sacrilegio vosotros mismos —dice Leni con dulzura—. Si quiere ser un azote, entonces recibirá azotes. Gerke, a modo de castigo recibirás latigazos hasta que te retractes o hasta que abandones este mundo en busca del juicio de la Doncella Escarlata.

Un silencio de hierro se cierra alrededor de la congregación. Hay unos cuantos semblantes, aunque poquísimos, intranquilos. El resto arden con una devoción orgullosa.

Me alegro de no ver a Udo y a Jakob, de que no estén aquí, callados frente a este horror.

Y entonces la bruma detrás de Leni se define hasta convertirse en la silueta que ya conozco… El largo cabello vaporoso, las facciones afiladas, la ropa etérea.

La corona de rosas de la estatua estalla en llamas.

—Piedad —dice Leni, sorprendida—. Gerke, serás perdonada. Da gracias a la Doncella Escarlata, ya que su intervención es lo que te ha salvado. —Luego alza la voz—. ¡Regocijaos, amigos, pues aquí sois queridos, aquí sois fuertes, aquí sois uno con el poder de la Doncella Escarlata! ¡Hemos expulsado a la falsa profeta! ¡Sed fuertes en vuestra fe, seguid mi palabra, y la Profanadora no se acercará jamás a nuestra puerta!

La bruma roja debería detenerse en la cara de la Doncella Escarlata, tal y como la he conocido. Pero se retrae más, aparta capas de belleza y divinidad hasta que solo quedo...

Yo.

Mi rostro, nadando en una miasma del color de la sangre.

Me mira directamente y una sonrisa inhumana se alarga demasiado, se ensancha demasiado.

—Hola, *profeta*.

Muerte y Fortuna me arrastran lejos de allí, pero es demasiado tarde. Huimos de Hagendorn por encima de la colina y el valle y los árboles y la torre, pero un rayo rojo nos persigue cruel. Oigo su horrible risa, unas flores rojas estallan en la montaña que da a Rammelbeck, pasamos a toda velocidad sobre los tejados familiares, luego sobre el río Trench, luego sobre los relucientes ojos amarillos de abuelo...

Caigo en mi propia piel y tropiezo en el laberinto de reflejos de luz. Estoy aquí. Lo he conseguido. Lo recuerdo.

Mi mirada se posa en los bancos. Hay una mujer mayor regia sentada junto a mi bolsa, donde se acumulan un montón de estrellas. Ambroszia y las gotas de sangre. Las Lágrimas de Augur no han desaparecido del todo, todavía no.

Una mano me aferra el hombro.

—*Es de mala educación marcharse* —canturrea la Doncella Escarlata desde Emeric— *sin despedirse*.

Sus dedos se hunden en mi clavícula con tanta fuerza que no podré esconder el moratón. Veo a la Doncella Escarlata en Emeric como un manto; ha clavado sus garras bien hondo en él. Una mano se dirige hacia mi garganta.

Me entra el pánico un momento... hasta que me acuerdo.

—*Villanelle* —jadeo—, *villanelle villanelle villa...*

El rostro de Emeric sigue en blanco, pero noto el desconcierto y la furia de la Doncella Escarlata antes de que le fallen las piernas. Emeric cierra los ojos y, cuando se derrumba, le rodeo el pecho con los brazos para bajarnos a los dos con cuidado al suelo. Al cabo de un momento, el resplandor rojizo desaparece como una nube de vapor en el frío.

—Eso ha sido muy didáctico —comenta la abadesa a mi espalda.

Me giro para asegurarme de que no sea la nueva huésped de la Doncella Escarlata. Por suerte, no veo ninguna señal de posesión divina. Incluso el halo de sus ojos ha recuperado su inmovilidad plateada normal.

El aire se me escapa en una carcajada que bordea lo histérico y me derrumbo de alivio. La he detenido, por ahora.

No sé si me sentiré completamente a salvo con Emeric hasta que podamos impedir por completo que lo posea, pero quizás... quizás un poco segura sí que pueda sentirme.

El techo se ha quedado quieto de nuevo y una capa estable de color inunda el martyrium. Estiro las piernas y apoyo la cabeza de Emeric en mi regazo.

—Debería despertar dentro de unos cinco minutos. Voy a esposarlo, solo por si acaso.

—Muy prudente —comenta la abadesa Sibylle con sequedad—. ¿Esa... *presencia* era la Doncella Escarlata?

—En no carne y no hueso de un modo terriblemente trascendental. —Cierro un grillete alrededor de la muñeca de Emeric—. ¿Qué has descubierto sobre Henrik?

La abadesa me sorprender al sentarse en el suelo a mi lado y apoyarse en una columna.

—Vi muchas cosas, incluso más allá del hermano Henrik. No corre un peligro inmediato y, gracias a la compañía que frecuenta ahora, la Doncella Escarlata no puede alcanzarlo. Por desgracia... esa compañía son Brunne la Cazadora y la cacería salvaje.

Me la quedo mirando, incrédula.

—No quiero calumniar a nadie, Su Reverencia, estoy segura de que sus augurios son la repera, pero... por lo que he oído de Henrik, es...

—Un poeta —suspira—. No has calumniado a nadie. Brunne los secuestra a veces. Le gusta tenerlos durante una quincena o así para que le canten alabanzas y luego los devuelve con una bendición a modo de recompensa.

Cierro el otro grillete en la segunda muñeca de Emeric.

—No dispongo de quince días. Nos quedan... bueno, dos semanas, pero conforme están las cosas con la secta *ahora*, tendríamos que haberla cerrado ayer. Cuantos más adoradores reúna la Doncella Escarlata, más poderosa será como diosa.

—Eso no es del todo cierto —murmura Emeric.

—¿Júnior?

Recurro a su viejo mote porque la ansiedad ha despertado ese hábito y le agarro la cara.

Abre los ojos. Son maravillosamente humanos, aunque lo veo un tanto aturdido mientras examina el entorno.

—Ah, tu regazo es... —dice arrastrando las palabras—. Muy agradable.

—Creo que el efecto del hechizo no ha pasado por completo. —La abadesa comenta lo obvio solo por decoro.

—¿Cómo te sientes? —Intento no reírme—. ¿Necesitas ayuda?

Emeric sacude la cabeza en un ferviente «no». Y luego declara:

—Eres muy guapa. La chica... la chica más guapa de todo el imperio.

—Increíble —le digo a la abadesa—. Está completamente lúcido.

Ella pasa de mi cara.

—Vamos a sentarte, hermano Conrad.

Emeric protesta como una bisagra testaruda, pero el cambio de altitud parece aclararle la cabeza.

—Eso no ha sido apropiado —dice con cierta vergüenza tras pasar un rato sentado—. Discúlpeme, Su Reverencia.

—No importa. ¿Qué has visto? ¿Por qué una deidad menor no iba a fortalecerse a partir de sus seguidores?

Emeric me echa un vistazo, con el semblante cargado de culpa y aprensión.

—Porque lo hemos entendido mal. La Doncella Escarlata no es una diosa menor de verdad.

Mi corazón se estrella contra el suelo.

Kirkling tenía razón sobre mí. Y Emeric tendrá que condenarme delante del tribunal celestial.

Pero entonces dice algo que no me esperaba en absoluto, unas palabras tan oscuras como mi futuro:

—O no lo es aún.

TERCERA PARTE

LAS MADRES
DE LA COSECHA

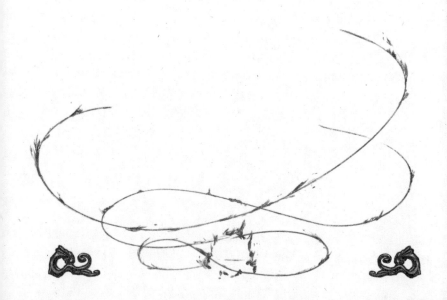

CAPÍTULO 24

ASUNTOS OFICIALES

—La buena noticia —explica Emeric mientras escribe con furia en su cuaderno— es que posiblemente sea un demonio muy poderoso.

—Tenemos que hablar sobre tu criterio para determinar las buenas noticias —digo con tono sombrío mientras me paseo por la alfombra del estudio en la biblioteca.

Lo bueno de que la abadesa imperial nos escolte es que, después de emprender un viaje alucinatorio de autodescubrimiento en su gigantesco observatorio calidoscópico, nos ha podido llevar a la biblioteca de la abadía mientras hablábamos a viva voz y ni *un* solo bibliotecario gruñón nos ha mandado callar. Y lo que es mejor: si queremos un bonito estudio privado como el que estamos ahora, la gente *se marchará* para dejarnos la sala. Si salgo viva de esta, veré si los augures quieren contratarme.

Vale, bueno, las posibilidades de sobrevivir sin recibir una condena o cinco del tribunal celestial parecen ser cada vez más escasas.

Emeric subraya algo con gran entusiasmo en la mesa que ha reclamado.

—Es una buena noticia porque no es una diosa, sino que intenta *convertirse* en una y eso significa… —Puntúa la frase con tanta fuerza que sacude toda la libreta—. Que no es tan invencible como pensábamos.

—Y también significa que he cometido fraude profano y que soy muy culpable —replico un tanto mordaz—. Así que eso, revisa tus criterios.

—Pero *no* lo es —dice, casi zumbando, y con cada palabra habla a más velocidad—, porque *no lo hiciste* y porque, como mucho, serías cómplice, e incluso *así*, no-existe-la-culpabilidad-directa-por-ladiferenciaenmagnitudeintención...

La abadesa carraspea desde un sillón situado fuera del alcance de la luz solar, donde se ha sentado con la cabeza hacia atrás y un paño húmedo sobre los ojos. Al parecer, las visiones grandes le dan dolor de cabeza, y Verdad le está enviando cada vez más fragmentos; en ocasiones, guarda silencio, se queda inconsciente y un ojo de su halo arde blanco.

—Hermano Conrad, quizá podrías contarnos ahora qué has visto en el martyrium.

—Por supuesto, Su Reverencia. —Emeric cierra el cuaderno de golpe. Su silla cruje de un modo horrible cuando la arrastra varias veces para situarse delante de nosotras—. Me estaba concentrando en lo que la Doncella Escarlata intenta conseguir y, en retrospectiva, Verdad no podía decírmelo sin algo de contexto. Vi una entidad débil, seguramente un *grimling*, en Hagendorn, cuando Vanja llegó. Vanja, cada vez que te pedían realizar ritos como bendiciones o vaticinios en nombre de la Doncella Escarlata, esa entidad manifestaba lo que tú pedías. También hizo más cosas para la gente que rezaba sin que tú lo *supieras*. En resumen, hizo el papel de la Doncella Escarlata hasta que la gente creyó que lo *era*.

—¿Sabes de qué tipo de *grimling* se trataba? —pregunta lady Ambroszia. También está paseando, como yo, aunque en una zona más reducida.

Emeric niega con la cabeza.

—Tengo unas cuantas teorías, pero diría que podría ser una madre del centeno menor, dada su relación con la flora y por lo que dijo sobre mejorar la cosecha.

Pongo mala cara. Uno de mis hermanos (posiblemente Ozkar, ahora que lo pienso) solía jurar que una madre del centeno fantasmal y vestida de blanco saldría del bosque para secuestrarme por hacer demasiado ruido. Dicen que las madres del centeno suelen infligir una serie de castigos muy creativos, desde machacar niños en una mantequera de hierro hasta hacerles chupar hierro candente... En fin. Digamos que les entusiasma mucho una temática llamada «hierro horrible». Lo único bueno que tienen es que pueden predecir una buena cosecha.

—Pero ¿eso no significa que soy culpable de todas formas? —pregunto—. Porque le ofrecí todas esas oportunidades.

Emeric se reclina.

—No, piénsalo así. Si empiezas una partida de «busca a la dama», la gente participa por voluntad propia, aunque sospechen que es una estafa. Pero no eres responsable de que un desconocido le robe la cartera a alguien que está mirando la partida. Solo eres culpable si sabes que un delincuente aprovechará tu espectáculo o si presencias al delincuente con las manos en la masa y sigues facilitándole de forma intencional las circunstancias de sus crímenes.

Se oye un sonido gutural. La madre superiora se ha quedado quieta en la silla, con la boca abierta. Uno de los ojos del halo se ha encendido, señal de que está recibiendo otra visión (admito que esperaba un proceso un pelín más elegante).

Emeric baja la voz.

—Deberías saber que... no voy a incluir la parte de que no es una diosa en mi informe para Kirkling, solo por si acaso. Diré que tenemos más información sobre la Doncella Escarlata. No me fío, ya que puede que lo ponga como excusa para ir en tu contra de forma drástica.

Reduzco el ritmo hasta detenerme a unos centímetros de él. La intensa luz de la luna entra por una ventana cercana y me hace levantar una mano para taparme un lado de la cara.

—No es que no esté de acuerdo —dudo—, pero… no quiero comprometer el caso. Ni a ti tampoco. ¿Acaso protegerías a *cualquier* otro sospechoso del mismo modo que me proteges a mí?

Emeric me agarra las manos y nuestros dedos se entrelazan.

—Si fueras un sospechoso cualquiera, Kirkling no te trataría de esta forma —dice, acariciándome los nudillos con el pulgar—. Elegí el Farol como mi signum por una razón. Quiero iluminar cada parte de este caso. Quiero toda la imagen, y si eso significa impedir que Kirkling interfiera hasta que tenga todos los hechos, que así sea. Si me equivoco, responderé por ello ante el tribunal celestial.

Me remuevo, inquieta.

—Pensé que esa era la idea principal de los prefectos, que teníais normas y ética y tonterías que seguir. Entonces, ¿por qué las está ignorando?

—Porque está retirada. —Emeric mira ceñudo por la ventana—. Cada año, los prefectos en activo tienen que justificar sus elecciones cuestionables ante la mismísima Justicia, y *ella* decide si pueden seguir trabajando. Si Kirkling tuviera que responder aunque fuera por la mitad de lo que te ha hecho, le quitarían el rango. Solo le han permitido supervisar mi Fallo por respeto a Hubert.

No puedo evitar preguntarme si, cuando Emeric tenga que justificar sus decisiones, el argumento de protegerme de Kirkling será excusa suficiente.

La abadesa se endereza con una fuerte inhalación y el ojo en el halo se apaga. Aparta el trapo húmedo de su rostro.

—¿Qué me he perdido?

—Cosas aburridas sobre leyes —me apresuro a responder. Emeric protesta indignado por lo cerca que está la palabra «aburridas» de «leyes»—. ¿Has visto algo interesante?

La abadesa Sibylle dobla el trapo y lo deposita en una mesita.

—He visto caballos. —(«Mierda», entona Emeric, como si fuera a repeler el mal). La abadesa finge no haberlo oído—. Tú, ahijada divina, cabalgabas por el cielo nocturno sobre un caballo oscuro. En una mano sostenías un racimo de cometas rojos y sus colas se alargaban tanto que no podía ver dónde acababan.

Calla, pensativa.

—Vi las gotas de sangre como estrellas rojas —explico y saco la tela de la bolsa—. Pero... no creo que sigamos buscándolas. No si van a ayudar a la Doncella Escarlata.

—Esa era la parte final de mi visión —confirma Emeric—. Lo que quiere la Doncella Escarlata. Tiene suficientes seguidores devotos como para ser una auténtica amenaza para Almandy como diosa menor en pleno derecho. Pero las divinidades que surgen de forma orgánica, a partir de creencias mortales, poseen un vínculo intrínseco con el mundo mortal y con el poder de esa creencia. Ella no, sin embargo. Solo puede acceder a una parte del posible poder de su secta. Así que puede sacrificarme, como puente entre lo mortal y lo divino, para crear ese vínculo. O... —Emeric agarra la tela. Las gotas de sangre se retraen de inmediato y se encogen hasta convertirse en las manchas originales, de un marrón envejecido y oxidado. El hilo de sus pensamientos se desvía de repente—. *Fascinante.*

—Puede crear el vínculo a partir del lazo de sangre —prosigue Ambroszia por él— entre siete hermanos.

—¿Lazos de sangre? —pregunto y tomo la tela de nuevo. Las cinco gotas se reavivan, otra vez rojas, y se extienden en una telaraña carmesí.

—La conexión entre familiares biológicos, por muy cercanos o distantes que estén, gracias a su sangre compartida —explica Emeric. Sitúa un dedo a un par de centímetros sobre la tela y sigue las líneas—. Es una de las formas más antiguas de poder, porque nacemos con esos vínculos y son muy difíciles de cortar. Y el poder se intensifica cuanta más gente contribuya a él. ¿Ves que solo hay una línea entre dos hermanos, pero seis entre cuatro y diez entre cinco?

—Y siete es un número sagrado —añade la abadesa.

—Así es. —Ambroszia se tira de un rizo descolorido hecho con pelo de caballo—. Así que, si sacrifica a siete hermanos en vez de a un prefecto, el poder de esa sangre acumulada forjará un vínculo equiparable al mundo mortal.

Ni siquiera he conocido a todos mis hermanos y ya tengo sus vidas en mis manos.

«Todo lo que toca se estropea», retumba la voz de mi madre en mis recuerdos.

Emeric se pasa una mano por la boca.

—Un momento… *Un momento*. Lady Ambroszia, el Tratado de Saxbern de 343. La teoría de Verwinus el Viejo sobre la reciprocidad vincular. Y Guodila…

—Y sus Factoriales Sagrados —termina Ambroszia con emoción—. ¡Pues claro! Habría que refinar la búsqueda para asegurarnos, pero… eso explicaría por qué la madre superiora vio los vínculos de sangre en su visión.

—¿En serio? —me quejo.

Emeric se apiada de mí.

—Se llaman *lazos* de sangre por un motivo. En teoría, se podrían *aprovechar* para atar a la Doncella Escarlata. Y como no se destruirían en un sacrificio, no harían daño a tus hermanos.

—Así que Verdad los puso en la visión porque quiere que reúna las dos últimas gotas. —Me paso una mano por las trenzas—. ¿Acaso Verdad también ha encontrado una forma de gestionar el tiempo? Porque Doncelata…

—¿*Doncelata*? —farfulla Emeric.

—La mitad de las sílabas, pero igual de horrible. A ver, Doncelata está planeando lanzarte a las fauces de un perro del infierno dentro de dos semanas y Henrik, al parecer, está *comprometido* hasta entonces. Así que… —Pierdo el hilo de lo que estaba diciendo mientras ato cabos—. Tengo que rescatar a Henrik de Brunne. —Me siento en una silla y apoyo la cabeza en las manos—. Su Reverencia me vio cabalgando por el cielo nocturno. Es la cacería salvaje.

—Eso encajaría con mi visión, sí —confirma la abadesa Sibylle. Noto un tinte extraño en su voz, como si ocultara algo—. No sé cómo lograrás esa tarea, pero quizá Verdad me ofrezca algo de claridad más tarde.

Siseo entre dientes y me devano los sesos. Ya íbamos escasos de tiempo y ahora, además, tengo que reclamar a Henrik de una diosa menor y *encima* arreglar el lío en el que he metido a la familia Ardîm antes de que nos marchemos de Rammelbeck.

—Hermano Conrad, puedes usar nuestra biblioteca todo el tiempo que quieras —dice la abadesa—. Tenemos libros que a lo mejor te interesan.

—Gracias, es todo un detalle.

Bueno, hay una persona que tal vez sepa cómo hacer que Brunne nos devuelva a mi hermano. Supongo que tendré que... ser multitarea.

Me pongo en pie.

—Su Reverencia, ¿puedo volver a la posada? Necesito decirle a Helga que nuestros planes para cenar han cambiado. —Emeric alza una ceja—. No pasa nada. No te preocupes.

—Cabe destacar que, cada vez que dices eso, resulta que sí que debería preocuparme, y mucho.

—Puedo llamar un carruaje —dice la abadesa y también se levanta—. Hermano Conrad, lady Ambroszia, volveré enseguida.

Sumida en sus pensamientos, me acompaña fuera de la biblioteca por el camino principal de la abadía. Me sorprendo al ver un carruaje a la espera. La abadesa se señala de nuevo el colgante de ojo.

—Ahijada divina, no quería decir esto delante de los demás, pero en mi visión... —La abadesa arruga los labios—. Ten en cuenta que esto era un fragmento abstracto de Verdad y que no todo se puede interpretar a pies juntillas.

—¿Qué has visto?

—Por ejemplo, es imposible que agarres cometas con la mano...

El cochero hace amago de bajar para abrir la puerta, pero le indico por señas que se marche y sujeto el tirador.

—Mira, tengo muchas cosas que hacer hoy y poco tiempo, así que suéltalo de una vez.

La madre superiora me mira a los ojos y, por primera vez, parece… triste.

—Llorabas —admite—. Y, no sé cómo, pero supe que… estabas *sola*.

—Cuando has dicho que querías compañía para hacer unos recados esta tarde, no era esto lo que tenía en mente —gruñe Helga.

Desplazo las ganzúas que tengo entre los dientes; estoy intentando abrir la puerta trasera del Tesoro.

—Ya, bueno, anoche tuve que introducir las esposas en el dormitorio y tampoco era lo que tenía en mente, así que en Rammelbeck todos estamos expandiendo nuestros horizontes. Tú sigue vigilando.

Se lo tengo que reconocer a Madame Tesoro, aunque a regañadientes: esta cerradura *no* es fácil de forzar. Admito que esperaba que racanease por todos lados, pero ha invertido en un cerrojo tan decente que las ganzúas tardan un par de minutos en encajar en su sitio y girar el cilindro.

Abro la puerta con cuidado y echo un vistazo dentro. Está oscuro y silencioso, con tan solo el leve resplandor de la medialuna que entra por el techo abovedado de cristal para ungir unas cuantas superficies en máculas plateadas. Entro, le indico a Helga por señas que me siga y cierro la puerta detrás de nosotras (es un buen cerrojo, se merece que lo usen).

—¿Qué estamos haciendo exactamente? —pregunta mientras espero a que los ojos se acostumbren a la oscuridad.

—Vamos a buscar el dinero del soborno de Erwin para que podamos pagar al Manga Verde. Y también cualquier cosa que ayude a arreglar el trato que tenían los Ardîm. —Echo a andar por la planta baja vacía y presto atención por si hay cualquier señal de vida, pero nada. Es bien sabido que han cerrado el Tesoro por chinches, lo que mantendrá alejados a la mayoría de los intrusos—. Has venido porque el dinero seguramente siga aquí y este lugar es demasiado grande como para registrarlo a solas. Madame secuestró a Erwin el viernes por la noche y lo echó el lunes por la mañana. A menos que encontrase una excusa para justificar una subida de las ventas de cien *gilden*...

—Quinientos —me corrige Helga. Me la quedo mirando y hace una mueca—. Erwin me contó que no se lo gastó todo en el Manga Verde.

Me mordisqueo la uña del pulgar, que a estas alturas ya está destrozada.

—Entonces *definitivamente* sigue aquí. Madame no tuvo tiempo para blanquearlo en el burdel ni... en la taquilla de *spintz*... Mmm.

Puede que haya algo más de lo que no me haya dado cuenta. Un soborno tan burdo implica unos bolsillos *muy* grandes. Alguien ha invertido en cerrar el puerto durante días, como decían los prefectos. Y la estructura del esquema de *spintz* es una forma perfecta de blanquear dinero... porque esa tasa de cambio es imposible de controlar.

Saco el espejo mensajero:

Dónde es posible
encontrar pruebas de
crímenes matemáticos
?

Echo un vistazo a mi alrededor mientras aguardo la respuesta de Emeric.

—Quinientos *gilden*... Si yo fuera una absurda cantidad de dinero, ¿dónde me escondería?

Se oye un crujido y capto un resplandor dorado. Veo movimiento por el rabillo del ojo.

Fortuna sigue conmigo, aunque no pueda oírla ni verla sin la ayuda de Verdad.

La ruleta en el escenario gira despacio por una pícara serie de actividades sexuales hasta que aterriza en una titulada «ASUNTOS OFICIALES», ilustrada con unas siluetas haciendo cosas muy poco higiénicas sobre una mesa.

Parece que primero deberíamos buscar en el despacho de Madame. Solo hay un problema:

—*Yo* quería hacer rodar la ruleta —protesto.

A modo de respuesta, la ruleta se bambolea un poco como diciendo: «Venga, va». La hago girar. Se detiene, una vez más, en «ASUNTOS OFICIALES».

Sonrío con ganas.

—Gracias por complacerme.

La ruleta gira hasta «DURO DE PELAR».

Ahora solo necesito que Emeric me diga *dónde* puedo encontrar los crímenes matemáticos en el despacho de Madame. El espejo palpita con su respuesta.

En un
ajuste de cuentas.

Casi no consigo reprimir las ganas de lanzar el espejo al otro lado de la sala.

No, imbécil.
Me refería a
BLANQUEAR DINERO
DE VERDAD

—Ven, vamos a mirar primero en el despacho —le digo a Helga, y empiezo a subir por una de las escaleras dobles.

La respuesta de Emeric llega casi enseguida:

¿Hay blanqueamiento de dinero
y no me has invitado?

—¿Sabes qué? Doncelata se lo puede quedar —musito. A estas alturas debería saber que no puedo preguntarle sobre delitos financieros a menos que pretenda seducirlo.

—Eso lo dices ahora —comenta Helga cuando llegamos a la parte superior—, pero estás sonriendo como una boba.

Tengo que forzar otra cerradura para entrar en el despacho de Madame, pero al menos el hechizo para las luces sigue funcionando y se activa al entrar. Al parecer, Emeric ha decidido ser útil mientras tanto, porque, cuando miro el espejo, ha dicho:

Grandes transacciones recurrentes
para bienes genéricos o servicios
sin un precio establecido,
como arte.
Si no lo encuentras
en un libro de cuentas visible,
busca otro escondido.

Le contesto:

Es todo hipotético.

Y enseguida recibo:

Hipotéticamente, si Madame
está relacionada con
la Gracia Eterna,
Ghendt y Dursyn
querrán saberlo.

Es un girasol de lo más insufrible. Ni siquiera le he dicho a dónde iba hoy. Me guardo el espejo en el bolsillo.

—Buscamos un libro de cuentas —informo a Helga.

—Pensé que buscábamos el soborno de Erwin.

—Es una corazonada —digo y me dirijo hacia un busto de mármol—, pero diría que, si encontramos uno, encontraremos el otro. Empieza por las estanterías y mira a ver si algún libro vacío.

Helga obedece, observándome de refilón.

—Ya que estamos haciendo esto en vez de cenar, podemos... ¿hablar?

Noto un nudo en el estómago mientras examino el busto por si veo una palanca o algo así. Fijo la mirada en la base y respondo sin mucho ánimo:

—Vale.

Lo único que oigo son los libros moviéndose al otro lado de la habitación a medida que Helga los saca de los estantes, uno a uno.

—A ver, no pretendíamos ocultártelo...

—Mentira —la interrumpo, tensa—. Eida vino a Dänwik y me hiciste pensar que deliraba.

Helga tarda un momento en responder.

—Dijiste que querías decidir cuándo estarías lista para encontrar a tu familia. A esas alturas, estábamos... bastante seguros de quién eras, así que mis opciones eran esperar y dejar que lo averiguaras tú misma o saltarme el primer límite que habías establecido.

Encuentro una abolladura circular en el pedestal. Sin embargo, al presionarla, se abre un cajón demasiado pequeño para contener un libro de cuentas o una pequeña fortuna. Solo hay un paquete con polvos color burdeos. El tinte de Madame. Resoplo con asco, cierro el cajón y me dirijo al escritorio.

—O podrías haberme dicho la verdad en Dänwik.

—Eida lo hizo y fue como si alguien cortara las cuerdas de tu marioneta —replica Helga sin rodeos, pero luego suaviza el tono—.

Siento no habértelo dicho antes, o de una forma mejor, pero no sabía cómo... hacerlo.

Me salto los papeles sobre el escritorio por ahora y me arrodillo para mirar la parte inferior de la mesa. No parece haber un doble fondo o un panel secreto, ni siquiera en los cajones.

—Antes has hablado en plural. ¿Desde cuándo lo sabéis?

—Jakob y Udo pensaron que era posible desde el primer día. Al fin y al cabo, tienes el mismo nombre, la edad correcta y, por si no te has dado cuenta, te pareces un huevo a nosotros. Yo no estaba tan segura. Y cuando descubrimos tu historia *real*... lo supimos. —Se le quiebra la voz—. No queríamos asustarte. No después de... Si hubiera pensado que estabas lista... Vanja, llevamos *trece años* preguntándonos qué fue de ti.

Le falla la voz al decir «trece». Me levanto y al fin miro a Helga; intento, y fracaso, contener las lágrimas.

—Bueno —digo con voz rasposa—, a pesar de... de todo... ¿aún me... me queréis?

Se oye un golpe cuando Helga suelta un libro en un estante y se acerca a mí. Pasa un segundo incómodo y luego me arrimo a ella entre tropezones y dejo que me arrastre en un abrazo.

—*Nunca* dejamos de quererte, borrica milagrosa —balbucea—. *Nunca*.

Llevaba mucho, muchísimo tiempo imaginando un momento como este. Y ahora, aquí, con mi hermana mayor diciendo esas palabras, sé que no se parece en nada a lo que había soñado. Solo puedo cerrar los ojos y dejar que me abrace.

Al cabo de otro silencio largo, me suelta y se limpia los ojos.

—Enhorabuena, supongo. Ya no son solo mis horribles hermanos, sino *nuestros* horribles hermanos. Busquemos el dinero de Erwin y salgamos de aquí.

—Ya. Eh... necesito un momento.

Me acerco al sofá que hay junto a la estantería y me dejo caer en él.

Oigo un crujido y, juraría, un tintineo.

Me remuevo en el sofá. Ahora no oigo nada, pero… no hay tanto relleno para el tamaño del cojín.

—Creo que he encontrado algo —le digo a Helga y me bajo del sofá. Ella hace amago de acercarse, pero agito una mano—. No, céntrate en el papeleo de la mesa. La última vez que vine, vi una oferta para comprar el Tesoro. Quiero saber a quién se lo quiere vender si está ganando tanto. —Empiezo a toquetear la base del asiento—. Ah, y necesito tu consejo para una cosa. —De refilón veo que se anima y, con amargura, le aclaro—: No tiene nada que ver con tu apuesta. Que, por cierto, *puaj*.

—La apuesta es sobre cuán rápido romperás el reclamo de la Doncella Escarlata —dice remilgadamente—, no cómo. Yo solo os estoy ayudando con la opción más directa.

—Eso lo mejora todo en un cero por ciento —me quejo—. En fin. Tengo que averiguar una forma de rescatar a Henrik de Brunne la Cazadora.

Helga silba por lo bajo. No porque le sorprenda (se lo he contado todo de camino), sino debido a la aprensión.

—No será fácil. Puedes ganarte un favor si la superas en un reto, y existen muchos retos que aceptará. El problema es que no acepta nada que no vaya a ganar.

—¿Me cuentas de nuevo su historia?

Mis dedos tropiezan con un pestillo. Lo abro y el asiento se levanta como la tapa de un joyero enorme. Hay un compartimento vacío forrado de terciopelo y, dentro, un libro sencillo encuadernado en tela sobre una caja ancha y baja de madera.

—La prometieron a un gigante en contra de su voluntad y ella lo engañó para que la dejara montar su caballo especial. Mientras huía, el caballo pateó la cima de una montaña y ella se convirtió en diosa.

—Qué poético. —Paso las páginas del libro. Hay filas y filas de depósitos diarios y extracciones; es el libro de cuentas real de Madame. Me lo guardo en la bolsa y abro la caja. Hay *mucho* oro dentro.

No tengo tiempo para contar los quinientos, pero como persona que estuvo en posesión de mil *gilden*, diría que ronda la mitad. Agarro un cojín del sofá, lo abro con el cuchillo que guardo en la bota, saco el relleno y empiezo a meter *gilden*. Algo me ronda en la mente: la abadesa Sibylle me vio cabalgando por la noche—. ¿Crees que Brunne aceptaría una carrera?

Helga suelta una carcajada incrédula.

—Sí, pero repito que solo porque *ganaría* sin duda alguna. Por su caballo especial y todo eso.

Me acuerdo de la pluma negra en mi mochila, en El Magistrado Feliz.

—Puede que sí o puede que no. Conozco a un caballo.

Helga no me interroga sobre eso, para mi sorpresa. Levanto la cabeza mientras guardo el dinero y veo que mira ceñuda un trozo de papel.

—Fíjate en esto —dice, y procede a leer—: «Han venido prefectos. Cambio de planes. Guardar el dinero y retener al mensajero hasta que la cosa se enfríe. En cuanto nos encarguemos de él, venderemos».

—Así que no secuestraron a Erwin solo para hacer daño al Manga Verde. —Me acuclillo—. Como sabe que les dio mal las instrucciones a los timoneles de la *Gracia Eterna* a propósito, los sobornadores iban a matarlo para que guardara silencio y así recuperar el dinero. Espero que no esté por ahí llamando la atención.

—Ese era el plan, pero… le diré que es peor de lo que pensábamos. —Helga sigue repasando los papeles del escritorio—. Aquí también hay planes para el Manga Verde.

Termino de llenar la funda con todos los *gilden*, la ato con un nudo, cierro el sofá y voy a mirar el papeleo. La oferta para comprar el Tesoro sigue bajo el mismo montón. La saco y veo que el comprador es «Wälftsee Propiedades».

Cuando Emeric habló antes con la prefecta Ghendt, ella dijo algo de « … see Propiedades». Podría ser esto, el sitio en el que se

blanquean todas esas ganancias sospechosas. Pero lo más importante es que... Wälftsee es el lago de Dänwik. El que recibe el nombre en honor a la familia del príncipe Ludwig. Y Emeric dijo que las
compras de arte pueden ser una tapadera para blanquear dinero.

Justo como la querida galería de Ludwig.

Esto no es suficiente para tomar decisiones precipitadas, aún
no. Pero cuando comparo la carta que Helga ha encontrado con una
nota manuscrita en la oferta, veo que las letras se asemejan demasiado. Examino el libro de cuentas y veo pagos regulares: cincuenta
gilden tres veces a la semana a Wälftsee Propiedades. Y lo único que
aparece listado como motivo es un genérico «tasaciones».

Mi mirada recae en los planos para el Manga Verde, en los que
han impreso el nombre de Köhler en la esquina de cada página. Es
un recordatorio más de que tengo que solucionar este tema en los
próximos días.

Y entonces, poco a poco, el embrollo gira en mi cabeza; no como
cargas pesadas, sino como vínculos. Hilos.

Para los prefectos, la justicia es un hacha que solo puede gol-
pear una vez. Un poder extraordinario que usan contra maldades
extraordinarias. Pero los prefectos solo hacen el bien que les permite la ley del imperio; solo pueden cortar la maleza superficial.

No pueden moldear los arbustos para que crezcan en formas
nuevas.

Según San Willehalm, la justicia a veces necesita un remiendo.
Una aguja, no un hacha. Alguien cercano a los desgarrones que
sepa cómo actuar sin dejar rastro.

Alguien que tire de los hilos hacia donde deban ir.

El Manga Verde. La venta del Tesoro. El dinero del soborno. Los
spintz. Cada uno es una punzada a la espera de acabar en el tapiz.

—Creo que ya hemos terminado aquí —le digo a Helga—, pero
tenemos que ir a pagar la deuda de Erwin con el Manga Verde. Y
luego... debo hablar de negocios con Jenneke.

CAPÍTULO 25

VIEJAS AMIGAS

E meric sigue despierto cuando vuelvo a El Magistrado Feliz; está sentado en la cama leyendo un libro pesado de un montón que tiene en la mesilla de noche. Cuando cierro la puerta, a través de la obligatoria ducha de pétalos veo que me sonríe.

—¿Qué tal ha ido el blanqueamiento de dinero?

—Hipotéticamente hablando, muy esclarecedor. —Voy hacia la mochila y saco la pluma negra—. Y tengo un plan para rescatar a Henrik mañana por la noche. Malas noticias: implica caballos. Buenas noticias: no hace falta que hagas nada.

—Si estás segura... —comenta, bastante aliviado.

—Lo estoy. —Aproximo la pluma a una vela de la mesilla y dejo que se prenda fuego. Se disuelve en una humareda roja al instante—. No te preocupes, tendré refuerzos.

—¿Eso es para llamar a quien yo me imagino? —Emeric señala el humo que me atraviesa los dedos. Asiento y sonríe—. Me vale. Pero me preocuparé igual.

—Lo sé. —Me siento a los pies de la cama para quitarme las botas—. En otro orden de cosas, tengo que preguntarte varias cuestiones sobre derecho fiscal.

—Ah... Ah. —Emeric suena como si no se esperase esa sorpresa—. ¿De... de verdad?

—Bueno, puede que sea un poco más complicado que eso.

Tiro de los cordones.

—Te escucho.

—Es derecho fiscal en parte… —Saco una bota de una patada y me pongo con la otra—. Pero también hay cuestiones sobre derecho de propiedades, quizás un poco de confiscación de bienes…

Emeric guarda un silencio extraño. Le echo un vistazo mientras intento deshacer un nudo.

Tiene la cara tan rígida y compuesta que, durante un segundo, tengo miedo de que lo estén poseyendo. Luego me doy cuenta de que ha movido el libro para ponérselo sobre el regazo. Concretamente sobre el regazo.

—*Aspirante a prefecto Conrad* —digo, escandalizada. Él entierra la cara en las manos—. Serás *depravado*.

Sus orejas casi parecen estar echando humo.

—Lo *siento*, es que… puede que este fuera el inicio de… un sueño que tuve una vez.

—¿Una vez? —pregunto, escéptica.

—No quiero hablar de ello.

Tiro de la otra bota e intento no reírme.

—Oh, prefecto Conrad, creo que esta subcláusula se está extralimitando, y mira este *enorme* vacío legal…

—*¿Puedes hacer el favor de preguntarme sobre derecho fiscal?* —gruñe, aún con la cara tapada.

—Vale, vale. Es… Te prometo que no me estoy metiendo contigo. Está relacionado con el blanqueamiento de dinero. —Emeric profiere un sonido como si le hubieran dado una patada en el plexo solar—. Pero también depende del valor de la propiedad declarada… —Me callo. Estoy bastante segura de que enrojecer tanto es una señal de peligro en la mayoría de las variedades de fideos sin cocinar—. ¿Necesitas un momento?

—No —responde, con aire miserable—. Sí. No. Esto es *tremendamente* poco profesional por mi parte.

Me subo a la cama, sonriendo.

—Pues quitémonoslo de encima y luego seremos menos profesionales aún.

Alza la cabeza lo suficiente para mirarme.

—No sabía si... Bueno, no quería presionarte después de lo de anoche.

Me acurruco a su lado y el aroma familiar a enebro me calma un poco los nervios.

—No sé —admito—. Lo de poder dejarte inconsciente ayuda. Me preocupa que ella interrumpa algo que... me estés haciendo. Sobre todo si quiere evitar que rompamos su vínculo.

—Eso es razonable. Puedo seguir durmiendo esposado también, solo por si acaso.

Muevo las cejas o, al menos, lo intento. Seguramente debe parecer que un bicho me ha picado en la frente.

—Bueno. Me preocupa que interrumpa algo que *tú* me hagas a mí. No algo que *yo* te haga a ti. —Veo el momento en el que lo entiende—. Así que... un último asunto de negocios y luego podremos hablar sobre todas las obligaciones legales vinculantes y las ordenanzas poco claras que quieras.

—Tienes mi plena atención —gruñe entre dientes.

Le aparto la mano que me queda más cerca de la cara.

—¿Cuánto crees que pagará un establecimiento como el de Madame Tesoro en impuestos?

—Diría que... —empieza a decir, pero entonces se detiene—. Ah. Pues claro. Los *spintz*.

—Ajá —comento con socarronería. Emeric empieza a reírse.

—Eres una *pesadilla* inconcebible. ¿Vas a dejarla con algo?

—Con la ropa puesta, quizá. Si me siento generosa. Bueno, ¿funcionará?

La poca profesionalidad que le quedaba a Emeric comienza a flaquear. Aparta el libro de su regazo y estira un brazo hacia mí.

—Se lo dije —murmura contra un punto debajo de mi oreja que me hace apretar los dedos de los pies—. El peor error que ha cometido en su vida.

—Repasemos —me dice Joniza con tono férreo a la mañana siguiente—. Solo te ayudaré con tres condiciones. La primera: en ningún momento pienso ayudarte a cometer un delito. La segunda: esto *hará* que mi padre llegue a casa a tiempo. Y la tercera: solo lo haré *tres veces*. Después de eso, te las apañarás sola.

—Si sale bien, debería…

—*Si* —señala Joniza y apunta un dedo cargado de anillos hacia mí—. Más vale que ese *si* sea un *cuando*, Vanja.

El dorado y el satén de su vestimenta de gala relucen en el sol. No se ha engalanado con el atuendo completo para actuar, pero sí lo suficiente para el papel que le he pedido: rica y aburrida. Por mi parte, he aprovechado de nuevo algunas cosas del uniforme de lacayo, esta vez para disfrazarme como la secretaria personal de una mujer rica y aburrida. También le he hecho algo atroz a mi cara con unos cosméticos baratos que he encontrado por ahí, porque prefiero estar ridícula a que me reconozcan.

—Será un *cuando* —la tranquilizo a toda prisa mientras me aseguro de llevar las trenzas guardadas bajo la discreta gorra—. De hecho, si todo sale más o menos según el plan, habremos acabado mañana por la tarde.

Joniza retuerce la boca con duda cuando nos acercamos a uno de los puntos de control higiénicos del Sünderweg. No vuelve a hablar hasta que hemos recorrido un par de manzanas del distrito. Señala el Tesoro.

—¿Es ese?

—Justo —digo por la comisura de la boca. Hay una silueta en la taquilla de *spintz*, la misma mujer que antes, que despacha enfurruñada a un hombre con pinta de decepcionado—. ¿Te acuerdas de...?

Joniza me fulmina con la mirada y luego atraviesa la calle contoneándose, con la cabeza bien alta. Echo a correr detrás de ella, y eso secunda la ilusión cuando Joniza se planta a un par de metros de la escalera principal del Tesoro, con las manos apoyadas en la cadera y los ojos entornados. Subo unos peldaños, saco una larga cinta métrica de la bolsa y la estiro a lo largo de la puerta.

—Setenta y dos —le grito.

—Perdonen —oigo que dice la taquillera de *spintz*, a quien mentalmente he apodado como Spintzi.

Joniza pasa de su cara y señala con languidez las barandillas.

—¿Y eso?

Hago todo un espectáculo de estirar la cinta métrica por la barandilla. No llego ni a inventarme un número cuando la puerta de la taquilla chirría sobre sus goznes. Spintzi sale resoplando.

—Perdonen —suelta—, ¿qué se piensan que están haciendo?

Joniza la mira como un águila que observa a un gorrión saltar sobre un montón de semillas.

—Trabajas para Madame del Tesoro —dice más que pregunta. Tengo que apartar la cara para no revelar el pastel con un resoplido. Sé que ha dicho el nombre mal solo para fastidiar.

—Así es —confirma Spintzi con aspereza—. Estamos cerrados. Le...

—Mi padre trabaja con *meister* Köhler. —Joniza juguetea con uno de sus muchos, muchísimos anillos de oro—. He oído que quizás... haya posibilidades de invertir.

Durante un instante fugaz, mueve los ojos hacia el Manga Verde, al otro lado de la calle.

Aprovecho para volver a su lado y apuntar cosas en un minúsculo cuaderno que puede que haya robado de la oficina de prefectos. Hablo con voz más aguda.

—Tres plantas. Calculo que los pisos superiores son para las *mietlingen*. Si pudiéramos examinar el interior...

—Pues no pueden —replica Spintzi con indignación—. El *Tesoro de Madame* volverá a abrir el próximo lunes.

Yo he recibido ese parpadeo lento que Joniza está haciendo ahora. Fue una de las experiencias más angustiosas de mi vida.

—Mmm —dice sin más.

—Madame no quiere vender —insiste Spintzi.

Joniza se endereza con el rostro inescrutable.

—«Una hormiga —entona, justo como lo hizo Bajeri— no se preocupa por el peso de una montaña».

Se da la vuelta y se marcha pavoneándose hacia el Manga Verde. Le entrego una tarjeta a Spintzi.

—Si Madame cambia de opinión, puede contactar con nosotras en la taberna Los Tres Cisnes.

Spintzi arruga la cara como si hubiera bebido vinagre, pero acepta la tarjeta. Veo que entorna los ojos un momento mientras examina las letras. Su mirada no registra nada, como ya sospechaba. Según Jenneke, Madame solo contrata a chicas analfabetas; Spintzi seguramente sabrá suficiente de matemáticas para llevar la taquilla y nada más.

Alcanzo a Joniza delante del Manga Verde justo cuando entran tres inspectores de sanidad. Jenneke se asoma y examina la calle con una mirada de preocupación. Es una actriz decente. Supongo que eso forma parte del trabajo de *mietling*. Su mirada pasa por encima de nosotras cuando cierra la puerta detrás de los inspectores.

Si ha seguido mis instrucciones al pie de la letra, esta debería ser la segunda inspección de la mañana. Y, cuando se marchen, el Manga Verde cerrará con discreción el resto del día.

Aunque, claro, conociendo a Madame, ha dejado a Spintzi en la taquilla solo para aprovechar esta oportunidad. Al fin y al cabo, Erwin Ros, presunto paciente cero de las chinches, estuvo en el

Manga Verde mucho, muchísimo antes de que lo capturaran en el Tesoro.

Joniza y yo tenemos que quedarnos aquí un momento y fingir que estamos enzarzadas en una conversación, así que decido hablar sobre una cosa que me ronda la mente.

—Oye, lo del truco del proverbio…

—¿Qué pasa con él?

—Cuando pagaste por el ungüento después de que me azotaran, yo quería devolverte el dinero de algún modo y dijiste que mi nombre ya no estaba en tu libro de cuentas. ¿Solo lo hiciste para que dejara de discutir?

Retuerce la boca; esta vez no con recelo, sino por los recuerdos.

—Eras una niña —murmura. Luego se aleja en dirección al punto de control por el que hemos entrado. Alza la mano al cielo y saca tres dedos. Luego baja uno con decisión—. Una acabada. Te quedan dos. Úsalas con sabiduría.

Los Tres Cisnes no es la posada más cara en Welkenrode, pero casi. La he elegido por tres razones.

La primera: sus ocupantes. Si Madame ha conseguido averiguar que me alojo en El Magistrado Feliz, lo *último* que quiero es nos relacione a Joniza y a mí… o, peor, a Emeric y a mí. Por otro lado, en cuanto a Emeric, hay una huésped en concreto en Los Tres Cisnes que me importa. Alguien que está a punto de interesarse *mucho* por los asuntos de Madame.

La segunda: alojarse en Los Tres Cisnes es un buen indicador de que tus rentas superan con creces los ingresos anuales de la mayoría de la gente. Tras el brote de chinches y el hecho de que Madame liberó a Erwin en contra de las órdenes de su comprador, es muy probable que el trato para comprar el Tesoro esté encallado (a diferencia de la *Gracia Eterna*, que por fin la han movido para abrir el tráfico del río Trench). Y de ahí que necesite un nuevo comprador. Uno con ingresos disponibles para gastar.

Y la tercera razón por la que elegí Los Tres Cisnes es: está justo en la enorme y redonda Sanktplatt. Da igual en qué dirección llegues: te tocará rodear no solo la gigantesca fuente de en medio en honor a Santa Konstanzia, sino también la amplia plaza concurrida a su alrededor antes de poder ver la entrada de la posada.

Y cuando Spintzi aparece unas horas más tarde, yo ya estoy esperando en la esquina de una calle.

Spintzi apoya una mano en un bolsillo de su vestido y es como si anunciara dónde guarda el mensaje de Madame. Examina la ajetreada plaza un momento, en busca de la mejor ruta. Todas implican pasar apretada por en medio de un par de aglomeraciones por lo menos.

Cuando echa a andar, situarme detrás de ella es coser y cantar, espero a que llegue el momento de más muchedumbre y…

Años de organizar (y de hacer trampas de forma asidua) partidas de «encuentra a la dama» han hecho que, cuando cambio los sobres, no se oiga ni un crujido.

Lo difícil ahora es adelantarme a Spintzi, porque tengo que llegar antes que ella a Los Tres Cisnes.

—Eh, ¿Fortuna? —susurro. Solo yo veo la nube negra del carbón de la mala suerte a modo de respuesta.

Hay un chasquido en la fuente, que se queda en silencio y los distintos chorros borbotean y escupen como si a Emeric le regalasen un archivo antropológico catalogado de forma inmaculada. Y entonces, con un enorme BANG, la cabeza de Santa Konstanzia sale disparada como un corcho. Otro chasquido resuena por la plaza cuando la cabeza aterriza en el agua y, un segundo después, un géiser empieza a brotar con fuerza del cuello decapitado de la estatua.

—Te has pasado —digo en voz baja—, pero me gusta.

Atravieso la multitud distraída, y posiblemente traumatizada, y entro en Los Tres Cisnes. Un restaurante elegante ocupa la mayor parte de la planta baja, pero busco un lugar que quede fuera de la vista...

Ahí. Cerca del mostrador hay una pequeña sala de espera, oculta finamente tras un biombo para que los viajeros desaliñados se aseen con dignidad tras un largo viaje mientras les preparan sus habitaciones. Entro y me siento para vigilar el mostrador a través del biombo.

Al cabo de un par de minutos, Spintzi entra en la taberna. Saca el sobre y se lo entrega a la recepcionista. Oigo algo sobre un mensaje y esperar la respuesta.

Si Madame no se hubiera empeñado en contratar a chicas a las que pudiera estafar mediante contratos que no saben leer, tendría una mensajera que se fijaría en que el nombre del sobre ha cambiado; ya no dice «Joniza Ardîm», sino «Yeshe Ghendt». Por desgracia, Spintzi no se da cuenta de esto ni de que su contenido ha cambiado también. Debo reconocer que sí que *robé* un sobre auténtico del escritorio personal de Madame para que esto fuera perfecto.

En vez del mensaje de Madame, Spintzi acaba de entregar la carta en la que le pedían a Madame que mantuviera a Erwin cautivo, junto con la oferta de Wälftsee Propiedades por el Tesoro.

Y las dos van directas a la habitación de la prefecta Ghendt.

La recepcionista se marcha por el pasillo para entregar el sobre mientras Spintzi se queda junto a la puerta. Madame quiere una respuesta inmediata. Abro furtivamente el mensaje real de Madame y encuentro lo que esperaba: una invitación para cenar esta noche. Tomo nota de cambiar otro rubí por si a Joniza le da por correr con los gastos de la comida. Luego me guardo el mensaje en un bolsillo, saco el cuaderno, salgo de la zona de espera y voy directa hacia Spintzi mientras escribo cosas sin sentido.

—Ah, aquí estás —digo, como si no fuera nadie, cuando casi tropiezo con ella—. Mi señora quiere que le comunique que acepta la invitación de Madame. Desea hablar con ella sobre la venta esta noche. Que tenga un buen día.

Hago una pequeña reverencia y me alejo antes de que Spintzi pueda preguntar algo. Me oculto de nuevo en la zona de espera.

Le doy diez minutos de ventaja a Spintzi antes de salir de Los Tres Cisnes para volver a la orilla de Rammelbeck. Tengo que reclamarle a Joniza la segunda ronda de su ayuda y si... no, *cuando* todo salga bien, habremos acabado mañana por la mañana.

La pobre y decapitada Santa Konstanzia sigue echando agua cuando atravieso la plaza intentando no reírme. Y entonces, cuando llego a uno de los puentes principales que hay por el río, oigo el grito estridente de un halcón. Una sombra pasa sobre mí una vez, y luego dos, y alzo la mirada con el corazón contento.

Después de todo, Joniza no es la única amiga que necesitaré hoy.

Un halcón negro se dirige hacia mí, pero vira en el último momento y aterriza en la muñeca que le ofrezco. Se estremece, le ondean las plumas y, de repente, donde había un halcón hay ahora un cuervo que me guiña con alegría un ojo rojo.

—¡Hola! —grazna Ragne—. Llévame. He venido volando desde Minkja y, cielos, se me han cansado los brazos.

CAPÍTULO 26

LA CAZADORA

—No entiendo nada —dice Ragne mientras mastica un espárrago. Está sentada con las piernas cruzadas en la cama de la suite de luna de miel y lleva uno de mis camisones.

Estamos tomando una cena tardía. Tras atravesar volando la mitad del imperio, Ragne necesitaba una larga siesta con tal de estar descansada esta noche, ya que su poder aumenta y disminuye con la luna. Ahora comienza la fase creciente, así que hace más o menos una hora que está despierta. Emeric lleva todo el día en la biblioteca de la abadía imperial, con lo que estamos las dos a solas poniéndonos al día mientras devoramos comida (vegetariana).

Sin embargo, parece que no he sabido explicar bien mi situación actual.

—Necesito tu ayuda para ganar a Brunne la Cazadora en una carrera —digo, mientras cuento con los dedos—. Así podré recuperar al hermano que ha secuestrado para que me dé su gota de sangre con tal de que luego podamos atar al monstruo que me ha robado la secta fingiendo que es una diosa que saqué de una canción popular.

—No, eso tiene sentido —contesta Ragne, por increíble que parezca. Luego hace una mueca—. Es eso de «reclamar» lo que no entiendo. No me gusta. Puede que yo esté casada con la Gisele, pero no me *pertenece*. No más de lo que yo pertenezco a ella solo porque nos hayamos apareado. Tú te has apareado con el Emeric, ¿verdad? ¿Y no ha sido suficiente?

Intento no retorcerme de vergüenza, pero esto es peor que hablarlo con Helga.

—Un poco, sí, pero no… Bueno, hemos usado… manos. Y bocas.

—Así que os habéis apareado —dice llanamente Ragne—. ¿Y no ha servido?

Ahora sí que me retuerzo, muerta de vergüenza.

—Creemos que para la Doncella Escarlata solo contará si… si con ello se puede producir un niño.

—¿Entonces solo le vale si hay un pene y un útero? —Ragne ladea la cabeza, reflexiva, mientras yo intento no escupir el agua—. Yo podría hacer crecer un pene. Aunque no creo que la Gisele quiera tener un niño tan pronto. No me ha pedido que tenga pene.

—Deja de decir «pene», por favor —resuello.

—Pero tú lo acabas de decir —protesta Ragne. Parece cada vez más preocupada—. Pensaba que nuestro apareamiento iba bien, pero no hemos necesitado un pene. —Sacude la cabeza—. ¿Por qué tiene que ser para producir un hijo? ¿Cuenta si no te quedas embarazada? ¿O si él no deja la semilla dentro de ti? A veces puede pasar una semana antes de que la semilla arraigue en el útero. ¿Contaría con eso o solo cuando la semilla…?

—Voy a añadir la palabra «semilla» a la lista de cosas que me gustaría que dejaras de decir.

Ragne se encoge con las mejillas hinchadas de aire.

—No entiendo esto del reclamo para nada.

—Es lógica *grimling* extraña. Y ya está. Creemos que es una madre del centeno.

Ragne parece perpleja mientras se come un panecillo.

—Es posible. No me caen bien. Será un placer ayudar a aplastar a una.

Llaman a la puerta y Emeric entra. Por suerte, no parece haber oído gran cosa, porque sonríe con ganas.

—Ya decía yo que me sonaba esa voz.

Ragne chilla y atraviesa corriendo la habitación en una lluvia de pétalos de rosa; por el camino se convierte en gato. Emeric la agarra y ella se le sube a los hombros, restriega la cabeza por su sien y le tuerce las gafas.

—Has estado lejos demasiado tiempo —protesta ella en un maullido—. Eso me pone muy triste.

—Yo también me alegro de verte —ríe Emeric—. Y de que Vanja te haya llamado. ¿Te ha contado lo de...? —Agita una mano—. Bueno, ¿todo?

—Sé lo del todo —confirma Ragne—. No tiene sentido.

Emeric se sienta con cuidado en la cama, bien recto para que Ragne no pierda el equilibrio.

—Aún nos faltan algunas piezas. Hablando de... Vanja, cariño, ¿has asustado a Erwin Ros para que acudiera a los prefectos?

Intento alegrarme demasiado de que me llame «cariño».

—Es posible que alguien le haya contado que tiene muchos problemas con la gente equivocada —digo, sin especificar. Ese «alguien» ha sido Helga. No creo que haya tenido que amenazar demasiado a Erwin, dado que la deuda con el Manga Verde ya está pagada y él no puede volver al muelle porque Wälftsee Propiedades lo quiere muerto—. ¿Lo acompañaba Helga?

Emeric asiente y Ragne se baja de sus hombros.

—No ha permitido que Ghendt y Dursyn lo vieran hasta que han prometido indultarlo. En el peor de los casos, pasará un año sirviendo a la comunidad y si recuperan el soborno lo repartirán entre la gente que perdió dinero por el bloqueo de la *Gracia Eterna*.

—Bien —respondo con alegría, porque sé que nunca recuperarán ese soborno. Se ha dedicado a un fin mejor.

De repente, Ragne se endereza. Le tiemblan los bigotes.

—¡Ah! ¡La Joniza está aquí! ¡La huelo!

—Tengo que ir a hablar con ella —digo, bajándome de la cama—.
Y luego… no le daré más vueltas al hecho de que puedes olernos con
tanta eficacia. Volveré y nos prepararemos para irnos.

—¿Ya? —pregunta Emeric.

No me molesto en atarme bien las botas, solo meto los pies y ato
un poco los nudos.

—Tenemos que partir de Rammelbeck mucho antes de medianoche.

Salgo de la habitación, con la esperanza de que Ragne no se
ponga a contarle a Emeric lo que piensa sobre el dichoso reclamo, y
desciendo por las escaleras. Con suerte, alcanzaré a Joniza antes de
que se adentre demasiado en la posada, pero veo que me está esperando junto a la puerta de la taberna.

Me detengo delante de ella.

—¿Cómo ha ido?

—Me gustaría recordarte que no tengo ningún interés en comprar un burdel, y mucho menos dos —responde Joniza con seriedad
y me entrega un trozo de papel, en el que han escrito una hora y
una dirección. Es la última reunión—. Así que más te vale que *esto*
salga como prometiste.

—Entonces, ¿ha accedido a vender los dos?

—El Tesoro y el Manga Verde, sí. Quería más tiempo, pero le he
dicho que me voy de la ciudad y tiene que ser mañana por la mañana
en Los Tres Cisnes. —La expresión adusta de Joniza se resquebraja
cuando alza la comisura de la boca—. Se ha molestado *mucho* porque
no dejaba de llamarlo «Madame del Tesoro». Y no podía decirme nada.

—Eres un genio.

—No conseguirás nada con los cumplidos —gruñe, pero esa comisura alzada sigue traicionándola—. ¿De verdad quiere venderme
una propiedad que no es suya?

—Por lo que ella sabe, te marcharás pronto y eso le da tiempo para
comprar el Manga Verde o para irse muy, muy lejos de Rammelbeck
antes de que lo descubras.

—Entonces ¿qué pasará mañana por la mañana? Porque no tengo cuatrocientos *gilden* para el pago inicial.

Sé de primera mano que los prefectos trabajan muchas horas, pero espero que, a estas alturas, la prefecta Ghendt haya regresado a su habitación en Los Tres Cines y haya dedicado un momento a leer algo ligero. En concreto, los documentos que relacionan a Madame y a Wälftsee Propiedades con la *Gracia Eterna*.

—Le diré a Emeric dónde y cuándo es vuestra reunión y él se lo hará saber a las partes interesadas… Es posible que mañana recibas una visita sorpresa.

Los dedos de Joniza tocan un *staccato* por encima de su codo mientras piensa con los brazos cruzados.

—¿Por qué tanto esfuerzo? —pregunta al fin—. Podrías entregar lo que has descubierto en su oficina y dejar que el tribunal celestial se encargase de ella.

—¿Recuerdas cómo trataron a Irmgard? —digo con amargura—. Estaba casi tan metida en el ajo como Adalbrecht, y *él* acabó convertido en una vergonzosa estatua, mientras que *ella* fue a juicio en Bóern. Sé que Madame soborna a policías y sé que es cómplice en el desastre de la *Gracia Eterna*. Les estoy dando a los prefectos todo lo que necesitan para reunir todos sus cargos y que la condenen de verdad.

Joniza suspira.

—Nada de esto sería necesario si la policía de la ciudad hiciera su trabajo, como en una sociedad civilizada.

—Por eso yo hago el trabajo por ellos —respondo con tono lúgubre—. Y Madame me llamó «fea» delante de Emeric, así que lo estoy haciendo a *mi* manera.

Al oírlo, Joniza se queda de piedra.

—¿Eso hizo? —murmura—. Entiendo. Entonces, mañana por la mañana será la última ayuda que recibirás de mí. —Se dirige hacia la puerta, pero me guiña el ojo antes de salir—. Haré que valga la pena.

—Cuando corra muy rápido —me dice Ragne, sacudiendo su crin negra como la tinta—, recuerda que debes levantarte en los estribos para no rebotar.

—Aguanté bastante bien en la cacería nupcial —le recuerdo. Mi aliento se condensa un poco en el frío de la medianoche a medida que bajamos trotando por la dura carretera. Cuando éramos jóvenes, a Gisele le gustaban las buenas cacerías en el bosque y se aseguró de que fuera una jinete lo bastante competente para seguirle el ritmo la mayor parte del tiempo.

Ragne relincha con inquietud.

—En ese momento no corría lo más rápido posible.

No la culpo por estar nerviosa. A medianoche, el mundo cambia: todo parece más nítido, más cierto, como si el inmaduro joven día no hubiera perdido el brillo aún. La noche es más peligrosa. Más potente. A veces ambas cosas significan lo mismo.

A las afueras de Rammelbeck, cuando pasamos la última granja solitaria, la medianoche hace que la bruma que se eleva del río Trench se enrosque con malicia, que las estrellas reluzcan como cristales rotos, que la gruesa luna creciente sonría con dientes afilados al cielo. Me he vestido para el frío y para la carrera, con una capa extra, pantalones debajo del vestido y un manto por encima. Que falten dos semanas para mayo no significa que abril se haya enterado.

—¿La silla es cómoda? —pregunto. Es posible que haya sobornado a un caballerizo para tomar prestados unos arreos—. ¿Te aprieta?

—Debería estar apretada para que no te cayeras.

—¡Que *no* voy a caerme!

Ragne ralentiza el trote.

—Oigo a la cacería. Prepárate.

Alzo la mirada. En el borde del cielo nocturno, sobre los tejados de las lejanas Rammelbeck y Welkenrode, un leve brillo ondea. Luego se intensifica hasta cierto punto, como las olas que siguen a un bote en aguas tranquilas. Cuanto más se aproxima, más brilla y más distingo los cascos que lo atraviesan.

—Agárrate —me avisa Ragne y, con una sacudida, arranca a medio galope.

Salimos con una lluvia de tierra, la luna ilumina una zanja encharcada entre la carretera y el brezal. Al cabo de unos segundos, Ragne salta la zanja y luego corre por la hierba hacia la cima de una colina. Rodeamos matorrales a medida que el coro de cascos se va intensificando y ese brillo etéreo se convierte en un fulgor cada vez más intenso. Oigo cantos, carcajadas e incluso aullidos. Una miasma se despliega por el suelo, brillante y temblorosa, hasta que parece que corremos por nubes hechas de luz de luna.

Hemos alcanzado a la cacería.

—¡Saludos, hijas divinas!

El grito retumba en la noche como la llamada de un cuerno contra la roca. Una jinete se sitúa a nuestra altura. Alzo la mirada y veo a la que solo puede ser Brunne la Cazadora.

Es más alta que cualquier mujer que haya conocido y, si el corcel plateado fue el caballo de un gigante, significa que ella ha crecido para estar a su altura. Un vestido nupcial antiguo y un tanto andrajoso flota bajo el pellejo blanco de un oso de las nieves que lleva sobre los hombros. Unos brazaletes de cuero ornamentado rodean sus fornidas muñecas, aunque empalidecen comparadas con unos bíceps como jamones peleando bajo una sábana. No va calzada y se agarra a los costados de su montura con tan solo unos muslos igual de musculosos. Unas lucecitas brillan en su rostro y en sus hombros como pecas hechas de estrellas, que casi apagan la cascada de rizos color canela que poco más y rozan la cola del caballo. Lleva un arco atado a la espalda y una aljaba cargada de flechas de luz de luna a la cadera.

Detrás de ella desfila un tumulto sobrenatural: perros espectrales que aúllan, *vila* fantasmales que bailan de la mano, cazadores fantasmagóricos que animan la cacería con vítores, *idisi* amortajadas que pastorean las almas de soldados muertos que cabalgan como si los persiguiera el mismo infierno. Entre ellos hay una nota mortal discordante: un hombre joven fornido, con el rostro redondeado y de unos diecinueve años que va ataviado con el hábito de un fraile; tiene un matojo de pelo rubio como paja y los mismos ojos grises que Udo. Se aferra al caballo de un alce fantasmal como si le fuera la vida en ello, pero, cuando me ve, todo su semblante se ilumina.

Henrik me reconoce. Me *reconoce* y… se alegra de verme.

—¡Saludos, Brunne la Cazadora! —respondo al fin. El viento me echa a la cara el cabello suelto. No puedo contener una amplia sonrisa por la adrenalina, la sensación de cabalgar junto a una leyenda—. ¡Te propongo un reto!

La carcajada de Brunne resuena tan alto que los árboles de abajo tiemblan. Los de *abajo*.

Y me doy cuenta de que el resplandor nos ha elevado hacia el cielo.

Trago saliva y me agarro con más fuerza a la crin de Ragne.

—¿Quieres retarme *a mí*? —ruge Brunne—. ¡Ja, ja, ja! ¡Qué gracia! ¡Para mí eres como una muñequita!

—Tienes a…

—¡Tan pequeña como una muñeca de palos! ¡Tengo que entrecerrar los ojos para verte! ¡Y tú, hija de Eiswald, solo eres mitad diosa! ¡Ja!

El resto de la horda de Brunne estalla en carcajadas con ella. Aguardo hasta que las burlas se calman y trago miles de respuestas tajantes. Es mejor que los dioses me subestimen. Cuando el alboroto se acalla, señalo a Henrik.

—Tienes a mi hermano —grito por encima del ruido que hace la cacería salvaje— y te reto a una carrera por él.

Brunne mira por encima del hombro, con las cejas arqueadas, y luego se gira de nuevo hacia mí.

—¡Ah, ya veo! ¡Ja! ¡Menuda sorpresa! Pero, muñequita, no he perdido una carrera nunca, ¡ni siquiera contra el mismísimo gigante Boderad! ¿Qué posibilidades tienes tú?

—Necesito a Henrik, así que estoy dispuesta a averiguarlo —digo con firmeza.

Brunne echa la cabeza hacia atrás y se ríe una vez más, pero con ganas y no burlona.

—¡Muy bien! Te echaré una carrera hasta la Cumbre Rota. Si ganas, recibirás tres favores de mi parte. Pero si gano *yo*... te daré igualmente a mi poeta de alabanzas. Creo que no está disfrutando.

—No lo estoy —responde Henrik. Sobre el lomo del alce, parece mareado.

—Pero *tú* deberás ocupar su lugar en la cacería durante quince días. Y no menos. —Brunne extiende una mano—. ¿Trato hecho?

Se la estrecho. Es como sumergir la mano en un cojín de cuero.

—Trato hecho. Aunque tengo que hablar con Henrik antes de empezar.

—Lo permitiré. ¡Pero date prisa! ¡No me gusta esperar!

Ragne vira hacia el alce de Henrik y me inclino sobre su cruz.

—¿Estás aguantando bien? ¿Necesitas descansar?

Ragne se gira para que pueda verle el reluciente ojo rojo. Cuando extiende la boca en una sonrisa, veo que está llena de unos colmillos que no son para nada equinos.

—Estoy lista. Le demostraré a la Brunne cómo es ser mitad diosa.

—Santos y mártires, te he echado de menos —replico, feliz.

—¿Vanja?

Cuando alzo la mirada, Henrik me está observando.

—Hola —lo saludo, nerviosa de repente—. Encantada de conocerte. O... de conocerte de nuevo, supongo.

—Recibí la carta de Helga —balbucea—. Estoy muy emocionado... Era muy pequeño cuando madre te llevó, pero eres justo como te recordaba, o sea, no lo eres, has crecido y eres *maravillosa* y quiero oír todo lo que...

—¡Deprisa, hijas divinas! —grita Brunne.

Hago una mueca y me saco la bolsa por la cabeza.

—Toma, necesito que me lo guardes. No planeo perder, pero, si se da el caso... Será un mal momento, por decirlo de algún modo. Llévale la bolsa a Emeric Conrad en El Magistrado Feliz. Él sabrá qué hacer con ella.

—¿Es tu... compañero de cuarto? —pregunta Henrik mientras agarra la bolsa.

—Así lo llamó Udo —me río. Es... es muy raro reírme así, hablar sobre mi *hermano* así con *mi otro hermano*.

Tengo que ganar. Tengo que recuperar a Henrik.

Henrik estira el brazo, esta vez para agarrarme a mí. Le acepto la mano y me da un apretón.

—Gracias —dice con fervor— y buena suerte.

Le dedico una sonrisa.

—Recuérdame que te hable de mis madrinas después de esto.

Lo suelto y cabalgo hasta la parte frontal de la multitud. Una vez situada, Brunne me mira.

—No es una gran victoria ganar a un bebé en pañales. Ojalá fuera un reto de verdad, hijitas divinas. ¿Podéis hacerlo sin Fortuna y sin Muerte? Esta carrera es solo entre nosotras.

Titubeo. Eso tuerce un poco las cosas. Pero al final es Ragne quien responde con fiereza:

—Puedo.

Brunne suelta otra carcajada calamitosa.

—¡Pues empecemos! —Saca un cuerno de caza de debajo de la piel de oso y brama una señal que parece significar «alto», porque toda la cacería se detiene poco a poco. Estoy bastante segura de que Brunne flexiona un par de veces los brazos a escondidas mientras se adelanta al trote y gira la montura para encararse a la multitud—. ¡Estas hijas divinas me han propuesto un reto! ¡Haremos una carrera hasta la Cumbre Rota y la primera en tocar la cima gana! ¡No intentéis seguirnos, id a vuestro ritmo y ya nos veremos allí!

Toca el cuerno de nuevo. Esta vez, en el borde lejano del horizonte, una única estrella se enciende sobre una colina irregular. Eso debe de ser la Cumbre Rota.

Me pongo a la misma altura que Brunne y ella le indica a una *vila* que se aproxime. La criatura me enseña los dientes y luego se sitúa entre las dos, con su velo al aire.

—Cuando el velo caiga —sisea.

—Que gane la mejor —dice Brunne. Asiento en silencio, con el estómago revuelto. *Puede* que contase con que Fortuna equilibrara la balanza.

Pero confío en Ragne con todo mi ser. La he llamado por un motivo.

Con un parpadeo de luna, el velo cae...

Y arrancamos.

CAPÍTULO 27

FAVORES

R agne estalla en movimiento.

Me lanzo hacia delante para agarrar a duras penas el cuerno de la silla. La risa de Brunne resuena en mis oídos. La silla resbala debajo de mí y luego sube de golpe hacia arriba; los dientes entrechocan de un modo tan repentino que la boca me duele y sabe a sangre.

Repito este ciclo múltiples veces en el espacio de un segundo hasta que recuerdo que tengo que levantarme en los estribos y me aparto de la silla que me apalea. Y a partir de ahí solo es cuestión de cambiar el peso una y otra vez para seguir el ritmo de los cascos de Ragne en la carretera hecha de nubes. Brunne va por delante; las enormes zancadas de su caballo se comen la distancia y deja atrás las colinas cubiertas de árboles por debajo de nosotras.

Ragne resopla y baja la cabeza.

El ritmo de sus cascos se incrementa. Me aferro lo más fuerte que puedo a la silla y me agacho para no oponer resistencia al viento. El mundo se reduce a la crin que me azota la cara, el aire que me silba en los dientes, la estrella aún lejana en el lejanísimo horizonte.

Y entonces el espacio entre Brunne y nosotras empieza a reducirse. Poco a poco, centímetro a centímetro, nos acercamos cada vez más a la cola plateada de su montura. Y luego al flanco. Y a la silla. Y...

—¡Ja, ja! ¿Os rendís ya o...?

Brunne se gira para mirar detrás de ella y se queda boquiabierta cuando nos ve a su lado.

—No nos rendimos —fardo. Luego le dirijo un saludo burlón cuando Ragne empieza a adelantarse.

Una alegría pura aparece en el rostro de Brunne. Clava los talones en el costado de su caballo y lanza un grito.

Me resbalo hacia delante cuando la carretera de nubes empieza a descender.

—¡Dije que correríamos hasta la Cumbre Rota! —ríe Brunne—. ¡Pero nunca dije que la carrera sería solo por el cielo!

Me echo para atrás, aferrada a la parte trasera de la silla para equilibrarme cuando descendemos en un declive abrupto. El suelo llega demasiado rápido con una sacudida aterradora. Ragne alza la cabeza con un relincho y vira para evitar el conjunto de árboles que aparece de repente en la oscuridad. Nos lanzamos al corazón del bosque, sorteando árboles enormes y arrancando arbustos muertos. Inhalo con fuerza el olor a mantillo, pino aplastado y fría medianoche.

Veo el espectro plateado de Brunne atravesando (*literalmente*) los árboles de delante. No necesita rodear los troncos. Cada vez que nosotras lo hacemos, ella nos adelanta más.

Y entonces el bosque da paso a un pantano húmedo moteado de hierba. Ragne trastabilla más aquí e intenta avanzar por trozos de hierba y charcos de agua serena y oscura. La estrella sobre la Cumbre Rota está cerca ahora, mucho más cerca. La magia de la cacería salvaje debe de llevarnos a más velocidad de la que pensaba, esa es la única explicación de que hayamos recorrido tan rápido este trayecto de una semana a caballo.

Pero no creo que baste. Al igual que el bosque, el pantano no ralentiza a Brunne en absoluto. El único lugar en el que podemos igualarla es el…

El cielo.

Una idea alocada, tal vez la peor que he tenido nunca, estalla en mi mente como un petardo. Antes de que pueda pensarlo detenidamente (o, bueno, antes de que pueda pensarlo aunque sea un poco), acerco la cara a las orejas de Ragne.

—Oye —digo en alto para que me escuche ella y Brunne no—, ¿puedes hacer que te crezcan alas?

Ragne sacude de nuevo la cabeza, pero un escalofrío le recorre la columna.

—Sí.

Se produce un susurro salvaje. Unas plumas del color de la medianoche brotan de los hombros de Ragne como una ola chocando contra una roca; crecen y cambian y crujen y Ragne se encamina hacia un trozo de páramo. Por algún motivo, esperaba que las alas le surgieran en los costados, pero están justo por encima de las patas delanteras y, cuando las extiende por completo, entiendo por qué necesita terreno abierto. Cada ala negra de halcón es el doble de grande que un hombre, o quizá más. Noto que el viento queda atrapado bajo ellas y nos eleva. Y entonces Ragne salta y aletea una vez... dos...

Y volamos de nuevo sobre el pantano. El reflejo de la luna a nuestros pies nos persigue a través de miles de ojos acuosos a medida que subimos en dirección a la estrella en la cima de la Cumbre Rota. Por debajo, Brunne desaparece en un borrón plateado. La hemos adelantado de nuevo y, esta vez, no nos detendrá.

Veo los pueblos como si fueran pequeños fuegos. La sombra enorme de Ragne engulle casas. Hay poca gente por la calle a estas horas, pero un puñado de caras se giran con asombro y, por un momento... lo entiendo.

Veo los hilos que brotan de mí, negro y dorado y rojo y de mil colores sin nombre. Veo los hilos de Ragne y la luna y las estrellas, las historias que nos contamos para explicar los misterios de este mundo.

Lo conozco, este poder que nace del mundo mortal y se entrelaza para crear a los dioses menores. Comprendo cómo una novia que huye de un matrimonio indeseado se convierte en la cazadora que nos pisa los talones. Comprendo cómo una chica, manchada con la sangre de su amado, puede llorar el torrente que destruirá su mundo. En algún lugar allá abajo, alguien está contando una historia para explicar lo que ha visto de mí esta noche.

Si tengo suerte, será la historia de la chica que venció a la cacería.

Pero Brunne aún no se ha rendido. Sus carcajadas reverberan en el bosque bajo los cascos de Ragne y veo que la carretera de nubes aparece una vez más. La Cumbre Rota está tan, tan cerca... La cinta del río Ilsza se entrelaza entre piedra y musgo y, al otro lado del desfiladero, veo las luces de Hagendorn. El sudor cubre el costado de Ragne, que bate las alas con furia. La cima de granito está a unos minutos de distancia, segundos, latidos... Brunne nos persigue por debajo, sube por la carretera de nubes, casi nos alcanza, pero no a tiempo...

Estiro una mano hacia la cima...

Y unas espinas rojas como la sangre aparecen en la roca y se abalanzan a por nosotras.

Ragne gira, gritando.

Y la mano de Brunne toca la piedra.

He perdido.

Me aferro a Ragne, estupefacta.

He perdido y... y... y no sé qué haré. He fracasado. He decepcionado a todo el mundo.

—Has traído invitadas, profeta —chilla la voz de la Doncella Escarlata. Las espinas esbozan un gigantesco rostro burlón que se retuerce—. ¿Por qué no os quedáis un poco?

Brunne se interpone entre nosotras y las espinas.

—FUERA DE AQUÍ, SABANDIJA.

Saca una flecha, agarra su arco en un movimiento suave y dispara. Una lanza de luz de luna atraviesa las espinas, que se disuelven en una bruma roja, justo como la que atravesó la garganta de Emeric en Felsengruft.

Brunne agarra mis riendas y las pasa sobre las orejas de Ragne.

—Por aquí, rápido.

Toda la alegría ha desaparecido de su rostro.

Nos aleja de la Cumbre Rota y sigue el río Ilsza hasta que alcanzamos un trozo cubierto de hierba en una ribera. Luego desmonta.

—Podemos descansar aquí mientras aguardamos a la cacería.

Bajo del lomo de Ragne todo lo rápido que puedo. Ella se encoge enseguida en forma de gato y se deja caer sobre un trozo esponjoso de musgo.

—Buenas noches.

Brunne pasea alrededor de su caballo con el ceño fruncido.

—No he ganado esa carrera de forma justa. Sería deshonroso reclamar su victoria. Pero tampoco he perdido. ¡Pero tampoco he ganado! Si no fuera por esa desgraciada, ¡habríais ganado vosotras!

Las piernas me fallan y me siento con dureza en la hierba.

—Hice un trato —digo con pesadez, porque a los dioses menores no se los engaña—. Pagaré lo que debo.

—A lo mejor puedo recompensarte de todos modos —reflexiona—. Es obvio que eres mi igual. ¿Quieres ser mi esposa? Cabalgaremos por los cielos juntas hasta que los recuerdos de los recuerdos se desvanezcan, seremos gloria y pesadilla para quien nos vea.

—Me halagas —respondo con delicadeza—, pero no busco una relación ahora mismo.

—¡Bien dicho! —Se gira hacia Ragne—. ¿Y *tú* querrías ser mi esposa? Cabalgaremos por los cielos junt...

—Ya tengo una esposa, probablemente —maúlla Ragne.

—¿Querrías otra?

Decido alejar la conversación del matrimonio antes de que Brunne haga otra proposición.

—He perdido, puedo lidiar con las consecuencias. Pero... ¿podría unirme a la cacería en mayo? Estoy intentando deshacerme de —agito una mano río abajo, hacia la Cumbre Rota— *esa* cosa y tengo hasta finales de mes. Necesito a Henrik para conseguirlo.

Brunne gira sobre sus talones y su semblante transmite victoria.

—¡Ajá! Lo he resuelto. Las dos hemos ganado y perdido. Así que las *dos* honraremos nuestro trato. En algún momento de los próximos tres meses, cabalgarás conmigo durante quince días. Y, a cambio, te concederé los tres favores. Siempre y cuando no pidas librarte de la cacería. ¿Te parece justo?

Casi lloro de alivio aquí y ahora. Estoy segura de que a Emeric no le gustarán mis dos semanas sabáticas, pero lo entenderá.

—Sí, me parece bien. Gracias.

—No, hijas divinas, ¡gracias a *vosotras* por la mejor carrera que he tenido desde Boderad! —Brunne también se sienta y cruza las piernas. El caballo se deja caer a su lado con un golpe que sacude la tierra y apoya la cabeza en su regazo como un perro. Brunne le rasca las orejas, sonriente—. Fue una tontería por mi parte subestimar a una semidiosa. No cometeré de nuevo ese error.

Ragne bosteza y agita la cola.

—Espero que no.

Brunne se ríe.

—¿Qué favores queréis que os conceda?

—Ragne, ¿tú quieres algo? —pregunto, ya que ella ha hecho la mayor parte del trabajo.

—*Niau* —dice. Lo interpreto como un «no» en medio de otro bostezo—. Tengo todo lo que quiero.

—Vale, pues primero, Brunne, me gustaría que nos dejaras a Henrik, a Ragne y a mí, todos juntos, en mi posada de Rammelbeck lo antes posible y no más tarde del siguiente amanecer —digo. He precisado *mucho* los detalles porque me criaron dos diosas menores y sé mejor que nadie que no debo dejar nada abierto para que lo interpreten como quieran.

—Lo haré.

Me paro a pensar un momento. Mi objetivo era conseguir a Henrik. Pero hay una cosa que Brunne puede hacer por nosotros, algo mejor de lo que nos contará cualquier libro de historia o bestiario.

—El segundo... ¿Podrías decirme lo que sabes sobre la Doncella Escarlata y la Damisela Roja del Río?

El semblante de Brunne se oscurece.

—Sobre esta tal Doncella Escarlata sé poco. No es una diosa menor, solo una impostora, y lo único que veo es su crueldad y polución cuando la cacería pasa por aquí. —Luego, extrañamente, parece arrepentida—. La Damisela Roja... Es culpa mía, en cierto sentido. Es verdad que mi corona nupcial descansa al fondo de lo que es ahora el Kronenkessel. Cuando Boderad cayó mientras me perseguía, dañó tanto la tierra que apareció un manantial y se lo tragó a él y a la corona.

—¿Es cierto que es el perro infernal?

Brunne asiente.

—Muchos de los monstruos del mundo nacen de quienes mueren sintiendo una gran ira, una gran lástima o una gran codicia. Boderad vigila con celo mi corona nupcial caída, porque es el único premio que conseguirá de mí. Sin embargo, mucho, muchísimo tiempo después de eso, hubo una princesa que vivía en un castillo cercano. La prometieron a su gran amor, pero él se marchó a luchar por la gloria y el honor en nombre del padre de la princesa. Les llegaron noticias de que había muerto en batalla y el rey insistió para que su hija se casara a pesar de su dolor. Llenó el gran salón con pretendientes fuertes y ricos, pero ella no quería casarse con nadie más. Así que pidió una misión imposible: juró que se casaría con el único que le trajera mi corona nupcial. —Algo en esta historia resuena en mí, como si conociera ese juego, esa artimaña. Pero no lo acabo de situar—. Cómo no, ninguno de sus pretendientes quiso enfrentarse al perro infernal. Se quedaron en el castillo con la esperanza de que ella transigiera. Y entonces, su prometido original, su gran amor, regresó, vivo después de todo. La princesa quería casarse con él, pero los pretendientes, furiosos, exigieron que cumpliese con su juramento y se casara con quien le trajera la corona. Su prometido no quería causar conflictos entre los grandes lores del reino, así que fue al Kronenkessel y allí se enfrentó a su destino.

—¿No pudo derrotar a Boderad? —pregunto, e intento no pensar en lo que esto significa para Emeric. Brunne no ayuda cuando se ríe con incredulidad.

—¡Ja! ¡Ja, ja! ¡No! ¡No, ahijada divina, hubo mucha sangre! ¡El agua parecía vino de arándanos de tanta sangre que había! ¡Se me había olvidado la de sangre que puede contener un cuerpecito humano!

—Ah —digo, un poco mareada. Por suerte, Brunne se calma.

—Así fue como la princesa se convirtió en la Damisela Pintada de Rojo, porque lo vio todo desde la orilla y se manchó el vestido de ese color. Lloró y lloró y lloró y sus lágrimas formaron un torrente, y ese torrente pasó a ser el río, y ese río se convirtió en la cascada del Kronenkessel. Una persona no puede hacer algo así y seguir siendo mortal. Durante una temporada, sí que trajo abundancia y protegió a la gente del desfiladero y se la conoció por el nombre de la Damisela Roja del Río. Aun así, deseaba mi corona por encima de todo y no encontraría la paz sin ella. Una vez al año, permitía que una persona, que no estuviera casada ni comprometida, fuera a buscarla al Kronenkessel. Y cada una de esas personas murió.

Así que los orígenes del reclamo no tenían nada que ver con... con el sexo, ni con la virginidad, solo con asegurarse de que el sacrificio no dejara a un superviviente con el corazón roto. La Damisela Roja real no estaba recreando su tragedia, solo intentaba impedir que se repitiera.

—¿Por qué dejó de estar activa?

Brunne suspira y empieza a trenzar el copete de su caballo gigante.

—Hasta los dioses se cansan. No se puede vivir el mismo ciclo una y otra vez, fracasando en todas las ocasiones, sin buscar una escapatoria. Demasiadas personas murieron por esa corona y nada, nada cambió. Así que se retiró, centímetro a centímetro, raíz a raíz, nombre a nombre. Un poco de su corazón persiste aquí, en Felsengruft. Pero lo único que sale de la tumba es su río de lágrimas. —Se produce un silencio tranquilo. Luego Brunne alza las manos, mueve los dedos y suelta—: Uuuuuuuuh.

Finjo no haberlo visto.

—Gracias por habérmelo contado.

—No todo es culpa mía, claro —resopla—. Sí, todos buscaban mi corona nupcial, pero hubo muchas decisiones que condujeron a ese final. Su padre podría haber dicho que su compromiso precedía al juramento para que pudieran casarse. O los pretendientes podrían haber aceptado los deseos de la princesa en vez de dejarse llevar por su propia avaricia. O podrían haberle concedido tiempo a la princesa para llorar y que, algún día, pudiera abrir su corazón a otra persona… Pero acabó por hacer un juramento que fue como un muro entre el mundo y ella. Un requisito imposible que nadie podía cumplir. Y el precio fueron muchas, muchísimas vidas. —Brunne extiende los brazos—. Ahí lo tienes. Eso es lo que sé. ¿Cuál es tu tercer favor, ahijada divina?

Ragne se levanta rodando y se estira.

—Oigo a la cacería.

—Pues piensa rápido —ríe Brunne y aparta la cabeza del caballo de su regazo. El animal resopla enfadado y se pone de pie a regañadientes. Luego agarra la piel de oso de Brunne con los dientes y tira de ella para levantarla.

—¿Puedo guardarme el favor por ahora? —pregunto. Yo también me levanto y me sacudo la ropa—. No había… eh… planeado que fueran tres.

Brunne me contempla con astucia.

—Te sugeriría que me pidieras que te socorriera cuando me llames, si te encuentras en esa situación. No conozco a esa tal Doncella Escarlata, pero no me gusta lo que ha hecho con mi desfiladero.

—Como tercer favor, me gustaría poder llamarte una vez para pedirte ayuda —digo, con el semblante serio.

—¡Cuánta sabiduría! ¡Cuánta prudencia! —La voz de Brunne suena con tanta intensidad que su caballo pone los ojos en blanco y agita la cola—. Muerte y Fortuna fueron bendecidas con una hija tan lista. Así será. Solo tendrás que decir: «Brunne, acude en mi ayuda» y correré a tu lado. —Luego nos indica con señas que nos acerquemos—. Venid, que me parece que necesitaréis que os llevemos. ¡Unámonos a la cacería!

El trayecto de vuelta es un borrón, y no solo porque lo presencio desde la parte trasera de un caballo gigante, aferrada a la piel de oso; Ragne se ha quedado frita y la noche también me está pasando factura. Por suerte, Brunne nos deja en la posada mucho antes del amanecer, aunque es tan temprano que hay pocas personas para mirarla maravilladas.

—No te olvides de tu favor, ahijada divina —me recuerda mientras ayudo a bajar a un inestable Henrik de su alce. Luego agarro a la gata dormida que es Ragne de la silla de Brunne—. Una vez, y solo una vez, acudiré en tu ayuda. Y cuando sea el momento de cumplir *tu* parte del trato, sal a un camino en la oscuridad de la noche, pronuncia mi nombre, di que estás lista para pagar tu deuda e iré a cobrármela.

Las ventanas de toda la calle traquetean con sus carcajadas y entonces desaparece. La cacería salvaje es un tirabuzón gigante de niebla que se aleja enroscándose en la noche.

—¿Qué deuda? —pregunta Henrik en voz alta mientras recupera el equilibrio apoyado en una pared de estuco. No hemos tenido tiempo de hablar mientras cabalgábamos hacia Rammelbeck.

—La carrera ha terminado en empate, así que hemos accedido a cumplir los términos del premio de la otra. Ella me ha concedido tres favores y, en los próximos tres meses, tengo que cabalgar a su lado durante quince días.

Henrik se hunde.

—Siento que tengas que hacerlo por mí.

Me encojo de hombros.

—Si viví dos años con Muerte y Fortuna, puedo apañarme dos semanas con la cacería salvaje. Además, no podía permitir que secuestrara a mi... mi hermano. —Suelto una carcajada incómoda que forma una nube de vaho—. Lo siento, aún me parece un poco extraño.

Henrik se muerde el labio.

—No es culpa tuya... Eras muy pequeña, seguramente me recuerdes como... —Calla y una mirada extraña le atraviesa el semblante—. ¿Te han hablado de mí?

Ladeo la cabeza y Ragne bosteza.

—Me han dicho que eres poeta y fraile en la abadía.

—Pues... —dice con vacilación—. Es posible que no me recuerdes... bueno, eh... así. —Se pasa una mano por el pelo rojo ondulado—. Nunca sentí que *encajara* en la granja de Kerzenthal. Siempre pensé que era porque me gustaban los sonetos, leer y la filosofía en vez de, ya sabes, cosechar cosas. Ozkar era así y se marchó. Yo no quería ser una carga, así que hace unos años decidí marcharme a la abadía imperial. Pero no era seguro viajar a solas como... como era... así que... —Respira hondo—. Me corté el pelo a lo chico, me vendé el pecho, me puse ropa vieja de Sånnik y cuando me miré al espejo... Me vi a *mí* por primera vez. ¿Tiene sentido lo que digo?

Lo tiene, de repente: recuerdo unas trenzas rojas y doradas y vestidos heredados, la persona más cercana a mi edad, a quien le gustaban las historias grandilocuentes sobre nuestros juguetes cuando jugábamos juntos.

—Sí —contesto—. ¿Cómo reaccionaron los demás?

Henrik hace una mueca.

—Bueno... es *posible* que me entrara el pánico y huyera de Kerzenthal en ese mismo instante. O sea, ya tenía las maletas listas y creía que solo estaba agobiado, pero pensé que, si llegaba a Welkenrode y no quería que cambiase nada... Lo sabría a ciencia cierta. Y, al cabo de unos días, lo supe: es quien soy. En cuanto llegué a la abadía, tuve que enviar cartas a todo el mundo después para decirles: «Siento haber salido por patas, ahora soy fraile y, de hecho, soy un chico y me llamo Henrik». Y eso fue todo. O sea, Katrin la Pequeña y Helga vinieron a la abadía en persona a gritarme y cerciorarse de que estuviera bien, pero los demás se acostumbraron antes de Winterfast.

—Bueno —digo con una sonrisa cansada—, cuando dije que era raro, me refería a tener hermanos, punto. Y por ahora tú eres mucho mejor que Ozkar.

—Fiu. —Henrik se lleva una mano al corazón—. Es un listón muy bajo, pero me alegro. Eh… ¿sabes dónde puedo buscar un carruaje para ir a la abadía?

Cambio a Ragne de un brazo a otro.

—¿A estas horas? Te pediré una habitación aquí y, si intentas discutir, le diré a Brunne que quieres volver con la cacería.

Henrik ríe y se rasca la nuca.

—Eso sería maravilloso. Llevo dos días sin cambiarme las vendas del pecho, así que… ¿Puedo pagarte?

Le guiño un ojo y me dirijo al patio.

—¿Qué es un poco de dinero entre dos hermanos?

Hay un recepcionista cansado en el mostrador y, después de pasarle un montón respetable de peniques blancos, se marcha arrastrando los pies para acompañar a Henrik a su habitación. Yo también noto los efectos de la larga noche mientras subo por las escaleras hasta la *suite* de luna de miel. Puedo aprovechar unas cuantas horas de sueño, pero me tengo que levantar para cerrar la trampa que le he puesto a Madame.

Cuando abro la puerta, me sorprende ver las velas aún encendidas dentro de la habitación. Emeric está en el exiguo escritorio, roncando escandalosamente en una fortaleza parcial de libros apilados.

—A este ritmo, va a dejar vacía la biblioteca de la abadía imperial —musito por lo bajo.

—Eso es lo que le he dicho yo. —La voz de lady Ambroszia llega desde detrás de un montón de libros.

Dejo a Ragne (que también ronca escandalosamente y, no sé cómo, pero lo hace en *armonía* con Emeric) en la cama y me acerco en silencio a la mesa. Ambroszia está sentada con un libro sobre el regazo.

—No tenía por qué esperarme despierto —suspiro.

—Ah, se pasó la primera hora paseándose —dice Ambroszia—. Luego se sentó aquí y se puso a leer como si la misma Muerte fuera a hacerle un examen por la mañana... hasta que cayó rendido. ¿Ha salido bien tu estratagema? ¿Has recuperado a tu hermano?

—Así es —digo con una media sonrisa y me pongo a liberar los brazos de Emeric de una pequeña montaña de notas—. Oye, Júnior.

—Mfmpf —responde y con su aliento envía volando unas cuantas páginas.

—Venga, no puedes dormir aquí.

Decido tomar prestada una de sus tácticas y le planto besos babosos por la cara hasta que se endereza con un gruñido digno de un mártir.

—Has vuelto —resuella—. ¿Has ganado?

Creo que no es el mejor momento de soltarle un discurso rollo: «Lo importante no es ganar, sino participar».

—Tenemos a Henrik.

—Sabía que lo conseguirías —dice con una sonrisa soñolienta y se frota los ojos—. Mientras estabas fuera... —Su rostro se ilumina con un recuerdo urgente. Se retuerce en la silla para mirarme—. Lo he encontrado.

Se da la vuelta para colocarse frente a la mesa y rebusca entre los papeles hasta que saca un grimorio viejo y con pinta de macabro que está abierto por la mitad.

—¿Qué has encontrado? —pregunto con cautela.

Apunta una página con el dedo. Hay una ilustración de un anillo hecho con siluetas burdas que estiran las manos. Cada una está atada a una línea de un rojo oxidado; las líneas convergen en una única silueta que se retuerce en el centro del círculo.

No, no convergen.

Atan.

—Sé cómo detener a la Doncella Escarlata —resuella Emeric.

CAPÍTULO 28

LA TRAMPA

Miro primero la página con ojos entornados, luego a Emeric y al fin digo:

—Voy a necesitar que me expliques esto con las palabras más sencillas que existan. Cinco sílabas como máximo, venga.

—Por suerte para ti, estoy demasiado cansado para usar palabras grandilocuentes —dice en una muestra impresionante de brevedad que no me trago ni por un segundo. Rebusca entre los papeles y saca su cuaderno, que se abre por una página con una columna estrecha de texto.

—*You are* —leo en voz alta por encima de su hombro— *my fire, the one desire…*

—NO MIRES ESO.

Emeric pasa a toda prisa a una página en blanco y luego emprende otra expedición de busca y captura por el escritorio abarrotado.

—¿Ese era uno de tus poemas? —pregunto, encantada—. ¿Puedo leerlo? ¿Puedo leerlos todos? ¿Podemos enviarlos a una imprenta y hacer folletos?

Emeric resurge con su carboncillo y creo que hasta se le sonrojan los nudillos.

—No quiero hacer *nada* de lo que has dicho. Venga, repasemos la teoría básica. Y sí, me refiero a la *teoría*, al campo de la magia que se define por su incapacidad de ser cuantificada de forma tangible...

—Palabras sencillas.

Emeric pone los ojos en blanco.

—Sé que *conoces* todas esas palabras, pero vale. Esto es lo que sabemos sobre cómo funciona la magia, aunque no es cierto siempre. Pero bueno. Podemos dividir nuestra realidad en dos mundos, por así decirlo. Está el mundo mortal, habitado por humanos, plantas, animales mundanos y demás. Tiene sus límites y normas que parecen relativamente consistentes. —Dibuja un círculo torcido en la página y luego, dentro, añade un monigote, un árbol y un garabato raro que deduzco representa a los animales—. Paralelo pero *separado* de él está el mundo trascendental. —Añade unos bucles chapuceros alrededor del borde del círculo—. El mundo de los dioses supremos y menores, demonios, *grimlingen*, espíritus y todo eso, que es de donde extraemos la magia. Existe en el mismo espacio que el mundo mortal y son las creencias de los mortales las que le dan forma y energía. A cambio, *ellos* pueden influir e interaccionar con nuestro mundo de una manera limitada. Pongamos, por ejemplo, que Fortuna existe porque los mortales creen en una entidad que controla la suerte. Esa creencia le da poder *sobre* la suerte en el mundo mortal... pero solo sobre la suerte. ¿Hasta aquí hay alguna pregunta?

Frunzo el ceño, pensativa.

—Eso tiene sentido para todos los dioses y espíritus... Pero ¿qué pasa con criaturas como los *nachtmären*? Existen en el mundo mortal.

—Eso —dice emocionado— es *justo* lo que deberías preguntar. Si nuestros mundos pudieran interactuar de un modo completo, sería desastroso. Cualquier humano podría utilizar poderes divinos y luego morir probablemente debido al esfuerzo, y los *grimlingen* podrían devorar ciudades enteras y luego morir probablemente porque han matado a la fuente de su poder...

—Muchas probables muertes —añade Ambroszia con aspereza.

—Así que, ahora mismo —prosigue Emeric—, la única forma de canalizar poder de forma duradera del mundo trascendental al mortal es a través de un ancla material. Es un objeto de nuestro mundo que se ha transformado en una especie de conducto para la magia.

—Como las perlas de Gisele —digo. La dama Von Falbirg vació las arcas de Sovabin para pagarle a un hechicero y que las hiciera.

Emeric asiente.

—Y la herradura de hierro que Von Reigenbach usó para vincularse con los *nachtmären* en Minkja. Hasta el pigmento de mi marca de prefecto es técnicamente un ancla material, aunque es complicado porque tiene una concentración muy elevada de ceniza de bruja y eso es otra cosa aparte... Pero me entiendes.

—¿No dijo algo sobre esto, lady Ambroszia? Cuando estuvimos ayer en la oficina de los prefectos.

—Así es. —La muñeca se levanta, se quita el polvo de la falda y se acerca al diagrama de Emeric para echarle un vistazo—. Mi ancla material *solía ser* el lugar de mi trágica y prematura muerte. Como simple fantasma, pude poseer un recipiente durante tan solo unos minutos. Willi hizo posible este viaje al transferir mi ancla material a esta muñeca, con lo que me permitió interactuar más con el mundo mortal. Pero, si se destruye, me temo que tendré que marcharme de este reino al fin.

—Y muchos *grimlingen*, como los *nachtmären*, son similares. Su cuerpo es el ancla material al mundo mortal, pero, si se destruye, ellos también desaparecen. —Emeric dibuja un círculo más pequeño sobre la esfera mortal y la trascendental y traza una equis dentro—. Sin embargo, pueden usar distintas anclas para aumentar sus fuerzas, justo como hicieron los *nachtmären* al demostrar nuevos poderes en cuanto Von Reigenbach se vinculó a sí mismo y a ellos a la herradura. El enigma que hemos tenido todo este tiempo es sobre la inconsistencia de la Doncella Escarlata. Sus habilidades no encajan con las de ningún *grimling* que conozca. Una madre del centeno estará unida a la vegetación, igual que ella, pero no podría obligar a nadie a tener visiones.

—Así que crees que se ha vinculado a un ancla adicional para expandir sus poderes.

—Exacto. Si podemos encontrar esa ancla en Hagendorn, *esto* —señala la página del grimorio— se puede usar para encerrarla mediante los lazos de sangre. Y luego podemos destruir el ancla. El único truco es que ese encierro lo deben hacer unos hermanos al unísono, pero creo que puedo lanzar el hechizo con tu ayuda si usamos las gotas de sangre como sustitutas. Y mucha ceniza de bruja.

—¿Y no hará daño a mis hermanos?

Cuando niega con la cabeza, es como si me quitara un montón de ladrillos de las entrañas.

Tenemos una salida. Podemos usar sus propias herramientas contra ella.

Saldremos de esta.

Me sobresalto al oír el repiqueteo de una campana dando la hora.

—Esto es maravilloso, *tú* eres maravilloso, pero si no me voy a la cama ahora mismo, también moriré probablemente o me perderé toda la diversión de mañana. ¿Están Ghendt y Dursyn preparados?

—Les he enviado un mensaje sobre que una conocida teme que Madame esté intentando vender una propiedad que no le pertenece y les he dicho dónde es la reunión de mañana para cerrar el trato. —Emeric me entrega la tarjeta de Joniza—. Y hay una sorpresa para ti.

—Odio las sorpresas.

—Los dos sabemos que eso no es cierto. —Se levanta y empieza a moverse por la habitación para apagar las velas—. Te prometo que esta te gustará.

Llueve por la mañana, pero no me agua la fiesta ni en lo más mínimo mientras acompaño a Joniza a la posada Los Tres Cisnes y pasamos junto a la fuente de la recapitada Santa Konstanzia en el Sanktplatt. Llegamos temprano a la reunión, en parte para que Madame no nos vea entrar a la posada donde se supone que se aloja Joniza y en parte para asegurarme de que Joniza se sienta cerca de Ghendt y de Dursyn.

El restaurante de Los Tres Cisnes está concurrido por el desayuno, pero localizo a los dos prefectos sentados en una mesa en un discreto rincón. Agarro el abrigo mojado de Joniza.

—Esquina noroeste.

—Los veo —dice, quitándose unas cuantas gotas erráticas del pelo—. ¿Dónde te vas a sentar tú?

Si Madame me reconoce, se acabó el juego, pero estoy demasiado paranoica y no me fío de que esto salga como quiero. Tampoco puedo arriesgarme a que los prefectos intenten detenerme.

—A un par de mesas de distancia. Fingiré que no sé nada. Recuerda: si tengo razón, invocarán al tribunal celestial y a lo mejor tengas que testificar.

—Pff. Ya lo hice en Winterfast. A este ritmo, pensaré que solo buscan excusas para llamarme.

Joniza se dirige a una mesa donde puedan escucharla los prefectos y yo busco otra adecuada. Me siento en una que hay junto a la pared, porque ahí puedo esconderme detrás de un menú si Madame mira en mi dirección.

No tenemos que esperar mucho antes de que aparezca ataviada con *otra* bata blanca recargada y poco práctica, con el pelo recogido con la misma elegancia de siempre, pero con un anillo húmedo y sucio en el dobladillo que casi compensa lo poco que he dormido. Se sienta frente a Joniza, inquieta, con una cartera de aspecto profesional a su lado. Está claro que quiere acabar con esto cuanto antes.

Joniza, por su parte, insiste en esperar hasta pedir el desayuno. Luego se toma su tiempo para solicitarlo, le pide a conciencia recomendaciones al camarero y le pregunta por sustitutos. Madame mueve cada vez más y más rápido el pie.

Al fin, cuando le sirven un montón de tortitas de manzana, Joniza le permite empezar con los negocios.

—¿ … contratos? —capto.

Me agacho detrás del menú cuando Madame se gira hacia su cartera y quedo en su campo de visión. Cuando miro de nuevo, desliza un manojo de pergamino por la mesa.

Joniza repasa las páginas con el semblante inescrutable. Su voz, sin embargo, suena cristalina con la firme precisión de una cantante entrenada que sabe cómo proyectarla con *exactitud.*

—¿Y este contrato es tanto para el Tesoro como para el Manga Verde?

—Así es —oigo que responde Madame.

Y la primera trampa ha saltado.

Joniza se gira y mira directamente a Ghendt y a Dursyn, como si les dijera: «Cuando queráis, eh». Ya se están levantando de su mesa. Ninguno va con el uniforme, pero recuerdo que Emeric dijo algo sobre que tenían permiso para ir de calle cuando se infiltraban en una misión.

—Gertrud Kintzler —dice la prefecta Ghendt y yo ahogo un grito—, estás detenida por intento de fraude inmobiliario y por tu participación en el fraude sobre...

Su nombre real *sí* que es Gertie. Emeric tenía razón: me gustan las buenas sorpresas.

Capto la mirada de Joniza para asegurarme de que esté bien. Ella sonríe y da un gran bocado a una tortita; sutilmente, extiende un dedo hacia la salida. Es mi señal para que arranque la fase dos.

Salgo de Los Tres Cisnes todo lo rápido que puedo y luego echo a correr hacia el edificio de administración municipal, que localicé cuando me puse a investigar posadas. Se halla a unas manzanas de distancia y las calles están más vacías de lo normal gracias a la lluvia, así que llego con tiempo de sobra... O eso espero. Cuando los prefectos invocan al tribunal celestial, el tiempo se detiene para que proceda el juicio. Puede que ya haya ocurrido.

Pero no tengo que preocuparme por eso. Lo que importa ahora, y mucho, es el papeleo.

Mi primera parada son los archivos fiscales de la región. En la recepción hay una ancianita con pinta de poseer una receta infalible de pastelitos y ganas de usarla.

—Perdone —digo con nitidez e invoco mi mejor versión de Emeric—, estoy ayudando con la compra de una propiedad y mi clienta quiere saber qué debe esperar en términos de comercio anual e impuestos.

—Ah, por supuesto, querida. —La archivera empieza con el proceso de ponerse en pie, que consta de diez pasos—. ¿De qué propiedad se trata?

—El Tesoro de Madame. —Callo un momento. Había un nombre distinto en la orden de compra de Wälftsee Propiedades—. Puede que esté bajo el nombre de Posada y Burdel M. T.

—¿Y el nombre del propietario?

Contengo una sonrisa malvada. Esto no pienso olvidarlo.

—Gertrud Kintzler.

—Un momento.

Se marcha arrastrando los pies hacia la parte trasera. No estoy segura sobre el estado de los archivos, así que no puedo *decir* si la archivera tarda una cantidad de tiempo *poco habitual* en regresar, pero sí que parece ser más de lo que esperaba. A su vuelta, luce una cara de desconcierto que parece confirmar mi teoría.

—Esto es muy extraño —dice, mirando en una carpeta—. Sí que he encontrado archivos para Posada y Burdel M. T., y propiedades asociadas, a nombre de Gertrud Kintzler, pero… Bueno, míralo por ti misma.

Me entrega el registro de impuestos del año pasado. Sé cuál es el problema, pero impacta verlo en persona.

Todos los negocios de Madame Tesoro tuvieron unos beneficios totales de un único *gelt* el año pasado, por lo que pagaron unos impuestos de un penique blanco.

Esto es porque no informa sobre *ninguna* transacción que se paga en *spintz*, ni el trabajo en el burdel, ni los sueldos de sus trabajadores, ni su alojamiento ni tampoco la comida y las bebidas que se sirven en el lugar (y estoy segura de que un factor es la lubricación gratuita de las ruedas administrativas, si «rueda» lleva en el campo de los eufemismos el tiempo suficiente para ganar un campeonato).

—Muy curioso —miento—. ¿Le importaría prepararme una declaración oficial del valor y los impuestos pagados? No sé si mi cliente me creerá si no le llevo la documentación.

La mujer rellena y firma feliz el formulario y luego lo estampa con el sello oficial del archivo. En cuanto lo tengo en mi poder, me dirijo hacia el otro extremo del edificio administrativo: el complejo de magistrados. Los magistrados de más alto nivel tienen celdas específicas para delincuentes de especial interés (como una mujer de negocios implicada en un bloqueo del puerto que duró días) y, a modo de regalo especial solo para mí, la zona de ingreso a la cárcel parece estar junto a la ventanilla de servicios financieros.

Madame Gertie y los prefectos llegan mientras los espero detrás de un poste. Madame intenta mantener una fachada de superioridad, con una sonrisa tensa fija en su cara bien alta, mientras la conducen hacia un agente con el rostro impasible.

Aguardo más. Necesito cuadrarlo *justo* a tiempo.

—Gertrud Kintzler —dice el prefecto Dursyn—, ha sido juzgada ante el tribunal de dioses menores y se la ha declarado culpable de fraude monetario y de conspirar para cometer un fraude masivo contra diversos ciudadanos y negocios de Rammelbeck y Welkenrode, además de ser cómplice para dicho fraude. Queda, por tanto, detenida bajo la custodia del magistrado del distrito administrativo de la abadía imperial de Konstanzia a la espera de una sentencia.

Es el momento. Me acerco a la ventanilla de servicios financieros que está justo al lado.

—Esto no es nada, lo sabéis, ¿no? —gruñe Madame—. Estaré en la calle dentro de una semana y no habrá pasado *nada*. Dirigiré el Sünderweg mucho después de que os marchéis.

No se me da tan bien proyectar la voz como a Joniza, pero todo el mundo me oye con claridad cuando le digo al funcionario:

—Hola. Me gustaría comprar una propiedad en incautación administrativa.

¿Recordáis ese pretzel legal tan feo? ¿Ese que usa Madame para amenazar a su personal? ¿Ese que, ahora que la han condenado, permite que cualquiera compre su propiedad por el mismo precio que sus impuestos anuales?

Bueno, pues resulta que hoy he encontrado la mejor ganga del mundo.

Deslizo la declaración sellada y firmada por encima del mostrador. El funcionario la lee y alza las cejas hasta la línea del pelo. Noto que la mirada de Madame Gertie me atraviesa mientras hace unos cálculos devastadores. El funcionario se acerca el sello de los archivos a la nariz, pero es lo más auténtico que podrá encontrar.

—¿Todo? —pregunta al fin.

—Todo —confirmo.

—No —farfulla Madame Gertie—, eso no... Ni siquiera es de aquí, *serás*...

Es *extremadamente* satisfactorio pasar de su cara, recordarle que no se merece mi atención.

—Dada la magnitud de la compra, necesitaremos un tiempo para preparar todo el papeleo —dice el funcionario—, pero, si paga por adelantado, puedo incluirla en el registro oficial como propietaria.

—¿Y cuánto costaría eso? —pregunto con calma, no porque no lo sepa, sino porque quiero que Madame Gertie oiga bien cuán desastrosa le ha salido toda su estafa.

El funcionario traga saliva.

—Un... —titubea— penique blanco.

—No sabes con quién te estás metiendo, zorra malnacida —bufa Madame—. Te crees *tan* lista que no sabes a quién has cabreado...

—Ah, ya he conocido al príncipe Ludwig —le digo mientras rebusco en el bolsillo—. Buen huésped. Aunque con las manos largas.

Eso la calla un momento mientras Dursyn y Ghendt intercambian una mirada. Pero, en cuanto se recobra, sisea:

—Puedo recuperar mi propiedad. Y ni siquiera me hará falta vengarme, porque no puedo hacerte nada peor de lo que ya ves en el espejo cada día.

Ahora sí que miro a Madame y me quito toda la arrogancia, toda la pretensión, y reúno solo el hielo duro, durísimo, que acumulé en Sovabin. Deposito el penique blanco sobre el mostrador y me aseguro de que pueda oír cómo deslizo la moneda de plata por encima de la piedra.

Quiero que recuerde que un momento de crueldad esporádica se convirtió en el peor error de su vida.

Y quiero que recuerde este momento cuando, tras años de enriquecerse a costa de chicas como yo, una de nosotras se lo arrebató *todo*.

—Te lo advertimos —digo con la frialdad de la encrucijada que me creó.

Al final, un alguacil tiene que agarrarla físicamente y arrastrarla hasta la celda, por todo lo que se remueve y grita. La veo marchar con una sonrisa mientras el funcionario termina de escribirme el recibo.

Podría acostumbrarme a esto, a deslizarme por las grietas para hacer el bien. No solo para robar, sino para solucionar.

—Casi parece que tendría que ser ilegal —dice la prefecta Ghendt por lo bajo mientras me mira.

—Mmm —respondo con despreocupación y recojo el recibo—. Pues alguien debería solucionarlo. Y ahora, si me disculpan, creo que me he ganado una siesta.

CAPÍTULO 29

AGUACERO

—Esto debería ser todo —digo unas horas más tarde mientras amontono lo que, con suerte, será la última pila de papeles que vea en una semana o en cinco. Jenneke, Joniza y yo compartimos una mesa en la taberna El Magistrado Feliz. Estamos terminando lo que supongo que se puede considerar una comida de negocios—. Repasemos las condiciones de nuestro acuerdo.

—Sí, por favor —contesta Jenneke con educación y se arropa más en su bata verde bordada. Es más gruesa de la que lleva en el Manga Verde—. No es que no me fíe de ti, pero… no es momento para sorpresas.

Joniza resopla antes de beber sidra.

—Ya veo por qué Vanja te ha incluido en esto.

—La propiedad conocida anteriormente como el Tesoro, así como sus negocios asociados, me pertenecerá a mí, pero será gestionada por ti, Jenneke —explico y paso un dedo por esa parte del contrato—. Todos los beneficios, aparte de los impuestos, se invertirán en salarios y manutención. Todas las transacciones se realizarán en moneda estándar. Si alguien *piensa* siquiera la palabra *spintz*, a la calle.

—Hasta ahí, bien. Y Marien ha aceptado la oferta, así que la formaré para que acabe dirigiendo… Bueno, lo que ya no es el Tesoro.

—Me parece que también debería ser el Manga Verde, para que ambos establecimientos sean identificados con vosotras —opina Joniza—. Los clientes pasearán por la calle y caerán directos en los brazos de sus amantes.

—Me lo pensaré —responde Jenneke con diplomacia.

Vuelvo a lo importante.

—La cuestión es que Marien y Agnethe estarán bien cuidadas. Y —paso a la siguiente cláusula— habrá al menos cinco habitaciones disponibles en el edificio para gente que necesite alojamiento gratuito durante una corta estancia.

—Sí, aclaremos eso, por favor. ¿Sería solo para *mietlingen* que quieran dejar de trabajar en un burdel?

—O para gente que acabe en una situación parecida a la de Agnethe, que no les paguen el salario o que hayan tenido mala suerte. Y pueden quedarse hasta tres meses. Prefiero hacer menos preguntas y ayudar a más gente, la verdad. —Me encojo de hombros—. Mejor lidiar con un par de timadores que cerrarles la puerta a decenas de personas que lo necesiten.

—Coincido. —Jenneke se cruza de brazos—. ¿Y las condiciones para la compra?

—Una vez que el otro Manga Verde haya conseguido beneficios durante todo un año bajo el liderazgo de Marien, puede comprármelo por el mismo precio que he pagado yo. —Señalo la cláusula—. Un penique blanco.

—Bebo por eso. —Joniza alza su *sjoppen*. Brindamos y entonces, cuando los vasos vuelven a la mesa, pregunta—: ¿Y contratarán a Köhler para redecorar el No Tesoro?

Esta es la parte que he estado esperando.

Jenneke me mira a mí, luego a Joniza y esboza una pequeña sonrisa.

—De hecho —dice, moviéndose un poco cuando se echa la trenza por encima del hombro—, hemos repasado los números con el contable. El… eh… *dinero misterioso* que apareció en nuestra puerta…

cubrirá lo de Köhler, pero sobra mucho. Y queremos redecorar *por completo* el lugar. Así que vamos a contratar a Köhler para que haga el proyecto, pero nos gustaría comprar la decoración directamente a tu familia. Y queremos comprarlo todo.

Los ojos de Joniza casi se salen de sus órbitas, algo poco habitual.

—¿Toda la decoración?

—Y las telas, especias, perfumes, joyas... *Todo*. El resto de mercancías de la caravana también. —Jenneke alza el brazo para mostrar un trozo remendado en la manga—. Tenemos que actualizar muchas cosas, y todo lo que no usemos podemos venderlo mediante el negocio secundario de Madame. Vamos a respetar el anterior trato con Köhler, por supuesto, por si queréis vender la otra mercancía en otra parte.

—No —responde Joniza, un tanto obnubilada—, creo que mi padre aceptará vuestra oferta.

—Maravilloso. —Jenneke sonríe con ganas—. Bueno, ¿dónde firmamos?

Jenneke firma deprisa y luego se marcha de vuelta al Manga Verde para empezar a mover las cosas. Yo, por mi parte, tengo un dilema inesperado cuando me toca firmar... sobre todo la parte final.

Schmidt es un apellido que elegí porque necesitaba algo y, hasta donde sabía, mi padre es (*era*, pienso con un pinchazo de dolor) herrero.

Pero el apellido de mi familia es Ros.

No... no sé si estoy lista para que sea el mío.

Visto que he conseguido estafar de forma legal a una de las lacayas del príncipe Ludwig, creo que lo mejor será que el apellido de mi familia no aparezca en un registro público. Estoy ocupada firmando con «Vanja Schmidt» los papeles cuando la voz de Joniza atraviesa mis pensamientos.

—Enhorabuena.

—¿Por?

—Porque lo has arreglado de verdad —dice, reclinándose en la silla—. Más que arreglado. Este debería ser el último circuito mercantil de baba antes de que Fatatuma se encargue del negocio, así que… no sé con qué frecuencia lo veré después de esto. Pero si nos marchamos *tan* temprano, quizá pueda acompañarlo hasta Sahali y quedarme hasta que nazca el bebé de Fatatuma. Llevo sin ir allí… —Se le quiebra la voz—. Demasiado tiempo. Te debo una.

Me estoy emocionando de un modo peligroso, así que solo digo:

—¿Qué fue lo que dijiste? ¿«Tu nombre ya no está en mi libro de cuentas»?

Joniza tose una carcajada y esboza una sonrisa agridulce.

—Supongo que debería aclararlo. En sahalí no existe una palabra como «familia», o no exactamente. Tenemos una para parientes de sangre, otra para gente que comparte un hogar, otra para gente que se preocupa por ti y así. Decir que alguien no está en tu libro de cuentas significa que no tienes que estar pendiente de lo que te deben, porque confías en que harán lo correcto. Puedes fiarte de ellos tanto si compartís sangre como si no. Eso era lo que quería decir en Sovabin. Eso es lo que eres para mí.

—Bueno —respondo con voz pastosa—, lo mismo digo.

Joniza me pasa un pañuelo y aparta la silla.

—Voy a decírselo a baba. No te marches de la ciudad sin despedirte o *pondré* tu nombre en mi libro de cuentas. ¿Cuánto te debo por la comida?

—No te preocupes, creo que el gobierno paga ahora mi comida si está relacionada con asuntos de negocios —digo, moqueando.

Joniza me mira largo y tendido.

—Búscate un contable —me aconseja antes de salir.

Me quedo sorbiendo la sidra mientras doy vueltas a un guijarro molesto que se ha colado en mi bota emocional. Esta semana me ha demostrado algo muy inconveniente e igual de innegable.

Me *gusta* resolver problemas. O, mejor dicho, me gusta resolver problemas para gente buena que *sufre* a manos de gente mala. Un santo me pidió que robara por él. Ayudé a unas personas en Rammelbeck gracias a una cantidad de dinero conseguida de forma ilícita y a un desprecio flagrante por una auténtica cornucopia de leyes.

El imperio necesita gente como Emeric, gente que esté dispuesta a hacer pagar a los poderosos por sus faltas, para que sigan las mismas leyes que todos los demás. Pero la justicia no puede ser tan solo un hacha, no puede castigar sin más.

Alguien tiene que acortar la distancia entre el régimen de la ley y su ejecución. Alguien tiene que encontrar la grieta por donde cae la gente y enmendarla.

Y ese *alguien* tiene una mochila llena de rubíes, un don para causar problemas y, a lo sumo, un desdén mutuo por la ley.

Pero... sé que la vida de Emeric es trabajar con los prefectos. No sé cómo saldrá todo entre los dos, si siempre tendré que esconder lo único que se me da bien.

Pero ese problema es para la Vanja del futuro, en cuanto se libre de las garras de Doncelata. No tengo tiempo para pensar en ello. Pago la cuenta y estoy a punto de ir al piso de arriba cuando oigo unas voces conocidas en el patio... Voces que gritan con rabia.

—¿ ... y esto no te preocupa? —pregunta Vikram. Emeric y él están cerca de la entrada a la taberna, bajo una cornisa, para no mojarse por la lluvia—. ¿Cuánto tiempo vas a tener que protegerla?

—No... —Emeric se interrumpe y se pasa una mano por el pelo. Justo entonces salgo a la calle y detecto una resignación agotada que me alarma—. No pasa nada.

—¿Ah, no? —digo. Tengo el presentimiento bastante sólido de a quién se estaba refiriendo Vikram.

—La supervisora Kirkling ha averiguado que la Doncella Escarlata no es una diosa real —explica Emeric—. Y...

—Ha venido a la oficina de los prefectos —dice Vikram con rabia— para conseguir los materiales con tal de presentar un fallo amicus.

Entorno los ojos, desconcertada.

—Pensaba que eso era una planta.

—*Amicus*, no *ficus*. —Emeric suspira—. Cuando dos prefectos trabajan el mismo caso pero llegan a conclusiones distintas, el que *no* va a presentarlo ante el tribunal celestial puede entregar un fallo amicus para que lo tengan en consideración Justicia y Verdad.

Se me cae el alma a los pies ante las implicaciones de esto, y Vikram confirma mis sospechas.

—Lo que significa que Kirkling va a intentar que te condenen, Vanja, aunque eso desbarate el propio Fallo de Emeric.

—*Pero* —dice Emeric con tono férreo— lleva años sin estar en activo. No creo que le permitan presentarlo y, aunque lo haga, todos sabemos que no tendrá la misma importancia. La supervisora Kirkling solo está intentando intimidarnos. No le daré esa satisfacción. Y ahora, si me disculpáis, voy a subir a hacer las maletas. Gracias por el paseo, Vikram. Te veo esta noche en la cena.

Cuando Emeric entra en la posada, Vikram se queja como un fogón de hierro especialmente agraviado.

—Tú también estás invitada —dice de mal humor—. Nos encantaría que vinieras. Mathilde solo puede quedarse hasta el anochecer, pero quiere saber cómo arruinaste la vida de Madame Tesoro.

—No fui yo, sino la ley —digo con cara seria—. Iré a la cena.

Vikram sigue mirando ceñudo la puerta por la que se ha marchado Emeric.

—Por si no puedo decirlo más tarde… Conozco a Conrad desde que tenía diez años. Puedo contar con tres dedos la gente por la que se ha encariñado. Y nunca lo he visto así con nadie más, solo contigo.

Aparto un mechón de pelo inexistente.

—Gracias.

—No te lo digo por ser simpático —añade con una franqueza sorprendente—. Me caes bien y sé que Conrad te importa, que te importa de verdad. A pesar de sus pintas de sabelotodo, no es tan invencible como nos quiere hacer creer. —La mirada de Vikram me deja clavada en el sitio—. Y te mira como si fuera adicto a ti. —Eso me quita la respuesta sarcástica de la boca—. Así que cuidado con él. —Vikram retrocede hacia la salida del patio—. Por favor.

Sigue lloviendo cuando nos marchamos a Kerzenthal la mañana siguiente; llueve con tanta fuerza que arranca los pétalos de las flores de cada ventana por toda la calle. Los pétalos flotan hacia los desagües mientras cargamos los carruajes; es como un arroyo de margaritas, narcisos, crocos y acianos, todos de un intenso rojo forzado contra el sombrío gris.

Vamos en *carruajes*, en plural, porque nuestro grupo está compuesto ahora por seis personas, siete si contamos a lady Ambroszia. Ragne aprovecha la inminente luna nueva para acompañarnos, pero sé que está preocupada por cómo saldrá todo. Y cuando Henrik mencionó que iba a ir a Kerzenthal para la boda, fue la excusa que necesitaba para pedir un carruaje extra. A estas alturas, meternos Helga, Emeric, Ragne, Henrik, Kirkling, Ambroszia y yo en un único carruaje durante cuatro días es la receta perfecta para mi infierno personal.

El primer día va todo bien. Emeric opta por darnos a Helga, a Henrik y a mí algo de privacidad, y Ragne dedica la mayor parte del día a dormitar en el asiento en forma de ardilla. Tras añadir su gota de sangre a la tela, Henrik y yo nos ponemos al día. Helga y él me hablan un poco más sobre nuestra familia: Udo y Jakob son en realidad dos de trillizos y su (nuestra) hermana Luisa está casada y vive cerca de Eida, justo al norte de Welkenrode. Sånnik es el tercero más joven y el último hermano, el que aún no he conocido, y es mayor que los tres; Katrin «la Pequeña» le está enseñando a dirigir la granja de su futura esposa (Katrin recibió el nombre de nuestra tía Katrin «la Mayor», que se encargó de la familia cuando nuestros padres fallecieron). Aunque Katrin está casada y con hijos, todo el mundo la sigue llamando la Pequeña. Jörgi, también mayor, se ha contentado con quedarse y echar una mano en la granja.

Todes saben quién soy. Todes me recuerdan.

Todes esperan conocerme en Kerzenthal.

La emoción se convierte en ansiedad durante los siguientes días. No ayuda que la lluvia caiga con más y más fuerza, hasta que los bajíos parecen espejos con una barba incipiente. O que cada atardecer el cielo se tiña de un escarlata más oscuro, aunque Kerzenthal esté a mitad camino de Hagendorn. O que las carreteras se inunden tanto que, en más de una ocasión, Ragne tiene que bajar, convertirse en osa y empujar los carruajes para sacarlos del lodo.

Incluso con su ayuda, tardamos más de lo que deberíamos en viajar hasta Kerzenthal. Al fin llegamos el miércoles bien entrada la tarde, la víspera de la boda de Sånnik. En las semanas anteriores llovió de vez en cuando, pero no cabe duda de que este aguacero también es obra de la Doncella Escarlata. De hecho, es una prueba más de que nunca debía reunir las gotas de sangre a tiempo. Ha querido a Emeric desde el principio.

Entrar en Kerzenthal, con lluvia y todo, es una experiencia muy inquietante. El pueblo es más grande que Hagendorn, más pequeño que Dänwik y en un punto intermedio entre el recuerdo y el descubrimiento. Es como… como mirar las caras de mis hermanes y ver ecos de mí misma y de les demás, incluso cuando cada una de ellas me resulta desconocida y nueva. No conozco la curtiduría cerca de la plaza del pueblo ni el apotecario junto a la posada. Pero *sí* que reconozco la posada, aunque la pintura sobre el yeso es del color equivocado y el roble a su lado es demasiado grande. Conozco la pequeña capilla de esa calle porque recuerdo pasar junto a ella en un carromato, sentada en el regazo de alguien. No reconozco la panadería por su aspecto, sino por el *olor*, porque nadie más prepara los bollitos con una pizca de cardamomo.

Cada elemento es una ampolla de recuerdos que estalla nada más tocarla y produce un dolor placentero en cada ocasión.

Kirkling nos sorprender al ayudar a bajar las cosas del carromato. Luego se ofrece a buscar una habitación en la posada y esperar con lady Ambroszia mientras los demás seguimos a pie hasta la granja de la familia Ros. Mientras estamos descargando el equipaje, la posadera sale para reprender con regocijo a Helga y a Henrik por estar demasiado tiempo fuera, pero me ve y empieza a susurrar con furia.

No me doy cuenta de que he apretado los puños hasta que Emeric me agarra una mano y la despliega lo suficiente para entrelazar sus dedos con los míos. Se sitúa entre la posadera y yo.

—¿Todo bien?

Asiento, pero noto que me tiembla el aliento, así que me inclino hacia delante para apoyarme en su esternón.

—Me alegro de que estés aquí —murmuro.

La posadera insiste en enviarnos con unos doseles de hule estriado para repeler la lluvia, y se lo agradezco, aunque no deje de mirarme de un modo incómodo.

—Diría que me recuerda —comento en cuanto nos hemos alejado de ella.

—Ha dicho que aún llevas las mismas trenzas que antes —dice Ragne. Trota a mi lado convertida en un perro con un pelaje tan grueso que la lluvia resbala sobre él. Henrik y Helga la miran, sorprendidos, y ella ladra una carcajada—. Con esta forma tengo muy buen oído.

—Increíble —jadea Henrik.

—¿Verdad? —comenta Emeric. Quizá sea con Henrik con quien mejor se lleve de mis hermanes. Hasta sospecho que Henrik ha visto un par de poemas en alguno de los intervalos cuando compartieron carruaje.

Doblamos un recodo en el camino de tierra y sorteamos baches y charcos lo mejor que podemos. Estoy intentando averiguar una forma de hacer malabarismos con el dosel de hule y no tropezar con la falda cuando Helga dice:

—Ahí está el portón.

Alzo la mirada. Al final del camino hay un cercado con caballos pastando. El arco alto de una puerta corona el pequeño sendero de tierra que conduce a un granero y a una granja enorme. Suena un yunque en una cabaña apartada, a la izquierda del portón. Una guirnalda de herraduras se balancea en la viga superior de la puerta, y en medio hay una herradura aplastada con el apellido ROS perforado.

Es otra ampolla de recuerdos, pero esta más vertiginosa, casi como seguir la luz y alinearla con un dibujo. El granero está en el mismo sitio, pero el edificio es distinto y ha aparecido un establo que no había visto nunca. El corazón de la granja es tan pequeño como recordaba, pero las paredes se han expandido hacia fuera, han alzado el tejado para introducir otra planta y hasta veo chimeneas para hornos exteriores en la parte trasera.

Mi padre no era herrero. Era herrador y herraba los caballos de los aldeanos y de viajeros de paso. Mi tía ayudaba a criar y entrenar caballos. Mi familia tiene una granja de *caballos*.

Me echo a reír, aunque con un puntito de histeria. Luego Emeric lo ve y también empieza a reírse con incredulidad, sin dejar de repetir una y otra vez:

—Pues claro que sí. Pues claro.

—Al Emeric no le gustan nada los caballos —explica Ragne a un perplejo Henrik—, a menos que el caballo sea yo.

—Ah, claro. Bueno, veréis, «Ros» procede de «hros», una vieja palabra del Norte Profundo que significaba «montura». Nuestra familia lleva en este negocio… —Henrik se enzarza en lo que sería una fascinante historia familiar si el alboroto de mi corazón no apagara poco a poco su voz.

Aquí está el resto de mi familia. ¿Y si…?

¿Y si piensan que solo soy una ladrona de poca monta? ¿Y si les decepciono? Todos estos años encendiendo velas en mi memoria… ¿y si no quieren a la chica en la que me he convertido?

¿Y si no me quieren?

Si no fuera por el ancla de la mano de Emeric, echaría a correr hacia Hagendorn y no miraría atrás.

Y entonces llegamos a la puerta y el yunque para. Puedo oír risas, murmullos que proceden del interior de la granja.

Una persona manchada de hollín con el delantal de un herrero sale de la cabaña situada junto a la carretera, con unas tenazas en la mano, y se limpia la frente. Tiene el mismo cabello oscuro de Udo y Jakob recogido en un útil moño, los ojos negros como Eida... y como yo. Esos ojos se abren de par en par cuando se posan en mí.

Recuerdo haberme sentado en un taburete en una esquina de esa cabaña para contar los jinetes que pasaban mientras nuestro padre le enseñaba a Jörgi la forma correcta de sostener el martillo. Recuerdo esta carretera de tierra, el olor a lluvia y barro.

Veo a mi madre, a mi padre, a mis hermanes. Veo a la familia Ros. Me veo a mí.

—¿Vanja? —pregunta Jörgi, con cierto titubeo, y me quedo sin palabras; solo puedo asentir. Las tenazas caen al suelo y echa a correr hacia la puerta, gritando—: ¡VANJA!

Y entonces la granja se queda en silencio. Y las puertas se abren de golpe. Eida es la primera en salir y luego una mujer que no conozco... *No*, sí que la conozco, es Katrin, solía cantarme una canción sobre *strietzel* para que dejara de llorar... Jörgi estira una mano hacia mí, Katrin recorre volando el camino... Todo está cubierto de lágrimas.

Y atravieso el portón entre trompicones y caigo en su abrazo.

Gritan mi nombre como una victoria y hay tantos brazos a mi alrededor, alrededor de unes y de otres, que apenas siento la lluvia. Apenas entiendo lo que dicen en medio de sus lágrimas y por encima de las voces de les demás; solo oigo la alegría, la alegría, la alegría.

Pero entrelazo la voz de Katrin palabra a palabra. Repite lo mismo una y otra vez, como una oración que al fin ha sido respondida:

—Lo sabía, lo sabía... *Sabía* que algún día nos encontrarías. —Está llorando—. Sabía que, si encendía la vela, encontrarías el camino de vuelta a casa.

LA SEGUNDA MENTIRA

CONFIANZA

Érase una vez, había una niña muy pequeña que arruinaba todo lo que tocaba.

Al menos, eso era lo que decía su madre, y todos los niños buenos confían en sus madres.

(Su madre también dijo eso).

Una fría mañana, la niña estaba desayunando con sus hermanes cuando intentó agarrar la jarra de leche. Pesaba demasiado para ella y... ¡cataplam! La derramó por toda la mesa.

—¡Mira lo que has hecho! —gritó su madre—. ¡Has echado a perder la leche!

—Ha sido un accidente, mamá —dijo con suavidad una de sus hermanas.

Su madre resopló y resolló mientras buscaba un trapo.

—Fiaos de lo que os digo —replicó con amargura—, lo ha hecho para causar problemas.

Más tarde, la niña estaba ayudando a cardar lino para que su madre lo tejiera. Como hacía tanto frío ese día de invierno, se sentó junto a la chimenea. Pero una chispa solitaria salió volando hacia su cesta y... ¡fum! Todo el lino desapareció en una vaharada de llamas.

Su madre tiró la cesta ardiente a la nieve.

—¡Lo has hecho de nuevo! ¡Has quemado todo el lino!

Uno de sus hermanos alzó la vista de su libro y puso los ojos en blanco.

—No puede controlar el fuego, madre.

—Fíate de lo que te digo —replicó ella—, se ha sentado junto a la chimenea adrede.

La niña se pasó el resto de la mañana jugando en silencio en un rincón; ni siquiera su muñeca de trapo hacía sonido. No hubo ningún cataplam ni ningún fum, ya que no quiso acercarse a su madre, ni hacer ruido, ni causar problemas.

Aun así, el hilo de su madre se enredaba una y otra vez en el huso, hasta que acabó hecho un desastre.

—Me estabas distrayendo —la acusó su madre—. Lo sé.

La niña no tenía nada que decir, porque se había esforzado todo lo posible por portarse bien.

Al mediodía, su padre llegó del frío, aunque el fuego en la pequeña forja lo había mantenido caliente. Toda la familia comió junta, entre risas y carcajadas, y la niña pensó que eso por lo menos no lo había arruinado.

Y entonces, antes de que su padre saliera de nuevo, la niña lo oyó hablar con su madre.

—Ni uno más, Marthe. Voy a tomar el brebaje de la comadrona hasta que pases tu edad fértil.

—Por favor —suplicó ella—. Necesitas más manos para la granja. Apenas nos las apañamos con lo que tenemos.

—¿Y acaso tener otra boca que alimentar ayudaría? —respondió su padre, pero con amabilidad—. Y aunque lo hiciera... Yo estaba *aquí*, vi cuánto sangrabas. La comadrona te contó lo que pasaría si intentabas concebir otro bebé. Vanja es la última. No quiero ser yo quien te mate.

La puerta principal se cerró.

La niña no entendió a qué venía aquello exactamente, pero supo que también lo había arruinado.

Cuando pienso en esa noche, sé que Marthe esperó hasta después de cenar por un motivo. Mis hermanes mayores estaban fuera con mi padre para encerrar a los caballos, cerdos y cabras y que pasaran la noche en la calidez del granero. Les úniques niñes que quedaban dentro eran demasiado pequeñes para detenerla.

Me vistió con el mínimo de ropa indispensable y, aun así, mis hermanes se dieron cuenta. Cuando le preguntaron a dónde me llevaba, respondió:

—A buscar su fortuna.

—Se le enfriarán las manos —dijo Dieter—. No lleva mitones.

Mi madre me metió las manos a regañadientes en los mitones más viejos y raídos que teníamos.

—¿No necesita botas? —preguntó Ozkar con escepticismo—. Esas zapatillas son demasiado finas.

El ceño de Marthe solo se acentuó cuando me puso botas en los pies.

—Es demasiado pequeña —dijo Helga. Mi madre no tenía respuesta para eso—. ¡Es demasiado pequeña! ¡No te la lleves, por favor!

Mis hermanes rodearon a Marthe, entre súplicas y ruegos. Yo no entendía nada. Me había prometido que me llevaría a un sitio donde estaría segura, feliz y no pasaría frío, que nos veríamos siempre que quisiéramos.

—Callaos —les espetó Marthe de repente, en un tono que azotó la habitación con más fuerza que el frío cuando abrió la puerta. Me agarró la mano y con la otra tomó un maltrecho farol viejo de la pared; una vela chisporroteaba en su interior—. La voy a llevar a un lugar mejor y volveré enseguida. ¿No confiáis en vuestra madre?

Me condujo hacia la noche invernal y solo una de las dos llegó a casa.

Mi padre se culparía a sí mismo, creería que había una maldición, que, de un modo u otro, estaba destinado a ser el motivo de la muerte de Marthe. Mis hermanes mayores se culparían por no verlo, les jóvenes se culparían por no detenerla y todes se culparían de nuevo cuando no encontraran ni rastro de mí.

Pero solo yo sabía la verdad, porque me fie de mi madre.

Arruinaba todo lo que tocaba. Y lo primero que arruiné fue a mi madre.

CAPÍTULO 30

REGRESO AL HOGAR

La granja, más que dejarnos entrar, nos engulle. Es como si fuera una criatura viva que respira, con cada habitación llena de rostros desconocidos o familiares, tíos y tías y primos que nunca he conocido o que conocí un año en Winterfast o que me vieron en una ocasión cuando era bebé. Sus manos se extienden hacia mí, me tocan las trenzas, las pecas, las mejillas.

Más de una vez oigo: «Marthe, igualita a Marthe» en medio del barullo. Pero Katrin la Pequeña va con cuidado de que esa trampa no nos rodee los pies y nos hace avanzar con tacto cada vez que los susurros crecen en intensidad.

Pierdo a Emeric en una inspección de mis tíos, a Ragne en un grupo de niños ruidosos, pero solo me doy cuenta cuando me hacen atravesar unas puertas hacia otro coro de gritos alegres. A la tía Katrin, una mujer de rostro redondo, la encontramos dirigiendo legiones en la cocina. Se parece tanto a Udo que me tranquilizo enseguida, incluso cuando ahoga un grito, se echa a llorar y me aplasta en un abrazo que huele a nuez moscada.

Abandona su puesto para acompañarnos en nuestra ruta y nos lleva a una sala donde hay adultos bebiendo, riendo y jugando a cartas con Dieter Ros cantando. Se enfurruña cuando abandonan su actuación para rodearnos e incluso toca unas cuantas notas de

«La Damisela Roja del Río» hasta que Helga le propina un pisotón, pero Dieter me saluda con pereza al salir. En una gran habitación llena de camas y jergones, encontramos a Sånnik con los brazos metidos en flores frescas; está preparando guirnaldas con un montón de primos demasiado jóvenes para ayudar en la cocina, pero demasiado mayores para jugar arriba. Con las prisas para acercarse, tira una cesta de ramilletes. Ríe y llora a la vez.

—¡Has llegado! ¡Has llegado!

—Lo siento —balbuceo—. No quería distraer a nadie de la boda...

—Calla, no digas tonterías —me ordena la tía Katrin—. Las bodas solo son distracciones.

Como para demostrar que tiene razón, uno de los niños que prepara guirnaldas golpea a otro con un manojo de helechos.

—Ay... —Me doy una palmada en la frente—. Debería haber traído un regalo. También vengo de Rammelbeck...

Sånnik me agarra por los hombros. Tiene los mismos ojos que Jörgi y que yo, que se arrugan cuando esboza una sonrisa agridulce.

—Vanja, estás *aquí* con nosotres, has vuelto. Desapareciste durante *trece años*. No necesitamos un regalo cuando tenemos un milagro. —A nuestra espalda estalla una pelea y Sånnik hace una mueca—. Tengo que volver, pero ¿te quedarás para la ceremonia? Según la carta de Helga, tenéis hasta el solsticio de verano, ¿verdad?

—Ahora tenemos menos tiempo, una semana, pero... bueno... Lo intentaré. Hablaré con los demás.

Sånnik me suelta; parece melancólico.

—Y las carreteras están fatal ahora mismo, así que lo entiendo. Lo que necesites. Yo... me alegro de que estés aquí.

—Vamos a enseñarle la sala de estar —dice Katrin la Pequeña y me hace avanzar. Luego añade—: Allí habrá más tranquilidad y podrás respirar un momento.

Sí que se está más tranquilo, y la luz roja del atardecer entra por las ventanas e ilumina el trabajo de una costurera mientras hace los últimos ajustes en el vestido para la nerviosa novia.

—Tú debes de ser Vanja —dice la novia en cuanto me ve.

—Lo siento —repito de forma automática—. Te juro que hemos venido lo más rápido que hemos podido y no quería distraer a nadie de...

—Tonterías —contesta con un gesto de la mano—. Sånnik está tan emocionado desde que recibió la carta... Vamos a ser hermanas y... No te acuerdas de mí, ¿verdad? Soy Anna y esta es mi madre. —Señala a una mujer sentada en el taburete detrás de ella—. Tu madre solía vendernos hilo.

La mujer se quita las agujas de la boca y me examina con la mirada.

—Ah, *ja*, eres la viva imagen de Marthe, pero no temas. Ya sé que eres distinta a ella. —Se ríe—. Marthe nunca dejaría pasar la oportunidad de acaparar la atención en la fiesta de otra persona.

—*Madre* —sisea Anna.

—No, no se equivoca. —La tía Katrin suspira—. Vanja, creemos que deberías ver tu rincón.

—¿Mi...?

Las dos Katrin me conducen al otro extremo de la habitación. Tardo un momento en procesar las paredes recién encaladas y la alfombra diferente sobre los viejos tablones de madera, pero... la chimenea, la guirnalda sobre la repisa, el gancho para el farol en la pared... Lo conozco. Esta era la habitación principal de nuestra casa, donde, al final de cada jornada, les trece extendíamos jergones de paja y dormíamos todes juntes. En invierno, mis hermanes se aseguraban de que durmiera bien cerca del fuego.

En un rincón junto a la ventana, hay un pequeño estante en la pared. Tiene una vela, una rosa seca que el sol ha descolorido hasta dejarla de un naranja melocotón, una muñeca de trapo desvaída y un disco de arcilla con las palabras «Vanja Ros».

—Encendemos la vela en tu cumpleaños —dice Katrin la Pequeña y, aunque ya lo sabía, es como un sueño que lo diga y que yo esté aquí. Como no respondo enseguida, Katrin sigue hablando, un poco nerviosa—. No teníamos mucho más para recordarte. La rosa la trajo la *komtessin* que vive siguiendo la carretera. Se acordaba de lo mucho que te gustaban cuando acompañabas a papá a herrar sus caballos.

—Es… —Apenas puedo hablar por culpa del nudo en la garganta. He vivido tanto tiempo sin estas raíces, con una pregunta en vez de familia y el vacío a modo de respuesta. Me fui de Kerzenthal, me fui de la casa de Muerte y Fortuna, me fui de Sovabin, me fui de Minkja, me fui de Ḥagendorn. Me fui de todos estos lugares cambiada, pero esta es la primera vez que las consecuencias me llaman por mi nombre—. Es perfecto.

Katrin la Pequeña me rodea los hombros con un brazo y parpadea para contener las lágrimas que caen de sus ojos avellana.

—Lo único que encontramos fue ese farol junto a mamá, pero nos pasamos tanto tiempo esperando…

—¿Cómo era ella? Apenas la recuerdo y Ozkar dijo…

—Ozkar dice muchas cosas que no debería decir —musita Katrin la Pequeña y la madre de Anna chasquea la lengua.

La tía Katrin sacude la cabeza.

—Pero suele acercarse a la verdad, eso se lo reconozco. Tu madre era la hija de una tejedora, la más joven de trece, igual que tú. Le gustaba demasiado ser la pequeña y, cuando las cosas no salían como ella quería, lloraba y protestaba por ser la decimotercera y decía que tenía mala suerte hasta que conseguía lo que quería. Sus padres tampoco podían decir nada bonito a sus hermanos, no sin que ella rompiera cosas *por accidente* o los interrumpiera para fardar de sí misma.

—Pero cuando estaba de buen humor, iluminaba la habitación —añade la madre de Anna—. Todo el pueblo sabía que era más fácil mantener a Marthe resplandeciente que lidiar con la tormenta, y Helmut, tu padre, y ella eran como el verano. Pensé que quizás él la haría entrar en razón, que quizás, para variar, querría hacer feliz a otra persona… o que cambiaría cuando tuvo a Katrin la Pequeña. Y sí que pareció estar satisfecha… durante un tiempo.

—Durante un tiempo —coincidió la tía Katrin—. Luego empezó a lloriquear sobre que mi hermano tenía que trabajar todo el tiempo y llegaba demasiado cansado para mimarla y, de repente, Jörgi estaba de camino. La comadrona le ofreció amuletos para que no se quedase embarazada, pero no quiso saber nada. Cuando empezó a comportarse mal tras el nacimiento de Jörgi, pensamos que era la tristeza posterior al parto... Yo también la sufrí durante unos meses después de tener mi segundo hijo. Pero luego nacieron los trillizos, la mitad del pueblo vino aquí y le trajo comida y regalos, hasta limpiaron la casa y cuidaron de Katrin y Jörgi. Y, pese a todo, ella dijo que los regalos eran baratos, que le limpiaron la casa y que estaban malcriando a Katrin y a Jörgi...

—Nada era lo bastante bueno para ella —interviene Katrin la Pequeña. Su voz suena vacía y entonces me acuerdo: tenía un par de años menos que yo cuando Marthe murió—. Nada era culpa suya.

—¿Recuerdas cuando Marthe anunció que estaba embarazada de nuevo en medio de la boda de Jost? —pregunta la tía Katrin. La madre de Anna resopla con más agujas en la boca—. ¿Y cuando hizo que Ozkar mostrase lo bien que sabía leer en el funeral de su padre?

—Ozkar se enfadaba mucho cuando Marthe decía que era así de inteligente gracias a ella —comenta Katrin la Pequeña— y que Dieter tocaba tan bien solo porque ella le cantaba y que Jakob solo tejía de maravilla porque ella le había enseñado. Las únicas cosas lo bastante buenas para ella eran gracias a su contribución.

La tía Katrin agarra la muñeca de trapo y acaricia el sencillo vestido repleto de remiendos.

—Pensamos que pararía después de los trillizos y luego después de los gemelos, pero... Al parecer, pensaba que cuantes más hijes engendrase, más especial era *ella*, y el resto del pueblo se cansó. Sangró mucho cuando te dio a luz, casi demasiado. Según la comadrona, moriría si engendraba a otra criatura, y tu madre ideó la excusa de que tú tenías la culpa. Y, de repente, tenía que cuidar de trece niñes y para entonces había cerrado demasiadas puertas como para pedir ayuda. Y ya sabes el resto.

Lo sé. Yo la arruiné.

—¿Qué pasó con el farol? —pregunto con sequedad, en parte para poder procesar esto y en parte porque puedo verlo, incluso ahora, en la oscuridad de la encrucijada.

Katrin la Pequeña suelta una carcajada triste y sombría.

—Papá siguió usándolo. No nos podíamos permitir otro en esa época. Uno de los trillizos se lo llevó cuando se marchó de casa, pero no recuerdo cuál.

La tía Katrin me da la muñeca de trapo. *Strietzelina*. Qué nombre más tonto, qué niña más tonta era. Me pregunto si habría seguido siendo tonta de haberme quedado, si habría aprendido una profesión honesta en vez de ser mentirosa, si me habría encariñado de algún granjero y me habría contentado con los problemas de un pueblo pequeño. O si habría sido como Marthe y sentiría un ansia tan terrible que nada podría satisfacerla.

O si siempre iba a ser así entre una decimotercera hija y su decimotercera hija. Si una siempre iba a ser la ruina de la otra.

—Mucha gente se hace ideas raras sobre la familia —comenta la tía Katrin—. Que no puedes elegirla, que debes ser leal a la sangre pase lo que pase, que la familia es lo primero y todo eso. Bueno, ya te habrás fijado en que la nuestra es una familia grande y te queremos como a todes les demás. Pero eso no significa que tú tengas que querernos, ni a todes ni a nadie. Ozkar se marchó sin mirar atrás, Dieter sigue sin querer compartir techo con él. Henrik tuvo que irse para encontrarse a sí mismo. Helga, Udo, Jakob... querían algo distinto, pero no muy lejos de casa. Tú llevas sola trece años. Eres libre de decidir lo que quieras que esta familia sea para ti.

Estoy agarrando tan fuerte la muñeca de trapo que tengo miedo de rasgar la tela. Creo que quiero esto, pero... pero quiero que sepan a quién están invitando.

—Soy una ladrona —digo con la voz ronca— y una mentirosa. Hagendorn sufre por mi culpa. No sé cómo... cómo entrenar caballos o cuidar niños o tratar a los enfermos. No sé hacer nada, solo causar problemas.

—Erwin os dirá que le salvó la vida cuando enfadó a la gente equivocada. —Helga habla con voz serena, pero llena la habitación desde la puerta, donde está apoyada contra el marco—. Henrik os contará que retó a Brunne la Cazadora para conseguir su libertad justo la semana pasada, al mismo tiempo que acabó con un burdel que se aprovechaba de sus trabajadores. Y...

Se aparta de la puerta para que veamos a Emeric en la otra sala, enzarzado en una conversación con mis tíos. Esperaba que respondiera con rigidez a un aluvión de preguntas con la cantidad exacta de decoro óptimo, pero gesticula sin control mientras habla con el rostro iluminado. Así se pone cuando habla sobre su familia, sus sueños, su motivación para servir a Justicia.

No puedo oír sus palabras, pero reconozco la forma de mi nombre en sus labios, la chispa de maravilla en los ojos de un tío cuando me echa un vistazo.

—Sé de buena mano —dice Helga— que hay una estatua de ella en Minkja.

—Menos mal que Marthe no está aquí para oírlo o no pararía hasta que le hicieran dos a ella —farfulla la madre de Anna con la boca llena de agujas.

—Como ha dicho la tía, eres libre para considerar a esta familia como quieras —dice Katrin la Pequeña y me abraza con fuerza los hombros—. Pero parece que causarás el tipo de problemas adecuado.

Y nos quedamos.

Dejo que lo decida Emeric, ya que es él quien más se arriesga. Tenemos una semana para llegar a Hagendorn y, en condiciones meteorológicas normales, es un trayecto de cuatro días. No sé si lo convencen mis tías, que lo atiborran de bizcocho de mantequilla, o la lluvia que cae con más fuerza que nunca. En cualquier caso, dice:

—Ya íbamos a pasar la noche aquí y la ceremonia es a mediodía. No perderemos mucho tiempo.

Es una noche bulliciosa, como suele ocurrir antes de una boda: rompemos piezas de cerámica viejas contra el suelo para espantar a los *grimlingen*, y luego Anna y Sånnik tienen que barrerlas juntos antes de que ella se marche a una casa y él a otra; estarán separados hasta la ceremonia. Hay un pequeño revuelo a la hora de pedir una cama, pero la cosa se calma cuando digo que Emeric y yo podemos compartir, aunque con eso hacemos que se arqueen varias cejas y que las tías cuchicheen. De todos modos, apenas duermo, porque me quedo despierta con mis hermanes. Incluso después de horas poniéndonos al día, cuando me abro paso en medio de un mar de primos durmiendo en jergones para llegar a mi cama, sé que solo hemos arañado la superficie de los últimos trece años.

De camino hacia la cama, paso junto a Helga, que mira por la ventana con el ceño arrugado.

—Ragne está bien —la tranquilizo—. Solo quería estirar las piernas después de haber estado tanto tiempo en un carruaje.

Ella sacude la cabeza.

—Tu amiga es una semidiosa que se convierte en oso. Sé que estará bien. Pero Udo y Jakob ya deberían haber llegado.

—¿No dijiste que se quedarían esquilando?

Helga hace un mohín.

—Es la excusa que ponen siempre, pero al final llegan a tiempo.

Por la mañana tampoco han llegado, pero hay demasiadas cosas que hacer como para ponerme de los nervios. Me meto en una espiral de últimos preparativos y ayudo a montar el granero para la ceremonia, ya que sigue lloviendo a mares. Ragne y Emeric también se dejan arrastrar y ayudan a limpiar el granero, colgar guirnaldas, erigir arcos, colocar taburetes para la gente mayor, poner la mesa del banquete... Todo. La tabernera del pueblo hasta convence a Kirkling de que eche una mano y, para sorpresa de todo el mundo, se pone a trabajar enseguida sacando platos calientes a la mesa.

Y entonces, una hora o así antes del mediodía, Luisa, la segunda de mis hermanas mayores, me secuestra. Es igual de rubia que Henrik, pero tiene los ojos grises de Udo y es la más estilosa de toda la familia.

—Tengo un vestido que te quedará bien —declara con firmeza y me lleva a uno de los salones del piso de arriba—. ¿Qué opinión te merece el maquillaje?

—Pues... —Trago saliva. Me maquillé cuando me disfrazaba de Gisele, pero lucía un rostro hechizado para que fuera encantador—. No he... Siempre me ha parecido una pérdida de tiempo para alguien normal...

Luisa me interrumpe chasqueando la lengua con la fuerza de un rayo.

—Aaaamiga, pienso añadir esto a la lista de charlas de hermana mayor que nunca recibiste. Siéntate. —Me empuja hacia un taburete—. *Todo el mundo* es normal. Sí, hay unas cuantas personas que poseen una belleza natural, pero el resto nos las apañamos con un poco de base, un poco de colorete y el conocimiento de dónde va cada cosa. Y no hay que avergonzarse por ello. ¿Qué te parece si te maquillo y, si algo no te gusta, te lo quitas?

Mentiría si dijera que no me abruma... pero es obvio que sabe de lo que habla.

—De acuerdo.

—Primero cámbiate —dice Eida, que me entrega un vestido verde helecho—. Luego te peinaremos mientras ella te maquilla.

Se me ocurre una idea y saco la cinta solitaria que me regaló Emeric, la que Ozkar me dejó quedarme. Aún la llevo conmigo, solo para sentir su tacto entre mis dedos cuando necesito tranquilizarme.

—¿Podéis ponerme esto?

La siguiente media hora es una ráfaga de tela, peines y peque-ñas esponjas. Cuando Eida y Luisa acaban conmigo, me conducen hacia un espejo y...

No sé qué esperaba exactamente, quizás una transformación como la que proporcionaban las perlas, pero no es así en absoluto. En cierto sentido, es mejor, porque soy *yo*. Sigue siendo mi cara, mis pecas, mi barbilla, pero es como si antes hubiera sido un guijarro aburrido y la magia que ha obrado Luisa es el agua que le sonsaca líneas atrevidas y puntitos brillantes a la piedra. Eida ha consegui-do hacer lo mismo con mi pelo; me ha trenzado la parte superior, pero dejando la inferior suelta, y la cinta flota con arte donde las trenzas se juntan en la coronilla. Es más intencionado que cuando yo me peino. El verde del vestido queda bien con mi pelo, como si lo hubieran diseñado con esa intención. Soy yo, pero... refinada.

No es que sea un bellezón, pero quizás... quizás esta es la belle-za que Emeric ve en mí.

Oigo un susurro. Helga sostiene una corona verde con rosas silvestres de color amarillo. En algunas zonas del imperio, es tra-dición que los padres y les hermanes de la novia o el novio luzcan coronas con las mismas flores, para señalar que pertenecen a su familia.

—No hace falta que la lleves... pero hemos hecho una para ti.

—Sigo pensando que deberíamos haber usado tanaceto. Rosas para los Ros es demasiado hortera —protesta Eida.

—La novia se decantó por el tanaceto —murmura Katrin.

Acepto la corona con manos temblorosas. Si la llevo, todo el mundo me tomará por una Ros.

Y es entonces cuando me doy cuenta de que todo esto es real. O, mejor dicho, es como si descendiera por una escalera pringada de aceite, un pasito tras otro, hasta que me resbalo y caigo de culo en el descansillo. Esto es *real*. Tengo una familia, una que me quiere, que aún me quiere, pese a saber lo que soy.

Quizá no sea *pese* a saberlo. Sino... solo por quién soy.

Se me cierra la garganta, las lágrimas se acumulan en los ojos, y mi instinto es cerrarlos y esconderme y apartarlo todo para que nadie tenga que lidiar con mi desastre.

—Ay, Vanja, me harás llorar.

Luisa me rodea con los brazos desde un lado.

Noto que alguien me seca las mejillas con un pañuelo y Eida ríe.

—No estropees todo el trabajo de Luisa.

—Lo siento —sollozo de nuevo y Katrin me da unas palmaditas en la coronilla.

—Ni una disculpa más hoy, que da mala suerte —dice.

Oímos en el piso de abajo los acordes de un laúd. Es la señal de que la ceremonia va a comenzar, y la habitación estalla en movimiento cuando mis hermanas terminan de arreglarse. Luego nos marchamos corriendo al granero para reunirnos con el resto de nuestres hermanes. La mitad de Kerzenthal parece haberse congregado aquí, y no puedo evitar buscar a Emeric entre la multitud, con miedo y desesperación por saber qué pensará de mi aspecto.

Sin embargo, no lo encuentro antes de que la melodía de Dieter cambie a una marcha nupcial. Les hermanes nos reunimos en un lado de la entrada del granero, protegides de la lluvia, y la familia de Anna se sitúa al otro. En el interior, la gente abre camino hacia el alcalde, de pie bajo el arco nupcial. Sånnik está con nosotres, muy guapo con su mejor traje y una corona de rosas; se retuerce las manos y sonríe como un tonto. Su sonrisa pasa a ser lacrimosa cuando los hermanos de Anna la acompañan al interior del granero bajo un dosel de hule. La novia sonríe deslumbrante al aceptar la mano del novio.

Las familias los conducen ante el alcalde y luego regresan a sus respectivos lados mientras el laúd de Dieter se acalla. El alcalde ofrece una ceremonia breve y dulce: primero Sånnik y Anna se intercambian las coronas para simbolizar la unión a la familia del otro. Luego, tras unos votos rápidos y sinceros, intercambian unos anillos sencillos de plata para simbolizar la unión de sus vidas.

Y solo con eso, con un anillo y una corona, tengo una nueva cuñada. Un miembro más de mi familia. Se besan y todes vitoreamos, pero algo se agita en mi pecho, como el encargo de San Willehalm, como las ganas de ayudar a Agnethe, como el tirar de los hilos mientras corro por la noche. Es el deseo de encontrar el camino de vuelta de esa encrucijada y salir del bosque para buscar el lugar que una vez consideré como mi hogar y ver si aún puedo seguir llamándolo así.

Cuando apoyaba la cabeza en la despensa del castillo Falbirg para intentar acallar los susurros y chillidos de las ratas, me quedaba dormida diciéndome que mi familia era heroica, poderosa y valiente y que vendrían a rescatarme algún día. Al crecer, al volverme más temerosa, pulvericé esas fantasías hasta convertirlas en polvo. Habíamos sido tan pobres que mi madre me abandonó a mi muerte para no seguir alimentándome. Nadie vendría a salvarme. Y después de que Irmgard se empeñara en enseñarme cuál era mi lugar... supe que no valía la pena salvarme.

Pero esta es mi familia, una familia que vive, con sus fallos y su amor. No es una fantasía, no es un grillete. Es real y se acercan a mí con brazos abiertos.

Si Anna puede unirse con tanta facilidad a la familia Ros... ¿por qué no puedo yo?

Y la respuesta está en una corona de rosas, en una vieja muñeca de trapo, en la sangre y las risas y las lágrimas de mis hermanes, en las letras pintadas sobre un estante junto a la chimenea.

Soy ladrona, mentirosa, hija, hermana, problemática, amada.

Y mi nombre es Vanja Ros.

El granero estalla con música y bailes cuando una gaita y un tambor se unen a la canción de Dieter. Sé que tendremos que marcharnos pronto, pero, por el momento, dejo que me lleven de un lado para otro del granero, que la gente del pueblo que aún me recuerda grite sobre mí, que me den dulces y pasteles hasta casi reventar.

Antes de darme cuenta, ha pasado la mitad de la tarde y estoy recuperando el aliento de tanto bailar. Observo desde un lugar seguro cerca de la escalera que da al pajar cómo una tía hace rodar a una acartonada Kirkling por toda la pista de baile cuando un movimiento llama mi atención. Emeric me ha encontrado al fin. Me ofrece una mano.

Entrelazo nuestros dedos.

—Gracias.

—¿Por? —pregunta con desconcierto.

—Por ayudar. Por dejar que me quedase para esto. Por estar aquí.

Su rostro se suaviza en su sonrisa habitual.

—Si vieras lo feliz que pareces ahora, sabrías que ni me lo planteé.

Noto ese oleaje de nuevo, esa ráfaga. Las palabras quieren brotar, casi se liberan antes de que pueda atraparlas: «Te quiero».

Pero se quedan encerradas y ni siquiera yo puedo sacarlas. Me digo que es porque estamos aquí y ahora y que no quiero estropear este momento si se da el caso de que él no las diga también.

Me miento y me digo que no tiene nada que ver con la arena descendiendo hacia el fondo del reloj. Dicen que es mejor haber amado y haber perdido, pero no sé si soportaré descubrir cuán cierto es eso.

—Me estaba preguntando… —Emeric se apoya en el otro lado de la escalera con un movimiento de nuestras manos unidas—. Tras solucionar lo de Hagendorn, ¿quieres volver aquí una temporada?

La verdad es que he estado evitando con firmeza la cuestión de «después de Hagendorn», en parte por la misma razón que protejo ese «te quiero» como si fuera las joyas de la corona. Y en parte porque… tengo miedo de cómo será ese después, y no solo por el Fallo.

Como siempre, opto por una cortina de humo:

—¿Eso si Kirkling no me ha metido en la cárcel antes? —pregunto con ironía—. ¿No tendrás que hacer papeleo después?

Emeric se remueve, intranquilo.

—Si... si sigo con el Fallo, sí. —Cuando me lo quedo mirando, agacha la cabeza—. No sé. No puedo dejar de pensar en que se supone que los prefectos tienen mucho poder y... y libertad para ayudar a la gente... pero en Rammelbeck tenía las manos atadas y fuiste *tú* quien resolvió los problemas.

Me paro a pensar un momento e intento concebir una forma de expresarme.

—Resolví un montón de problemas con un montón de dinero —digo al fin—, que puse en el lugar adecuado, en el momento oportuno. Y por infringir la ley en el lugar adecuado, en el momento oportuno, sin que nadie me descubriera. Quité del mapa a Madame Gertie, pero la ley es la que la mantiene encerrada. Sin los prefectos, podría haber trasladado todo su negocio a Lüdz para volver a explotar a gente desesperada y pagar a la ciudad para que mirasen hacia otro lado.

—Hubert solía decir que la ley es tan buena como la gente que la defiende. —Emeric suspira—. ¿No te preocupa que persiga a gente que infringe la ley?

—Me preocuparía si fueras como la guardia de la ciudad, si solo acataras la ley si te interesa —respondo con sinceridad—, y persiguieras a gente que tiene que infringirla para sobrevivir, cuando en realidad eso solo significa que el imperio les ha fallado. Pero la gente como el príncipe Ludwig, como Adalbrecht... Ellos lo tienen todo, más que todo. Ellos *hacen* las leyes. Y luego se las saltan y hacen daño a otras personas solo para que sepamos que pueden. Yo puedo ayudar a las víctimas, pero no *puedo* impedirles a ellos que creen más. Los prefectos sí. Así que más te vale aprobar el Fallo y ponerte manos a la obra.

Emeric echa la cabeza hacia atrás con los ojos cerrados y me distraigo un momento por una cosa muy intrigante que hace con su garganta expuesta. Entre la falta de privacidad en la última semana y la amenaza de la Doncella Escarlata, noto con un pinchazo de dolor el tiempo que llevamos sin perdernos en nosotros.

—Necesitaba ese recordatorio. Gracias, Vanja.

Me muerdo el labio.

—¿Cómo… cómo crees que suena «Vanja Ros»?

Eso le hace abrir los ojos de nuevo y se gira para mirarme a la cara. Lo que sea que encuentra ahí suaviza su semblante.

—Suena perfecto. —Su sonrisa se ladea de esa forma tan habitual porque *sabe* que va a soltar algo muy cursi—. Ya pareces la Reina de Rosas.

—Voy a arrepentirme de esto, ¿verdad? —Mi sonrisa tímida revela la mentira. Me retuerzo un mechón de pelo en el dedo—. Mis hermanas querían arreglarme. No sé, quizá sea demasiado.

Acaricia con su mano libre mi lado de la cara y la oreja y atrapa el extremo de la cinta.

—Creo que —dice con más suavidad, como hirviendo a fuego lento—, si quieres, algún día serías una novia preciosa.

Durante un momento, la música, la multitud… todo desaparece. Solo estamos él y yo y la tormenta en mi corazón, esos sentimientos tan amplios e implacables que podrían tirar todas las paredes del granero.

Y entonces… veo rojo.

Al principio pienso que Emeric está sangrando. El carmesí se filtra por el chaleco y se expande por su pecho. Sin embargo, al tocar la tela, está seca. El rojo sigue extendiéndose hasta que, nítida e inconfundible, la huella de la Doncella Escarlata mancha su ropa.

—Vanja —dice Emeric de repente, con la voz aguda por la alarma, y cuando alzo la mirada, veo que él ni siquiera se ha percatado de la huella, porque tiene los ojos fijos en mí. Arranca con rapidez un pétalo de la corona sobre mi cabeza y me lo enseña.

Es de un escarlata brillante.

Cuando bajo la mirada, el rojo se está extendiendo por mi vestido prestado y sube por todos los dobladillos. También se ha apoderado de Emeric y ha teñido todo lo que llevamos encima del mismo vívido carmín.

Hay un alboroto y se oyen susurros de alarma y desconcierto en la entrada del granero. Nos giramos para ver qué pasa.

Udo y Jakob entran tambaleándose por la puerta.

Están agotados y empapados, como si hubieran cabalgado toda la noche sin detenerse. Ni siquiera la lluvia ha podido eliminar lo que parecen manchas de sangre. Jakob cuelga un brazo por encima del cuello de Udo, pero Dieter y Sånnik corren a ayudarlos y la música se detiene.

—¿Qué ha pasado? —Helga aparta a los invitados para acercarse—. ¿Estáis heridos?

—Se los han llevado —dice Udo con impotencia y se deja caer en una silla.

—¿A quiénes? —pregunta Sånnik.

—A mis corderos. Se los han llevado. —Udo entierra la cara en las manos—. Y los han matado a todos y cada uno de ellos.

CAPÍTULO 31

TRASCENDENTAL

—Leni controla por completo la secta —explica Jakob con cansancio—. Y ha invadido Hagendorn.

Todes les hermanes estamos reunides en la salita de estar. Jakob y Udo se envuelven los hombros con mantas y les han dado tazas de té caliente. Algunos invitados y familiares siguen en el granero, pero Anna y tía Katrin han ido a poner fin a la fiesta. Emeric y Kirkling rondan la puerta, con Ragne posada sobre el hombro de Emeric en forma de gorrión negro.

Udo se estremece.

—Decía que Vanja era una falsa profeta y que la Doncella Escarlata la siguió al pueblo desde el principio. Y Leni… La secta y ella se llevaron a todos los carneros, incluso a los recién nacidos. Dijo que tenía que pagar a la Doncella Escarlata por dudar de ella, pero por cómo gritaban las oveja…

Se le atragantan las palabras y Sånnik le frota la espalda.

—¿Y la gente del pueblo? —pregunta Helga—. ¿No pueden hacer nada? Es nuestro pueblo.

Jakob sacude la cabeza.

—Los superan en número. Mucho. Leni tampoco permite que salga nadie.

—Pero la tía Gerke está sola…

—Gerke está muerta. —La voz de Jakob suena distante, directa, como si hubieran pisoteado su dolor—. Lo siento, Helga. La descubrieron ayudando a la familia de Sonja a salir del pueblo. Se bebió tanto tónico de ceniza de bruja como para matar a dos personas e hizo crecer el bosque para cerrar la carretera. Le costó la vida, pero Sonja y su familia escaparon. —Helga aprieta las manos contra la boca mientras niega con la cabeza una y otra vez—. Nosotros nos marchamos en plena noche y atravesamos el bosque hasta perder a la guardia de Leni. Cruzamos la encrucijada justo a tiempo, porque el príncipe Ludwig también la bloqueó. Glockenberg, Hagendorn... Están aislados. No entra ni sale nadie. —Jakob mira con fijeza su taza—. Todo florece en rojo hasta la encrucijada y se va expandiendo.

—¿Cuánto puede empeorar? —pregunta Katrin la Pequeña—. ¿No es esa la diosa que pidió vuestra sangre?

Emeric carraspea.

—Lo es. También me ha reclamado como sacrificio humano. —Se tira del cuello de la camisa para revelar las puntas de los dedos rojos que casi tocan su clavícula—. Dijo que la sangre era una alternativa, pero ahora pensamos que fue una excusa para sacar a Vanja de Hagendorn y poner a Leni en su lugar. Sacrificar la sangre matará a todas las personas que han contribuido, así que sospechamos que ella sabía que Vanja descubriría vuestro vínculo familiar en el proceso y decidiría permitir que la Doncella Escarlata me sacrificara a mí.

—Pero podemos usar la sangre para detenerla —digo, casi frenética. Es culpa mía, yo traje a la Doncella Escarlata a Hagendorn, pero puedo arreglarlo, puedo arreglarlo y... y no perderé de nuevo a mi familia. Necesito que sepan que puedo arreglarlo—. Quería la sangre porque existe magia en los lazos entre parientes de sangre. Emeric encontró una forma de volver esa magia contra ella, sin haceros daño a vosotros. Solo tenemos que llegar a Hagendorn.

El silencio reina en la habitación y todes mis hermanes me miran. Me preparo para recibir rabia, culpa, expulsión; he arruinado la boda de Sånnik, he arruinado el hogar de Udo y Jakob, he arruinado las vidas de los habitantes de Hagendorn.

Han descubierto lo que ocurre cuando alguien me deja entrar. No pueden negar que ahora lo arruinaré todo.

Sånnik se levanta con una mirada férrea. Me preparo para lo peor.

—Pues os tenéis que ir —dice— y rápido.

Es como si una gran maquinaria se pusiera en marcha.

—Necesitamos el carromato —le dice Katrin a Jörgi—, el cubierto, y los ponis de tiro... Eida, prepárales las sobras de la cena... Luisa, ve a la taberna para que bajen su equipaje...

—Yo conduciré el carromato —se ofrece Sånnik en medio del alboroto. La habitación se detiene.

—Te acabas de casar, imbécil —gruñe Dieter—. *Yo* conduzco.

Kirkling alza la voz.

—Puedo conducir también. Nos turnaremos para avanzar durante la noche. —Emeric y yo la miramos, perplejos, pero no hay tiempo para cuestionar de dónde ha salido esta actitud tan servicial. Se gira hacia él y le pregunta—: ¿Queda suficiente ceniza de bruja para el hechizo? ¿Y sedante?

Todo ocurre tan rápido que no me dan la opción de intervenir antes de que me metan en el carromato cubierto junto con mantas, odres de agua, cajas con provisiones, unas cuantas mudas de ropa y un saco con comida para los caballos que seguramente sea la mejor almohada que tendremos.

—Os seguiremos en cuanto podamos —nos promete Jakob, alzando la voz por encima de la lluvia—. Aguantad un par de días.

—¡Un momento! —Katrin agarra el borde del carromato (totalmente innecesario, porque Dieter está subiendo ahora al asiento del conductor)—. ¿No necesitáis la última gota?

Llevo la mano hacia la tela y el punzón en mi bolsa.

—No sé —admito—. Si añadimos más, será más fuerte, y si la Doncella Escarlata se apodera de ellas...

—Pero el hechizo también será más potente —añade Helga, con una mirada abrasadora. Enseña los dientes—. Y tienes que acabar con ella de una vez.

Sånnik se adelanta mientras mis hermanas intercambian una mirada.

—Tómala. Llévanos contigo, Vanja, de un modo o de otro. Y vuelve cuando hayas terminado.

Al acabar, la tela pesa y está húmeda, un nudo intrincado de gotas y líneas. Mientras Dieter chasquea las riendas y nos lleva hacia la carretera empapada del atardecer, rezo para que sea suficiente.

Durante los siguientes tres días, llueve más que otra cosa. Tendríamos que haber tardado dos en alcanzar la encrucijada, incluso parando cada noche, pero los ponis tienen que abrirse paso por el lodo acumulado durante toda una semana. La única parte buena es que la luna está en creciente de nuevo y, cuanto más crece, más fuerte se vuelve Ragne y puede ayudar durante más tiempo. Solo nos detenemos unas cuantas veces cada día, durante media hora para intercambiar conductores y ponis, estirar las piernas y usar las zanjas tan poco glamurosas de la carretera.

Empiezo a sospechar que Kirkling es una de esas personas que se compromete con ganas a ser un grano en el culo cada día para, de repente, cuando llega una crisis, convertirse en una persona decente y competente. Cuando no conduce ni duerme, comprueba los suministros, repasa el hechizo con Ambroszia y Emeric y hasta le recuerda que debe tomarse la pastilla sedativa la noche anterior a que lleguemos a la encrucijada. Aunque faltaban unos días para la siguiente dosis, nos hemos fijado en que las flores son cada vez más rojas cuanto más nos acercamos, y nadie quiere esperar hasta que estemos dentro del territorio de la Doncella Escarlata. Sobre todo cuando, al ponerme un nuevo vestido, enseguida se torna de un rojo violento. Emeric no se ha molestado en cambiarse la camisa.

Yo también intento ayudar cuando puedo, pero tampoco es que haya mucho que hacer. Preparo la comida para quien esté conduciendo, mantengo a Ragne caliente y seca mientras recupera sus fuerzas, hago que Emeric también repase conmigo el hechizo, para saber cuál es mi papel. Sin embargo, lo que más acabamos haciendo es acurrucarnos juntos, agarrados de la mano, a sabiendas de que el mismo nudo de nervios crece en nuestros estómagos a medida que la carretera que dejamos atrás es cada vez más oscura y escarlata. Mi corona de rosas cuelga de una viga del carromato y quizá lo más raro sea que los pétalos rojos no se han marchitado ni siquiera un poco.

Conducimos durante todo el Sabbat y alcanzamos la encrucijada justo después del amanecer del lunes. El uno de mayo, la fiesta del Santo Mayo, es el viernes, así que, si seguimos avanzando, llegaremos a Hagendorn el miércoles por la noche, la víspera del día en que la Doncella Escarlata quiere su sacrificio.

Por desgracia, el príncipe Ludwig tiene otras ideas.

Estoy dormitando sobre el saco de comida para caballos medio vacío cuando la voz de Kirkling me despierta.

—Prefecta emérita Elske Kirkling y aspirante a prefecto Emeric Conrad, en una misión oficial de los tribunales celestiales. Déjennos pasar.

Me enderezo y veo que Emeric y Kirkling están en el asiento del conductor. Dieter también se está despertando de una siesta y Ragne, en forma de gata, estira las patas. Echo un vistazo fuera y es justo como Udo y Jakob lo describieron: los soldados han bloqueado la carretera occidental hacia Glockenberg y Hagendorn, que es un mar de hojas rojas. Lo peor es que el príncipe Ludwig los acompaña y luce una armadura ridícula de oro.

—Por orden del *prinz-wahl*, esta carretera está cerrada —grita una soldado.

Emeric y Kirkling intercambian una mirada.

—Se lo repetiré —contesta Kirkling—. Hemos venido en una misión oficial para los tribunales celestiales, cuya autoridad supera a la del *prinz-wahl*.

El príncipe Ludwig llega al trote sobre su palafrén y se sitúa al lado de la soldado.

—Ah, ¿he oído mal? —Su voz es alegre, pero destila una tensión que me recuerda a una víbora de escamas brillantes que se enrosca para atacar—. Un prefecto de pleno derecho podría tener esa autoridad, pero me ha parecido oír prefecta «emérita» y «aspirante» a prefecto.

En otras circunstancias, quizás habría disfrutado de la mirada de frustración en el semblante de Kirkling, pero preferiría que no estuviera frustrada mientras su sentido de la decencia humana siga operativo.

—Hemos venido a resolver la situación en Hagendorn de parte del tribunal celestial. ¿En qué se basa para impedirnos el paso, Su Alteza?

El príncipe Ludwig sacude la mano como si estuviera despachando a una criada.

—Ya he pedido la ayuda del obispo supremo de Helligbrücke. Sus servicios no serán necesarios. Y ahora, despejen la carretera u ordenaré a mis soldados que lo hagan.

—No hemos terminado —musita Kirkling, pero solo para que lo oigamos nosotros. Chasquea las riendas y empieza a hacer girar a los ponis.

—Podría llevar volando a la Vanja y al Emeric al otro lado de los soldados —sugiere Ragne.

Ambroszia saca la cabeza por encima del tablero, y la porcelana tintinea contra la madera.

—Hay arqueros. Aunque… —Se gira para mirar a Kirkling—. Elske, tengo una idea.

—Yo también. —Kirkling detiene a los caballos en el arcén de la carretera—. *Meister* Ros, gracias por traernos, pero seguiremos a pie a partir de aquí. Conrad, baje del carromato. Sch... Señorita Ros, empaque comida para usted y para Conrad. Señorita Ragne, deduzco que usted puede encargarse de sus propias provisiones.

Ragne agita la cola.

—¿Cuál es el plan?

—Lady Ambroszia creará una distracción mientras ustedes tres corren hacia Hagendorn —explica Kirkling con brevedad—. Yo eludiré a los guardias a pie y cargaré con la muñeca para que su ancla material esté protegida. Les seguiré hacia Hagendorn todo lo rápido que pueda. No... Conrad, no discuta, obedezca.

—Si le ocurre algo... —Emeric sacude la cabeza—. Hubert nunca...

—Hubert Klemens no habría ni parpadeado a la hora de permitir que me encargase de ese príncipe bufón. Y mucho menos para detener al monstruo de la Doncella Escarlata, ni... ni para salvarle. Y ahora, prepárense, que no hay tiempo que perder.

Ragne salta del carromato, se convierte en una robusta yegua negra en pleno salto y aterriza en el barro con un chapoteo. Se arrodilla para que Emeric y yo subamos a su lomo, aunque Emeric parece muy desconcertado y tensa los brazos alrededor de mi cintura cuando Ragne se levanta.

—Pensé que ibas a llevarnos volando.

—Lo hará —le digo—. Y lo vas a odiar.

Dieter tose desde el asiento del conductor y me lanza una cosa: la corona de rosas.

—No mueras. Le llevaré a Luisa el vestido. Adiós.

Agita las riendas y pone a los ponis en marcha antes de que pueda responder.

—No cabe duda de que es tu hermano —murmura Emeric y le propino un codazo.

—Ambroszia. —Es un poco raro hablarle mientras Kirkling la sostiene en brazos, pero nos las apañamos—. ¿Qué debemos esperar?

—Algo bastante monstruoso —responde, con un parpadeo malvado de su ojo roto—. Al fin y al cabo, formo parte del mundo trascendental. Y eso significa que puedo convertirme en lo que quiero que crean que soy. Hazme un favor y, dentro de tres segundos, grita.

Una bruma efímera empieza a manar de la muñeca. Rage agita melodramática la cabeza y se aleja. Y tampoco es que haga falta actuar mucho cuando la niebla se transforma en unos bordes irregulares, unos brazos esqueléticos, un rostro contorsionado y tormentoso... Casi como la forma deformada de San Willehalm cuando desapareció el cáliz. Y, de repente, lo entiendo.

Tomo una gran bocanada de aire y grito con todas mis fuerzas.

—¡*POLTERGEIST*!

Llegan gritos desde los soldados. Se lo creen y eso lo vuelve auténtico: la apariencia de Ambroszia se deforma más, se torna más espeluznante por momentos. Ragne baila por la carretera como si fuera un caballo asustado, pero sé que está preparándose para echar a correr.

Kirkling asiente, retrocede hasta salir de la carretera y desaparece en un arbusto rojo.

—Agarraos —nos avisa Ragne cuando las plumas empiezan a brotar de sus hombros una vez más. Me coloco la corona de rosas en la muñeca y luego agarro con fuerza la crin, con la esperanza de que sea suficiente.

—¿Qué...? No, no, *ni hablar...* —Emeric tensa las manos, pero es demasiado tarde.

Ragne despliega las alas y despega al trote, hasta que echa a galopar. Ambroszia se ríe como loca y la lluvia me da en la cara. Oigo gritos de: «¡*Poltergeist*, demonio!» y veo que los soldados preparan las lanzas y las flechas.

Ragne bate las alas una vez, dos, y estamos en el aire. A mi espalda, Emeric profiere un ruido como un tenedor perforando un pulmón de cerámica. El acero reluce a nuestros pies, un soldado dispara una flecha...

Y, en un estallido de polvo y telarañas, el *poltergeist* fantasmal de lady Ambroszia la atrapa. Y luego una lanza. Y también la siguiente docena de flechas, todo mientras pasamos por encima de la barricada. Ragne vuela más alto en medio de la lluvia, siguiendo la altura del bosque a medida que aparecen las colinas bajas. El horizonte posee un color extraño, como si el rojo surgiera del cielo encapotado, como si Hagendorn sangrara. Echo un último vistazo a Ambroszia y veo que el rojo se extiende por toda la espesura del bosque y por las planicies.

Emeric se agarra más a mí cuando me giro de nuevo hacia delante.

—¿Podemos... podemos quedarnos muy... quietos? —jadea.

—Deberías probar esto con una silla de montar, es mucho mejor —digo con lástima.

—¿Lo es?

—Así viajamos más rápido —grita Ragne y ladea la cabeza hacia el corazón de la mancha roja—, pero me cansaré muy rápido. Si podemos llegar a Glockenberg, entonces podré descansar y esta noche...

—*Mi profeta pródiga regresa* —sisea la Doncella Escarlata en mi oído. Veo carmesí por el rabillo del ojo. Los dedos de Emeric se clavan con un dolor agudo en mis costados.

Esta vez grito de verdad e intento apartarme.

—¡Villanelle!

Y cuando afloja su agarre, me doy cuenta de lo que he hecho.

Emeric se desploma. Intento agarrarlo con una mano, porque la otra aún se aferra a la crin de Ragne, pero solo puedo sujetarle el antebrazo. Su peso me arrastra de lado, Ragne relincha y bate las alas para intentar recuperar el equilibrio.

Pero entonces es como si chocáramos contra un muro de lodo. No es un impacto, sino más bien una lenta absorción... y repulsión. Nos deslizamos del lomo de Ragne. El mundo se invierte, gira... Caigo... Veo a Ragne convertida en cuervo, pero detrás de una pared

que reluce como olas de calor y que no cede por mucho que la ara-
ñe... He soltado a Emeric, pero los dos nos precipitamos hacia los
árboles...

Una asombrosa masa verde de ramas espigadas brota del bosque, reforzada por unas enredaderas elásticas, para reducir nuestra
caída. Me quedo sin aliento cuando aterrizamos en una cama es-
ponjosa de musgo, pero eso es todo.

Alzo la mirada, mareada, y aparto la lluvia con unos parpadeos. Una sombra se cierne sobre mí. Distingo un cabello blanco
enredado, un rostro de piedra manchado de óxido, unos ojos esmeralda astutos y a Ragne, que da vueltas en el cielo sobre mí.

—Ahijada divina —gruñe la Zarzabruja, la reina de los musgosos—, espero que hayas venido a solucionar este desastre.

CAPÍTULO 32

LA SENDA DE LAS ZARZAS

—Esa es la idea —jadeo. La Zarzabruja ensancha las aletas de la nariz y me tira del cuello de la camisa hasta enderezarme. Luego estampa el bastón retorcido contra el suelo como si dijera: «Más te vale elaborar»—. Hemos traído la sangre que la Doncella Escarlata pidió…

—Empiezas mal —me bufa a la cara. Le huele el aliento a tierra y frío, como el suelo enmohecido.

— … y vamos a usar los lazos para encerrarla.

La Zarzabruja entorna los ojos.

—¿Encerrarla dónde?

—En su ancla material, la cosa que está usando para ser más poderosa que una madre del centeno normal. Está en algún lugar de Hagendorn. La encontraremos, la atraparemos ahí y lo destruiremos con ella dentro.

Echo un vistazo a mi alrededor y me encuentro con un panorama desconcertante: no solo estamos en una isla de follaje verde en medio del refulgente rojo, sino que hay decenas, o puede que centenares, de ojos parpadeando en los nudos de los árboles y los brotes de las ramas.

—Pff. —La Zarzabruja zanquea hasta el inconsciente Emeric y lo pincha en un costado con el bastón—. Debería funcionar. Aunque no es una madre del centeno. Levanta, chico.

—Que no es… Y entonces, ¿qué es? —pregunto.

La Zarzabruja se encoge de hombros.

—No lo sé. No importa. Quiero recuperar mi bosque. —Pincha de nuevo a Emeric—. ¿Está muerto?

—Se despertará dentro de unos minutos. —Alzo la cabeza para mirar a Ragne, que sigue arañando la barrera del cielo—. ¿Estamos atrapados?

—Nosotros no. —La Zarzabruja arquea un dedo y una larga enredadera, justo como las que nos han atrapado, sube por el aire. Cuando alcanza a Ragne, brota una flor en la punta y otra idéntica aparece en la base cerca de donde estoy—. Hija de Eiswald, estate quieta.

—¡Devuélveme a la Vanja y al Emeric! —grazna la voz de cuervo de Ragne a través de los pétalos temblorosos.

—No es cosa mía —gruñe la Zarzabruja—. La Doncella Escarlata está expulsando a todos los dioses menores, y tú te acercas lo bastante como para valer. No podrás entrar. Pero yo no soy ninguna diosa y no puede expulsarme *a mí* de mis raíces, así que puedo proteger a tus amigos todo lo que esté en mi mano. ¿Entendido?

—No me gusta —resopla Ragne.

—A mí tampoco —respondo—. Pero estaremos bien. ¿Puedes ayudar a Kirkling?

La respuesta disgustada de Ragne hace temblar más a la flor.

—Lo haré. ¡Pero *luego* buscaré una forma de entrar!

Oigo que Emeric protesta cuando Ragne se marcha. Se levanta apoyándose en un codo.

—¿Qué… qué ha pasado?

—Hemos aprendido una lección muy importante sobre la gravedad. —Lo ayudo a ponerse de pie—. Creo que tenemos que seguir caminando. Brunne aún me debe un favor, pero no sé si podrá entrar.

La Zarzabruja estampa el bastón contra el suelo.

—Cuanto más os acerquéis al viejo desfiladero, más posibilidades de entrar tendrá Brunne, pues es ahí donde nació su leyenda y donde reside su fuerza. Guarda su favor hasta que te enfrentes a la Doncella Escarlata. —El suelo se contorsiona, como una mezcla entre una ola y el aliento enterrado de un titán—. Os acercaré todo lo que pueda a Hagendorn.

A nuestro alrededor, la alfombra de musgo se dobla y se pliega para formar los bordes de un pequeño carro que nos eleva sobre unas ruedas hechas de raíces retorcidas aún arraigadas a la tierra. El carro avanza medio rodando y medio nadando por el suelo y gana velocidad. Los matojos se apartan de su camino, los árboles crujen y hacen reverencias a nuestro paso. Nos movemos rápido, más rápido que con el carromato.

—¿Cómo te podemos devolver el favor? —pregunto, porque sea una divinidad menor o no, sé que la ayuda de la Zarzabruja tiene un precio.

La criatura remueve el aire con su bastón como si fuera un guiso y como si los árboles que dejamos atrás no fueran más que trozos de chirivía, pero chasquea los dedos y un peine de oro puro aparece en su mano de piedra.

—Me peinarás y trenzarás el pelo.

Trago saliva. El cabello de una Zarzabruja es famoso por ser difícil de tratar. Pero si ese es el precio de salvar a Emeric, de salvar a mi familia, entonces es un precio pequeño que pagar. Me pongo de rodillas, agarro el peine con una mano, busco el extremo de su larga melena enredada y me pongo a peinar. Los pelos son finos y suaves como el lino, aunque enmarañados sin remedio. *Es como cardar lino*, pienso. Y eso sabía hacerlo con facilidad con cuatro años.

Y entonces una araña trepa a mi mano.

Grito y la sacudo. Emeric aparece a mi lado al instante y hace amago de agarrar el peine.

—Déjame a mí.

—Tiene que hacerlo la ahijada divina —gruñe la Zarzabruja.

—No pasa nada —lo tranquilizo—. Tú… encárgate de los bichos.

—Empieza por las puntas —nos ordena la criatura— y ve subiendo.

Meto los dientes del peine dorado en un nudo y me pongo a desenredar los pelos. Durante un momento, los mechones se deslizan y se liberan, y veo un destello de...

En una noche fría de invierno, una chica tropieza en un puente. Lleva un puñado de rubíes en la mano. Soy yo.

Parpadeo y la visión desaparece. En mi mano hay un mechón de cabello liso peinado.

—Sigue —dice la Zarzabruja.

Agarro otro nudo y Emeric quita con discreción un escarabajo. Cuando paso el peine, veo a una princesa discutiendo con su padre; tiene los ojos rojos y está vacía por el dolor. La veo de pie en el borde del acantilado delante de la Cumbre Rota. Observa un lago oscuro, donde una estrella de un dorado sutil parpadea en las profundidades. La Damisela Roja del Río.

En la tercera pasada, veo a una novia cabalgando por el cielo nocturno sobre una carretera de nubes. El velo se le engancha en las estrellas y le tira la reluciente corona nupcial de la cabeza.

Brunne.

Mientras peino y peino, veo fragmentos de nuestras vidas: Brunne, antes de convertirse en diosa, prometida a un gigante solo para mantener la paz. La Damisela Roja del Río, una diosa que nunca quedará satisfecha, que ha visto cómo se perdía una vida tras otra para traerle una corona dorada. Yo, que ideé una mentira porque era fácil, que me quedé en Hagendorn porque ahí me querían y, como consecuencia, desperté al fantasma no de una diosa, sino de un monstruo.

—Ahora trénzalo —dice la Zarzabruja.

Los mechones se me escurren entre los dedos. Veo los hilos que me unen a mis hermanes, a la tela manchada de sangre a mi lado, a Emeric. Veo los vínculos carmesíes alargándose desde los dos hasta Hagendorn: las cadenas de la Doncella Escarlata. A él lo ha reclamado como su sacrificio, pero a mí me reclamó mucho antes como su profeta.

Trenzo los mechones, uno se une al siguiente y luego conduce a otro y otro más: una mentirosa, una diosa rota, una novia. Una corona, un río, un huso. Corazones rotos, ansias, libertad.

Igual que Brunne dio lugar a la Damisela Roja, la Damisela Roja me dio lugar a mí. Aunque no exista sangre ni vínculo entre nosotras, nuestros hilos se entrelazan juntos.

Y la auténtica Damisela Roja, justo como Brunne dijo, aún está aquí.

En mis manos hay una trenza larga y perfecta, blanca como el hueso.

—Ya no es la Damisela Roja del Río —dice la Zarzabruja—. Ni responderá a «Damisela Pintada de Rojo». Pero, si la llamas por su nombre, vendrá. Creo que tú, ahijada divina, hija Ros, entiendes el poder de un nombre.

—Creo que me has ayudado más a mí que yo a ti —respondo despacio.

La Zarzabruja tensa los hombros cubiertos de musgo.

—Las esposas del bosque tenían predilección por las empanadillas de Gerke —responde con sequedad al cabo de una pausa—. Dile a Helga que siga bien la receta.

No habla mucho más el resto de nuestro extraño viaje y solo la llamada ocasional de algún pájaro o el movimiento de la cola de una ardilla le relajan un poco el ceño. Cada vez hay menos animales y el bosque se torna más y más rojo cuanto más nos adentramos en él, como si las criaturas supieran que es mejor no pisar esa zona. Nos detenemos al fin cuando la luz oblicua del sol atraviesa las hojas. Abro la boca, pero la Zarzabruja se lleva un dedo a los labios y sacude la cabeza. Señala con la otra mano; deduzco que nos indica por dónde se va a Hagendorn.

Cuando me giro para darle las gracias en silencio, la Zarzabruja se funde con la maleza.

Emeric y yo estamos solos.

Él me agarra de la manga y, en apenas un murmullo, dice:

—Necesito el punzón. Está unido a la Doncella Escarlata, con lo que puedo usar un hechizo de localización para buscar cualquier objeto físico en la zona con un vínculo similar. Eso debería conducirnos al ancla material.

—¿Cuánto tardará?

Le paso el huso de hueso y echo a andar.

—Depende de lo lejos que esté. Aunque creo que quedará cerca del puente donde se manifestó por primera vez.

Empiezo a distinguir una silueta familiar en el bosque: la casa de Udo y Jakob. No sale humo de la chimenea.

—Eso está cerca.

—Entonces solo debería tardar un par de minutos. —Emeric se detiene y cierra los ojos; yo aguardo. Sostiene el huso en una mano y mueve la otra por encima. Una rueda de runas plateadas cobra vida entre sus palmas y gira de un modo mecánico, cada vez más rápido, hasta que desaparece en zarcillos de humo—. Hecho. Ya está buscando.

—La casa de Udo y Jakob está ahí delante —le digo. Me coloco la corona de rosas sobre la cabeza para tener las manos libres y recupero el huso. Seguimos avanzando por el sotobosque—. Seguramente podamos escondernos ahí hasta que anochezca...

Rodeo el tronco grueso de un olmo y me quedo mirando los ojos podridos de la cabeza de un cordero ensartada en una pica.

Emeric me cierra la boca con una mano para acallar mi grito. Es demasiado tarde. Un rojo ardiente se enciende en las cuencas vacías de la cabeza, y unos gusanos caen de la boca cuando la abre para proferir un chillido devastador.

—HEREJÍA —maúlla con una voz de bebé horrible—. ¡HEREJÍA!

El suelo tiembla de nuevo, pero esta vez no tiene nada que ver con la Zarzabruja. Gritos de «¡herejía, herejía!» resuenan en nuestros oídos hasta que, de repente, con una sacudida mareante...

Hemos salido del bosque y estamos en la plaza principal de Hagendorn. Aún perduran todos los edificios viejos, pero en cada ventana hay burdos husos pintados de rojo. Un aroma dulce a madera recién cortada emana de las casas comunales nuevas que han construido en los huecos, y junto con la fetidez a sangre vieja procedente de la estatua de hierro que hay junto a Leni, la mezcla resulta repugnante.

Un rugido de «¡herejía!» brota de los cientos de gargantas de la multitud que nos rodea. Nos han dejado espacio y un anillo de tierra vacía se interpone entre nosotros y la masa furiosa, como si nuestra mera presencia pudiera contaminarlos.

Lo que no nos han dejado es una salida.

Leni nos examina desde la tarima. La luz del atardecer reluce en su sórdido halo de latón. Sostiene el huso en la lluvia como una maza. Se ha teñido el pelo rubio de un rojo oxidado y la rodean dos cabezas de carnero con ojos ardientes mientras cantan: «Herejía, herejía, herejía». Alza la mano libre, con el diamante rojo en la palma bien nítido en la omnipresente bruma carmesí, y se hace el silencio.

—Bueno —canturrea—, la falsa profeta ha regresado. ¿Has profanado nuestro sacrificio? ¿Has venido a sembrar más ruina?

La muchedumbre de desconocidos lo toma como una señal y abuchea:

—¡PROFANADORA! ¡TRAES PERDICIÓN! ¡FALSA!

—¡Es como nos prometió! —entona Leni—. ¡La Doncella Escarlata obra en mí y solo en mí! ¡Yo os lideraré hacia una era de plenitud y os daré ventaja para vencer a vuestros enemigos! Aunque hay infieles entre nosotros, ¡no debéis temer!

—¿Qué tal va el hechizo de localización? —le pregunto a Emeric con los dientes apretados. Tiene el ceño fruncido.

—Nada por ahora… pero el ancla tiene que estar por alguna parte. No sería lo bastante poderosa para manifestarse desde lejos…

Un tintineo familiar recorre la plaza y se eleva por encima de los abucheos y la lluvia.

—¡REGOCIJAOS!

—¿Cómo? —titubea Leni.

—¡Regocijaos! —La orden de la Doncella Escarlata restalla por todo Hagendorn. La bruma se acumula en el espacio vacío delante de nosotros dos, cada vez más y más alta, y las volutas cobran definición como las fibras hiladas en una rueca. Con un fogonazo que nos deja los ojos llorosos, la Doncella Escarlata aparece cerniéndose sobre el gentío, con una sonrisa feliz bajo su corona de rosas ardientes—. Mi profeta ha regresado al rebaño.

Leni empalidece.

—Pero... yo... yo soy tu prof...

La Doncella Escarlata habla por encima de ella.

—Temíamos que perdieras el rumbo, pero te damos la bienvenida de nuevo con los brazos abiertos, ¡porque has hecho lo que te pedí! Has traído la salvación a Hagendorn: dos sacrificios, ambos merecedores de mí. Y ahora, dime: ¿cuál me darás y cuál te quedarás?

Esta vez, soy yo quien se queda de piedra.

—Dijiste que teníamos hasta la víspera de la fiesta del Santo Mayo.

—Pero estás aquí ya —replica la Doncella Escarlata— y ansío mi sacrificio. Lo recibiré esta medianoche, de un modo o de otro.

Pues claro. Qué tonta soy, debería habérmelo esperado, debería haber *sabido* que adelantaría de nuevo la fecha de entrega.

Miro a Emeric, que niega ligeramente con la cabeza, ojiplático. Aún no sabemos dónde está el ancla material.

La Doncella Escarlata está aquí, tenemos las herramientas para encerrarla, pero no un sitio donde meterla.

—No tenemos que preparar... ¿un festín? —Intento ganar tiempo—. Por eso...

La criatura se inclina, y su horrible y encantador rostro arde a escasos centímetros del mío.

—Vas a elegir, profeta, ¡y AHORA MISMO!

Necesitamos tiempo. Necesitamos una oportunidad. Quizá… quizá debilitar la fe de la secta, pueda menguar el poder de la Doncella Escarlata.

—Te elijo a ti —digo con todas mis fuerzas, con la esperanza de que, si alguno de los habitantes originales de Hagendorn me oye, pueda perdonarme algún día—, porque *sí* que soy una falsa profeta. En enero, me emborraché, caí sobre el puente y tiré los rubíes que llevaba encima. Ideé una mentira sobre tener una visión para que la gente me ayudara a pescarlos del río, pero esa mentira siguió creciendo. No eres la Damisela Roja del Río. Ni siquiera eres una diosa. Solo eres una mentira que usé para engañar a la gente.

La Doncella Escarlata retrocede. La ira inunda su rostro…

Emeric habla de repente:

—Ahí… Ya está, lo tengo, sé dónde…

Juego mi última carta:

—¡Brunne, acude en mi ayuda!

Solo responde el silencio.

Nos hemos adentrado demasiado en el territorio de la Doncella Escarlata.

La criatura se ríe con un sonido disonante y musical.

—¡Ay, qué tonta mi profeta! ¿Creías que no estaba contigo por aquel entonces? ¿Quién crees que apagó el fuego antes de que engullera la casa de los hermanos Ros? ¿Quién crees que salvó a la hija de Leni del *waldskrot*? Llevo meses protegiendo Hagendorn. —Unas volutas de miasma se enroscan hacia nosotros, erizándose—. Y ahora ha llegado el momento de pagar el precio.

La tierra tiembla bajo nuestros pies una vez más, se retuerce como gusanos enormes atravesando limo seco. Unas raíces salen a la superficie y… no, no son raíces.

Son *zarzas*.

Zarzas que atraviesan a la intangible Doncella Escarlata y abren una senda verde oscura entre la multitud.

—MARCHAOS —brama la Zarzabruja.

No hace falta que nos lo diga dos veces.

Agarro la mano de Emeric y echo a correr.

CAPÍTULO 33

UNA ESCAPATORIA

—En Felsengruft —jadea Emeric detrás de mí mientras recorremos la senda de zarzas—. El ancla está en Felsengruft, bajo la Cumbre Rota.

Y así es: los muros de espinas nos conducen hacia un sendero en el desfiladero de Boderad. No hay tiempo para preguntarse por qué el ancla no está en Hagendorn. Oigo gritos y furia a nuestra espalda, pero no me atrevo a mirar.

—¿Has visto lo que es?

—No, solo que está en la sala ritual. —Emeric me alcanza—. Es… es más fuerte de lo que esperaba si puede trasladarnos así. Hace falta una cantidad de poder exorbitante para cambiar la realidad.

Las zarzas menguan a nuestro alrededor cuando alcanzamos el bosque de nuevo. Unos ojos verdes brotan en los árboles y, esta vez, una boca separa la corteza.

La Zarzabruja habla desde todas partes.

—Retendré a los mortales todo lo que pueda. Daos prisa.

—Tardamos… ¿qué, dos horas en llegar la otra vez? —pregunta Emeric a medida que los ojos desaparecen—. Si nos damos prisa… En una hora, tal vez.

El atardecer tiñe el ya bermejo bosque de un rojo más oscuro y convierte en rubíes las gotas de lluvia. Examino la bolsa para asegurarme de que la tela ensangrentada siga dentro.

—¿Cómo vas en temas de magia?

Emeric rebusca en su propia bolsa; la consternación acapara su semblante hasta que saca un frasco intacto de aceite de ceniza de bruja. Reconozco el corcho negro: es la concentración más fuerte que prepara la orden de prefectos.

—Fiu. Ha sobrevivido a la caída. Y estoy bien, el hechizo de localización es poco intenso. Sabía desde el principio que haría falta ceniza de bruja para encerrarla. —Hace una mueca—. Tampoco es que tengamos muchas opciones. Lo he oído bien, ¿no? Disponemos hasta la medianoche para...

El miedo se me atraganta en la garganta.

—Eso es lo que ha dicho Doncelata, que para entonces debemos tener el sacrificio, pase lo que pase.

—Si la cosa se pone fea... —A Emeric se le traba la voz—. Destruye las gotas de sangre y salva a tu familia. Mi vida no vale...

—Pues entonces no se pondrá fea —digo con furia por sugerir algo así—. ¿Vale? No permitiré que pase nada malo.

Me aprieta la mano, pero no responde.

Ninguno de los dos puede hablar de la otra salida que existe. Nos quedan unas pocas horas, las suficientes si estamos desesperados de verdad...

No. Queremos tomarnos nuestro tiempo, queremos que sea importante. No permitiré que ella nos lo arrebate.

Sin embargo, la elección cuelga entre los dos como un péndulo afilado.

Recuerdo haber escalado por las hayas y los espinos de este sendero hace tan solo un mes, aunque... No sé si es la lluvia o la puesta de sol, pero algo ha cambiado. Seguimos el sendero hasta que veo los muros de corneana estriada del desfiladero por entre los árboles.

Noto un nudo en el estómago. Esto no puede ser. No llevamos ni media hora andando.

Cuando salimos del bosque, oímos un rugido ensordecedor.

Esperaba el largo puente de cuerda que atraviesa el desfiladero, pero no lo veo por ninguna parte. En cambio, grandes columnas de agua nos soplan en la cara desde donde el río Ilsza se precipita hacia los dientes rocosos del Kronenkessel. Estamos a los pies de la cascada, no en la parte superior.

Emeric se detiene en seco.

—Es el puente de los sacrificios —dice, un poco aturdido.

Sigo su mirada hacia el puente raquítico de piedra antigua. Es el que vimos en la parte inferior cuando cruzamos el puente de madera la primera vez. Y me doy cuenta de que es el mismo que aparece en cada mural, mosaico y recuerdo que he visto del Kronenkessel.

De aquí es de donde salta el sacrificio.

—Nos habremos equivocado al girar —insisto, aunque sé que estoy negando lo obvio. Si volvemos por el sendero...

El mundo se sacude. De repente, debajo de mis pies no hay tierra, sino piedra mojada. En los últimos momentos del atardecer, el agua que se acumula en la superficie parece sangre. Nos han trasladado de nuevo, esta vez al centro del puente antiguo. El Kronenkessel se agita y echa espuma justo bajo nuestros pies. Es horrible, inevitable.

Seguimos en la trampa de la Doncella Escarlata. Y está empeñada en obligarnos a llegar hasta el final.

Me tambaleo e intento pensar. Agarro la mano de Emeric con demasiada fuerza.

—Podemos... podemos cruzar al otro lado y encontrar un modo de subir a Felsengruft desde aquí.

—Seguirá trasladándonos —dice, casi incrédulo—. No permitirá que alcancemos la Cumbre Rota.

Si no podemos llegar a Felsengruft, si no podemos llegar al ancla material, entonces no tendremos ningún modo de destruirla.

—Puedo llamar a Brunne de nuevo —propongo con desesperación. La frase «no te dejes llevar por el pánico» resuena en mi cabeza como un tambor.

Pero los dos sabemos lo bien que saldrá ese llamamiento. El desfiladero está inundado de neblina roja, una que ni siquiera Brunne la Cazadora puede atravesar.

Pero la Zarzabruja me ha hablado de Brunne por un motivo, me ha hablado de la Damisela Roja por una razón, tiene que haber una forma...

Un leve resplandor dorado parpadea en las aguas enloquecidas y llenas de espuma del Kronenkessel.

Una idea absurda se apodera de mí. Suelto la mano de Emeric. Antes de que pueda reaccionar, me he sacado la bolsa por la cabeza y la he dejado caer al suelo.

Y me lanzo hacia el borde.

Oigo que Emeric grita mi nombre justo antes de caer al agua. Si puedo conseguir la corona, quizá pueda despertar a la auténtica Damisela Roja, quizás ella pueda salvarnos. Tal vez con eso baste.

Hace frío, un frío amargo, y la adrenalina mengua con una agitación distante. Me dejo arrastrar y luego me obligo a abrir los ojos. El agua escuece, pero distingo unos enormes cuernos de granito, la espuma invertida donde cae la cascada.

No distingo el fondo del lago.

Aquí es donde cayó el gigante Boderad, donde su furia lo convirtió en un perro del infierno, y la herida es más grande y más oscura de lo que me había imaginado.

Aun así, un pequeño anillo de oro brilla sobre una repisa de roca: la corona nupcial de Brunne.

Sé enseguida que está a demasiada profundidad. Nunca podré nadar tanto y mucho menos volver a subir. Pero tengo que intentarlo, tengo que arreglar esto, tengo que...

Algo se mueve en las profundidades. Un ojo lechoso parpadea desde más allá de la corona... y luego otro.

Se me escapa el aire en unas burbujas. Me agito y pataleo hacia la superficie. *Noto* cómo la corriente cambia con el ascenso del perro del infierno; la corriente de la cascada se invierte y me arrastra a más profundidad a medida que el agua corre a llenar el vacío que Boderad deja en su ausencia. El agua incluso sabe diferente, como hielo salado y estancado. Por mucho que me resista, me arrastra hacia abajo… Unas fauces se abren debajo de mí, cada diente tan largo como yo…

Un cuerpo se desliza dentro del lago y se sitúa a mi costado. Me rodean unos brazos y veo un fogonazo plateado. Es como si el agua nos repeliera para llevarnos al borde rocoso del Kronenkessel.

Me han arrastrado casi hasta la orilla embarrada cuando veo que un hocico manchado de algas surge de la superficie. El chasqueo de los dientes es tan intenso que todo el sonido se apaga durante un momento. Me dejo caer en el suelo y toso agua.

—¿ … pensando?

Es la voz de Emeric.

El perro del infierno se hunde bajo el agua y crea una ola que nos eleva hasta la orilla y desaparece. Emeric se desploma en el suelo a mi lado, cansado y afectado.

—No… Esa cosa te habría destrozado…

—La corona —toso. Miro a mi alrededor; me castañean los dientes. Hemos acabado en el mismo lado del Kronenkessel que antes, con la Cumbre Rota a una altura imposible sobre nosotros en la orilla opuesta. En nuestro lado hay una pequeña cuesta de guijarros y tierra y un fino sendero que conduce al puente de los sacrificios—. La corona de Brunne. Pensé que si la conseguía para la Damisela Roja… —Agacho la cabeza—. Está a demasiada profundidad.

—Eso no importa cuando podrías haber *muerto* —replica Emeric con gran pesar.

Yo me encojo un poco de hombros, porque ¿qué puedo decir? Él se está quedando sin tiempo y no sé cómo arreglar todo esto.

—¿Aún no te has dado cuenta? —digo, rota y entre risas—. Lo haría de nuevo si sirviera de algo. Joder, haría lo que fuera para salvarte.

Me arrastra hacia él. Tiembla cuando entierra la cara en mi desaliñado pelo húmedo.

—Por mí no, Vanja, por favor. No lo hagas por mí.

Durante un largo momento terrible y dulce nos quedamos así: en la orilla del lago, enredados en el frío, aferrándonos como si el único calor del mundo existiera entre los dos. Pero anochece y las sombras se acercan.

Los dos sabemos que solo hay una escapatoria.

Al final, esto era lo que siempre iba a pasar.

Me aparto para respirar y prepararme.

—Necesitamos más tiempo. Podemos marcharnos, mantener las gotas de sangre alejadas de la Doncella Escarlata y reorganizarnos... pero no si te va a llevar consigo dentro de unas horas. Tenemos que romper...

—No —dice Emeric a toda prisa.

— ... su reclamo —termino. Se produce un silencio tortuoso.

—¿Es eso lo que quieres? —me pregunta, de un modo que ambos sabemos que la respuesta es «no».

Le agarro la camisa empapada. Es un testimonio de nuestra miseria conjunta lo mucho que nos aferramos al otro, calados hasta la médula, pero no sirve de nada.

—No importa. —Los dos nos estremecemos ante la mentira. Lo intento de nuevo—. Podemos tomarnos tiempo después, podemos hacer... que sea especial. Pero antes debemos salir de esta.

—No es lo correcto —susurra—. No quiero hacerte esto.

Sacudo la cabeza.

—Si tú tampoco estás listo, no te forzaré. Pero... no sé qué más hacer.

Emeric me mira a los ojos al fin.

—Es... estoy listo, desde hace tiempo. Pero tú te mereces algo mejor que la menos terrible de tus opciones. —Encoge los hombros cuando confiesa—: Yo tampoco sé qué más hacer.

—Dijiste que me elegirías siempre, Emeric. —Le agarro la cara y apoyo la frente en la suya—. Así que, por favor, esta vez... deja que te elija yo.

Un suspiro tembloroso nos atraviesa a los dos y crepita como un rayo. Y entonces un sonido suave, casi salvaje, se le escapa de la garganta cuando acerco sus labios.

Desde que la Doncella Escarlata lo poseyó, cada beso ha sido corto y dulce, pero efímero por miedo a que nos interrumpiera. Por primera vez en dos semanas, me permito, me obligo, a alargarlo.

Puedo hacerlo. A pesar del nudo en el estómago, puedo hacer esto por él.

Es obvio que Emeric también lo ha echado de menos, porque cada aliento robado le sale roto, cada roce de sus manos, de su boca, es casi reverencial. Cuando me muevo para apoyar las rodillas a cada lado de su cadera, aspira aire como si hubiera presenciado un milagro, me besa con una ferocidad que debería provocarme una respuesta salvaje.

Y lo hace, pero no.

Una parte de mí está aquí, saboreando su piel, maravillándose en cómo se estremece cuando le quito la camisa. Una parte de mí se martirizaría para santificar las manos que me acarician por debajo de la combinación, para bañarme en el fuego sagrado que dejan a su paso. Una parte de mí arde con ganas de ahogarme en él por completo.

Pero el resto...

El resto de mi ser está listo para huir.

Espera lo peor.

Se obsesiona con la huella roja entre los dos, que palpita sobre el pecho de Emeric como si me apartase, como si gritase: «Para, mal, mío, mío, mío».

No puedo relajarme, no puedo perderme en él como me gustaría. Debería dejarme llevar, sin preocuparme por cómo se me clava un guijarro en la rodilla, sin distraerme al ver que la corona de rosas choca contra una roca en el agua. Esto debería ser algo nuestro.

Lo es, pero no.

No hacía falta que hubiera sonetos ni coreografía ni pétalos. No hacía falta que estuviera planeado. Solo quería que fuera algo más que un rápido revolcón en el barro. Quería que significase algo más que... quitárselo del medio.

Pero me tendré que conformar con esto.

Quiero que sea lo correcto, tengo tantas ganas de que sea *bueno* que haría lo que fuera, aunque sienta que me equivoco. Me obligo a acariciarle el pecho, me animo a buscar la cintura de sus pantalones. Puedo hacerlo y será suficiente para salvarlo.

¿Verdad?

Es así como debo *reclamarlo*, ¿no? Mi mente no para.

¿Y si... y si no cuenta porque no me quedo embarazada? ¿Y si se supone que los dos debemos corrernos y yo no puedo? No, si fuera eso, ya nos habríamos reclamado en Rammelbeck... pero ¿por qué esto es diferente?

¿Acaso lo único que cuenta es que entre en mí de esa forma? ¿Sus manos y su boca no contaron?

¿Es esta la única forma válida?

Y entonces...

Los hilos se enredan.

Me quedo quieta, con las manos inmóviles sobre la barriga de Emeric.

—¿Vanja? —pregunta sin aliento.

—No es suficiente —jadeo y miro la mano que palpita sobre su pecho—. No... no tenemos por qué hacerlo. No funcionará.

—¿Qué?

Emeric me mira aturdido y desconcertado. No lo culpo.

—Da igual lo que hagamos, porque nada será lo bastante bueno, porque no *puede* serlo —explico a toda prisa. Ato un cabo tras otro hasta formar algo de comprensión—. Estamos intentando... hacerlo bien, pero no hay una forma *correcta*, porque ella siempre cambiará las normas y dirá que no cuenta. Nunca íbamos a conseguir romper su reclamo. Solo quiere que sintamos que, hagamos lo que hagamos, no será suficiente. Nunca íbamos a ser suficiente.

Emeric se endereza y se pasa una mano por la boca.

—Es igual que la Damisela Roja pidiendo la corona. No debíamos...

Se interrumpe y la barbilla le cae al pecho. Una luz roja baila sobre sus mejillas.

Pero lo esperaba desde que descubrí el auténtico juego. Estoy lista.

Me aparto de él, ruedo para ponerme de rodillas y suelto:

—Villanelle.

Emeric se derrumba en el suelo.

Y entonces... le tiembla todo el cuerpo.

Sus ojos se abren reticentes, arden de rojo, y la huella es tan luminosa que no puedo mirarla directamente.

—*Gracias* —canturrea la Doncella Escarlata a través de él. Arrastra un poco las palabras como si moviera la boca de un ventrílocuo. Emeric trastabilla hasta ponerse de pie. Sus movimientos son forzados y poco naturales, como una marioneta sin ninguna atadura—. *Es menos elegante manejarlo así, pero resulta más fácil cuando no se resiste.*

No ha funcionado. El sedante no la ha detenido esta vez.

Noto una oleada de terror.

—Déjalo —susurro sin darme cuenta.

Ese brillo rojo se extiende por Emeric hasta convertirlo en un farol iluminado desde dentro. Es suyo. Es suyo y se lo llevará y lo conducirá hasta las fauces del perro infernal...

Presa de un pánico ciego, me lanzo a por él para agarrar lo que pueda. Emeric se aparta con una sacudida. Le cuelgan inertes las extremidades.

La Doncella Escarlata aparece tras él en toda su gloria, con una sonrisa cruel y triunfal. Alza a Emeric en el aire con un simple gesto.

—Has tomado tu decisión.

—¡No he decidido una mierda! —grito. Me acerco a ella a trompicones, como un bebé, llena de una furia que solo puedo expresar con un grito sin sentido—. ¡Devuélvemelo!

Pero la Doncella Escarlata solo se eleva perezosa un poco más y se lleva a Emeric con ella, alejándolo de mi alcance.

—Es hora de pagar, Vanja.

Una luz sangrienta se convulsiona alrededor de los dos y entonces...

Desaparecen.

CAPÍTULO 34

UNA CORONA DE ORO

—¡Vuelve aquí! —grito al cielo nocturno—. ¡Maldita seas, devuélvemelo!

No hay respuesta, claro.

Me quedo plantada en la orilla embarrada del Kronenkessel, temblando, muerta de miedo por lo que va a ocurrir: la Doncella Escarlata sacrificará a Emeric y no hay nada, nada, nada que pueda hacer para detenerla.

Me quedo de esa forma, congelada durante un minuto que parece una eternidad. Y luego otro. No hay ni rastro de ellos. Sigue lloviendo, la cascada ruge en mis oídos, la niebla se extiende y más allá... solo hay silencio.

Durante un momento, es como si volviera a Minkja, machacada y derrotada en la habitación de Emeric, consciente de que, si cometo un error, podría perderlo.

Pero no lo perdí. Encontré una escapatoria...

Sin embargo, por aquel entonces tenía a Ragne, a Joniza, a Gisele y a Barthl, y ahora no tengo a ninguno, no hay nada que pueda hacer y yo *lo he traído hasta aquí...*

El aliento se me atasca en los pulmones y suelto un sollozo horrible. Es raro, porque eso es lo que necesitaba. Este pánico, este miedo crudo y expuesto, que es justo como me sentí en

Minkja. Y, al igual que entonces, necesito darle espacio para que pase.

En invierno me guiaron unas campanadas. En el desfiladero de Boderad no tengo ningún campanario, así que suelto un gutural:

—Uno. —Respiro—. Dos. —Sigo respirando—. Tres. —Es culpa mía, yo lo he estropeado, tengo su sangre en las manos—. Cuatro.

Cuento hasta trece, por si me da suerte. Luego abro los ojos y me obligo a tirar de los hilos de esta telaraña.

El sol se ha puesto ya y la purpúrea noche se expande por el cielo. No veo a la Doncella Escarlata ni a Emeric por ninguna parte. Quizás esté esperando a que llegue la medianoche.

Echo un vistazo a mi alrededor y distingo los bultos de las dos bolsas en el puente. Puedo... puedo ir a por ellas, por si hay algo útil. También podría intentar cruzar al otro lado. Y buscar una forma de llegar a Felsengruft por mi cuenta.

No es un gran plan, pero tengo que hacer algo.

Recorro el corto sendero hasta el puente, aunque casi me derrumbo. Cuando piso la estrecha franja de piedra, sé que me estoy bamboleando tanto que no puedo seguir así. Lo que hago es avanzar a gatas.

Estoy a mitad de camino de las bolsas cuando me fijo en dos luces pálidas incansables que me siguen desde debajo de la superficie del Kronenkessel.

—Venga ya —digo, casi en un quejido. El perro infernal no parpadea. Clavo la mirada en la piedra y sigo avanzando.

Al fin, una bolsa aparece en mi campo de visión y luego la otra. Solo me detengo para colocármelas con torpeza sobre los hombros y luego sigo avanzando por la piedra frígida y resbaladiza; las manos y las rodillas me duelen por el frío. Si cruzo el puente por lo menos, estaré en el lado correcto del desfiladero.

Cuando la piedra bajo las manos da paso a la tierra, alzo la mirada...

Y estoy donde he empezado, en el lado equivocado del puente.

Un grito estrangulado trepa desde el fondo de mi garganta. Estampo el puño contra el suelo y el barro líquido me salpica la cara. El pánico aumenta una vez más.

Aprieto los dientes con tanta fuerza que duele; me obligo a sentarme de rodillas y me devano los sesos en busca de una respuesta, *la que sea*. Escarbo en la bolsa de Emeric y no sé si busco algo concreto o solo intento aferrarme a algo suyo, a cualquier cosa, que me sirva de ancla, lo que sea, lo que sea. El espejo mensajero resbala frío entre mis dientes. Su cuaderno no puede ayudarme ahora. El frasco de aceite de ceniza de bruja, con el corcho negro...

No, eso tampoco sirve. La última vez que usé media gota del aceite de los prefectos casi me quedé inconsciente en el acto. Ese poder es inútil si no estoy despierta para aprovecharlo.

A lo mejor puedo llevárselo a Kirkling. Eso... eso puedo hacerlo. Salir de Hagendorn todo lo rápido que pueda, llevarle el aceite a Kirkling y rezar para que lo use a tiempo de detener esto. Me pongo de pie y me lanzo hacia el camino de Hagendorn.

Enseguida lo inundan espinas carmesíes. Y luego el barro se inclina bajo mis pies... me deslizo...

Tropiezo, caigo de culo en la pequeña curva de tierra del Kronenkessel y aterrizo en un charco con una salpicadura grotesca. No me permito regodearme en el dolor, solo me obligo a levantarme de nuevo... para ver cómo el sendero de tierra se eriza con hierba resbaladiza. Cuando corro hacia él, aparece una losa inquebrantable de granito. Los otros acantilados cercanos se vuelven suaves, como si los hubieran alisado con una plancha de hierro caliente para quitar cualquier asidero.

No permitirá que me marche.

Mi mente busca una respuesta que la Doncella Escarlata no pueda bloquear. El Kronenkessel alimenta el río que atraviesa el desfiladero... Pero el perro infernal sigue observándome; si entro en el agua, se abalanzará a por mí en un segundo, aunque quizá pueda ir por el borde y llegar a...

Unos dientes de granito atraviesan el punto donde el lago da paso al río y me obstruyen el camino.

No tengo ninguna salida.

Quiere que esté aquí. Quiere que presencie la muerte de Emeric. Y no hay nada que pueda hacer.

—¿Fortuna? —llamo con la voz rota, suplicando un milagro más—. ¿Muerte?

Pero tampoco hay respuesta.

La Doncella Escarlata las ha expulsado.

Durante un rato largo, me quedo ahí plantada, sola en la lluvia y el frío, observando las nubes de vapor de la cascada. Estoy tan insensibilizada que puedo comprender la enorme magnitud de lo que voy a perder. No soy capaz de contener esta gran desesperación.

Así que hago lo que cualquier persona racional haría cuando está a punto de perder al chico que quiere en una muerte horrible, por culpa de un destino que le he traído yo misma.

Me rindo.

Me tumbo bocabajo en la orilla embarrada del Kronenkessel y lloro. Lloro como una hija abandonada. Lloro como una mentira atrapada en su trampa. Lloro como la arquitecta de mi propia perdición, sabedora de que el precio es tan, tan elevado que no puedo pagarlo.

He fracasado. Le he fallado a mi familia. Le he fallado a Emeric. Le he fallado a Hagendorn.

Todo lo que toco se estropea. Después de todo, mi madre tenía razón.

Tuvo razón al abandonarme si esto es todo lo que puedo hacer.

Entre los sollozos y el rugido de la cascada, tardo más de lo que debería en darme cuenta de que… la lluvia amaina.

Con una lentitud agonizante, alzo la cara llena de mocos.

El persistente cieno de nubes en el cielo empieza a clarear y la lluvia se convierte en llovizna. Algo amarillo oscila en el agua. Lo busco y veo la corona de rosas de la boda de Sånnik.

Pero… es amarilla como el sol, no roja como la sangre.

Alzo el hombro hasta que veo el tirante del vestido. Es de un marrón moteado, con manchas de lodo. Bajo las manchas, empieza a convertirse en verde.

Algo está cambiando.

Una… una vez más, me obligo a enderezarme.

Sigo atrapada en el Kronenkessel. No veo a la Doncella Escarlata ni a Emeric por ninguna parte. No veo *a nadie*, de hecho, lo que parece extraño, visto que…

A Doncelata le gusta tener público.

Por eso está tardando tanto. No quiere sacrificar sin más a Emeric. No quiere que mire y ya. Está dejando de llover y me está soltando un poco porque *tiene* lo que quería.

Quiere que todo Hagendorn, que toda su secta devota, vea mi desolación, mi derrota.

Pensábamos que quería convertirse en una divinidad, que siempre había ido detrás de Emeric, pero…

Esto es personal.

Lo hace por mí.

Poco a poco, reúno las puntadas. Me pongo en pie a trompicones, con la mente a mil por hora. Veo la forma de la trenza… Tengo que comenzar por las puntas e ir subiendo… No es una telaraña, sino un tapiz…

El hilo de Ambroszia que me dice: «Puedo convertirme en lo que quiero que crean que soy».

«Nada era lo bastante bueno para ella», dice mi hermana, y observa un gancho vacío en una pared de Kerzenthal.

Brunne, estirada sobre el musgo después de la carrera, diciendo: «Quienes mueren sintiendo una gran ira, una gran lástima o una gran codicia».

Ozkar en su taller, con abuelo a su espalda: «Eras muy joven y no te acordarás, pero te pusieron el nombre de su esposa».

San Willehalm en la biblioteca, contando: «Sus lágrimas arrasaron el castillo…».

Jakob limpiando la estatuita de los hermanos Ros la noche en que se manifestó por primera vez la Doncella Escarlata. La sangre parpadeaba bajo la luz del farol. Y dijo: «No deja de sangrar».

Hace casi cinco meses, en Minkja, el prefecto Hubert Klemens murió y Emeric me perseguía por el Göttermarkt. Se le rompió un frasco de ceniza de bruja en la mano. En un instante de desesperación, lamí una gota de su palma ensangrentada.

Y en ese momento... se creó un vínculo entre nosotros.

No tan poderoso como los vínculos entre parientes de sangre, pero nos unió de todos modos. Es como el que me une a la Doncella Escarlata... quien, a través de mí, encontró una vía hacia Emeric. Nuestra pequeña constelación malvada.

No es una diosa, no es una madre del centeno; solo es un fraude, igual que yo. Pinta demonios en la pared con la esperanza de que temamos tanto sus colmillos que no nos acerquemos a mirar.

Sé cuál es su ancla material. Sé por qué está en Felsengruft.

Y, cuando saco la corona de rosas del agua, veo en el reflejo del cielo nocturno una forma de llegar hasta allí.

—Te ha costado —digo con la voz ronca y me giro para ver al caballo de Brunne aterrizar en la orilla y chapotear en el lodo—. No me extraña que empatásemos en la carrera.

Brunne ríe y me ofrece una mano reluciente.

—¡Vamos, ahijada divina! ¿Quieres mi ayuda o no?

Unas zarzas rojas han crecido por encima de Felsengruft y se extienden desde la entrada de piedra como hongos. Hasta se estremecen y palpitan con un brillo venoso rojo y asqueroso. Cómo no, esto hace que me detenga.

La Doncella Escarlata está reuniendo a su público, lo que significa que deben subir hasta el desfiladero. No creo que malgaste poder intentando cambiar la realidad para ellos. Una cosa es jugar con dos personas a las que estás unida y otra mover el mundo para cientos de desconocidos. He perdido treinta minutos por lo menos llorando, así que solo dispongo de cerca de una hora. No tengo tiempo para abrirme paso hasta el salón ritual.

Brunne arruga el labio y me baja del caballo.

—No temas las espinas. Solo son sombras y rencor. —Me entrega una de sus flechas de luna—. Y, de todos modos, necesitarás luz. Te esperaré aquí.

Giro con curiosidad la flecha.

—¿No puedes entrar en el territorio de otra diosa o algo así?

Brunne pone mala cara.

—Santos y mártires, no es eso, no. Es que no me gustan las cuevas.

—Eres una *diosa*, Brunne.

—Pero ¿y si se derrumba y me quedo atrapada dentro?

—Voy a entrar.

Enderezo la corona de flores sobre mi cabeza, me ajusto las correas de ambas bolsas (dos parece algo excesivo, pero Emeric nunca me perdonaría si abandonase la suya, y tengo intención de devolvérsela) y avanzo hacia Felsengruft.

Las espinas, de un carmesí intenso, se contorsionan con más rabia cuando me acerco, pero recuerdo que Brunne las convirtió en niebla. Adelanto la flecha y toco la más cercana. Se disuelve.

Las demás zarzas se retiran, se convierten en humo, se encogen hasta despejar la entrada.

Entro, una vez más, en Felsengruft.

En esta ocasión, comprendo los murales de las paredes. No narran tan solo la historia de Brunne, sino que también cuentan el relato de la Damisela Roja del Río. Sus historias se desarrollan ante mí, a veces enmarcadas en enredaderas carmesíes. Elimino todas las que veo. Brunne tiene razón: solo son polvo.

Pues claro. Reconozco una partida de «encuentra a la dama» en cuanto la veo. Siempre ha sido una cuestión de transferir poder, de sembrar el suficiente para vender la mentira, de hacernos mirar hacia donde ella quería.

Llego a la sala en la que se dividen las escaleras: unas van hacia arriba, al salón ritual, y otras hacia abajo, al túmulo. No sé cómo saldrán las cosas ahí abajo, así que opto por subir al salón ritual primero. Si lo demás no sale bien, por lo menos necesito el ancla material.

La encuentro justo donde recordaba: tristona en medio de dos bancos de piedra. La última vez que vinimos aquí, estaba distraída, como todos los demás. Y nos la olvidamos.

Estoy segura de que eso solo la cabreó más al final.

Se balancea en mi mano cuando salgo del salón ritual y desciendo, al fin, hacia el túmulo. En la otra mano llevo la flecha de Brunne.

Las espinas no se han atrevido a usurpar estos muros. Solo oigo el sonido del agua y veo que un panal inquietante de nichos cubre la espiral gruesa y lenta de las escaleras. Ha pasado mucho, muchísimo tiempo desde que alguien se internó aquí abajo. A menos que me equivoque, la última en encerrarse en la tumba fue la mismísima Damisela Roja del Río.

Cuanto más desciendo, más se condensa mi aliento a la luz de la flecha y con más claridad lo oigo: el sonido de un llanto desconsolado.

Al fin, alcanzo una gran puerta de hierro al final de la espiral. No hay ninguna manija ni cerradura, solo una placa pesada, permanente, sin ningún tipo de adorno, montada en la pared de piedra... y un río poco profundo que fluye por debajo hasta derramarse en la red natural de canales subterráneos de la montaña.

Deposito la flecha de Brunne en los escalones, vadeo el río, estiro un brazo y llamo a la puerta de hierro.

—Ya está bien —digo—. Es hora de que vuelvas.

El llanto continúa.

Me quito la corona de la cabeza.

—Sé... sé lo que se siente al querer algo con tantas ganas que tienes miedo de conseguirlo. Y sé... lo que es estar tan aterrorizada de lograrlo que no permites que nadie entre, y entonces lo pierdes todo. No querías la corona de Brunne. Solo… —Se me quiebra la voz—. Solo necesitabas la obsesión para no tener que fijarte en tu dolor. Y, cuando entraste en razón, habían muerto demasiadas personas como para dejarlo. Pero ahora hay un monstruo en las Haarzlands que te ha robado el nombre y ha hecho daño a tu gente. No tengo una corona de oro, pero he traído una corona hecha con las rosas de mi familia, de cuando por fin me permití volver a casa. Quizás… quizás eso sea suficiente.

Durante un momento, el llanto flaquea. El agua se queda inmóvil. Los veo de nuevo, los hilos de una historia y una canción, el poder de creer y el grillete de las expectativas, todo en uno.

La voz es tan tenue, tan rota, que apenas la oigo:

—No quiero ser la Damisela Roja.

Dejo la corona de flores en el agua.

—Lo sé. Creíste que tu dolor te había atrapado aquí dentro, ¿verdad? Pero no es eso. Creo que mi nombre me llamó de vuelta, pero el tuyo te retuvo aquí. Todos los ríos del desfiladero comienzan aquí. Contigo. No tienes por qué ser la Damisela Pintada de Rojo ni la Damisela Roja del Río. —Trago saliva y rezo para tener razón, rezo para poder llamarla y que responda—. Te quieren tal y como eres. Ilsza, por favor. Vuelve a casa.

Solo oigo el silencio.

Y entonces… el agua cambia de dirección y se lleva la corona por debajo de la puerta de hierro.

Se abre con un crujido, como una montaña partiéndose.

Desciendo como un fantasma por el sendero de Felsengruft, con el ancla en la mano izquierda y la flecha de Brunne en la derecha para iluminar el camino en la goteante oscuridad. Ha dejado de llover y el cielo está despejado, pero aún caen gotas con suavidad de cada hoja y rama, hasta romperse como estrellas contra la tierra.

Paso junto a la cabaña donde Emeric y yo hablamos por primera vez sobre lo que significaba el reclamo para nosotros, lo que significábamos el uno para la otra. Paso junto al haya cubierta de setas, que sigue evitando valiente el avance del rojo y luce su musgo verde como un escudo. Paso junto a las piedras lejanas de la Danza de las Brujas y me pregunto si algún día aprenderé su historia.

Hasta que, al fin, llego al puente de madera.

En el otro extremo, cientos de personas se acercan todo lo que se atreven al borde del precipicio. Algunas hasta han ocupado los tablones del puente.

Y, cómo no, la Doncella Escarlata está esperando entre su público y yo.

En ese momento, no podríamos ser más distintas. Ella flota entre el borde de la cascada y el puente de cuerda, con la silueta inconsciente de Emeric en sus brazos, pero, más que eso... está radiante, lustrosa e inhumana, la viva imagen de una diosa en su mejor momento. Cada ángulo está pulido con una gran precisión, igual que cada onda perfecta de su pelo imposiblemente rojo, igual que cada ondulación suave de su ropa vaporosa. Lo único feo es la cara que pone al verme.

Yo, sucia, empapada, sola, ojerosa y rebosante de furia. No estoy donde debería estar, no estoy donde me dejó. Yo, causando problemas. Yo, estropeándolo todo por última vez.

Yo, machacada y fea, igual que el viejo farol que llevo en la mano izquierda, el que se llevó a la encrucijada hace trece años.

Estiro un brazo, golpeo el poste del puente para que me dé suerte y la saludo con frialdad.

—Hola, madre.

CAPÍTULO 35

CÓMO CONOCÍ A VUESTRA MADRE

La voz de la Doncella Escarlata (no, de *Marthe*) resuena en mi cráneo. Solo habla para mí, no quiere que su congregación la oiga.

—Tu madre está muerta.

—Marthe Ros me abandonó con Muerte y Fortuna en una noche de invierno —respondo y avanzo por los tablones del puente—. Y luego se le cayó el farol y murió congelada buscándolo. Estarías *furiosa*. Seguro que te sentiste como una tonta. Muerte te lo advirtió, ¿verdad? Solo una de nosotras iría a casa. Pero no esperaste que esa fuera yo.

El fantasma de Marthe Ros no responde. Tiene la mirada fija en el farol.

Lo alzo para que pueda verlo bien.

—Moriste buscándolo y, cuando tu fantasma lo encontró, no lo pudiste soltar. Pero entonces tuviste que presenciar, colgada en la pared durante tantos años, cómo Katrin y Jörgi y Eida...

—No oses pronunciar sus nombres —sisea y su máscara casi se resquebraja.

— ... lloraban y velaban y encendían velas *por mí*. Cómo rezaban para que *yo* volviera a casa. No derramaron ni una lágrima por ti. —Dejo que el farol cuelgue precario cerca del borde del puente de madera. Las dos sabemos lo que pasará si lo suelto—. Y entonces Udo y Jakob se llevaron tu farol a Hagendorn. ¿Acaso tu odio era tan profundo que te apartó de Muerte? ¿O estabas echando raíces aquí, mediante vínculos sanguíneos con dos… ah, Helga… con tres de los hijos que tanto resentías? Ozkar me dijo que unirse al fantasma de su espíritu lo hacía mucho más poderoso. Pero tú lo hiciste al revés, creaste ese vínculo poco a poco. Nos quitaste fuerzas a todos.

—Te crees tan lista —gruñe—. *Yo* te traje hasta aquí. Te sentí en el borde de las Haarzlands y te llamé con trece años de odio. No puedes ser rica, amada, *feliz*, no después de lo que me hiciste. Así que te aparté de tu absurdo novio, hice que soltaras todos esos rubíes en el puente y luego dejé que hicieras el resto. Siempre te has creído mejor que yo. No me culpes a mí por haber estropeado tu vida.

—¿Que yo me creía mejor que tú? —repito con tono monocorde—. Tenía *cuatro* años. Era… Mira, ¿sabes qué? Da igual, no pienso discutir sobre esto. Devuélveme a Emeric y permitiré que te marches como quieras. —Agito el farol—. Ya sabes lo que me gustaría hacer a mí.

Pero Marthe ladea la cabeza sin más. Casi puedo ver su rostro bajo el hechizo y toda esa fachada: las líneas de una cara que conozco demasiado bien. Ella, por su parte, agita a Emeric, aún con la llamativa huella de su mano en el pecho desnudo.

—Adelante. Suéltalo. Pero entonces yo soltaré a tu querido y veremos cuál se estampa antes. Tú ganas, él muere. Yo gano, él muere y me convierto en diosa. —Entorno los ojos. Tendría que haber previsto su negociación—. O ¿qué te parece esto? —Marthe se acerca más al puente de cuerda—. Llevas encima la sangre de tus hermanos. Puedes elegir lo que prefieras quedarte: a tu enamorado o a tu familia.

—Bueno, sé que aún no eres una diosa menor, porque las divinidades no pueden faltar a su palabra —digo con cansancio. Ya casi he alcanzado la mitad del puente.

Justo donde le he dicho a Brunne que estaría.

—Lo único que quería era que eligieras. ¿No lo ves? No puedes tenerlo todo. No te mereces ganar. —Marthe flota justo fuera de mi alcance, casi a la altura de mis ojos, y enrosca una mano en el cuello de Emeric para acercarlo al vacío—. Elige ya o elegiré yo por ti.

Y entonces… el rojo se atenúa, solo un poco, en los ojos de Emeric. Mueve los ojos, su mirada se agudiza y los abre de par en par en cuanto ve la escena que tiene ante sí.

—Ah —suspira Marthe—, y he pensado que tu novio debería verte decidir.

Ha retorcido el cuchillo de una forma que no esperaba. Le sostengo la mirada a Emeric y deseo que confíe una vez más en mí.

—¿Y si elijo la sangre? —pregunto—. ¿Matarías a tus propios hijos?

(Estoy ganando tiempo. Creo que, a estas alturas, ya ha quedado bastante claro que Marthe nos entregaría a todes al perro infernal a cambio de un pretzel).

Y entonces lo veo: la cabeza de la cascada empieza a enturbiarse y echar espuma.

La carcajada de Marthe es como pisar cristales rotos; al fin y al cabo, le acabo de decir qué decisión tomaré.

—Tienes que pagar por lo que me hiciste. Es lo que te mereces. —Alza a Emeric con una sonrisa terrible; prefiere castigarme quitándole la vida a él. Aunque estemos muy por encima del Kronenkessel, distingo las dos luces gemelas de los ojos del perro infernal dando vueltas en el agua—. Y me merezco ser la diosa de Hagendorn.

Una voz fría resuena en el aire:

—Hagendorn ya tiene una diosa.

Una figura aparece sobre la catarata.

Va ataviada con el arcoíris reluciente que surge cuando la luz del sol atraviesa la niebla y unas cortinas translúcidas de cabello herbáceo caen a su alrededor como un torrente. Se alza más alta que la Doncella Escarlata, más alta incluso que Brunne, nacida de las aguas que alimentan las Haarzlands, hermosa como el fin de una sequía, terrible como una inundación.

Mi corona de rosas amarillas florece en su frente por encima de un semblante que resplandece con rabia divina.

—Soy Ilsza de los Ríos —declara. Su voz hace temblar el desfiladero y la congregación en el acantilado ahoga gritos y cuchichea—. Y no eres bienvenida en mi casa.

Ilsza alza un brazo. Un silencio sobrecogedor cae sobre la multitud cuando la cascada se encoge y tiembla. El agua se aparta en un arco del acantilado y se eleva en el aire; abandona el Kronenkessel a medida que se curva arriba, arriba y más arriba. En cuestión de segundos, el río fluye en medio de la nada, justo por debajo del puente de cuerda.

Oigo fuertes vítores procedentes del río… vítores y la cacofonía de unos cascos.

Ilsza ha hecho la carretera.

Brunne cabalga por encima de la cresta de la cascada con un grito; el resto de la cacería salvaje la sigue con gran alboroto. Marthe se los queda mirando con espanto. Mientras está distraída, deposito el farol en los tablones del puente y me preparo para lo que viene.

Y, por segunda vez en lo que llevamos de día, salto.

(Por suerte, ahora tengo un plan mejor).

Durante un momento, quedo suspendida en el aire. La expansión del desfiladero se encorva por debajo de mí. El abismo es tan vasto como el cielo.

Pero el río fluye cerca y no tengo miedo de caer.

Sé (creo) que puedo ser la persona que Emeric ve en mí, la belleza y la pesadilla; hermana, ahijada divina y más. Y puedo salvarnos a los dos.

Choco contra él, le rodeo el pecho con todas mis fuerzas y nos precipitamos hacia el río…

La mano de Brunne agarra las correas de mi bolsa y me balancea sobre la silla de un alce plateado. Ayuda a Emeric a subir detrás de mí al tiempo que la bruma roja se desprende de él.

—¡Cabalgamos contigo! —grita la diosa y me entrega las riendas.

Me las enrosco en los nudillos y Emeric jadea, se queda completamente inmóvil y entonces se estira para agarrar el cuerno de la silla.

—POR QUÉ SIGUE PASANDO ESTO —grita por encima del estruendo de los cascos y del río.

—¡No, mira, esta vez es un alce fantasma, no un caballo volador! —le respondo a gritos. Estoy llorando. Podría ser por el viento, pero en el fondo sé que es alivio... alivio por oír su voz quisquillosa, alivio por sentir su abrazo, alivio porque ya no está en las garras de Marthe.

—¡El problema no es el caballo! —protesta.

—Ya, acerca de eso... —Hay un giro en la carretera de agua que nos devuelve hacia Doncella-Marthe (¿Doncemart?). La cacería salvaje la está manteniendo ocupada, pinchándola con lanzas, tirándole del pelo, lanzándole flechas que la atraviesan sin más—. Emeric, te presento a mi madre.

—¿A tu...? Dioses, ¿esa es tu *madre*?

—El farol es su ancla material y está ahí, en el puente. —Rebusco en la bolsa y saco el punzón y la tela—. Lleva trece años en ella. Y ha estado extrayendo poder de nuestro vínculo sanguíneo, incluido el que tienes tú conmigo. ¿Te acuerdas de cuando te lamí la mano en Minkja?

—Uno de los primeros en una serie de desdichados despertares —musita sobre mi hombro—. Así que... tenía un vínculo indirecto conmigo. Por eso pudo fingir que me reclamaba como diosa para un sacrificio.

—Y así ha podido poseerte también, mover cosas, enviar visiones... Todo eso. Empezó como fantasma. Ha acumulado fuerzas para las cosas toscas y ahora está usando todo lo demás para parecer más poderosa de lo que realmente es. —Trago saliva y saco la ceniza de bruja de la bolsa de Emeric—. Como aislarme de Muerte y Fortuna. Usó nuestro lazo sanguíneo para expulsarlas. Y creo... creo que ahora tengo que expulsarla a ella.

Emeric suelta el cuerno para agarrarme la mano. Luego toma las riendas.

—Mientras estemos metidos en esto... —me dice. Y sé cómo acaba la frase: «Estamos juntos en ello».

Quito el tapón con los dientes y doy un gran trago al frasco.

—Ayúdame —le pido mientras la magia estalla en todas mis venas y me llena el aliento de enebro y rayos. Emeric agarra el frasco y se bebe el resto. Cuando me derrumbo sobre él, siento que mil hilos cantan entre nosotros. Es demasiado... No, no los decepcionaré, no volveré a fallarles, puedo arreglarlo, puedo evitar el desastre y remendar esto...

Las manos de Emeric estabilizan las mías, me guían. Me pincho el dedo en el huso de hueso y lo aprieto contra la tela...

Y me convierto en la decimotercera estrella.

En Kerzenthal, Katrin la Pequeña se queda inmóvil en la fragua de Jörgi. Elle, sin habla, deposita despacio el martillo en el yunque. Luisa se detiene mientras le seca la cara a su hija. Udo, Jakob, Dieter y Helga están sentados en el salón de un albergue cerca de la barricada del príncipe Ludwig; los cuatro se quedan en silencio. A Ozkar se le cae una herramienta y la maldición muere en sus labios cuando se queda mirando al vacío en su taller. Eida suelta la tiza que estaba usando para marcar un trozo de tela. Erwin enmudece en el bar del Manga Verde. Sånnik se sienta en el borde de la cama de su nueva casa. Henrik, acomodado junto a la ventana en una posada de camino a Welkenrode, deja caer la pluma sobre su cuaderno en pleno verso.

Las gotas de sangre se encienden; no solo la mía, no solo las de nuestros siete hermanos, sino las gotas de les trece. Repartides por

las Haarzlands, somos puntos cardinales, decenas de vínculos co-
nectándonos les unes a les otres. Somos una red, una zarza, radios
en una rueda, segmentos de una rosa floreciendo, nuestra propia
constelación. Somos trece estrellas rojas y las llevo a todas conmigo.

Y expandiéndose sobre la colina y el valle, sobre el río y el
desfiladero, están los vínculos que nos unen a nuestra madre. Si
nosotres somos la rueda, ella es el eje.

—¿Los ves? —pregunta Emeric; su voz es un susurro y un grito en mi oído. El río de Ilsza vira hacia un lado para crear un anillo alrededor de la Doncella Escarlata, aún rodeada por la cacería
salvaje.

A modo de respuesta, suelto el huso de hueso. Emeric deposita
la empuñadura del cuchillo de plata en mi mano vacía.

—No cortes el tuyo aún —dice—. Aguanta.

Noto que aprieta los talones contra el costado del alce, lejos de
mí y muy cerca a la vez. El alce agita las astas y acelera. Un cente-
lleante hilo rojo se aproxima a mí...

Y, cuando lo atravieso con el cuchillo, Eida ahoga un grito.

No tengo tiempo para pensar antes de que otro de los vínculos
de Marthe aparezca ante mí. Esta vez, Jörgi se lleva una mano al
pecho y parpadea.

Henrik, Udo, Helga, Jakob... Uno a uno, los libero de nuestra
madre. La oigo gritar con rabia, arañar sin control la cacería, pero ya
hemos recorrido la mitad del círculo. Ilsza nos observa cuando pasamos junto a su trono en la cascada, cómo blando el cuchillo una
y otra vez. Dieter suspira. Una lágrima cae por el rostro de Katrin.
Luisa se estremece. Erwin vuelca un *sjoppen* y maldice. Sånnik se
mece. Al cortar el hilo de Ozkar, este musita sin más un «por fin» y
sigue trabajando.

Cuando casi hemos completado el círculo, veo que Emeric también ha estado ocupado. Ha trenzado los vínculos entre les hermanes en algo semejante a una jaula de juncos que se cierra alrededor
de Marthe.

—¡Brunne! —llamo.

La diosa suelta un potente alarido y la cacería sale corriendo en todas direcciones a través de los huecos de los barrotes. Una última *vila* escapa justo cuando los hilos se contraen alrededor de una agitada Marthe. Se ha acercado hacia el viejo farol, que ha caído de lado en el puente de cuerda. Los vínculos se tensan y encogen hasta borrar su farsa.

La larga melena roja se marchita y apaga hasta convertirse en una madeja de pelo color zanahoria. Su belleza sobrenatural se reduce a algo más amargo, más cansado, más humano: el rostro que vi en las Lágrimas de Augur, con un parecido asombroso al mío. La corona de rosas ardientes se convierte en un gorro de lana gruesa, y la túnica de seda en un vestido y un abrigo bastos.

Marthe vuelve a ser la mujer que recordaba de esa noche de invierno, la que lleva trece años persiguiéndonos.

Pero es hora de que las dos sigamos adelante.

—¿Lista? —pregunta Emeric y busca el último vínculo que ata a Marthe a les hermanes Ros.

—¡Esto no cambiará nada! —grita Marthe. Su voz ya no resuena con la pretensión de divinidad—. No puedes deshacerte de mí, ya estoy muerta, ¡te encontraré de nuevo! Estás maldita, siempre lo estuviste, vas a estropear...

—Ya está bien —dice Emeric.

Y, con el cuchillo de plata, corto el vínculo de mi madre.

A mi alrededor, estallan nubes de dorado y de sombra: las madrinas Muerte y Fortuna, en toda su gloria, irradian una fría rabia.

—Se te ha acabado la suerte —le dice Muerte a Marthe.

Emeric hace un movimiento desgarrador. Los vínculos de sangre convergen en el farol con un chasquido agudo, como metal retorciéndose sobre cristal, y arrastran a Marthe hacia el viejo cascarón de hierro. El farol salta y se agita, rebota en la madera, se tensa para mantenerla dentro, pero los vínculos aguantan...

Y Fortuna sonríe.

Con un soplo de carbón de la mala suerte, el farol rueda fuera del puente.

Lo veo caer en picado, con el corazón en un puño y la cabeza martilleándome de dolor por la ceniza de bruja. Como la cascada fluye por el cielo, la superficie del Kronenkessel es suave y transparente; una ventana perfecta a las profundidades.

Y no soy la única que observa cómo cae el farol.

El lago estalla y el enorme hocico gris salta hacia el cielo. El agua resbala por el enmarañado pelaje, manchado por los años, los siglos, las algas, el lodo y la sangre. Abre las fauces...

Y la cierra sobre el farol con un último estallido de escarlata.

Muy, muy abajo, veo el minúsculo resplandor de la corona de Brunne en el semivacío Kronenkessel. Ahora... mientras la cascada sigue en el aire, mientras el perro infernal se retira con su comida... ahora es el momento...

Miro a Ilsza cuando el alce se detiene sobre el puente de cuerda. Está observando las profundidades, fascinada por el oro sublime, el fantasma de un sueño que siempre quedará fuera de su alcance.

Pero entonces me mira y asiente con suavidad.

Y libera la cascada.

El Kronenkessel se llena justo cuando el perro del infierno se hunde bajo la espuma una vez más. En cuestión de segundos, no hay ni rastro de Boderad, de la corona o del farol.

Se ha acabado.

Ya está.

Mi madre se ha ido.

—Ja —digo con un hipido. Algo caliente me cae por las mejillas. Estoy llorando. No... no pensé que lloraría.

A lo mejor es por la última migaja de esperanza que me quedaba, la que ansiaba que ella se arrepintiera de todo el daño que me hizo. A lo mejor es por saber que siempre estará fuera de mi alcance. A lo mejor es por saber que era yo quien tenía que dejarla marchar.

La noche casi parece más oscura.

No... no lo *parece*. Mi visión se nubla, mi pulso se acelera. Las consecuencias de la ceniza de bruja. Es hora de pagar el precio.

Noto que caigo una vez más, pero esta vez hay unos brazos para agarrarme y la voz del chico al que quiero pronuncia mi nombre. Es lo último que oigo antes de deslizarme hacia las estrellas.

CAPÍTULO 36

EL FANTASMA DEL PENIQUE

E l uno de mayo es un día amargo en Hagendorn.

Menos de una semana antes, la plaza estaba repleta de desconocidos que se hacían llamar los Sacros Rojos, que habían jurado lealtad a una diosa invasora, que crearon colonias en las casas comunales y ocuparon las casas antiguas por orden de su reina.

Resulta que es mucho más difícil quedarse en un sitio donde no te quieren sin una diosa de tu parte. Las casas comunales están casi vacías y en la plaza hay sobre todo lugareños. Unos cuantos feligreses avergonzados se han quedado para ayudar a limpiar el desastre. El resto, atraídos por la promesa de ser elegidos y especiales, se han ido por voluntad propia… o por una diosa poco propensa a alimentar sus egos.

El pueblo se está recuperando lo mejor que puede. Ha acudido mucha gente desde Glockenberg a aligerar la carga. Ilsza también vino de visita con un río de truchas para renovar las despensas y ha ayudado encantada a derribar estatuas y las casas comunales que sobran. Las que quedan las convertirán en un alojamiento permanente para viajeros, un almacén para épocas difíciles y cosas así.

Entre los supervivientes arquitectónicos está la capilla de madera. Solo tiene una ocupante y, ahora que puedo andar de nuevo, voy de camino a verla.

Udo se halla ante las puertas dobles con los brazos cruzados. Está de vigilante solo porque se ha pasado noche y día trabajando para arreglar Hagendorn y esto es lo más parecido a un descanso que hemos conseguido que hiciera.

—¿Seguro que estás bien? —pregunta de malhumor cuando me aproximo. El tabernero, que anda cerca, me mira de reojo y Udo lo taladra con la mirada hasta que sigue avanzando.

Me estoy acostumbrado a esas miradas. No los culpo.

Asiento.

—Sigo un poco mareada, pero el desayuno me ha sentado bien.

Hay que tomarse en serio las resacas por ceniza de bruja. Me he pasado los tres últimos días delirando o inconsciente. Me han dicho que Helga y Emeric se turnaron para cuidarme mientras tenía fiebre, escalofríos y lo que parece ser un episodio de vómitos muy glamuroso que ocurrió estando casi lúcida.

Pero cuando me he despertado esta mañana, con Emeric dormido a mi lado y ni rastro de la huella roja en su pecho, sé que ha valido mucho la pena.

(Igual que el baño que me he dado después. Santos y mártires, *qué baño*).

Udo abre la puerta.

—Grita si necesitas ayuda.

—Lo haré.

Entro en la capilla y dedico un momento a dejar que se me acostumbren los ojos a la penumbra. Distingo un montón sentado en el estrado, con la cabeza gacha y las manos encadenadas unidas en un rezo. Aún lleva la túnica roja, aunque no hay ni rastro del halo de bronce.

Leni alza la mirada y musita:

—El fraude.

No me gustar estar de pie a su lado, así que me siento en un banco, lo bastante cerca para no tener que gritar y lo bastante lejos para que, si se pone nerviosa, pueda aprovechar mi ventaja.

—Quiero hablar contigo.

—¿Sobre qué?

Sobre lo que pasó cuando me marché. Sobre las decisiones que tomó.

Sobre cualquier cosa que haya dicho mi madre y cualquier huella que haya dejado porque, incluso delirando, vi una y otra vez cómo caía el farol hacia el olvido. Y no hice nada para detenerlo.

Supongo que dejarla ir es más difícil de lo que pensaba.

Decido tratar el tema desde otra perspectiva.

—Jakob dice… que aún crees que la Doncella Escarlata es real.

—Salvó a mi hija —espeta.

Intento no sonar condescendiente. Al fin y al cabo, fui yo quien creó esa base.

—Era un fantasma, Leni. El fantasma de mi madre.

—Obró milagros a través de mí —insiste—. Tuve visiones, oí voces.

—Quería que creyeras que era una diosa porque eso le daba poder. Y quería ese poder para hacerme daño.

—Eres la Profanadora, pues claro que dices cosas así.

Hago una mueca.

—Seguro que te dijo eso justo antes de que te ordenara enviar a esas personas a Rammelbeck para que me buscaran.

Leni titubea antes de responder.

—Es una prueba. La Doncella Escarlata dijo que nos pondría a prueba. Solo los dignos se alzarán en la edad de la abundancia y yo estoy entre ellos. Mi fe es fuerte, yo soy Su profeta y la pastora de Su rebaño.

Tengo muchos pensamientos sobre pastores que exigen la muerte de sus corderos (para empezar: menuda forma de llevar un negocio). Pero no he venido a soltarle un sermón, sino a buscar respuestas.

—La Doncella Escarlata te dio poder en la secta…

—*Congregación.*

— … y lo usaste para hacer daño a la gente. ¿Por qué?

El semblante de Leni se ensombrece.

—No hice daño a nadie. Guie, enseñé. Necesitaban seguir Su verdad.

Me inclino para que mis ojos queden a la altura de Leni.

—Me parece que no te lo crees ni tú —digo con sequedad.

Durante un momento, su mirada hace que me alegre de que esté encadenada y de que Udo vigile la puerta.

—No quisieron *escuchar* —rabia, con la misma bilis que Marthe—, les dije la verdad, les dije lo que queríamos… lo que la Doncella Escarlata quería, y no hicieron lo que les *ordené*. Tenía que ponerlos a prueba.

Aunque diga «poner a prueba», en realidad lo que oigo es «castigar».

Mi Doncella Escarlata era una diosa benévola en una tierra despiadada; era una efímera esperanza supersticiosa y poco más, hasta que Marthe la hizo real. Tal vez haya sido diferente porque yo sabía que era mentira.

Quizá mi madre solo le dio a Leni lo que ella quería desde el principio.

Me pongo en pie.

—Bueno, puedes esperar a la Doncella Escarlata todo lo que quieras, pero Hagendorn decidirá lo que hacer contigo mientras tanto. Yo que tú pensaría en algo mejor que todo eso de «ponerlos a prueba».

Casi he alcanzado la puerta cuando Leni habla de nuevo:

—¿Quién está cuidando de mi hija?

Se me encoge el corazón. Al menos es mejor que Marthe en ese sentido.

—Sonja. Luego irá con tu hermana a Glockenberg.

Leni se pone a rezar cuando salgo.

Es casi mediodía. Paseo por la plaza, donde la gente está colocando unas decoraciones sencillas para la fiesta del Santo Mayo.

Hay muchas flores y, sin Marthe a la vista, florecen en otros colores aparte del rojo, así que hay mucha oferta y demanda de coronas. El olor de las hogueras me dice que el banquete será a base de trucha, pero no creo que a nadie le importe.

Ayudo donde puedo, donde me dejan. Algunas personas aún desconfían de mí. Otras me vieron en el puente; a lo mejor no saben toda la historia, pero sí lo suficiente.

Jakob me llama al fin para comer. Él ya ha comido, y justo se está marchando con Kirkling cuando llego a la casa. Me gustaría poder decir que Kirkling se ha derretido por completo, que se ha encariñado de mí y soy como la hija que nunca tuvo, pero por ahora se ha decantado un poco hacia una indiferencia casual en vez de su antagonismo directo. Ha bastado con que Jakob y Udo le permitieran dormir en un jergón en un hueco de su salón en vez de obligarla a dormir con un puñado de desconocidos en una casa comunal chapucera (aún no saben qué pensar de lady Ambroszia, pero se van acostumbrado a ella).

No obstante, Emeric sigue ante la larga mesa, centrado en un cuenco de sopa y en un montón intimidante de papeleo. Pero lo aparta feliz a un lado cuando me sirvo un cuenco para mí.

—La señorita Ragne me ha pedido que te dijera que se enfadará mucho si desapareces durante otros tres meses.

—Qué curioso, Joniza me dijo lo mismo.

Me siento delante de él. Ragne se ha quedado hasta esta mañana, pero tenía ganas de volver a Minkja, junto a su posible esposa; estoy segura de que también han sido un par de semanas largas para Gisele. Helga también estará fuera hasta el banquete de esta noche, aunque solo se ha ido a la casa de la tía Gerke en el bosque. No sé si vivirá ahí sola o se trasladará a Hagendorn para estar más cerca, ahora que es la única partera con formación de la zona.

—¿Cómo te sientes? —pregunta Emeric—. Supongo que Leni no te ha ofrecido una conversación agradable.

—Me ha aclarado algunas cosas. —Remuevo la sopa—. Pero... es duro ver cuánto daño hizo Marthe solo... solo para herirme a mí.

Emeric se sobresalta y escribe algo en su cuaderno.

—Eso me recuerda que necesito tomar tu declaración oficial después de comer. Pero no te culpes. Sé... sé que no es fácil, que te enseñó a creer que tú eras la responsable de sus decisiones... pero nada de esto es culpa tuya.

Me obligo a tragar una cucharada de sopa antes de responder.

—Lo sé.

Pero cuesta creerlo.

Poco a poco, me iré quitando sus dedos de la garganta. Quiero dejarla ir, aunque eso no signifique que ella quiera soltarme.

—Por lo menos este caso debería ser bastante fácil después de todo esto —dice mientras ordena el papeleo—. Enviaré los documentos esta tarde para... Bueno, dicho con sencillez, para declarar oficialmente que no eres cómplice de fraude profano. Se celebrará un juicio ceremonial para el Fallo, pero a lo mejor no hace falta ni que testifiques.

Me ha quitado un peso de encima.

—¿Y ya está? ¿Estoy fuera de peligro?

—Estás fuera de peligro —confirma Emeric—. Bueno... ¿has pensado en lo que quieres hacer después del Fallo?

Trago saliva.

—¿Eso es cuando los prefectos deben estar solteros durante un año?

—Y cuando les recordamos que es una tradición horrible. —Sacude la cabeza—. No, esa es mi lucha. Te estoy preguntando qué quieres *tú*. Sé que ya lo he dicho antes, pero creo que podrías tener una carrera bastante lucrativa como asesora de prefectos. Personalmente, voy a ver si hay un caso abierto sobre el príncipe Ludwig que puedas disfrutar.

Retuerzo la boca.

—Me parece que, antes de nada, le debo a Hagendorn ayudar a que las cosas vuelvan a ser como antes, al menos una temporada.

Y... hay más.

Hemos sobrevivido, aunque parezca increíble. Hemos sobrevivido al que pensé que sería nuestro último día. Pero al fin la Vanja del futuro tiene que tomar una decisión.

Se supone que la ley ayuda a la gente. Pero, en general, no lo hace, porque hay vacíos legales por los que pueden pasar carromatos, porque los poderosos y privilegiados siguen normas distintas, porque incluso se producen errores humanos. Y quizá gente como Gisele, como la abadesa Sibylle, puedan solucionar esos problemas a lo largo de meses y años. Yo no puedo escribir las leyes, ni siquiera tengo la diligencia ni la integridad para hacer que otras personas las cumplan sin convertirme en un monstruo (¿te lo imaginas? ¿Me ves respondiendo ante Justicia por todas las normas que me he saltado en un año? Moriríamos de viejas antes de llegar al final de la lista).

Pero la ley está fallando a la gente en este momento. Les hace daño *ahora mismo*. Esas personas... A ellas sí puedo ayudarlas.

Sin embargo, aún no sé cómo voy a hacer que esto funcione exactamente, con mi forma alegre y necesaria de pasarme la ley por el forro... y con un prefecto como pretendiente.

Aunque, si alguien puede pensar en un modo, ese es Emeric.

Al fin y al cabo, si alguien puede hacer que esto funcione, somos nosotros dos.

O, al menos, eso es lo que me digo: que esto no es una corona en el fondo de una herida vieja y profunda. Que no hemos derramado tanta sangre solo para perseguir algo que siempre quedará fuera de nuestro alcance.

Emeric apoya el mentón en los nudillos y el codo en la mesa.

—Creo que Hagendorn agradecerá tu ayuda —dice despacio—. ¿Qué me dices de tu familia? ¿También quieres pasar tiempo con elles?

—Sí... Sí que quiero, pero tampoco quiero retrasarte —farfullo—. Tenemos que ir a Helligbrücke para la ceremonia esa del Fallo, ¿verdad? ¿Y para que terminen tu marca de prefecto?

—*Yo* tengo que hacer eso. —Me dedica una sonrisa torcida—. Y Helligbrücke solo está a unos días de distancia. Puedo esperarte allí hasta que estés lista.

Se me cierra la garganta. Hemos vivido muchas cosas desde que me desvié del camino que acordamos, pero...

—¿Aunque la última vez no saliera tan bien?

Emeric alarga el brazo por encima de la mesa y me agarra la mano.

—Confío en ti, Vanja. —Luego tuerce más la sonrisa—. Y, si estás con tu familia, al menos sabré dónde buscarte.

La fiesta del Santo Mayo arranca al anochecer con cierta tensión. En general, la comida se prepara antes, cuelgan las coronas y los lazos en la víspera y el día está repleto de dulces y enamorados, ramilletes y bailes alrededor de unos árboles de mayo muy adornados.

Esta noche, sin embargo, todo el mundo está cansado tras un día de duro trabajo, el festín es un poco chapucero y las flores nos recuerdan a la Doncella Escarlata.

Pero entonces alguien de Glockenberg saca una flauta y el hijo mayor de Sonja tiene un violín. El posadero arrastra un barril que ocultó a la secta y la fiesta comienza de forma oficial. La dulce cerveza fluye por doquier, la brisa cálida se agita en la inminente noche y la plaza no tarda en llenarse de bailarines que ríen y cantan casi desafiantes después de la pesadilla del último mes.

Y Emeric y yo nunca hemos podido resistirnos a un baile.

Me hace rodar entre la gente sobre la tierra compacta, con una mano en mi espalda y la otra aferrada a la mía. Reímos y giramos hasta que, una a una, las estrellas atraviesan el cielo azul oscuro. Y entonces... entonces, en medio del alegre baile, me levanta por la cintura en una vuelta vertiginosa y...

Y lo sé.

Es por cómo me abraza, por su risa, por el fuego que le ilumina la cara, por la seguridad y la emoción que siento entre sus brazos. Nos estamos riendo con ganas, cerca el uno de la otra, agotados. Antes de que pueda recuperar el aliento, el baile exige que me alce de nuevo y rodemos.

Esta vez me pega fuerte, es como un torrente en la sangre, como ansia en el corazón. Sé lo que quiero.

No hay fecha límite, ni presión ni ninguna marca vergonzosa que borrar, nada con lo que compararse. Solo existe el amor que siento por él y un deseo sin complicaciones.

La canción acaba y saco a Emeric del círculo de bailarines. Me observa con desconcierto.

Se lo pido de la única forma que sé: le abro la mano y trazo un círculo en la palma.

Su semblante se torna sincero y solemne a la vez y me mira. No sé si es la luz de la hoguera reflejándose en sus ojos oscuros o si arde igual que yo.

Entonces me rodea los dedos y se los lleva a los labios, respondiéndome de un modo que solo sabe hacer él.

De la mano, nos vamos en silencio hacia mi cobertizo y cerramos la puerta.

Estamos ansiosos de un modo desmedido, torpe y desmañado.

Pero nos tomamos tiempo, lo hacemos nuestro.

Y es perfecto justo donde necesitaba que lo fuera.

Encontramos belleza y más el uno en la otra, una y otra vez. Cuando nos cansamos, nos quedamos tumbados en el desnudo colchón, entrelazados en medialunas idénticas de extremidades enredadas y sueño vertiginoso. Disfrutamos hasta de los nuevos dolores raros, de cómo mi espalda se sigue pegando a su pecho como si no quisiera ceder ni un poco de distancia. Ha sido una sorpresa que no haya dolido como me habían avisado. Pero nos hemos tomado nuestro tiempo para llegar hasta ahí. Quizás eso era todo lo que necesitaba.

Sé que debería levantarme y buscar mantas antes de que la habitación se enfríe y me dé un escalofrío, pero no quiero abandonar este presente dulce y somnoliento, con la áspera almohada bajo la mejilla que contrasta con el brazo de Emeric enroscado a mi alrededor. Apoya los labios, solo los apoya, contra mi nuca. Lo único que podría ser mejor que esto es la perspectiva de la mañana, cuando hayamos descansado y podamos repetir.

Oigo su murmullo, suave y bajo, y al principio creo que estoy soñando.

—¿Sigues despierta?

—Mmm —susurro evasiva, más dormida que despierta.

Reina el silencio durante tanto rato que creo que se ha quedado dormido en plena pregunta. Pero entonces se mueve. Siento sus labios contra un costado de la garganta.

—Te quiero, Vanja Ros —murmura—. Lo diré mejor por la mañana.

Se tumba de nuevo en el colchón y su respiración se vuelve regular. En cuestión de segundos, se ha dormido.

Yo, por el contrario, estoy bien despierta y el corazón me martillea con fuerza.

Me quiere.

No es que no lo supiera, la verdad. Es que él lo ha dicho primero. Aunque creyera que estaba dormida, aunque creyera que no lo oiría…

Tengo su corazón en las manos, me lo ha entregado voluntariamente. Y qué cosa más terrible y esplendorosa es. Qué espanto, qué maravilla.

Es un poder horrible, aunque yo se lo entregase hace semanas.

Le di el poder de arruinarme con una palabra.

Y él me dijo que sería una novia preciosa.

¿Esto es lo que se siente al tener un camino ante ti y quererlo? ¿Querer lo imposible y descubrir que... en realidad está al alcance de tu mano?

¿Esto es lo que Marthe creía cuando se casó con mi padre? ¿Es por eso por lo que odiaba la idea de que yo pudiera conseguirlo?

La cama es un paraíso, pero la habitación está fría. No es una metáfora existencial; aunque sea mayo, las noches en el norte no son cálidas. Emeric suelta un flojo soplido cuando bajo de la cama para buscar una manta.

El frío está entrando más rápido de lo que pensaba. Opto por otra medida y abro la puerta de hierro de la chimenea.

Enseguida las brasas me traen unas voces que hablan en susurros furiosos. Tengo que acercarme para escuchar, pero distingo con bastante claridad las palabras.

—¡ ... parece increíble lo que has hecho! —Esa es Helga. Habrá vuelto de la casa de la tía Gerke—. ¿Acaso Conrad sabe que has interceptado sus papeles?

La respuesta evasiva de Kirkling es tranquila y seca.

—Si no hubieras rebuscado entre mis pertenencias como una ladrona...

—Los dejaste sobre la mesa.

—No esperaba a nadie, solo a tus hermanos, que siguen en la fiesta. Pero no sé por qué te sorprendes.

—Me sorprende porque Vanja *no es culpable* —espeta Helga.

Me muerdo la lengua con tanta fuerza que saboreo el hierro.

Tenía el hacha delante de las narices y no la he visto caer.

Pues claro que Kirkling no había cambiado de idea de puro milagro. Solo empezó a ayudar cuando descubrió que la Doncella Escarlata no era una diosa de verdad y lo hizo por un motivo:

Sabía que ya había ganado.

—El aspirante Conrad *tiene* que juzgarla por ser cómplice de fraude profano, eso por lo menos. Tomó la decisión de darle detalles esenciales del caso, algo que cualquier sospechoso podría aprovechar con facilidad para influenciar sus conclusiones. Como el ancla material de la Doncella Escarlata se ha destruido, la única prueba de la inocencia de Ros es su propio testimonio. Quizá la excusa de «mi madre intentó convertirse en diosa para fastidiarme trece años después de su muerte» sea suficiente para ti, pero el listón del tribunal está mucho más alto.

—Estoy bastante segura de que ese es el motivo por el que Verdad asiste a los juicios —replica Helga.

—Esa no es la cuestión —dice Kirkling con tono glacial—. Es una cuestión de imparcialidad...

—Has bailado en la *boda* de nuestro hermano. Has tenido un mes para ver cómo es Vanja en realidad. ¿Cuándo te cansarás?

Oigo el susurro de unos pergaminos.

—Esto no es personal. Es lo que el deber me exige para aconsejar al tribunal. Y ahora te pediré que te marches para que pueda volver a mi trabajo.

—Si esta es tu idea del deber, tendrías que haberte quedado jubilada.

Helga da un portazo al salir.

Miro la cama. Emeric sigue dormido. Está tan en paz que casi resulta desgarrador.

Y solo durante un instante, pienso que... una vez más, encontraremos una salida.

Al fin y al cabo, estamos los dos aquí, victoriosos. Encontraremos un modo. Mientras estemos metidos en esto, estaremos juntos en ello.

Pero, en el fondo, sé que este no es el final.

Siempre supe que esto acabaría así. Que nos han empujado hasta este punto.

Vuelvo a estar en la orilla del Kronenkessel y los muros se cierran a mi alrededor.

Estoy en el puente bajo de piedra y, esta vez, no puedo saltar. No sin arrastrarlo conmigo.

Es como dijo mi madre.

Podría renunciar a mi vida criminal ahora y no cambiaría nada. No para quien quiera usarla contra él. No para Kirkling, que no parará hasta que Emeric tenga que...

Elegir.

Lo único que quiere es que elija. Para que Emeric no lo tenga todo.

Y, aunque la venzamos, llegará otra cosa. Puede que sea otro prefecto que quiera bajarle los humos a Emeric. Puede que sean las consecuencias de habernos saltado la regla del primer año. Puede que sea un guardia de la ciudad al que él haya enfadado, alguien que decida exponer su doble rasero para la ley que aplica a los demás... a todo el mundo menos a mí.

Puede ser el propio Emeric. Nunca he querido que eligiera entre ser prefecto y yo. Antes de este mes, era porque tenía miedo de que eligiera el sueño que ha perseguido durante diez años.

Ahora tengo miedo de que cumpla con su promesa y me elija a mí.

Y habrá más chicas como yo, como Agnethe, que aparezcan cada día, porque nadie con el poder de ayudarlas las escuchará.

Puedo ser egoísta, cruel, engañosa, poco fiable. Pero hasta yo sé cuál es la decisión correcta.

Y... no puedo permitir que me elija a mí.

No sé lo que me merezco, pero... pero esto es demasiado pedir.

Emeric será el sueño en el que me ahogue, el que quede justo fuera de alcance.

Tengo que...

No...

Tengo que dejarlo marchar.

Me muevo en una neblina por el espacio oscuro, en silencio, sigilosa, veloz, mientras la insensibilidad de esta desolación me mantiene entera. Me pongo una camisa, calzas, un par de pantalones. Saco de la bolsa el símbolo de amnistía, junto con el espejo mensajero y cualquier cosa de los prefectos.

Sé que me arrepentiré, pero agarro la cinta que me queda, el amuleto de la suerte de Minkja, el borrador doblado de una carta desesperada, el cuaderno que me regaló y que sigue en blanco porque siempre he tenido miedo de estropearlo. Lo guardo todo en mi mochila, que pesa por los rubíes, y estoy metiendo una muda de ropa más cuando Emeric se remueve.

—¿Rosas? —Su voz, aturdida y tierna, me rompe el corazón en dos—. Vuelve a la cama. Hace frío.

Bajo la mochila y me siento en el borde de la cama. Le apoyo una mano en la mejilla e intento no echarme a llorar. Él presiente que algo va mal y frunce el ceño. Busca las gafas, abre la boca para preguntar...

—Villanelle —digo con la voz rota. Cada sílaba es una traición que no perdonará.

Emeric cae hacia atrás en silencio.

Me inclino, temblando, y lo beso por última vez.

—Te quiero, Emeric Conrad —susurro. Sé que nunca oirá las palabras—. No voy a ser tu ruina.

A través de las lágrimas, lo tapo con una manta. Me pongo las botas, el abrigo. Me cuelgo la mochila al hombro. Al tocar el pomo de la puerta, me doy cuenta de que quizás Emeric intente racionalizarlo de algún modo, con... con otro motivo. Un secuestro, sonambulismo, incluso la deuda de Brunne... Bueno, eso no, porque nunca le hablé de ella.

Necesito que sepa que esto es premeditado. Que no es por codicia, ni por venganza, ni el odio de mi madre, ni mi propio miedo. Ahora comprendo los delitos tan terribles que se pueden cometer por amor.

En la almohada vacía, deposito un único penique rojo con la corona hacia arriba.

Y entonces me marcho de Hagendorn del mismo modo que llegué: miserable, perdida, sola. Solo hay una diferencia esta vez, y es que sé que he tomado la decisión correcta.

El alboroto de la festividad cubre mi salida, pero no lo suficiente. He llegado a la entrada del sendero cuando la voz de Kirkling me detiene en seco.

—Bueno. Conque huyendo de las consecuencias.

—Claro —digo sin entusiasmo.

—Conrad me contó cuánta ceniza de bruja te tomaste. —No es lo que esperaba que dijera—. Tanta cantidad debería haberte matado en una hora, pero aquí estás.

—No sé de qué estás hablando.

Es la verdad.

—No juegues conmigo. ¿Qué eres?

Encojo solo un hombro.

—Quizá Muerte se negó a llevarme.

—¿Cuánto tiempo vas a seguir mintiendo? —escupe Kirkling—. ¿Cuántas vidas vas a...?

—Ni se te ocurra decir «arruinar» —gruño entre lágrimas y al fin me doy la vuelta a toda velocidad para enfrentarme a ella—. ¿Quieres que hablemos sobre vidas arruinadas? ¿Sabes lo que he averiguado? Que yo y todo lo que he hecho te da igual. No te importa nada. —Le arrojo las palabras, como una puñalada salvaje de un cuchillo amargo—. Esto no es por mí. No me culpas por el asesinato de Klemens. Culpas a *Emeric*. Tú eras la compañera de Klemens, se suponía que debías jubilarte con el hombre que amabas y él eligió a Emeric. Y me has usado para torturarlo. No descansarás hasta que me pierda a mí o su futuro como prefecto. Hasta que sufra como tú.

—Por una vez, Kirkling no me mira con desdén, no lo niega ni elude el comentario. Solo me mira, completamente destrozada—. Enhorabuena —digo en medio de un sollozo—. Has ganado. *Yo* he elegido por él. Pero, después de todo, aún te admira. Si sientes algo de respeto por mí, olvida esta conversación. Déjale creer que tenías razón, que piense que lo abandoné por cosas mías, que apruebe su Fallo y siga adelante. Estoy renunciando a todo por él, por ti. Hazme ese favor.

Kirkling da un paso adelante.

—Detente...

Si flaqueo ahora, sacaré la daga que me mantiene clavada a mi resolución. No puedo. Por él, no lo haré.

Así que alzo la vista al cielo nocturno y busco las estrellas que persigo. Cinco puntos, como una casa torcida.

—Brunne —digo, con los ojos fijos en el Farol—, estoy lista para pagar mi deuda.

En un parpadeo de luz lunar, una mano brillante se estira hacia mí...

Y desaparecemos.

LA PRIMERA MENTIRA

RUINA

A hora no empieces por el final. Se empieza por el final para desenredar los hilos.

Para hacer la trenza, debes empezar por el principio.

Érase una vez, había una madre sentada en una cama pintada de rojo en una pequeña casa abarrotada. Habían cambiado y lavado las sábanas, habían sacado a los otros niños del dormitorio. Sostenía en brazos a una niña minúscula con los mismos ojos negros que ella, y no dejaba de retorcerse. Sería la última que engendraría. La madre habló como si le hiciera una promesa, como si le lanzara una maldición:

—Me has arruinado. Estropearás todo lo que amas.

Érase una vez, había una niña que huía en la noche sobre un caballo negro. Los alborotadores de la cacería salvaje saltaban y cantaban a su alrededor, pero, por mucho que lo intentasen, ella solo se aferraba a su montura, en silencio. No podían consolarla. Había abandonado a su gran amor, a su familia, al fantasma de una maldición que ansiaba romper.

Pero la promesa de la augur se había hecho realidad: la chica cabalgaba por el cielo nocturno y, a pesar de la compañía fantasmal, sus canciones entusiastas, sus persecuciones alegres, ella lloraba.

Y estaba sola.

Érase una vez, una doncella cruel llegó a las calles de piedra de Welkenrode.

Era una noche amarga, las hojas de otoño repiqueteaban sobre los adoquines y no había ni rastro de la luna para reconfortarla con su brillo. Aquello no molestaba a la doncella cruel en lo más mínimo. Sabía a dónde iba.

Pasó junto a una tienda de vestidos que había cerrado hacía mucho y una sombrerería en la que la propietaria seguía trabajando dentro, pero ni las miró. Solo se detuvo en una tienda con barrotes de hierro en las ventanas y un resplandor amarillo, todo para proteger sus secretos.

Al abrir la puerta, sonó una campana. No había nadie tras el mostrador ni en todo el desastroso taller. Así que la doncella se acercó a una pared para examinar la colección de tesoros patéticos y se maravilló al pensar que esas porquerías podían contener retazos de poder.

Y entonces encontró lo que buscaba.

—Santos y mártires, Betze —protestó un hombre al salir de la parte trasera del taller—. Te he dicho que… Oiga, aparte las manos de ahí. ¿Qué quiere?

Irmgard von Hirsching no apartó las manos.

Miró a Ozkar Ros, esbozó su dulce sonrisa ponzoñosa y preguntó:

—¿Cuánto cuesta esta cinta?

LA PFENNIGEIST REGRESARÁ EN EL TERCER LIBRO...

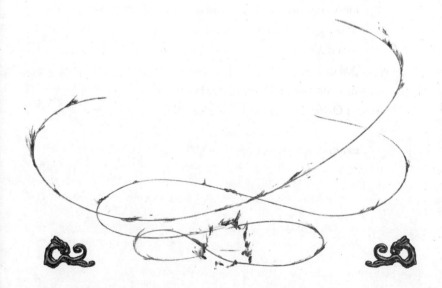

GLOSARIO

Títulos nobles y organismos gubernamentales

komte/komtesse: conde/condesa. Nobles que dirigen pequeños territorios dentro de margraviatos y principados y sirven como vasallos de las familias gobernantes de mayor rango.

Kronwähler: un cuerpo de votantes bastante inconsistente que puede elegir a un emperador. Está compuesto por siete *prinzeps-wahl* y puede contener hasta veintisiete cardenales y delegados para representar diversos intereses imperiales y facciones.

markgraf/markgräfin: margrave/margravina. Un rango noble para gobernantes de las marcas fronterizas del territorio que dirigen los ejércitos más importantes del imperio. A cambio de dicha potencia militar, estas familias nobles renuncian a su derecho de que cualquier miembro pueda ser elegido como sacro emperador.

prinz-wahl/prinzessin-wahl/prinzeps-wahl: príncipe/princesa/príncipes electores. Noble descendiente de uno de los siete linajes reales que gobiernan los principados del imperio. Las casas reales varían en poder e influencia, pero, aparte de un cuerpo de seguridad pequeño, no pueden mantener un ejército propio. Un miembro designado de la familia es elegible como sacro emperador... si hay una vacante.

sacro emperador: gobernante del Sacro Imperio de Almandy. El *Kronwähler* lo elige entre los siete linajes reales.

Todas las cosas perversas y celestiales

deildegast: un *grimling* del Norte Profundo nacido del fantasma de alguien que manipula las fronteras.

dioses menores: manifestaciones de las creencias humanas con diversos poderes. A diferencia de los dioses supremos, innombrables e incognoscibles, los dioses menores tienen nombres y funciones específicos, pero estos cambian según la región, ya que se basan en las leyendas locales.

grimling/grimlingen: criaturas sobrenaturales malignas de rango inferior.

idisi: espíritus femeninos que guían las almas de los soldados muertos. A veces se encuentran en las cacerías salvajes de cada región.

kobold: espíritus de la chimenea que protegen el hogar... siempre y cuando se les muestre el debido respeto.

loreley/loreleyn: preciosas mujeres acuáticas con cola de pez que atraen a los pescadores para matarlos.

musgosos: distintos espíritus del bosque, entre los cuales se incluyen las esposas del bosque (criaturas como dríades), los traviesos *waldskrotchen* y las terribles madres del centeno.

nachtmahr/nachtmären: son *grimlingen* que controlan y se alimentan de pesadillas; en ocasiones roban a la persona que sueña y la montan durante toda la noche.

sakretwaren: productos sagrados que se venden fuera de los templos, como incienso, amuletos de la suerte, reliquias provisionales, ofrendas ya preparadas, artículos para rituales, etcétera.

vila: caprichosos espíritus femeninos del viento a quienes les gusta bailar en la misma medida que cazar.

Wildejogt: la cacería salvaje, dirigida por varios dioses menores en plena noche. Los jinetes pueden ser otros espíritus, dioses locales, voluntarios humanos o aquellos que hayan molestado al líder.

Zarzabruja: líder de los musgosos en una región. Puede comandar el bosque.

Moneda

gelt/gilden: moneda de oro que equivale a diez peniques blancos, cincuenta *sjilling* o quinientos peniques rojos.

rohtpfenni: penique rojo hecho de cobre. La moneda de menos valor en el imperio.

sjilling: chelín hecho de bronce. Equivale a diez peniques rojos.

weysserpfenni: penique blanco hecho de plata. Equivale a cinco *sjilling.*

Otros términos y expresiones

brandtwein: licor fuerte hecho a partir de vino destilado.

damfnudeln: pastelitos dulces hechos al vapor.

glohwein: vino rojo especiado y endulzado. En invierno se sirve caliente.

mietling/mietlingen: asalariado y el término educado para referirse a las trabajadoras sexuales.

Pfennigeist: el Fantasma del Penique y no es asunto tuyo.

Scheit: mierda, joder. Una palabra muy apreciada por los narradores astutos.

sjoppen: jarra, pinta.

AGRADECIMIENTOS

La verdad es que, antes que nada, me gustaría dar las gracias a una siesta. Y te animo a que vayas y le des las gracias tú también. *Sangre y espinas* es el primer libro que escribo, edito y publico durante una pandemia global, y si he aprendido algo es que todo el mundo necesita echarse una siesta.

Lo que no te dicen sobre publicar un cuarto libro es que tienes que pensar cosas nuevas para los agradecimientos sin desguazar los que ya escribiste para los otros tres libros. A estas alturas, la lista de personas a quienes debo mi primogénito es *muy* larga (lo que significa que si alguna vez tengo un desliz y acabo con una criatura, más te vale prepararte para una nueva versión muy loca de *El juicio de Salomón*). No creo que sea posible enumerar a todo el mundo sin despulpar un acre del Amazonas, pero he reunido una muestra de la gente maravillosa que ha hecho posible este libro. Y como soy una Virgo incurable, tiene hasta forma de lista:

- Gracias a mi agente, Victoria Marini, quien me ha ayudado mucho y ha bateado mis problemas tantas veces ya que los Yankees están intentando atraerla al estadio con unos puños americanos y un Airtable que han colocado debajo de una trampa.

- Gracias a mi editora, Jess Harold, que ha hecho malabares con un montón de motosierras en llamas desde que asumió el puesto, entre las que incluyo una motosierra para mis opiniones sobre tipografías y otra por conseguir que haga mi trabajo de verdad.

- Gracias a los equipos de ventas, marketing y publicidad de MacKids, que se han encargado de la labor poco envidiable de vender a mis chicas salvajes, a mis chicos malhumorados y flacuchos y unos sistemas de magia muy inquietantes. Pero, de algún modo, lo han convertido todo en una obra de arte. Morgan, Teresa, Molly, Allison, Mariel, Mary, ¡sois unas artistas! Y, hablando de arte, gracias a Mike Corley por hacer esta serie de cubiertas tan maravillosas, y a Rich Deas y Maria Williams por diseñar una vez más un libro espectacular.

- Gracias a los equipos editoriales del extranjero por dedicar tanto cariño y esfuerzo a llevar estos libros a lugares en los que solo puedo soñar.

- Gracias a mi comunidad escritoril: Hanna, otra de las tías mezquinas; Elle, Claribel, Tara, Laura, Linsey, a la otra Margaret y a todas las personas que han soportado mis monólogos a lo Shakespeare por mensaje privado. Gracias a Ayana y Rosie, que me permitieron traumatizarlas con el primer borrador y que *aún* no me han bloqueado en ninguna parte. Y gracias a todes les escritores que han dedicado tiempo a leer y/o publicitar mis chorradas. Se necesita a todo un pueblo para esto, así que gracias por aguantar a esta loca de los gatos y posible bruja.

- Gracias a los libreros que le han dado tanta caña a mi obra durante tanto tiempo que casi esperaba que alguien me denunciase. Vuestro apoyo ha mantenido con vida mi carrera, lo cual es... ¿no sé, positivo? El tiempo lo dirá. Mi gratitud, sin embargo, es eterna.

- Gracias a los lectores que han conseguido darle vida a mi HP durante 2021 y 2022 mediante sus fantásticas y sinceras reseñas, correos, fan arts, fotos, listas de música, *cosplays*... En serio, muchas cosas. Me alegro de que mi libro os haya encontrado. Seguramente estaréis muy preocupados después de este final, pero tened un poco de fe (aunque no tanta como para crear un dios falso).

- A mis amigues y familiares que no pertenecen al mundo editorial. Seguramente les sorprenda que haya seguido con esto durante cinco años, pero me han apoyado bien en general. No, sigo sin poder contaros las cosas confidenciales. Pero agradezco el entusiasmo. Y a mis padres en concreto: este libro no iba sobre vosotros y eso es bueno.

- Una vez más, mis gatos se merecen un agradecimiento. Por desgracia, el más apuesto de mis caballeros partió de este mundo de repente el año pasado y aún echo de menos su personalidad rarita y su gloriosa barriga peluda. El gato abuelo y los dos gatitos demonios aficionados al parkour me han ayudado a paliar un poco el dolor y también han contribuido a convertir mi piso en una sitcom gatuna. Os doy las gracias por eso, aunque no aprecio demasiado el daño causado a las plantas.

- Y, como siempre, gracias a las chicas terribles: os queremos tal y como sois.

¿TE GUSTÓ ESTE LIBRO?

Escríbenos a

puck@uranoworld.com

y cuéntanos tu opinión.

ESPAÑA 　/MundoPuck 　/Puck_Ed 　/Puck.Ed

LATINOAMÉRICA 　　　/PuckLatam

/PuckEditorial

¡Gracias por vivir otra
#EXPERIENCIAPUCK!

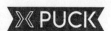